乡路长长

邱德军◎著

中国文史出版社

图书在版编目（CIP）数据

乡路长长／邱德军著．--北京：中国文史出版社，
2020.12

（跨度小说文库）

ISBN 978－7－5205－2580－0

Ⅰ.①乡… Ⅱ.①邱… Ⅲ.①长篇小说－中国－当代
Ⅳ. ①I247.5

中国版本图书馆 CIP 数据核字（2020）第 229391 号

责任编辑：李军政

出版发行：**中国文史出版社**

社　　址：北京市海淀区西八里庄路 69 号　　邮编：100142

电　　话：010－81136606　81136602　81136603　81136605（发行部）

传　　真：010－81136655

印　　装：廊坊市海涛印刷有限公司

经　　销：全国新华书店

开　　本：787×1092　1/16

印　　张：21.75

字　　数：322 千字

版　　次：2021 年 1 月北京第 1 版

印　　次：2021 年 1 月第 1 次印刷

定　　价：66.00 元

目录

第 一 章　魔盒开启　　　　　　　　　001

第 二 章　苦涩童年　　　　　　　　　015

第 三 章　逃婚风波　　　　　　　　　053

第 四 章　十年变故　　　　　　　　　073

第 五 章　空坟来历　　　　　　　　　094

第 六 章　替母寻梦　　　　　　　　　112

第 七 章　冰山一角　　　　　　　　　128

第 八 章　偷粮旧事　　　　　　　　　145

第 九 章　贫苦出身　　　　　　　　　169

第 十 章　花开时节　　　　　　　　　201

第十一章　有关婚恋　　　　　　　　　224

第十二章　刻骨心痛　　　　　　　　　249

第十三章　意外事件　　　　　　　　　279

第十四章　真相大白　　　　　　　　　296

第十五章　叶落归根　　　　　　　　　312

第十六章　尾　声　　　　　　　　　　333

第一章
魔盒开启

（1）

这是一幅奇异瑰丽的动态风景画。满目绚丽的光晕，一群群鸽子在其中穿梭，一道道彩虹在光晕辉映下如波纹一样浮起来、升起来，倏然消失于茫茫天际。娇嫩欲滴的竹子在水纹似的光晕中妩媚地招摇，引得彩蝶翩翩飞舞，舞出一道一道的流光霞彩；水珠在竹叶上凝聚、翻滚，一闪身，便融进水纹中，没了踪影；披着金色鳞片的鱼儿蜂拥而至，个个张着诱人的嘴巴，向着天空，吐出成串成串的水泡儿。画面中随即闪出一座石拱小桥，一个撑着花伞的漂亮女子，从桥上信步走来，却竟然听不到她的脚步声。女子的身影一点点放大、一点点逼近，整个画面也随着一点点放大、一点点逼近，铺天盖地，无声无息。

这是哪儿？一定是风景如画的江南水乡！有绚丽的漫天彩虹，也有若隐若现的石拱小桥；有潺潺不息的溪流，也有从天而降的花伞。美得让人迷醉，让人窒息。是画吗？不是，王洛姝分明看到撑伞的女子正向她迎面走来。看清了，终于看清了，迎面走来的女子不是别人，而是娘。王洛姝惊喜万分，眼中滚动着泪花，脱口大喊："娘，娘，您咋在这儿？您的腿好了？您不瘫了？您咋还这么年轻啊？您咋还不回家啊？"娘慈祥地笑笑说："孩子，娘好了，好了，好了，回，回，回家……"娘的声音很有磁性，忽高忽低、忽近忽远，像从大山深处发出来的，拖着长长的尾音。"好，咱们回家，这就回家！"王洛姝飞一般迎上去，一阵风似的上了石拱小桥，身子轻飘飘地，脚下轻飘飘地，总是靠不近娘，总是牵不住娘的手。

娘依然站在眼前，只是手里没了花伞，花伞被无数只鸽子衔着，一起飞进彩虹里面去了。娘依然在笑，只是笑容渐渐凝滞、扭曲、变形。"娘，您咋了？不高兴吗？是我又惹您生气了吗？娘，您打我吧，您骂我吧，这样我心里也许会好受一些。娘，您咋不吱声呀？女儿知道错了，求您原谅我一次好吗？您知道我这些年是咋熬过来的吗？"王洛姝泪眼婆娑地望着娘，一种难以名状的痛楚在周身奔涌、撞击、撕扯、咆哮，整个身子像要爆裂一样。

"你不是俺闺女，俺闺女叫王小辫。"娘终于又说话了，但她的影子依然模糊。听到娘的责怪声，王洛姝笑了，先前的痛楚像波纹一样倏然飘远了，只觉一股轻柔的风拂过脸庞后，全身便涌荡起暖意，每一个毛孔都透着舒畅的气息。"娘，俺是王小辫，王洛姝是俺后来改的名字，您要是不喜欢，俺马上改回来。"王洛姝扑上去，去拉娘的衣角，却只抓了一把纷飞绵软的光晕。王洛姝有些疑惑，怪了，为啥总是抓不住娘？是娘在跟我捉迷藏吗？王洛姝禁不住又大喊："娘，娘，您在哪？为啥不——理俺呀？俺可是您的亲——闺女啊！"

娘恍惚依然站在眼前，就在眼前那团朦胧的光晕里，却总也靠不近。正踌躇时，耳边突然飘来一阵轻柔的声音，像娘的声音，又不像娘的声音："娘在这里好着呢，活得滋润着呢，不缺吃，也不缺穿，所以俺不想回——家了，你要是想俺，就来找——俺吧！记住，俺现在住在长满竹子的南方，这里有小桥，也有流水……"王洛姝循声望去，果真看到了漫山遍野的竹子，看到了漂浮的石拱小桥，看到了奔涌的流水。所有的一切，都被朦胧的光晕萦绕着、包裹着。王洛姝陶醉了、心碎了，循着娘指引的方向快步向前走去，走着走着被身边的景色吸引了，不时俯下身去，抓一把青绿，捧一把流彩，走着，走着，不知不觉便融入了朦胧的光晕里。蓦然回首，却不见了娘的踪影。

"娘，娘，您——在——哪儿？"王洛姝焦急地大声呼喊，使尽全身力气，拼命向着朦胧的光晕深处跑啊跑，喊呀喊，却再也听不到娘的回应。痛楚又一次涌遍全身，随痛楚而来的还有一阵紧接一阵的惶恐。王洛姝感觉自己飘飘然跌进了深渊，周围充满了让人窒息的暮色，身子失去了支撑一样，正在一个劲儿地往下飘、往下沉。王洛姝挥舞手臂，拼命地抓呀抓，终于抓住了一根藤条，不，那不是藤条，而是丈夫袁明铄坚强的臂腕！王洛姝喜极而泣，委屈的泪水夺眶而出，一边摇晃着丈夫的臂腕，一边哭诉："明铄，你咋才来呀，你再来晚一会儿，我怕是见不到你了……"

"妈，妈，您——咋了，是不是又做——噩梦了？"耳边又飘来一阵轻柔的声音。王洛姝这次没有犹豫，使劲儿将眼皮撑开，迷瞪了好久，才看清自己仍待在病房里，仍躺在病床上，一只手正被女儿王思芗紧紧地握着。王洛姝这才意识到刚才是在做梦，她拼命抓住的原来只是女儿的一只手。王洛姝哑然失笑："呵呵，我竟然又做梦了，这次的梦做得格外离奇，竟然梦到你姥姥还活着，而且活得好好的……"不等女儿答话，王洛姝下意识地环视四周，没看到丈夫的人影，忙问："你爸呢？他去哪了？"

（2）

王洛姝沉迷于梦境中的时候，袁明铄正在病房楼外漫无目的地走来走去，愁肠百结地盘算着将来、思考着对策。他没想到妻子的病情发展得这么快，就在前几天，她的病情突然发生了恶化，经过医生连续两天两夜的奋力抢救，总算把她从死亡线上拉了回来。这些天来，袁明铄一直守候在妻子身边，一刻也不敢离开，在外地上大学的女儿得到消息，匆忙赶过来，他才能抽出点空儿到外面透透气儿。

回想起妻子的不幸遭遇，袁明铄眼中立时涨满泪花。风风雨雨这么多年她都挺过来了，没想到退休不久便得了绝症。袁明铄心里像突然被人掏空了一样，再也寻不到往日的那种踏实感。妻子这一生过得并不容易，早年她为了逃婚，从山东老家辗转流落到地处大西北的泞水县，在一个偏远的小山村里当起了小学老师，一当就是几十年。因学校缺少老师，她坚持干到五十八岁，才从心爱的教师岗位上退了下来。她退休后，本可以在家颐养天年，尽享天伦之乐，没想到此后的生活并不平静，命运的浩劫又一次降临到了她的头上。

如果妻子不是坚持在乡下教书，如果她的生活条件能早点得到改善，如果她不是一边艰难地照顾女儿，一边坚持为村里的孩子们上课，如果她不是为了送娃娃们放学回家淋了雨并摔下山崖，或许她的身体不会越来越差，更不会得这种怪病……妻子就是这样，遭受打击越多，越不服输，就像大山里的松柏，越经受风霜的吹打，就越加显得遒劲和挺拔。只要是她认准了的事总要做到底、拼到底，九头牛都拉不回她。当年，他作为全乡唯一一名"根红苗正"的青年公办教师，曾是很多漂亮女孩仰慕和追求的偶像，却鬼使神差般地爱上了各项条件都不怎么突出的她，第一次见到她，就被她特有的气质吸引住了。

妻子一生经历过很多磨难，再苦再累，都无法使她屈服，但无情的病魔最终还是把她给击倒了，医生说，妻子剩下的时日已经不多……袁明铄鼻子一酸，苦涩的泪水夺眶而下。他抹把眼泪，下意识地抬头望望病房楼。妻子多次说过，她这一生亏欠最多的不是乡亲，不是学生，也不是丈夫和孩子，而是多年前就已亡故的父母。一听到"父母""老家"等词语，她就会显得特别警觉。然而，有些东西总是无法回避的，那份对故乡无法割舍的牵挂时时困扰着她。她给女儿起名王思芗，就别有一番用意。每逢年节的时候，她都会一个人静静地待上小半天，点上三炷香，跪倒在地，朝老家的方向磕三个响头，然后盘腿而坐，眼中满含泪花，直直地盯着冒着袅袅烟气的三炷香，直到其全部燃尽。

袁明铄知道，妻子心里埋藏了很多秘密不愿对他透露，他相信妻子这样做一定有她的理由。二十世纪 70 年代中期，在那个偏僻的小山村里，人们的思想观念仍很陈旧，包办婚姻的悲剧仍在上演。为了冲破世俗的束缚，避免悲剧的发生，她离家出走本是明智之举，无可厚非。她不应该这么多年来仍念念不忘，并为此感到自责和内疚。自责有时能让人深刻地反省，有时也会模糊人的视线、束缚人的手脚，妻子为此已背负太多！袁明铄一边走一边想，在外面走了一圈，仍放心不下妻子，匆忙向病房走去。正要推门走进病房，突然发现一个个头不高、面色黝黑的中年男子手里提着包水果样的东西急匆匆地走了过来。只见男子迅速瞥了一眼隔壁的病房门牌号码，稍做迟疑后，径直朝他走了过来。妻子病房在走廊头上，是环境相对比较清静的单人病房，男子显然是奔着妻子来的。

袁明铄疑惑地打量着中年男子的时候，那人抢先开了腔："大哥，王大姐是在这住院吗？""您，您是？"袁明铄一顿，脱口问，声音压得很低。男子下意识地透过门窗玻璃向病房里面望了望，然后看看袁明铄，眼睛一亮问："王大姐睡了？哦，大哥，您就是在县教育局上班的袁副局长吧？我叫王大柱，跟王大姐是同村的，我费了好大劲儿，总算找到你们了……"袁明铄随口"啊啊"两声，一时没有回过神来，不由得又上下打量了王大柱几眼，脑中突然闪过一个奇怪的念头，妻子一向忌讳提及老家的人和事，怎么会有老家的人主动找上门来？

（3）

经过询问，才搞清王大柱的来历。原来王大柱跟王洛姝同是山东青州西南乡新王庄村人。王大柱从十多岁起就跟随亲戚跑到城里闯荡，后自立门户，成为一位手下有百十号人的包工头，他因承包工程辗转来到泞水县城，一个偶然的机会，与王洛姝结识。袁明铄有些不解，王洛姝已有二十多年没有回过老家，也不曾与老家的人联系，王大柱怎么会认识她？王洛姝一直在乡下教书，只有在学校放寒暑假的时候才来城里住一段时间，即使她天天生活在县城里，也很少有结识王大柱的机会！

袁明铄看王大柱衣着得体，举止大方，听口音不像外地人，心里愈加疑惑起来。王大柱从袁明铄的眼神中仿佛领悟到了什么，主动介绍起他与王洛姝相遇相识的经过。说来也巧，那天王大柱所在的建筑公司，破天荒接了个修缮一家镇中学教室的小活儿，经理派王大柱带人去干，恰好碰到王洛姝去该校参观学习。王洛姝随口和王大柱闲聊了几句，意外得知王大柱是自己的同乡。没想到在这么偏远的西北小县城里，竟然能碰上家乡人，王洛姝又惊又喜，亲热地拉着王大柱的手，聊了很久。

王大柱的突然出现曾让王洛姝一度寝食难安，她一直不愿回想的往事像拂之不去的蚊虫一样不时叮咬着她的心头。好多年没有回老家探亲了，王洛姝对家乡的记忆似乎仍停留在童年时代。在王洛姝童年的记忆中，家乡是个偏僻、贫穷、落后的山村，村里人虽然都很憨厚朴实、勤劳能干，但贫穷和饥饿却一直像氤氲一样笼罩着他们。因无法摆脱饥饿的困扰，王洛姝的童年过得并不快乐，那时，三年自然灾害的阴影刚刚开始在小村上空弥漫，几乎所有人都在为填饱肚子而奔波。因母亲有疯癫病，王洛姝出生后刚满一岁，便和哥哥姐姐一起，被送到一位远房亲戚家里抚养，她的人生从此拉开了悲凄的一幕。

亲戚家里已经有一双儿女，王洛姝姊妹三个的出现让本来就很贫困的家里变得更加拮据。他们在亲戚家里的待遇可想而知，穿的是别人替换下来的补丁衣服，吃得最好的饭食便是用"地瓜面"做成的窝头，每天除了要忍受白眼，还要饿着肚子跟在大人屁股后面拼命干活儿。王洛姝十岁时，姊妹三人才被父母领回家，但回到父母身边的日子过得也很艰苦。这一直是她埋藏在心底多年、不愿提起的痛苦记忆。每每想起往事，王洛姝心里便感到一阵阵的疼痛。时过境迁，一幕幕沉痛的往事早已化作浮云随风飘逝，突然邂逅同村后生王大柱，王洛姝感慨万千，心里有万语千言，却不知从何说起。

在外地邂逅老乡，王大柱也很是惊喜，虽然王洛姝在他脑中的印象很模糊，他很少听村里人提起她的名字，只知道她多年前离开家乡来大西北打拼，其他情况一概不知。那次与她偶遇后，再未同她联系，直到最近遇上一件蹊跷的怪事，才想起来找她。就在王洛姝发病住院前夕，王大柱有事回新王庄村，正赶上村里兴建旅游新区，施工队在平整一片土崖时，从废弃多年的地瓜井中意外挖出一具尸骨，经警方鉴定，死者为女性，双腿有残疾，结合村里老人的回忆和指认，最终确定死者就是当年本村走失的"贼婆娘"。

贼婆娘本名李玉涓，据村里的老人讲，李玉涓是当年新王庄村里颇有争议的人物，因偷粮食被大队当作反面典型游街示众，她不堪羞辱，大脑受了刺激，得了疯癫病，据说几十年前便已死去，她的坟头就在东山脚下。谁也不曾想到，她的尸骨竟然又出现在数公里以外的已废弃多年的地瓜井中！有人说，李玉涓当年因偷粮食而背上"贼婆娘"的骂名，后来死得不明不白。现在可以断定她是在地瓜井中被困死的，她遭遇如此不测，极有可能还是因偷粮食而惹的祸。地瓜井口在很多年前就已被坍塌的土封死，如果不是现在村里拓建旅游新区、平整土崖，说不定她尸骨的真实下落至今仍不为世人所知。

贼婆娘的尸骨被挖出后，立时在村里掀起一场巨大的风波，关于贼婆娘的传说也像尘封已久的魔盒突然被打开了一道缝隙一样，在小村内外传得沸沸扬扬。大家一致认为村里拓建旅游新区挖出死人遗骨的事带有晦气，应早点让死者入土为安。村里迷信的人还自发在土崖旧址上烧香焚纸，为亡灵祈祷。村领导经过研究，很快做出决定：马上在贼婆娘李玉浈直系亲属的见证下举行一个简单的入殓仪式。但让村领导头疼的是，李玉浈的丈夫王拥财、大闺女王大辫、儿子王二瓜均已过世，小女儿王小辫当年离家出走，一时联系不上，只能打电话让在外地打工的李玉浈的孙子陈健港回来处理此事。

李玉浈的孙子本该姓王，因儿子王二瓜是上门女婿，所以孙子随了外姓，正因如此，陈健港似乎对村里施工挖出奶奶尸骨的事很不以为然，虽然嘴上答应尽快回家，却迟迟没有动身。王大柱看在眼里，急在心里，他感觉贼婆娘李玉浈当年离家出走的小女儿王小辫与王洛姝极为相像，于是急匆匆赶回泞水县，一路打听着找到医院。见到袁明铄，王大柱认为这事不该瞒着他，想对他和盘托出，但又怕王洛姝不是王小辫，在她住院的节骨眼上，贸然提起这事显然是极不合适的。

王大柱犹豫不决，看着袁明铄支吾半天，小声问："袁大哥，有句话我不知道该不该问您，王大姐的原名是不是叫'王小辫'？"袁明铄一愣，警觉地看看王大柱，问："你，你是咋知道的？为啥突然问起这事？"王大柱吁了口气，苦笑一下说："既然这样，那我就不瞒您了，我知道王大姐现在在住院，不该让她知道这事，但是，这事很急，不得不说……"袁明铄预感不妙，不由分说，一把拉起王大柱，走到一处僻静角落，说："小王，有事你可以先对我说！"王大柱点点头，把村里最近发生的事情简单一说。

听完王大柱的叙说，袁明铄皱着眉头来回踱了两圈，突然停下，用锥子一样的目光盯着他问："你说的事是真的？这怎么可能呢？我曾亲自到岳母坟前上过香、烧过纸，怎么她的尸骨又从别处冒出来了？难道是活见鬼了？""这，这，我……"王大柱被问住了。

（4）

　　事情并没有王大柱预想的那么简单。王洛姝现在患病住院，行动不便，即使她得知此事也不便回家处理，何况这样的事让她知道了肯定会影响她的情绪，加重她的病情，再加上此事仍有蹊跷，不好妄下结论。王大柱一时不知如何是好。袁明铄提醒他："大柱老弟，谢谢你的一番好意，可是……现在你大姐她得病在住院，我也一时脱不开身，所以你看……"王大柱点点头："袁大哥，那我先回去了，也许正像您说的那样，这事还有待进一步调查和落实，先不要告诉王大姐，以免给她心里添堵！"说完，撂下手里的东西，转身就走了。

　　袁明铄送王大柱离开，木然地站在病房楼梯口，怅然许久。他没想到在妻子生命垂危的关头，竟然从老家传来这么离奇的消息！他不相信这事是真的，即使是真的也不重要了。古语说得好"逝者长已矣，生者如斯夫"，还是让活着的人好好活着吧！接着，他脑中突然闪过一个念头：为了避免刺激妻子的情绪，无论如何也不能让妻子得知最近老家发生的事情，最妥当的办法就是尽快转院，说啥也不能让她见到王大柱！转院的念头一出现，就被袁明铄打消了，他觉得妻子身体非常虚弱，不能再经受折腾，尤其不能让她精神上再受任何的打击，精神上的打击有时比肉体上的折磨更为可怕，更容易摧毁人的意志。

　　正当袁名烁胡思乱想的时候，王思芗急匆匆地跑过来，一把拉住他的手，焦急地说："爸爸，妈妈醒了，正在说胡话呢！""什么，说胡话？是不是又发高烧了？你，喊医生了吗？"袁明铄顾不上多想，三步并作两步向病房冲去。王思芗追上来，拽着爸爸的衣角说："爸，您别着急，医生已经去看过了，没事，刚才妈妈只是做了个梦！"袁明铄停下，回头嗔怪地看看女儿，说："你这孩子，说话别大喘气好不好！啥，她做梦了？啥梦？她是不是念叨什么了？""爸，这，这……"王思芗尴尬地笑笑，欲言又止。

　　袁明铄若有所悟，撇撇嘴："嗨，不就是做梦嘛，没啥大惊小怪的，你再去陪陪你妈，我回家做点儿吃的，马上就回来！"说完，转身就要离开。王思芗急了，向爸爸递了个眼色，凑近他耳根，神神秘秘地小声说："我妈她刚才做了一个奇怪的梦，她梦见我姥姥了……她说我姥姥还健在，正一个劲儿地嚷着去找我姥姥！爸爸，你还是赶紧去劝劝妈妈吧！"一听这话，袁明铄吓了一跳。难道世上真有这么巧合的事？为啥偏在这时妻子梦到母亲？难道这就是心有灵犀吗？老家刚发生了施工挖出岳母尸骨的蹊跷事，她这么快就感应到了？不可能，不可能！可是，这事偏偏又发生了。

见爸爸发呆愣神，王思芗不解地问："爸，您咋了？有啥不对头吗？"袁明铄回过神来，随口答："没事，啥事也没有，我正琢磨怎么劝说你妈！"说完，顾不上理会女儿，大踏步来到妻子病床前。王洛姝仍在不停地小声嘟囔着什么。袁明铄在旁边慢慢地坐下身，想劝说她几句，一串串纷乱的问号划过脑海，使他突然感到一阵眩晕，话到嘴边又咽了回去。王洛姝的脸色明显比先前好看了许多，见丈夫过来，一个劲儿地看着他笑。看着看着，就把袁明铄脑中的问号看跑了。袁明铄"扑哧"一笑问："咋这么看我，不认识你老公啊！"

王洛姝向前探了探身子，轻轻地握住丈夫的手，收住笑，长长地吁了口气说："老袁，我刚才梦见我妈了，她说她现在活得好好的，让我不要挂念他，妈说我很有福气，找了你这么好的老公，高大威猛，浓眉大眼……妈还夸我能干，给她养了个这么好的外孙女，既漂亮秀气，又有文化……"梦里的景象像漂浮的雾一样变淡了、飘远了，王洛姝只能照着依稀的记忆，顺着自己的想象加以发挥，她把女儿招呼到跟前，认真地说："孩子，我刚才做的梦有点儿乱，但有一点我记得很清楚，那就是你姥姥她还活着！她托梦给我，说她现在就生活在南方一个长满竹子的地方，对了，好像是个有水有桥的小镇，那地方有鲜嫩青翠的竹子，有晶莹甘甜的泉水……你姥姥说，她身体比以前好多了，瘫痪多年的腿也治好了，只是年龄已大，行动有些不便，我得去寻她，去看她，我这辈子亏欠爹妈的实在是太多太多了……"

袁明铄下意识地看了女儿一眼。难道妻子果真在发烧说胡话？他试着摸摸她的额头，并不烫，几分诧异几分关切地问：“你是不是又不舒服了？说的话不着边呵！你是不是还在为当年的那件事感到内疚啊！嗨，事情都过去这么多年了，别老记挂在心上，再说了，当年那事也不能全怪你嘛！”“爸说得对，妈，您不要胡思乱想，保重身体要紧。”王思芗附和道。王洛姝说：“瞎说啥呢，我没发烧，好着呢！我相信我的直觉，我妈正等着我去寻她，接她回家！我妈这辈子过得很不容易，吃尽了苦，遭尽了罪，我不能让她到老仍漂泊异乡，我无论如何得去寻她！可是，就我现在这个样子，实在跑不了那么长远的路……”说着，说着，眼中闪动起晶莹的泪花。

袁明铄实在听不下去了，不耐烦地摆摆手打断妻子，耐着性子劝她：“你脾气太犟了，认准的事总要做到底、拼到底，可是，有些事是根本不可能做到的，你这样做不是自讨苦吃吗？好了，你不要想太多，你现在身子还很虚弱，养好身体比啥都重要！”“妈，我爸说的在理，您以前总埋怨我太天真，说话没着没落，我觉得您今天这想法也很离谱嘛！”王思芗心疼地噘起嘴，也掉起了眼泪。王洛姝看看丈夫，又看看女儿，“扑哧”一笑：“咋了，你们真以为我在发烧说胡话？嗨，我呀，现在比其他任何时候都清醒！我妈她虽有疯癫病，腿也瘸，但她吉人自有天相，就像压在大石头下面的小草一样，生命力强得很，好多次她面临危险，都能从鬼门关安然逃脱，当年她只是走失，我相信她只是迷失了方向，没有及时找到回家的路罢了！”

听了妻子的话，袁明铄吃惊不小，却故意装出若无其事的样子，向女儿使了个眼色，示意她走开，然后轻轻地抚摸着妻子的手，不无责怪地说：“我知道你很想念你妈，但是，你也要尊重现实啊！这么多年过去了，你妈要是真的还健在，咋一点音信也没有？那年我陪你回老家上坟，见你哭得那么伤心，我还以为……对了，既然你一直相信你妈还健在，那为啥不早去寻她？”王洛姝答：“嗨，别提了，当时我听信了爸的话，误以为妈已客死他乡，所以没往这方面去想，但后来我越琢磨越觉得不对劲，爸并没有亲眼见到妈的尸首，怎么就能随意断定她死了呢！我爸太自私了，他竟然跟全村人开了个天大的玩笑！”“你是说，老家你妈的那座坟是假的？”

袁明铄皱着眉头想了想，吃惊地看着妻子问。"是假的！我爸当时没找见妈的尸首，就随便拿了几包旧衣服塞在了棺材里！实话跟你说吧，连我爸也不相信我妈会死，你忘了，后来我想接爸来城里住，他死活不肯，他呀，是在等我妈回家！"说着，眼中又涌起了泪花。

袁明铄恍然大悟，突然想起当年他陪妻子回老家时，曾听岳父说起这事，当时他以为岳父只是为了宽慰女儿才那样说，现在看岳父当年的猜测并非空穴来风，只是，事情远没有他想象的那样简单和美好……到底该不该把老家新近发生的事情告诉妻子？若把实情向她挑明，无异就像迎头给她浇了一盆冷水，让她心头刚刚燃起的希望之火瞬间熄灭，柔弱的她已经很难再承受这样的打击，还是让她保留一点美好的念想吧！有念想就有希望，有希望就有动力，就能创造出生命的奇迹！这样想着，袁明铄强作镇定地劝了妻子几句，答应她一定想办法把妈寻回来，随后走出病房，长长地叹了口气。

（5）

王思芎迎过来，轻轻扯着爸爸的衣角问："爸，您觉得我妈说的话可信吗？""当然可信，你妈这人很认真，从来不对别人撒谎，不信你可以去问她教过的学生！她这人好是好，就是有点太，太……""爸，难道您真的相信我妈说的话？我姥姥真的还健在？可是，她说姥姥现在生活在南方某个长有竹子的地方，南方那么大，长有竹子的地方那么多，有小桥、有流水的小镇更是数也数不清，咱们两眼一抹黑，往哪去寻姥姥的踪迹？"王思芎一边说一边摇头。"孩子，我是说，你妈说的有些话是真的，你姥姥当年只是走失，这一点我相信是真的！只是，你姥姥有疯癫病，腿还瘸，如果没有别人帮助，她绝对不会像你妈那样独自一人爬火车跑到长有竹子的南方去的！"袁明铄尴尬地笑笑说，"我觉得你姥姥当年被人拐走的可能性也很小，你想想，谁会拐走一个瘸腿的疯婆子?！"

袁明铄心里早有了底儿，岳母当年根本没有流落到外地，否则绝不会死在废弃多年的生产队地瓜井中。他现在还不能对女儿明说，也不能流露出过多的忧伤，只能拐弯抹角地劝女儿，让她打消找寻姥姥的念头。王思芗没有察觉到爸爸脸上的异样，好奇地问："爸，您的意思是说，姥姥没有去南方，仍待在老家附近？可是，这么多年了她为啥不回家？为啥老家那边一点儿她的消息也听不到？"袁明铄不耐烦地摆摆手："好了孩子，你不要多问了，你妈说有，那就有！她说你姥姥还健在，那就健在！你妈现在需要安慰、需要希望，咱们得尽力满足她，她就是想要天上的月亮，咱们也得试着去摘！你明白我的意思了吗？""哦，是这样啊！"王思芗终于心领神会，使劲儿点了点头。

袁明铄叮嘱女儿好好在病房里守着，他回家做饭去了。王思芗虽然答应爸爸不再念叨姥姥的事，但她心里充满了疑惑，对老家也充满了好奇和向往，很想去探个究竟。她从未到过老家，也很少听爸妈提及老家的人和事。从爸妈的眼神中，她感觉到爸妈似乎有很多秘密不愿对她说，一个个大大的问号不时在她脑海中闪现，使得她探询姥姥下落的念头变得越来越强烈。静静地在妈妈病床前坐了一会儿，终于等小睡的妈妈慢慢睁开了双眼，王思芗赶紧帮妈妈整了整靠背，给她倒了杯热水，一口一口地喂给她喝。王洛姝喝了几口水，就不喝了，眼睛直直地盯着女儿。王思芗朝妈做了个鬼脸，抿嘴一笑："妈，是不是又想姥姥了？我帮您去寻她吧！嘿嘿，要是真把姥姥给寻着了，那咱们一家人就团圆了！"

王洛姝愣怔许久，猛然回过神来，连连摇头说："好孩子，我想过了，梦毕竟不是现实，梦到的情形是不能随意当真的。啧啧，我教了大半辈子书，竟然把这茬忘了。'人之将死其言也善，鸟之将死其声也悲'，也许是我太想念你姥姥了，加上身子虚弱，所以才突然间犯了迷糊！不过，迷糊归迷糊，说不乱想那是假的，也控制不住！但愿老天爷能睁睁眼，让奇迹出现，让咱们的梦想成真！"王洛姝使劲儿叹口气，又说："唉，你姥姥她命苦啊，她吃过的苦、遭过的罪，几天几夜都说不完！都怪我当年太年轻，根本无法理解父母的良苦用心，竟然撇下又疯又瘫的老娘离家出走！"说着说着，眼泪扑簌簌流下来。

王思芗慌了神，赶忙帮妈擦拭眼泪，也哽咽着劝妈说："妈，妈，您，您别哭了，爸说得对，事情已过去这么多年，是非对错已不重要，您没必要再为过去的事揪心，咱们得向前看！都怪我，不该又勾起您的伤心事，我，我……"王洛姝不理会女儿，眼泪仍止不住地往下流，唲嚅道："你姥姥她命苦啊，苦了一辈子，到老连个安定的居所都没有，大家都说她腿瘸，实际上她整个下半身都瘫掉了，她身体这么差，我竟然撇下她离家出走，我，我真是连畜生都不如啊……"

见妈情绪越来越激动，王思芗赶忙把医生和护士喊了过来。在医生和护士的帮忙劝说下，王洛姝的情绪总算稳定了下来。病房里很快又恢复了平静。王洛姝躺在病床上，大瞪着两眼直勾勾地盯着天花板，开始一言不发。妈妈突然变得如此冷静，王思芗反而有些不放心起来。人的情绪是个很怪的东西，激动起来让人惧怕，沉默下来同样让人心悸。王思芗蹑手蹑脚地走来走去，不时偷眼去观察妈妈的脸色，心里像藏了个小兔子，不知啥时就会蹦出来。也不知过了多长时间，王洛姝脸上终于露出了舒心的笑容，招呼女儿坐在床头，拉着女儿的手问来问去，一会儿问女儿在学校的学习情况，一会儿又问女儿谈男朋友了没有，说着说着，不知不觉又把话题扯到了当年她离家出走的事情上来。

这会儿王洛姝没有掉眼泪，像刚经历过战火洗礼的将军一样，显得特别淡定和从容。王洛姝亲昵地拍拍女儿的手背，坦然一笑说："时间已经不多了，我不能把那些埋藏心底多年的秘密也一并带走，我要说，我要好好地说一说！"王思芗急于想听妈妈的"传奇"，并没有细细琢磨妈说的话。她用期待的眼神望着妈妈，妈妈却皱着眉头沉思起来，迟迟没有开启记忆的闸门。也许妈妈曾经背负太多的沉重，所以在决心放下包袱时才显得如此惶惑。为了活跃气氛，王思芗试着用一种轻松的语调提醒妈说："妈，听爸爸说当年您是一个人扒火车跑到浐水来的？嘿嘿，您很了不起嘛！可是，您为啥非要扒火车呢？"王洛姝没有急于答话，反问道："傻孩子，怎么突然问起这事来了？你爸还对你说什么了？""没有，他啥也没说，所以我才问您嘛！"这样说时，王思芗不免有些心虚和紧张。

王洛姝吁了口气，继续抚摸着女儿的手，叮嘱说："好孩子，听妈的话，一定要好好珍惜别人对你付出的爱，一定要好好珍惜别人对你倾注的感情，千万不能轻易辜负了！美好的爱和感情一旦失去，留下的不仅仅是遗憾，有时还会在人心上留下一道道伤口，一辈子都抚不平，也抹不掉!"

"妈，您是说，当年您……"王思苈突然感觉这样问不太合适，赶紧打住。

王洛姝点点头，又使劲儿摇了摇头，说："唉，都过去了，对也罢，错也罢，已经无所谓了……"王洛姝抬头望望窗外，一幕幕往事蜂拥着闪现在她的脑海中，很快汇成一股咆哮激扬的洪流，卷着污泥、挟着沙石，急迫地寻找奔泻的出口。虽然她对童年的记忆多是通过家人的描述来印证和加深，但每一幕往事依旧是那样的生动、那样的清晰，像永远刻在了心上一样。想起曾与她同甘苦共患难的哥哥和姐姐，她感到一阵眩晕，接着是一阵绞心似的疼痛……

第二章

苦涩童年

（1）

　　王洛姝十岁以前，她对娘几乎没有什么印象，甚至不知道还有娘的存在。王洛姝出生在二十世纪五十年代末，正赶上家乡闹饥荒，刚满一岁便跟随哥哥姐姐，被寄养在娘的一位亲戚家里。这位亲戚是李玉浈的堂姐，大名叫李玉斓。李玉浈姊妹两个，还有个弟弟叫李玉瓦，李玉瓦很早以前跟随父母闯了"关东"，可惜他们去的不是时候，正赶上兵荒马乱的年代，一去便没了音信，撇下李玉浈和老奶奶相依为命，没过几年，老奶奶也撒手人寰。这样一来，堂姐李玉斓算得上李玉浈当时最亲近的人之一。大姐王大辫说，他们上面还有个哥哥叫王大瓜。王大瓜生下来就体弱多病，因当时家里太穷，连肚子都填不饱，爹娘根本没钱为王大瓜看病，于是，大哥王大瓜没长到一岁便不幸夭折，这是爹王拥财决心把王洛姝他们姊妹三个送到生活条件相对较好的亲戚家抚养的原因之一。

　　在送王洛姝姊妹三个去李玉斓家之前，王拥财就没少念叨李玉斓的好，说她话不多、心很善，经常背着丈夫老于头偷偷接济一帮"穷亲戚"，姊妹三个去了，保证不会吃亏。就这样，在王拥财的再三劝说下，姐姐抱着妹妹，领着弟弟，高高兴兴地踏上了"串亲"的征程。坐在马车上跑了一天的山路，随后徒步翻过几座山丘，终于在傍晚时分看到姨妈李玉斓家所在的小村。小村卧在山脚下，老远看，像是个果树满园、依山傍水的好地方，走近一看，却大失所望，小村周围，除山峦深处长有成片的松树林外，其他全是绵延不尽的光秃秃的丘陵。丘陵泛着迷蒙的惨白的光，与迷蒙的天空连成一体，给人一种透不过气来的压抑感。看样子李玉斓家所在的小村比新王庄村好不到哪里去，说不定比新王庄村还要偏僻和落后。

看了眼前的情景，姐姐王大辫立马感受到了一种以前从未有过的惶恐和不安，但她不敢在弟妹面前轻易表露这种情绪。她心里非常清楚，爹娘不在身边的日子，她就是弟妹两人的天。无论遭遇怎样的困难和苦痛，她都得咬牙挺着，拼尽全力，哪怕是搭上小命，也要为弟妹们争取到一块能够立住脚的哪怕只有巴掌大小的地儿。

李玉斓家所在的小村只有几十户人家，一个生产队。村子虽然小，养的骡马牛驴却不少，村头设有多个喂养牲畜的院落，而且还有专门的修、钉马掌的场所。村里最好的交通工具是队上的大马车。不过，大马车很少能派上用场，因为村里能跑马车的路不多，除了一条通往外村的路稍为宽敞外，其他全是凹凸不平的羊肠小道。因村里种的全是像"小女人脚"一样的不规则的山坡地，往田里送肥料、从地里收庄稼几乎全靠骡马驴来驮运。正因如此，村里人对牲畜特别疼爱，甚至早已把它们当作社员来看待。

李玉斓家位于小村边上，院子不大，院墙是用不规则的石块精心砌成的，显得特别敦实，只是门楼和门板有些破旧，通过破门板的缝隙便能依稀看到院里的风景。虽然与想象的情形有很大不同，刚踏进李玉斓家的家门，姊妹三个依然感到特别新奇，他们还是第一次见到墙壁全用石块垒起来的堂屋和用废弃的墨水瓶、粗线捻子、蓖麻油做的小油灯。

李玉斓家的小油灯有好多盏，除了正屋桌上的那盏外，床头、窗台、灶台、门边也各有一个，用哪个就点哪个。一个个点亮的小油灯，像一个个小精灵，吐着红色的火舌，即便是非常微弱的风，也会将火舌吹动，使其不停地舞动。若想让小油灯亮一点儿，可以用细针或其他尖锐的东西将粗线捻子做的灯芯稍稍向上一挑，随着"噗噗"的两声脆响，火舌就会马上大起来、亮起来。在漆黑的夜晚，小油灯闪耀着灵性的光芒，散发出蓖麻油特有的香气，给人一种别样的温暖。李玉斓家里虽然很穷，但好像唯独不缺蓖麻油，否则不会有那么多盏小油灯。姊妹三个都在心中默念，住在这样的房子里，肯定会感到特别敞亮和踏实。

李玉斓家所在的村落土地非常贫瘠，严重缺水，听老人们说，大山深处有奔涌不息的清澈甘甜的山泉，但村里人从未寻见过，即使寻见了，也很难把水从那么远的地方运回村里。于是，村里人依然沿袭老辈人就近取水的习惯，用蓄水池把雨水、雪水积攒下来，供人及家畜长年饮用。村里家家建有蓄水池，大家喝的全是带有浓浓咸涩味的雨水和雪水。在田间地头，也建有不少专门用来收集、存储雨水的水池，以供抗旱之需。勤劳聪慧的山里人就是凭借这些"土办法"，在这方贫瘠的土地上与天争、与地斗，顽强地繁衍了一代又一代。

和其他多数人家一样，李玉斓家的蓄水池也建在堂屋前的小院里，井口很小、很圆，下面很深、很宽，像个倒扣的上细下粗的黑咕隆咚的大盅。平时井口用一块大石板盖着，只有去取水的时候才把它打开。井口边上有一条收集雨水的巴掌大小的扁平通道，平时也用石板盖着。也许是因为井深危险的缘故，李玉斓和老于头从来不让孩子们靠近水池。李玉斓家里只有三间老旧北屋，院子西南角是养家畜的窝棚兼茅厕，南墙根胡乱堆放了几垛柴草。

北屋堂上摆有一张黑漆桌子、两把老式椅子。右边紧靠桌椅放有一个积满灰尘的黑红色的一米见方的木制箱子，箱子下面是一米多高的黑砖垒成的带有空洞的台基。箱子上挂有一把老式的铜锁。紧靠北墙搭有一个很长的木板，上面放有香烛、马灯等杂物，杂物上积满灰尘，像是多年都未清理过一样。靠上的部分贴有一排伟人画像、风景图画或电影插画图。电影插画图尤其引人注目，每幅图下面都配有一行文字说明，像彩色的小人书被放大后贴在了墙上一样。也许是那些图画太过陈旧，纸张已经有些破损和发黄。总体来看，正屋显得特别阴暗和脏乱，只有白瓷碗和那几个磨得油光光的长条凳、小板凳隐约泛出几丝光亮……

正当姊妹三个好奇地左右观望的时候，耳边突然传来一阵"扑腾扑腾"的声响，转头一看，原来是他们的小表哥（乳名叫喜子）在床上高兴地翻起了跟头。喜子的动作有些夸张，像是故意吸引姊妹三人的注意似的。喜子八岁多点，刚要上小学，在家里不舍得给他穿好衣服，仍习惯给他穿开裆裤，只见他每翻一个跟头，都会不经意把半个小屁股露出来。老于头一看，上去拧喜子的耳朵，喜子机智地躲开，靠在床里侧一边嬉笑一边扭屁股、做鬼脸，冷不丁还使劲儿跺下脚。老于头费了好大劲儿，才揪住喜子的耳朵，像拎小鸡一样，把他拽下床，径直架出门外。姊妹三人立时被逗乐了。

老于头转身回来，这里摸摸，那里拍拍，像是在看床还牢不牢固。那是一张紧靠东墙、用门板搭起来的简易床铺，上面铺有一层甘草，甘草显得很蓬松，一看就是新铺上去的。甘草上面铺有一床补丁摞补丁、脏兮兮的褥子，褥子不大，只能遮住甘草的大半部分。这个简易床铺，显然是老于头特意为姊妹三个临时准备的，也许是因为整理得太仓促的缘故，枕头和被子都还没来得及放上。三间堂屋靠西的一间被土墙隔开，墙中间有一个低矮的木门，个儿高的人只有弯腰才能进去。木门边有一个生火做饭的用土坯垒成的炉灶，炉灶的烟道藏在墙壁里面，连着土炕，从西墙伸出。西间屋内靠南墙窗户垒有一个宽大的土炕，土炕上胡乱放着两床脏乱的被褥。李玉斓一家四口人平时就挤在这张土炕上睡觉。

姊妹三个在姨妈李玉斓的引领下，好奇地围着家里看了一遍。开始他们还感到新很奇，但等看了姨夫老于头那不冷不热的怪异眼神，已开始懂事的王二瓜首先感到了惊恐和不安，害怕地躲在大姐王大辫身后，紧紧拽着她的衣角，一声都不敢吭。那时的王洛姝仍叫王小辫，刚学会走路，正是咿呀学语的时候，看到啥都感到好奇，根本无法理解哥哥为什么会流露出那么惊恐的表情，更意识不到，他们凄苦的日子才刚刚拉开序幕。李玉斓家已有一双十岁左右的儿女，大女儿叫娟子，小儿子叫喜子。俗话说"半大小子吃死老子"，李玉斓家的日子本来过得就很清苦，自打王洛姝姊妹三个过去后，家里的生活变得更加艰苦了。

第一天到李玉斓家，李玉斓蒸了满满一大锅全是用地瓜面做的窝头，还特意为三人切了一大盘用酱油调的疙瘩咸菜。那是王洛姝他们姊妹三人有生以来吃过的第一顿饱饭，也是最美味可口的一顿饱饭。三个人狼吞虎咽，把调咸菜的酱油汤汁也舔了个精光。李玉斓看着三个孩子，不住地叹气、掉眼泪，说他们命苦，没摊上个好娘，还说以后她会好好照顾姊妹三人。然而，实际情况却并没有她说的那样好。后来发生的几件事让一直憋着气的老于头大发雷霆，老于头看姊妹三人越来越不顺眼，经常朝三人甩脸子、使性子，有时还把怨气撒到李玉斓身上，没完没了地跟她吵架。姊妹三人在两人的吵架声中战战兢兢地熬过一天又一天。

（2）

王大辫当时十二岁，王二瓜六岁，娇小瘦弱的王大辫自然充当起了"娘"的角色，成了两个弟妹的依靠和主心骨。按说十二岁已是上学的年龄，但王大辫一天学都没捞着上，连村里成立的"红缨枪少先队"她也没有资格加入。为了多给家里挣工分，老于头在队上给王大辫虚报了年龄，说她已有十六岁，只是从小营养不良，长得有点儿瘦弱。队长听信了老于头的话，破例让王大辫跟着队上的妇女们到田里干活，上一天工能拿到半个劳力的工分。王大辫跟着大人到田里去干活，王二瓜则留在家里照顾妹妹王小辫。

王大辫虽被当作劳力来使唤，但她仍摆脱不了孩子气，经常半夜偷偷爬起身，去摸小表姐娟子的那支用木杆、木柄和红线梭做成的"红缨枪"。娟子十五岁，在村小学上五年级，是村里"红缨枪少先队"的女队队长。庄稼收获时节，每天下午放学后，娟子都会和其他队员一起，扛着红缨枪在村头站岗，严防村民私带粮食回家。王大辫非常羡慕娟子——娟子经常扛着红缨枪站在村头，胸脯挺得高高的，显得特别威风，神气十足，而她连扛一下红缨枪的机会也没有，只能等晚上一家人都睡熟了，她才能偷偷地去摸一下枪头上的红色缨子，感受一下它的威武气息。

有一天，娟子的红缨枪突然不见了，娟子急得团团转。老于头也非常着急，在家里手忙脚乱地翻找一阵，终于从简易床下面把那支红缨枪翻了出来。得知是王二瓜偷拿了红缨枪，老于头的火"噌"的一下冒了上来，二话不说，把王二瓜摁在长条凳上，用藤条使劲儿抽打起来。王二瓜疼得哇哇大叫，一个劲地喊"救命"。一边的妹妹王小辫吓得哇哇大哭。老于头显然已被怒气冲昏头脑，把毫无反抗能力的王二瓜当成了他的敌人和仇人，毫不为王二瓜撕心裂肺的哭喊声所动，一手死死摁住王二瓜的腰，一手握住藤条，王二瓜越哭，他打得越来劲儿，一边打还一边骂："让你不听话，让你当小偷，俺看啊，你跟你娘是一个'模子'刻出来的，从小就改不了偷鸡摸狗的臭脾性，再不管教一下，那还得了……"

李玉斓实在看不下去了，劝老于头说："孩子还小，犯错是免不了的，他只是喜欢红缨枪，偷偷拿着玩儿罢了，没啥大不了的，你至于这么生气嘛！他一个六岁大的小孩子，哪经得起你这么一个五大三粗的大老爷们的打呀！"说着，李玉斓试着去夺老于头手中的藤条，没想到被老于头一把推开。李玉斓差点被闪个趔趄。老于头腾出手，用藤条指着李玉斓的鼻子说："都怪你这个多事的婆娘，揽下这么一个缺德营生，要不是你把这几个野孩子领回家来，咱们家日子绝不会过得这么艰难！俺看啊，得给这几个孩子立个规矩了，否则以后还不定闹出啥乱子来哩！"说完，又使劲抽打起王二瓜的屁股来，一边打一边问，"记住了没有？以后还偷东西不？"王二瓜哆嗦成一团，知道求饶已无济于事，索性咬紧牙关，不再大声喊"救命"，而是从鼻子里发出短促的呜咽声，以示他的"抗议"。

外出薅猪草的王大辫回家见到这番情形，立即发疯似的冲上来，拼命夺下老于头手中的藤条，"扑通"一声跪倒在地，抱着老于头的腿哭着哀求说："姨夫姨夫，你别打弟弟了，要打就打俺吧，俺可以少吃点儿饭，俺保证以后好好带弟弟，俺保证以后拼着命儿干活，能给家里多挣一份工分，就多挣一份工分……"老于头终于停下手，蹲在一边使劲儿抽起了"旱烟"。李玉斓赶紧上前去搀扶王二瓜。王二瓜不领情，拼命挣脱开她的手，一下扑在姐姐王大辫的怀里，眼泪夹杂着鼻涕扑簌簌往下流："姐，姐，俺错了，俺知道你喜欢红缨枪，所以俺就把它偷偷藏了起来，本想让你玩一下再还回去，没想到，呜，呜……"李玉斓一听，窘着脸劝道："好孩子，你咋不早说啊，既然你们喜欢，让姨夫给你们每人做一支！"老于头使劲儿抽了口旱烟，冷冷地看了姐俩一眼，没好气地说："哼，你以为那红缨枪是随便哪个人都能扛、都能玩的呀？真是个吃屎孩子，好赖都不分！"

王大辫终于明白了是怎么回事，埋怨弟弟说："你呀，也太不懂事了嘛，咋能随便拿别人的东西呢！快，给姨夫认个错！"说着，拽着弟弟的手就要给老于头下跪认错。王二瓜站着没动，鼻子抽搐两下，看着王大辫满腹委屈地说："姐，你为啥不能去上学？你为啥不能扛红缨枪啊？"王大辫鼻子一酸，一把抱住弟弟，眼泪再也止不住，扑簌簌往下流。王大辫曾不止一次告诫自己，无论命运对自己多么不公平，都不能轻易地抱怨；无论日子多苦多难，都不能随便哭鼻子。但当看到弟弟为了自己而挨打的时候，她那不争气的眼泪还是情不自禁地流了下来。看到姐姐哭，妹妹王小辫也紧跟着高一声低一声地哭，但年幼的她根本无法体味姐姐哭声中夹杂的那种酸涩滋味。

老于头突然站起身，使劲儿跺下脚，不耐烦地说："以后少在俺面前哭鼻子抹泪，你们几个都给俺听好了，别以为俺欠你们啥似的，别蹬着鼻子上脸不知道好歹，俺能给你们几口饭吃，没有让你们到外面去要饭，就已经很不错了！哼，尤其是你王二瓜，就知道吃喝，一点儿人活都干不成，还整天给俺捅娄子……咋了，看你的样子，不服气是吧？俺问你，那天你为啥扒西屋的窗户，偷偷看俺俩睡觉？"李玉澜急了，一个劲儿地向老于头使眼色，小声劝他说："快别说了，这种事咋好意思在孩子们面前说呢！二瓜他小，不懂事，就是让他看到，也没啥大不了的，你又何必跟小孩子一般见识呢！"

老于头狠狠地白了李玉澜一眼："都怪你，把几个孩子宠惯坏了，俺看啊，再不好好管教一下，他们怕是要上房揭瓦了！"说着，冲到王二瓜睡觉的床头边，一把将枕头和被子拽起来扔到一边，从床头下面翻出一个用废纸包着的火柴盒，塞到李玉澜手里。老于头气呼呼地说："看看吧，这就是二瓜干的好事！"李玉澜疑惑地看看老于头，突然感觉手里的火柴盒有点儿沉，小心地打开，只见里面装的不是火柴，而是满满一盒红糖。没等李玉澜回过神来，老于头狠狠地了瞪王二瓜一眼，没好气地问："说，你偷家里的红糖做什么？是不是都填到你那小狗肚子里面去了？红糖是你姨妈当药引子用的，平时根本舍不得用，你倒好，竟然把它当作零嘴儿吃！二瓜，俺和你姨妈对你已经够好了吧，你咋老这么不看事呢？你忘了，有回咱家里炖野兔肉招待客人，俺把锅里仅剩的一点肉全拿给你吃了，娟子和喜子都没捞着吃，俺知道你嘴馋，处处照顾你，咋了，难道你还不满足啊？哼，真是个喂不熟的狼崽子，有本事别跟着俺，找你亲爹娘去呀！"老于头说完，摔门而去。李玉澜摇摇头，看着王二瓜，欲言又止。

晚上的饭，姐弟三个都没敢多吃，几个人只喝了几口野菜糊糊，便假称已吃饱，躺到床上，抱作一团，生怕有人再把他们分开。三个人仿佛有着满肚子的委屈，眼泪止不住地往下流，但他们不敢哭出声来，生怕老于头听到又要厌烦。按说，王二瓜年龄小，不懂事，偷拿、偷吃家里的东西，算不上什么大事，没想到老于头竟然对他痛下狠手！王二瓜的屁股肿得高高的，只能脸朝下趴在床上，钻心的疼痛让他整夜都无法安睡，即使迷迷糊糊地睡过去，也会马上被噩梦惊醒，嘴中不停地喊着"姐"或"娘"。王大辫一手抱着妹妹，一手搂着弟弟，也整晚无法入睡，她想到了自己的爹，想到了又疯又瘫的娘，眼神中充满了无助、迷茫和无奈。爹娘不在身边的日子，凡事只能依靠自己，即使有再多、再大的委屈，也只能憋在心里。爹不止一次说过，人活一张脸，树活一张皮，人穷但志不能短，不能让人瞧不起。王二瓜没有记住爹说的话，也没有领会爹说的意思。他做了错事，就是爹知道了也会打他，但爹的打与姨夫老于头的打有很大不同，爹下手绝对不会那么狠，绝对不会把王二瓜当成仇人和敌人，爹打心眼儿里疼爱王二瓜，他的疼爱谁也无法替代。

事实已经明摆着，老于头却狡辩说，他打王二瓜是为了教育他，为他好，好像他做的都是对的，委屈的不该是王二瓜，而是他。自打姊妹三个进了门，老于头的眼神就给人一种受了委屈但又不甘心的感觉，并带有一种施舍和怜悯的意味。老于头俨然把自己当成了救世主和活菩萨，对自己的"善举"总是念念不忘，有时虽然嘴上不说，但那眼神早就说了，尤其是当一家人围坐在一起吃饭的时候，老于头的眼睛就会不停地对着姊妹三人说话：看我对你们多好，给你们吃，给你们喝，你们得懂得感恩和顺从，别不知好歹……不过，老于头自从打过王二瓜后，他的眼神就变得躲躲闪闪的不再那么会说话了，他从王二瓜痛苦的喊叫声和怨愤的眼神中，听到了隐忧，看到了恐惧，感到了后怕。正因如此，李玉斓对他的劝说起到了很好的效果，他开始为自己的过激行为感到内疚，以后再也没有提王二瓜偷拿红缨枪和偷吃红糖的事。家里仿佛又恢复了往日的平静。老两口的吵架声也比以往少了很多。但这只是短暂的平静，家里仍有股暗流在涌动，不定啥时就会掀起波澜。

（3）

李玉斓虽不像老于头那样总用眼睛对姊妹三人说话，但她的偏心是不可避免的，因为三个孩子毕竟不是她亲生的。她有时也会有意无意地偏袒娟子和喜子，很快家里就有了这样一条大家都必须墨守的规矩：所有好吃的东西，只有娟子和喜子吃剩了或吃不了的时候，才有可能轮到王小辫他们姊妹三人吃。至于老于头为何会破天荒拿兔肉给王二瓜吃，谁也说不清为什么，也许只有老于头心里清楚。王大辫似乎明白老于头的用心，又似乎不明白。她只能嫌王二瓜嘴馋不争气，吃了口兔肉，却落下了埋怨。要是狠下心不吃那口肉，也许姨夫就不会把它当作他的功德整天挂在嘴头上了。王二瓜吃亏就吃在嘴馋上。

到姨妈李玉斓家没多久，整天待在家里照看妹妹的王二瓜便发现，姨妈李玉斓和姨夫老于头有时会背着姊妹三人偷拿东西给娟子和喜子吃，娟子和喜子心安理得地享受着那些美食。喜子"偷"吃完东西，有时还故意张着留有余香的嘴巴给王二瓜看，一脸的得意神情。王二瓜这时就会感到不平，感到失落，心想，同样是"偷"吃东西，为啥我王二瓜就要挨打？但想到娟子和喜子也难得吃到那些美食的时候，王二瓜便不再抱怨，连他们都很难吃到，自己吃不到又算得了什么？那是他们的东西，他们想给谁吃就给谁吃，爱给谁吃就给谁吃！

王二瓜断定，那些好吃的东西均取自那个神秘的水池里，他不止一次看到喜子在水池边转悠，像是在极力寻找什么。这天，喜子患了感冒，没有去学校，在炕上躺了没一会儿，便爬起身，跑到水池边，试着去搬压在池口上的大石板，一边搬一边发出"哎呀哎呀"的叫声。喜子的举动立即引起了王二瓜的注意，瞪大眼睛远远地盯着他看。

喜子使尽了全身力气，石板仍纹丝不动。喜子很失望，围着池口转来转去，一眼瞅见王二瓜正在偷看他，像将军指挥手下的小兵一样，挺着胸脯朝王二瓜不容置疑地挥下手。王二瓜得令似的，高兴地领着妹妹走到水池边，讨好地问："有，有事吗？"喜子朝池口努努嘴，没直说。王二瓜下意识地看看池口，身子不自觉地抖了一下，仰着小脸疑惑地看看喜子，小心地问："你想做啥？姨夫说了，不让咱们随意靠近水池！"喜子做了个不要声张的手势，发出"嘘"的一声，凑近王二瓜耳根小声说："这水池里面有好东西，你帮俺把石板移开，等俺拿到宝贝，也分你一份！……谁若骗你，是小狗！"王二瓜半信半疑，站在那里愣神。

　　见王二瓜犹豫不决，喜子不乐意了，他觉得王二瓜没资格不听他的话。喜子像失了脸面一样，换了副冷面孔，用命令夹带威胁的口气说："有我呢，你怕啥？俺爹俺娘不在家，得由我说了算，二瓜，从现在开始你必须听我的！否则的话，哼……"王二瓜被喜子的气势给震住了，这才意识到自己现在寄人篱下，是不能随便说"不"的。姨妈家里的人，他谁也不敢得罪，用姨夫叮嘱的话来吓唬喜子根本行不通。这样一寻思，王二瓜就后怕了，只觉心里像突然压了块沉沉的石头。虽有些担忧和不情愿，王二瓜还是装出"很乐意效劳"的样子，朝喜子使劲儿点了点头。喜子很高兴，招呼王二瓜抓紧行动。王二瓜一边应允一边俯下身查看，这才看清池口石板下面压着一根很粗的井绳，井绳一头伸进池中，一头拴在一根一米多长的木棍上，木棍刚好卡在用石块砌成的池口外沿，显得非常结实和牢固。

　　喜子说，井绳另一头拴着一只篮子，吊在池水上方，篮子里面装满了宝贝。王二瓜很好奇，急于想看看宝贝是啥样子，对着池口瞅来瞅去，早把先前的担忧忘到脑后。见哥哥忙着找东西，王小辫也好奇地紧跟在哥哥屁股后面找，哥哥站，她也站，哥哥蹲下，她也跟着蹲下。喜子看王小辫有些碍眼，一个劲儿地朝王二瓜挤眉弄眼。王二瓜终于领会了喜子的意思，妹妹在身边，他们不好下手，这种事最好别让妹妹看见。这会，两个"小男子汉"总算达成了统一阵线，成了荣辱与共的亲密战友，争着抢着哄劝妹妹，总算把王小辫哄进了屋里，随即闪身出屋，把门从外面关上，忙不迭地跑到水池边，一起试着去搬压在池口的大石板。

　　大石板终于被挪开，池口处露出了一道窄窄的月牙一样的缝隙。两人累得上气不接下气，一屁股蹲在地上，随后好奇地趴在池口边，两个小脑袋挤在一起，极力想通过那道窄小的缝隙查看里面的景象。通过那道缝隙，王二瓜看到了一面晃动的不规则的大镜子，那镜子若即若离，人影映在上面，很快被扭曲，变了形。除了人影外，还有井绳和形似竹篮的倒影，在水面上晃来晃去，让人眼晕。王二瓜曾多次梦见水面像镜子的水潭，那水潭深不可测，充满了凶险，能把人吸进去，永远也寻不到回路。王二瓜没想到，梦里的情形竟然真实地呈现在眼前，一种做噩梦时才会有的恐惧感随即冒了出来，游龙一样在他躯体里乱窜，好像恐惧一直潜伏在他的心灵深处，从未离开过一样。

虽然有些害怕，王二瓜仍忍不住去看，看着看着，只觉眼前一晕。王二瓜触电似的缩回身子，"霍"的一下站起身，紧张得脸色都变了。喜子仰起小脸疑惑地看看他，问他怎么了。王二瓜身子不自觉地抖了一下，待了好一会儿，才终于从牙缝中挤出了一个"怕"字。喜子不屑地撇撇嘴，埋怨道："啧啧，原来你这么胆小啊！有什么好怕的嘛，你不想要宝贝了？你还想吃好东西不？俺说话算数，只要你帮俺把宝贝拿出来，以后有好吃的俺一定偷偷分你一份！"王二瓜咬着嘴唇直摇头。喜子急了，没好气儿地说："你要是不听话，俺马上告诉俺爹，看他怎么收拾你，哼！""别，别……"王二瓜一惊，下意识用手捂住屁股，央求喜子说，"俺听话，俺一定听你的话，求你千万别告诉姨夫！"每次听到喜子的威胁话，王二瓜就怕得要命，相比做噩梦来说，挨老于头的打更为可怕。老于头打王二瓜，一定会伴随尖酸刻薄的骂，这样一来，王二瓜疼的不仅是屁股，还有他的内心和作为小男子汉的自尊。

看王二瓜一副倒霉蛋的样子，喜子"扑哧"一下乐了，一把拉住他的手，跟他"拉钩起誓"，答应以后不再向爹告他的"状"。王二瓜一听，长吁了一口气。王二瓜现在已没有退路，只能硬着头皮帮喜子把事干到底。两人齐心协力，终于用一根木棍将池口的石板一点一点地撬开，石板被撬开后，露出了圆圆的井口。喜子将王二瓜拨拉到一边，抢前一步，麻利地把井绳拽了出来。王二瓜站在一边盯着，想离开又不甘心，腿像灌了铅一样不听使唤。随着井绳慢慢拉出，王二瓜的心也提到了嗓子眼上，呼吸变得越来越急促。井绳一头拴着的原来是一个刚好有池口大小的圆圆的用细荆条编制的竹篮！竹篮顶上放着几把带有露水、鲜嫩可人的青菜，底下是几包用塑料布包着的东西，小心地打开，竟是咸肉和点心等吃食。原来这水池用途很广，不仅可以存水，还可以当冰窖储藏东西。水池中气温低，平时家里舍不得吃的熟咸肉、青菜等东西都可以放在竹篮里，吊在池中贴近水面的地方，这样可以保存、保鲜很长一段时间。

喜子旁若无人似的，麻利地翻出熟咸肉和点心，一手抓着一样，左边咬一口，右边咬一口，一边吃一边使劲儿咂嘴，发出吧唧吧唧的诱人声响。王二瓜馋得直流口水，讨好地问："这，这就是你说的宝贝吗？真好吃！你，你刚才说的话还算数吗？""你，真的，想吃？"喜子这才意识到王二瓜还站在一旁，一边大口嚼着美食一边含含糊糊地问。王二瓜不假思索地点点头。王二瓜深知偷吃咸肉和点心的后果，想极力克制自己不去碰那些东西，但他的肚子却在发出咕噜咕噜的抗议声。王二瓜使劲儿咽下一口唾沫，心一横：为了让自己饱餐一顿，顾不得那么多了。王二瓜眼巴巴地看着喜子，不住地咂嘴、咽唾沫。"那好吧，俺这就分给你一点！"喜子的声音显得特别悦耳和动听。喜子使劲儿撕下一块咸肉，递给王二瓜，王二瓜一把抓在手里，狼吞虎咽地大吃起来。

王二瓜下意识一回头，发现妹妹王小辫正眼巴巴地扒着门缝看自己吃，嘴中发出咿咿呀呀的呼叫声，王二瓜没有多想，赶紧把没吃完的咸肉拿给妹妹吃。王二瓜弓下身，一边看妹妹吃一边流涎水，两手张开捧着，随着妹妹吃肉的动作不停地挪动位置，生怕妹妹不小心将咸肉碎末掉到地上。等妹妹吃完咸肉，并确认一点也没有"浪费"后，王二瓜这才放心地转回到水池边，巴望着从喜子手里再讨要一点，却发现喜子正哭丧着脸站在那里发呆。王二瓜一惊，低头一看，见篮子中空空的，不解地问："咋，你把它们全吃了？菜也吃了？"喜子撇撇嘴，突然"哇"的一声哭了起来："完了，完了，俺闯下大祸了，刚才俺不小心把篮子碰倒，里面的东西全掉进水池里面去了！二瓜，好二瓜，俺爹要是问起来，你帮俺挡一下好吗？这次你帮了俺，以后俺一定好好对待你！""这，这……"王二瓜看看竹篮，又看看池口，一时没了主意。

正在这时，突然听到院门响动，像是有人来了。没等王二瓜醒过神来，喜子已飞一般跑进屋里，爬上炕开始装病。是老于头回来了。王二瓜一时紧张，竟忘了跑开，就算跑，也找不到可以藏身的地方。老于头放下锄头，掸掸身上的尘屑，一眼瞥见王二瓜正傻呆呆地站在水池边，迟疑了一下，随即三步并作两步跑过来，一看，顿时火冒三丈，不问青红皂白，抬手就打。王二瓜疼得"哇哇"大叫，妹妹王小辫也紧跟着"哇哇"大哭。

老于头这次下手比上次还要重，大有将"仇家"踩在脚下使其永世不得翻身的架势。只见他顺手抄起旁边的一把笤帚疙瘩，使劲儿朝王二瓜屁股上抽去，一边抽打一边大声骂："熊孩子，真是贼性不改，人们都说'有其母必有其子'，起初俺还不信，这回俺真的信了！贼小子，简直是翻了天了，从小就学着小偷小摸，长大了那还了得！哼，俺不信收拾不了你，叫你偷，俺叫你再偷吃东西……上次你姨妈替你求情，说你很可怜，从小就没人疼，俺看啊，你小子一点儿都不值得人可怜，注定是个讨人嫌的东西，你啊，还是个白眼狼，永远都喂不熟……"王小辫不知道姨夫为什么又打起哥哥来，上前拽着他的衣角，奶声奶气地求情："不，不打……"老于头回头狠狠地瞪了王小辫一眼："一边去，不听话，俺连你一块揍！"王小辫吓了一跳，身子不自主地哆嗦了一下，"哇"的一声大哭起来。

恰在这时，李玉斓下工回来了，跑上来使劲儿夺下老于头手中的笤帚，气呼呼地问："你这是干吗？怎么又打起孩子来了？孩子到底犯了啥错，值得你这么下狠手吗？"老于头从鼻子发出"嗤"的一声冷笑，用手指指水池，又指指王二瓜，说："你问他，哼，这样下去，这日子没法过了！"李玉斓若有所悟，走近水池边看了看，突然一屁股蹲在地上，用手扑打着地面号啕大哭起来："天啊，这可是俺们大半年都没舍得吃的口粮啊，竟然被你轻易给糟蹋了！呜呜，这日子以后可咋过啊……"没想到姨妈也伤心大哭，要是把她的心也伤透了，以后咋继续在家里待下去呀？王二瓜意识到了问题的严重性，"扑通"一下跪倒在李玉斓面前，哭着说："姨妈，对不起，俺错了，俺不该偷吃家里的咸肉，可是，俺不是故意的，是，是喜子……"王二瓜用惊恐的眼神看看老于头，吞吞吐吐欲言又止。

老于头的火气"噌"的一下又冒了上来，一脚踹过去，将王二瓜踹倒在地，气呼呼地说："好啊，做了坏事还赖别人，你以为别人都像你一样嘴馋呀？你以为别人都像你一样贼性不改呀？喜子感冒躺在床上，身子软得像面条一样，哪有力气搬开井口的石板？"老于头还要继续打骂王二瓜，被李玉斓拦住。李玉斓长长地叹了口气，自嘲一笑说："吃了就吃了吧，总归是一家人，谁吃都一样。只是，唉，可惜了那些没吃到嘴里边的，浪费了，啧啧，浪费了啊！"李玉斓说着，想扶王二瓜起来，但被王二瓜拼命挣脱，王二瓜心里憋屈，倒在地上打滚，就是不肯起来。

王大辫下工回家，老远就听到家里有哭声，急急地跑进家门，看到眼前的情形，马上明白了七八分，跑上去和弟弟妹妹抱在一起，哭作一团。李玉斓有些理亏，赶紧上前相劝，把事情经过简单一说。王大辫止住哭声，冷冷地看了王二瓜一眼，突然扬起手，使劲儿打了他一巴掌，没好气地说："你这个不争气的家伙，咋能随便偷吃人家的东西呢？你被人骂得还不够啊？咱们人穷但志不能短，你忘了咱们是怎么离开家的？你忘了爹是咋叮嘱咱们的……"王大辫的话显然也是说给老于头和李玉斓听的。老于头不为所动，索性蹲在一边只顾抽起了旱烟。李玉斓听了王大辫的话，只觉心里一沉，想起姊妹三人悲苦的身世，忍不住想掉眼泪，尴尬地看着三个"小可怜"，一时不知说啥是好。

王二瓜没有领会姐姐话中的弦外之音，他被打蒙了，愣在那里，咬着嘴唇任凭姐姐数落。他搞不明白为什么最疼他、爱他的姐姐也打他，难道他真的做错了？王二瓜想不通，在自家村里，小孩子都不愿和他一起玩耍，而且老骂他是贼婆娘的孩子，本想到了姨妈村里，这种情况会有所改变，没想到仍有人这样咒骂他、挖苦他！

（4）

生活的磨难能让人变得清醒、冷静，也能让人变得坚强和成熟。王二瓜挨了姐姐的打，像突然间长大了几岁一样。王二瓜紧咬嘴唇，一声不吭地把散落在池口上的菜叶和点心收拾好，小心地放进篮子里，并试图把掉进池水里的咸肉和青菜也捞上来。李玉斓上前拦住他，向王大辫使了个眼色说:"算了,这事以后谁也不要再提了,东西没了,咱们再挣嘛!"王大辫使劲儿点下头,一把拽起王二瓜,走向一边,耐心地叮嘱起来,让他以后一定要争气,别再让人瞧不起。王大辫说:"二瓜,你要听话,这不是在咱们自己家,咋能随便动人家的东西呢?姨妈和姨夫能收留咱们,给咱们一口饭吃,就已经很不错了,咱们得感激他们才对。你今天闯了这么大的祸,姨夫教训你那是对你好,咋能硬跟他顶嘴呢?好了,今天是你不对,没啥好委屈的,就是爹见了也不会轻饶你,那一巴掌是俺替爹打你的,你不会怪俺吧……"

王大辫心疼地摸摸弟弟的脸,问:"还疼吗?""不疼,姐,你打的一点儿都不疼!"王二瓜鼻子抽搐两下,委屈的泪水在眼窝里打转,但他强忍着,始终没有让它流下来。王大辫鼻子一酸,一把将弟弟搂在怀里,刚要再安慰他两句,突然感觉衣角被人轻轻地拽了一下,回头一看,是妹妹王小辫。王小辫像个没事人似的,眼巴巴地看着姐姐说:"吃,吃,吃肉,俺,俺饿!"王二瓜一听,狠狠地瞪了妹妹一眼,没好气地说:"咋?你还想吃肉?你不怕屁股也被打开花?"说着,眼泪"唰"的一下又流了下来。王二瓜马上想到了姐姐刚刚说过的话,一把将眼泪抹掉,下意识地挺了挺胸脯,看着姐姐,坚定地说:"姐,俺想回自己家,回家就是饿死,俺也乐意!"

"好啊,看来你这个小白眼狼真的没得救了,这段时间俺算是白养活你了!屁大点儿的孩子,竟然说出这么没情没义的话来,咋了,俺们大半年都没舍得吃的肉,都让你给糟蹋了,你还不知足啊?你还嫌闹腾得不够呀?就算俺用它喂狗,狗也会朝俺摇几下尾巴,你倒好……妈拉个巴子,还吃肉哩,俺让你以后狗屎都吃不上,哼!"王二瓜的话不想又被老于头听了去,老于头气不打一处来,话越说越难听,拿起扫帚冲过来,做出要打的样子,但最终没有打下去,把笤帚使劲儿摔在地上,气呼呼地转身走进屋去。

王大辫本能地用身子护住弟弟和妹妹,见老于头走进屋,才长长地吁了口气。王大辫看看弟弟,欲哭无泪,咬着嘴唇沉思片刻,小声哄劝他说:"姐姐答应你,等咱们把欠姨妈家的东西还上,立马带你回家!""真的吗？姐，你说话算数吗?”王二瓜眼睛一亮，焦急地问。姐姐使劲儿点点头，轻轻地拍下弟弟的肩膀说：“不过，你得答应俺一个条件，以后得乖乖听姨夫姨妈的话，你是家里的小男子汉，不能总是吃闲饭，在家里要学勤快点，有空多到坡里打点猪草，记住了吗!”“嗯! 记住了!”王二瓜答应着，脸上终于露出了会心的笑容。

王大辫只是想哄弟弟安心地在姨妈家多待一段时间，并没有真心要带他和妹妹离开的意思，但王二瓜却信以为真，变得特别勤快和乖巧，抢着帮姐姐干活，主动背上大篮了到坡里去打猪草。王大辫看了心里很是不安。王二瓜长大了，懂事了，已经哄骗不了他了，不像妹妹王小辫，仍保持一颗天真无邪的童心，还体味不到烦恼、忧愁和爱恨的滋味。要是像妹妹那样总也长不大该有多好，长大就意味着要与烦恼不停地搏斗，烦恼像影子，总也甩不掉，越想躲，它跟得越紧。王大辫已真切地感受到了烦恼和忧愁的滋味，但作为姐姐的她只能忍着、憋着，她必须表现得很坚强，这样弟弟妹妹才有依靠。

王大辫不愿离开姨妈家，是有苦衷的，年幼的弟弟和妹妹根本无法体谅她的难处。王大辫觉得，他们姊妹三人给姨妈家添了很多麻烦，她得挣够足够多的工分才能离开，否则白吃姨妈家的饭，她心里会感到不安。早在来李玉斓家之前，王拥财就曾单独和王大辫谈过心，说乌鸦反哺，羔羊跪乳，人要懂得感恩和报恩。这世上再大的恩情也大不过抚养之恩，老于头和李玉斓肯收留姐弟三人，那是天大的恩赐。弟妹们还小，这份情义只能靠王大辫来偿还，作为家里的长女，必须挑起这副担子。正因如此，王大辫到了李玉斓家，才拼了命地干活儿，从不叫苦、从不喊累。

王大辫心里很清楚，就算回到自己家，日子也好过不到哪里去，家里穷得叮当响，还比不上姨妈家里宽裕。再加上娘有疯癫病，整天闹腾，家里早被她折腾得不成样子，连个盛饭的像样的囫囵碗都没有，咋回去啊！于是，当王二瓜三番五次地询问王大辫啥时带他回自己家时，王大辫总是说“快了”，但接下来便没了动静。王大辫只顾拼命干活，不仅自己拼命干，也要求弟弟拼命干。然而，王大辫的积极表现并没有打动老于头，反而给老于头又添了一个大麻烦，又一次引爆了他的“火药筒”。为了多挣工分，王大辫主动承担起牵骡子向田里驮粪的活儿，没想到这活儿看起来轻松，做起来却不容易，那头又高又大的骡子并不像别人说的那样老实。

早就听队上的人说，骡子的眼睛像个放大镜，能把人看得非常高大，所以它才怕人，对人特别驯服。王大辫不知道这是不是真的，经常偷偷盯着骡子的眼睛看来看去，始终看不出个所以然来。第一次牵着骡子向田里驮粪，王大辫紧张得心怦怦直跳，担心骡子发情发疯，突然间把自己撞倒、撞飞。好在骡子早就习惯了被人使唤，对主人的更换毫不在意。开始的几天都很平静，但意外恰恰就发生于平静之中。这天，王大辫牵着骡子往田里驮粪，天很蓝，云很淡，风很柔，一切都按部就班。半路上碰到队上一位妇女牵着另一头骡子送完粪往回走，王大辫也没觉察到有啥异常，接下来发生的一幕却让她看傻了眼：两头骡子碰到一起，突然像仇家相见似的，对视着嘶鸣起来……没等王大辫回过神来，她手中牵着的骡子已挣脱开缰绳，跑上去对着对方的骡子，就是一阵发疯似的撕咬——对方的骡子明显有些矮小和瘦弱，一眨眼的工夫就被咬得遍体鳞伤。

王大辫惊呆了、傻眼了，她没想到一向温驯的骡子竟然也会发疯，而且专找弱小的同类下手，看那架势根本不是发情，而是在发泄苦闷和怨怒。王大辫突然发现，骡子虽是畜生，但它是有思想的、有情绪的，当它不甘心或无法忍受被人奴役，心里的苦闷累积到一程度时，就会发疯、抓狂，积聚在它身体里的怨怒就会像洪水一样爆发出来。骡子是可怕的，尤其是长时间保持沉默的骡子，更为可怕。王大辫脑中闪过一个奇怪的念头，要是自己也变成一头发怒的骡子，该多好。然而，队长却不认为骡子可怕，也从不把骡子当成有思想、有情绪的畜生看待，而是仅把它当成不会说话的壮劳力来使唤。看到队上的骡子被咬伤，队长非常生气，也很心疼，心疼的是他有可能从此失去一个可以随意使唤、从不跟他顶嘴也从不背着他偷懒耍滑的壮劳力。队长把老于头叫过去，把他狠狠地训了一顿，说王大辫不是干活儿的料，竟然连缰绳都牵不牢。队长要老于头不要再让王大辫到队上干活，还说要扣掉她以前挣的所有工分。老于头一个劲儿地向队长赔不是。

老于头挨了队长的训，一声不吭地把王大辫领回了家。刚踏进家门，老于头憋着的气便撒了出来，矛头没有对着王大辫，而是直接指向了李玉斓。老于头气呼呼地埋怨李玉斓说："看你做的好事，起初俺就说不要领他们来家，你偏不听，这下好了，她闯了这么大的祸，看你怎么收场！"李玉斓似乎早就得知此事，嗔怪地看了王大辫一眼，劝老于头说："事情既然发生了，你埋怨有啥用？这孩子本来就很小嘛，个子都没有粪筐高，这样的活儿咋能让她去干呢！再说了，不就是骡子咬骡子嘛，又没有咬死，有啥大不了的啊！"为了缓和紧张的气氛，李玉斓故意用轻描淡写的语气逗趣说："咬死了更好，那样咱家又能分到几斤骡子肉了，虽然那肉味差了点，但总比野菜好吃，呵呵，若真那样的话，咱家池子中的篮子就不会一直空着了！"

李玉斓的话非但没有缓和气氛，反而把老于头压在心里的火又勾了起来。老于头像发疯的骡子一样，跳上去使劲儿推了李玉斓一把，气势汹汹地说："你说得倒轻巧，骡子是队上的宝贝疙瘩，十个壮劳力都顶不上一头骡子！现在那头骡子被咬伤，伤口怕是十天半月都好不了，更驮不了粪，只能像病号一样养着，你知道这样一来队上的损失有多大吗？天啊，俺这是哪辈子欠下的孽债呀，偏偏摊上这种倒霉事，那头骡子要是有个三长两短，俺就是砸锅卖铁也赔不起啊！"老于头猛地扭回头来，狠狠地瞪了王大辫一眼，又说："都怪你这个死闺女，你为啥非要去逗能？还嫌你们闯的祸不够多吗？"王大辫低着头，紧咬嘴唇，眼泪吧嗒吧嗒地往下掉。在老于头眼里，王大辫一向表现很好，今天的事却无法让他原谅。老于头指着王大辫的鼻子，一通臭骂："你说，这事该咋办？你说，你说呀！你不是挺能吗，那天还阴阳怪气地说话给我听，是成心跟我赌气吧？现在你的本事呢，哪去了？你自己拉的屎，咋不自己擦呀？这回蔫了吧？这回该知道自己有几斤几两重了吧？知道自己还没有那本事，就别去瞎逗能，羽毛还没长齐全呢，就别整天想着往天上去扑腾！唉，大辫呀，让我说你啥好啊，你也算个大孩子了吧，咋还像二瓜一样不懂事呢？"

老于头越说越气，竟然说出了一句让一家人都颇为吃惊的话："俺实在是受够了，俺可不想白养活你们，到头来啥好也捞不着，反而落一身埋怨！你，你们还是快点滚吧，给俺滚得远远的，俺这辈子都不想再见到你们!"即使老于头说出这么绝情的话,王大辫仍紧咬嘴唇,一声不吭。她嘴上不说,心里却在不停地揣摩老于头说的每一句话、每一个词、每一个字,并暗暗记在了心里。她觉得越是这时候,越不能吭声,对待老于头的怒骂、质问,保持沉默便是最好的回答。老于头没有理会王大辫的无声抗议,看她低头不语,还以为王大辫被自己说的话打动,正在做深刻的反省。老于头发完火,想起自己刚才说的过头话,不免有些心虚和理亏,又蹲在一边使劲儿抽起了旱烟。老于头总是用这种方式掩饰他内心的慌张。

李玉斓趁机打圆场,拍了下王大辫的肩头,意味深长地哄劝她说:"大辫啊,你姨夫刚才说的是气头话,千万别往心里去。不过,话又说回来,摊上这么大的事,搁谁都受不了,他向你发脾气也是迫不得已。我不是和稀泥,唱白脸,说句掏心窝子的话,虽然你姨夫嘴上臭了点,但心里并没啥,他打心眼里还是非常喜欢你的,所以啊,骡子跑了就跑了,咬了就咬了,随它去吧,咱们该咋干还咋干,饭该咋吃还咋吃,记住了吗?"王大辫朝李玉斓尴尬一笑,使劲儿点了点头。李玉斓的话听起来很在理、很受用,王大辫却怎么也高兴不起来。王大辫感觉自己正被一种莫名的担忧和恐慌攫取着、折磨着,心里像藏了一头不安分的骡子,不定啥时,它就会发疯抓狂,突然蹦出来朝自己心头狠狠地咬上一口。

(5)

心情不好的时候,胃口也跟着不好,看着老于头冰冷的面孔,心情更遭,胃口更差。晚上的饭,王大辫小心地吃了几口,就假称不饿不再吃了。王二瓜和王小辫见姐姐不吃,也没敢多吃。当他们在老于头面前犯了错的时候,唯一能做的就是通过尽量少吃饭或干脆不吃饭的方式来表达歉意,弥补过失。王大辫这时的心情不光不好,还复杂,说不清是歉疚,还是委屈。直到晚上睡觉前,王大辫心里也没平静下来。不知不觉夜已深,夜静得像一潭黑咕隆咚的深水,隐约传来秋虫幽灵般的鸣叫声,忽近忽远,若即若离,像是在诉说一个遥远的悲戚的传说,也像是在酝酿一个更大的阴谋。

王大辫坐在床头，大瞪着两眼发呆，心里也有一潭迷蒙的深水，扬着云似的波浪无声无息地翻过来、荡过去。波浪中，不时闪现出老于头满是怒气的面孔，有些夸张、有些扭曲、有些变形、有些模糊，一会飘过来、一会又飘过去。随后，莫名的恐惧便像水中的飞鱼蜂拥而来，个个张着大口，不停地在王大辫身体里游来游去，吸来吸去。王大辫感觉浑身无力，像突然被抽空、被剥离、失去了支撑一样，飞速地往下沉，往下沉。

　　王大辫打了个激灵，很快从恍惚中醒过神来，下意识地往身边一摸，摸到了弟弟王二瓜稚嫩的小脸，小脸上似乎还挂着甜甜的笑。王大辫心里顿时涌上一股暖流，暖流撞到眼眶，热泪便奔涌而下。王大辫想：自己受了委屈不要紧，绝不能让弟弟妹妹也跟着受委屈、受牵连；自己苦点儿累点儿不要紧，绝不能让弟弟妹妹也跟着无端地吃苦受累。本来自己在老于头面前表现还不错，还能为弟妹多少带来一丝呵护和庇荫，现在不一样了，自己也成了老于头的"眼中钉"，咋去保护弟妹？曾不止一次想给弟妹撑起一把遮风挡雨的伞，可是面对现在这种境况，咋撑呀？更为糟糕的是，现在连劳动的机会也没有了，不能劳动，那就意味着将在别人的冷眼下吃闲饭，这才是最让人无法忍受的。惹不起，躲得起，干吗非要看老于头的眼色过日子？干吗非要一条道走到黑，路实在走不下去的时候，为啥不去试着拐个弯儿呢？

　　王大辫觉得，老于头已下了逐客令，不好再死皮赖脸地待下去，不如另寻出路。想到这里，王大辫不由自主地推了王二瓜一把，伏在他耳朵上喊了一声。王二瓜揉揉惺忪的睡眼，问王大辫要干什么。王大辫"嘘"了声，小声问："还想回家不？"王二瓜吃了一惊，脱口说："俺，俺做梦都想哩！姐，你真的要带俺回家？""真的。"王大辫使劲儿点点头。王二瓜一骨碌爬起身，一把抓住王大辫的手，一边使劲儿点头一边嘬着嘴低声抽泣。王二瓜心里早就充满了委屈，有苦说不出，所以当得知真的要逃离"牢笼"时，才显得如此动容。王大辫鼻子一酸，一时找不到合适的话语来劝慰弟弟，只是亲昵地拍了拍他的肩头。

　　王大辫和王二瓜摸索着爬起身，简单收拾了一下行李，然后背上妹妹王小辫，互相搀扶着蹑手蹑脚地走出门去。夜依然是那样黑，只有天上寥落的星辰和村里凸凹不平的土石路面泛着迷蒙的惨白的光亮。王大辫背着妹妹、领着弟弟，深一脚浅一脚地跌跌撞撞地顺着大路向前走去。远处隐约传来说不清是野兽还是家畜的低吼声。王二瓜吓得腿肚子直打哆嗦，使劲拽着姐姐王大辫的衣角，生怕跟丢了。妹妹王小辫则趴在姐姐背上酣睡，并不知道姐姐正带着他们又一次离家出走，向着一个陌生的看不到光亮的地方奔去。在深夜赶路的人，最希望看到的是人类自己制造出来的光亮，即使光亮很远、很弱，永远都无法靠近，也能给人别样的温暖，给人希望、信心和力量，让孤独的行路人不再感到孤单。姊妹三人却始终没有看到这种光亮的闪现，他们看到的只是幽暗的毫无生气的自然夜光。

也不知走了多长时间，天边终于露出了一丝朝阳的红晕。王二瓜看看周围，又看看前面的那条羊肠小道，不像是回自己家的路，急了，一把抓住王大辫的胳膊，焦急地问："姐，咱们这是去哪儿?""回家!"王大辫坚定地回答。王二瓜"哇"的一声哭了："姐，你别骗俺了好不好，这不像是回家的路嘛!"王大辫打了个寒战，她确实没有带弟弟回家的打算，她不想让弟弟怀抱已久的希望过早落空，所以才没有对他直说。现在怕是瞒不住了。困苦不可怕，怕的是熬过困苦后仍看不到一点希望;伸手不见五指的黑夜不可怕，怕的是人心里也没有了光亮。看王二瓜灰心丧气的样子，王大辫感到很无奈，一脸苦相地盯着他说："好弟弟，你是家里的男子汉，得挺住，咱们闯了祸，不能急着回家，姐带你要饭去，只要有姐一口吃的，决不会让你和小辫饿着!"说着，不由分说，拉起王二瓜就走。

王二瓜极不情愿地跌跌撞撞地跟在王大辫屁股后面，委屈得眼泪吧嗒吧嗒往下掉。王小辫偏在这时醒了，不停地喊"饿"，王大辫赶忙耐着性子哄她："好妹妹，再坚持一会，姐给你要窝头吃，要咸肉吃……"王大辫没料到自己会顺嘴说出"咸肉"两字，只觉鼻子一酸，眼泪顺着脸颊哗哗而下。越想极力避讳的东西越不容易避讳，越不想碰到的事情越容易碰到。早在来李玉斓家之前，王大辫就想好了避免各种尴尬情况发生的方法，但无论她怎么努力，还是没有阻止那些事情的发生。王大辫这时才弄明白，有些事是她无法控制和左右的，她只能面对，不能逃避。王大辫曾再三告诫自己要坚强，但是到了关键时候，她还是忍不住掉眼泪，巴不得马上扑到爹娘怀里，痛痛快快哭上一场。

天亮了，太阳慢慢爬升起来，脸羞红得像个情窦初开的腼腆的少女，山野沐浴在太阳光的羞红里，也显得别样羞涩和迷人。没过一会儿，太阳像被晶莹的晨露洗过一样，由羞红变得白净和清爽，甩掉了稚嫩的羞涩，换了副阳刚模样，毫不理会姊妹三人的狼狈相，泰然自若、沉稳刚健地在天空信步，把阳光洒满山野的每个角落。王大辫心里也藏着一颗太阳，不时闪烁出让她怦然心动的光芒，但这时却不见了它的踪影，被一团迷蒙的黑色遮蔽住了。王大辫相信等黑色慢慢消退，她心里的那颗太阳就会奋力地钻出来、亮起来。

王大辫背着妹妹、领着弟弟，一边走一边紧锁眉头想来想去。走着，走着，饥饿开始在她的身体里晃来荡去，一把一把地撕扯着她，一点一点地吞噬着她，让她心慌目眩，腿脚发软。王大辫觉得当务之急是得先设法讨到一些饭食，只有填饱了肚子，才有力气赶路，才有心情考虑其他事。王大辫抬头望望远方，心里陡然多了几分迷茫。秋末的山野显得分外萧疏，恍惚见远处有袅袅的炊烟升起，走近一看，竟是山林上空还未散尽的晨雾。王大辫感到一阵莫名的恐慌，禁不住倒吸一口凉气，听说人迹罕至的荒野山林中时常有眼睛放着绿光的饿狼出没。决不能刚逃出"虎口"，又落入狼口。王大辫顾不上多想，一手揽紧妹妹，一手拽紧弟弟，跟跟跄跄地拼命向背离山林的方向跑去。

跑着，跑着，王二瓜没了气力，一屁股蹲在地上，大口地喘着粗气，结结巴巴地问："姐，姐，你跑啥？是，是姨夫追来了吗？""不是姨夫，是饿狼！"王大辫停下，回头看看空荡荡的山野，忍不住"扑哧"一笑，这才意识到，就算附近真有饿狼，也无须害怕，因为畜生只会在夜间出来活动，很少有人碰见过，关于它的吓人模样多是人们凭空想象出来的，纯粹是自己吓自己。人们想象出来的饿狼比真的饿狼更加可怕，真的饿狼可以甩掉，但心里的饿狼却像影子一样总也甩不掉。王二瓜也不相信大白天会有饿狼出来活动，对王大辫的惊慌失措感到好笑，小男子汉的自尊突然涌上心头，"呼"的一下蹦起身，做了个与狼搏斗的架势，装作无所畏惧的样子，左看看，右看看，随即像泄了气的皮球一样没了底气，哭丧着脸问："姐，不对呀，看这地儿咋这么眼熟啊?"王大辫一愣，仔细一看，也立马哭丧了脸：天啊，跑了大半天的路，本以为已跑出很远的距离，没承想又绕回到了离姨妈家不远的地方。

王大辫很失望，不忍心再带弟弟妹妹跑冤枉路，再说三个人已经非常疲累，实在跑不动了。王大辫想把趴在自己背上的王小辫放下来，一块坐下来歇息一下。王小辫却死死拽着她的衣角不松手，并急得哇哇大哭，像受了天大的委屈一样，无论王大辫和王二瓜怎么劝，就是不闭嘴。两人一时没了主意，傻呆呆地看着王小辫，任由她哭。过了一会儿，王小辫的哭声终于变小，由哇哇大哭变成有气无力的抽泣。因为饥饿，妹妹连哭的气力也没有了。王大辫鼻子一酸，一把将王小辫搂在怀里，先前想好的哄人话语一句也说不出口。王小辫像受了伤的小猫，依偎在王大辫怀里，低声抽泣着，很快又进入了梦乡。王大辫和王二瓜心照不宣地靠在一起，也闭上眼假寐。他们知道，抗拒饥饿的最好方式就是睡上一觉，说不定在梦里，还能美美地饱餐一顿。

(6)

秋冬交替时节，天气变幻无常，白天还是艳阳高照暖暖的样子，傍晚突然起了北风。一阵冷风吹过，姊妹三人相继醒来，由于极度困乏，他们竟然睡了足足有大半天的时间。睡眠消解了疲乏，却没有带走饥饿。王二瓜似乎仍沉浸在他的美梦里，一边咂嘴一边喃喃自语：我看到了，我看到了，好多外面包着彩纸的糖果，雪片一样向我飞来……弟弟的话给王大辫提了醒儿，她突然想到了可以充当"糖果"的东西。王大辫不声不语，飞一般跑开去，很快又急匆匆地跑了回来，手里多了几根新鲜的玉米秸秆。王大辫麻利地将捋掉叶子的秸秆折为几段，分给王二瓜和王小辫。王二瓜和王小辫稍做迟疑，心照不宣地将秸秆抢在手里，当作"甘蔗"吃起来。寄人篱下的压抑生活，使三人早就达成了某种默契，习惯了用眼神和动作来交流思想和感情。

三人默默地吃着"糖果"。咬掉秸秆外面绿中带紫的硬皮，便露出了白中带黄的瓤，将瓤咬在嘴里，甜甜的、韧韧的，稍带点儿涩。玉米秸秆像庄稼人的"零食"，是不能当饭吃的，只能吸食里面的甜味儿汁液，嚼剩的瓤特别粗糙，无法下咽，得吐掉。即便是这样的东西，队长也不会随意让社员们吃的，因为庄稼秸秆是骡马牛羊等牲畜的口粮，浪费不得。吃了几段玉米秸秆，三个人反而感觉更加饿了，肚子里均发出了咕噜咕噜的抗议声响。王小辫以为哥哥和姐姐在哄骗她，打破了先前的默契，一咧嘴又哭上了："哥，姐，俺想吃糖，吃那种用彩纸包着的糖！"王二瓜白了王小辫一眼："俺那是做梦哩，糖，哪有啊？有'甘蔗'吃就不错了。别再哭了，再哭会把狼招来的，狼张着血盆大口，一口就能把你吃掉，像吃糖果一样，嘎嘣，嘎嘣！"王小辫吓了一跳，哭声戛然而止，一下扑在王大辫怀里，哆嗦成一团。王大辫瞪了王二瓜一眼，下意识地望望四周，不由得打了个寒战。

不知不觉天黑了下来，置身于黑咕隆咚的旷野和黑魆魆的山峦中间，即便是胆大膘壮的男人，也免不了会感到害怕，何况是王大辫他们三个柔弱的小孩子。远处隐约闪出几丝微茫的光亮，那光亮若隐若现，不知是灶火，还是野火。王大辫知道这地方离李玉斓家不远，虽然心里非常害怕，非常希望得到他人的帮助，但她没有勇气也不甘心再回那个家。她不想再低三下四地去求老于头，不想再为了一口饭食而忍气吞声，那样会让老于头更加瞧不起。王大辫下意识地抬头望望远处，又低头抚摸了一下怀里的妹妹，只觉一阵头晕目眩，心头陡然涌上一股莫名的酸楚，她不知道前面还有没有路，也不知道接下来的路该怎么走。虽然她坚信黑色的迷雾终将慢慢退隐，心里的那颗太阳终将会露出头来，但她没想到迷雾竟如此浓重，如此漫长。

眼下，除了慢慢等、慢慢熬，似乎别无他法。等夜色渐深，王大辫才发现，要想在野外熬过漫漫黑夜并非易事；她这才意识到，能安安稳稳、踏踏实实地躺在温暖的被窝里睡觉原来也是件非常难得和幸福的事。而现在，她和弟弟妹妹却无法享受这种幸福，也不知道是他们抛弃了幸福，还是幸福抛弃了他们。姊妹三人仍穿着单衣，根本无法抵御寒冷的北风，只好蜷缩在玉米秸秆垛里面抱成一团，互相取暖。三个人又冷又饿又怕，无法入睡。秋风像个冷美人，尽情挥洒其冷艳的魅力，肆意地吼啊吼、吹啊吹，吹得野草、秸秆也跟着高歌低吟，被动地发出一波紧似一波的沙沙声响。秋风吹过，不时从远处送来几声狗吠和夜鸟的哀啼，与近处蛐蛐的鸣叫声和蚯蚓的蠕动声糅合在一起，被随后跟来的风吹碎、吹细、吹远。这时的声音像长了翅膀，有了灵气，飘飘浮浮，如梦如幻，给这个漆黑的夜晚增添了几分神秘、骚动和不安。

也不知过了多长时间，三个人终于迷迷糊糊地睡了过去。突然，姊妹三人被一阵吵嚷声惊醒，睁眼一看，天已大亮，眼前站着几个村里的大人，正指着他们议论纷纷。原来，那天一早起来见姊妹三人不辞而别，李玉斓和老于头立马慌了神。他们没想到事情会闹到这种地步，三个孩子离家出走，外人首先想到的是孩子们受到了不公待遇，万一孩子们出点儿啥意外，他们纵使说破嘴皮，也无法开脱干系。何况，他们本来就有些心虚气短，即使别人不说三道四，他们也会感到内疚，遭受良心上的谴责。人命关天，危急时刻，容不得半点儿的迟疑。面对严峻的形势，老于头终于低下了头，有了悔意，后悔不该对王大辫说那么绝情的话，以致让她幼小的心灵受到了严重的伤害。伤害王大辫的同时，他自己也在冥冥中受到了惩罚。这难道就是人们常说的"善有善报，恶有恶报"的因果报应吗？这么简单明了的道理为啥没有早点领悟到呢？为啥非要等到事态发展到无法挽回的地步才猛然觉醒呢？

老于头越想越觉得后怕，越想越觉得愧疚。事已至此，他个人的脸面已显得不那么重要了，首要任务是尽快把孩子找回来，说啥也不能让自家人乃至全村的人跟着受连累、担骂名。但是，往哪儿去找三个孩子呢？三个孩子既然决心要离开这个家，想必早就做好了准备，随便往哪个旮旯里一躲，就能害你找上大半天。即便把孩子找着了，软硬兼施弄回家，也难保他们不会再跑。最让人担心的就是虽然拢住了他们的人，却无法拢住他们的心。这样一想，老于头犯了难。可是，再难找，也得找。只有先把人找着，才好做更进一步的打算。到时若真出现预想的那种情况，也不是没有对策，那就是干脆来个一了百了，把"烫手山药"扔还给王拥财那个有心生孩子却无心养孩子的窝囊爹。

找孩子的念头一上来，老于头就急得像热锅上的蚂蚁，露出一脸扭曲的愁苦相，见谁就求谁帮忙，说话的腔调都变了，结结巴巴的，嘴角还不停地打哆嗦。俗话说，"好事不出门，坏事传千里。"三个孩子离家出走的消息一阵风一样传遍了全村。好在"骡子打架事件"的阴影仍萦绕在人们心头，大家普遍认为王大辫带着弟弟妹妹离家出走，是"骡子发情"惹下的祸端，非但毫无责怪老于头的意思，反而纷纷帮他说情，替他抱屈。就连一向坚持"公事公办"的队长，也忍不住骂起了骡子，骂骡子早不发情，晚不发情，偏偏在王大辫上工的时候发情。既然罪魁祸首是发情的骡子，王大辫自然也是无辜的，是值得同情的。大家自发地组织起来，三五成群，满山遍野地寻找王大辫他们，最后终于在玉米秸秆垛里发现了他们的踪影。李玉斓和老于头得到信儿，火速赶了过来。

　　见三个孩子安然无恙，李玉斓眼圈红红的，激动得话都说不出来了，拉起傻呆呆的姊妹三人就走。老于头这时却怎么也高兴不起来，像伤了自尊、受了委屈、被人捉弄一样，心里陡然涌上一股酸涩的滋味。只见他一声不吭地跟在后面，背弓得有点儿低，眼神躲躲闪闪的。大家的注意力均集中在姊妹三人身上，并没有留意他的怪模样。一群人蜂拥着往村里走，没有直接说责怪人的话，而是拐着弯儿地哄劝姊妹三人，尽力营造出轻松自然的氛围。这个说天冷了在外面睡觉不如在家里睡觉舒坦，那个说农忙的时候浑身累得像摊烂泥，不管地上有没有石头和土坷垃，倒头就能呼呼大睡；这个说有福不会享受那是傻子，那个说"豆腐"好吃也需讲究个吃法，吃多了也会腻烦；这个说人得知足，不能老耍小脾气、使小性子，否则最终吃亏的是自己，那个马上帮腔说这话说得在理，任它刮风还是下雨，任它天塌还是地陷，先对得起自己这"百十斤"再说……

　　听了大家的说笑声、哄劝声，王大辫感觉心里舒服多了，轻松多了，犹如焦渴难耐的当口，猛然喝了口清凉的甘泉，甘泉的滋润瞬间传遍全身，整个人也沐浴进了舒畅无比的清凉里。先前的焦虑和担忧像泥沙一样沉了底，一时还不会翻腾起来，虽然她仍隐约感觉到它的存在。在透彻心扉的清爽感觉的吸引下，先前被朦胧黑色遮蔽的那颗太阳终于泛出了一丝光亮。王大辫以前没少听大人们说"死要面子活受罪""听人劝，吃饱饭"

的话，她恍惚觉得那些话说得都很在理，但一直没搞明白它到底在理在哪里，现在她终于悟出了一些眉目。如果不是因为这次离家出走，她还真掂不出来，那些话竟然那么有分量。王二瓜和王小辫没有王大辫那么多感触，两人从没见过被这么多大人簇拥的阵势，心里充满了惶惑，根本没心思去揣摩大人们说的话。两人像没睡醒似的，懵懵懂懂地跟在姐姐屁股后边，眯缝着两眼不时看看这个、瞅瞅那个，最后目光不约而同地落在姐姐身上，眼巴巴地看着她，希望她能给个合理的解释。王大辫没有理会弟弟妹妹探询的目光，只是用力拉了拉他们的手。王二瓜和王小辫好像明白了姐姐通过拉手传递过来的意思，但又觉得那意思不很确切、很朦胧、很模糊。

回到村里，帮忙的人相继散去，最后只剩下老于头、李玉斓和姊妹三人，气氛顿时冷了下来。一家人默不作声地走着，谁也不愿多说话，生怕把刚刚压下的不快再次抖搂出来。快到家时，王二瓜不经意回头看了老于头一眼。虽然老于头面无表情，但王二瓜还是从他脸上读到了些什么，立马感到了恐慌，使劲儿拽着王大辫的手往回拉，死活不肯进家门。李玉斓朝老于头使了个眼色。老于头触电似的停下脚步，站在离姊妹三人几步远的地方，脸上的横肉艰难地抖动了几下，勉强挤出了一丝表达善意的笑容。他这一笑，反而显得更难看、更吓人了。李玉斓左看看、右看看，忍不住"扑哧"一笑，亲昵地意味深长地拍了拍王二瓜的肩膀说："咋了，难道连你亲爹也不想见了吗？""是俺亲爹——爹来了吗？"王大辫眼睛一亮，抢着问，因为太激动，话都说不成溜了。李玉斓笑着点点头。王大辫身子不自觉地抖了一下，顾不上去拉弟妹，三步并作两步冲进家门。王二瓜和王小辫也猛然回过神来，撒腿就往家门里面跑。听到爹来了，他们惊喜万分，浑身呼一下鼓满了劲儿，有爹在前面召唤，纵使前面是"龙潭虎穴"，也没啥好怕了。

王拥财果真来了，正闷头坐在堂屋前的石阶上，不停地唉声叹气。三个人跑上去，不约而同地喊了声"爹"。王拥财打了个激灵，抬头惊讶地张大嘴巴，喉咙像被塞住了一样，含混不清地"嗯"了声，随即脸上掠过一丝惊喜的尴尬的笑，倏然又消失了。王大辫鼻子一酸，泪水扑簌而下，看到爹来，她像遇见了救星一样，心里变得踏实多了。在这世上，还有什么能比爹那高大宽阔的臂膀更让人感到温暖呢！王大辫用充满期待的眼神看看王拥财，王拥财却不愿迎接她的目光，立马把头偏向一边，神情明显有些恍惚，像是在刻意躲避什么似的。

　　王拥财眉头紧锁，一脸的倦容，显得非常憔悴。见姊妹三人回来，迟疑了好一会，才战栗着艰难地站起身，有气无力地举起手，但马上又慢慢地放了下来。王小辫顾不上看爹的脸色，使劲儿拽着他的衣角，仰着稚气的小脸，含着委屈含着抱怨含着祈求带着哭腔说："爹，回，回家！"王拥财紧咬嘴唇，有些局促地搓了搓手，随后从鼻子里长长地出了口气。王拥财没有理会小女儿王小辫揪心的哭喊，使劲儿跺了下脚，背过脸去。李玉斓赶忙劝王拥财说："孩子们回来了，你应该高兴才对，这样吧，一会让你姐夫把你拿来的那只老母鸡杀了，你们哥俩好好喝两盅！"说着，向随后跟进来的老于头使个眼色。老于头尴尬一笑，心里虽有些不情愿，但碍于情面，不得不装出很大方很自然的样子，吞吞吐吐地附和："好，杀，杀鸡，好，好好喝两盅！"说完，转身就要去杀鸡，不想被王拥财一把拉住。王拥财连连摇头说："不了，杀了挺可惜的，还是留着让它继续下蛋吧。蛋积攒多了，总能换个仨瓜俩枣的，贴补一下家用！""也好，也好！"老于头顺坡下驴，连声答应。

　　王拥财拿来的那只老母鸡最终没有杀成。王拥财心里清楚，人情大于天，用一只老母鸡远远不能弥补他对孩子姨妈家欠下的人情，若再厚着脸皮强吃强喝，亏欠就更大了。孩子们的姨妈，尤其是他们的这位姨夫虽然嘴上不好意思直说，其心里肯定有索要更多报酬的意思。王拥财不能装糊涂，但他实在拿不出更像样的东西来。有那只老母鸡在，至少大家看着会舒服一点儿。这是王拥财坚持不要杀鸡的主要原因。善解人意的李玉斓顺从了王拥财的意思，只是简单凑了几个下酒的小菜。菜做好后，王拥财和老于头开始坐下来喝酒。开始两人还有些拘谨，喝着喝着，两人就显得亲密多了，开心多了，一边喝还一边互相咬着耳朵小声嘀咕。说到动情处，两人禁不住开怀大笑。姊妹三人躲在远处眼巴巴地看，一边看一边寻思，个个心里像揣了只小兔子，七上八下的。怪不得大人们喜欢凑在一起喝酒，原来酒有时还真能释放出一种神奇的魔力，不仅能让喝酒的人兴奋，让他们掏心掏肺地说话，还能瞬间拉近他们之间的距离。姊妹三人从那亮晶晶的高粱酒里隐约品出了一种特有的奇妙的甜甜的味道。

王拥财和老于头小声嘀咕了很长时间，最后像终于下了决心似的，突然抬高嗓门，豪气十足地说要留下来待一天，帮老于头整修院墙。王大辫听了非常高兴，看样子，爹是在报恩哩。爹做得对。人家把你的三个孩子养了这么长时间，不感谢一下就拍屁股走人实在说不过去。等帮姨夫修完院墙，还了人情债，爹就能心安理得地带着孩子们回家了！王大辫越想越高兴，觉得应该尽快把快乐分享给弟弟妹妹，于是学爹和姨夫说悄悄话的样子，小声对弟弟妹妹念叨。两人终于领会了大姐的意思，立时乐开了花。姊妹三人被即将到来的幸福所鼓舞。心里高兴了，看人的感觉也变了，老于头看起来不再可怕，甚至还有点儿可爱。三个人终于找回了本该属于他们自己的那份童真，用调皮的眼睛盯着爹和姨夫，见他们端杯，也跟着做出端杯的样子；见他们笑，也跟着傻傻地笑。

终于等两个大男人喝完酒，大家开始动手和泥整修院墙。姊妹三人争着抢着上前帮忙，光着脚丫在拌上麦穰的泥里使劲儿地踩。泥水溅湿裤子，小脚丫冻得通红，几个人也没感觉到冷。王拥财看了有些心疼，向王大辫使了个眼色，劝她不要"瞎逞能"，赶紧带弟弟妹妹一边玩去。王大辫脖子一梗说："俺们心里暖和着呢，脚上冷点怕什么。"王拥财遭了个抢白，嘴角扭动了两下，想说什么却没有说出口。一家人风风火火地忙了大半天，院墙终于被重新整修一遍。墙皮重新粉刷后，变得整齐好看多了。忙完这一切，王拥财和老于头坐下来继续喝酒。这次两人说话声音很大，每一句话姊妹三人都听得非常真切，但自始至终，两人都在唠叨怎么种田，只字不提带孩子回家的事。王二瓜起了疑心，不时试探着去拽王大辫的衣角。王大辫装作没看见，不理不睬。其实王大辫这时也感觉有些不妙，但她不敢也不甘心往那方面去想。不知不觉，夜深了，王拥财和老于头仍坐在油灯下闲聊，没有要睡的意思。姊妹三人实在熬不住，躺下睡了。

（7）

第二天早上起来，已不见了王拥财的人影。原来王拥财这次来，并没有带孩子回家的意思，趁孩子们睡下的时候，偷偷地跑回家去了。姊妹三人说不出有多失望。王小辫见爹不在，急得"哇哇"大哭，拼命撕扯着姐姐的衣服，嚷着要去追。王大辫任凭妹妹撕扯，就是站着不动。她知道，爹已经跑远，追不上了，既然爹不想带孩子们回家，肯定有他的难处，作为家里的长女，不能让爹为难，也不能给他添"乱"。王小辫见拽不动姐姐，忙又去拽哥哥。王二瓜试探着看看姐姐，站着没敢动。王小辫急了眼，一个人哇哇哭着向外跑去。李玉斓一看，赶忙跑上去一把抱住王小辫，没想到王小辫挺有蛮劲，左右上下没命地扑腾。她这一扑腾不打紧，差点把李玉斓闪个趔趄。

看着哭闹不止的王小辫，李玉斓哭笑不得地直摇头，心想，别看小辫她人小，把她惹急了，一旦没命地闹腾起来，那疯样还真挺吓人的。看来不管娃大娃小，都有自尊心，千万不能小瞧了。李玉斓明知道不该糊弄王小辫，但一时找不到合适的话语来劝她，还是忍不住撒起了谎，说小辫好孩子你要听话，你爹有事出去了，办完事马上就会回来。可是，无论李玉斓怎么哄劝，王小辫就是不领情，哭闹不止，直到王大辫把她揽过去，她才渐渐平静下来，腿脚虽然不扑腾了，但鼻子和嘴仍没闲着，像心里的苦水还没倒干净一样，冷不丁咧开嘴哭上几嗓子，鼻子里紧接着发出急促的抽泣声。看妹妹哭，王大辫心里酸酸的不是滋味，但她强忍着没有让眼泪掉下来。她知道，爹不在身边的日子，她得学着坚强起来，决不能再轻易哭鼻子。本来见爹不在，王大辫就感到很失落，妹妹这一闹腾，让她更加感到不安，更加害怕起老于头来。

此后，王大辫每天都紧盯着老于头的眼神，生怕做事不慎又惹他生气。出乎意料的是，自打王拥财来过后，老于头变得比以前和气多了，对待姊妹三人的态度大有好转，不再动不动就发脾气，而且还主动找队长帮忙，给王大辫找了个轻快的活儿，就是跟着瘸子大叔拣粪。拣粪工顶半个劳力，挣半个劳力的工分，活儿虽然有点儿脏，但并不累，还能转来转去看风景。若不是队长照顾，这样的活儿说啥也轮不到王大辫来干。王大辫从此当起了拣粪工，每天天不亮就得起床，和瘸子大叔一起，拿着粪铲，斜背粪篓，在村里村外，田间地头，拣拾人和牲畜的粪便，然后集中送到队上，当肥料施到田里。拣粪用的粪篓是用荆条编成的，开口大，底头小。王大辫身材矮小，粪篓背在身上，显得很不协调。王大辫却感觉不到别扭，反而觉得自己背粪篓的样子很好看、很威风，时不时挺挺腰杆，做样子给人看：我王大辫又能自食其力了，又能独当一面了，又能护着弟弟妹妹了。只要干了活，挣了工分，我们就能理直气壮地在李玉斓家里吃饭了。

王大辫很珍惜到手的活儿，她觉得只要把活儿干好，就能挺直腰杆，就能让人瞧得起。但她后来发现，拣粪这活儿并不好干。风干的粪便大多被人拣拾干净，只能去拣那些人畜刚拉的粪便，有些粪便冒着热气，又脏又臭，让人看了很恶心，老想吐。好在有瘸子大叔在旁边指点，王大辫很快掌握了拣粪的要领：对于那些已风干的粪便，直接用小铲铲进粪篓即可，对于新拉的粪便须先盖上一层薄土，避免臭气继续挥发，然后把土和粪便一起铲进粪篓。这活儿瘸子大叔做得最为熟练，拣粪时粪篓一直斜背肩上，右手拿着粪铲，只需轻轻一铲、一甩，粪便便"嗖"的一下飞进粪篓里。瘸子大叔说，跟人一样，人的粪便也分三六九等，孬好皆跟人的吃食有关，吃得好，拉的屎也好，成堆成坨，反之则不然。人的粪便是上等肥料，但时下人们吃得都很差，造出的"肥料"远没有前些年好了。即使是不好的人粪，也很难拣到，因为野狗喜欢吃它，人刚拉下的粪便，不等王大辫他们去拣，多数早被野狗抢食。

经过一段时间的细心观察和演练，王大辫很快掌握了拣粪的要领，要是瞅见有人在野地里上茅厕，她就会远远地盯着，等人方便完离开，立马飞一般跑上去。瘸子大叔腿脚不灵活，每次都落在王大辫后面。王大辫拣的粪越来越多，瘸子大叔拣的粪越来越少。为此，队长特意在全队社员大会上对瘸子大叔提出了批评，对王大辫提出了表扬。瘸子大叔不急也不恼，为自己培养了一个好徒弟而自豪，经常在队长面前帮王大辫说好话。

队长见王大辫虽然年龄不大，但干活儿很卖力、很用心，是个干农活的好苗子，在她拣了三个月的粪后，又让她跟着队上的妇女一起上工去了。那时候，人们都在喊劳动最光荣，王大辫正是用积极的劳动，重新获得了队长的信任。老于头看她也越来越顺眼了。

接下来的日子过得平静多了、舒适多了。转眼间几年过去，王二瓜不知不觉超了上学的年龄，成了"失学少年"。李玉斓觉得几个孩子以前吃了不少苦，不能再亏待他们了。这么多年来，家里的大事小事一直由丈夫做主，不管对错，她都顺着他。如今提倡男女平等，她也该试着当一回家了。然而说起当家，李玉斓底气还不是很足，觉得家里的大事最终还得由丈夫拿主意。她想委婉地试探一下丈夫的态度，又怕他不拿她的话当回事，索性在晚饭时候，当着全家人的面，直截了当地问丈夫王二瓜上学的事该咋办。老于头装聋作哑，不说行，也不说不行。李玉斓急了，心想，决不能临阵退缩，无论如何得替孩子讨个说法，于是据理力争，但嘴不听使唤，有些语无伦次："行不行，你不会吱一声呀？小狗小猫养久了，也会产生感情，何况是人！二瓜他虽说不是咱自家秧上长的瓜……我的意思是说，难道你是铁石心肠，一点也不心疼吗？我说的都是实在话，话糙但理不糙。你应该好好掂量掂量我说的话。以前家里啥事都由你说了算，我从来没说半个'不'字，现在为了孩子的前途，你弯弯腰、低低头，听我一句劝不行吗？"

老于头没想到自己一向温顺乖巧的女人竟然当着他人的面将自己的军，脸一下子憋得通红，没好气地说："娘们儿家懂什么。你这是头发长，见识短，不当家不知柴米油盐贵，不碰南墙不知道撞墙的疼！上学不需要花钱啊？你上嘴唇一碰下嘴唇，钱就来了？再说了，穷人家的孩子上学有啥用？识字再多，到头来还不是照样下庄户啊！"说完，他将饭碗使劲儿一摞，起身摔门而去。王大辫一看，忙劝李玉斓："姨夫说得对，咱们穷人家的孩子，有口饭吃就不错了，上不上学无所谓，就算勉强上了，学个仨瓜俩枣的，很难说到时就能派上用场。"李玉斓嗔怪地看了王大辫一眼，无奈地摇摇头："话不能这么说，咱们人穷但志不能短，别人瞧不起、不待见咱们也就算了，咱们可不能也瞧不起、不待见自己啊！"李玉斓使劲儿拍下大腿，又说："唉，这事也怪我太心急，不该当你们的面戳他的老虎屁股，让他下不来台。你姨夫这个人，死要面子，像头犟驴，本以为一岁年龄一岁人，随着年岁增长，他身上的棱角会磨圆些，没想到他人越老，脾气越犟！"

（8）

因老于头始终没点头，王二瓜上学的事暂时被搁置了下来。这时的王小辫已开始懂事，她关心的不是能不能上学，而是自己的身世和来历。听到村里的孩子经常骂她是没娘的野孩子，她很不服气。追着问哥，哥正为上学的事烦心，不理她。又追着去问姐姐，问姐自己的亲娘在哪里，为什么娘那么狠心，竟然丢下她不管。面对妹妹的追问，王大辫只觉心里一阵阵地发紧，有苦说不出。习惯于被人照顾和呵护的王小辫有些任性，不像王二瓜那么会察言观色，心里有了疑问，不管别人愿不愿意说，总要"打破砂锅问到底"。王大辫经不住妹妹的再三追问和纠缠，一时气不过，扬起手打了她一巴掌。这一巴掌很有分量，把王小辫彻底打蒙了，也打疼了，像一道烙印深深刻在了她的心里。以后，王小辫每每想起姐姐第一次也是唯一一次打她的情形，就心如刀绞。

这天，王小辫挨了小伙伴的骂，回家哭着向王大辫诉苦，要王大辫替她出气，王大辫不以为然。王小辫不乐意了，说如果姐姐不替她出气，她就去找爹和娘。王大辫撇撇嘴说："爹和娘才顾不上管你哩，你自己要争气，不要老指望别人来帮你！"王小辫委屈得哇哇大哭："怪不得人家都骂俺是野孩子，原来爹和娘从来不管俺哩！呜呜，为什么别人都有爹和娘，俺却没有啊，难道他们都死了？""你，你，唉……"王大辫被妹妹的话吓了一跳，一把捂住她的嘴，瞪着眼睛说，"别胡说，爹和娘是好人，不许你说爹的坏话，更不许你说娘的坏话！"王小辫挣脱开姐的手，鼻子抽搐了两下，噘着嘴反问："为啥不能说啊，别的小孩子都能躺在娘怀里吃奶，凭啥俺不能啊？呜呜，娘是大坏蛋，她不管俺，也不喂俺奶吃，害得俺只能喝野菜糊糊，还要见天挨人骂……"

看着一脸稚气、一脸委屈、说话直来直去的妹妹，王大辫哭笑不得地直摇头。妹妹年幼无知，天真无邪，不会看人脸色，掂量着说话，有些事不便让她知道，可是不让她知道吧，又怕她闹腾个没完。王大辫一时犯了难，耐着性子哄劝她说："好妹妹，事情并不像你想的那么简单，你，不要再说娘的坏话了好不好，再这样，姐也不管你了！"王小辫不依不饶："就说，俺就说，娘就是大坏蛋，就是大坏蛋！""你，你……"王大辫抬手打了妹妹一巴掌。王小辫一下子呆住了，两眼直勾勾地像看陌生人一样盯着王大辫。她无论如何也不会想到，一向像亲娘一样护着她的姐姐竟然会动手打她。看来王大辫真的生气了，可是她为啥生那么大气呢？至于为一句话而大动肝火吗？爹和娘也没好好管她呀？她为啥老护着爹娘，不让别人说爹娘的坏话呢？突然的打击让王小辫的头脑一下子冷静了下来。头脑冷静了，心里又翻腾不止，越想越觉得蹊跷，越想越觉得憋屈。

王小辫还没回过神来，王大辫先哭了起来，抱着王小辫，摇晃着她的肩膀，眼泪扑簌簌往下流。王小辫这时反而没了眼泪，劝王大辫不要哭，一个劲儿地帮她擦眼泪。王大辫猛然止住哭声，用手轻轻地抚摸着王小辫的脸蛋问："好妹妹，还疼不，姐不该打你！"王小辫鼻子一酸，连连摇头说："姐，俺不疼，俺知道了，爹和娘都是好人，以后俺再也不敢说娘的坏话了！"说完，忍不住"哇"的一下哭出了声。

挨了姐姐的打，王小辫再也不敢说爹和娘的坏话了，她相信姐说的是真的。爹和娘不管孩子，一定有他们的理由。以后再碰到村里孩子骂她，她就会理直气壮地反驳："俺姐说了，俺爹娘是好人，俺娘也不是贼婆娘，总有一天，他们会来接俺们回家的！"骂她的孩子不以为然地哈哈大笑，说王小辫是野孩子，永远是野孩子。王小辫气不过，急得哇哇大哭，但她没有勇气再去找姐姐诉苦，只能咬牙忍着。从那时候开始，王小辫在心里渐渐积蓄起了对爹尤其是对娘的怨恨。她觉得爹娘无论出于什么原因，都不该丢下孩子不管。孩子是娘身上掉下来的肉，咋能说扔就扔呢！虎毒还不食子呢，何况是人！不要孩子也不管孩子的爹娘必定冷酷无情，根本没有姐说的那么好。王小辫盼望着有一天能见到娘，好好地问问娘，问娘为啥不要她，为啥那么狠心，把她生下来就扔到姨妈家里，好多年都不来看上一眼！盼啊盼啊，盼到哥哥王二瓜终于进了学校，上了不到两年又辍学回家，盼到自己也快到上学年龄的时候，还是盼不来爹的人影。

盼了一天又一天，等了一年又一年。对于一个少不更事的小孩子来说，漫长的盼望和等待无疑就是一种痛苦的煎熬，让人烦躁气恼，意冷神伤。直到王小辫十岁的时候，直到她的热情消磨殆尽，渐渐把回家的事淡忘掉的时候，却突然接到了爹要来接他们回家的消息。这天，王拥财推着一辆破旧的独轮车，经过长途跋涉，来到李玉斓家里，顾不上和孩子们亲热，进门就迫不及待地帮孩子们收拾起行李来。多年不见，王拥财苍老了许多、憔悴了许多，王小辫差点儿没有认出他来。听说爹要带姊妹三人回自己家，王小辫又惊又喜，又有些担忧，生怕这是在做梦，生怕美梦突然间变成泡影。王小辫寸步不离地紧跟在王拥财屁股后面，生怕他再偷偷跑掉。曾有满腹疑惑想向爹讨教，曾有万语千言想对爹倾诉，到这时候，王小辫的喉咙却像塞了东西似的，一句也说不出口。

王小辫后来才得知，王拥财接他们姊妹三人回家其实是迫不得已。村里当时正在抓"坏典型"，李玉浈早年偷队上粮食的事又被人抖搂了出来。因李玉浈有疯癫病，经不起折腾，王拥财顺理成章成了她的"替罪羊"。为这事老于头也受到了牵连，不得已才让王拥财把孩子们接回家去。人逢喜事精神爽。回家本是件平常事，对姊妹三人来说，意义却非同寻常，像天大的喜事。得知终于要回到自己家，姊妹三人说不出有多高兴，个个像挣脱牢笼的小鸟，终于呼吸到了自由的空气，终于找到了归宿，簇拥着王拥财风风火火地往家走，走了几十里的山路，一点儿都不觉得累。喜悦能让人暂时忘掉愁苦，让人感受到活着的快乐和意义，让人多些美好的念想，多些对将来美好时日的憧憬，多些坚强地活下去的勇气。王拥财被孩子们的欢声笑语所感染，也喜得合不拢嘴，给孩子们讲笑话，逗孩子们开心。在中途歇脚的时候，王拥财脸上却又浮现出了愁苦模样，躲在一边闷头不语，不停地唉声叹气。为了给孩子们创造更多的快乐，他必须尽自己最大能力担起那些愁苦，赶走那些愁苦。

归心似箭的姊妹三人顾不上看爹的脸色，一路小跑着回到了自己家。看了家里的情形，王小辫的兴奋劲儿顿时没了影。家是那样的陌生，跟梦到的景象一点儿都不像。庭院破旧窄小，院墙墙皮脱落，凹凸不平，带着斑驳陆离的岁月痕迹。三间朝阳的土坯房破败不堪，摇摇欲坠。院子大门非常简陋，因上面不规则地胡乱钉了几层木板，看起来还算结实。没有影背墙，踏进院门，就能将院内情形看个大概，就能闻到一股浓浓的清贫气息。踏进院门，首先映入眼帘的是两垛柴草，柴草边上放了一些破损的家什。下意识地回头去看，顿觉眼前一亮，这才留意到院内西南角种有两棵一人多高的向日葵。正值秋末，向日葵的花盘已显露出成熟的深色，边上火焰状的黄舌叶以及下面的绿叶大多已脱落，像是在向辉煌的目标做最后的冲刺。吸足阳光的向日葵洋溢着灿烂的笑容，放射着金灿灿的光亮，焕发着蓬勃的朝气，给萧疏的小院增添了许多鲜活撩人的气息。

王小辫盯着向日葵发呆愣神，突然感觉衣角被人轻轻地拽了一下，转头一看，王大辫正一边向她使眼色一边朝堂屋门方向努嘴。王小辫心领神会，紧随姐姐快步向堂屋走去。与院门不同的是，堂屋房门有一扇已经坏掉，门板斜靠着门框，一推就倒的样子；另一扇也已裂开了很多缝子。门框和门上依稀可见过年贴对联时留下的痕迹。门锁和挂锁的铁环锈迹斑斑，像从未用过一样。对如此简陋、破败的庭院来说，门锁已显得有些多余。小心地推开门，映现在眼前的一幕把王小辫吓了一跳。只见一个叫花子模样的女人披散着头发，大瞪着两眼，瘫坐在地上。女人头发非常脏乱，沾满尘屑和杂草，面色有些黝黑，着一身破旧的黑布衣裳，脸上的灰像是几十年都没有洗过似的，一点儿血色都看不到，只有两眼泛着白光。女人肩上搭有两根草绳，仔细一看，她屁股下面还垫有一个很大的用白色的玉米棒子外皮织成的蒲团，那草绳便是用来拴拉和固定蒲团的。可能是蒲团用得太久的缘故，黑乎乎、脏兮兮，已看不出原有的底色……

没等王小辫回过神来，王大辫和王二瓜已扑上去，抱着那女人喊起了"娘"，眼泪扑簌簌地往下掉。王小辫心头一震，天啊，没想到眼前的这个女人就是她朝思暮想的亲娘！王小辫突然领悟到了什么，只觉鼻子一酸，先前对娘的怨恨立时跑没了影，心头陡然涌上一股莫名的滋味。王小辫也扑上去抱住娘的胳膊，摇晃着说："娘，娘，您真是俺娘吗？您，您这是咋弄的呀？"娘嘿嘿傻笑，不答话，露着脏兮兮的黄牙，看看这个，瞅瞅那个，样子非常怪异和吓人。王拥财赶忙过来把孩子们拉开，跟李玉浈比画了一阵，李玉浈才像突然明白了什么似的，嘴中咿咿呀呀地喊："孩，孩……儿，儿……""哎，娘，俺们在这呢！"姊妹三人争先恐后地答应着，呼啦一下又围拢上去，抱住她。李玉浈脸上终于挤出了一丝笑容，含混不清地哽咽道："孩，孩，俺的孩……"李玉浈的声音非常沙哑和低沉，眼睛直直地看着三个孩子，嘴角猛然抖动了两下，但她的泪水像是早已哭干，始终没有流下来。

王拥财说，也许是预感到孩子们要回到自己身边，李玉浈今天气色很好，特别乖巧，要是在往日，早用两手撑着地面，拖着瘸腿和蒲团爬来爬去，拿着棍子胡乱敲打，一刻都不安闲。王拥财发现，李玉浈平时只会瞪眼发疯，今天竟然学会了傻笑，而且还主动甩掉了那根磨得溜光、只剩半截的棍子，像是又找回了当娘的感觉似的，眼神里又闪现出了那种慈母才有的爱怜光彩。一家人沉浸在久别重逢的喜悦里，家里已经有好多年没有出现这种喜庆的气氛了。一向深沉内敛、爱板着严肃面孔的王拥财也难抑喜悦的心情，脸上洋溢着开心的笑容，一边忙活饭菜一边哼唱自编的乡间小调。姊妹三人争相上前帮忙。李玉浈则守在边上不肯离开，不时咧嘴一笑，一会用手指指王拥财、指指灶台、指指锅子，一会又用手指指三个孩子，嘴中发出咿咿呀呀的声音。虽听不清她在说什么，但一家人仿佛都能领会她要说的意思。

王小辫对娘仍很陌生，总是忍不住偷眼打量她。每次看到她那邋遢的模样，王小辫心里就会感到一阵阵的发紧、一阵阵的酸痛。王小辫终于明白了爹为什么送姊妹三人去李玉斓家，原来早在王小辫出生之前，娘就已经患上了疯癫病。当时家里比现在还要穷，连野菜糊糊都吃不上。爹要照顾疯癫的娘，根本无力照看三个孩子，不得已才痛下决心，把三个孩子寄养在亲戚家里。

告别寄人篱下的生活，回到自己家时，王二瓜已经16岁，和姐姐王大辫一起被安排到队上去干活，王小辫则留在家里照看娘。王小辫发现，娘的疯癫病反复无常，清醒的时候，她好像啥都明白，看姊妹三人家务活儿干不到点子上，娘就会露出着急模样，用手不停地比画。大部分时候，娘很安详，有时端坐在向日葵下面，盯着向日葵，能看上大半天。但是，一旦听到异响，娘就像突然受了刺激，被刺痛了一样，瞪着惊恐的眼睛看来看去，朝着声音传来的方向胡乱挥舞手臂，又撕又抓，手碰到什么就摔打什么，指头上磨出了血道子都不觉得疼。李玉浈虽然疯癫，见了三个孩子，却总是傻笑，有时还高兴地用手撑着地面，来回转圈儿。

王拥财说，别看李玉浈有疯癫病，腿脚不好使，她的力气却很大，经常爬到墙头上向路人龇牙咧嘴，大声叫喊。院门也被她砸烂了好多次。王小辫倒觉得，娘并没有爹说的那样可怕，自打由她守着娘开始，娘只在院子里爬来爬去，从没见她去爬墙头，也从没见她用棍子敲打东西。王小辫片刻不离地守在娘身边，但娘却从不肯让她搀扶，王小辫闲得实在无聊的时候，也会无视娘的存在，蹲在一边只顾自己玩耍。

平平静静地过了一段时日，娘的疯癫病像是好了很多。但是好景不长，有一天，村里突然传来了打锣的声音，听到声音，娘突然又发了疯，一会儿瞪着惊恐的眼睛看来看去，一会儿用手撑着地面焦急地爬来爬去。终于，娘摸起了那根已丢弃多日的棍子，急速地爬到院门前，对着院门发疯似的敲打起来，嘴中还叽里咕噜地急促地嘟囔着什么。王小辫一时愣在那里，不知所措。王小辫不明白，娘为什么那么怕打锣声，听到打锣声便抓狂发疯，后来听了爹的解释，她才恍然大悟。

第三章
逃婚风波

（1）

王拥财说，李玉滇当年偷了队上的粮食，被大队民兵押着游街示众时，领头开路的人敲的就是锣。那锣声特别刺耳，不管你愿不愿听，都直往人心里钻。李玉滇被锣声深深地刺痛了，也被路人的冷眼深深地刺伤了，从此就得了疯癫病，对锣声特别敏感。王小辫忍不住问爹，娘当时为啥要偷队上的粮食，为什么偷点粮食还要被押着游大街。王拥财立时冷了脸，不答话。王小辫问王大辫，王大辫也不说，而且叮嘱妹妹不要多嘴。从爹和姐的眼神中，王小辫看得出，家里人特别忌讳娘当年偷粮食的事，既不愿提，也特别反感别人问。娘对村里的打锣声特别敏感，那打锣声却隔三岔五就要响起，也不知道村里怎么会有那么多的坏分子，每次抓到坏分子，都要铜锣开道，押着他们在村里走上一遭。后来王小辫才搞清楚，原来游街示众的坏分子来自大队下辖的六个自然村，游街时必须每个村都要走一遭。

王拥财也曾是坏分子当中的一员，在接三个孩子回家的前些天，就已经被押着游了一天的街。王拥财吸取李玉滇的教训，知道跟批斗他的人"硬顶"没好果子吃，于是装得特别顺从和乖巧，心甘情愿接受管教和惩罚。村里的干部要他做什么，他就做什么，而且还积极响应上级号召，别出心裁地提出在山顶上争创高产的"伟大设想"。村里的头头们本打算让他进行长期改造，看他表现不错，只让他游了一天街便作罢。即便只是游了一天的街，也着实把王拥财折腾得够呛。游街示众的人带着高帽，两手反绑，自始至终必须弯着腰。身体虚弱的人走不出多远就会累垮，只能由别人像拎小鸡一样架着走。自那以后，高大壮实的王拥财，腰变弯了，背也变驼了，头发一夜之间白了大半。王拥财表面上看是个很乐观、很坚强的人，其实他背负的压力早已达到极限，他埋藏在心里的苦楚实在是太多，太多，即使是自家人也难以揣摩和估量，根本无法用成熟和世故等词语来加以形容。

李玉浈当年被当作反面典型游街，后来王拥财又被当作"替罪羊"示众，对这个贫困潦倒的家庭来说，犹如雪上加霜。被打成坏分子后，王拥财像低人一等、矮人半截的罪人一样，在村里抬不起头，除了闷头干活儿，啥话也不愿多说。三个孩子也同样如此，村里人看他们的眼神总是怪怪的，见了他们总要远远地躲开，生怕不小心沾上晦气。有些不懂事的小孩子，经常往他们身上吐口水、扔石子，他们敢怒却不敢言。本来罪过可大可小、可有可无，现在自己没有了话语权，只能任由别人评说。

三个孩子几乎天天遭人嫌弃，王拥财看在眼里，急在心里，顶着重重压力，做出了一个惊人的决定：送小女儿王小辫去村小学上学。王拥财叮嘱王小辫说："小辫啊，别人都说女娃子上学没用，但是咱们家不一样，你姐没捞着上，你哥没好好上，现在只能指望你了！记住爹的话，好好上学，千万别像你爹一样，活了大半辈子，到头来连自己的名字都不会写。没有文化，人家会更加笑话咱们。你一定要给家里争口气，别像你哥一样，上了两天就辍学，一辈子都爬不出泥窝窝……"王小辫听了爹的话，乖乖地去上学，每天放了学，便急急地跑回家，照看娘。

本以为到了学校就能享受到很多家里所无法获取的待遇，实则不然，学校并没有她想象的那样平静和美好。学校的课上得一团糟，老师和学生隔三岔五就要被集中到大队操场上参加批斗大会，跟着喊口号，听训话。每次看到有人被批斗、被游街，王小辫便不由得想起自己的爹和娘，想到他们吃的苦和遭的罪，心里像针扎一样难受。

这时的王大辫已出落成二十出头的大姑娘，在当时的新王庄村，二十出头的女娃已经算是大龄青年。王大辫虽然个头矮小，衣着破旧，但都掩饰不住她的漂亮和秀气。她之所以找不到合适的对象，不是因为她长得不好看，也不是因为她农活干得不好，而是因为受了家庭的拖累。王大辫是家里的长女，必须先顾好家，然后才能考虑个人问题。虽说早当家的穷人孩子有很多优点，被很多人所看好，但王大辫的家实在太出格，像烂泥潭一样，就怕王大辫陷得太深，拔不出腿来。

后来，总算有位好心人在外村给王大辫张罗着找了个婆家，男方不在乎王大辫的出身和名声，急着要把她娶过门去。王拥财听说男方家境不错，虽然家里人口不少，但都是老实本分人，闺女嫁过去，应该差不了，于是满口应允了下来。大辫却死活不答应，说长兄如父，长姐如母，娘有疯癫病，弟妹还小，家里头洗衣做饭，缝缝补补，离了女人这个"半边天"不行，她得留下来把持家。就这样，又拖了整两年，在王拥财的再三催促下，王大辫才嫁出门去。

王拥财没有能力按村里的风俗给大女儿置办嫁妆，只给她买了一条红头巾和一把红塑料梳子。王大辫用那条红头巾包了一把自家产的葵花籽，放在贴身的包袱里，说想家了就会打开它看看，闻闻家里的味道。王大辫出嫁前夕，王拥财在炕头闷头坐了一夜，李玉祯也预感到有事要发生，显得特别烦躁，把她盖的那床破被子又撕出了好几道口子。那一夜，王大辫也没合眼，第二天起来，就见她眼圈红红的，眼皮肿得老高。婆家的人上门迎亲来了，呼啦啦一下来了十多个人。家里连个像样的板凳都没有，迎亲的人只好站在院里等。想到即将离开家，离开生养自己的爹娘，王大辫心如刀绞，两手使劲儿抱着娘，眼泪止不住地往下流。俗话说"狗不嫌家贫，子不嫌母丑"，这个家虽然不像样，但它毕竟给过自己温暖；娘虽然疯癫，但她毕竟是生养自己的亲娘。怎么能轻易离开家、轻易抛弃老娘呢？王大辫心里憋满了话，想在临行前对娘诉说，娘却无法倾听、读懂她的心声，只好把满腹心声化作泪水倾泻。

虽然李玉祯隐约感到家里有事要发生，但她不清楚到底会发生什么事，也不明白大闺女为啥突然抱着她哭，只是觉得大闺女哭鼻子的样子很好笑、很好玩。李玉祯嘿嘿傻笑，嘴中咿咿呀呀地不知在嘟囔什么。终于，李玉祯被王大辫的哭声打动了，脸上又露出了慈母对儿女才有的爱怜神色，不时抬手帮王大辫擦拭眼泪，木然地坐在那里，任凭王大辫抱着她痛哭流涕。在亲友们的再三劝说下，王大辫终于松开了抱娘的手，艰难地爬起身，恋恋不舍地走出屋门口。走出几步，突然又转回身来，"扑通"一声跪倒在地，朝着爹娘使劲儿磕了三个响头，说："娘，您一定要保重，爹，您也要保重，二瓜、小辫，你们要好好照顾爹和娘，俺，俺走了！"说完，抹把眼泪，站起身头也不回地径直大踏步向院门外走去。

王大辫出嫁走了，家里顿时变得空落落的，少了很多生气。直到第二天早上，李玉浈才像突然明白了什么似的，变得异常烦躁和不安，用两手撑着地面爬到院门前，抓着门板使劲儿拍打，摇晃。王拥财去劝她，她竟然朝他龇牙咧嘴，发出"呜呜"的怒吼声。王拥财叮嘱王小辫一定要看好自己的疯娘，王小辫连声应允。可是，李玉浈的脾气非常暴躁，王小辫根本不敢接近她，一不留神，就把她给看丢了。门闩高高的，也不知道李玉浈是怎么打开的，拖着瘸腿和蒲团没一会儿便跑没了影。一时找不到娘的人影，王小辫急得直跺脚，赶忙跑到田里去寻爹。

听说李玉浈走失，王拥财早有准备似的，并没有想象的那么惊慌，说李玉浈肯定是寻王大辫去了，说着招呼王二瓜一起，径直向村外的那条公路奔去。费了半天劲儿，终于把李玉浈给寻了回来。王拥财没有埋怨李玉浈，而是像哄小孩一样劝她说："你不用着急，也不用急着去看她，她到时会回来看你的！"李玉浈嘿嘿傻笑，继续用探询的目光扫来扫去，根本没有在听王拥财说话。王拥财无奈地摇摇头，突然变了副冷面孔，用手比画着吓唬李玉浈说："记住，以后千万别再往公路上乱跑了，那儿有拖拉机，好大好大的拖拉机，轰隆轰隆，一眨眼工夫就朝你开过来了，躲都躲不及，忘了你腿是怎么断的了？"李玉浈脸上掠过一丝惊恐的神色，身子不自觉地抖了一下，随即用手撑着地面，焦急地爬来爬去。王小辫这才得知，娘的双腿是被拖拉机撞伤的，因为没有得到及时有效的救治，后来就瘫痪萎缩了，再也无法站立。至于娘被撞的详细经过，爹却不愿多说。

听了王拥财的劝说，李玉浈老实多了，经常望着院门口发呆，发呆过后，就会用手撑着地面，在院中急速地爬来爬去。王小辫知道，娘是在想念王大辫。娘对儿女的疼爱和挂念早已刻进了心灵的最深处，即使在她神志不清的时候，这种疼爱和挂念也会不自觉地显露出来。从那时候起，王小辫就深刻地领悟到了"可怜天下父母心"的确切含义，并在心里暗暗发誓，发誓要一辈子守着娘，决不离开娘半步，决不让娘担心和挂念。

王大辫嫁到外村去了，那村离新王庄并不远，她却一年都难得回来一次。人们常用"娶了媳妇忘了娘"来形容那些忘恩负义的不孝儿女，王小辫做梦也不会想到，这句话竟然应验到了王大辫身上。娘那么挂念她，甚至不顾危险跑到公路上去找她，她竟然无动于衷。婚姻真的会轻易改变一个人吗？王大辫那么善良、那么孝顺、那么坚强，怎么会在结婚后就突然变样了呢？王小辫百思不得其解。

后来王小辫才得知，王大辫不来看望娘是有苦衷的。王大辫出嫁后的日子过得并不好，婆家把她看管得很严，说她娘家名声不好，不让她再和娘家人有任何来往。自打王大辫过门那天起，婆婆就给她立了条规矩：为了避免大家受牵连，王大辫必须和娘家彻底划清界限，不能再与娘家有任何瓜葛。有好几次，王大辫偷偷跑回来看娘，没等走到半路就被婆家人给追了回去。听说为这事，婆家人还动手打了她。王小辫为之愤愤不平，别人家嫁闺女，父母都能讨要到一笔丰厚的彩礼，王大辫出嫁给家里带来的唯一好处却是：在她的强烈要求下，她婆家人帮着把家里的三间土坯房简单修缮了一下。王大辫太软弱了，也太自私了，为了自己的幸福，竟然撇下疯癫瘫痪的老娘不管，她完全可以在家里多照顾娘几年，根本没有必要那么早出嫁，更不该嫁到外村去，以至于被婚姻束缚住了手脚，连看娘一眼的机会都没有。

王小辫暗暗发誓，宁愿守着爹娘过一辈子，也不要像王大辫那样轻易嫁人。然而，现实情况并不像她想象得那么简单和美好。恋爱、婚姻是说不清理还乱的很复杂的东西，只有亲身去做了、去体验了，才会发现个中端倪、体会个中滋味。王小辫没有信守自己的承诺，后来发生的事情让她彻底打消了当初的念头。

(2)

王小辫坚持上完初一就被迫辍学了，她辍学后正好替代王二瓜的角色。这时的王二瓜已到娶媳妇的年龄。王拥财说家里穷娶不起儿媳妇，现在娶不起，将来也难说，还不如趁早让王二瓜去"入赘"。按说王二瓜是家里的"独苗"，不该轻易"屈就"，但为了他将来的幸福，王拥财已顾不了那么多了。王拥财经历的不称心的事多了去了，这样的事又算得了什么。只是，王二瓜入赘后，家里的活儿就得靠王小辫来操持了。王拥财劝王小辫说："小辫啊，多少识几个字就行了，咱们山窝里生养的女娃子，注定是土里刨食的命，别指望将来靠识字混饭吃！再说了，现在学校里乱哄哄的，你就是想学，也学不好嘛！既然早晚都得下庄户，还不如早点儿下来学干农活，帮爹支撑门面哩……"

王小辫反驳说："既然不想让我上学，当初干吗非要送我去？哼，山窝窝咋了？山窝里也能飞出金凤凰，山窝里也能出将军！山窝里的女娃子又咋了？就不能多喝点墨水吗？爹啊，咱们得争气，千万不能自己把自己给看扁了！城里的娃子好，不照样要来咱们乡下'接受贫下中农再教育'吗？这说明咱们的山窝窝水土好，能滋养人！"

王拥财不耐烦地打断王小辫，说："我当时送你去上学，是不想让你当睁眼瞎，并没指望你能学出个子丑寅卯来。你说的没错，人活着要争气，不能小看了自己，可是，争气也要量力而行，不能蛮干瞎干！就咱家这穷酸样，即便你将来考上大学，也供养不起呀！何况现在上大学靠推荐，你哪有那个资格呦！不是自己的，别去强求。你不为我着想，也要为你疯癫的老娘着想，为这个家着想嘛！"王小辫一听，立时没了话，是啊，为了照顾亲娘，还有啥不可以牺牲、不可以舍弃的呢！

王小辫辍了学，干起了农活，成了生产队妇女劳力中的一员。出乎王小辫意料的是，哥哥王二瓜并没有那么快离开家去当上门女婿，直到她辍学干了两年农活，王二瓜的媳妇仍没有着落。因家里太穷，加上还有个名声不太好听的瘫痪老娘，即便王二瓜去倒插门，人家也嫌他有拖累。于是，他的婚事一拖再拖。因为这事，王二瓜自己也感到特别憋屈。按说，除了家庭状况不好，王二瓜其他各方面的条件都不算差。他个儿头适中，眉清目秀，而且聪明好学，悟性很强，是村里出了名的"巧手"。他没有专门学过木匠活，却能无师自通，打造出了很多精巧结实的小板凳、小圆桌。他用高粱秸秆像搭建楼阁一样精心制作的鸟笼，用高粱秸秆外皮编织的蝈蝈笼，均是村里大小孩子争抢的"稀罕玩意儿"。

王二瓜不仅聪慧手巧，还很爱面子，身上穿的衣服虽然破旧，但总是洗得干干净净的。为了不耽误衣服在第二天穿，他经常将拧过水的衣服摊开，铺到自己被窝下面，用自己的体温将其烘干。天冷的时候，他总爱戴个没帽徽的军帽，为了保持帽檐齐整，他特意在里面垫上一层挂历纸。他曾动过当兵的念头，最终还是放弃了。大家都说他有当兵的心，却没当兵的命，只能戴个没帽徽的军帽过下瘾。王二瓜是个自强、自尊和自爱的好小伙，但命运之神并没有因此而眷顾他，媒人给他牵过不少红线，女方一听他家的情况立马皱起眉头。为此，王二瓜有时也会埋怨娘，心想，要不是被娘拖累，自己说啥也不会混到今天这种地步。然而，这种念头刚产生，马上又打消了，一种深深的自责和内疚感随即涌上心头。这怎么能怪娘呢？要怪就怪自己不争气，怪女方家太势利！与其被"势利"，还不如打光棍。

以后再有人给王二瓜介绍对象，王二瓜就不像先前那样激动了，腿脚也不像先前那样勤快了，一副心不在焉、满不在乎的样子。颓废精神像流行病毒一样，是可以传染的，看王二瓜一副无精打采的样子，说媒的人也泄了气。王二瓜的媳妇是越来越难找了。心情不好的时候，王二瓜就拼了命地干活，或闷头摆弄他那些鸟笼和蝈蝈笼。只要投入他喜欢干的活儿中，他就什么烦恼也没有了。王二瓜找不着对象的当口，王小辫却糊里糊涂地和一位下乡插队知青谈起了恋爱，立时在村里掀起了一场巨大的风波。有些事就是这么难以琢磨，就是这么出人意料，缘分如流云飘忽不定，该来的终会来，该有的终会有，强求不得，正应了《增广贤文》中的那句训言："有心栽花花不开，无心插柳柳成荫。"王小辫自己也没有想到，她竟然和一个来自沿海大城市的俊小伙攀上了关系。

大林是个高中生，小伙子人长得不错，细高个儿，文质彬彬，而且多才多艺，能写会画，就是干农活很不在行，经常闹出笑话，挨队长的批评。虽然如此，村里人都很敬重他，不论红事还是白事，都愿请他帮忙。他能写一手好字，账算得也准，称得上村中最好的"账房先生"。和大林一块来新王庄插队劳动的青年原本有好几个，后来他们通过各种渠道陆续返回了城里，最后只剩下大林。起初他们住在由村小学"挤"出来的一间教室里，其他人相继离开后，大林觉得自己一人住教室太浪费，主动提出到村牲口棚里去住，和饲养员扁担叔挤在一间小屋里睡。牲口棚在村头，因住所僻静，给他和王小辫的交往提供了便利。

扁担叔是个老光棍儿，真名不详，听说早年唱过大戏，演过武生的角色。老头儿脾气很怪，酒量很小，几乎沾酒就醉，但他每天都要喝上几口，喝完后要么倒头大睡，要么扛着一根空扁担玩耍，把扁担舞得虎虎生风。王小辫经常约上几个女伴去牲口棚里玩耍，说是去看扁担叔唱戏玩杂耍，实则是找机会接近大林。那时的王小辫像着了魔一样，放工的哨子刚刚吹响，便鬼使神差般地向村头的牲口棚走去。终于有一天，大林起了疑心，问王小辫："你整天往牲口棚里跑，是不是特意来看我啊？"王小辫撇撇嘴："美的你，俺是来看扁担叔的！"大林说："看我也好，看扁担叔也好，我都喜欢，这样吧，你帮我洗脏衣服，我教你识字和画画怎么样？"王小辫抿嘴一笑，抢着去拿大林的脏衣服，不想被大林拦住。大林诡秘一笑："跟你开玩笑呢！我的衣服都洗过了，没有脏的，咋办？"王小辫一时愣在那里。

王小辫噘着嘴沉思片刻，突然灵机一动，从地上抓起一把土，往大林身上一抹，嘻嘻一笑说："这会儿脏了吧？你整天下地干活，跟土坷垃打交道，咋会不脏呢，哼！"大林"扑哧"一乐，麻利地脱下上身的衣服，递给王小辫。王小辫无意中瞥见了大林那裸露的白皙宽阔的肩头，立马羞涩地低下了头。王小辫背过身去，向后伸出手，把衣服接在手里，转身就跑。大林追着她大声喊："记住，洗衣服时先把'像章'取下来，别弄坏了……"

以后，王小辫几乎天天到牲口棚帮大林洗衣服，让大林帮她辅导文化课。扁担叔始终装聋作哑，每次看到王小辫来找大林，就识趣地抱着扁担走开，直到王小辫离开，才悄无声息地溜回牲口棚。爱情有着神奇的魔力，能让人如醉如痴，忘记一切，也不顾一切。两人疯狂地爱恋着，不仅经常在牲口棚里幽会，到田里上工时，也经常偷偷凑在一起，像是有说不完的情话，道不完的情事。关于两人"野合"的风言风语很快在村里传扬开来。有好事者赶忙跑去向生产队长报告，说王小辫勾搭插队青年，存心不良。队长不以为然，说无凭无据，不能妄加猜测。告状的人生气了，鼓着腮帮说："我亲眼看见他俩在田里抱在一起亲嘴，一点儿都不避讳外人，实在大伤风化！她娘是个贼婆娘，听说当年没少偷'野汉子'，这闺女依俺看也不是个好东西……"告状的人说得有鼻子有眼，不由得队长不信。

当时的生产队长跟王拥财是没出"五服"的本家兄弟。生产队长特意找到王拥财，语重心长地劝他说："拥财哥，话不说不明，理不辩不清，有件事我得提醒你一下，鸡不是凤凰，跟龙永远不搭配，你得好好管管你家的小闺女，别让她给咱们老王家人丢脸抹黑！"随后把详情一说，劝王拥财擦亮眼睛，不要"灯下黑"，要是被人把事捅到公社，麻烦就大了。王拥财一下子呆住了，他没想到女儿竟然在他眼皮底下做出这么有伤风化的事来。事不宜迟，得赶紧想想办法。王拥财气冲冲地跑回家，把王小辫叫到跟前，冷冷地盯着她，欲言又止。王小辫欲感不妙，把头深深地埋在胸前，连大气都不敢喘。

本以为王拥财会立即大发雷霆，没想到他默默地坐了好久，才长长地叹了口气说："小辫，爹不反对你跟大林好，但是……老话说得好，人贵有自知之明，人家大林是城里人，你，根本配不上人家嘛！再说了，咱们庄稼人讲究明媒正娶，你们这样偷偷摸摸的算哪门子事嘛！影响多不好啊！"听王拥财的意思，这事还有活动余地，王小辫顿觉眼前一亮，试探着问："爹，您的意思是说，大林他应该入乡随俗？这样吧，俺让大林托人来咱家说媒，咋样？"王拥财连连摆手："你没有明白俺的意思，俺的意思是说，先穿袜子后穿鞋，上漆必须先除锈，不能隔着锅台上炕乱了章法，你哥还没娶上媳妇，按咱们乡下的习俗，弟弟妹妹是不适合在哥哥姐姐之前恋爱和结婚的！"王小辫一听，"扑哧"一下乐了："爹，这好办，俺和大林等得起，您就放一百个心吧！"王拥财冷了脸，"霍"的一下站起身，抬高嗓门说："不行，你不能和大林好，泥窝窝里跑出来的鸡咋能和人家凤凰相比呢！你不怕别人笑话，说闲话，爹还怕哩！你不为爹着想，也要为你哥和你娘想想嘛！这事爹无论如何不能答应你，你就死了这条心吧！"说完，把头使劲儿扭向一边，不再理会王小辫。王小辫"哇"的一下哭出声，双手抱着头，跌跌撞撞地跑出家门。

夜深了，王小辫独自坐在村头的土坎上，想了很多，她不明白，为什么哥的媳妇那么难找，为什么爹对她的态度总是那么生硬。她想到了已出嫁的大姐王大辫，想到了自己以前立下的誓言……王小辫思来想去，再一次被爹的那句话给深深地刺痛了：山窝窝里跑出来的鸡咋能和凤凰相比呢！高枝哪有那么好攀呀！想着，想着，王小辫眼中溢满晶莹的泪水，最后终于痛下决心，决心立马斩断这段不靠谱的情缘。

然而，当王小辫对大林提出自己的想法时，大林却不以为然，坦然一笑说："这是咱们两个人的事，你爹他说了不算！我会一如既往地对你好，疼你爱你一辈子！小辫你放心，你有个瘫痪疯癫的老娘，这算不了什么，爱情是神圣的至高无上的，什么艰难险阻都阻挡不了我们！我发誓，将来我不光对你好，也会对你爹好，对你娘好，我会一直拽着你的'小辫子'不放，这辈子你都别想把我甩掉……"王小辫心头一热，两行热泪潸然而下，一下扑到大林的怀里，喃喃自语："那就好，那就好，嘿嘿，俺还以为你会嫌弃俺娘哩……你坏，你坏，咋能随便叫俺的小名呢！"大林把王小辫紧紧地搂在怀里，一个劲儿地安慰她："好了，你不要想太多，真正的爱是不讲条件的，我爱你，自然也爱你的家人，你的娘就是我的亲娘！"王小辫本打算跟大林绝交的，现在听大林这么说，心快要碎了。

王小辫被大林的痴情打动，没有听从王拥财的叮嘱，也不再理会村里人的冷嘲热讽，依旧像往常一样天天去找大林，帮大林洗衣服，让大林教她文化、教她画画。本以为时间久了，生米就会煮成"熟饭"，王拥财就会默认她和大林的恋情，没承想事与愿违，王拥财像吃了秤砣铁了心一样，死活不同意她和大林来往。

（3）

王拥财得空就对着王小辫念"紧箍咒"，这天一早吃罢饭，又念叨上了："俺虽没有文化，但俺懂得为人做事应讲究个分寸。人啊，自己有几斤几两，得掂量清楚，有时飞得越高，反而跌得越痛。所以，不知天高地

062

厚是不行的。俺还是那句话，你是土窝窝里爬出来的鸡，人家大林是从大城市里飞来的金龙，鸡和龙是不能待在一块的，鸡只能在土里刨食，而龙终究有一天要飞走，与其到时鸡飞蛋打，还不如快刀斩乱麻，早作了断……"王小辫紧咬嘴唇听王拥财数落，听着，听着，忍不住打断他的话说："爹，您别说了，俺明白您的意思，俺知道您这是为俺好，但俺觉得您的担心是多余的。大林他是个好人，有文化、有修养，绝对不会当陈世美的。俺俩是真心相爱，都很珍惜和尊重对方，决不会做出格事的，你有啥好担心的嘛！俗话说'不做亏心事，不怕鬼叫门''身正不怕影子斜'，俺俩是清白的，那些无聊的村里人愿意嚼舌根子，就让他们嚼去吧！"

遭到王小辫的反驳，王拥财更来气了，指着王小辫的鼻子说："亏你说得出口，俺的脸全让你给丢尽了，你不怕别人说，你不怕丢人现眼，那你爹呢？你娘呢？你哥呢？你还想让你哥找媳妇不？俺这几天托人给你哥说媒，你知道人家咋挖苦你爹吗？"王小辫不屑地撇撇嘴，心想，嘴长在他们头上，他们爱咋说咋说，我能有啥办法啊。王小辫本想再反驳爹几句，见他正在气头上，话到嘴边又咽了回去。王小辫无动于衷，无异又给王拥财心头上添了把火，王拥财脸窘得像个紫茄子，使劲儿拍了下自己的大腿说："唉，有些话，俺都不好意思说出口，但是不说吧，又怕你觉不到热乎。他们是这样说俺的：老王啊，你有个瘫痪疯癫的媳妇也就算了，现在咋又多出个风流成性的闺女啊？这样一来，谁还放心把姑娘嫁给你儿子呀！啧啧，你听听，话虽说得难听点儿，但并非一点道理也没有嘛！小辫，你难道不知道唾沫星子能淹死人啊？你干吗非要讨人嫌？多喝了几天墨水，就不知道自己姓什么了吗？"

王拥财的话越说越难听，王小辫听着，听着，脸上就有些挂不住了，终于大着胆子白了王拥财一眼，说："爹，咋说话呢，别人不知道深浅，说几句难听的话俺认了，您是俺亲爹，咋也这样作践俺啊！俺和大林正大光明地谈恋爱，碍别人啥事了？他们看着不顺眼，忍不住说几句风凉话，那是因为心理不平衡，是'狐狸够不着葡萄就说葡萄酸'！咱们若心虚气短，打退堂鼓，正好随了他们的心愿，只会让他们更加瞧不起。""你，你，唉……"王拥财一时语塞。

王小辫以为王拥财已被说动，又说："爹，咱们自己的日子最终要靠咱们自己来过，咱们自己的路最终要靠咱们自己来走，不能因为别人说几句闲话，就没了主张、乱了方寸。爹，您先别生气，听俺把话说完，大林终究有一天要回城里，这不假，但这并不意味着是件坏事。大林说了，到时他会好好待见俺的，也会好好待见您和娘，您放心，到时俺们过好了，决不会丢下您和娘不管的！"王拥财不屑地撇撇嘴，说："闺女，你年龄不小了，咋还这么天真呢！老话说得好'画龙画虎难画骨，知人知面不知心'，有些人墨水喝得多，花花肠子也跟着多。难保大林不是这种人，谁知道他内心是咋想的！爹吃过的盐比你喝过的水都多，过的桥比你走的路都长，俺啥人没见过？啥事没经过？俺敢断言，你和大林的事不会有好结果的，你这是头碰南墙不知道转弯，终有一天你会后悔的！""爹，您的老经验不一定好使，俺相信大林，就算他到时辜负了俺，俺也认了！"王小辫愤愤地回答，很不服气的样子。

没想到王小辫非但不悔改，反而越来越固执，说话也越来越强硬。王拥财吃惊不小，像看陌生人一样，盯着王小辫看了很久，突然"扑通"一声蹲坐在地上，两手抓着头发，老泪横流地说："小辫，爹求你了，咱们家实在经不起折腾了！有些事躲都躲不及，你咋还硬往自己身上揽呢！唾沫星子也能把人给淹死的啊！你可不能走你娘的老——老路啊……"王拥财发狠似的拍下自己的嘴巴，又说："你娘做闺女时，没少被人骚扰，半夜里总有一些不怀好意的人去摸她的房门。她受了别人的骚扰，非但得不到村里人的同情，反而招来骂声一片，说她是活该，说什么母狗不发情，公狗就不会往上凑。有些人什么话难听说什么，不管什么样的脏水都往你娘身上泼，你娘她是一肚子苦水没处倒，最后沦落到了这般境地！俺做梦也没有想到，你竟然主动招人嫌、惹人骂，你，还嫌咱家的名声不够难听吗？"

王小辫慌了神，赶紧上前去搀扶王拥财。"爹，您这是做啥，让外人看见多不好啊！有话好好说，俺没做见不得人的事，为啥把您急成这样？"王拥财不理会，赖在地上不起来。无奈之际，王小辫"扑通"一声跪倒在王拥财脸前，哭着说："爹，您快起来，快起来嘛！""你不答应，俺就不起来!"王拥财紧咬着牙关说。"那好吧，俺答应您!"王小辫心头陡然涌上一股莫名的酸楚，委屈的眼泪扑簌簌往下掉。见王小辫终于服了软儿，王拥财很高兴，见好就收似的迅速爬起身，装作若无其事的样子掸掸身上的土，然后伸出手去搀扶王小辫。王小辫没有让王拥财扶，故意往后倒退了几步，才慢慢地站起身。王拥财关切地问："你，你咋了?"显然是明知故问。"没咋，就是感觉心里憋屈!"王小辫不愿搭理王拥财，又不想对他无礼，只好把头使劲儿扭向一边，似乎只有这样才可以表达她内心的不满。

看王小辫难受，王拥财也跟着难受。王拥财不想让王小辫心里留下疙瘩，却又无计可施，皱着眉头沉思良久，使劲儿跺下脚说："闺女，别怪爹心狠，俺这也是迫于无奈，实话跟你说吧，俺，俺早就把你许配给了别人家了!""爹，您说啥，您再说一遍?"王小辫吃了一惊，焦急地问。王拥财摇摇头、不答话。到这时候王拥财还躲躲闪闪，说明他心里肯定有"鬼"。王小辫预感不妙，发疯似的一把抓住王拥财的手，摇晃着问："爹，听您的意思，您已经把俺许配给别人家了? 爹，您咋能这样做呢! 俺又不是您养的猪，咋能随便卖给人家呢? 您这不是把俺往绝路上逼吗?"王小辫只觉眼前一黑，转身想跑开，不想被王拥财一把拉住。王拥财"扑通"一声扑倒在地上，抱着王小辫的腿结结巴巴地说："是，是俺对不住你，可，可是，俺实在没别的法子啊……"

王小辫木然地站在那里，王拥财的话像一根根利剑，一下接一下扎在她的心口上，她感到了从未有过的阵阵的疼痛和彻骨的寒冷。王拥财没有理会王小辫的疼痛，继续放他的冷箭："你知道当年你姨妈和姨夫为啥同意收养你们吗? 那是因为俺和他们私下做了约定! 你姨妈只是你娘的堂姐，按说没义务养活你们姊妹三人，是俺答应将来让你姐做他们家的儿媳妇，他们才松了口! 实际上，关于两家结亲的事，你姨夫自始至终都不太乐意，要不是你姨妈从中周旋，兴许咱们还高攀不上人家哩……你姨妈这人心善，早就想帮衬咱们一把，结亲只当是借口罢了。你姨夫却不然，赚不到便宜就像吃了大亏，折本的买卖他是不会干的，他既想让你姐当他家的儿媳妇，又不想付出太多。后来，果真让他找到了'挑刺'的由头，说你姐比他小子大几岁，个儿头也矮，他没相中，还说什么不是好庄稼地，就长不出好庄稼，决不能让你姐坏了他们家的风水，等等。"

"俺当时实在想不出别的办法来，只好硬着头皮答应，让你顶替你姐当他家的儿媳妇。孩子，别怪爹糊涂，俺这样做全是为你好，为大家好。你姨夫说了，只要你肯做他们家的儿媳妇，啥事都好说，他还说到时一定想办法把他侄女说给你哥哩！俺知道这样做对你来说有些不公平，可话又说回来，要不是你姨夫收留你们，给你们几口饭吃，说不定你们早就饿得不成人样了。所以说，你得学会感恩，只有感恩图报，心里才不亏欠，才踏实。人啊，咋活都是一辈子。咱们乡下女人就认这样一个死理：嫁鸡随鸡，嫁狗随狗，不管嫁什么样的男人都得认命。要在过去，哪有谈恋爱这一说啊，婚事全由父母做主，女人直到结婚也见不上男人的面，连男人是瘸子是哑巴都不知道！好在你对你表哥并不眼生，他人咋样你是了解的，比那个小白脸强多了，不但壮实，个头儿也高，浑身上下有使不完的力气，干庄稼活绝对是个好手，就是年龄比你大了点儿——大几岁不要紧，知道疼人，你嫁过去，绝对没亏吃！"

王拥财情不自禁地流露出陶醉和得意的笑容，说："要是你哥再把你嫂子娶回来，那就是'两好合一好，好上加好'！"刚说完这句话，笑容猛然又僵住了，由得意的笑变成苦笑，脸上的皱纹也跟着扭曲了，"小辫啊，想必你也看到了，你哥的媳妇实在是不好找啊，爹要是有一丁点办法，也决不会走这一步。眼看俺和你姨夫约定的定亲的日子越来越近，你可千万不要让俺为难啊，你就算不看俺的面子，也要替你哥和你娘想一想……"王拥财还在没完没了地念叨，王小辫却再也听不进心里去，跌跌撞撞地跑出家门，像无头苍蝇一样，深一脚浅一脚地向前走去。她只觉天在旋、地在转，她做梦也没有想到，王拥财竟然对她隐瞒了那么多，竟然把她当作商品和人做交易。"俺该怎么办？俺该怎么办啊？难道这就是自己的命吗？"王小辫反复自问，委屈的泪水止不住地往下流。

王小辫跑到山崖上，两眼直勾勾地望着远方。远方山峦起伏、绵延不绝，世界之大，竟无她这个小女子的容身之地。天空依然是那样的蔚蓝，鸟儿叫得依然是那样的清脆宛转，庄稼和野花的味道依然是那样的清香，空旷的田野依然是那样的宁静祥和，村里人依然像往常一样各自忙着自己的事。一切都宛如平常，像什么事也不曾发生一样。此时的王小辫却感受不到这些美好，她心里的天空正乌云翻滚，看不到一丝光亮。再大的累莫过于心累，再大的苦莫过于心苦，天大地大不如人内心的强大。人的内心一旦崩塌，周围的世界也将黯然失色。王小辫心冷了，她心灵的天空就要崩塌了。她下意识地看看崖下，也许是泪水蒙住了双眼，她看到崖下一片朦胧，那里长满了神树、开满了鲜花，有潺潺溪水、有啾啾鸣叫的山鸟……王小辫想，也许只要自己轻轻一跳，就会立即融到那个奇妙无比的仙境里，那里没有饥饿、没有忧愁、没有欺蒙，溪水是那样的甘甜，鲜花是那样的芬芳……

王小辫不由自主地一步步向崖边靠近，正要飘飘然飞向那个神秘的仙境里时，突然感觉身后伸来一双巨手，像铁钳一样将她紧紧抱住。紧接着飘来一股熟悉的男人的气息，直往她鼻孔里钻，直往她心里头钻，她的脚立时像灌了铅一样，无法挪动。王小辫陶醉了，恍惚觉得自己已进入仙境，正静静地享受和风细雨的抚慰和浸润。王小辫想继续向那片仙境深处飞去，试着挥舞了几下手臂，却怎么也挥舞不动。

（4）

从背后抱住王小辫的人是大林。大林紧紧抱着王小辫，大声问："小辫你傻呀，好端端的你想干什么？不知道山崖下面危险啊！啧啧，吓死我了！"听到大林熟悉的声音，王小辫打了个激灵，猛然从幻觉中清醒过来，委屈的眼泪"唰"的一下流了下来。见大林突然跑来救自己，王小辫有些喜，也有些恼，试着挣脱开他的怀抱，但没成功，抱怨道："你，你干吗要管俺？让俺去死吧，俺实在没法活了！"听王小辫这样说，大林吓了一跳，不由分说，拼尽全力抱起王小辫就跑，跑到一片安全的空地，"呼哧"一下把她扔在地上，指着她的鼻子，喘着粗气问："你，你疯了？咋会有这种想法呢？幸亏被我撞见，要不然……唉，你咋这么傻，有啥事想不开啊！王小辫同志，你给我听好了：人活着不能太自私，应该多替他人着想，你爹娘生你养你不容易，看你这样，他们该有多伤心呀！你，难道你就忍心撇下我，撇下你那瘫痪的疯老娘不管了吗？"听了这话，王小辫一时呆在那里。

大林说得对，什么人都可以不去想、不去管，唯独不能不惦记老娘、不管老娘，她活得那么苦、那么累，正需要自己照顾的时候，咋能忍心撇下她不管呢！王小辫不由得又想起了自己先前的誓言，心里像刀割一样难受。王小辫用茫然的眼神看看大林，鼻子抽搐了两下，一把抓住他的手，焦急地问："可是，你让俺咋办？俺爹要包办俺的婚姻，要俺给哥换个媳妇，你说，你快说，这事俺该咋办？"大林打了个激灵，一下子全明白了，随即一屁股蹲在地上，双手抱头，开始沉默不语。王小辫一看，像突然领悟到了什么似的，变得异常冷静。王小辫抹了把眼泪，轻轻地拽了下大林的衣角，坚定地说："大林你放心，俺不会拖累你的，你走吧！俺爹说了，龙找龙，虾找虾，俺是从泥窝窝里爬出来的鸡，根本配不上你这个从大城市里飞来的金龙！俺再说一遍，你走吧，走得越远越好，俺以后再也不想见到你了！"说完，背过身去，使劲儿跺下脚，大踏步向前走去。

大林愣怔了好一会，才猛然回过神来，霍地站起身，追上去拦住王小辫，不无委屈地说："你这是说的啥话，解绳要找结，除草要找根，为难你的是你爹，咋把气撒到我头上来了？我可从来没嫌弃过、怠慢过你！你，你咋能像疯狗一样乱咬人呢！"王大辫瞪了大林一眼："我是疯狗，我乱咬人！你晓得狗为什么发疯吗？那是因为它的自由经常被人利用、限制和剥夺！哼，狗急了跳墙，兔子急了咬人，没有了自由，就连蚂蚁也会发疯！"大林被逗乐了，朝王小辫做个鬼脸，小声嘟囔道："世上哪有你这么漂亮的疯狗、兔子和蚂蚁啊！你咬吧，大不了咱俩一起发疯！"说着，轻轻地抬起手，亲昵地抚摸了下王小辫的头发。王小辫心头一热，闭了眼，静静地依偎在大林的怀里，默默地吮吸并感受着来自大林身上的浓浓的男人的气息，心里顿时充满了甜蜜的感觉。两人不再斗嘴，默默地、紧紧地依偎在一起，过了很久，很久。

也不知过了多长时间，王小辫身子猛然抖了一下，一把推开大林，转过身来，掰着他的肩膀，盯着他的眼睛问："大林，你真的爱俺？""爱！"

大林毫不犹豫地答。王小辫点点头："那好，如果你真的爱俺，那就和俺一起私奔，离开这个伤心的地方！只要能和你在一起，俺就是做牛做马吃糠咽菜也乐意！""这，这……"没想到王小辫这样说，大林一时愣在那里，不知所措。王小辫一看很失望，缩回手、背过身、噘起嘴，长长地叹了口气说："好了，俺早就料到你会犹豫不定，俺就知道你是烂泥扶不上墙！俺不怪你，要怪就怪俺自作多情，不知好歹。俺不该拖累你，这样做对你来说也许很不公平，你还是回你的大城市去吧！以后咱们各走各的路，各过各的桥，你放心，俺王小辫就算到处要饭吃，也决不再求到你家门上！"说完，自嘲一笑，大踏步向前走去。

大林慌了神，紧跑几步追上去，一把拽住王小辫的衣角，埋怨说："小辫，你咋老这么犟呢，我也没说不陪你走啊！我的意思是，心急吃不了热豆腐，要走也不用那么急，得好好地合计一下！"王小辫回头嗔怪地看看大林，忍不住"扑哧"一乐："嘿嘿，俺早就知道你是个好人！有你这句话，俺放心了！"王小辫拉大林在旁边的草坡上坐下来，问他怎么跑、往哪跑，大林不答话，皱着眉头只顾沉思。王小辫问："咋了？反悔了？"大林紧咬嘴唇，还是没答话。王小辫急了，使劲儿将手一甩说："你，你咋说话不算话啊，你，你还算个男人吗？"大林摆摆手，终于发了话："开弓没有回头箭，我既然答应了你，一定陪你走到底，只是……"大林叹了口气，又说："俗话说得好'在家千日好，出门半日难'，走没啥好说的，拔腿就能跑上几十里，但是，咱们缺少盘缠，到时饿了咋办？困了咋办？所以，咱们必须提前想好应对方法，临阵磨枪是不行的。"经大林这样一说，王小辫反倒无语了。

王小辫反复琢磨大林提出的问题，越想越觉得头疼，索性一拍大腿说："嗨，顾不了那么多了，车到山前必有路，咱们不缺胳膊不缺腿，我不信到时混不上口饭！"大林瞥了王小辫一眼，没言语。王小辫本来就有些心虚，被大林这一瞥，更心虚了，讨好地抱着大林的肩头，嘿嘿一笑说："不过，你说得也不无道理，出外混日子没那么简单，'穷家富路'嘛！咱们是该好好地商量一下。你说吧，接下来咱们该怎么办？我，我听你的。"王小辫语气缓和了许多、温柔了许多，小鸟依人似的依偎在大林怀里，一边说一边用爱怜的眼神看他，和大林商量了很久，最终商定：盘缠和干粮能带多少就带多少，明天一早鸡叫过头遍，天快要放亮前，两人在村头牲口棚外集合，然后一起跑到几十公里外的火车站去扒火车，能跑多远就跑多远。商量好后，两人各自回去准备。临离开时，王小辫没忘叮嘱大林，要他一定保守秘密，"私奔"的事对谁都不要透露。大林会意地点点头，连声说"好"。

沉迷于爱情的人，很容易被甜言蜜语冲昏头脑，做起事来不考虑后果。大林一时兴起，答应了心爱人的请求，等他头脑冷静下来，就犹豫了、后悔了。大林作为新王庄的"外来户"和"被教育的对象"，既人卑言微，又势单力薄，还无法与"老顽固们"抗争。他不想逆来顺受，不想心灵受煎熬，却无力与人抗争，只能选择逃避。远离新王庄也许是最好、最彻底的逃避办法，但是，贸然出走必定带来很多麻烦，甚至会影响和左右他的前途和命运。大林一时陷入了两难的境地。明知道陪心爱人一起出走遗患多多，他却别无选择。其实王小辫这时心里也没底，只是她已经没有退路：与其任人摆布，被迫做换亲的牺牲品，还不如赌上一把、争上一把，兴许能闯出一条路来。王小辫感觉自己突然间坚强了许多，她看不清前方的路标，也不知道哪是路的终点，但她相信希望就在前方，只要摸索着走下去，终将会看到光亮，只要还有一丝希望，就不能轻易退缩和轻言放弃。

抱定离家出走的念头后，王小辫心里既激动，又焦虑，心里像窝了一团火苗。怕引起王拥财的怀疑，她强装镇静，装出一副若无其事的样子，白天照常上工干活，晚上回到家，撂下锄头便忙着做饭，照顾娘。王拥财自知理亏，眼神躲躲闪闪的，不敢直视王小辫的眼睛。心里有"事"的孩子，即使装得再像，也逃不过父母敏锐的眼睛。王小辫越平静，王拥财越感到不安。他怕王小辫想不开，有好几次想提醒王小辫——你心里要是感到憋屈，就喊几声、哭几声吧！但终究没有说出口。这时候，王小辫的确有很多话想对爹说、对娘说、对哥说，却没法说，只能憋在心里。她焦躁不安，被巨大的痛苦折磨着，她感觉自己快要崩溃了。不能再等了，再等只会让自己更加难堪，更加被动。夜深了，王小辫躺在炕上，大瞪着两眼，望着黑洞洞的屋梁出神。爹、娘和哥已熟睡，发出轻微的鼾声。王小辫还是第一次用心倾听亲人们的鼾声，声音是那样的亲切，那样的温暖，听着、听着，不由得热泪横流。

终于，小村上空响起了清晰的公鸡打鸣声，一声落下，一声又起，声音是那样的雄浑有力，是那样的摄人心魄，像沉默过后的呐喊，像暗流中突然奔泻而出的怒涛，撕裂了夜幕，打破了沉寂，搅动起不眠人的心船，在无边的夜海里飘荡。王小辫冷不丁打了个哆嗦，悄悄爬起身，摸索着用包袱包了几件衣服、五六个地瓜面窝头和一小袋生地瓜，仔细地摸了摸早已缝进内衣口袋的五元角票和四两省内通用粮票，然后借着朦胧的月光，匆忙出了门。走出家门老远，王小辫猛然回头，朦胧夜色中，家的影子模糊了，小村的样子也模糊了。想到将要离开家、离开亲人、离开故土，王小辫心痛不已，眼泪扑簌簌地往下掉。王小辫向着家的方向，"扑通"一声跪倒在地，涕泗横流地说："爹，娘，哥，俺走了，俺对不住你们！等俺混好了，一定好好孝顺你们！娘，闺女不孝，俺在这给您赔罪了，希望您好好活着，等俺回来，一定要等俺回来啊……"

一阵飕飕的冷风吹来，接着传来一阵狗被惊扰而发出的叫声，像是对王小辫哭喊声的应答。王小辫打了个寒战，触电似的站起身，使劲儿抹了把眼泪，头也不回地向村头的牲口棚跑去。跑到牲口棚外，像做贼一样屏住呼吸，忐忑不安地等了很久，也没瞅见大林的人影。无奈之下，只得硬着头皮蹑手蹑脚地走近牲口棚旁边的小屋。小屋门敞着，屋内亮着一盏马灯，大林不在，扁担叔也不知所踪。王小辫急了，围着牲口棚小声呼唤大林的名字，却始终听不到回应。王小辫悻悻地转回小屋，一眼瞥见马灯旁边用一块手掌大的鹅卵石压着一包衣服，上面还敷了一张纸条。王小辫好奇地拿起纸条来一看，呆住了。纸条是大林特意写给王小辫的。大林说，他经过慎重考虑，决定放弃和王小辫一起私奔，说他爸妈已在城里托人帮他疏通好了关系，他不久就要回城里去上班，他不想因为这次不辞而别而毁了自己的前程，更不想让爸妈牵挂和伤心！大林劝王小辫慎重考虑一下再作决定，若执意要走，他也不好反对。

最担心的事最终还是发生了。王小辫哭笑不得，使劲儿一咬牙、一跺脚，发疯似的向村外跑去。王小辫一边跑一边哭，心里空落落的，不知道自己将要去哪里，也不知道自己的归途在何方。王小辫拼尽全力，风风火火地向火车停靠的站点奔去。她只能用脚来宣泄她的失落和孤独。王小辫以前很怕走夜路，这次出走之前她也曾担心过、踌躇过，现在她不怕了，也没啥好怕了。一个人没有了顾虑、没有了牵挂，胆子会变得格外大。连王小辫自己也没有想到，她这一去就是十多年，因为她的离家出走，风言风语又在村里传来传去，久久没有平息。她离家出走后，家里的日子过得更为艰难了。

　　王小辫离开家时还不满 18 岁，她为了逃婚、追求自由而贸然出走，给家里人带来了无尽的牵挂和痛苦，家里后来发生的巨大变故都与她的这次离家出走摆脱不了关系。以后每每回想起这段往事，王小辫就不停地扼腕长叹，心里像刀割一样难受。天无绝人之路，办法总比困难多。她当时若能稍稍克制一下，不那么冲动的话，兴许就能想出更好的办法来，兴许接下来的事情就不会发生了。

第四章

十年变故

(1)

王思芗沉浸于母亲那感人肺腑的故事里，眼泪不知不觉淌满脸颊，情不自禁地哭出了声。蓦然听到女儿的哭泣声，王洛姝收回思绪，恍然又回到眼前的时光中。王洛姝定定神，轻轻地帮女儿擦了下眼角，然后长吁一口气，说："孩子，记住妈的一句话，可怜天下父母心，爹娘无时无刻不在为孩子着想，如果不是迫于无奈，他们是不会刻意为难孩子的！孩子是父母的心头肉，孩子受了委屈，最心疼的人是父母。"王思芗连连摇头："可是，就算姥爷再难、再有苦衷，也不该把您当商品和人做交易！这对您来说实在是太不公平了！您做得对，面对那种形势，就应该奋起抗争。要是换了我，我也会这样做的。"王洛姝摆摆手："是非难断啊！到现在我也没搞明白，我当年离家出走是对还是错，实话跟你说吧，它并没有给我带来多少快乐，反而让我陷入了更大的痛苦、内疚和没完没了的煎熬之中，这么多年来，每每想起这段往事，我就像犯了不可饶恕的罪过一样揪心！"

看妈妈懊悔不已的样子，王思芗心里也酸酸的不是滋味。是非之所以难断，是因为它复杂多变，且受一定的时间、条件和环境限制。当年妈妈在一气之下，选择了看似极端的抗争方式，从此彻底改变了自己的人生走向，同时也给家里带来了很多麻烦。可是如果她不抗争，又会怎样呢？说不定早沦为封建旧俗的牺牲品，说不定比现在活得还累、还痛苦。这样一想，王思芗更加义愤填膺，替妈妈抱屈说："苍天无眼，竟然让您这么好的人遭受这么多的磨难，忍受这么大的委屈。我看老天爷就是个欺软怕硬的主儿，动不动就让好人、老实人来背负责任和愧疚，对坏人却视若无睹。"王洛姝苦笑着摇摇头："事在人为，不要把啥事都怪罪到老天爷头上，老天爷顾不上管你，甚至根本不知道你是谁。俗话说'瓜无滚圆，人无完人'，这世上没有纯粹的好人，也没有纯粹的坏人，是好是坏，全凭一颗良心。"

王思芗见一时很难说服妈妈，把话题转移开了。王思芗问："妈，当年大林叔叔为什么没有和您一起出走？他后来咋样了？我爸，他——知道这事吗？"王洛姝"扑哧"一笑："这有啥好隐瞒的，我早就对你爸说过这事了。两口子如果连这点儿信任也没有，还能过到一块吗？只是苦了你大林叔了。听说他当时挺为难的，人像疯了一样，用拳头对着崖头下的那棵钻天杨没命地捣，树皮都让他捣掉了一大块。过后，他主动跑去向你舅舅和姥爷赔不是，结果被你舅舅痛打了一顿。现在想来，他当年没有跟我私奔，也许是件好事，要不然我咋会遇见你爸？更不会生下你这个小妮子！"

王思芗被逗乐了，嗔怪地看妈一眼，又问："那大林叔叔后来做啥去了，以后您见过他吗？"王洛姝摇摇头："以后我再没见过他，听说在我离家出走后不久，他就回了城。他回城时正赶上1977年恢复高考，他很争气，考上了一所名牌大学，至于大学毕业后去了哪里，不得而知。嗨，我们之间的事早结束了，还提它做啥！现在想来，我们当年确实做得有点儿过，都怪我当时太年轻、太天真、太单纯……结果闹得满城风雨，家里人也跟着遭殃……"王思芗脱口问："自由恋爱不是很正常的事吗？有什么可大惊小怪的呀？您做得没错，村里人为啥老看您不顺眼？难道那些人天生就跟咱们家有仇吗？"王洛姝苦笑着答："你有所不知，当年在那个偏远落后的小山村里，人们的思想观念还很保守，用闺女换彩礼、换儿媳妇的事屡见不鲜。当时我要是听了你姥爷的话，不离家出走的话，说不定……不过话又说回来，世事难料，若真那样，说不定日子过得比现在还安稳，说不定你姥姥就不会走失，你舅舅也不会当上门女婿，家里后来也许就不会发生那么多事了！唉，都怪我、都怪我啊！"说着，眼泪又扑簌簌地掉了下来。

没想到话不投机，又让妈想起了当年的伤心事。人常说时间是医治心灵伤痛的最好良药，随着时间的推移和岁月的流逝，人心里的伤痛会慢慢被消磨掉，但妈妈的心痛却是持久的，总也磨不掉。王思芎尴尬地望着妈妈，想劝她几句，一时却不知说啥是好。王洛姝没有理会女儿，抹掉脸上的眼泪，闭了眼，脑海中又浮现出当年她离家出走后的情形来……

像她这样的单身年轻女子外出闯荡，没有一定的防范和生存技能是不行的。因盘缠有限，买不起票，她首先学会了"逃票"。她发现，只要从站外顺着铁轨一直走下去，就很容易避开车站管理人员的视线，轻轻松松地进入站台。在火车上，王洛姝，也就是王小辫，没少跟乘务员"捉迷藏"，老远瞅见乘务员来查票，赶忙躲进厕所里。怕乘务员搞"突然袭击"，也怕随身行李被盗，即使到了夜里，王小辫也不敢掉以轻心。怕睡过去误事，每当犯困的时候，她就用手使劲儿掐自己的大腿。饿着肚子跑了两天两夜，也不知过了多少站，倒了多少次车，王小辫随着人流糊里糊涂地下了火车，一打听，才得知已置身于偏远荒凉的西北小镇。

在火车上时，怕别人看见了笑话，王小辫一直没好意思拿出窝头和生地瓜来吃。下了火车想吃了，才发现吃食全落在了火车上。为了那点可怜的自尊和面子，竟然把活命粮都浪费了，真是死要面子活受罪。王小辫懊恼不已，在小镇上漫无目的地走来走去。周围全是陌生的场景和陌生的人，只有那些贴满大街小巷的凌乱的标语似曾相识。王小辫感到很茫然、很无助。路过一家小饭店时，她再也控制不住肉包子香味的诱惑，决定去买个来吃。等她小心地取出钱来，排队等候了老长时间，终于挤到售饭台前，抢着买包子时，人家却告诉她买包子光有钱不行，还得有"包子票"。包子不卖也就算了，售饭员阿姨的一句带有浓重本地口音的"看你的模样像是偷跑出来的"的话深深刺痛了王小辫的心。正所谓"人倒霉时喝口凉水都会塞牙"，王小辫本来就憋着一肚子苦水，听了阿姨的话，心里更苦了。她心里有气、有委屈，却无处撒、无处诉。

"傻站着干吗，还不赶紧走开！哼，就你，还想使特权，等我们的供应票都用完了，也轮不到你！"王小辫正愣神时，不知谁在她背后嘟囔了一句，声音依旧是那样难听和刺耳。王小辫隐约觉得有人正向她投来轻蔑的目光，脸"唰"的一下变红了，恋恋不舍地迅速瞥了一眼冒着热气、散发着浓浓香味的包子，灰溜溜地转身跑出那家饭店。王小辫抬头望望灰蒙蒙的天空，突然感到一阵头晕目眩，她想到了爹娘，想到了自己的家，眼泪扑簌簌地往下掉。也不知道自己现在在何方，也不知道这里离老家有多远。王小辫从未感到如此失落，在心里反复问自己：难道是我错了吗？难道是我自找苦吃吗？我为什么要这样流浪？我的归宿到底在哪里？王小辫饥饿难耐，心急如焚，两眼金星直冒，只觉天在旋地在转，终于一头栽倒在地上，失去了知觉。

等王小辫醒来，发现自己已端坐在墙根，背紧靠在墙上，身边多了个衣着简朴、左胸口袋插有一支亮闪闪的钢笔、肩挎黄色帆布书包的小伙子，正站在那里目不转睛地盯着她看。要在往日，即便是遇上不怀好意的彪悍男子，王小辫也不会畏惧的。现在由于饥寒交迫，浑身一点儿力气也没有，虽然看眼前的小伙子不像坏人，她还是感到了害怕，惊恐地蜷缩成一团，两手本能地护住前胸的衣扣，吞吞吐吐地问："你，你是什么人？你，你想干什么？"见王小辫终于醒来，小伙子很高兴，没有正面回答她的问话，而是关切地说："你醒了，刚才你去买包子的情形，我都看到了，我帮你把包子买回来了，快趁热吃吧！"王小辫低头一看，身边果真多了一包用油纸包着的东西，手忙脚乱打开一看，正是热乎乎的肉包子！王小辫顾不上多想，抓起包子狼吞虎咽地大吃起来。等吃完几个包子，才想起来还没说声"谢谢"，于是抬头朝小伙子咧嘴一笑。看了王小辫的狼狈相，小伙子不由得"扑哧"一乐。

给王小辫买包子的小伙子不是别人，正是她后来的丈夫袁明铄。袁明铄的父亲是一位乡村中学的老教师，多少会点儿普通话，受父亲的影响，袁明铄也爱上了教书这一行。遇见王小辫那会，袁明铄正在县城的一家师范学校上学，那天正赶上周末，他回家路过小镇，正巧遇上了王小辫。袁明铄的普通话说得比他父亲好听多了，不但好听，还很有磁性，这为他和王小辫的交流减少了很多障碍。人在陷入困境、快要绝望的时候，就算看见一根细小的稻草，也会本能地拼命去抓。听说袁明铄还是个学生，看面相也不像个坏孩子，王小辫揪着的心渐渐放松了下来，主动把自己的情况对袁明铄一说，问袁明铄能不能帮她找个栖身之所。袁明铄非常同情王小辫的遭遇，想也没想，就把她径直领回了家。

袁明铄的父母也都是热情好客、通情达理的人，听了儿子的介绍，没有过多追问王小辫的来历，对她悉心照顾不说，还帮她在一所村小学找了个活儿。起初王小辫只负责校园的卫生、敲钟以及给驻校老师做饭等活儿，后来因学校教师人手不够，校长见她有点文化，时不时让她替别的老师代课，后来逐渐由代课老师转成了民办老师。为了能给学生们留下个好印象，她特意给自己改了个儒雅的名字，由"王小辫"改成了"王洛姝"。袁明铄时刻挂念着王洛姝，经常徒步跑几十里的山路来村子里看望她，一来而去，两人渐渐有了感情，走到了一起。

结婚那天，王洛姝特意朝着山东老家的方向磕了三个响头。那一夜，王洛姝不住地流泪，结婚本是件高兴事，王洛姝心里却喜忧参半，她放心不下爹，更放心不下娘。依偎在丈夫宽大温暖的怀里，王洛姝反复地问自己：爹，娘，你们现在过得好吗？女儿现在结婚了，你们知道吗？王洛姝一边喃喃自语一边摇头长叹。袁明铄早已看透妻子的心思，结婚后的第二天，便主动提出陪妻子一起回老家看看。王洛姝爽快地答应了。王洛姝和丈夫一起，踏上了回山东老家的遥远里程。路上，王洛姝一次次在心里想象家乡的变化和家里的现况，好的情况和最坏的情况她都想到了，但回到家看到的情形仍大大出乎她的意料。就在她离开家的短短十年里，家里竟然发生了那么多、那么大的变故！

(2)

王洛姝当年离家出走后不久，十一届三中全会的春风便吹到了新王庄村。春风吹青了山，吹绿了水，吹朗了天，吹阔了地，太阳又露出了其通红的笑脸，饱经风霜的小村又焕发出了勃勃的生机。村里开始实行家庭联产承包责任制，生产大队和生产队随着人民公社的解体而解体。原来的人民公社改成了乡政府，原来的生产队改成了村民小组，村里则成立了村民委员会。如今，已看不到集体上工的喧闹场面，打锣游街的闹剧也不再上演，村民脸上多了些闲适和舒心的笑容。时令已近深冬，北风呼啸，寒冷刺骨，小村给人的感觉却是那样的祥和恬适，处处洋溢着暖意。包产到户后，人们的热情空前高涨，干劲儿十足。村里超过半数的土坯房换成了红砖瓦房，仿佛在昭示着小村近年来所发生的巨大变化。原来只有在生产队打谷场上才能见到的盘成高垛的金黄的玉米，如今已遍布于每家每户的小院里，满眼的金黄的玉米在阳光的照射下熠熠生辉，让人心里又多了几分温暖和踏实感。

重回故里，触景生情，王洛姝激动不已、感慨不已。小村曾经受过无数风霜雪雨的洗礼，勤劳、质朴、善良的乡亲们却从未停下追求美好生活的脚步。在他们的努力下，小村变得越来越美丽和富饶。然而，与整个小村形成鲜明对比的是，王洛姝家里的变化却不大：院墙和三间北屋虽然明显经过了修缮，但整体看起来仍很窄小和破旧，独有那院门显得很新，一看就是新装不久。王洛姝刚要去推院门，猛然瞥见两棵已经枯萎的向日葵斜搭在门楼一边的墙头上，不由得眼前一亮，随即感到一股暖流拂过心头。娘李玉渍喜欢看向日葵，只是时令已过，向日葵风光不再，难得爹还保留着它。王洛姝吁了口气，推门走进院中，只见一个两鬓斑白的老人弓着腰坐在院中间的小马扎上。老人面前摆了个小木墩子，老人一手拿着木锤，一手拿着一把名叫远志的草药根子，正小心地仔细地用木锤锤打远志根，先将上面浅黄色的皮肉取下来，再把它放到簸箕上摊开。王洛姝仔细一看那位老人，正是她多年不见的父亲！

王拥财明显老了许多，虽是 50 多岁的年纪，看模样却像个古稀老人。王拥财的耳朵好像也有点儿背，正闷头整理着草药，并没有察觉女儿的到来。王洛姝鼻子一酸，潸然泪下，走过去脱口喊了声"爹"。王拥财一愣神，抬头疑惑地看看王洛姝，问："你是——小辫子？天啊，俺不是在做梦吧？你咋回来了，太好了，真是太好了！"王拥财很快认出了自己的女儿，霍地站起身，一把拉住王洛姝的手，激动得嘴唇直打战，"你，你，回来就好，回来就好啊！"王洛姝破涕为笑，忙把袁明铄介绍给爹。王拥财惊喜万分，招呼两人到屋里坐下，手忙脚乱地给女儿和女婿泡茶端水。王洛姝坐不住，在屋里屋外好奇地看来看去。只见屋外多了个柴垛和棒子垛，还有一个鸡窝也像是后来垒的，墙角的破烂家什已被清理掉。屋内摆设的仍是旧的桌椅，只是在床边多了个放衣服杂物的橱柜。家里安上了电灯，仅有的那只白炽灯泡度数只有十五瓦，因电压不稳，灯光忽明忽暗，那亮光比原来的油灯强不了多少。

王洛姝问爹现在家里的生活怎么样，粮食够不够吃。王拥财正愁没话说给女婿听，赶紧笑着答："自打包产到户后，'公粮'不用交了，家里的粮食每年都有剩余，打一季粮食能吃三年，吃不了的就卖掉，或拿去换油条、豆腐吃！日子比以前好过多了，就是零花钱不够花，这不，俺正想刨点远志根换点儿钱花哩！""这玩意儿好卖吗？"袁明铄好奇地插话问。"好卖，好卖，村头的供销社门市部里敞开收，有多少要多少！"王拥财笑笑答。王洛姝嗔怪地白丈夫一眼，示意他别乱搭腔，然后劝爹说："爹，我现在当老师了，您要是嫌钱不够花，就跟我要！您年纪大了，能少干点儿就少干儿点，一定要顾惜好自己的身体啊！"说着，从兜中掏出一沓钱塞到王拥财手里。

王拥财愣了一下，低头看看手里的钱，又抬头看看女儿和女婿，脸上露出了会心的笑容。王拥财小心地把钱揣入内衣口袋，忍不住又偷眼去看女婿。头回相见，他还摸不准女婿是啥脾性，小两口闹意见，多由钱引起，闺女要给钱，也不知道女婿乐不乐意。见女婿脸上面无表情，看不出高兴，也看不出不高兴，王拥财尴尬一笑说："嗨，这刨远志的活以前都是妇女、小孩子才肯干的，也换不了几个小钱，俺只是闲得无聊，自己刨着玩，一是为了找乐儿，一是为了攒个油盐酱醋钱！"王洛姝知道爹在说话给袁明铄说，忙向袁明铄使了个眼色。袁明铄心领神会，忙说："洛姝说得没错，您老年纪大了，千万别累着，钱不够花，有我们呢！"王拥财点点头，感叹说："也不知道以前那日子是咋过的，每天都上工，每天都拼命干，初一刚吃完饺子就得下地干活，一年到头干下来，除去上交的公粮，却剩不下几粒粮食。俺记得有一年，咱们家只分到三百斤地瓜和三斤麦子，豆子和玉米一粒都没分到，工分倒是挣了不少，但一个工分连一厘钱都值不上……"

王洛姝朝丈夫努努嘴："听到了吧？那时的农民多么苦啊！除了要养活自己，还要养活你们这些'吃公家饭'的人，辛辛苦苦打下的粮食，大部分交了'公粮'。说中国的天有一半是由农民撑起来的，一点儿都不为过。所以说，你们这些吃干饭的人千万别瞧不起老农民，没有老农民种地打粮，勒紧裤腰带供养你们，你们还不要喝西北风呀？""你，你现在不也是'公家人'吗？"袁明铄嘟囔道。"我说的是过去！"王洛姝白丈夫一眼，不再理他。

王洛姝转头看着爹，劝他说："以前的苦日子一去不复返了，人活着就要向前看，好日子还在后头呢！""是啊，好日子还在后头呢，咱们应该多想想以后的日子咋过！不说了，不说了。人呀，上了年纪，就爱胡叨叨，俺真是老糊涂了，你们好不容易回来一趟，俺提这档子事干吗！俺这就去给你们做好吃的去！"说着，向女儿使个眼色，示意她到屋外说话。王洛姝心领神会，随他走到院中。王拥财端详女儿几眼，笑着问："你男人做啥工作？家里还有啥人？"王洛姝赶紧答："他是教书的，爸妈都已退休，有一个哥哥和一个姐姐，都在省城里工作。嘿嘿，听说他爷爷早先还当过私塾先生哩！"王拥财眼睛一亮，笑着朝女儿努努嘴说："哦，看来都是文化人哩！没想到你这个小闺女福分不浅，竟然找了个这么好的男人，啧啧！""呵呵，是，也不是……"王洛姝看着爹，嘿嘿傻笑。

王拥财收住笑，不经意回头瞥了一眼，然后看着女儿，小声问："孩子，刚才守着你男人俺没好意思多问，你们新安的家到底在什么地方？还有，这些年你到底跑哪去了，咋一点音信也没有啊？你难道不知道爹一直惦记着你啊？"王洛姝低下头，眼泪在眼窝里打转，小声答："爹，对不起，我错了，我不该不吱一声就离家出走，让你和娘受苦了！对了，娘呢，她干吗去了，没在家吗？"王洛姝这才想起娘，焦急地问。王拥财眼圈红红的，紧咬嘴唇不答话。王洛姝预感不妙，一把抓住他的胳膊，摇晃着问："爹，你快说，俺娘咋了？她到底咋样了？""孩子，你娘她撇下咱们享福去了！"王拥财抬起头望着天空，大声说，"小辫她娘，小辫回来了，她——终于回来了！她好着哩，你——放心地享你的福去吧！""什么，你说什么，俺娘她……"王洛姝只觉头一晕，一下瘫倒在地上。

王拥财慌了神，刚要去搀扶女儿，又犹豫了。王拥财知道，女儿晕倒，有人会比他更着急，索性蹲在一边，抱着头只顾自己伤心。袁明铄听到声音，一个箭步从屋中窜出来，冲上去抱住妻子，焦急地问："洛姝，你咋了？好好的，咋一下就晕过去了？"说着，手忙脚乱地掐她的人中。王洛姝很快醒过神来，看看丈夫，"哇"的一声大哭起来："俺娘，俺娘她……"袁明铄若有所悟，一边陪妻子掉眼泪一边用手轻轻拍打她的后背。王洛姝止住哭声，使劲儿抹了把眼泪，强撑着爬起身，搀扶爹到屋内坐下，抚摸着他的手，小声问："爹，事情既然已经发生了，你别太难过，俺只想问一下，俺娘她当年是怎么走的？"王拥财紧咬嘴唇，不答话。王洛姝强忍泪水，又小声问了一遍。王拥财终于长长地吁了口气，指指外面的窗台说："你娘走了，啥也没留下，只留下半截木棍，现在就在窗台上搁着呢……"王洛姝一惊，忙不迭地跑出屋去看。

在屋外的窗台上，果真放有半截用塑料布包着的木棍。时间过去这么久了，王洛姝还是一眼就认出了那半截木棍，那正是娘以前经常用的木棍！木棍虽经风吹雨淋，却依然光滑如初。木棍是用枣木做的，非常坚硬。然而，木棍虽硬，却硬不过娘的手，硬不过她冲破藩篱的决心。娘以前就是拿着这根木棍打烂了一扇又一扇门板。木棍如今只剩半截，断裂过的地方已长出霉斑，似乎在向人诉说它那不凡的历史。王洛姝抚摸着木棍，眼泪扑簌簌流下。袁明铄随妻子一起端详木棍，突然发出一声尖利的叫声："快看，棍子上面好像有血迹！"王洛姝吃了一惊，仔细一看，果真见棍子上有暗红色的血迹，血迹不甚明显，像是很久以前留下的。王洛姝手不自觉抖了一下，棍子重重地掉落在地上，发出尖锐的撞击声，一种不祥的预感立时袭上她的心头。

（3）

王拥财听到声音，从屋里跑出来，一看，马上明白了七八分，说："没事儿，没事儿，别看俺像宝贝一样存着它，但它到底还是根烂木头。"说着，若无其事地朝正发呆愣神的女儿女婿摆摆手，弯下腰，麻利地从地上捡起棍子，随手扯过塑料布来，胡乱将木棍包了一下。见女儿和女婿还在愣神，王拥财又说："没什么，上面的血迹是你们那疯癫的老娘留下的。

她呀，每次犯病发疯，都会拿着棍子拼命砸门，手上磨出了泡，都不觉得疼！她最后那次发疯我不在旁边，从她留下的印迹看，她那一次使的劲儿格外大，棍子都被她抡断了，上面的血迹估计就是那时候染上去的。"王拥财不无责怪地看了女儿一眼，摇摇头说："小辫，自打你那年离家出走后，你娘就没消停过。怕你娘跑到外面去惹事，俺特意把院墙加了高，并在院门上又加钉了一层厚木板，但还是被她给砸破了……"

王拥财叹了口气，掂了掂手里的棍子，像是自语，又像是故意说给王洛姝听："老伴啊，人常说'儿行千里母担忧'，这话说得一点儿都不假，别看你疯起来没个人样，其实你心里敞亮着呢。后来我才看出来，你无时无刻不在惦念孩子，但孩子们未必能领你的情啊！"听了爹的数落，王洛姝心里像有无数只蚊虫在咬，一种莫名的痛感瞬间激荡全身。人们常说"闺女是娘的小棉袄"，而自己这个"小棉袄"又给了娘多少温暖呢？王小辫百感交集，脱口喊了声"娘"，一下歪倒在丈夫怀里，眼泪扑簌簌往下掉。王拥财没有理会女儿，抬起头茫然地注视着远方，又念叨起疯婆娘李玉浈那年走失并遇难的情形来……

王洛姝离家出走后，王拥财和老于头约定的婚事被迫告吹，王二瓜的媳妇一时间也没了着落。后来经过好心人的牵线和撮合，王二瓜的婚事总算有了眉目——给外村的一户人家当上门女婿。女方提出的条件有些苛刻：王二瓜上门后，不能再和名声不好的亲爹娘有来往。说到家，女方还是担心王二瓜将来受他老娘的拖累。王二瓜死活不同意这门亲事，对女方提出的条件更是一百个不赞成。说就连小羊羔都知道跪着吃母羊的奶，就连小乌鸦都知道喂养老乌鸦，他是顶天立地的男子汉，咋能撇下亲娘不管呢！连自己的亲爹娘都不能照顾，跟丧尽天良的畜生有啥区别？与其当这种没有"人味儿"的上门女婿，还不如打一辈子光棍哩！

王拥财劝王二瓜："孩子，'过了这个村就没这个店'了！俺何尝不明白你的心思，可'男大当婚，女大当嫁'，这也是没办法的办法啊！谁让咱们家穷呢，你娘身体又那样，总不能拖累你一辈子吧？这是上天注定的命运，你就认命吧！咱们就是再难，也不能断了香火嘛！不管是娶媳妇，还是当上门女婿，也不管养的孩子随谁姓，那毕竟是咱们老王家的根啊！

你放心地去吧，要不然你整天守在这个破家里，俺看着也碍眼儿……"经过王拥财的再三劝说，王二瓜勉强答应下了这门亲事。没过多久，王二瓜就像"嫁出去的闺女泼出去的水"一样离开了家，走时没带走家里一尺布、一分钱，也没给家里带来多少好处。像姐姐王大辫一样，王二瓜自打当上上门女婿起，媳妇家里人就百般限制他的自由，阻挠他与爹娘来往。因为这事他经常和媳妇拌嘴吵架。

人心里一旦有了解不开的疙瘩，精神头就很难打起来。王二瓜本来就有些自卑，戴上"上门女婿"这顶帽子后，就更加瞧不起自己了。瞧不起自己的人，在外人眼里也强不到哪里去。王二瓜上门后的日子过得很不舒心，老感觉自己像个矮人三分、寄人篱下的"长工"，既不愿说话，也不爱和人交往。岳父岳母本想靠他来立门户、挑大梁，后来发现他是个"扶不起来的阿斗"，看他越来越不顺眼。

王洛姝和王二瓜相继离开家后，家里立时变得空荡荡的，少了很多生气。李玉祯很快觉察到了家里的异常，变得特别烦躁，有时整夜都不肯睡，用手撑着地面，拖着瘸腿和早已磨烂的蒲团，在院子里爬来爬去，嘴中发出急速的含混不清的叫喊声。终于有一天，她趁王拥财外出找打铁匠修理农具的空儿，用棍子砸开院门，爬了出去。等王拥财回来，早不见了她的踪影。

李玉祯走失那天，天上阴云密布，雷电交加，大雨一直下个不停。王拥财说，那是老天爷受了感染，在为像李玉祯一样的苦命人儿伤感落泪。在有些人眼里，李玉祯是个地道的贼婆娘、坏女人；而在王拥财眼里，她却是个天下少有的好女人。俗话说"人在做，天在看"，她是好是坏，老天爷看得最清楚，所以才通过打雷下雨来替她鸣冤抱屈。决不能让自己心爱的女人苦上加苦，再遭遗弃！王拥财一遍一遍地提醒自己，顶着风、冒着雨，到处寻找李玉祯的下落。按说李玉祯有疯癫病，身体又不好，行动非常不便，只能用两手撑着地面挪步，不会走太远，但王拥财跑遍周围方圆几十里的地方，也没发现李玉祯的人影。李玉祯像从世界上突然蒸发了一样，不知去向。

听说"贼婆娘"李玉祯走失，起初村里人都没太在意，后来得知她真的找不见了，才像突然良心发现似的，纷纷惋惜慨叹起来，说李玉祯很可怜，熬了一辈子，一点儿福都没捞着享。各种猜测和传言也随之而起。有人说，李玉祯可能已掉下山崖摔死，然后被大水冲走；还有人说李玉祯可能被人拐卖到了外地。王拥财不相信这是真的，他隐约觉得李玉祯仍在他身边，并没有走远，只是迷失了回家的路而已。和妻子朝夕相处，一起生活了这么多年，王拥财比谁都了解她的为人、她的脾性，通过看她的一举一动、一颦一笑，就能猜出她心里到底是咋想的。王拥财相信自己的感觉没有错，也相信"心有灵犀"这种说法，他顺着自己的感觉一直找下去，果真在村中废弃的一口深井旁的草丛里，发现了李玉祯遗落的一只鞋子和连着半截草绳的蒲团。

那口废弃的深井建在土崖边上，底部连着河道。村里本打算用它来向高处的山坡地引水，灌溉农田，因故没有派上用场。引水的深井和暗渠建成后不久，河水便临近干涸。引水的暗渠铺设在沟底，绵延十多公里，因疏于修缮，多处已经坍塌，里面积蓄了很多污水和淤泥，人若溺死在里面，很难被发现。王拥财看了看妻子遗落的已被雨水冲刷得有些油亮的鞋子和蒲团，又下意识地向旁边黑咕隆咚的深井内瞅了一眼，一种不祥的预感顿时涌上心头。王拥财站在井旁，愣了好一会才猛然回过神来，一路哭喊着跑回家，手忙脚乱地找来绳索和箩筐，在几个热心乡邻的帮助下，下到井底，费了半天工夫，终于从底层的淤泥里打捞出了李玉祯的遗体……

听完爹的叙说，王洛姝一下瘫坐在地上，两手扑打着地面，"哇哇"大哭："娘啊，我苦命的娘啊，您咋这么快就去了呢，闺女我对不住您啊！娘，您为啥不等我回来就去了呢，您这是用无形的刀子剜我的心啊！娘，娘，您快回来吧，闺女知道错了，娘，娘，俺想您啊……"邻居们听到哭声，纷纷跑过来劝王洛姝。大家越劝，王洛姝反而哭得越伤心，她心里的痛楚实在是太多了，只有用痛哭才能表达和宣泄出来。袁明铄背过身去，紧咬嘴唇，也忍不住小声抽泣起来。王拥财看看女婿，又看看女儿，哭丧着脸闷声说："你们要是觉得憋屈，就扯开喉咙哭吧，这样心里兴许会好受些……"

王洛姝抬头看看爹，心头猛然一震，戛然止住哭声，在边上人的搀扶下，慢慢地站起身，用沙哑的声音问："爹，俺想去看看俺娘，您把俺娘埋哪了？"王拥财使劲儿点下头，默不作声地走进屋，从柜橱顶上拿下一只破旧的笸子，麻利地倒出里面的东西，然后放上两片点心、两片油炸豆腐干和两个馒头及一把酒壶和几个酒盅，还有一把香、一包冥纸和一盒火柴，随后用包袱盖严。邻居大妈一看，赶忙借来两身白色孝服，帮王洛姝和袁明铄穿上。

准备妥当，王拥财挎上笸子，闷头向门外走去，王洛姝和袁明铄神色凝重地紧跟在他的后面。天阴沉沉的、灰蒙蒙的一片，犹如这几个人的心情。走出家门没多远，王洛姝脑海中倏然浮现出娘熟悉的身影，耳边紧接着回响起她用棍子砸门的声音：咣，咣当，咣，咣当……王洛姝鼻子一酸，又失声痛哭起来。崎岖的山路上，刻下她沉重的脚印，也洒满她痛心疾首的哭声。从家里到山脚下李玉渍的坟头，不足两里路，王洛姝却走得异常缓慢、异常艰难，犹如从一个时空跨越到另一个时空。王洛姝的脚是那样的沉重，每迈一步，都像踩在自己心上，让她感到阵阵的战栗和疼痛。

李玉渍的坟上没有立墓碑，延续着她在世时的寒酸。几棵孤零零的枯草迎着寒风舞动，发出瘆人的飕飕声响，像是在回忆、诉说逝者曾经度过的沧桑岁月，给这个寒冷的日子又增添了几分萧瑟和凄凉。按本地习俗，只有晚辈才适合给已逝的长辈上坟烧香。王拥财简单说了一下"上坟"的流程，便远远地避开，让女儿和女婿上前进行祭拜。没等丈夫把供品摆好，点上香火，王洛姝早扑倒在娘的坟头上，哭得死去活来。哭诉声伴随着刺骨的北风在山野间回荡：娘啊娘，您是世上最疼爱、最牵挂俺的人，若不是为了找俺，您决不会失足溺水；您对俺的恩情，比天高、比海深，俺还没来得及报答您的养育之恩，您咋就忍心离俺而去了呢？这样一来，俺不是要抱憾终生了吗？

也许是由于悲伤过度的缘故，王洛姝哭着哭着，突然背过气去。袁明铄一看慌了神，手忙脚乱地将妻子抱在怀里，一边拍打一边呼喊："洛姝，洛姝，你咋了？你快醒醒，你可不能吓唬我啊……"王洛姝脸上挂满泪水，眼微眯，口大张，表情僵硬，像有千般苦水等待发泄一样。袁明铄又接连呼喊了几声。王洛姝仍面无表情，不应答。袁明铄欲感不妙，抱起妻子就跑。跑出几步，突然感到一阵钻心的疼痛，一看，妻子已苏醒过来，正用手使劲掐他的胳膊。看样子妻子不把肚子里的苦水倒完，是不会离开的。袁明铄无奈，只好将妻子放下，由她回去继续哭诉。可是没哭多会，王洛姝就筋疲力尽了，哭声越来越小，最后变成无力的抽泣声。袁明铄默默地守在一边，不时用爱怜、警觉的眼神看看妻子，生怕她再一次背过气去。

终于等妻子祭奠完毕，袁明铄赶忙搀扶起她，随她一起，迈着沉重的步子往回走。王拥财没有看到刚才惊险的一幕，急急地迎上来，提醒女儿说："小辫，你难得回来一趟，以后还不知道啥时候才能再回来，你去给你二哥也上炷香、烧点纸吧！看到了吧，你娘坟头边的那座光秃秃的小土堆就是你哥的坟！""爹，您说什么？我哥他怎么了？难道他也……天啊，咋会这样呢……"王洛姝头一晕，"扑通"一下又瘫倒在地上。

（4）

这么短的时间内，竟然有两位亲人相继离世，王洛姝无法接受这一残酷的现实，痛苦到了极点。袁明铄上去搀扶她，她坐在地上不肯起来，两眼直勾勾地望着二哥王二瓜的坟头，没有哭，也没有喊，她的眼泪已经流干，喉咙里像塞满了东西，说不出一句话来。她心里的痛楚已经无法用哭声和眼泪来表达。

袁明铄叹了口气，一脸窘相地问岳父："爹，这又是咋回事？二哥他年轻力壮，咋也突然去了呢？是不是也是因为洛姝——小辫她当年没有顺从你的要求才导致的？其实小辫这么多年来一直对这事念念不忘，为自己当年贸然离家出走而深感内疚。唉，都怪她当时太年轻、太天真，做事太冲动，没有体谅到父母的难处，可是……"王拥财哭丧着脸，连连摆摆手说："这事不怪小辫，要怪就怪你哥他太窝囊、心眼小、心气高、听不得闲话、受不得气儿，一时糊涂，就寻了短见。人生在世，总会碰上点难事、愁事、烦心事，咱们庄户人有句俗话，叫作'没有过不去的火焰山'，再大的苦、再大的难，咬咬牙就挺过去了，可惜你哥他到死都没明白这个理儿。"

王拥财说，自打李玉浈过世后，王二瓜就开始郁郁寡欢，坚持认为娘惨遭不幸是他一手造成的。假若他不当上门女婿，留在家里照顾娘，娘绝不会遭遇意外。王二瓜无法原谅自己，经常偷偷跑到娘坟头上放声痛哭。从此以后，王二瓜得了头痛病，想起家里的伤心事，头就疼痛难忍。为了缓解病痛，他经常抓着自己的头发往墙上撞。媳妇家里人看了非常着急，带他四处求医，但他的头痛病总不见好转。王二瓜的岳母后来听信了村里人的闲话，认为王二瓜之所以经常犯头痛病，是因为他沾染上了他老娘的"邪气"。岳母心里直骂李玉浈作孽，活着时闹腾个没完，死了也不安分。不怕活人闹事，就怕死人"还魂"，出于对虚无缥缈、无影无踪的"鬼神"本能的惧怕和敬畏，岳母不敢怠慢，赶紧把村里有名的"神婆子"请了来，为女婿"祛病镇邪"。

神婆子煞有其事地围着王二瓜转了三圈，手里拿根桃木枝子，围着他胡乱扑打，做出一些非常怪异的动作，嘴中叽里咕噜的不知说些什么。正在大家惊诧不已的时候，神婆子突然停下，对着王二瓜的头顶吹了口"仙气"，就见王二瓜头顶上倏然冒出一簇火苗，"噗"的一声转瞬而逝。神婆子说了声"妥了"，随即像泄了气的皮球一样瘫软在地。大家刚要去搀扶神婆子，却见她突然从地上蹦起身来，一屁股坐在旁边的椅子上，闭着眼，嘴中嘟囔一阵，猛地又睁开眼，招呼王二瓜的岳母过去，小声说："那贼婆娘的魂魄已被俺赶走，刚才俺可是耗费了很多功力呦，您看……"岳母心领神会，赶忙掏出一沓钱往神婆子手里塞。神婆子接过钱去，刚要塞入口袋，一直听凭他人摆布、闭目养神的王二瓜突然发疯似的朝她冲过来，又抓又咬。神婆子吓了一跳，手一松，钞票纷纷扬扬掉落到地上。神婆子嘴中喊着"不得了，这孩子中大邪了，俺这身手还擒不住他，你们还是另请高明吧"，然后落荒而逃。望着神婆子离开的背影，王二瓜开怀大笑。

王二瓜"勇斗神婆子"的事很快在小村内外传扬开来。在村小学教书的张老师是个很开明的人，早就对神婆子装神弄鬼、骗人钱财的做法看不惯，对王二瓜的"壮举"大加褒扬。张老师一个劲儿地给王二瓜加油鼓气，说"不做亏心事，不怕鬼叫门"，有些人之所以怕鬼神，那是因为他们心里有"鬼"，心里只要坦荡了，就啥也不怕了。但是，在偏僻落后的山村里，像张老师那样有文化、明事理的人不多，张老师的声音很快就被其他人的指责声给湮没了。有人说王二瓜对神婆子不敬，就是对神灵不敬，得罪了神灵，必将给村里带来祸患；有人说王二瓜"中邪"太深，已经无药可救；有人说王二瓜被他老娘的魂魄"附体"，他走到哪，就会把晦气带到哪。

村里迷信的人开始千方百计躲着王二瓜。有些不明就里的小孩子经常在背后骂他，朝他身上扔石子。这时的王二瓜却显得异常冷静，不急也不不恼，他知道：有糊涂大人，难免有犯傻孩子，为无聊的人生气，不值得。媳妇家里的人看了既心疼又气愤，一个劲儿地骂王二瓜是"灾星""窝囊废"，像烫手的山芋，要不得，也扔不得。怕他人沾晦气，说闲话，媳妇家里人不再让王二瓜到田里去干活，整天把他锁在家里。人是锁住了，晦气却没有锁住。因没有得到及时的医治，王二瓜的头痛病变得越来越厉害。实在难以忍受的时候，他就抓着自己的头发没命地往墙上撞，卧房的墙皮都被他撞掉了一大片。

王二瓜时常不明原因地犯头疼病，但大部分时间他头脑是清醒的，心里比谁都清楚。他认为自己迟早要得这种病。自打他当上门女婿那时起，他心里就有了阴影，总像矮人一等似的，感觉周围的人都在用异样的目光瞧他。他心里有苦，也有气，却只能把苦和气憋在心里。那天他突然听到娘过世的消息，心里憋着的苦和气一下子膨胀到了极点。王二瓜的脾气变得越来越古怪，经常一个人对着墙壁发呆，无缘无故地放声大哭。不仅媳妇家里的人厌烦他，邻居对他也怨气十足，说王二瓜跟他老娘一个脾性，头碰南墙也不知道转弯，应该尽早把他赶出家门，以免搅得大家都不安宁。只有媳妇知道王二瓜心里有苦，一如既往地关心他、体贴他，但媳妇的关心和安慰并没有起到大的作用。

这天，劳累了一天的岳父干完农活回到家，见王二瓜闲在家里无所事事，忍不住发了几句牢骚，骂王二瓜是吃闲饭的"软蛋"和"丧门星"，早滚早利索，省得待在家里碍别人的眼……岳父只图嘴上痛快，却没想到冷言冷语有时比刀枪还要锋利，既让人心寒，又使人绝望，尤其对于已被精神和病痛折磨得死去活来的王二瓜来说，更是如此。挨了岳父的骂，王二瓜心凉了、绝望了，趁岳父不注意，失魂落魄地走出家门，跑到娘的坟头上，跪着哭了大半天，最后将早已准备好的满满一罐卤水灌进了肚子。等人们发现王二瓜时，他已经没了呼吸。王二瓜死后的样子十分吓人：嘴角流着白沫，两眼无助地望着天空，好像还有很多怨气和苦楚没有倾诉完一样……

没想到二哥竟然死得如此凄惨，王洛姝伤心不已，悲痛欲绝，身子不自觉地摇晃了一下，猛然又昏倒过去。王拥财一看，急得直跺脚，朝自己脸上使劲儿扇了两巴掌，说："唉，都怪俺这臭嘴，干吗非要提这些伤心事！俺真是老糊涂了，作孽啊！小辫她打小身子骨就弱，心事也重，俺这不是往她伤口上抹盐嘛！孩儿他娘，你要是在天有灵，就好好地保佑你闺女吧！你在天上要是觉得孤单，不要紧，俺马上去陪你……"没想到岳父这样说，袁明铄看看他，又低头看看妻子，欲哭无泪，欲言又止。

也许是被王拥财的话惊着了，王洛姝很快苏醒过来，霍地站起身来，扑在王拥财的怀里，摇晃着他的胳膊，扯着沙哑的喉咙，哽咽着说："爹啊，呜呜，您别这样，您这样我心里会更加难受，娘和哥去天堂享福去了，您要是再有个三长两短，让我咋活啊！爹，您要好好保重身体，您放心，我以后会好好孝敬您的，再也不会惹您老人家生气了……"王洛姝抹了把眼泪，看着爹坚定地说："爹，事情既然已经发生了，您别太伤心，咱们得好好活着，这样娘和哥在那边才会放心。您稍等一会儿，我给哥上完香、烧完纸，马上回家给您好好地做顿饭吃！"王洛姝拉起袁明铄，快步向王二瓜的坟头走去。王拥财紧咬嘴唇，背过身去，脸上不知不觉流下两行浑浊的泪水。

王洛姝和袁明铄给二哥上了香、烧了纸，然后搀扶着爹往家走。回家路上，王拥财开始沉默不语。王洛姝和袁明铄一时也无话可说。三个人默不作声地回到家，王洛姝强忍泪水，开始忙活饭菜。王拥财则神情木然地坐在院中的小板凳上，似乎仍沉浸在对往事的回忆里。

(5)

　　王洛姝在心里默默地提醒自己，一定要坚强、一定要挺住，别再轻易流泪，看到自己痛苦不堪，爹心里肯定也不好受。娘和哥到天堂享福去了，那里没有痛苦、没有忧伤，没有游街打锣声，更没有你死我活的争斗。因此，不必没完没了地挂念他们，逝者已安息，生者要坚强，好好活着，才是对逝者最好的怀念。这样想着，王洛姝轻轻擦掉眼角的泪痕，露出了一脸坦然自若的神色。

　　王洛姝做好饭菜，端上桌，摆好板凳碗筷，招呼爹和丈夫坐下来吃。天色已晚，屋内昏暗，王拥财打开电灯。电灯光非常微弱，且不停地闪动。王拥财索性关掉灯，摸索着擦亮一根火柴，借着火柴的亮光，麻利地把一只白瓷碗倒扣在桌上。接着拿出一支蜡烛，点亮，等烛头烧热熔化，滴到碗底上少许，然后将蜡烛摆正，粘到上面。柔和的烛光顿时给小屋里增添了几分温馨。烛光辉映着王拥财饱经沧桑的脸，显得分外稳练和慈祥。王拥财笑着招呼女儿和女婿快吃饭，说着，自己率先拿起筷子。刚要吃，突然发现有些异样，目光落在旁边的箢子上。王拥财若有所思地点点头，将箢子拖到跟前，把酒壶、酒盅和上坟用的几样吃食全摆上了桌。袁明铄吃惊不小，向妻子使了个眼色，试探着问："爹，这酒，这点心、豆腐干和馒头，都被风吹上尘土了，还能吃吗？"王拥财一顿，很快明白了女婿的意思，呵呵一笑说："咋不能吃？'不干不净，吃了没病'，何况这东西带着福气，你们吃了会有福的！"说着，给女婿斟了盅酒，招呼他快下筷子。袁明铄坐着没动。

　　王洛姝用胳膊肘轻轻碰了下丈夫的腰，小声提醒他说："快吃吧，这是咱们老辈传下来的习俗。俗话说'一个女婿半个儿'，你现在是俺们老王家的人，可不能坏了规矩。快，多吃点，多沾点福气！"说着，自己先尝了一口。袁明铄尴尬一笑，慢慢地拿起筷子。王拥财笑着不住地点头。王洛姝给爹敬了盅酒，叮嘱他说："爹，常言说'人生难得老来福'，您现在年纪大了，一定要好好保重身体，钱若不够花，就跟我们要！心宽才能体健，愁苦最使人老，不怕年老，就怕心老。您以后别老闷在家里，多和邻居走动一下，跟人说说话，那样心里会痛快些、敞亮些。"

等爹喝完一盅，王洛姝又给他斟了一盅，见他心情不错，趁机将心里憋着的话吐了出来："有件事我得跟您老说一声，我改名了，不叫王小辫了，现在叫王洛姝，洛阳的洛，左边一个女字旁右边一个朱字的姝……"说着，偷眼看看爹，见他心不在焉的样子，不无心虚地问，"爹，没经过您老的同意，我把您老给我起的名字改了，您不会怪我吧？"王拥财不以为然地摆摆手，说："你想改就改呗！俺不识字，你那名字是俺随便起的。老辈人都说'孬名好养活，好名兆吉祥'，这说法不靠谱，就像俺一样，叫了一辈子'王拥财'，到头来啥财也没捞着！"袁明铄"扑哧"一乐："爹，您老养了个这么好的闺女，难道不是您的财富吗？"王洛姝嗔怪地白了丈夫一眼，也忍不住"扑哧"一笑。

几盅酒下肚，王拥财脸上泛起红晕，话多起来："你们离家远，不要老挂念俺，俺自己过得挺自在的，农闲的时候，俺去刨'远志'，换点儿零钱花。嘿嘿，要说这刨远志根，很有学问，眼一定要尖，咱们这儿的远志一般长在田边的小陡坡上，叶子细细的、绿绿的，稍带点花纹和褶皱。这东西隐藏在杂草中间，生命力很强，入冬后，百草枯，唯独它仍吐着绿儿，俺一眼就能把它给分辨出来，两锄头下去，就把它连根带叶全刨出来了。刨远志跟刨地瓜一样，眼要看得准，劲儿要使得巧，否则，很难刨到囫囵的。就像为人处事一样，心眼不活泛，就很难把事做圆满……"王拥财借着酒劲儿，继续念叨，"多亏上边政策好，把地分给每家每户种，打一季粮食三年都吃不完。现在日子比以前好过多了，可以说是不愁吃来也不愁穿……唉，可惜你们的老娘没赶上好年景，苦了一辈子，正要苦尽甘来的时候，却两腿一蹬走了，啧啧，可惜，实在是可惜啊……"

王洛姝打断爹的话说："爹，别再提那些烦心事了，让人听了心里直犯堵。咱们应该多想想，怎样才能把以后的日子过好。您现在不愁吃、不缺穿，很好，但您年纪大了，我们不在身边，到时您万一有个头疼脑热，咋办？这样吧，您把家里收拾一下，跟我们一块过吧！"王拥财一时没了话，闷头喝了两口酒，突然把酒盅往桌上使劲儿一放，说："俺还是想自己过！再说俺也舍不得那一亩三分地！""嗨，那一亩三分地有啥好留恋的，您要是真的舍不得，可以留给大姐种嘛！"王洛姝赶忙劝道。王拥财愣了一下，连连摆手："你大姐她，种不了了！""为啥？"王洛姝问。王拥财没应声，又闷头喝起酒来。王洛姝预感不妙，疑惑地看看爹，问："爹，大姐她家的日子是不是过得很紧巴？这样吧，明天一早我和明铄过去看看她，看我们能不能帮她点忙！呵呵，我也有好长时间没见她了，挺想她的！"王洛姝向袁明铄使个眼色，小声问，"你身上带的钱还多吗？"袁明铄嘴角扭动了两下，没言语。王洛姝急了，上去就要掏他的腰包。

王拥财摆摆手拦住女儿，哭丧着脸说："别去了，你姐她，她，唉……""我姐她咋了，病了？"王洛姝一惊，盯着爹焦急地问。"比，病，还，严重！"王拥财眼圈红红的，话像是从牙缝里一点一点挤出来的。"您说啥，比病还严重？哪是咋了？"王洛姝一时没有领会爹的意思。王拥财不敢面对女儿焦灼的目光，背过身去，低着头，哽咽着说："你姐她，她也没摊上个好命，也跟你娘到天上享福去了……唉，你姐这辈子过得也不容易。""什么？爹，您说什么？我姐她，她……"王洛姝吃了一惊，眼泪"唰"的一下流了下来。怕妻子再次晕倒，袁明铄来不及多想，赶紧把她扶住。

想到大姐以前像亲娘一样照顾自己的情形，王洛姝心里像刀割一样难受，哭咧咧地问："爹，这又是咋回事？我姐的身体不是一直都很好吗？咋就……"王拥财猛然转回头来答："孩子，你不要太伤心，你姐她去得很安详，只有几分钟的工夫，就背过气去了！那天她患了感冒，去村医那里打了一针，没想到她竟然晕了针……"王洛姝恍然大悟，止住哭声，鼻子抽搐了两下问："爹，我姐的后事咋处理的？人家咋赔偿的？那可是活生生的一条人命啊！"王拥财撇撇嘴："有啥可赔偿的嘛，村医跟你姐的公公是没出五服的本家，再说他又不是故意的。就算你拉下脸皮去问他，他也会说，为啥那么多人打针没事，偏偏王大辫有事？"袁明铄插话说："爹，话不能这么说，这是人命关天的大事，不能当儿戏。给病人打针输液，必须先做'皮试'，以防药物过敏。这是最基本的常识，那个村医不会不知道。"王洛姝坐不住了，霍地站起身，气呼呼地说："爹，想必您早就明白'人善被人欺，马善被人骑'这个理儿，咱们可不能自认倒霉，让人骑在头上拉屎啊！我姐她死得太冤，咱们必须给她讨个公道！"说着，拽起丈夫，就要出门。

王拥财站起身拦住女儿，冷着脸说："黑灯瞎火的，你要干吗去？""我，我……"王洛姝被吓了一跳。王拥财摇摇头，马上换了温和的语气劝女儿说："常言说'心急吃不了热豆腐'，你着急是没用的。你先坐下，咱们慢慢商量，从长计议！"王洛姝无奈，只好坐下来，委屈的泪水又扑簌簌流了下来，抽泣着问："爹，您老心里到底是咋想的？我姐她受了屈、遭了罪，连命都搭上了，您难道一点儿也不感到心疼吗？"王拥财苦笑着摇摇头："俺记得有句戏词叫'手心手背都是肉'，大辫她也是俺的亲骨肉，俺咋会不心疼呢！可心疼又有啥用啊！俗话说'嫁出去的闺女泼出去的水'，她婆家都不管，咱们咋管？再说了，这件事咱们本来就没占多少理儿，硬要去和人家理论，会让大家伙看笑话的！在咱们这地方，村医就像救苦救难的活菩萨，没有一个人不尊重他们，和他们对着干，大家伙能答应吗？算了，咱们家人出的风头已经够多了，别再去出洋相了。"听爹这样说，王洛姝一时没了话。

穷人往往越过越穷，窝囊人往往越活越窝囊。王拥财窝囊了一辈子，指望他现在出头是不太可能了。想到大姐不明不白地死去，连亲爹都无计可施，王洛姝悲愤交加，本来她下决心不再哭鼻子的，现在她听到大姐屈死的噩耗，仍控制不住自己，放声大哭起来。

（1）

入夜，王洛姝躺在临时搭的地铺上，思绪万千，辗转难眠。床铺下面垫有厚厚的干草，上面盖着两床准备给王二瓜结婚用却一直没派上用场的新棉被，被子上面还压了几件棉衣。即便盖得这么厚实，王洛姝仍感到寒冷刺骨，身子蜷缩在被窝里，哆嗦成一团。王洛姝从未感到如此寒冷，寒冷更多的来自她的内心，积聚在她心里的冷意远比刺骨的寒风更可怕。袁明铄向来滴酒不沾，今天破天荒陪爹多喝了几盅，这会正沉沉地酣睡。王洛姝却一点儿睡意也没有，回想回家后看到的一幕幕情景，眼泪止不住地往下流，泪水不知不觉将衣被沾湿。十年时间转瞬而过，这么短的时间里竟然有三位亲人相继离去，这怎能不让她痛心疾首！她感觉自己自打回到家那一刻起，就一直浸泡在泪水的漩涡里，一个看不见底的巨大黑洞正像恶魔张着的巨口，将她一点点地吞噬，泪水和悲伤、欢乐和希冀，所有的一切，都将随之消逝……

直到凌晨两点多钟的时候，王洛姝才终于迷迷糊糊地睡了过去。一觉醒来，天已大亮，爹早已起床，出门去了。见丈夫仍未睡醒，王洛姝先把尿罐提到屋外，再喊他起床。起床后，王洛姝把床铺简单收拾了一下，坐在板凳上，又掉起了眼泪。忙碌可以使人集中精力，无心他顾，逐渐忘却愁苦，忘却伤痛，爹不在家，面对脏乱的小屋，她却无从下手，不知忙什么好。见妻子眼中布满血丝，眼皮肿得老高，袁明铄十分心疼，劝她说："洛姝，别再为那些揪心的事伤感了。古语说'人有悲欢离合，月有阴晴圆缺，此事古难全'，有些东西一旦失去，便无法挽回。咱们得正视现实，得向前看，不为别人，就算为了你爹，你也要好好保重自己，千万不要哭坏了身子！"王洛姝感激地看看丈夫，使劲儿点了点头。

王洛姝沉默了一会儿，突然站起身，一把抓住丈夫的胳膊说："明铄，我有个想法，娘、大姐和二哥走后，家里只剩下爹孤苦零丁一个人，身边连个知冷知热的人也没有，我现在是他唯一最亲近的人，决不能对他撒手不管！这样吧，待会等爹回来，我再好好劝劝他，让他跟我们一块过吧！虽然咱们的日子过得也很紧巴，但不差爹那双筷子，你说呢？""就怕你爹他不乐意，这事不能强求，得看他老人家的意思！"袁明铄点点头，紧接着又摇了摇头。王洛姝觉得丈夫说得在理，但随后像突然领悟到了什么似的，没好气地瞪了他一眼说："爹乐不乐意，也要看你的脸色嘛！常听人说'一揸不如四指近'，看来这话说得一点都不假，是亲还是不亲，关键时候就能看出来。女婿和儿毕竟差了一层，你不表态，爹怎么知道你心里是咋想的？你要是连屁都不敢放一个，他就是乐意跟我们一块过，也不好意思直说啊！"

王洛姝的话一下就点中了袁明铄心里的"要害"。袁明铄和岳父之间的确有道看不见的隔膜，不由得他不承认，也不由得他不担心。袁明铄担心两人生活在一起，时间久了难免会产生矛盾，要是再闹个"脸红脖子粗"，以致"爹不是爹，亲戚不是亲戚"，就更不好了。与其那样，还不如和岳父保持一定距离，因为"距离可以产生美"。袁明铄虽有些犹豫，但不想扫妻子的兴，小声嘟囔说："我也没说不行嘛，我只是怕他老人家过惯了乡下的生活，到我们那里无法适应！我，我的意思是说，孝顺老人讲究的不光是孝，还有顺，顺是什么，顺就是尽量顺着老人的心意去想、去做。所以咱们……"袁明铄刚要往下说，突然见岳父推门走了进来，手里拎了一只筐子，里面装满了新鲜的地瓜。

见爹拎了筐地瓜回来，王洛姝顾不上理会丈夫，眼睛一亮问："爹，您从哪儿弄的地瓜？咋还这么新鲜呢？"王拥财答："这是咱们自家种的，不多，只有一分多地，收的地瓜存在别人家的地窖里，俺今早特意去取了一些出来，拿给小袁尝尝！"王洛姝瞥了丈夫一眼，努努嘴说："爹，地瓜有啥好吃的，我现在看到它就想吐！"说着，把筐子接过来，一个劲儿地向丈夫使眼色。袁明铄嘿嘿傻笑，并没有领会她的意思。王拥财看看女儿，又偷眼看看女婿，"扑哧"一乐："小辫，你可不能'一朝被蛇咬，十年怕井绳'啊！那年你差点被它要了小命，那是因为你饿急了眼，抓起生的烂地瓜就吃，不闹肚子才怪哩！小辫，俺知道你不稀罕这玩意儿，但小袁他不一样，生活在大西北，也许连见都没见过哩！是不是，小袁？待会让俺煮几个没疤没瘌的地瓜给你尝尝，剩下的给你爸妈捎过去！"袁明铄连声说"好"。

王洛姝放好筐子，嗔怪地白了丈夫一眼说："就知道吃，别把正事耽误了！"说着，扶爹在板凳上坐下。王洛姝眼睛盯着爹，认真地说："刚才我和明铄商量过了，留您一个人在家，我着实不放心，您，跟我们一块过吧！"王拥财一愣神，小声问："这——合适吗？"说着，低下头，眼睛注视着地面。看那样子，明显在等女婿表态。王洛姝剜了丈夫一眼。袁明铄打了个激灵，语无伦次地说："对，洛姝说得对。爹，我也是这意思。俗话说得好'远水解不了近渴''远亲不如近邻'，只有您老人家在我们身边，我们才放心！对了，平时您要是觉得烦闷，可以找人下下棋、打打麻将！"王拥财笑笑："象棋俺多少会一点儿，但麻将俺连见都没见过！"说着，把目光移向门外，眼神中流露着惋惜和不舍。

王洛姝朝丈夫会心地笑笑，然后轻轻扯下爹的衣角，说："爹，别瞅了，别犹豫了，咱们就这样说定了！以前您不是常跟我们说'钱财乃身外之物'吗？您看看，这穷家破屋的，有啥好留恋的啊！您要是真的舍不得，可拣重要的带上一些，那些破瓶子烂罐子的东西随手扔掉算了！正所谓'旧的不去，新的不来'！"王拥财收回目光，苦笑一下说："你们的心意俺领了，可俺哪也不想去。俗话说'金窝银窝不如自家的狗窝'，还有句话叫'树挪活，人挪死'，这地方再破旧，再不好，也是俺的窝，俺在这待惯了，到别的地方怕不适应。俺现在一大把年纪，没指望了，不像你们年轻人，还有奔头有盼头！唉，叶落终究要归根，俺可不想把这把老骨头撒在外头！"王洛姝说："爹，话可不能这么说，谁说'树挪活，人挪死'？人比树的生命力强多了！咱们老祖宗不也是从别处迁到这里来的吗？所以说，人不能活得太死板，应该努力往好地方奔。这样吧，到时您要是想家了，我和明铄一年半载陪您回来走上一遭，咋样？"袁明铄也忍不住劝道："爹，洛姝说得很对，咱们应该多往好处想，这样才活得有奔头、有劲头。您苦了一辈子，如今年老了，该好好享享清福了！我和洛姝两人都教书，寒暑假有空儿，到时我们一定多陪您回来看看……"

可是，无论两人怎么劝，王拥财就是不点头。袁明铄向妻子撇撇嘴，仿佛在说：话我们都已经说到了，行不行那是爹的事了。没想到劝了半天，爹还是不点头，王洛姝脸上挂不住，噘着嘴生起了闷气。王拥财看在眼里，紧咬嘴唇，沉默许久，终于从鼻子里长长地出了口气说："你们的心意俺领了，俺不是不想随你们去，只是……实话跟你们说吧，俺守在家里，是想等你娘回来，要是俺走了，她万一回来找不到家门咋办？"突然听爹这样说，王洛姝和袁明铄吓了一跳。王拥财看女儿和女婿一脸惊诧的样子，摆摆手说："你们不用着慌，俺脑子清醒着呢！俺觉得你娘她根本就没有死，她呀，啥苦没吃过？啥罪没受过？大风大浪都闯过来了，咋会在阴沟里翻船呢！"王洛姝脱口问："爹，您是说，俺娘她还活在人世？"王拥财"嗯"了声，使劲点了点头。"这，这到底是咋回事？爹，您快说，这到底咋回事……"王洛姝又惊又喜，摇晃着爹的胳膊急促地询问起来。

王拥财意味深长地吁了口气，示意女婿也凑到他跟前坐下，随后说出了一段惊人的话语。

（2）

王拥财说，他当年并没有找到妻子李玉涄，东山脚下的那座坟其实是空的！怕李玉涄发疯惹事，王拥财平时都把她锁在家里，那次李玉涄砸破院门出走后，立即在小村里掀起轩然大波。家有小孩子的人家，再也不敢轻易让孩子单独外出。孩子不听话时，大人们经常这样吓唬孩子：不听话，让二瓜家的疯婆娘来找你！记住，以后出去玩，要找人多的地方，千万不要耍得太晚，要是碰上疯婆子，那就麻烦了！那些以前想占李玉涄便宜、打骂过她、仇视过她或追着她游街看热闹的人，也开始担心，怕她半夜时分上门报复，每天晚上都把院门关得死死的。有的人家还特意把看家狗拴在门口，说既然李玉祯能把自家那么厚的院门砸破，也就能砸破别人家的院门。村里人见到王拥财，都会想法探他的口风，问他找见媳妇了没有，关切之余，不忘叮嘱几句：别让疯婆娘在外面乱逛，会给老王家惹祸的……

风言风语不时灌进王拥财的耳朵里。李玉祯的本家——村里最有威望的老太爷李金多找到王拥财，劝他说："拥财，玉祯是俺们老李家的人，一家人不说两家话，也许你早就听到村里人的议论了，但俺还是想提醒你一句：你得抓紧把玉祯找回来，千万不要让她在外面惹是生非，那样你会吃不了兜着走的！说句你不爱听的话，玉祯她失踪了这么久，至今一点儿音信也没有，八成是找不回来了。要是真找不回来，得想个办法，给村里人一个交代，别让人整天提心吊胆的惦记着，那样多不好啊！好了，俺不多说了，你自己掂量着办吧！"李金多说完，不等王拥财答话，扭头走开了。

李金多是"老革命"，早年参加过游击队，打过鬼子、土匪、汉奸和反动派，在村里威望很高，连县里的干部也敬他三分。他的话，王拥财不敢不听。王拥财皱着眉头想了半天，觉得老太爷李金多说的话不无道理，自打李玉祯失踪后，村里人看他的眼神总是怪怪的，明显有担心和提防的意思。老太爷说得对，玉祯她拖着残腿走失了这么多天，寻到她的希望已非常渺茫。现在连她走失的方向都摸不准，就算她还活着，也不知道往哪去寻！

王拥财思虑再三，终于痛下决心，做出了一个惊人的决定：对村里人假称已寻到贼婆娘李玉祯的确切下落——她已经被洪水卷入深井中溺水而亡。王拥财包了几件衣服塞在棺材里，草草给妻子办了场丧事，并特意造了座空坟。这事只有他最亲近的几个本家兄弟知晓。这么多年来，王拥财一直刻意保守着"空坟"的秘密，连自己亲儿子王二瓜都没有告诉。为这事王拥财一直心怀愧疚，明知妻子活着的希望已经不大，但他还是不死心，守在家里等她回来。他经常借刨挖药材的机会到外面寻找妻子的下落，经常傻呆呆地站在院门口，向远处观望，即使到了晚上，他也总是把院门敞开一道缝，期待着奇迹的出现……

没想到爹竟然会撒谎，王洛姝鼻子一酸，眼中滚动着泪花，埋怨他说："爹，您这样做，是在昧自己的良心啊！日子是给自己过的，干吗非要看别人的眼神行事？俺娘走失与否，碍村里人啥事呀？俺娘这么苦、这么难，他们应该同情她才对，他们非但不同情、不帮忙，反倒落井下石说闲话，这些人实在是太可恶了！""就是嘛，这样做太没人情味儿了，不应该啊！"袁明铄附和。王拥财叹口气，说："人越穷，越没文化，礼数往往越多，礼数多了，忌讳也跟着多，只要跟'不吉利'沾点儿边，大家就会像躲瘟神一样躲着。你要是做了让人忌讳的事，他们甚至会记挂一辈子！唉，要怪就怪你娘她命不好，担了个不好的名声，让一家人都跟着受牵连。当年她要不是犯傻拿了队上的几棵麦穗被民兵撞见，被当作反面典型游街示众，咱们家也不至于沦落到现在这种地步！现在倒好，连外村的人都骂你娘是贼婆娘，向她吐口水。这么多年来，俺总像矮人半截似的，在村里从来就没抬起头来过！"

　　看样子爹确实有着满腹苦衷，承受着巨大的压力，对此王洛姝早该想到。王洛姝不忍心继续数落爹的不是，无奈地摇摇头，劝他说："爹，既然村里人不待见您，那就赶快离开吧。俗话说'惹不起，躲得起'，您跟我们到大西北去，离开这个是非之地！那样您就不用怕别人在背后说三道四了。您放心，流言蜚语是不会长上翅膀飞到那边去的。"王拥财对女儿的提议不置可否，话锋一转说："说句良心话，俺很理解那些说闲话的人，换了俺，兴许也会那样说哩！俺曾听人说过这样一句话：屁股决定大脑。啥叫'屁股决定大脑'，就是坐什么位置说什么话，站什么地方撇什么腔，蹲什么茅坑拉什么屎。人站的角度不一样，看问题的方式、得出的结论也会不一样。同样看一件东西，坐在电线杆底下和坐在电线杆顶上，看到的情形、得到的感受会大有不同。所以说人情很复杂，不可轻易拿捏人，更不能一棍子把人打死。"王拥财笑笑，又说："相比来说，咱们村的人还算实在、厚道。别看有些人总爱顺着嘴胡咧咧，其实是'刀子嘴豆腐心'，心眼并没有你想象得那么坏！村里有几个老婆婆每次提起你娘，都忍不住掉眼泪。在咱们家最困难的时候，曾有人偷偷往咱们家院子里扔了一大包玉米，俺现在都不知道那个好心人是谁……"

王洛姝感觉爹说话不着边际，东一榔头，西一棒槌，前言不搭后语，有些话实在让人费解，忍不住瞥了他一眼，埋怨他说："既然这样，那您干吗还要作假骗大家伙呀？既骗了别人，也害苦了自己，就像'搬起石头砸了自己脚'，何苦呢！再说了，万一娘真的没事，您给她造座空坟，那不是糟践她吗？爹，别怪我说您，您这事做得的确太荒唐、太草率，当时我大姐和二哥还没出事吧？您为啥不去找他们商量一下？"冷不丁挨女儿一顿埋怨，王拥财理屈词穷，冷汗直冒。女儿的话深深触痛了他的内心。王拥财低下头，紧咬牙关，极力控制自己不让眼泪流下来。其实他心里还有个遗憾一直没敢对王洛姝明说，那就是他办假丧、造空坟，自始至终都没让王二瓜参与。这对早就陷于自卑、痛苦旋涡的王二瓜来说，是个不小的精神打击。王二瓜之所以想不开，寻了短见，与这件事多少有些关系。

王洛姝没有察觉爹脸上的异样，看他不高兴，还以为是被自己给气的，赶忙换了温和的语气劝爹说："好了，事情都过去了，我们埋怨您也没用。我还是那句话，让您一个人待在家里，我不放心，您最好跟我们一块去。您要是觉得还不放心，我们可以给村支书或村主任留个联系方式，让他们盯着点儿，一旦有娘的消息，马上通知我们，到时就是坐'火箭'，我们也要陪您火速赶回来！""就是嘛，爹，洛姝话已经说到这份上了，您老还有啥不放心的啊！"袁明铄也劝道。王拥财笑笑，还是不松口。袁明铄向妻子使了个眼色，示意她走到一边，撇撇嘴说："看来你爹顾虑不小，人老脾气怪，所以才有'老顽童'一说。""去你的，我爹才多大年纪啊！""那，那一定是你爹还有隐情不便明说！"袁明铄"扑哧"一笑问，"洛姝，你爹是不是又找了个相好的，所以才舍不得离开呀？要真是这样，咱们可以把你后妈一块接过去养着嘛！""啊，你说什么？"王洛姝愣了一会儿，才突然领会丈夫的意思。

王洛姝没好气地瞪了丈夫一眼，说："胡说八道，俺爹才不是那种人哩！别以为啥猫都偷腥，我们乡下人，不比你们这些城里人，根本没那么多花花肠子！哼，你再顺着嘴胡咧咧，小心我跟你急！"王洛姝语气紧接着缓和了下来，若有所思地感叹说："明铄，我倒觉得爹做得没错，据说人的心灵是相通的，既然爹相信娘还活着，那就一定有他的理由！"说完，紧锁眉头沉思起来。爹到底是因为啥才不愿离开？王洛姝在心里反复问自己：世上真有心灵感应吗？它真的具有神奇的魔力，让人执迷不悟吗？如果不是这样，莫非爹心里藏了不便明说的隐情？娘已走失多年，他仍坚持守在家里不愿离开，到底在等什么？是等奇迹的出现吗？或如明铄说的那样，他又有了割舍不下的心上人？都不像，都不太可能，可是……

　　王洛姝沉思良久，使劲儿跺下脚，转回到爹身边，坚定地说："爹，我想好了，娘啥苦没吃过，啥罪没受过？她不会轻易垮掉的，更不会撇下咱们爷俩走的！我也相信娘仍活得好好的，只是我们不知道她现在在哪里罢了！这样吧，让明铄一个人先回去，我留下来陪你继续寻找娘的下落，直到娘回家的那一天！""你，你，嗨……"王拥财急得嘴唇直打哆嗦，用手使劲儿拍下大腿说，"小辫，你这又是何苦呢？你娘她要是十年、二十年不回来，你能守在家里一直等着她吗？唉，实话跟你说吧，俺现在既盼着你娘回家，又怕你娘回家！""这是为何？"王洛姝盯着爹的眼睛不解地问，"都到这份上了，莫非你还怕村里人说闲话？"王拥财哭丧着脸，摆摆手："闲话俺倒不怕，俺怕的是你娘又要给村里带来什么'邪气'，怕村里接下来发生的事又要和她扯上关系！即便你娘真的没了，她留下的'邪气'也会存在很长一段时间。有俺在，至少能替乡亲们挡一挡，俺要是一拍屁股走了，村里人还不要咒死俺呀！"王拥财又使劲儿拍了下自己的大腿，猛然抬高了嗓门说："小辫，这些年你一直在外面闯荡，对村里发生的事可能不是很了解，你娘她已经成为'四大邪'之一了！"王洛姝一听，心里"咯噔"一下，她还是第一次听说"四大邪"这个词。

（3）

　　在偏僻落后的新王庄村，很长一段时间以来，人们的科学文化知识还很匮乏，思想观念还很落后，对一些自然现象无法做出合理的解释，只好通过想象或借助虚无的鬼神来自圆其说。这种现象屡见不鲜。让王洛姝没有想到的是，李玉祯竟然也被人打入了"邪祟"行列。村里那些迷信的人，总爱牵强附会地把身边发生的蹊跷事跟鬼神联系在一起，于是就有了

"中邪"和"附体"一说。所谓的"四大邪",几乎都能和鬼神沾上点边儿。迷信的人除了爱用鬼神说来"化解"蹊跷事外,还经常用它来吓唬、警告对鬼神不敬的人:你再厉害,也斗不过鬼神;你本事再大,也逃不脱阎王爷的手心。

新王庄村所处的地界据称风水不好,早先出过土匪、出过汉奸,后来又出了"四大邪",村里好像从来就没有消停过。被称作"第一邪"的人是村里的一位年轻后生,外号叫"王大胆"。这人胆很大、心很野、嘴很馋,经常在半夜上山捉獾,捉住的大獾直接杀了吃肉,小点的獾和大獾的皮则拿到集市上叫卖。几年下来,他因捉獾大赚了一把。见王大胆捉獾发了财,有些人眼红了、手痒了,这才想起那两句俗语:舍得一身剐,敢把皇帝拉下马;软的怕硬的,硬的怕横的,横的怕不要命的。人要是不要命,连鬼神都害怕。有些人开始千方百计向王大胆讨教捉獾的秘诀,王大胆诡秘一笑,答:方圆百里的獾都已被俺捉净,现在只剩下"老獾精"了,就怕你们没胆量去捉!

王大胆说得没错,他捉獾的确没什么秘诀,凭的就是一身过人的胆量。他手里没有猎枪,捉獾用的工具仅仅是几把普通的铁夹子。他把铁夹子下在獾经常活动的地方或直接藏在其洞口边上,让獾自己上套儿。獾这动物很狡猾,白天人很难发现其踪影,只能先在白天顺着蛛丝马迹踩好点,晚上去下夹子。这一点,连村里的三岁小孩都知道,王大胆从来不加掩饰。这天夜里,王大胆又像往常一样摸黑去捉獾,拿着手电筒、铁夹子和绳索,像个幽灵一样,深一脚浅一脚地在山野间游来晃去。为避免惊扰了獾,王大胆在捉住獾之前从不开手电筒。周围黑咕隆咚的,能清晰地听到从大山深处传来的野兽的低吼声,令人毛骨悚然。王大胆却毫不害怕,径直走到獾经常出没的地方,借着微茫的星光和白天的记忆摸黑下好夹子,然后"猫"在附近的草丛里,等獾上钩。

也不知过了多长时间,他终于隐约听到了獾的叫声,仔细一听,有好几只,凑在一起,像人们开会一样,唧唧啾啾地讨论着什么。王大胆眼睛一亮,瞪大眼睛注视着前方,心里直懊悔,懊悔没有多下几个夹子,否则极有可能多捉它几只。王大胆强打精神,竖起耳朵去听,希望能尽快听到獾被铁夹子夹住的声音，但焦急地等了很长一段时间，也没听到那种让人兴奋的铁夹子扣紧的声响。王大胆曾听老人们说过，有些老獾和已修炼成精的狐狸一样，"道业"很深，招惹不得。王大胆不信老人们说的这一套，他觉得，自己在新王庄村这"一亩三分地"上，从来就没怕过谁。獾再狡猾，也是野兽，他一定要拿住那只狡猾的"老獾"，让全村人看看它的"庐山真面目"。

王大胆坚信自己一定能制服"老獾"，"猫"在草丛里，腿抽了筋，也顾不上活动一下。蹲了大半夜，他又累又困，临近天放亮的时候，终于支撑不住，迷迷糊糊地睡了过去。他梦见有只老獾正在朝他傻笑，那笑声非常阴森恐怖，王大胆不屑地撇撇嘴，说臭老妖你别得意，我这就把你拿下，杀了炖肉吃，说着，王大胆朝着那只老獾猛冲过去……等第二天一早人们发现王大胆的时候，他安详地睡在獾洞边，早没了气儿，身上一点儿伤也看不到。他下的夹子仍原样不动地摆在那里。王大胆的老娘一看，立时呼天抢地，哭成了泪人儿，一边哭还一边埋怨儿子：俺的傻孩子啊，你干吗非要和"老獾精"作对啊……

家里几个年长的人闻讯赶来，凑在一起商量了一下，都认为王大胆捉獾不对。但是，就算王大胆有天大的错，"老獾精"也不该对他痛下狠手，那毕竟是一条活生生的人命啊！人命比野兽命贵，得把"老獾精"捉住，给王大胆讨个说法。于是，大家拿来镐头、锄头，三下五除二就把獾洞刨了个底朝天。让大家失望的是，连根獾毛的影子也没找到。正在大家疑惑不解的时候，一个小伙子突然惊讶地大叫了一声："你们快看，这獾洞底部的土有点儿黑，像黑砖的碎屑。"大家吃了一惊，小伙子说的黑砖是早先人用来砌坟用的，现在村里已经寻不到这种砖的踪影，莫非……大家好奇地观察了一番，又试着将獾洞向外"扩"了一下，最终确认：獾洞恰好伸到一座老坟穴里面！坟穴被厚厚的土层掩埋，看样子已有些年头。在场的人一看，立时慌了神，纷纷撂下工具，齐刷刷跪倒在地，连声祷告。祈祷过后，大家七手八脚地把挖开的坟穴用土埋上了。

以后，村里人大都忌讳谈及此事，说王大胆死得太蹊跷，身上竟然看不到一点儿伤，活蹦乱跳的一个大小伙子，一眨眼工夫，莫名其妙地就死了。迷信的人从中找到了说事的由头，认为王大胆之所以糊里糊涂地死去，就是因为他胆太大，不把"老獾精"放在眼里，整天跟老獾作对，能有好下场吗？那老獾肯定是恶鬼变的，要么就是被恶鬼附了体。有人甚至断言，王大胆虽已死去，但他和老獾结下的仇怨并未了结。他欠老獾家族好多条命，他那一条命远远不能抵偿。听了这样的传言，人们不免担忧起来，怕"老獾精"继续报复村里人。莫名的恐慌很快在村里蔓延开来。原来村里经常有人上山捉兔子，或摸黑抢收庄稼，自打发生那件事后，再没人敢上山捉兔子，也很少有人敢摸黑到田里干农活了！

后来，人们给王大胆另外起了个外号——王大邪，因为他不仅胆大，也很"邪乎"，他带来的"邪气"，长时间弥漫在小村上空，让人恐慌，让人后怕……

跟"王大邪"一样，被村里人称作"第二邪"的扁担叔胆子也很大，他被安排到队里看牲口棚之前，曾当过几年的"护林工"，所谓的"邪事"就发生在他看山护林期间。新王庄村靠在山脚下，顺着山脚往里走，便是满山遍野的松树林和野果树林，因经常有人偷偷上山砍伐树木，当时的大队干部经过商议，决定派"一人吃饱全家不饿"的老光棍扁担叔去看山护林。"护林工"不好当，是个"好汉不愿干，赖汉干不了"的营生。在野狼虎视眈眈下，独居在荒无人烟的山野中间，没有过人的胆量和忍受寂寞的超常耐力是不行的。在扁担叔接手这活儿之前，已有几个像他这样的"编外劳力"试着去干，没干足半年均打了"退堂鼓"，原因就是胆量不够、耐力不够。而扁担叔恰好两样都不缺。

扁担叔是李姓家族人，真名不详，会些拳脚，早年唱过大戏，演过"武生"，能把扁担舞得虎虎生风。他年事已高，身体却十分康健，威武不减当年。扁担叔一个人生活惯了，非常乐意接看山护林这个活儿。听说当"护林工"挣的工分一点儿都不少，过年的时候还可以从大队部领些慰问品，扁担叔二话没说，抱着铺盖卷儿便上了山，在半山腰的小石屋里安了家，开始了漫长的枯燥无味的看山生活。扁担叔每天按时扛着扁担在山上巡视。高兴的时候，他拿着扁担当棍子耍弄；或躺在软绵绵的草窝里仰望天空，看云飞云驻、云聚云散，这时他的目光就会变成一支挥洒自如的画笔，在天上画出迷人的图景。烦闷的时候，他抿上口酒，站在山头上，对着西山的落霞，吼上几嗓子。他酒量不大，下山打上满满一壶酒，能喝上个把月。他喝酒纯粹为了找乐和解闷，酒壶好似他的知心朋友，毫无怨言地时刻陪伴在他身边，静静地倾听他的心里话，随时将美酒琼浆给他奉上。无论是遇上高兴事还是烦心事，他都爱对这位"朋友"念叨。

扁担叔起初很喜欢看山护林的活儿，从没把野狼的威胁放在心上，后来却逐渐厌烦了，之所以产生厌烦，不是因为看山生活枯燥，而是因为他遇上了一件非常蹊跷、非常闹心的事儿。扁担叔上山后，很快习惯了聆听宛转清脆的鸟鸣声、山泉的叮咚声和风吹动树叶及野草发出的沙沙声，也很快习惯了倾听狂风吹过山梁发出的尖利的呼啸声，以及半夜从大山深处传来的野兽的低吼声。他感觉山野间传来的每一种声音都是那样的动听、那样的美妙。但是有一天，半夜他正沉睡的时候，突然听到了另外一种声音——人的说话声！那声音来自石屋周围，听不清那人在说什么，听声音有时像个老头，有时又像个年轻的婆娘。那声音听起来非常怪异，不像哭，也不像笑，忽高忽低，忽近忽远。扁担叔爬起身，抄起闲置多时的猎枪，冲出屋门去查看，屋外啥也没有。

第二天一早起来，扁担叔特意围着石屋又仔细查看了一番，还是没有看出异样，他于是断定自己昨晚是在做梦。令他大惑不解的是，随后几天，"噩梦"仍在延续，他经常在半夜被屋外奇怪的说话声惊醒，起来查看，啥也找不到。扁担叔被折腾得神魂颠倒，连续几天，整夜都不敢合眼。从此，扁担叔患上了"失眠症"，晚上不敢睡，白天睡不好。脑袋上像挂了个大石头，整天昏沉沉的。后来他想到了借酒消愁，多次试着将自己灌醉，借着酒劲儿迷糊一觉。这天他喝了点儿酒，迷迷糊糊地睡了过去。第二天醒来，他发现自己光着身子睡在沟底的草窝里，身上沾满泥土、草屑和露珠。扁担叔一看，禁不住吓出一身冷汗……

这件事像一阵风一样传到了山下，有人说扁担叔不小心沾染上了山鬼的"邪气"，虽然他身强力壮，但还是没有经受住"邪气"的侵扰。大队干部不信这种传言，认为扁担叔故弄玄虚、妖言惑众，他不是被邪气侵扰了，而是头脑和立场方面出了问题，这样的人不适合干护林工。没过多久，扁担叔就被当作"牛鬼蛇神"，派到牲口棚改造去了。因扁担叔姓李，后来人们给他起了个外号——李二邪。据说，村里有个好奇心特别强的小伙子曾私下问扁担叔：你武功那么高，连野狼都不怕，为何独独怕人的说话声？扁担叔意味深长地答：有时候，人比野兽更可怕。

（4）

在新王庄村，李姓人家是外来户。据说早年有家戏班子来村里演戏，村里的一位王姓姑娘看上了戏班里的一位姓李的年轻后生，追着他跑遍了附近的大小村庄，小伙子演到哪儿，她跟到哪儿。小伙子被姑娘的诚心打动了，最终留在了新王庄村，成了村里李姓家族的老祖宗。经过世代繁衍，新王庄李姓人越来越多，但相比王姓人仍少很多。"四大邪"中，李姓人占了三位。村里人说的"第三邪"便是老太爷李金多的侄孙女李福香。李福香长了双男人脚，穿的鞋比同龄女子大两号，人称"李大脚"。在缠过小脚、坚持以小脚为美的老婆婆眼里，李大脚像"谷子地里长出来的秫秫"，显得特别"另类"。

乡间素有"女人脚大，难找婆家"之说。李大脚正是如此，直到二十好几才找到婆家。她成亲那天，偏巧又遇上另外一件倒霉事——迎亲队伍半路上遭遇"小龙当道"。迎亲队伍吹吹打打、兴高采烈地走到村口时，突然发现路中间盘踞着一条大花蛇。领头迎亲的人认为这是不吉利的征兆，赶紧招呼迎亲队伍绕开行走，并要求大家严守秘密。"小龙当道"的事直到李大脚成亲半年后才被人透露出来。一石激起千层浪，传言一出，立即成为人们饭后茶余的热议话题。有人说，李大脚极有可能是"克夫命"，谁娶她，谁倒霉；有人说，李大脚不光"克夫"，还跟属蛇（小龙）的人"犯冲"，属蛇的人最好离她远点儿。后来发生了一件事，终于让大家找到了"印证"。

李大脚的婆家是外村的，家境很殷实，是改革开放后村中出现的靠经营小买卖发家致富的首位"万元户"。这么好的人家"打着灯笼都难找"，李大脚却有福享不了，因为她打心眼里不喜欢她男人。缺少了精神依托，再多的财富也如同粪土。何况，婆家人听说那些传言后，看她的眼神、对她说话的腔调总有些怪怪的。她为此很憋屈、很苦恼，经常哭鼻子抹泪地偷偷往娘家跑。这天，正是秋收农忙时节，李大脚又回娘家来了。她上穿粉红色"的确良"衬衫，下穿青灰色"涤卡喇叭裤"，猛一看，像个城里来的时髦女人。仔细一瞅，她头上还围着条方巾，胳膊上还挎着个鼓囊囊的花色包袱，这才知道她只是个农家妇女。她围的方巾是枣红色的，方巾对角折起成三角形，宽头在下，尖头在上，在脖子下面拢个结，遇到风大的时候，可迅速用手将方巾顶角折下，遮住脸部。

俗话说"爱美之心人皆有之"，和人的贫富贵贱并无多大关系。山村里的年轻姑娘们、媳妇们到田里干农活，总爱围条方巾。方巾可以遮挡飞扬的尘土，避免尘土吹到脸上，保护她们的一头秀发和俊俏的脸蛋。除此之外，方巾还可当作包袱遮盖或包裹细软等物。秋收农忙时节，田野里到处可见这样的围方巾的农家妇女，各色方巾像移动的五彩花朵飘来荡去，成为一道靓丽的风景。而看李大脚今天的打扮和她走路的样子，不像急于回娘家帮忙干农活。她走得很慢，一步三歇，不时偷眼打量路人，像是有着满腹心事，又像是有意躲避熟人似的。走到村外的那条小河边时，她停了下来，站在河边望着河面，呆呆地看了很久。她的身影倒映在流动的水面上，扭曲着、跳跃着，犹如她忐忑不安的心境。

河水清澈透底，不知疲倦地流淌着，掀动着绵延起伏的浪波，弹奏着清新婉转的乐章。水中的石块和鹅卵石泛着光晕，上面覆有一层柔滑的苔藓。苔藓在水中妩媚地招摇，像梦幻中的精灵。在河道拐弯处，有一处深水潭，水平浪静，能看到水下漂浮的水草，却不知道水到底有多深。潭边有石阶直通村边的大路，附近的村民经常到这里来取水喝。远远地望见深水潭，李大脚眼睛一亮，径直走了过去。李大脚小时候曾到潭边玩耍过，但只是远远地看，没敢靠近。从小爹娘就再三叮嘱她，千万不要到潭边去玩耍，潭中有怪物，会吃人。爹娘那样说，只是担心孩子们不小心溺水。那时的李大脚却信以为真，误以为水潭中真的有怪物。她经常梦见自己被怪物拖入深不见底的水下，在半夜里被吓醒。爹娘吓唬她，本意是好的，却没有起到好的效果。直到现在，李大脚心里仍留有一丝阴影，不时搅动她恐慌的神经。

李大脚今天心情不好。人在心情不好的时候往往脾气也大，胆子也大，看什么都不顺眼、都不在乎、都不服气。李大脚心想，我偏要到潭中去看看，看看怪物长啥模样。走近去看，感觉水潭并不大，也不深，像是在河水干涸时人们挖沙后留下的大坑洼。河岸、蓝天、白云倒映在水面上，显得分外柔美，并不像爹娘描述的那样可怕。李大脚索性在潭边蹲下身，摘下围巾，对着水面仔细梳理了一下散乱的秀发，然后用手轻轻地在水面上来回拨了拨，捧起水，美美地呷了一口。河水甘甜清爽，沁人心脾。李大脚像终于品尝到了久违的味道似的，俊俏的脸上流露出幸福、舒心和陶醉的笑容。

李大脚在潭边石沿上坐下来，眼睛直直地望着水面。来潭边取水的人见到她，误以为她是来歇脚的，没太在意。不过，最后一个见到她的人却吃惊不小，因为她好好地在潭边坐着，一眨眼的工夫，便没了踪影。那人还以为是自己看花了眼，等看到她婆家人风风火火地前来寻人，才恍然醒悟，禁不住倒吸了一口凉气。接到李大脚突然失踪的消息，她娘家人顿时急红了眼。结合目击者的描述，他们认为李大脚很可能已失足溺水，于是火速跑到潭边打捞，忙活了整整两天，只捞上来一些水草。家里人又顺着河道寻找，几乎把整个河道寻了个遍，也没发现李大脚的人影。一个活蹦乱跳的大活人，咋突然间没影儿了呢？娘家人越想越觉得不对头，气汹汹地跑到李大脚婆家去要人。婆家人反而埋怨娘家人不厚道，故意隐瞒李福香脚大和"小龙当道"的实情。两家人争论不休，公说公有理，婆说婆有理，若不是两边的村干部出面调解，这事还不定闹腾到啥时候是个头儿。

在两家人争论不休、纠缠不止的时候，那些喜欢看热闹、爱说闲话、爱嚼舌根子的人也没闲着，纷纷发表"高见"，极力展现其超凡脱俗、高人一等的眼力和想象力。有的说，潭中有水怪，突然抓住李大脚的脚，一下就把她拖到深水中去了；有的说，潭中并没有水怪，只是有个深不见底的暗穴，能把人悄无声息地吸进去；有的说，李大脚被天上的神仙看中，请到天上去了……李大脚去向成谜。各种假说此起彼伏，在小村内外传得沸沸扬扬。但假说毕竟是假说，像泡影一样，风一吹就淡了、就没了。老百姓有句俗话"好话说三遍，狗也不爱听"，吸引人的话说多了，也会让人腻味，让人反感。后来人们渐渐对李大脚失踪的事失去了兴趣，淡忘下了。直到几年后，潭中破天荒溺死了几头家畜，其中包括李大脚大伯家的一头老母猪，这才又引起了人们的关注。

李大脚的爹娘曾跟属蛇的大伯闹过矛盾，两家人虽是同宗至亲，却鲜有来往。几头家畜溺水而亡着实让人费解，因为它们大多天生会水，即使不慎落入水中也会自己游上岸来。如此看来，只剩下一种可能，那就是有一种不为人知的神奇力量把它们吸引了过去。莫非水潭中真的有水怪？在李大脚出事之前咋没发生这种怪事呢？有人据此做出推断：李大脚已溺死潭中，她的魂魄从来就没有离开过深水潭，那几头溺死的家畜是她索去陪葬的，估计她还会继续向跟她有过节的人"索命"。经过这样一联想，问题就大了，给深水潭蒙上一层神秘的面纱，李大脚简直成了水怪的代名词。附近的村民再也不敢到潭里取水喝了。后来，人们给李大脚起了个外号，叫她"李三邪"。

至于村里人说的"第四邪"，不是别人，正是王洛姝的老娘李玉涢。王拥财说，李玉涢年轻时非常漂亮，不疯，也不瘫，直到被游街示众后，她才像受了天大的刺激一样，变得疯癫起来，经常衣衫不整地在村里晃荡。她特别喜欢小孩子，一见小孩就嬉笑着追着撺，经常把小孩子吓得哇哇大哭。村里人特别厌烦她，经常向她吐口水，一旦发现她招惹小孩子，立马追着她厉声叫骂，甚至扔石子打她。怕李玉涢招惹麻烦，王拥财整天把她锁在家里，但她还是经常爬过墙头偷跑出去。有些人看不过眼去，咒骂李玉涢是村里的"灾星"，说二狗子家的新媳妇自打见了她一面，就没了怀娃的迹象；说大棒子家的孩子学习一向很好，自打被她吓了一次，就变傻了，成绩一个劲儿地往下滑；还说斗子家的老母羊被她摸了一把，生下的羔羊没几天就死了仨……总之，村里凡是不吉利的事，似乎都能跟她扯上边儿。

王拥财不想念叨李玉涢的"不是"，轻描淡写地将她的事儿一说，看着女儿，感叹说："自打你娘走失后，关于她的闲话明显变少了，就怕'按下葫芦浮起瓢'，村里又要生出什么跟你娘有关的事端来。你娘不回来还好，要是有一天突然回到村里，肯定又要闹他个鸡飞狗跳，让大家都不得安宁，到时没个人照应显然是不行的！"王洛姝仍沉迷于爹刚才描绘的情景里，并没有领会他这句话的言外之意。王洛姝感慨万千、唏嘘不已，村里发生了这么多蹊跷事，她竟然毫不知情。她脑中突然闪过一个词——人言可畏。人们的流言蜚语的确有着巨大的魔力，能把人说死，也能把人说活，能把黑说成白，也能把白说成黑；对此，难道一点儿办法也没有吗？难道只能像诗人但丁说的那样"走自己的路，让别人说去吧"吗？

袁明铄见妻子在愣神，轻轻拽了下她的衣角。王洛姝猛然回过神来，吃惊地看着爹问："爹，刚才您说啥？您说的'四大邪'真有那么玄乎吗？"不等爹答话，接着又感叹说："爹，发生在'四大邪'身上的事乍听起来很蹊跷，但没有一件像真的，尤其是他们说俺娘的那些话，纯粹是瞎扯。毛主席说过，"没有调查就没有发言权"。有些人总爱捕风捉影，信口雌黄，咱们可不能轻信他们那些无凭无据的鬼话！"王拥财自嘲一笑，语无伦次地嘟囔说："信又咋样，不信又咋样？嘴长在人家脸上，人家爱咋说咋说，你总不至于去堵人家的嘴嘛！算了，不说了，越说心里越堵！唉，我这是何苦呢，干吗又要自找不痛快！其实，你不去管它，也就没那么回事了。"说完，叮嘱女儿快把地瓜煮上，又忙着整理他刨的那些草药去了。

王洛姝没有急着去做饭，咬着嘴唇沉思片刻，盯着丈夫问："明铄，你见识多，你是怎么看待爹说的'四大邪'的？""当然不可信，所谓的'邪'只是人们凭空想象和杜撰出来的！但是，在这么偏远的山村里，有些事还真说不清、道不明！所以说，这要看你怎么来理解它、诠释它。"袁明铄卖了个关子，朝妻子神秘一笑说，"我觉得，人有时'邪'一点，并不意味着是件坏事。嘿嘿，俗话说'有其母必有其女'，我看你就有点儿'邪'！""你，你啥意思？我，我哪地方'邪'了？好啊，原来你是故意取笑我哩！"王洛姝瞪了丈夫一眼，转身忙着做早饭去了。

王洛姝坐在灶台边，一边拉着风箱向炉膛中添着柴火，一边皱着眉头沉思。听了爹讲的故事和他的顾虑，王洛姝心潮起伏，无法平静，不知道是该劝爹走，还是该劝他留。她希望爹的决定是对的，那就是娘只是走失了，终有一天会回来的，爹必须守在家里等她。只要能把娘等回来，还有啥是不可以忍受、不可以舍弃的呢？回家这几天，王洛姝一直被痛苦折磨着，现在听说娘还有一线生机，心里便多了一丝宽慰，多了一份希望。但是，这份希望仍是那样的渺茫、那样的迷离，让人焦灼、让人无奈。

（1）

因婚假期限已到，王洛姝和丈夫不得不和爹告辞，恋恋不舍地离开老家，没想到这一别又是十多年。之后，王洛姝没盼来娘回家的消息，却等来了爹胃癌晚期的噩耗。爹病危前夕，王洛姝又回过老家一趟，以后因给初三毕业班当班主任，工作很忙，没顾上回家，跟老家的人渐渐失去了联系，本想等退休后再回老家看看，没承想病魔缠身，未能成行。即使病卧在床，王洛姝仍时刻惦念着老家，惦念着娘，回家的念头从没打消过。她之所以对故乡如此眷恋，是因为她心中仍抱有一线希望，那就是娘自从当年走失后就没了音讯，生不见人，死不见尸，她相信娘还活着。随着病痛的加重，她对娘的思念变得越来越强烈。思念如烈火，烧痛她的心，也烧热她的血……

王洛姝断断续续地给女儿王思苈讲述完当年回家的情形，已明显有些疲累，背靠床头，眯了眼，大口地喘着粗气。王思苈赶紧起身把氧气罩给妈带上，然后坐下来，亲昵地抚摸着妈的手，心中充满了感慨。一个有着坚强信念的人是不会轻易被击垮的，心中怀有强烈希望的人是不会轻易退却的。妈就是这样一个人，她相信妈一定能战胜病魔，也一定能达成自己的心愿。王思苈觉得妈这一辈子过得很不容易，小时候吃过那么多的苦，到老竟得了这样一种怪病。这么多年来，她为了教好书倾尽了心血，为了寻找姥姥的下落，更是无时不在忍受心痛的折磨。作为女儿，娘的"贴心小棉袄"，自己又关心、体贴过她多少呢？想着，想着，王思苈鼻子一酸，眼泪扑簌簌往下掉，一种深深的歉疚感随即涌上心头。

袁明铄不知什么时候走了过来，轻轻拍了一下女儿的肩头。王思芗触电似的站起身，匆忙抹掉脸上的泪，挤出一脸尴尬的笑。王思芗知道，在妈妈病重的时候，她不能表露出悲伤的情绪，只有时刻面带微笑，才能给爸妈传递一份向上的力量。怕打扰妈歇息，王思芗朝爸"嘘"了声，示意他到病房外说话。袁明铄心领神会，放下手里的东西，随女儿一起，蹑手蹑脚地向外走去。

　　走出病房，袁明铄下意识地回头望了望，问女儿："你妈睡了？她今天是不是有点儿累？怎么，看你的神色不太好，你哭了？""没，没有啊，刚，刚才眼里不小心飞进了一只小虫。"王思芗吞吞吐吐地答。"哦，是这样啊。"袁明铄突然感觉自己的问话有点儿多余，像明知故问，于是在心里不住地责怪自己：干吗非要打破默契，让孩子难堪！怕爸爸担心自己，王思芗忙安慰他："爸，我没事。刚才我妈对我说了很多发生在山东老家的事情，真是太感人了，没想到妈心里竟然藏了那么多秘密！"王思芗吁了口气，又说："我妈这辈子过得实在是太不容易了，以后咱们得多体谅她，尽量多替她分担一点了。一份苦若让三个人分担，分量就轻多了，爸爸，我说得对吗？"袁明铄点点头，又摇摇头说："没你说的那么简单，这又不是做数学题！一个人内心里的苦是很难像切豆腐一样分割出去的。"接着，疑惑地看看女儿问，"你妈都对你说啥了？是不是又念叨你姥姥了？"王思芗点点头。袁明铄叹了口气："你妈她想念你姥姥，所以才总是梦见你姥姥，梦由心生嘛！可是，梦是虚幻的，梦到的事咋能随意当真呢！"

　　王思芗皱着眉头沉思片刻，突然一把拉住爸的手，神神秘秘地小声问："爸，我感觉妈有些话说得也并非没有道理，既然现在大家连姥姥的尸首也没找到，那就说明她还有活着的可能！爸，这世界上是不是真的存在心灵感应啊？据说人过世后，他生前留下的生物波仍然存在，碰到合适的机会，就会和其他生物波发生反应，释放能量……"袁明铄不耐烦地打断女儿，白了她一眼说："你瞎说啥呢？你到底想表达什么意思？"王思芗马上意识到自己说走了嘴，忙解释说："不，不，我不是那个意思。我，我不是说我姥姥那个啥，我是说，我妈的梦做得有点儿蹊跷，像是有什么预兆似的！"听女儿这样说，袁明铄心里"咯噔"一下，心想，莫非王大柱又来找过妻子?

袁明铄三步并作两步走到妻子病房门前,向里面仔细地望了又望,然后走回来,盯着女儿问:"我回家后,有人来看望过你妈吗?""没有啊,怎么了?"王思苈反问。袁明铄吁了口气,摆摆手说:"没事,我怕你妈太累,受不了打扰!"王思苈心头一震,感觉爸爸的话也包含提醒她、埋怨她的意思,立时羞愧地低下了头。袁明铄没有理会女儿的尴尬相,拉她在走廊长椅上坐下,叮嘱说:"思苈,好好照顾你妈,别和她说太多的话!你妈她——唉,我看她的身子骨是越来越虚弱了!"王思苈紧咬嘴唇,使劲儿点了点头,嘴上没说话,心里却在犯嘀咕:话说多了,会感到疲累,把话憋在心里,岂不是更难受?对心里有苦的人来说,还有比倾诉更好的宣泄方式吗?

王思苈不想顶撞爸爸,岔开话题说:"爸,我暑假有个野外实践课题,我想回老家一趟,替妈去还愿,顺便了解一下老家的风土人情,寻找一下姥姥的下落。如果可能的话,我想替我姥姥平反昭雪,她当年偷拿粮食可能只是个误会,即便她真偷拿了粮食,也不应该遭受那么重的惩罚,她蒙受了这么多年的不白之冤,是该有出头之日了!"袁明铄连连摆手说:"思苈啊,过去的事不要再提了,有些东西一旦失去,便无法挽回,很多事情并没有你想象的那么简单。正如老话所说'有心栽花花不开,无心插柳柳成荫',梦想的事不一定发生,想不到的事却时有发生。所以说,我们还是现实一点儿为好!人活着,就得向前看,不能患得患失,好好珍惜现在所拥有的幸福,比啥都强!"王思苈说:"爸,您说得没错,但也不全对,人活着不能只顾贪图安逸,得有信仰、有追求,为了信仰和追求,即使做出牺牲甚至是付出生命也是值得的。您不是也常对学生们这样讲吗?如果没有革命前辈抛头颅、洒热血,哪有我们现在的幸福生活啊!"袁明铄撇撇嘴,没言语。他明知道女儿的想法有些天真,一时却找不到充分的理由来说服她。

王思苈误以为爸爸已被说动,嘿嘿一笑说:"爸,您放心吧,我心里有数着呢,不会毛手毛脚瞎干的!您说得没错,梦想是美好的,但道路是曲折的,我得做好迎接困难挑战的充分准备。好了,不说废话了,爸,咱们就这样说定了，我收拾一下，马上起程回老家，您好好照看我妈，等我回来！"说着，就要起身走开，不想被爸爸一把拽住。袁明铄拉女儿坐回到长椅上，苦笑着说："你硬要去，我不好拦你，但说走也不用那么急嘛！我希望你先陪陪你妈，过几天再去，再说路途那么遥远，你一个人去，会让你妈惦念的！"王思艼说："爸，谁说我一个人去啊？我早就和我同学约好了，相约一块去参加实践活动，您放心，我们会照顾好自己的！""这，这……"袁明铄一时语塞。

沉默一会儿后，袁明铄又劝女儿说："我感觉你最好还是过几天再去，我的意思是说，过几天也许，"王思艼摆摆手打断爸爸的话说："爸，您不要说了，您心里应该比我还清楚，我妈她剩下的时日已经不多了……所以，我得赶紧想办法完成她的心愿，这样最起码能给她带来一线希望，让她有个盼头！"说着，眼中滚动起了泪花。一句话，又戳到袁明铄心里的痛处。袁明铄鼻子一酸，一把将女儿揽在怀里，嗫嚅道："好——好孩子，你能有这份孝心，就——就很好，只是……"袁明铄打心眼里不希望女儿离开，这个家，已经承受不起亲人的别离了，现在，一家人好好地聚在一起才是最为重要的。但是不让女儿去吧，又怕扫了她的兴，扫了妻子的兴，甚至会浇灭她们心中刚刚燃起的希望之火。

（2）

第二天一早，王思艼匆忙踏上了回老家的征程。等女儿离开，袁明铄才突然想起还没来得及将王大柱转来的消息对她说。就怕女儿满怀希望地回去，看到的却是另一番情景，假若她把老家发生的事打电话对妻子一说，岂不是更糟！妻子现在身子非常虚弱，咋能经受住这种打击呢！袁明铄顾不上多想，手忙脚乱地拨通女儿的电话，焦急地问："思艼，咋这么急就走了？你难道不晓得'穷家富路'啊？行李准备全了吗？钱带足了吗？银行卡带上了没有？有些话我还没顾上跟你详细交代哩！"王思艼答："爸，昨晚我已跟我妈打过招呼，对我的建议她没有表示反对，只是对我有些不放心，您再好好劝劝她吧！"

王思芗没有领会爸爸的意思，喋喋不休地说："爸，我因急着赶路，没顾上当面和您告辞，现在我已经在'动车'上了！嘿嘿，现在坐火车比以前快多了，我坐动车回老家，差不多一天时间就到了，您不用挂念，行李我早已准备好了，连'创可贴'和感冒药都带上了，您在家好好照顾我妈，回到老家，我马上给您打电话！对了，至于来回花销您更不用担心了，上次您打给我的那一万块钱，我还没舍得花呢！"袁明铄愣了一下，说："也，也好，只是，你要有个思想准备，计划不如变化快，现实情况可能与你想象的有很大差别，如果遇上不顺心的事，千万不要直接给你妈打电话，现在你妈已经经受不住任何打击了！"王思芗一听，像突然被触痛了一样，陷入了短暂的沉默。仔细一想爸爸说的话，王思芗感觉有些不对头，试探着问："爸，听您的意思，您好像还有什么事瞒着我？嗨，我已经是大孩子了，能把握好分寸，您不妨对我明说，这样我心中好有个数，以免言语不当让老家人笑话。""这，这……"袁明铄犹豫起来，岳母离世的事很难对别人张口，每说一次都像是对他内心的折磨。

　　"爸，您不想说就算了，您放心，我会照顾好自己的，绝对不会让您失望的！好了，没别的事我先挂了！"王思芗说完，就要挂断电话。"别，别，我话还没说完哩！"袁明铄赶紧拦住女儿，叹口气说，"也好，对你说说也无妨，其实你姥姥她——她早已不在人世了……"随后，袁明铄忍着巨大悲痛，将王大柱告诉他的情形对女儿详细一说，最后劝女儿说："你现在回去，说不定正赶上村里人按乡下的习俗给你姥姥的骨灰作入殓仪式，你生在城里长在城里，从来没见过那样的场面，就怕你适应不了那样的场合。可是，真的遇上了，也只能靠你硬着头皮去应付。记住，爸妈不在身边，凡事多长个心眼儿，多向身边的老人们请教，只要照他们的意思去做，一般不会出大差错。"

　　听了爸的话，王思芗吃惊不小，本想姥姥还健在，经过努力，她一定能替妈妈完成心愿，爸的一番话却当头给她浇了一盆冷水。既然姥姥的遗骨已经找到，她回去已无多大意义，最多只能代表爸妈去祭奠一下姥姥的亡灵，她还是第一次参加这样的场合，想想都有些怵头。王思芗急得直掉眼泪，抽泣着问："爸，我姥姥这一生咋这么凄惨啊！唉，老天爷没长眼啊！既然这样，我回老家，还有啥意思嘛！我妈她——她知道这事吗？"袁明铄答："我哪敢告诉她呀！思芗，你也别对你妈说，你妈不知道这事，心里最起码还有个盼头，只要她心里有盼头，就有战胜病魔的可能！"王思芗嘴上连声说"好"，心里却酸酸的不是滋味，姥姥已驾鹤西去，而妈妈却仍在忍受着病痛的折磨，痴痴地等她回来，这是多么悲痛的事情啊！明知道妈妈的等待徒劳无功，却不能对她实言相告。对圆谎者来说，这何尝不是一种折磨？事情到了这种地步，就算能给姥姥"平反昭雪"，也无法满足妈妈的夙愿了。

　　知道女儿听到噩耗后，情绪会有波动，袁明铄劝了她半天，直到她明确地答应会好好照顾自己，才放心地挂断了电话。刚把电话挂断，王思芗紧接着又打了回来。王思芗说："爸，我决定还是照我原来的想法去做，把姥姥当年遭遇的事情梳理清楚，最好能替她讨个公道，否则，姥姥在九泉之下是不会瞑目的！还有，我妈在老家生活的时间并不长，对当年发生的很多事情可能不是很了解，我帮她探个究竟，兴许能帮她打开心里的那个'结'哩！"王思芗顿顿，又说："对了，在这期间，我妈要是问起我，请您帮我圆个谎，就说我一直在努力寻找姥姥的下落，并找到了一些有价值的线索……"难得女儿有这份孝心，袁明铄没有多想，答应了，但还是有些不放心，一个劲儿地叮嘱她"适可而止"，尽量早一点儿往回赶。

　　打完电话，袁明铄如释重负似的长长地吁了口气，提着饭盒急匆匆赶到医院。王洛姝今天气色不错，见丈夫过来，招呼他坐在床边，尴尬一笑问："是你打发孩子回老家去的？我只是随口说说，你咋就信以为真了？你让她一个女孩子到处打听她姥姥的下落，合适吗？万一碰上骗子咋办？"袁明铄愣了一下，很快明白了妻子的意思，不以为然地摆下手说："没事的，小鸟翅膀硬了，就该把它放出去，让它自己去飞，你闺女年龄不小了，应该好好锻炼一下了。她和同学一块去的，乡下人朴实厚道，不会为难她们的，你就放心吧！"王洛姝"哦"了声，点点头，又摇了摇头，嘴角扭动了两下，像还有话想说，却没有说出口。

　　袁明铄打开饭盒，一口一口地喂给妻子吃。王洛姝吃了几口，就不想吃了，示意丈夫把饭放到一边，吁了口气说："明铄，这些天让你受累了——啧啧，你头上的白发越来越多了！唉，你说我为啥偏偏得上这种怪病，人常说'孩子是父母的影子'，我爸得过胃病，我妈得过疯癫病，莫非我……"袁明铄摆摆手，说："快别胡思乱想了，这根本就扯不上边嘛！我看啊，你倒是继承了你爹娘的很多优良品质，如性格倔强直爽、敢于与命运抗争，等等。你妈不甘心人格被侮辱、身心被束缚，从未停止过抗争，即使双腿瘫痪，仍用双手撑着地面试图冲破禁锢她的那个小院，多不容易啊！还有你爹，对爱情忠贞如一，一辈子对你娘不离不弃，即使你娘走失多年，仍坚守在家等她回来，一般人是很难做到的！"袁明铄朝妻子努努嘴，又说："至于你，嘿嘿，就更不用说了，为了追求婚姻自由，一个不满十八岁的小丫头片子，竟然一个人扒火车跑到大西北来，在民办教师的岗位上一干就是几十年！"

袁明铄本想夸赞一下妻子，哄她开心，没想到反而又触痛了她的心。王洛姝将目光移开，两眼茫然地注视着窗外，又陷入了沉沉的思索。丈夫说得对，自己的确继承了爹娘的很多优良品质，身上有很多闪光点，但也有脆弱的、欠缺的一面，在追寻梦想的过程中，她感受过成功的喜悦，也经受过痛苦的折磨，更多的是忍受心理上的长期煎熬。王洛姝禁不住扪心自问：自己是不是太过执着了？为了追寻梦想，不顾一切地与厄运抗争，可到头来失去的远比得到的多！凡事都有个限度，太执着未必一定就好。若不是自己当年为了逃婚贸然离家出走，也许二哥不会去当上门女婿，娘也不会为了寻找儿女而走失……

眼前又浮现出一幕幕往事，王洛姝悲情难抑，又一次热泪盈眶。她一直为自己当年离家出走而心怀歉疚，她知道，同样心怀歉疚的还有她已过世的爹。爹心里一直藏着个秘密，以前从未对家里人提起过，直到临终前，才对她说起。爹心里的那个疙瘩，到老也没有解开，这么多年来，爹所经历的心理上的煎熬比她多得多。王洛姝始终没有把爹隐瞒了多年的那个秘密对丈夫说，她不是不想说，而是不知道该怎么对他说。她只希望娘现在还活得好好的，找到娘后，她会想尽一切办法把娘的疯癫病和瘫痪的双腿治好，让娘安度晚年。那样的话，一切的恩恩怨怨就会像过眼云烟一样随风而逝，以往的任何情感纠葛也将无须再提起……

（3）

　　王洛姝闷头沉思的时候，女儿王思芗已怀揣着她的梦想，踏上了替她寻梦的遥远征程。王思芗没有约同学一块去，她觉得这是自己的家事，不好让同学直接参与。时间紧迫，她必须赶在妈妈病危前把事情调查清楚，了却妈妈的一桩心愿，力争给她一个完美的交代。虽然替妈妈实现愿望的念头是那样强烈，王思芗仍担着份心，毕竟时代变换，时过境迁，有些当事人早已不在人世，很多往事被永远尘封，成为隐秘的历史。自己这次去，到底能找到多少健在的知情人？到底能挖掘到多少有价值的线索？一切的一切，都还是个未知数。

　　坐在飞速行驶的火车上，王思芗思绪万千，想到即将回到朝思暮想的故土，心里既兴奋激动，又有些忐忑不安。王思芗下意识地拿起手机，想打电话问下爸爸，尽可能多地了解一下老家的情况，但马上又打消了这个念头。可以断定的是，老家已没有自己很亲的人了，自打听说姥姥已遭遇不测那时起，她心里仅有的一线希望也变成了泡影。为了替母寻梦，王思芗信心满满地踏上征程，这时她心里却多了几分无奈、失落和伤感，随即又陷入了深深的内疚。相比妈妈来说，她受这么点打击又算得了什么？为了帮妈妈完成心愿，她必须学会应对各种困难和挑战，学会在茫茫迷雾中寻找光亮和希望。希望如闪烁不定的漫天星光，一个黯淡下去了，另一个又悄然闪亮。

　　妈妈的一生是极不平凡的一生。她生活、成长在动乱年代和一个不幸的家庭里，贫穷和饥饿一直伴随着她，即使后来生活发生了巨大变化，困扰在她内心的歉疚也从没有变淡，而是像阴霾一样挥之不去，一直压迫和折磨着她。有些错误和责任本不应该由妈妈来担负，她却主动担负了起来。善良的人往往比恶人要背负更多的沉重，难道这就是人们常说的高风亮节？或许，妈妈还有着不便明说的苦衷，自己并没有读懂她的内心。记得有人曾说过这样一句话：不经历沧桑，就没有资格妄谈人生！这句话像是针对妈妈说的。妈妈虽经历过无数艰难岁月，对亲人的那份爱、那份担当、那份责任，却从来没有淡忘过、放弃过。妈妈是个有良心、有孝心、有善心、有恒心的人，也是值得自己永远尊敬和学习的人。

王思芗思来想去，后来实在支撑不住，迷迷糊糊地睡了过去。一觉醒来，火车已到山东地界。再坐一小时左右的火车，然后转乘汽车，很快就能赶到老家。王思芗猛然感到一阵欣喜和激动，拿起手机，想给爸妈打个电话报个平安，刚要拨打，手机铃声却响了起来，一看，正是爸爸打来的。王思芗麻利地接起电话，激动地说："爸，我马上就要赶到老家了，您放心，我一切都好！"袁明铄"哦"了声："那就好，那就好，有件事我得再叮嘱你一下，你，你们回去后，说话做事一定要把握好分寸，别，别……"袁明铄似有难言之隐，吞吞吐吐欲言又止。王思芗一愣神，不解地问："爸，您咋了？有事您快说嘛！"袁明铄沉默片刻，叹了口气说："是这样的，我刚才找王大柱了解了一下情况，听王大柱说，他刚跟家里人通了电话，家里人说，你姥姥的后事已经处理完毕……""真——真的吗？他们为什么要这么急？为啥不等我回去？他们是不是以为我姥姥后继无人了？哼，也太不拿我们当回事了！"王思芗一听，忍不住要发火，转而一想，又坦然了，觉得老家人这样做也并无明显不妥。

袁明铄没有理会女儿的问话，继续叮嘱说："王大柱建议你们直接去找村支书李堂学，让他帮你们安顿一下！别看李支书人很年轻，但本事大着呢！他既是村支部书记，又是村办企业的董事长，最近村主任犯事被撸了，村主任的职位也临时由他兼着，只要找到了他，啥事都好办了！思芗你记住，不用你管的事不要瞎掺和！"王思芗明白爸爸的意思，连声说"好"。看来爸爸仍认为自己是和同学一块回去的，怕爸爸担心，王思芗没有挑明。见了村支书李堂学，也不知道怎么对他说！王思芗嘴中反复念叨着李堂学这个名字，突然眼睛一亮，心想，听妈妈说，新王庄村李姓人是外来户，当年只有五六户人家，都是一个老祖宗传下来的子孙，现在的村支部书记叫李堂学，莫非跟李玉祯也沾亲带故？若真是这样的话，事情就好办多了！王思芗兴奋不已，恨不得马上插上翅膀飞回老家去。

本想当天就能赶回老家，但等下了火车，天已擦黑，刚好错过县城发往新王庄的最后一班客车，王思芗只好到车站附近的一家旅馆住下，等第二天一早再走。王思芎简单吃了点饭，躺在床上休息，虽然感觉非常困乏，却迟迟不能入睡，妈妈给她讲述的一幕幕往事不时浮现在脑海中，周围像有无数只蚊虫在叮咬着她，让她感到一阵阵的酸痛。王思芎思来想去，辗转反侧，直到午夜才迷迷糊糊地睡去。第二天一觉醒来，已接近上午九点，王思芎顾不上吃早点，匆忙坐上去新王庄的长途客车。让王思芎大感意外的是，如今的故乡已发生天翻地覆的变化，妈妈所描述的尘土飞扬的土石路如今已变成宽阔的柏油马路，当年乡下人引以为豪的红砖瓦房也变成了一排排崭新的楼房……

据身边的乘客介绍说，如今的新王庄已成为县里少有的富裕村之一。村里成立了联合开发总公司，集经济作物种植和旅游开发为一体，尤其是小村与某集团公司联合开发的生态旅游园更是远近闻名。近些年来，小村经济迅猛发展，村民的腰包鼓了，生活条件有了巨大改善，过去人们连想都不敢想的景象现在都变成了现实！王思芎禁不住在心里犯起了嘀咕，如今小村已发生巨大变迁，怕是很难再寻找到过去的印迹，自己这次来，到底能获得多少新的发现呢？王思芎突然想起了爸爸对她说过的那句话：事情过去了就不要再提，人要往前看，好好珍惜手中拥有的幸福，比啥都强！王思芎脑中迅即又浮现出妈妈那焦渴的眼神，她觉得爸爸的话很有道理，但不一定实用。人不能忘记历史，更不能忘本，只有这样，才能深切领悟幸福的得来不易而倍加珍惜。如此说来，自己这次寻访肯定不枉此行，即使完不成妈妈的夙愿，只要妈妈听了故乡所发生的巨大变化，也会感到欣慰和高兴的！期盼故乡有好的发展，期盼故乡人都过上好日子，应是漂泊在外的每位游子共同拥有的梦想和心声！

王思芎下意识地昂了昂头，更加坚定了回乡探访的念头。客车径直开到了新王庄村生态旅游园，下了车，王思芎驻足观看，眼前的景象让她眼界大开，欣喜若狂：一条宽阔的石阶路直通大山深处，路两旁种满鲜花，鲜花娇嫩欲滴。生态旅游园里，现代气息与乡村原生态田园气息交相辉映，有木桥流水，也有喷泉飞瀑，有象征小村蒸蒸日上的现代雕塑，也有雕龙画凤的亭榭楼阁和古朴典雅的乡村农舍……王思芎正忘我地欣赏眼前的美景、贪婪地呼吸家乡新鲜的空气的时候，突然感觉背上被人轻轻地拍了一下。回头一看，只见一个三十左右、系着领带、穿一件洁白衬衫的非常帅气的高个小伙正笑呵呵地盯着她看。看小伙子穿着得体，像个"酒店迎宾"，王思芗禁不住好奇地打量了他几眼。

没等王思芗发问，小伙子抢先开了腔："您是王思芗吧？咋，就您一个人？"王思芗点点头："您，您是？"小伙子眼睛一亮说："我是李堂学，接到王大柱的电话后，一直在等您，今天有点儿忙，刚接待完几个上边来的考察团，好不容易抽出点儿空过来看看，偏巧碰上了您！呵呵，您可是咱们村的稀客啊！"说着，李堂学主动伸出手。王思芗若有所悟，出于礼貌，也赶紧伸出手。李堂学和王思芗握了下手，落落大方地说："我已经给您在咱们村的'农家乐招待所'安排好了住处，我先领您去歇歇脚，过会我招呼几个老本家陪您一块吃顿饭，算是给您接风洗尘！"王思芗腼腆一笑说："李书记，不，李大哥，谢谢您！"李堂学摆摆手："嗨，客气什么，一家人不说两家话！论起来，您姥姥李玉渍还是我的曾祖姑哩！"

李堂学一边领王思芗向招待所走，一边像给领导做汇报一样滔滔不绝地向她介绍新王庄最近几年的发展情况："俗话说'要致富，先修路'，我们村两委一班人，在创业之初就把修路当作第一要务来抓，不仅修通了奔向外界的宽阔大路，也修通了开明的思想之路……"王思芗心不在焉地听着，装作很感兴趣的样子连连点头，心里有很多疑问，却不好意思向他直说。李堂学见王思芗只顾点头，却不应声，恍然大悟似的说："对了，听说您是专门为您姥姥的事回来的？真是不巧，您回来得稍迟了一步，您表哥陈健港已经把事处理好了，他急着回城打工，当天就返回城里去了！"王思芗一惊，脱口问："陈健港，是我表哥？我，我咋没听我妈说起过他？"李堂学随口答："可，可能是您妈不愿说吧！陈健港是您舅王二瓜的孩子，您舅是上门女婿，所以您表哥随了外姓！唉，过去村里人穷，留下很多怨情孽债，厘都厘不清！"李堂学很快意识到自己这样说不合适，忙又解释说："不管怎么说，血缘关系是改不了的，就像'砸断骨头连着筋'一样。"

听了李堂学的话，王思芗心头一震，一把拉住他的手，激动地说："李大哥，不瞒您说，我这次来，正是想理理那些怨情孽债的！到时少不了要麻烦您！万一我要是求到您门上，您可不要推辞呦！"说完，马上触电似的缩回手去，把头埋在胸前，露出一脸不好意思的神情。李堂学没有在意王思芗的慌乱举止，笑着问："真的？王大柱说您是替您妈来寻梦的，起初我还不信，没想到……嗨，您理那些事儿做什么？"李堂学撇撇嘴，嘟囔，"厘清了又咋样，理不清又咋样？都是陈芝麻烂谷子的事，您翻腾那些东西有啥意思嘛！有那闲心，还不如干点儿正事哩！"王思芗尴尬一笑，目光注视着远处说："李大哥，您的意思我明白，我也曾有过这种念头。但是，转念一想，追查这事也并非毫无意义。俗话说，'大河无水小河干，'没有大的好的生存环境，个人空间就难保安宁；没有阳光普照、雨露滋润，草木就无法正常生长；没有社会的关怀博爱，个人幸福就无从谈起。"王思芗偷眼看看李堂学，又说："要避免像我姥姥那样的悲剧重演，我们须谨记历史教训。这样说来，我姥姥的事无论是对今人还是后人，都具有非常重要的启发和警示作用……"听王思芗说得颇有道理，李堂学一时找不到反驳的理由，点点头，又摇摇头，想说什么却没有说出口，只是长长地吁了口气。

李堂学领王思芗到招待所住下，推脱有事，急着离开了。王思芗整理好行李，刚要躺下来休息一下，却见李堂学急急地转了回来。李堂学关切地询问一番王思芗的吃住情况，话锋一转说："思芗妹妹，听说您在大学里学的是旅游管理专业？我们村非常需要您这样的人才，希望您毕业后回到家乡来，为家乡发展做一番贡献！"突然听李堂学这样说，王思芗窘着脸一时不知如何作答。李堂学没有理会王思芗的尴尬，笑着摆摆手说："这事不用急，您先考虑一下，过几天再给我回话！"说完，转身走开了。王思芗愣在那里，呆了很久，她没想到李堂学对她回乡的真实目的一点儿也不感兴趣，更没想到他会直截了当地提出那样的请求！

（4）

王思芗在招待所休息了一会，见离午饭时间还早，决定到村里转转。刚要踏出门去，一个70岁开外的老大爷迎面走了过来，差点和她撞个满怀。老大爷个儿不高，花白头发，头顶稍有点儿秃，长方脸，穿一身白色练功服，手里握着两个核桃，不停地来回搓着。老人步履轻盈，目光炯炯，一看就是个身康体健、精明干练之人。没等王思芗回过神来，老大爷抢先开了腔："闺女，你是李玉浈的外孙女吧？""是啊，大爷您是？"王思芗一顿，忍不住又好奇地打量了老大爷几眼。"我是李堂学的爷爷，我的大号叫李福丰，呵呵，论辈分，得喊你姥姥大姐，你呢，应该喊我大舅爷！孩子，你自己一个人来的？你爹娘呢？""大舅爷"盯着王思芗问。没想到这么快就见到了李堂学的爷爷——姥姥李玉浈的娘家亲人，王思芗激动万分，手忙脚乱地请李福丰到房中坐下，给他倒了杯热水，双手端了递到他面前，突然想起还没回答他的问话，忙说："您，您好，不，是大舅爷您好，见到您很高兴。我是李玉浈的外孙女，我叫王思芗，我妈叫王洛姝，不，她，她原来的名字叫王小辫！"

李福丰没有接王思芗递过去的茶杯，继续摆弄着手中的"文玩"核桃，感叹说："现在的年轻人啊，整天就知道忙着挣钱！有钱难买健康，有钱难买舒心，有钱难买情义，有钱难买老来乐，现在人钱是有了，人情味儿却淡了！不像我当队长那时候，日子虽然过得清苦，但一家人其乐融融，心里也没觉得空落落的，现在倒好，"李福丰停下，盯着王思芗，眼睛一亮问，"听堂学说你要回村里来工作？回来好，回来好啊！风筝飞得再高，也离不开那根线；风筝飞得再远，终究要落地。你能为家乡出把力，这很好嘛！只是，你爹娘，不，你爸妈他们同意吗？"王思芗一愣，尴尬一笑，吞吞吐吐地答："大，大舅爷，我，我这次回来，其实是想……"王思芗随后把情况简单一说。李福丰一听，撇撇嘴说："原来堂学他是剃头师傅的挑子——一头热哩！啧啧，我早就知道你不会轻易回村里来工作的。你别见怪，堂学就这脾气，干啥事都不着调，好不容易混上个研究生，他倒好，竟然放着城里好好的工作不干，跑到乡下来受洋罪！他折腾得倒是不错，大楼盖起来了，敬老院也建成了，只是不太在乎我们老年人内心的感受！"

李福丰摇摇头，又说："啧啧，这人啊，可不能忘本啊！对了，闺女，你刚才说啥来着？你是特意为你姥姥的事来的？瞧我这记性，竟把这茬给忘了！闺女啊，你姥姥，唉，她这一辈子过得实在是不容易啊！"李福丰把核桃放到一边，揉了揉红润的眼角，不停地摇头叹气。王思苈关切地看看李福丰，试探着问："大舅爷，您老说得对，人不能忘本，没有老辈人的辛苦，哪有小辈人的幸福啊！对了，您跟我姥姥一定很熟吧？您能告诉我'地瓜井'是咋回事吗？还有，我姥姥她当年到底是咋走失的？不瞒大舅爷您说，我妈得了肝癌，已到晚期，她心里一直坚信我姥姥还活着……"王思苈说着，眼中滚动起了泪花。李福丰猛地抬起头来看看王思苈，马上又低下头去，有气无力地摆摆手说："闺女你别太伤心，人活着得往前看，不能老被过去的事揪着尾巴……不过话又说回来，不知过去的苦，就体会不到现在的甜！闺女，我倒是知道很多内情，但现在的年轻人忙着挣钱和上网根本没空听，上了年纪的人忙着跳广场舞，也没闲心听，所以我也就懒得说了！"

听李福丰的意思，也不想唠叨那些"陈芝麻烂谷子"的往事，王思苈有些失望，自嘲一笑说："是啊，事情都过去这么多年了，是非曲直已经变得不那么重要了，的确没大必要再去计较！我，这是何苦呢！大老远跑来，图的啥嘛！唉，若没人愿意跟我透露当年的实情，我也只好收拾行李打道回府了！"说着，做出准备离开的样子。李福丰一看，"扑哧"一下乐了，白王思苈一眼说："你这闺女，咋跟堂学一个脾气啊！我也没说不帮你，你这是着的哪门子急嘛！你一口一个大舅爷的叫着，我不帮你谁帮你！孩子，你且少安毋躁，慢慢听我说，我的意思是，你刚回村里，应该先办重要的事，那就是先到你姥姥和姥爷坟头上祭拜一下，其他事过后再说！"说着，示意王思苈快走。王思苈犹豫不决，站着没动，见李福丰只顾走出门去，才慌了神，追上去问："大舅爷，我需要带点东西吗？我来得匆忙，还没顾上准备，您看这事咋办？"说着，从口袋中掏出 200 元钱，故意朝他亮了亮。李福丰连看都没看一眼。看李福丰说话走路的样子，明显有些"古怪"，像个超然物外、随性而为的"老顽童"。

正当王思苈不知如何是好的时候，李福丰突然转回身来，摆摆手说："不用了，听说你要来，你大舅奶早替你准备好了，我这就带你回去拿！呵呵，我啊，和你姥姥也算是没出五服的本家，一家人不说两家话，快走吧，要是让堂学看到我这么磨叨，会烦的！"王思苈连声说"好"，紧跟上去，想搀扶李福丰一把，他却执意不肯。王思苈乐了，笑着问："堂学哥为啥那么烦呀？"李福丰停下，撇撇嘴，从鼻子中发出"嗤"的一声冷笑，说："为啥，还不是因为多喝了几天墨水呗！他说死人必须给活人让路，为了扩建旅游景区，他非要把东山前面的祖坟全部迁走，为这事，我差点和他闹翻并断绝关系！"李福丰爽朗一笑，不无得意地又说："后来我软硬兼施，总算把这小子给治服了，好歹保住了那片坟地，但我看他心里仍疙疙瘩瘩的，一直记挂着这事，到现在还跟我扭着劲儿，就像我欠他啥似的！哼，他呀，整天就知道瞎折腾，三十多的人连个媳妇都没找上，当个小支书就不知道自己姓啥了？连祖坟也敢挖，真是大逆不道！"

听李福丰说话的语气，似乎对孙子李堂学的做法极为不满。也许这就是所谓的"代沟"。新观念、新思潮的兴起和普及，必然会遭到旧观念、旧思想的束缚和抵触。就目前来说，王思苈比较赞同李堂学的观点和做法，但她不想惹李福丰生气，索性保持沉默，不说是，也不说不是。李福丰唠叨了一会，自感无趣，不再往下说。王思苈一边跟着李福丰往前走，一边好奇地左右观望。从生态旅游园出来，便踏上一条整洁的绿荫小路，能清晰地听到溪水缓缓流淌的声音和鸟儿婉转的叫声，也能看到背着旅行包的游客悠闲地走来走去。小路两边整齐地摆放了很多花坛，花坛中的鲜花争相开放，散发着沁人心脾的清香，踏入其间，顿觉心旷神怡，每个毛孔都透着舒畅。

走过一段绿荫长廊，驻足远望，一排排别墅小楼倏然映入眼帘。别墅群被绿树环抱掩映，猛一看，像隐藏于深山之中的世外桃源。李福丰说，他和大家伙就在前面那片别墅里面住。王思苈惊讶不已，没想到乡亲们住得这么阔气，看样子，他们的生活水平早已超越了"小康"。回家路上，曾听别人介绍新王庄最近几年发生的惊人变化，看了现场，仍大大出乎王思苈的意料，她简直不敢相信自己的眼睛，新王庄的变化实在是太大了！已经看不到土石路和土坯房的影子，遥看整个小村，其繁华程度并不逊色于县城，而且比县城少了些喧嚣和奢华，多了些恬美和闲适！这才是生活、休闲、度假的绝佳胜地！王思苈看着，看着，禁不住脱口而出："怪不得堂学哥宁愿放弃大都市的工作，执意要回来创业，原来这地方果真是一处风水宝地哩！"你说啥？啥风水宝地？"李福丰一愣神，停下脚步，疑惑地看看王思芎问。王思芎诡秘一笑："没啥，我是说，咱们村变化很大，环境比大城市还要好哩！"李福丰一听来了兴致，得意地滔滔不绝地又念叨起来。

第七章
冰山一角

（1）

　　李福丰说，别看新王庄现在看像个风水宝地，在过去却是个连鸟儿都不愿拉屎的地方。新王庄居民的来历颇为不凡，话说很多年前，有一王姓大户人家，家庭非常殷实富足，后来突发变故，父母相继染病，不治身亡，只剩下哥俩相依为命。开始哥俩相处得还算融洽，后来随着嫂嫂进门，为了争夺家产，哥俩之间渐渐产生了隔阂。弟弟年幼时，家业暂由哥哥把持，后来随着弟弟年龄渐长，羽翼渐丰，哥嫂担心弟弟跟其争夺家产，开始对他处处提防。终于有一天，哥嫂抓住了弟弟的把柄，以弟弟经常与一走街卖唱的女子眉来眼去为由，对他大发雷霆，骂他不忠不孝，有违父母遗愿；说弟弟早被父母"指腹为婚"，女方是很有名望的大户人家，弟弟不该不守规矩，败坏门风，与卖唱女私下来往。哥嫂认为弟弟犯下如此大错，没有脸面再在家里待下去，应该自觉地"净身出户"。

　　古诗有云"本是同根生，相煎何太急"，弟弟只是怜悯卖唱女，和她并无深层交情，哥哥却为了独霸家产，置兄弟情义于不顾，对他横挑鼻子竖挑眼。弟弟早就看透哥嫂的心思，对他们故意找茬的做法极为不满，索性假戏真做，跟卖唱女私订了终身，跑到这个偏远的山村来安了家，经过世代繁衍，其家族越来越大。可能有人会说，父母之命难违，弟弟既然已有婚约，不管出于什么原因，都不该见异思迁，另觅佳偶，这样说来，哥哥责罚弟弟，无可厚非。实则不然。自打王家双亲亡故后，家道虽日渐衰败，但"瘦死的骆驼比马大"，家中财产仍不可小觑，哥嫂早有觊觎之意，且预谋已久。弟弟所谓的"亲家"看他心慈面软，很难与刁顽难缠的哥嫂分庭抗礼，怕闺女过门后受人欺负，早有了悔婚之意。常言说"口说无凭"，口头上约定的事，过后约定双方能不能承认和兑现，全凭一颗良心。"指腹为婚"只是双方父母口头许诺，如今一方父母已然不在人世，即便女方私下另寻佳婿，男方也毫无话说。总之，所谓"败坏门风"之说，只不过是哥哥的借口罢了。虽为借口，却让弟弟承受了不少世俗压力，遭受了不少白眼。为了避免跟哥哥家人扯上关系，弟弟不再按原家族辈分给儿孙起名。自此后，他们这一族人的名字起得都很自由，有以节气为名的，也有以庄稼为名的，如王中秋、王立夏、王红豆、王瓜秧、王青苗，等等。

李福丰像说书唱戏词一样，拿腔拿调地说完新王庄和王姓人的来历，抬头望望远处，意味深长地吁了口气，又说："至于我们李姓人，来得要比王姓人晚，说来话长……"王思芗忍不住插话问："也跟唱戏的人有关吧？大舅爷，这事我好像听我妈说起过。我现在最关心的是我姥姥的情况，您能跟我说一说吗？"李福丰愣了一下，看看王思芗，禁不住自嘲一笑："啧啧，倒也是，都是陈芝麻烂谷子的事了，谁有闲心听那些玩意儿啊！啥？你想听你姥姥那时候的事？啧啧，不太好说呵，你姥姥比我年长几岁，她被反绑着游街时，我曾傻乎乎地跟在游行队伍后面看过热闹。听说她是因为偷粮食被抓的……当然，我只是听说，并没有亲眼看见……"王思芗撇撇嘴说："估计当时跟着游行的人没几个了解实情的，他们是'秃子跟着月亮走'，瞎起哄罢了！"李福丰点点头："当时你姥姥人挺惨的，披散着头皮，头戴着大高帽，两手被反绑在身后，低着头，弯着腰，那样子别提有多难受了，听说当时她还怀有三个多月的身孕哩……"李福丰眼圈有些红润，不再往下说，半低着头，不住地长吁短叹。

王思芗鼻子一酸，眼泪在眼窝里打转，她强忍着没有让泪水流下来，哽咽着问："大舅爷，您还记得当时是哪一年吗？"大舅爷不假思索地答："是六十年前后！我记得当时正闹饥荒，大家把粮食看得比金子还贵重，田里的庄稼濒临绝产，麦子长得还不如筷子高，好多连穗也没结！即便是这样的麦子，大家也瞪大眼睛盯着，恨不得立马扒拉到嘴里。"王思芗掰着指头算了算，眉头一紧说："这样算来，我姥姥当时怀的正是我妈哩！

真难为她了，当时那些人心咋那么狠啊，咋能对一个孕妇痛下毒手呢！"李福丰摆摆手："马急胡炮蹶子，人急乱挣命儿，那时的人早都饿红了眼，哪顾上管这些啊！当时大队上的人好像并不晓得你姥姥已经怀孕，就算知道了也不会在乎，幸亏你姥姥命大，硬是挺了过来！"

联想到姥姥当年痛苦不堪的样子，王思艿再也忍不住，眼泪像断了线的珍珠扑簌簌往下掉，怕大舅爷看见，赶紧侧开身子用手去擦。李福丰没有察觉王思艿脸上的异样，一边闷头往前走一边唏嘘感叹："人若不是饿急了，谁会拉下脸皮去偷啊！面子既不能当钱花，也不能当饭吃，为了活命，不要也罢。'不吃嗟来之食'只有傻蛋才会那样做！"王思艿没有听清李福丰嘟囔的话，以为他还在念叨游街的事，不无懊恼地问："当年押她游街的人都还健在吧？难道他们一点儿愧意也没有吗？"李福丰一惊，嗔怪地白王思艿一眼说："闺女，我不知道你这样问是啥意思，莫非你想来个'秋后算账'，替你姥姥报仇不成？"王思艿遭个抢白，嘴角扭动了两下，想说什么却没说出口。

李福丰叹了口气，说："唉，兔死狗来烹，墙倒众人推，当年的事谁能说得清啊，我只知道当时村里人都非常痛恨你姥姥，说她是破坏生产、糟蹋粮食的大坏蛋，至于她怎么偷的粮食，又怎么糟蹋的粮食，我不是很清楚，也没听别人详细说过。我们老李家的人似乎都不愿提及这事，听说为了你姥姥的事，老太爷曾硬着头皮帮你姥姥到公社求过情，但没有管用！""大舅爷，您说的老太爷是不是咱们村的革命老前辈李金多啊？他老人家还健在吗？"怕大舅爷多心，同时也为了缓和气氛，王思艿特意用非常温和的语气笑着问。李福丰点点头，又摇摇头："是他，已经到天堂享福去了！"王思艿很失望，刚要继续问大舅爷还有没有其他健在的知情人，突然发现已走到别墅小楼前，忍不住好奇地左右察看起来。李福丰打量了王思艿几眼，"扑哧"一乐："闺女，看你的样子，像刘姥姥初次进大观园似的，真有那么稀奇吗？城里的房子应该比这还要好吧？"王思艿尴尬一笑："城里高楼多，但别墅少见。"李福丰"哦"了声："村里人住的全是这样的小楼，你要是回村里来工作，保准也能分上一套！看到了吧？前面那栋小楼就是咱们家！快走，说不定你大舅奶早等不及了！"

走进住宅小区，路上来往行人渐多，很多人主动和李福丰打招呼，好像都没有留意到王思荩这个陌生面孔的出现。李福丰说，在别墅区居住的不仅有村民，还有村办企业外聘的人才，外聘人才跟村民享受同样的待遇。村里有专门的养老院和老年娱乐活动场所，他不习惯那里的生活，不愿去。他喜欢独来独往，经常一个人围着村子转来转去。

李福丰住的是栋两层小楼，独门小院，院中摆满各种名贵花草，楼内装饰豪华，配套设施一应俱全，跟城里有钱人住的别墅没啥大的区别。走进一楼客厅，只见一个穿着红色绸缎衣衫、微胖、油光粉面的大妈笑着迎了上来，一边招呼王思荩坐一边忙不迭地给她端茶倒水，自我介绍说："你是王小辫的闺女吧？啧啧，都长这么大了！论起来你还得喊我大舅奶哩！孩子，今天刚回来的吧？回来了，就多待几天！"李福丰白了老婆一眼，不耐烦地摆摆手说："刘桂花，别一说话就像村长做报告，唠叨起来没完没了，我让你准备的东西呢？都备齐了吗？"刘桂花脸一红，朝丈夫小声嘟囔了一句："在孩子跟前说话注意点好不好？别忘了，我可是在县城上过学堂的人，要不是成分不好，咋会跟你？"刘桂花紧接着抬高嗓门，装作若无其事的样子大声说："你放心吧，我早备齐了，你要的东西都在前阳台上搁着呢！"

大舅奶刘桂花转头看看王思荩，尴尬一笑，说："你大舅爷的脾气太熊，总爱直呼我的大名，动不动就对我吆五喝六，以为自己还是生产队长似的！我呀，大人有大量，不跟他一般见识，也没闲工夫跟他扯淡！"刘桂花抬头看看墙上的电子钟，恍然大悟似的说："闺女，实在不好意思，我得赶紧去跟我那几个老姐妹排练节目，有空咱们再细聊！"说完，急着出门去了。李福丰没有理会老伴说的话，老伴刚离开，便迫不及待地打起电话来："喂，是堂学吗？你抓紧给我派辆车来，我想出去转转，什么？司机都很忙？再忙也不差这一霎嘛，你要是不给我派车，我立马去找你爸、找你妈！"说完，不由分说挂了电话，并嘟囔道，"哼，熊孩子，别拿隔夜豆包不当干粮，别以为我上了年纪，说话就没了分量，你要是不听话，有你好看……"王思荩笑着问李福丰要车干什么，李福丰答："你姥姥的坟地在东山脚下，有点儿远，咱们坐车去！"王思荩说："别麻烦堂学哥派车了，你跟我说一下地方，我自己去吧！"李福丰摆摆手："有车干吗不坐？有福干吗不享？车是村里的，凭啥只让他们当官的坐？"王思芗一听忍不住想笑，没想到李福丰的脾气这么倔。

（2）

村支书的话就是好使，他刚发下话，司机就把车飞一般开了过来。李福丰忙招呼王思芗去拿上坟用的东西。东西全装在一只白中带黄的椭圆形器物里面。李福丰说，这就是筅子，现在村里已经找不出第二只，他精心保存的这只已有数十年的历史。王思芗忍不住好奇地端详了它几眼，心想，怪不得大舅爷执意坐车去上坟，原来是怕这"老古董"惹人注目哩！王思芗提着筅子往外走。司机快步迎上来，看了王思芗手中的筅子，脸上掠过一丝惊诧的神色，倏然又消失了。司机不声不响地将筅子接过去，麻利地打开车后备厢，小心地把筅子放好，然后搀扶李福丰进车里坐下。司机看样子只有二十出头，不太爱说话，只顾闷头开车。没一会儿，就到了李福丰所说的那片坟地边上。停好车，小伙子拿出抹布闷头擦拭起车来。王思芗好奇地打量了他几眼，感觉他有点儿怪怪的，像是不情愿跑这趟差似的。李福丰朝王思芗使了个眼色，小声说："给领导开车的人大都喜欢睁只眼，闭只眼，这里面的缘由，我不说，想必你也知道。"王思芗点点头，冲司机友好地笑了笑，一手提了筅子，一手搀扶着大舅爷，径直向姥姥坟头方向走去。

坟地离村里的生态旅游园不远，明显刚做过休整，边上新栽了很多松柏，坟头大小不一，杂乱无序，显得十分阴森和荒凉，与周围生机勃勃、绿意盎然的景象和现代文明气息形成鲜明的对比。看了眼前的景象，王思芗终于明白了村支书李堂学为什么执意要将它迁走的原因！坟地中间，有一处新坟，特别显眼，坟头摆放的花圈仍然完好。李福丰说，那座新坟是村里特意为王拥财和李玉滇两口子合建的。王思芗一时愣在那里，脑中突然变得一片空白。她本想替爸妈到姥姥和姥爷坟前大哭一场，现在她却精神恍惚，没了眼泪，她感觉眼前的一切都是那样的陌生，对姥姥和姥爷的印象也是那样的模糊不清！王思芎对姥姥及其妈妈其他娘家人的印象几乎全是通过别人的描述来获知的，正因如此，她大脑里的神经才像突然短路了一样，让她伤感流泪的理由竟然来自正在患病住院的妈妈。想到正在与病魔抗争并忍受着心灵折磨的妈妈，她终于勉强挤下了几滴眼泪。王思芎就这样傻呆呆地在李福丰不断的叮嘱下机械地做着各种祭奠动作。

　　祭奠完毕，王思芎精神仍有些恍惚，直到走近轿车旁，才稍稍清醒了些。她搞不清为什么会突然出现这样的精神状态，像失了虔诚和礼节一样，一种深深的歉疚感悄然涌上心头。李福丰没有察觉王思芎脸上的异样，说要再陪她到处看看，招呼司机先把筵子送回去，然后领着她向发现李玉涢遗骨的土崖方向走去。听说要去土崖，王思芎心头一震，焦急地问："现场一定还保存完好吧？警察来没发现什么异常情况吗？这事是不是处理得太草率了？"李福丰一愣，反问："你的意思是？"随即回过神来，摇摇头说："现场已经不复存在了，从发现到处理完，用了近一个月的时间，工期不等人啊！"李福丰安慰王思芎说："你放心，警察仔细勘察过了，并没有发现异常情况！因时间过去太久，能证明你姥姥真实死因的痕迹和线索恐怕早已被历史的尘埃掩埋。因此，关于你姥姥的死因，警察也很难做出准确的判断，说按目前了解的情况来分析，你姥姥极有可能因窒息而死！"李福丰说完，无奈地摇摇头，示意王思芎继续向前走。王思芎略做沉思，又问："大舅爷，您觉得窒息而亡的说法可信吗？的确，地瓜井里面很可能积满了腐烂地瓜释放的一氧化碳毒气，但是，我姥姥身有残疾，行动不便，她怎么会……"王思芎脸色一紧，"难道她是被人绑架进去的？"李福丰摆摆手："这事我也说不清，等到了土崖那边，看了现场，也许你自己会悟出点什么。"王思芎一听没了话，跟着他闷头向土崖方向走去。

　　土崖在小村正南，生态旅游园的西边，未等走近，老远便听到一阵阵轰隆隆的机器声响，原来土崖已被铲平，正在兴建集观光、美食、土特产品和民间手工艺品交易为一体的步行街。建成后的步行街将是新王庄的又一大景观，它西连村外交通要道，东连生态旅游景区。施工现场一片繁忙景象。因无法走近观看，两人只好坐在远处高高的石阶上，俯瞰施工现场，在脑中极力勾勒土崖旧时的影像。李福丰说，土崖在他童年记忆中留有很深的印象。原来的新王庄没有现在这样平整，一条山洪冲出的深沟将小村和土崖隔开，沟上有一座小石桥，与东西向横亘土崖下的土石路相连，是村里通向外界的主要干道。村里人的耕地全在土崖的南边，向田里运肥，收获庄稼，都必须爬土崖边上的那条又陡又险且崎岖不平的"羊肠小道"。娃娃们经常念叨这样一句古诗：欲穷千里目，更上一层楼。在我们这里，这句诗完全可以这样来说：想看新王庄全貌，请到土崖顶上瞄一瞄。站在土崖顶上，能清晰地看到自家的天井，对着村里喊上一嗓子，全村人都能听到。村里的大喇叭就竖在土崖顶上，喇叭里不时传来大队干部嘶哑的吆喝声：社员同志们请注意，社员同志们请注意……

李福丰说，世界上生命力最强的是人，人没有受不了的罪，也没有吃不了的苦。那时往田里运肥料或收获庄稼，主要靠队上的牲口来驮运，但在农忙时节，牲口根本不够用，这时，队上的壮劳力便充当起了"牲口"。每年农忙时节，队上都会组织一支精干的独轮木推车运输队，李福丰和王思芗的姥爷王拥财，都曾是运输队的成员。推着载重好几百斤甚至上千斤重的独轮车，来回搬运粪土和庄稼，最难行进的是那段土崖上的路。下坡时还好说，只需控制好刹车和方向就行。但上坡就不那么容易了，必须有人在前面使劲儿拉，推车人在后面拼尽全力推。推车上陡坡，必须一鼓作气，中途容不得歇息，否则极有可能造成人仰马翻、半途而废的狼狈局面。为了尽可能将力气用足，推车的人在车把两头拴一条结实的带子，肩上系一条双叶形的披肩，带子中间套在披肩上面，推车人两手揽住带子握好车把，双腿蹬住地面，身子稍往前倾，借助肩头和手臂的力量将车子向前一点点地推动。即使是年轻力壮的小伙子，推着装满粪的独轮车爬上土崖，也会累得大气直喘，热汗直冒。

李福丰说话不着边际，老在没完没了地絮叨当年人们推着独轮车搬运东西的事。一会说推车须把握要领；一会说装车也很有学问，下坡时东西尽量靠后放，上坡时尽量往前放；一会又说人活着就像上坡下坡，得憋住气儿，使足劲儿……说来说去，并没有透露什么有价值的信息。王思芗忍不住提醒他说："大舅爷，您能跟我说说土崖下的地瓜井是咋回事吗？地瓜井是不是跟地瓜窖一样？它为什么要建在土崖下面？"李福丰没有正面回答王思芗的问话，兀自嘟囔说："有人说，你姥姥是为了偷吃地瓜才跑进地瓜井里面去的，这话不太靠谱，你姥姥走失那会儿，地瓜井已基本废弃不用。那时我已当上队长，最后一批地瓜是我领着大伙运进去的，第二年开春的时候，也是我领着大伙把洞口起开，将储存在里面的地瓜取出来的，我当时并没发现异常啊……"

李福丰皱着眉头想了想，突然使劲儿拍下大腿说："看来一定是后来下的那场百年不遇的大暴雨惹的祸！啧啧，那场雨实在是太大了，整整下了一天一夜，淋塌了好多间房子，地瓜井好像也是在那时候坍塌的，如果你姥姥偏巧躲了进去，那就麻烦了！"李福丰摇摇头，又说："只是我有些奇怪，她怎么会躲进地瓜井里面去呢？经过多年的雨水冲刷，当时通往地瓜井的路已破败不堪，形成了一个小陡坡。陡坡上杂草丛生，经雨水一泡，非常湿滑，你姥姥一个人很难爬进去，除非她是在下雨前爬进去的！可是，她为啥非要爬进那里面去呢？里面黑咕隆咚的，又没啥好玩的！"李福丰抬头望望远处，长长地吁了口气，脑海中随即浮现出当年他们最后一次往地瓜井中运送地瓜的热闹场景，禁不住又跟王思芗唠叨起来……

（3）

新王庄共有四个生产队，李福丰和王思芗的姥爷王拥财同在第四生产队。以前，生产队长和队会计全由王姓人担任，直到 1978 年，李福丰才被推选为四队的队长。包产到户之前的几年里，村里仍然很穷，仍然采用集体种植方式，粮食产量仍然很低，大家的生活仍很贫困。为了带领大家过上好日子，李福丰没少动脑筋、想办法。常言道"吃不穷，穿不穷，算计不到就受穷"，种庄稼需要动脑子，提前做好谋划，"临时抱佛脚"很难奏效。想种好庄稼，首先要选好种子。作为主粮、高产粮和活命粮，种子地瓜的选取至关重要。地瓜井正是用来储存种子地瓜的。对老百姓来说，地瓜井像银行，它储存的不是种子地瓜，而是可以用来创造财富的资本和来年的希望。

秋末正是储存地瓜供来年培育秧苗的关键时期。要想把种子地瓜保存好，必须给它建一个安稳、舒适的窝，这个窝就是地瓜井。四队原有的地瓜井建在土崖下，正是后来发现李玉滇遗骸的那个。虽然大家都叫它地瓜井，但它看起来并不像"井"，更像在崖下平挖出来的巨大"窑洞"。"洞"口向里，是一条宽敞而平坦的通道，两边对称分布着十多个分洞，这些分洞便是用来存放地瓜的地方。分洞外窄内宽，像个撑开的布口袋，人推着独轮车可直达洞的尽头。因疏于管理，洞中每年都会遗留一些烂地瓜，有的甚至已腐烂成泥水，与洞中的泥土混为一体，散发出一股浓浓的霉臭味儿。"大锅饭"时代，人们普遍缺乏积极性和责任心，出现这样的情况不足为怪。李福丰不想走以前队长走过的老路，决定开挖新的地瓜井。计划未等实施，却被人以"劳民伤财"为由，直接告到了公社领导那里。建地瓜井算不上什么大事，被人这么一夸大、一宣扬，不是大事也变成大事了。公社领导既想支持李福丰"创新"，又担心他"捅娄子"惹麻烦，最后想了个折中的办法：将原有地瓜井适当进行扩充和改造。李福丰只好打消了另建地瓜井的念头，带人将原地瓜井进行了修整。等收拾妥当，才放心地带人去田里刨挖、挑选、搬运种子地瓜。

刨挖地瓜前，需要先拔去"地瓜蔓"，这活儿一般由妇女们来干。地瓜成熟后，其裸露在外面的叶茎也就是地瓜蔓，开始失水泛黄，变得十分干韧，须用手握紧蔓的根部，顺势一拧一拽，才能将其拔除。大家沿地头一字排开，一边拔一边像滚雪球一样将地瓜蔓卷成一堆。地瓜蔓被拔起后，黄土立即裸露出来，长长的地瓜垄上，很多鲜亮可人的地瓜迫不及待地露出头来。有人经不住新鲜地瓜的诱惑，忍不住抓起一个，顺手朝衣服上一抹邪一擦，放到嘴里就啃。李福丰也睁只眼，闭只眼。收获庄稼的时候，往往也是队长心情、脾气最好的时候。

地瓜蔓被拔除后，男人们沿着地瓜垄，熟练地抡起锄头，开始刨地瓜。刨地瓜需眼疾手快，看准地瓜生长的方向和位置，使劲儿一刨，顺手一拽，地瓜就会从土中翻滚出来。虽然男人们刨地瓜都很用心，但仍有失手将地瓜刨破的时候。地瓜被刨破时，发出"咔嚓咔嚓"的声响，只要听到这种声响，大家就会一起向刨地瓜的男人撇嘴：啧啧，又给地瓜破身了！立时引起一阵哄笑。俗话说"男女搭配，干活儿不累"，男人女人在一起，一边干活一边插科打诨，干得格外来劲儿，还感觉不到累。男人们拿着锄头在前面刨，妇女们则拖着筐子，蹲着身子，紧跟在后面拣，地瓜上带的泥土，随手抹掉。新王庄人种的地瓜，主要分为两个品种，有黄皮黄瓤的，也有红皮红瓤的，有的像梭子，有的像圆球……形状各异，不一而足。千人千脾气，万人万模样，地瓜也是这样。有的地瓜质地硬，纤维多，产量高，香甜味厚，适合切成片晒干储存，俗称"地瓜干"。有些地瓜皮薄，水分多，吃起来较为绵软，一般用于煮着吃。挑种子地瓜如同挑媳妇，媳妇好，将来生的娃才好。人们一般选取外皮完好、个头适中、模样好看的红皮红瓤地瓜作为"种子地瓜"。妇女们把选好的"种子地瓜"送到独轮车上，剩下的临时堆在地里。

刨完、拣好地瓜后，接下来需要男人们用独轮车把地瓜运送到地瓜井中进行储存。每辆独轮车上都绑有两只长篓。为了避免地瓜因车子颠簸而磕碰掉外皮，大家在装地瓜前一般先在篓子里面垫上草甸或麻袋。等装满地瓜，便可启程。独轮车一辆紧跟一辆，排成长串，伴随着吱呦吱呦的声响，像游龙一样在田间小路上穿行，蔚为壮观。男人们个个脸上洋溢着开心、自豪的笑容，推车的劲头儿十足，如同推着能生娃的"媳妇"一样。就这样陆续将地瓜送进土崖下的地瓜井中，码好，最后将洞口用土封死。地瓜在阴冷、缺氧环境下能储存很长一段时间。储存过的地瓜糖分含量高，吃起来更加香甜。当然，"种子地瓜"是用来培育秧苗的，除非有富余，一般不会分给队员们食用。到第二年春暖花开的时候，队员们即可小心地将地瓜井洞口打开，取出地瓜，挑选那些完好的作为育苗的种子。大家习惯称这种"种子地瓜"为"地瓜母子"。选一块靠近水源、阳光照射充足的田地，将"地瓜母子"整齐地摆好，上面盖上一层沙土，撑上塑料薄膜，始终让里面保持适宜的湿度和温度，娇嫩可人的秧苗很快就会露出头来……

静静地听李福丰絮叨了一大堆，王思芗满脑子都是地瓜和地瓜井的影子，心中不免产生了一个大大的疑问："我姥姥有没有可能因误吃了早年地瓜井中遗落的烂地瓜而中毒身亡？"李福丰一愣神，皱着眉头略做沉思，摇摇头说："不会吧？你姥姥虽然疯癫，但肯定能品出地瓜的好坏来。就算她误吃了烂地瓜，也没什么要紧，顶多闹闹肚子，根本不至于丧命！"李福丰十分肯定地说："烂地瓜和那些育过苗、被抽干养分的地瓜母子一样，非常难吃，你姥姥肯定能尝出来，就算她误吃了烂地瓜，估计也不会吃太多，所以你说的这种情况发生的可能性不大。""那，那我姥姥到底是咋死的啊？难道真是被塌方的土活埋的吗？"王思苈下意识地转头看看远处，陷入了沉沉的思索。

王思苈正闷头想象姥姥偶然间闯入地瓜井而遇险的情形，被李福丰轻轻地拽了下衣角。李福丰不无激动地说："我突然想起一件事，你姥姥得了疯癫病后，我曾见她抢别人的馒头吃，这事件足以证明你姥姥虽然疯癫、举止怪异，但并不傻，对食物的好坏分辨得非常清楚，绝对不会去生吃烂地瓜的！"随后描述起了当年他看到的情景。那时候，跟其他村里人一样，李福丰也习惯喊王思苈的姥姥李玉渍为"贼婆娘"。三年自然灾害后的几年里，国家对农村经济进行了调整，乡亲们不仅重新拥有了自留地，还可以搞一点"副业"，到村里卖针头线脑、说书唱戏、玩杂耍、挑着担子上门剃头、抢剪子磨菜刀、现场爆米花以及带着炭炉风箱打铁修理农具的小贩逐渐多了起来。那时贼婆娘虽患有疯癫病，但腿脚还好使，特别喜欢热闹，一看到小贩来到村里，就会好奇地追着看，嘴中嘀嘀咕咕地念叨着什么。贼婆娘尤其喜欢看爆爆米花，随着"砰"的一声巨响，被充分加热后的玉米、大米等随着高温气浪瞬间喷出、爆裂，变成一朵朵绽放的花朵飞进专用的袋子中。这时贼婆娘就会高兴得手舞足蹈，嘴中发出"砰砰"的喊叫声。起初小贩们见了她，都会躲着她，后来就不怎么在乎她了。

李福丰突然来了兴致，盯着王思苈问："你知道那些做小买卖的人怎么叫喊吗？"不等王思苈答话，李福丰扯开嗓子拖着长腔学起来，"卖针头线脑的这样喊：拿头发来——换针——使；抢剪子磨菜刀的这样喊：抢剪子咦——磨——菜刀；玩杂耍的开场白：会看的看门道，不会看的看热闹，有钱的捧个钱场，没钱的捧个人场……"这天，村里来了个推着独轮车叫卖白面馒头的大婶，她喊叫的声音又尖又细又高，比大喇叭的声音传得还要远："卖——馒头哩，雪白雪白的——热馒头哩！"叫卖声立即把贼婆娘吸引了过来。那时候的人们习惯了吃窝头和地瓜干煎饼，白面馒头像饺子一样，是稀罕物，一年也难得吃上几回。像贼婆娘家那样的贫困家庭，这样的事更是连想都不敢想。看大家围着卖馒头的大婶讨价还价，贼婆娘也跃跃欲试，试探着走到跟前，马上像受了惊吓一样跑开了。看样子贼婆娘也知道那馒头不是白拿的，需要拿钱买或用粮食来换。她手里根本没钱买馒头，家里也没有多余的粮食用来换馒头。即便这样，贼婆娘仍一直跟在大婶屁股后面，不肯离开，脸上流露着焦渴、无奈的神色。

卖馒头的大婶只顾忙着招呼客人，并没有留意到贼婆娘正眼巴巴地盯着她和她手里的馒头。馒头刚出锅不久，仍冒着热气，白白的、胖胖的、大大的。贼婆娘远远地看着那些白面馒头，馋得直流口水，终于忍不住，冲上去抓起一个，抱在怀里就跑。卖馒头的大婶赶忙去追，一边追一边喊："好啊，你这个贼婆子，光天化日下竟然偷我的馒头，你给俺站住，快把馒头给俺放下，否则俺打断你的狗腿……"对大婶来说，贼婆娘抢的不是馒头，而是她的钱票和脸面，因此追得格外急、格外快。眼看大婶就要追上贼婆娘，情急之下，贼婆娘做出了一个惊人的动作，一手拿起馒头，一手拧着鼻子，"扑哧"一下，将一摊脏兮兮的鼻涕喷到了馒头上。大婶一看，立时呆在那里，随即捂着嘴巴做出要呕吐的样子。大婶狠狠地瞪了贼婆娘一眼，转身又卖她的馒头去了。见卖馒头的大婶悻悻而去，贼婆娘露出一脸得意的神情，故意朝着大婶的背影挤眉弄眼。接着，胡乱揭掉已被弄脏的馒头外皮，使劲儿咬了一大口。贼婆娘缩紧脖子，将吃到嘴里的馒头使劲儿咽下肚，然后美美地咂下嘴巴，刚要咬第二口，突然触电似的停下，瞪着惊恐的眼睛左右看看，"嗖"一下将馒头揣入怀里，紧紧抱着向家中飞奔而去。

贼婆娘抢人馒头的一幕正好被李福丰看个正着，从那时候起，李福丰就坚持认为，贼婆娘李玉涢并没有其他人说的那样疯、那样傻，她不仅知道急中生智保护到手的馒头，还知道把馒头省下来给孩子吃……听李福丰说到这里，王思苓点点头问："既然我姥姥并不像其他人说的那样疯、那样傻，甚至还有点小聪明，那她是怎么误入地瓜井，又是怎么被活活困死在里面的呢？大舅爷，您好好想想，您当年还觉察到什么不对劲的情况没有？"李福丰皱着眉头想了想，刚要答话，突然听到手机铃响，一看，是孙子李堂学打来的。

（4）

李堂学问李福丰有没有和王思芗在一起，说已在村里的农家乐饭店安排好了饭，给王思芗"接风洗尘"。李福丰心里高兴，但嘴上还是不饶人："你小子总算办了点正事！"说着，下意识地看看手表，发现已快到晌午，赶忙招呼王思芗去吃饭。饭店离得不远，两人很快赶了过去。李堂学和几位陌生的男女早在那等候多时了。见王思芗过来，李堂学赶紧起身，指着几个人一一向她介绍："俗话说'美不美故乡水，亲不亲故乡人'，无论是在这土生土长的，还是在这留过倩影、淌过汗水的，都是咱们的亲人，下面我给您介绍几位长兄：这位是生态旅游园的总经理老张，这位是娱乐项目总监王哥，这位是餐饮服务总监小于……"接着，李堂学把王思芗的情况向大家简单做了介绍，一边招呼大家吃喝，一边滔滔不绝地说起自己的设想来："要想把戏唱好，必须先把舞台搭好，咱们村的旅游项目还须进一步开发：第一步，加大基础建设力度，把商业一条街建起来；第二步，加大对外宣传力度，把名人请进来……"

王思芗尴尬地坐在那里，一边吃一边硬着头皮听李堂学"卖弄"。李堂学的话很有见地，但没有一句是她感兴趣的。话听得不顺耳，心里就犯堵，饭也就吃得不那么顺口了。李福丰对孙子的话也有点儿厌烦，闷头扒了几口饭，拽起王思芗就走。李堂学赶紧把话打住，站起身尴尬一笑问："爷爷，您，您这么快就吃饱了？您这是要领小王去哪里呀？"李福丰转回身，瞥了孙子一眼，说："吃饱了，也听饱了，这屋里有点儿闷，我们出去透透气儿，你们继续'唱戏'吧！"说完，向王思芗使了个眼色。王思芗迟疑了一下，跟随李福丰慢慢地走出雅间，刚踏出房门，便听到李堂学叹了口气，嘟囔了一句："这老爷子，脾气越来越古怪了，总爱念叨那些陈芝麻烂谷子的事，有啥意思嘛，真让人搞不懂！"

李福丰没有理会孙子的埋怨声，只顾闷头向外走。王思芗紧跟几步，笑着问："大舅爷，咱们现在要去哪儿？还去土崖那边吗？""算了，不去了，看了那七零八落的场面，总感觉空落落的，像心里也被挖去了一角一样！我有点儿累了，想回家歇息一下，闺女，你要是不觉得累，可以一个人先去转转。"李福丰顿顿，眼睛猛然一亮说，"对了，关于你姥姥的事，我了解的情况不多，我给你推荐个人，你可以找她碰碰运气。这人是你姥姥的堂姐，大号叫'李玉茬'，她跟你姥姥是从小玩到大、无话不拉的好姐妹，两人曾一起上过'识字班'，还偷偷参加过'妇救会'，经常在一起挖野菜、拦地瓜、纺线、纳鞋底，她知道的情况肯定比我多！"王思芗一听，心头一震。"大舅爷，您说的这个人是不是曾抚养过我妈妈？"王思芗感觉李福丰说的那人有点耳熟，仔细一想，突然记起妈妈小时候曾被寄养在一位远房亲戚家里，那位远房亲戚好像正是姥姥李玉浈的堂姐。李福丰一愣："你妈妈？""应该是我妈妈、我大姨妈和我舅舅他们姊妹三人，那时候我妈还没有改名，仍叫王小辫。"王思芗补充道。

李福丰闷头想了想，恍然大悟似的说："看来你了解的情况还真不少哩！你说的那个人是李玉茬的亲姐姐，叫李玉斓，她跟你姥姥关系处得也很近。李玉斓这人好啊，不仅人长得端庄，心地也很善良，嫁到大山里头，日子过得还算安稳，后来得了场大病，不满六十就走了。唉，好人咋都这么命短呢！有句话怎么说来着，对，叫'天妒红颜'！"王思芗一时没有明白李福丰的意思，在她的印象中，李玉斓只是个老实厚道的农家妇女，根本没有李福丰描述的那么"漂亮"，"红颜"一说更无从谈起。用"天妒红颜"一词来形容姥姥李玉浈倒很贴切。难道李福丰是"醉翁之意不在酒"，在向她暗示什么？李福丰似乎也觉得有点不对劲儿，尴尬一笑说："嘿嘿，也许我是王八看绿豆——看她特别顺眼，不管别人怎么看，反正我总觉得俺们老李家的闺女，没一个差的……"随即摆摆手转移开话题，说："这样吧，我给你说下你姨姥姥李玉茬家的位置，你自己去找她吧！跑了大半天，我是脚累嘴也累，连话都说不顺溜了！"王思芗心领神会，连声说"好"。

送李福丰回家后，王思芗顾不上歇息，转身向李玉茬家走去。论辈分，王思芗应该喊李玉荭"姨姥姥"。王思芗一边走一边寻思见了姨姥姥该怎么说，转眼就到了李玉荭家。跟李福丰家一样，李玉荭住的也是两层别墅小楼，一样的豪华气派。为避免走错门，王思芗又特意向过路人打听了一番，确定无误后，才试着敲响院门。敲了很久，门才开，一位花白头发、方脸、背有点儿驼的老大爷推门走出来，手搭凉棚望望天空，懵懵懂懂地问："刚才是门响呢？还是打雷了呢？"突然发现门前站了位姑娘，若有所悟地问，"姑娘，刚才是你在敲门吗？你，你找谁啊？""大爷，您好，我是王拥财的外孙女，想来拜访一下李玉荭姨姥姥，她——现在在家吗？"王思芗满脸堆笑地问。老大爷打量了王思芗几眼，皱着眉头问："哪个王拥财，王拥财是哪个？"见老大爷有些糊涂，王思芗赶忙解释说："王拥财是我姥爷，我姥姥叫李玉浈，以前大家都喊她贼婆娘！"老大爷一听，像老鼠见了猫——突然受了惊吓一样，惊讶地张大嘴巴，"僵"在那里。

王思芗试着上前用手搀扶老大爷，关切地问："大爷，您咋了？"老大爷回过神来，本能地向后缩了缩身子，又上下打量了王思芗几眼，结结巴巴地问："你，你是李——玉浈——的——外孙女？你，你——找我老伴——有——啥事？""听说她跟我姥姥是从小玩到大的好姐妹，我想跟她打听点事儿……"王思芗把情况简单一说。老大爷眉头皱得更紧了，不耐烦地摆下手说："她不在家！我劝你以后还是别来找她了，都是陈芝麻烂谷子的事情，有啥好说的嘛！放着好日子不过，没事找事，纯粹是吃饱了撑的！"说完，就要关门。王思芗急了，抢前一步，苦笑着说："是这样的，我妈她患了重病，现在正躺在医院的病床上，我是来替她了却心愿的……"老大爷仍不为所动，瞥了王思芗一眼，没好气地说："你，你不能听风就是雨！实话跟你说吧，当年你姥姥遇上那档子事，纯粹是她自找的，怪不得别人，要怪就怪你姥爷，是他主动告的密，你找我们干吗？我们又不欠她什么！你快回去吧，我们不想再提这事！"说完，不由分说，"砰"一下将门关死了。王思芗一看，哭笑不得。

王思芗悻悻地回到招待所，站在窗前，两眼呆呆地望着窗外，心里翻腾不止：看样子那位老大爷一定是姨姥姥李玉荭的丈夫，他为什么对姥姥那么反感？他为什么再三强调姥姥的事与他无关？只有心虚的人才会极力为自己开脱，莫非他与姥姥真有什么瓜葛不成？王思芗越想越觉得不可思议，决定去找李福丰问个明白。听说王思芗吃了"闭门羹"，李福丰猛地拍下大腿说："事情都过去这么多年了，没想到这倔老头儿心里还是没有放下这事哩！唉，这人啊，千万别做对不起人的事，否则一辈子心里都会不安的。"王思芗心头一沉，听大舅爷的意思，莫非李玉茬的丈夫真和姥姥李玉浈有过摩擦？王思芗眼巴巴地望着李福丰，希望他快把话说清楚。李福丰不屑地撇撇嘴，说："你这位姨姥爷大号叫王二塄，这人和他大哥王大塄一样，是当时新王庄出了名的'愣头青'，就是他们哥俩把你姥姥绑起来押送到大队部的，也是他们押着你姥姥到处游街的！他心里有鬼，自然不愿意看你上门翻旧账，算了，这条路怕是走不通了，你再想别的办法吧！"王思芗一听，既吃惊又失望。

王思芗感觉特别烦躁，心里像窝了一股无名之火，无处发泄。离开李福丰家，悻悻地又转回招待所，回味了一下回乡以来耳闻目睹的情景，感觉眼前仍是迷雾重重。姥姥被困死在地瓜井中已是不争的事实，但土崖和地瓜井已被铲平，一点痕迹也找不到了。新事物的诞生总伴随着旧事物的消亡，而消亡的未必全是腐朽的没用的东西。本想等找到姨姥姥李玉茬后，就能了解到更多的详情，很多谜团就会迎刃而解，没想到"拔出萝卜带出泥"，半路上又杀出了个王二塄。一听"王二塄"这名字就知道他"不是省油的灯"。正所谓"不是冤家不聚头"，王二塄曾和李玉浈有过瓜葛，而李玉茬偏偏又是李玉浈的好姐妹。有王二塄从中作梗，想撬开李玉茬的嘴巴绝非易事。接着又想到了大舅爷李福丰。李福丰很热心，也特别喜欢念叨过去的事情，但他似乎对姥姥李玉浈的情况了解不多。他们生活的那个年代，受"男女授受不亲"的观念影响，同龄男女之间像隔了一道无形的墙，虽经常见面，但不一定彼此了解。这样说来，最熟悉最了解姥姥的人应该是经常和她在一起的姐妹，也就是李玉茬。看来，要想了解更多的情况，还得从李玉茬那里入手，而要接近李玉茬，必须先绕开王二塄这个绊脚石。然而，李玉茬和王二塄毕竟是两口子，俗话说"一搤不如四指近"，李玉茬能把一碗水端平吗？王思芗思虑再三，决定给爸爸打个电话，把了解到的情况对他说一说，让爸爸替她拿个主意。这样想着，王思芗麻利地拨通了爸爸的电话。

　　袁明铄耐心地听完女儿的讲述，似乎对王二愣说的那句关于王拥财"告密"的话特别感兴趣，又反复询问了多遍，最后长长地叹了口气说："这事我已经听你妈说过了，根据你妈了解到的情况，王二愣说的倒是实情，当年的确是你姥爷大意，主动暴露了你姥姥的行踪，让王二愣等人抓住了把柄！""这到底是咋回事?"王思芗心头一震，脱口问到。袁明铄陷入了短暂的沉默，像是在酝酿和调整说话的情绪和分寸，迟疑了一会儿，才说："这种事只会令'亲者痛，仇者快'，自己心里明白就行了，千万不要到处宣扬！我原本不想对你提这事的，既然你一心想听，对你说说也无妨……"袁明铄断断续续地叙说起来。原来早在李玉滇被游街之前，便已发生过很多鲜为人知的故事。

（1）

关于李玉浈偷粮、被人押着游街的起因，王洛姝开始并不知情，后来听了爹在临终前向她吐露的秘密，才终于摸清了那段往事的前因后果。古话说"人之将死，其言也善"，爹的临终话语是从心底里发出来的，是极其悲壮、直逼人心的，不由得她不信，也不由得她不为之动容。事情得从王洛姝第二次回乡时说起，自打上次回家看望爹后，王洛姝没有一天不在惦念他。王洛姝感觉自己的心裂成了两瓣，一半连着山东老家，一半连着大西北。然而，因她当时担任初三毕业班的班主任，工作太忙，加上路途遥远，再次回乡看望爹的愿望一直未能实现。直到爹病危，她才终于踏上回老家的征程。王洛姝第二次回乡的时间是二十世纪90年代初，新王庄所在的公社已改称镇，王拥财就住在镇医院里。王拥财先到县医院检查，得知病情恶化，医治无望，才转回到镇医院调养。镇医院虽然医疗条件有限，但环境还算整洁。

王洛姝匆忙赶到镇医院，见到躺在病床上的爹，眼泪不觉夺眶而下。见女儿到来，王拥财很高兴，极力想坐起身子。王洛姝和护士赶紧上前搀扶。王拥财试了试，没挪动，只是看着女儿笑，但笑得很勉强、很无力。王洛姝抹把眼泪，强装笑脸，亲昵地拉着爹的手关切地问："爹，您好点了吧？您身体不舒服，咋不提前告诉我一声啊？在这里住得还习惯吗？需不需要转到大医院去住？"不等爹答话，就要起身去找医生商量转院的事。王拥财有气无力地摆摆手，拦下女儿，断断续续地说："不，不用了，已经没那——必要了！俺得了这种病，是上天对俺的报应……只可惜，俺到现在也没见到你娘的——人影，她呀，可能已在天上等着俺了！"王洛姝一愣，劝爹说："爹，瞎说啥呢，千万别想太多，俗话说'吉人自有天相'，您一定会好起来的！"听了女儿的劝说，王拥财不再言语。

王洛姝让爹好好休息，然后去找主治大夫，想了解一下他的具体病情，问医生还有没有医治好的希望。医生不答话，只是摇头。医生越是沉默，越引人遐想，令人生畏。王洛姝从医生的脸色上已经读到了一种不祥的征兆，泪眼婆娑地感叹说："我爹苦了一辈子，没想到年老了竟然还要遭受这种罪，我记得爹身体一直很好，咋会突然得这种病呢！"医生无奈地摇摇头，示意王洛姝在他跟前的凳子上坐下，不无责怪地说："您是他亲女儿吧？说句您可能不太愿听的话，您现在埋怨谁也没用，世上啥药都能买到，唯独'后悔药'买不到！老人健健康康，是儿女们最大的福气，不要怪老人不给你们福气，要怪就怪你们做儿女的没有照顾好老人！"王洛姝只觉脸上一阵燥热，低下了头。此时的她心里像刀扎一样难受，深深的愧疚感像肆虐的蚊虫一样在她身体里游走，疯狂地叮咬着她、撕扯着她。她强打起精神，猛地抬起头，盯着医生问："我，我爹他……我是说，我爹的病是咋得的，是不是可以提前预防？"医生反问："你爹他是不是一个人生活？""是啊！"王洛姝下意识地点下头。

在王洛姝焦灼的目光注视下，医生若有所思地翻看了一下病历，突然将病历往办公桌上一掼，恍然大悟似地说："那就对了，难怪他生活没有节律！听送他来的老乡说，老人喜欢吃村里的死猫病狗，谁家要是有扔掉的病死家畜，他都会捡去吃。啧啧，这跟吃毒药有啥两样？这不是拿自己的生命和健康当儿戏吗？唉，人呀，别等有些东西失去了才知道珍惜，你，你为啥不早点提醒他？""我，我……"王洛姝吃了一惊，终于明白了爹得病的原因，眼泪扑簌簌往下流。

王洛姝为没有照顾好爹而深感痛心，她万万没有想到，爹竟然因为饮食习惯不好而得病，如果她一直守在爹身边的话，是绝对不会发生这种事的！难道爹因为嘴馋，为了改善生活才去找肉吃的？可是，爹也不至于吃那些病死家畜肉啊？这些年来，她没少给爹汇钱，爹手里应该不缺钱花，他为啥不到镇上的肉铺里买新鲜肉吃呢？王洛姝思来想去，觉得只有一种可能：爹穷惯了、饿怕了，有了钱也不舍得花。王洛姝恨不得马上质问爹几句：有钱不花，您这是何苦呢！命都保不住了，留下钱有啥用？转念一想，事态已经发展到今天这地步，追究这些过错已经毫无意义，只会让爹更加难受。王洛姝现在能做的就是在爹弥留的这段日子里，好好地陪陪他。

夜深了，王洛姝守在病床前，听着爹因疼痛而发出的"哎呀"声，心里像刀绞一样难受。她后悔当时没有带爹一块走，留下爹孤苦伶仃过了这么多年。以前爹一向挺随和的，后来脾气变得越来越犟，非要留在家里等娘回来。人生最大的痛苦莫过于面对亲人的猝然离别，也许是因为娘的失踪对爹精神上造成了巨大打击，所以才使他的脾气变得如此怪异和倔强。想到娘到现在也没有个确切的下落，王洛姝鼻子一酸，眼泪又扑簌簌地流了下来。怕把爹惊醒，被他看到，王洛姝赶紧背过身去，用力抹了下眼角的泪水。她耳边猛然回荡起一种声音：必须要坚强，那样爹看了才会感到欣慰。姐去了，哥走了，娘也不见了踪影，现在只剩下她守在爹身边，只有她才能尽力给爹一丝精神上的安慰。

王拥财精神有些恍惚，不愿多说话，也无暇揣摩女儿的心思，经常看着天花板发呆。王洛姝知道爹有很多话想说，只是一时难以启齿。病痛在折磨人的同时，也会使人变得越来越清醒，让人更加直观地审视自己、反省自己。王拥财正奔波于这一心理旅程中。王洛姝不想打断爹，更不想触及他那根敏感的神经，总是装出若无其事、泰然自若的样子。这天中午，王洛姝去医院食堂打好饭，刚要转回病房，突然见护士急匆匆地跑了过来，一把拽住她的手，焦急地说："快走，你爹有话想对你说！"王洛姝心头一震、身子一软，手里的饭盒差点掉在地上。王洛姝心里很清楚，爹这时急于说话，说明他已经完成了精神上的洗礼，卸掉了心灵上的包袱，也意味着他很快就要扣响另外一个世界的大门了。

王洛姝三步并作两步跑进病房，见爹气色好了很多，背靠床头坐着，正笑呵呵地跟医生闲聊。王洛姝强作镇定，轻轻地走上前，关切地说："爹，看您精神好多了，我喂点儿饭给您吃吧！"医生摆摆手："先别着急吃饭！您爹说，他有些话憋在心里很久了，想对您说一说！"医生说完，向王洛姝使了个眼色，招呼护士一起离开了。王洛姝心头一震，傻呆呆地目送医生和护士离开，才猛然回过神来。王洛姝把病房门轻轻带上，坐下来，迅速调整了一下自己的情绪，故意逗趣说："爹，您有话想跟我说吗？嘿嘿，说吧，话憋久了会发霉的，只有倒出来心里才会畅快些。"王拥财点点头："俺今天感觉好多了，得赶紧把憋在心里的话说出来，要不然，以后就没机会了！""爹，天塌下来有地接着呢，没啥好怕的！您现在啥也别想，吃好睡好就行了。好啦，您先吃口饭吧，咱爷俩有的是时间拉呱儿。"说着，麻利地打开饭盒。

王洛姝想通过吃饭转移一下爹的注意力，不想爹匆匆吃了几口饭，就再也不吃了，只好由他说。王拥财试着向上挺了挺身子，慢慢地吁了口气，说："你不用跟俺打岔，也不用拐着弯儿劝俺，俺心里比谁都清楚，俺还是对你说说吧，孩子，你知道俺为什么坚持守在家里等你娘回来吗？""为啥？"王洛姝随口问。王拥财说："俺心里有愧啊，当年若不是俺说走了嘴，你娘说啥也不会被人抓去游街！这个秘密藏在俺心里很久了，一直不愿对别人说，就连你娘也不知情！"说着，抬起右手，用力拍了下自己的嘴巴。王拥财的举动把王洛姝吓了一大跳。没等王洛姝回过神来，王拥财摸摸自己的嘴巴，先笑了。

王拥财若无其事地朝女儿摆摆手，感叹说："老太爷李金多曾提醒俺'上什么山砍什么柴，见什么人说什么话''害人之心不可有，防人之心不可无'，俺，俺竟然把他的话当成了耳旁风！"王洛姝吃惊地望着爹，吞吞吐吐地问："爹，您，您……您的意思是那事不怪王二愣他们？"王拥财点点头，又摇了摇头。王洛姝很快领会了爹的意思，劝他说："爹，想开点儿。这世上不光有鲜花和绿草，也有牛粪和臭狗屎，咱们没必要刻意躲避脏东西，完全可以将牛粪晒干当柴烧，把狗屎当肥料用。"王拥财被女儿的话逗乐了，脸上洋溢起开心的笑容，但很快他的笑容就僵住了。王拥财叹了口气，说："有些话说起来轻松，想做好并不容易，情理上先输了三分，底气就没那么足了！"说着，将目光移向窗外，兀自喃喃自语起来……

（2）

"小辫啊，你娘她——她要不是被逼无奈，气愤难平，决不会做出偷鸡摸狗的事来的……"王拥财不无惋惜、不无怨愤地道出了李玉涓"偷粮"的真正缘由：她偷拿队上的麦子纯粹是为了孩子不被饿死。二十世纪50年代末，大家轰轰烈烈地闹了一阵子，生活水平非但没有提高，反而闹起了大饥荒。这一年的初夏，地里的麦子还未成熟，正是青黄不接、一年当中最难熬的时候。李玉涓正怀着小女儿王小辫，儿子王二瓜只有四五岁。四五岁的小子，因营养不良而瘦得只剩皮包骨头，像个还没来得及绽放就要凋零的花骨朵一样。那时候，不仅小孩子吃不饱，大人也整天挨饿。可以说，一家人都张着嘴，眼巴巴地等饭吃。然而，跟其他大多数人家一样，王拥财家里仅有的两麻袋地瓜干早在年前就吃完了，年后的几个月都是靠别人接济或挖野菜、摘榆树叶和槐花来充饥，即便是这些东西，近来也很难搞到手。在"一粟难求"的严峻情况下，很多人动起了歪脑筋，目光不约而同地集中到了队里的麦地上。怕队员偷麦子，队上安排了多名"护坡员" 24 小时轮流在麦地周围看护，但"百密难免一疏"，麦子还是经常被人偷。

这天晚上，早早躺下休息的王二瓜又被饿醒，带着乞求、带着渴盼、带着无奈、带着绝望，眼巴巴地看着爹娘，连哭喊的力气都没有了。李玉涓点亮油灯，又一次被儿子绝望的眼神给深深地触痛了，她把儿子紧紧地搂在怀里，心疼得直掉眼泪。王拥财坐在一边，低着头只顾唉声叹气。李玉涓用胳膊肘碰下丈夫，说："孩他爹，你再去队长家借点粮食吧，再这么撑下去，怕是……咱们大人还好说，就怕孩子熬不住，你总不能眼睁睁地看着二瓜也像他大哥那样去吧？他可是你们老王家的根啊，你难道就不心疼吗？"王拥财撇撇嘴，欲哭无泪："俺能有啥办法？现在年景不好，估计队长家也没存下多少粮食，他们家人口多，都张着嘴等食吃哩！俺，俺咋好意思去借嘛！"李玉涓冷冷地看了丈夫一眼，嘬起嘴说："你先前要是听了俺的话，咱们早外出要饭去了，决不会沦落到现在这种地步！你呀，真是'死要面子活受罪'，说什么外出要饭会给村里丢脸，啊呸，难道守在家里饿死就不怕丢脸了吗？哼，儿子要饿出个三长两短，俺跟你没完！你拉不下脸皮去借，俺去！"李玉浈气呼呼地摔门而去，没一会又悻悻地回来了，回来便坐在炕沿上，鼓着腮帮，咬着嘴唇闷头不语。

王拥财一看，马上明白了七八分，劝妻子说："俺说不行吧，你非要去，这回碰钉子了吧？这年头，大家的日子都不好过，就像姊妹俩出嫁——各人忙个人的事，自己都顾不过来，哪有闲心管别人啊！唉，咱们还是不要给人家添麻烦了！"李玉浈瞪了丈夫一眼："你要是能在队里当个小角色，儿子能饿肚子吗？""我，我……"王拥财遭个抢白。李玉浈看着丈夫无奈地摇摇头，叹了口气说："大家都说，三年饥荒饿不着队长和会计，起初俺一点儿也不信，可今晚上总算让俺开了眼！刚才俺去队长王播富和会计王得井家借粮食，正巧赶上他们两家人在吃饭。见俺去，啧啧，别提他们有多慌张了，明摆着是在提防俺。虽然他们都把做好的饭食藏了起来，但还是没逃过俺的眼睛，俺闻下味儿就知道队长家吃的是馒头和炒菜，会计家吃的是烙饼和咸鱼！"王拥财苦笑着摆摆手："他们吃什么碍我们什么事？还是先管好咱们自己的嘴巴要紧！"李玉浈白了丈夫一眼："你傻呀？这时候他们两家人还能吃上面食，你觉得正常吗？俺记得队上有好多年没有分麦子了，为什么队长和会计家至今仍有面食吃？这个事得好好说道说道，要不然，俺实在咽不下这口气！"

听了妻子描述的情形，王拥财也感到愤愤不平，但他不希望妻子惹事，极力劝阻她："人家是队长、是会计，粮食交多少、分多少，还不是他们直接说了算啊！他们就算把队上的粮食全搬到自己家里，你又能拿他们咋样？俗话说'胳膊扭不过大腿'，没凭没据的事可不能乱说，队上那么多人，没一个敢言语的，你这是逞的哪门子能嘛！"李玉浈霍地站起身，不屑地瞥了丈夫一眼说："咋？嫌俺逞能，你说说，俺哪里逞能了？俺只是说句公道话，看把你给急的！咋了，难道真的像老话说的那样'只许州官放火，不许百姓点灯'吗？难道老百姓连句公道话也不敢说了吗？俺偏不信这个邪儿，同样是干活儿挣工分，凭啥队长和会计家粮食吃不完，而咱们却要饿肚子等死？"李玉浈越说越气，随手拽了个包袱，掖在裤腰里，一边往外走一边愤然道，"哼，俺现在总算看明白了，'撑死胆大的，饿死胆小的'这话说得一点儿都没错，他们能偷，俺为啥不能偷？俺这就偷给他们看！""娘，娘，俺饿！"王二瓜眼睛一亮，伸长脖颈，气若游丝地说。李玉涢看看儿子，脸上挤出一丝惨淡的笑，转身头也不回地大踏步向外走去。

王拥财慌了神，追上去抱住妻子，硬是把她拖了回来。李玉涢急得直跺脚："你，你干吗要拦我？"王拥财吞吞吐吐地答："我，我怕你犯错误，咱——咱们人穷但志不短，就算饿死也不能做那种见不得人的事！"李玉涢瞪了丈夫一眼："你，你真是个榆木疙瘩，现在都到啥时候了，还这么死心眼！命都快没了，留下面子有啥用？"两人你说一句，我顶一句，互不相让，吵了很久。王二瓜看看娘，又看看爹；看看爹，又看看娘，像引发争端的"罪魁祸首"一样，在爹娘高一声低一声的争吵声中吓得缩成一团，抖成一团。李玉涢吵累了，不再搭理丈夫，和衣躺在床上，搂着孩子休息。王拥财怕妻子惹事，闷头坐在炕沿前盯着她，不敢睡，后来实在支撑不住，迷迷糊糊睡了过去。

也不知过了多长时间，隐约听到一阵轻微的响动，王拥财以为妻子在抱着孩子撒尿，没理会。又过了一段时间，王拥财猛然打了个激灵，睁眼一看，天已开始微微泛亮，妻子早不知去向。王拥财顾不上多想，撒腿便往外跑。刚踏出家门，迎面碰上了一个人，差点和他撞个满怀。一看，原来是大队民兵连长王大垴的弟弟王二垴。见王拥财慌里慌张地往外跑，王二垴不解地问："拥财，看你像火烧屁股似的，这是要去哪儿？""去寻你嫂子！"王拥财随口答。王二垴问："嫂子干吗去了？""到田里去了！"王拥财应了声，顾不上理会王二垴，急匆匆地向田里跑去。王二垴摇摇头，嘟囔道："这么早，上田里去干吗？难道……"王二垴若有所思地皱起眉头，身不由己地紧随在王拥财后面，也急急地向田里跑去。

王拥财在田里寻了很久，不知不觉东方露出了鱼肚白，田野上空升腾起一团朦胧的潮湿的雾气，显得特别沉闷，让人透不过气来。没有风，营养不良、参差不齐的麦子仍在沉睡，给这个不平常的清晨又增添了几分惨淡和萧疏。终于，王拥财听到了一阵窸窸窣窣的声响，走近定睛一看，正是妻子！只见李玉涢蹲在麦地里，两手拽着麦穗使劲儿搓，搓下的麦粒像一颗颗金豆豆，飞落在摊开的包袱上。王拥财身子不自觉地抖了一下，冲上去一把将妻子拽住，压低声音急促地说："好啊，没想到你——真敢来偷麦子，你，你，嗨……"李玉涢被唬了一大跳，一下瘫软在地上，等看清来人是丈夫，才长吁一口气，手忙脚乱地用包袱包好搓好的麦粒，使劲儿掖进裤腰里面。

正在这时，两人眼前突然闪过一道亮光，紧接着从背后传来一声尖利的喊叫："站住！好啊，这回终于让俺抓到现行了！"两人吓了一跳，回头一看，立时傻了眼，只见民兵连长王大塄领了几个"护坡员"正冷冷地盯着他们看。王拥财一眼瞅见王大塄身后还站了个熟悉的身影——王二塄！看到王二塄，王拥财马上明白了七八分，赶忙赔着笑脸上前打招呼："二塄、大塄兄弟，你，你们都来了，俺，俺……"王大塄瞪了王拥财一眼，故意用装有五节一号干电池的大手电来回照了照，没好气地说："谁是你兄弟？少跟俺'摇尾巴'套近乎！快说，这麦穗是怎么回事？是不是你媳妇偷的？哼，俺看没必要跟你们多费口舌了，走，跟俺到大队部走一趟！"说着，招呼几个"护坡员"上前就要动手。李玉涢急了眼，冲到前面，一手挡住丈夫，一手护住包袱，大声说："一人做事一人当，这事跟他没关系，要抓就抓俺！"王大塄从鼻子里发出"嗤"的一声冷笑："好啊，没想到你这臭娘们嘴还挺硬哩！既然你自找不痛快，神仙也救不了你，咱们'骑驴看唱本——走着瞧'，看你还嘴硬不嘴硬！"王大塄使劲儿挥下手，招呼"护坡员"一拥而上，甩开绳子捆绑李玉涢。

李玉涢拼尽全力推开"护坡员"，挺了挺胸脯说："俺可以跟你们去，但必须先把理说清楚，俺只是怕孩子被饿死，偷拿了几颗麦穗，你们凭啥抓俺？俺们家里一年到头都揭不开锅，为啥队长和会计家的粮食却吃不完？你们只知道拿俺这个平头老百姓出气，这不是'挑柿子专拣软的捏'吗？你们一群大男人欺负我一个弱女子，算啥本事？"王大塄被激怒了，跳过去对着李玉涢的裤裆踢了一脚，跺着脚儿叫骂："臭娘们，看来你是屎坑里的石头——又臭又硬哩！偷了粮食，竟然还敢狡辩，俺让你狡辩，俺让你嘴硬！哼，你以为俺们民兵是白吃干饭的吗？俺王大塄才不怕你哩!"王拥财慌了神,赶紧上前劝王大塄开恩,一个劲儿地道歉认错。王大塄不为所动,执意要押送李玉浈去大队部。

正当王拥财焦急万分、不知所措时,李玉浈突然"哇"的大叫一声,奋力挣脱开"护坡员"的拦阻,拽着包袱,撒腿就跑。王大塄赶紧招呼人去追。李玉浈死死抱紧包袱,拼命往前跑,跑着跑着,突然脚下一绊,整个身子瞬间失去了控制,重重地摔倒在地,包袱从腰间"嗖"的一下飞了出去,正好掉进路边的一条臭水沟中。王大塄带人蜂拥而上,将李玉浈死死摁住。王拥财一看急得直跺脚,眼巴巴地看着王大塄等人押着李玉浈去了大队部。接下来发生的事情比王拥财预想的还要糟。大队书记了解情况后,勃然大怒,又给李玉浈加了一条罪名,说她不仅偷粮食,还糟蹋粮食,实为"罪大恶极",应该当作破坏生产的坏典型进行批判。就这样,李玉浈被押着游街示众,成了人见人骂的"贼婆娘"。

王拥财过后一想,不禁倒吸一口凉气,这才想起王二塄和王大塄以前都曾想占李玉浈的便宜,尤其是王二塄,曾在半夜里去撬李玉浈卧房的窗户,被李玉浈捣了一棍子,差点把他的眼睛捣瞎。因为这事,王二塄和王大塄一直怀恨在心,所以见李玉浈偷队上的麦穗,才紧盯住不放!这正应了那句古话"欲加其罪,何患无辞",李玉浈偷麦穗情有可原,情节轻微,没必要小题大做,他们却硬要"拉大旗作虎皮""唯恐天下不乱"。王拥财叫苦不迭,后悔没有及时看清王二塄和王大塄哥俩的真实面目和险恶用心,后悔不小心说走了嘴,让王大塄等人抓住了把柄。如果他不是太软弱,而是据理力争、勇于担责、替李玉浈挡一把的话,事情也许还有回旋的余地。然而,有些东西一旦失去便无法挽回,后悔是没用的。

(3)

听爸爸转述完这段往事,王思芗义愤填膺,忿忿不平地说:"王大塄等人真是太可恶了,怎么能对一个手无寸铁的孕妇痛下狠手呢?难道他们就不怕遭报应吗?"袁明铄叹了口气说:"孩子,这是一笔糊涂账,说不清也道不明,何况又过去了这么多年!记住:要想活得自在,就别自找不痛快，人不能总活在过去的阴影里，得往前看。为这事我劝过你妈多次，可她就是不听！"袁明铄语重心长地叮嘱女儿说："你，可不能像你妈那样固执，如果打听不到什么有用的消息，就赶紧回来！"王思芗说："爸，话不能这么说，我姥姥当年遭了那么多的罪，受了那么大的屈，咋能说算就算了呢！我认为，当年那些人加在她头上的罪名都是不成立的，何况她当时还怀有身孕，押她游街是毫无人性的野蛮行为，王大塄他们应该为此担责！"王思芗依据自己了解到的情况，一个劲儿地替姥姥李玉祯鸣冤叫屈。

袁明铄被女儿的话一激，也禁不住为岳母鸣不平："那次你姥姥的确受了很大的委屈，被折腾得死去活来，游完街被抬回家时，只剩下一口气了。外村一位老中医看你姥姥可怜，偷偷帮她抓了几副药，经过一番精心的调理，她的命总算保住了，但从此落下了疯癫病的根儿。村里人都说你姥姥命硬，要是换了别人，早和孩子一起被折腾死了！"王思芗问："爸，您说的那个老中医还健在吗？"袁明铄反问："你，你想干吗？我咋知道他健不健在？"王思芗说："爸，你想过没有，我姥姥被押送到大队部后，是否又遭受过殴打，至今没有个明确的说法，我，我想……""你到底想干什么？记住，千万不要节外生枝，把不相干的人也牵涉进来。"王思芗说："爸，我的意思是说，王大塄和王二塄是整个事件的见证人，但他们心里有鬼，是不会向我们透露半点儿消息的，如果能找到那位老中医，通过回忆当时我姥姥身上的伤情，肯定能发现一些蛛丝马迹！"袁明铄说："孩子，这事你搞清了又能咋样？你难道还能给你姥姥讨回公道、挽回损失吗？"王思芗一听，没了话。

给爸爸打完电话，王思芗皱着眉头沉思良久，心想，也许爸爸的建议是对的，这本身就是一笔说不清道不明的糊涂账，何况事情已过去这么多年，即使查明了事件的来龙去脉，也很难为姥姥讨回公道并挽回损失！难道就这样半途而废了吗？可是……王思芗犹豫起来，不知道是该继续探访下去，还是马上打道回府。王思芗打开窗，怅然若失地望着窗外，只见夜色朦胧、月光幽幽，她脑海中倏然闪过一个词儿——历史。历史如此悠远、如此迷离、如此滚烫，能灼伤过去，也能刺痛未来。在历史的长河中，总有些像寥落的星辰一样让人怦然心动的东西在那里一闪一闪，若隐若现。有时，我们虽触摸到了它的须角，却无法参透它的深邃；我们虽抓摸到了它的伤疤，却无法理直气壮地把它放到现实的桌面上来，剖析它，为它疗伤……

王思苈思来想去，最终还是决定继续探访下去，否则，她没法向妈妈交代。她觉得，有些东西虽已成为过往，变为虚无，但仍值得回味和珍惜。在人们心灵的田园上，既生长着过去的花朵，也绽放着未来的新蕾。她觉得，即便不能替姥姥讨回公道，但只要尽了力，最起码心灵上会安慰一些，有时，心灵上的抚慰远远要好于物质上的补偿。这样一想，王思苈更加坚定了继续探访的念头。王思苈从包中拿出笔记本电脑来，打开，开始拟订接下来的寻访计划。

第二天一早起来，按计划，王思苈得先去拜访那个曾给李玉浈治过病的老中医，在向他当面致谢的同时，顺便了解一下情况。"滴水之恩"尚须"涌泉相报"，何况是救命之恩。想到如果没有老中医及时相救，说不定姥姥和妈妈的命早保不住了，王思苈心里充满了对老中医的感激之情。为了感谢老中医及时相助，王思苈特意给他买了些礼品。

经过打听得知，袁明铄说的那个老中医仍然健在。老中医姓张，已年近90岁高龄，住在离新王庄村不远的张庄村。与新王庄村相比，张庄村明显有些落后，村里的道路虽然也做了硬化，看起来还算平整，但远没有新王庄村里的路宽敞，整个村里只有三四栋小楼，其他全是砖瓦平房。王思苈一路打听，终于找到了老中医的家。这是个非常普通的乡村宅院，黑漆门楼，种满蔬菜的小院，三间朝阳的平房。王思苈走进院中，刚要问张大爷在不在家，却听到一阵汪汪的狗叫声，只见小院一角拴了条大狼狗，正一窜一蹦、发疯似的朝她狂叫。王思苈身子不自觉地抖了一下，木然地站在那里不知所措。

听到狗叫声，一个年轻的少妇急忙从房中走出来，把狗拦下。大狼狗对主人的拦阻似乎有些不理解、不情愿，用充满敌意的眼神盯着王思苈，发出令人胆寒的低吼声。少妇拽紧拴狗的绳索，疑惑地看看王思苈，问："姑娘，你，你找谁？"王思苈战战兢兢地答："我，我找张中医张爷爷，请问他老人家在家吗？""你，你是……"少妇皱起眉头，用警觉的眼神好奇地打量了王思芗几眼，问，"你，你找我老公公有什么事？他早就不给人看病了，如果你是为看病的事来找他，我劝你还是赶紧回去吧！""不是，我，我是特意来感谢他的，感谢他当年对我姥姥——不，还有我妈妈的救命之恩……"王思芗吞吞吐吐地答。少妇又上上下下打量了王思芗几眼，若有所悟地摆摆手说："免了吧，我老公公年纪大了，经不起打扰，再说他现在没和我们住在一起，所以我劝你还是赶紧回去吧！"少妇说完，不再理会王思芗，转身钻进房中。见主人不在，大狼狗又开始发疯，发出"江江"的威慑声，王思芗吓得连连后退，提着礼品踉踉跄跄跑出门去。

常听人说"伸手不打送礼人"，没想到给老中医送礼，却吃了"闭门羹"！王思芗提着礼品悻悻地往回走，路上碰到一位大伯，忍不住试探着向其打听老中医家里的情况。大伯打量了王思芗几眼，问明她的来历，脸上掠过一丝轻蔑的神色，撇撇嘴说："姑娘，我劝你以后还是别来找他了，他早就不给人看病了！"说完，转身就走。王思芗紧跑几步，追上去问："大伯，那是为啥？他医术那么高明，不给人看病多可惜啊？哦，对了，他是不是把医术传给了后人？"大伯说："他医术是不错，但也没有外人传的那么'神'，他打针已经打没好几条人命了，咋还有脸继续给人看病呦……"可能是意识到自己说走了嘴，也可能是怕"隔墙有耳"，大伯警觉地左右看看，快步走开了。

听了大伯的话，王思芗愣在那里，好久没有回过神来，她突然想起，大姨王大辫就是因为医生给她打针不当而屈死的，难道给王大辫打针的人正是张中医不成？王思芗哭笑不得地直摇头，心想，这世界真是太小了，不管你想不想见，让你心烦头疼的人总会不经意与你相遇，正应了人们常说的那句话：不是冤家不聚头！王思芗下意识地低头看看手里提的礼品，禁不住自嘲一笑，一股莫名的酸楚悄然涌上心头。若早知道王大辫是张中医打针给打死的，她无论如何也不会提着礼品来登门道谢！王思芗像吞吃了苍蝇一样，感到一阵阵的恶心，却怎么也吐不上来，心想：从老中医那里是不会得到什么有价值的线索了，就算他肯说，自己从心理上也很难接受他说的话！

王思芗懊恼不已，后悔不该贸然拜访老中医，白白给自己心里"添堵"。即便真如爸爸所说，老中医曾救过姥姥和妈妈的命，王思芗也没有勇气面对他，因为她无法接受大姨王大辫屈死的事实。发生在姥姥一家人身上的不幸实在是太多了，她现在根本没有精力和闲心去计较更多的"冤情孽债"，只能让那些恩怨暂时或永远沉入心底。王思芗在心里默默地告诫自己不要再去想老中医，也不要再去想大姨屈死的事，因为还有更重要的事要做。为了尽快平复心情，王思芗索性拿起手机，打电话和同学闲聊起来。一边打电话一边往回走，不知不觉就回到了新王庄。刚进村口，老远就看见大舅爷李福丰正悠闲地逛来逛去，像是特意等候她似的。王思芗赶忙挂断了手机。

（4）

见王思芗回来，李福丰高兴地说："啧啧，总算把你给等回来了，我没记下你的电话号码，一时没联系上你！""大舅爷，您，有事吗？"王思芗问。李福丰没有急着答话，看看王思芗手里的东西，不无责怪地说："你这孩子，一家人干吗这么客气啊，我也没帮你什么忙嘛！买就买吧，干吗非要跑镇上去啊！"说着，就要去接王思芗手里的礼品。王思芗猛然回过神来，顺水推舟地对李福丰说："我正要去看您哩，偏巧您就来了，这东西挺沉的，要不我先替您拎着吧！这段时间多亏您老帮忙和照顾，我也不知道您老喜欢什么，就随便买了些营养滋补品，请大舅爷务必收下！"王思芗突然感觉这个顺水人情送得十分恰当，本是无意，却正合下怀。李福丰很高兴，不住地点头说"好"。

王思芗随李福丰往家里走。走出没多远，李福丰又只顾唠叨起来："嘿嘿，他们都说我'人老心不老'，整天闲不住，村里的大小事都想插把手，啧啧，我也是出于一片好心嘛，我也是怕年轻人'嘴上无毛办事不牢'嘛……老伴说我是'吃饱了撑的'，还说我有'官瘾'，想当'太上皇'，唉，我是出力不讨好啊！唉，真是人心不古啊！外人没说什么，自己家里人倒先反感起来了……"李福丰看看王思芗，恍然大悟似地说："只顾闲扯，差点把正事给忘了，闺女，你快回招待所看看吧，我已经让刘桂花——你大舅奶，把你姨姥姥李玉荏给偷偷地请出来了，她们正等您去唠嗑哩！你得抓紧去，千万别让王二愣那老小子打翻了醋坛子，看出什么破绽来！"王思芗一听，顾不上多想，把礼品撂给李福丰，撒腿向招待所跑去。

气喘吁吁地跑回招待所，果真见刘桂花领着一位上了年纪的老太太站在房间门口唠嗑儿。王思芗赶忙上前和她们打招呼："大舅奶好，这位是——姨姥姥吧？"刘桂花向王思芗努努嘴，笑着点了点头。王思芗又惊又喜，像走夜路的人突然看到了亮光一样。姨姥姥李玉荏心里藏着个宝藏，可以挖掘出很多宝贝来，她今天好不容易来了，无论如何也要让她多留一段时间。寒暄一阵后，王思芗领两位老人到屋中坐下，给两人倒了两杯热水，心里那团激动的浪花仍在不停地跳跃。王思芗下意识地摸了下胸口，定了定神，偷眼看看李玉荏，恍惚觉得她刻意做过打扮，穿着十分得体大方，一身花色衣裙，耳坠和戒指放着金光，但看她的脸上，却比先前想象的要苍老许多，头发白了大半，额头和眼角布满深深的皱纹。

李玉荏也在好奇地端详王思芗，嘴中不停地发出赞叹声。刘桂花朝王思芗努努嘴，呵呵一笑说："闺女啊，我和你姨姥姥刚才聊了很多，我感觉你姨姥姥说的都是实情，没有半点儿的偏袒意思，她跟你亲姥姥李玉浈是从小一块玩大的堂姐妹，姊妹情分深着哩，她了解的情况远比我们多！"刘桂花向王思芗使了个眼色，又说："所以啊，咱们千万不要听别人胡说，事情虽已过去这么多年，但老人们心里从没忘记这事，老人们心里有杆秤，是是非非、短短长长，都明白着呢！这样吧，还是让你姨姥姥给你说说吧！"王思芗马上领会了刘桂花的意思，心里虽然有点不受用的感觉，出于礼貌，还是装作欣然同意的样子使劲儿点了点头。

见李玉荏盯着王思芗愣神，刘桂花轻轻拽下她的衣角，催促说："孩子难得回来一趟，你干脆来个'竹筒倒豆子'，把你了解的实情跟她掰着指头说一说吧，都是陈芝麻烂谷子的事，藏在心里也没啥用处，说出来反倒畅快些！"李玉荏答应着，看看王思芗，眼中有些红润，嘴角扭动了两下，欲言又止，迟疑了一会儿，才揉了下眼角，开了腔："闺女，你姥姥她命苦啊，从小到大，一天好日子也没捞着过！后来偏偏又遇上了那档子事，不光你为她抱屈，就连外乡人也为她打抱不平，说她偷拿队上的麦穗本是小事一桩，不该遭受那么重的惩罚，还说这一切都是你姨姥爷王二㿦造成的。这么多年来，二㿦他耳朵里没少塞这样的闲话，他也是哑巴吃黄连——有苦说不出啊！"

李玉荏叹了口气，又说："不了解实情的人才会说闲话，话说得有点过头我不怪罪，'不知者不怪'嘛！凭良心讲，二㿦比大㿦老实多了，心眼根本没有外人想象的那么坏，他当时只是想邀功请赏，根本没想到事情会闹到那种地步！"李玉荏无奈地摇摇头，开始描述她从丈夫王二㿦那里了解到的"实情"。李玉荏说，那时候咱这还很穷，为了填饱肚皮，队员偷拿点儿队上的粮食算不上大事。对那些偷拿粮食的人，只需说服教育一下就算了，无须深加追究，更没有必要像押犯人一样游街示众。王大㿦等人押送李玉浈去大队部，原本只是想教训她一下，杀杀她的锐气，没想到李玉浈死活不肯认错，非要节外生枝，把别人偷拿粮食、贪污粮款的事也"咬"出来。李玉荏说，李玉浈被押送到大队部后，没人再对她动手脚，倒是她自己闹腾个没完，又是撕咬，又是撞墙的，还嚷着要告状，说什么要把大队上的贪污犯全部告倒。这下好，把大队长也给激怒了。大队长是外庄人，他跟李玉浈既不沾亲，也不带故，对她根本不讲情面，非要把她当作反面典型游街示众，于是便发生了后来的事情……

听李玉荏的意思，王二㿦并没有明显的过错，怪就怪李玉浈口出狂言，不识抬举，大闹不止，结果把自己一步步推向火坑……李玉荏明显有为丈夫王二㿦推脱责任的意思。王思苈听不下去了，噘起嘴问："姨姥姥，你和我姥姥既然是好姐妹，咋能老替别人说话呢？既然我姥姥偷麦穗算不上大事，那他们干吗还要对她痛下狠手？因为她一句顶撞大队领导的话就打击报复她，这明显是滥用职权、公报私仇！"刘桂花一个劲儿地向王思苈使眼色，王思苈装作没看见，又说："不管怎么说，绑人、打人是不对的，游街示众更是错上加错，我想问问那个大队长，他是不是亲爹娘养的？他是不是也有孩子？是不是也掏心掏肺地疼爱过自己的孩子？他咋能不问青红皂白，就草率地下决定呢？"被王思苈劈头盖脸一顿责问，李玉荏脸色变得很难看，低下头不再言语。

刘桂花忙笑着打圆场："思芗啊，你别冲动，听你姨姥姥慢慢解释嘛！我觉得你姨姥姥说的还是有几分道理的，这事本是小事，出现后来那样的结果是大家都不愿看到的。我虽是嫁到新王庄来的外乡人，但我是正儿八经上过学、识过字、见过大世面的人，啥事也瞒不过我的眼睛，你姥姥她人很好、很正直，就是脾气犟了点，凡事总想论个是非曲直，岂不知'胳膊扭不过大腿'，唉……"刘桂花转头看看李玉荏，又说："人都说'善有善报，恶有恶报'，我觉得这话并不总是那么灵验，当年偷粮食贪污公款的人不在少数，还不是照样活得好好的？估计那个大队长屁股底下也干净不到哪里去，后来还不是照样被提拔为公社革委会副主任了？不过，这人后来也没落得个好下场，听说不到 50 岁就得病死了！唉，事情都过去这么多年了，是是非非谁能说得清呦！"听了刘桂花的劝说，王思芗感觉自己刚才话说得确实有点过头，像犯了错的小学生一样，咬着嘴唇也开始闷头不语。

尴尬地坐了一会，李玉荏突然长长地叹了口气，苦笑着说："过日子就是这样，你不想得到的东西总也甩不掉，你想得到的东西却像天上的月亮一样怎么也够不着、抓不着！"说完，霍地站起身，头也不回地向外走去。刘桂花一看，赶紧去送。王思芗一时呆在那里，不知所措。刘桂花送李玉荏离开后，很快转了回来，拉着王思芗的手，轻轻地拍了拍，叹了口气说："孩子，你姨姥姥刚才说的话你都听清了吧？有些事确实不是我们所能左右的，咱们要是有那本事，早当上大领导了，还用得着为一点鸡毛蒜皮的小事计较个没完吗？不管怎么说，你姨姥姥总归是咱们老李家的人，她说话应该不会带有偏见，我知道你心里有苦，但是，说起那些往事，我们老人心里也不好受啊！"王思芗鼻子一酸，委屈的眼泪吧嗒吧嗒地往下掉，说："大舅奶，您别说了，我知道错了，我不该向姨姥姥发脾气，我这就给她道歉去！"说着，猛地站起身，就要出门去追李玉荏，不想被刘桂花一把给拦下了。刘桂花嗔怪地白了王思芗一眼说："算了，人在气头上，都没好话说，没必要太计较，天上下雨地上流，脓包熟了终要破，随她去吧！"

刘桂花让王思芗坐下来冷静一下，沉吟了一会，又说："你不用不好意思，其实你也没说啥不得体的话！我看你姨姥姥今天心情不太好，这样吧，过后我再好好劝劝她！"王思芗点点头，为了缓和沉闷的气氛，想转移开话题，但嘴却不听使唤，忍不住又问："大舅奶，您感觉我姥姥她人品到底怎么样？真像人们说的那样坏吗？""她人很正派，也很爱面子，就是饿死，也不会去做偷鸡摸狗的事，但是，事情偏偏就发生了，而且偏巧被人抓了现行！唉，人犯错往往就是因为一念之差，不管你以前做得如何好，一犯错，一生的不是，好也变成不好了！"刘桂花下意识地向门外望望说，"刚才我还和你姨姥姥聊过这事，你姥姥的人品绝对没问题，就像外人传言的那样，她偷麦穗肯定事出有因！"王思芗心头一震，看来刘桂花对李玉涢当年偷拿队上麦穗的真实缘由还不是很清楚。王思芗心想，这事不应该对刘桂花隐瞒，于是赶忙一五一十地把爸爸在电话中描述的情形对她一说。

刘桂花吃惊地张大了嘴巴，使劲一拍大腿说："真是'家家有本难念的经，一家不知一家的苦'！这事你咋早不对我说啊！我早就怀疑你姥姥偷麦穗一定事出有因，这回我总算明白了，原来她偷麦穗是为了救急救命哩！唉，你姥姥她是好人啊，只是命不好，没赶上好时候！以后别人要是再问你姥姥偷粮食的事，我一定帮你好好解释！"刘桂花如释重负似的长吁一口气，又说："啧啧，有学问的人和没学问的人就是不一样，这事还真让堂学那小子给说着了：这世上没有无缘无故的爱，也没有无缘无故的恨！对了，思芗，还有几件事，足以证明你你姥姥人品很好……"

（5）

刘桂花说，那几年家家都在闹"饥荒"，为了填饱肚子、为了活命，偷拿队上的粮食早已成了大家心照不宣的"秘密"，几乎到了"人人偷粮"的地步。因管理不善，肥料不足，且浇不上水，本来队上的庄稼就长势很差，一年到头打不下多少粮食，遇上干旱，甚至会出现大面积绝收，如果庄稼再被人偷抢，对于早已千疮百孔的集体生产来说，无异于雪上加霜。为了保护好庄稼，防止队员们往家里偷拿粮食，到了庄稼成熟、收获季节，队上都会安排专人"护坡"，并在村口及进村主要干道派少先队员扛着"红缨枪"把守。但是，这样做的成效并不明显，人心已散，覆水难收，饿急眼的人会想尽一切办法偷粮，防不胜防。不等庄稼成熟，偷粮事件便屡屡发生，刘桂花就曾偷过队上的玉米。

那天，为了给孩子们改善一下饭食，看着那些刚掰下来的黄澄澄的新鲜玉米，刘桂花动了偷拿回家的念头。傍晚临收工时，她趁人不注意，迅速将几个玉米剥去外皮，塞入裤裆中，两腿用力夹着，硬是装作若无其事的样子走回了家。人在被逼急了的时候，啥不可思议的事都能干得出来，平时没有的本事也突然间显露出来了。刘桂花把玉米"夹"回家，迅速把院门关死，手忙脚乱地解开裤带，几只玉米呼啦一下全掉在了地上。黄澄澄的玉米顿时让寒酸的小院亮堂、暖和了许多。她用那几只玉米给孩子们做了顿玉米糊糊。怕人看见或听到，她特意叮嘱孩子们不要点油灯，摸黑吃，而且尽量不要出声，但孩子们实在是太饿了，吃着吃着，就忍不住发出了"吧唧吧唧"的咂嘴声，那声音是那样的美妙无比，又是那样的惊心动魄。

往事不堪回首，刘桂花每每想起这件往事，心里就会陡然生出一股酸涩的滋味。刘桂花说，她也经常见别人偷拿队上的庄稼、粮食，不光队员偷，那些"护坡"的或在队上干有一官半职的人也偷。她曾看到护坡员王奔拉偷偷在田埂上用柴草烧玉米、豆子或地瓜吃，吃得手上和嘴巴上都是黑黑的，像偷吃了庄稼的田鼠一样。更让刘桂花意想不到的是，主管全队财政大权的会计王得井也经常往家里偷拿粮食。像王得井这样的人，根本不用从田里往家偷拿庄稼，他要偷就偷现成的已经入仓的粮食。如果说王奔拉是"田鼠"，那么王得井就是"仓鼠"。有一次，刘桂花就亲眼看见他从队上的打谷场仓库里背了一麻袋东西回家，一看就知道那麻袋里装的全是已打好的粮食。

人饿急了忙着找粮食，家畜饿急了争着找食吃。那天早上，刘桂花外出时忘了关院门，家里养的一只老母鸡趁机偷跑了出去，直到傍晚她才发现家里少了一只鸡。刘桂花心疼得不得了，发誓就算把村里翻个底朝天，也要把老母鸡找回来。她找遍了村里的角角落落，找遍了田里的沟沟坎坎，直到夜色渐浓时分，才在山脚下的野草丛里发现了那只老母鸡，她拼命追撵，终于把老母鸡逮住。刘桂花紧紧抱着老母鸡，借着微茫的月光，深一脚浅一脚地往家走。已填饱肚子的老母鸡乖乖地蜷缩在刘桂花的怀里，不时发出幸福的咕咕的鸣叫声。夜晚走在山野崎岖的小路上，好久见不到一个人影。刘桂花心里一阵阵地发紧，担心老母鸡的鸣叫声把饿狼招引来，不由自主地用手去捂老母鸡的小脑袋。老母鸡受了惊扰，叫得更难听了。刘桂花不得已加快了步伐，一溜小跑窜回了村。路过村头队上的打谷场时，突然从粮库里闪出一个黑影，把刘桂花吓了一跳。刘桂花定定神，仔细一看，只见一个男子弓着身子、背了个鼓囊囊的麻袋正慌里慌张地离开打谷场。刘桂花不由自主悄悄地跟上去，远远地看见那个黑影钻进了队会计王得井家里。刘桂花惊诧不已，愣在那里好久没有回过神来，她没想到王得井竟然也偷拿队上的粮食，而且偷得如此大胆，竟然整麻袋地往家偷！

刘桂花说，除了见王得井明目张胆地往家偷粮食，她还不止一次见其他人偷拿队上的粮食，有些人不仅往家偷拿粮食，在队上干活时，嘴也闲不住，经常趁队长不注意，偷偷吃上几口。人饿急了，只要是能吃的东西，啥都想吃，啥都吃得津津有味，新鲜的玉米剥去外皮，张口就啃；刚刨出来的地瓜随手一抹，张嘴就咬；接近成熟的青麦穗，用手搓去麦芒，剩下的嫩麦粒，更是上好的美味。这么多人都在虎视眈眈地盯着队上仅有的那点儿庄稼和粮食，刘桂花却从未看见李玉浈偷拿或偷吃过队上的一粒粮食，不仅如此，据说李玉浈还曾多次明确拒绝别人的"提醒和挑唆"。李玉荏跟刘桂花说过这样一件事，说有次李玉荏和李玉浈一块去"拦地瓜"，李玉浈曾严词拒绝李玉荏偷刨队上"种子地瓜"的提议，为此两人还闹了场别扭。

那几年，每到秋末，李玉荏和李玉浈两人都会相约到田里"拦地瓜"。地瓜是当时人们的主食，也可以说是大家的"活命粮"，大家几乎天天靠吃地瓜或地瓜干来充饥，因此地瓜显得尤为珍贵。秋收过后，田里会遗留一些未刨净或新长出的地瓜，这时大家就会争着抢着去拣、去刨，俗称"拦地瓜"。这天，李玉荏和李玉浈两人跑遍了队上的地瓜地，刨了大半天，刨到的地瓜还盖不严筐子底。大部分地瓜地已被人反复刨过，连根地瓜毛毛也找不到。李玉茳很失望，看太阳快要落山，可怜巴巴地对李玉浈说："今天咱们拦了这么点地瓜，咋好意思回家吃饭啊？"说完把锄头一摞，一屁股蹲在地上，委屈得眼泪都快流下来了。李玉浈一边继续刨挖，一边不以为然地反问李玉茳："咋了，怕你男人不给你饭吃啊？嗨，咱们已经尽了力，可实在拦不到地瓜，能怪咱们吗？"李玉浈接着安慰李玉茳说："咱们再碰碰运气吧，说不定随便一划拉，就能刨出个大地瓜来哩！再说了，咱们也不是白刨嘛，地经我们这样一刨，疏松多了，不用再耕了！"

李玉茳傻愣愣地看李玉浈刨了一会，突然忽地蹦起身，上前拦住李玉浈，没好气地说："你呀，就知道使蛮劲傻干！你这样像个无头苍蝇一样乱刨，啥时才能刨满筐子呀？"李玉浈苦笑："那你说咋办？咱们没有孙猴子那样的火眼金睛，根本不知道哪块地里藏着地瓜，不这样刨，你想怎么刨？"李玉茳神秘一笑，凑近李玉浈耳根小声说："俺听说队上的种子地瓜还没有开始刨，咱们不妨去碰碰运气……"李玉浈连连摆手说："不行，你这不叫刨，是偷！那地瓜是队上明年做种子用的，咋能随便刨来吃呢！再说了，万一被护坡的人抓住，咋办？"李玉茳不屑地撇撇嘴说："你呀，真像个榆木疙瘩，咱们是小媳妇，即便被护坡的人抓住，他们也拿咱们没办法！咱们把地瓜塞到裤裆里，他们要是硬翻，咱们就说他们耍流氓！"说着，上前去拽李玉浈。李玉浈站着不肯动。李玉茳一看生了气，扭头走开了。

听李玉茳说，为这事两人好长时间没有搭腔说话。现在想起这事，李玉茳心里仍充满了愧疚。李玉茳说，她和李玉浈从小一起长大，非常了解李玉浈的性格和脾气。李玉浈性格直爽，为人正派，就是脾气犟了点，只要是她认准的事，她就会坚持去做，那劲头儿，八头牛都拉不回她来。如果不是因为她太耿直、太死板，用现在人流行的话说就是，她要不是"情商"低了点，说啥也不会顶撞大队干部，落个被游街示众的下场……

刘桂花说完，看着王思芗不住地长吁短叹。王思芗知道刘桂花心里充满了感慨，每每说起李玉浈，她心里总有一种道不尽的沉重。王思芗本想安慰刘桂花几句，嘴却不听使唤，话语中也透着无尽的遗憾和痛惜："大舅奶，我姥姥为人正派，脾气倔强，敢说敢当，这样非但不能算错，反而很值得肯定，只是她赶上的时候不好，没有人能够理解她、支持她！"刘桂花说："是啊，你这话说得真是太对了，你姥姥的很多做法，村里好多人看不惯，在队上干活、收庄稼，顺便打打'牙祭'，过过嘴瘾，又能咋的？她却从来不赚这样的'小便宜'！对了，有次我就误会了她的好意，差点和她闹翻了脸……"

(6)

包产到户以前，地瓜是新王庄人常年的"主粮"。新王庄人对地瓜有着一种难以割舍的别样的情怀。因为地瓜是"高产"粮，为了填饱肚子，村里的土地大都以种植地瓜为主。即便这样，对于劳力少、人口多的家庭来说，按人口从队上分到的地瓜还是十分有限的，自留地产的地瓜也是有限的，如果不能算计着吃，就会因青黄不接而挨饿。

为了便于地瓜长时间保存，大家通常把地瓜切成片摆到地里晒干。晒干后的地瓜片俗称"地瓜干"，吃时可直接碾碎或磨成面，再煮成汤或做成煎饼和窝头。每逢地瓜收获季节，村里男女老少都会齐上阵，赶在第一时间将地瓜切成片，摆到地里晾晒。田野里到处是人们分地瓜、切地瓜、摆地瓜片等忙碌的身影，成为乡村田野上一道独特的风景线。刘桂花清楚地记得，二十世纪50年代最后一个秋天的一天上午，队上又开始分地瓜。人们脸上洋溢着久违的幸福的笑容。男劳力熟练地抢着锄头在前面刨，妇女们拖着筐子在后面拣，几个壮劳力扛着大杆子秤紧随其后，用大篓子将拣好的地瓜称一下，每户一堆分好。会计拿个小本子，拽着算盘子，等壮劳力称好地瓜，麻利地写个小纸条压到地瓜堆旁边。

看到自家的地瓜已分好，早等不及的小孩子不等大人散工，便开始忙活起来：将切地瓜用的筐子、小板凳、"大擦床"以及手套等提前准备好。小孩子们耳濡目染，不仅从长辈们那里学会了怎样劳动，而且深切体会到了劳动的光荣和劳动成果的弥足珍贵。在他们眼里，地瓜像母亲的乳房，在"大擦床"的挤压下，能流淌出哺养他们成长的白白的甜甜的乳汁。切地瓜用的"大擦床"是特制工具，比搓衣板稍宽，中间装有刀片，可将地瓜均匀地切成半公分厚的薄片。用大擦床切地瓜需用力均匀，用力不均会把地瓜切碎，且不容易保持平衡；用力均匀的同时，速度也要适中，不能切得太快，也不能切得太慢；切出的地瓜片不能太薄，也不能太厚；太薄在晾晒时容易翻卷变形，太厚则不容易晒干。

切地瓜片的活儿一般由大人们来干。大人们散了工，马上赶回自家的地瓜堆前坐好，戴上破手套，左手扶稳擦床，右手拿着地瓜，在擦床上来回推拉。伴随着"唰唰"的声响，切出的地瓜片像飘舞的精灵一样飞到地上或筐子中，眨眼间积聚成一座白色的"小山"。孩子们在一旁看得出了神，心思也飞进了那片白色的神奇的童话王国里。等大人们将一部分地瓜切好，呼唤他们时，孩子们才突然从梦幻般的遐想中回过神来，忙不迭地把切好的地瓜片拿到地里整齐地摆好。切地瓜片的大擦床用久了，中间会磨出一道光滑的半月形的豁口，切出的地瓜片会变厚，这时就需要靠手感来控制厚度和平衡。为了保护手掌不被划伤，人们通常会在破手套手掌部位缝上一块非常结实的厚胶皮。

遇上晴好的天气，地瓜片很快就会被太阳晒干或被风吹干，晒干或风干后的地瓜干雪白一片，从远处看，田野里一片雪白紧连着一片雪白，像从天空飘落的一片片白色云朵，非常壮观。一般情况下，地瓜干晒好后，人们会及时把它收回家中，放在囤子中储存。如果遇上下雨天，地瓜干拣拾不及时，被雨水淋后就会发霉或腐烂。山野的天气变幻无常，风雨说来就来，地瓜干也就难免有被雨淋的时候。在信息闭塞的山村里，人们无法对天气情况提前做出准确的预测，只能眼巴巴地盯着老天爷的脸色，晚上即使睡着了，脑中也会紧绷着一根弦。一旦听到滴雨声，马上就会被惊醒，披上雨布，带上麻袋，提上马灯，推上独轮车，拼尽全力向田里跑，急急火火地去抢收晾在田里的地瓜干。

这天，白天还阳光明媚，晴空万里，深夜却突然起了风，阴了天，滴起了雨点。李玉祯和王拥财爬起身，顶着风，冒着雨，率先跑到田里。将自家的地瓜干拣拾好，正要推上车子往家赶，李玉祯突然发现李福丰家的地瓜干仍"泡"在地里。眼看地瓜干就要被雨水泡透，李玉祯顾不上多想，拽起一条空麻袋跑过去，飞快地拣拾起来。王拥财气不打一处来，大声埋怨她说："你身子骨这么弱，万一受了风寒咋办？你——不想要娃娃了？老话说得好'各人自扫门前雪，莫管他人瓦上霜'，自己的事还管不过来，你这又是何苦呢！哼，不知情的人还以为你这是在偷哩！"李玉祯不理会，拼尽全力帮李福丰拣拾地里的地瓜干。王拥财无奈地撇撇嘴，一个人推着独轮车兀自回了家。

李玉祯身上被淋得湿漉漉的，整个人看起来像落汤鸡一样。她刚帮李福丰拣好地瓜干，雨就突然停了。恰在这时，李福丰两口子急急忙忙地赶了过来。一看眼前的情形，两人顿时急红了眼。邻里之间有了矛盾、纠纷，一般先由女人们冲锋在前，女人斗嘴、吵架，像小孩子闹别扭一样，很容易赢得他人的宽容和谅解。山里人还有个讲究：好男不跟女斗。男人除了可以打自己的女人外，是不能随便对其他女人动粗的，否则就是欺负弱小，会被人笑话的。面对已筋疲力尽、狼狈不堪的李玉祯，李福丰心里气再大，也只能保持沉默。李福丰知道自己老婆不会吃亏，索性放心地蹲在一边，像个"局外人"一样，若无其事地抽起了旱烟。

自己男人在一旁守着，刘桂花显得格外有气势，眼下，地瓜干远比脸面重要，她已经顾不上和李玉祯讲情面了。刘桂花跑上去一把抓住李玉祯的衣领，大声质问："好啊，你竟敢偷俺家的地瓜干！真是'人不可貌相'，没想到李玉祯你竟然是这种人！亏你跟李福丰还是没出五服的本家，你说，你脸皮咋这么厚，竟然做出这种昧良心的事来！"李玉祯赶忙笑着解释："桂花嫂，俺没有偷你家的地瓜干，俺李玉祯这辈子都不会做那种缺德事，俺是怕你家的地瓜干被雨淋湿泡透，所以才帮你们拣起来的……"李玉祯知道这事一时间没法说清楚，索性把麻袋往两人跟前一放，扭头就走。好在王拥财及时赶了过来，跟李福丰两口子把事情详细一说，一场误会才得以化解。

事情虽已过去多年，刘桂花对当年发生的一幕仍记忆犹新。刘桂花现在说起这段往事，仍神情激昂，感慨不已，一个劲儿地夸李玉祯人品好、心眼好。夸赞过后，禁不住又长吁短叹起来，说老天爷不睁眼，让好人没好报，让坏人任逍遥。她做梦也不会想到，李玉祯后来竟然被人整成了人不像人、鬼不像鬼的贼婆娘和疯婆子！刘桂花越说越激动，禁不住失声痛哭起来。王思芎赶紧帮她擦下眼泪，劝她说："大舅奶，您能说句公道话，我们就已经很满足了，难得您还记挂着我姥姥，念着她的好，我在这里替我姥姥谢谢您了！实际上，我向您老人家了解这些往事，也只是想听句公道话，并没指望得到些什么。所以说，大舅奶您得好好保重身体，千万不要悲伤过度，活着的人好好活着，才是对亡者最好的怀念！"

听了王思芎的劝说，刘桂花点点头，抬手麻利地擦掉眼角的泪水，然后充满怜爱地看着王思芎，张了张嘴，想说什么却没有说出口，似乎心里仍充满了感慨，一时不知从何说起。王思芎试探着问："大舅奶，您是不是还有话要对我说？""孩，孩子，你，你姥姥她——一言难尽啊……"刘桂花把目光移开，茫然地注视着窗外，吞吞吐吐欲言又止。

(1)

村支书李堂学突然跑过来找王思芗，见奶奶在场，愣了一下，问："奶奶，您咋在这儿？没去和她们一块排练节目啊？"刘桂花反问："我正要问你哩？我们在这唠嗑儿，你干吗来插一杠子？"李堂学答："今天有个关于旅游开发项目的专题会议，我想请思芗妹子参加！"说着，试探着看看王思芗。王思芗一时不好回绝，下意识地点了点头。李堂学很高兴，招呼王思芗快走，不想被奶奶刘桂花拦住。刘桂花白了孙子一眼，紧接着向王思芗使了个眼色，说："闺女，你不是他的'兵'，别听他瞎掰，咱们来可不是给他打工干活的，听大舅奶的话，在家好好歇着，你忘了？你姨姥姥正等你去说话哩！"王思芗马上明白了刘桂花的意思，尴尬地站在那里，走也不是，不走也不是。李堂学撇撇嘴，没好气地嘟囔道："奶奶，你们老人家念念旧也就算了，干吗非要拉我们年轻人当垫背啊？整天念叨那些陈芝麻烂谷子的事，烦不烦啊？"说完，转身悻悻地离开了。望着孙子离开的背影，刘桂花"扑哧"一下乐了："臭小子，没大没小，竟然教训起我来了！哼，别给你点云彩就下起雨来没完，电视我没少看，别以为我不懂你们那些新潮玩意儿！"

见李堂学扫兴而去，王思芗有些难为情，一边搀扶刘桂花向外走，一边表示歉意："不好意思，耽误您排练节目了！堂学哥说的对，念叨陈年旧事的确没啥意思，反正我已了解得差不多，以后就不劳您费心了。"刘桂花摆摆手："你这是说的啥话，我们老年人恋旧，难得有人愿意听我们说说以往的事情，念叨往事就像嚼糖果，我们高兴还来不及哩！"刘桂花亲昵地拍拍王思芗的肩头，又说："孩子，别啥都听你堂学哥的，有文化的人说的话不一定都对！听我的，留下来多待两天，我这里已没啥好说的，但你可以再去找你姨姥姥嘛！她呀，跟你亲姥姥从小一块长大，她知道的事比我多得多，兴许几天几夜都拉不完哩！"刘桂花说完，示意王思芗留步，随后蹒跚着向外走去。

目送刘桂花蹒跚着走远，王思芗眼中不知不觉滚动起晶莹的泪花。在村里的老人们当中，大舅奶刘桂花算得上有知识、有文化的人，她说的话比较中肯，也很有见地。回乡这几天，通过对刘桂花和其他几位老人的走访和交谈，王思芗逐渐摸清了姥姥李玉浈偷粮、被押着游街及走失的大致经过，她不知道还有没有必要继续在村里待下去。她脑海中不时闪现出李堂学、王二拐、张中医、李福丰、刘桂花以及李玉茳的影子，除了李福丰夫妇，其他人似乎都不愿提及跟李玉浈相关的往事。王二拐、张中医跟李玉浈有过瓜葛，心中有愧，不愿念及旧事和揭旧伤疤是不难理解的。让人费解的是，为什么李堂学对此也那么反感？难道仅仅是因为观念有别和受代沟影响吗？

正闷头沉思，手机铃声突然发疯似的响了起来，一看，是个陌生的号码。王思芗小心地接起电话，试探着问："喂，您好，您是哪位？""我是你堂学哥，思芗妹子，我想叮嘱你几句：人上了年纪，就像'老小孩'，脾气会变得很古怪。所以咱们跟长辈们说话一定要把握好分寸，别总拣闹心的话说，要是不小心捅了'马蜂窝'，麻烦就大了！"一听电话是李堂学打来的，王思芗眼睛一亮，忙不迭地问："堂学哥，您给我打电话就为这事吗？""嗯，乡下不比城里，有些道理是讲不通的。好了，你明白我的意思就行了，我马上要去开会，有空再跟你细聊！"李堂学说完，匆忙挂掉电话。王思芗一下子愣住了，李堂学好像是在特意提醒自己，莫非自己做错了什么？王思芗皱起眉头想了想，终于恍然大悟：听李堂学的意思，肯定是嫌自己先前说话太"冲"，以至于惹恼了姨姥姥李玉茳。早就听说"山村里闲话比风刮得还快"，但让她始料不及的是，这事竟然一眨眼的工夫就传到了村支书的耳朵里。不过，也多亏李堂学及时得知这事并打电话提醒，要不然，自己早把这事淡忘了。

王思芎赶紧买来两大包礼品，提着去向李玉茬"负荆请罪"。快到李玉茬家时，老远就瞅见李玉茬正拿个马扎坐在院门前，两手拄着拐棍，眼睛呆呆地注视着远方，像是专门等候自己似的。王思芎赔着小心，试着上前和她打招呼。李玉茬神情依然木然，根本没有注意到王思芎的到来似的，只见她慢慢地站起身，不声不响地往院子里走。王思芎帮她拿了马扎也紧跟着向里走。听到声音，王二愣推开房门迎了出来，见是王思芎，扭头又走回屋中。李玉茬回头看看王思芎，这才回过神来，笑呵呵地问："闺女，你咋来了？哦，我明白了，咱们娘俩的话还没说完哩！"说着，招呼王思芎进屋里坐下。见老伴木头一样站在一边，李玉茬白了他一眼说："你自己先玩儿去，别站在这里像个'电灯泡'似的，我们祖孙俩还有悄悄话要说哩！"王二愣撇撇嘴，想说什么却没说出口，闷头向门外走去。

　　李玉茬年纪大了，神志好像不是很清，一会说"娘俩"，一会又说"祖孙俩"，脾气似乎也有些古怪，看王二愣脸上的神色，很怕她似的。王思芎突然想起了李堂学叮嘱她的话，一种淡淡的隐忧悄然涌上心头。姨姥姥看起来既慈祥，又威严。王思芎尴尬地坐在那里，一时不知说啥是好。正迟疑时，胳膊突然被李玉茬拍了一下。李玉茬眼睛看着门外，神神秘秘地小声说："不瞒你说，你姨姥爷当年本事大着呢！这会咋样，还不是照样被我治得服服帖帖的！我让他往东他不敢往西，我让他打狗他不敢撵鸡！嘿嘿，那孙猴子厉害吧？但最终也逃不出如来佛的手掌心！这叫什么？这叫'卤水点豆腐——一物降一物'！"没想到李玉茬主动跟自己唠叨起这些事，王思芎感到很好笑。为了讨李玉茬开心，王思芎不停地点头，向她连竖大拇指。李玉茬很高兴，脸上露出得意的笑容，额头上的皱纹也舒展开来，接着说："不怕你笑话，你姨姥爷年轻的时候是个花心大萝卜，后来被我用金箍棒捣了一下，这才变得老实起来！嘿嘿，我呀，也不是那么好欺负的，兔子急了还咬人哩！现在好了，这老小子变得乖巧多了！"王思芎感觉李玉茬好像话中有话，一时没有明白她的意思。

　　王思芎亲昵地抚摸着李玉茬的手，刚想岔开话题，为先前的失礼向她表示歉意，却见李玉茬突然阴沉了脸，长长地叹了口气说："闺女，你姥姥她命苦啊！你看现在的世道多好，不愁吃、不愁穿、住楼房、吃海鲜，过去连想都不敢想，你姥姥苦了一辈子，临了却一点儿福都没捞着享！唉，她呀，自打生下来就是吃苦受累的命……"李玉荏略作停顿，皱着眉头想了想，随后断断续续地念叨起来。

（2）

李玉荏说，李玉浈出生在一个贫苦农民家庭里，她的父亲叫李金阔，母亲叫李薛氏，弟弟叫李玉瓦。据说李玉浈上面还有一个哥哥和姐姐，不过都在刚出生不久就夭折了。李玉浈的奶奶大名不详，大家都喊她金阔娘。李玉浈的父亲李金阔曾跟老革命李金多相约一起去当兵。李金阔胆小，听到枪炮声心里就发毛，没等找到队伍摸下枪把子，半路上就打了退堂鼓。李金多骂他是窝囊废，说他注定是扛镢头的"料"。李金阔不愿当兵，胆小只是借口，主要原因是他舍不得离开家。

早在李玉浈出生前，爷爷就已过世。爷爷是在当年村里流行瘟疫的时候病死的，爷爷死后，父亲李金阔成了家里的"顶梁柱"，但仅靠他打短工很难养活一家人，母亲李薛氏免不了要跟着操劳。李薛氏干不了太重的体力活儿，地主王七爷看在她曾给他小儿子当过奶娘的份上，让她帮他家养蚕、抽丝、纺布、染布。在王七爷默许下，李薛氏闲着的时候，可以帮其他几位下人推磨碾米。当时全村共有两盘碾，王七爷家独自占有一盘，并建有专门的磨房。为了准备一大家人的饭食，磨房里的碾子一天到晚吱呦吱呦响个不停。王七爷高兴的时候，常把磨坊里碾剩的谷皮赏给几个下人，为此李薛氏很乐意到磨房帮工干活儿，那样可以不定时弄点谷皮给家里人当口粮。遇上好的年景，李玉浈的爹娘辛苦劳作，换到的粮食勉强够吃；遇上不好的年景，一家人连野菜也吃不上。虽然家里很穷，经常吃不饱、穿不暖，但日子过得还算安稳。爹娘心里始终有个期盼，期盼能攒下点钱，买几亩真正属于自己的地，那样就不用为一家人的口粮犯愁了。

那时，家里大小事都有爹娘操持，年幼的李玉浈并没有感受到太多的苦和累。直到二十世纪三十年代末，这一切才发生了彻底的改变。新王庄地处穷乡僻壤，二三十年代遭遇的唯一一次大的战火是 1930 年的蒋、冯、阎新军阀大战。那场仗双方打得昏天黑地，县里没有一个地方不跟着遭殃。新王庄处于战场边缘，倒也没遭受多少损失。之后县里发生的战火再未烧到这里。那时老百姓除了怕兵匪外，还怕土匪。土匪头子吴老黑的老窝就驻扎在附近的山上。好在吴老黑人很仗义，早年曾来新王庄要饭，眼看就要饿死街头，是李金多的老娘给了他口饭吃，救了他一命。吴老黑感怀旧恩，从不来村里骚扰。其他帮派的土匪惧怕吴老黑，也不敢贸然跑来闹事。直到鬼子来后，这里的安宁才被彻底打破。抗日战争爆发后，随着日本侵略者沿胶济铁路东犯，新王庄人的日子变得动荡不安起来，年幼的李玉滇终于领略到了人世间的离愁别恨、苦难悲情……

鬼子来了，国民党县长执行省府主席韩复榘的命令，一枪没放，逃命去了。据说这位县长曾是个心狠手辣、杀人如麻的主儿，杀过很多土匪和抽大烟的人，也杀过不少无辜的百姓，连给土匪看过病、供过粮食的人也不放过。面对穷凶极恶的鬼子，他却没了血性、没了本事。随后接任的国民党县长也是个孬种，只会搜刮老百姓的钱财，一听说鬼子要来扫荡便望风而逃。鬼子来势凶猛，其到处烧杀抢掠的罪恶行径不时传到村里，让人不寒而栗、惶恐不安。大家都说日本鬼子是魔鬼变的，长着吃人的獠牙，非常吓人，连握有枪杆子的心狠手辣的国民党县长都怕得要死，更别说手无寸铁的老百姓了。恐慌立时在小村上空弥漫开来。

没等大家从恐慌中缓过神来，鬼子已到了家门口，在镇上建起了炮楼，领着一帮"伪军"，经常窜到附近村里祸害百姓。新王庄离镇上较远，紧邻大山，大家听说鬼子要来，赶紧躲进山里。村里人整天提心吊胆，白天不敢出远门，晚上不敢点油灯，年轻漂亮的大姑娘、小媳妇即使躲在地洞里，也要往脸上抹上锅底灰，生怕被鬼子和汉奸盯上。土匪头子吴老黑看不惯也无法容忍鬼子的所作所为，在犹豫了好久后，终于挑起了抗日的大旗，决心拔掉鬼子安插在镇上的那颗钉子。他带着一帮手下偷袭鬼子炮楼多次，非但没成功，反倒伤亡了不少弟兄。吴老黑泄气了、灰心了，正准备散伙的时候，恰好遇上了他仰慕已久的真心抗日救国的八路军，被八路军及时拉了过去，和李金多一样，成了八路军县大队的一员。

没过多久，镇上的鬼子据点就被八路军以及新收编的吴老黑的人马给端掉了，溃逃的鬼子缩进了县城里。驻扎在县城的鬼子山本中队长调集兵力气急败坏地疯狂进行反扑，对八路军西南乡根据地采取"铁臂合围"式大扫荡，对"抗日堡垒"村实行残暴的"三光"政策，见人就杀，见屋就烧。八路军及其领导下的地方抗日武装迫于严峻的形势，及时进行了突围、转移、分散，转至敌后进行游击战争。新王庄靠近大山，离镇上较远，在鬼子扫荡中免遭涂炭，但鬼子带来的恐慌和威胁，却像阴霾一样长久笼罩在小村上空。兵祸往往伴随着灾荒。突如其来的大旱，让田地开了裂，让村前的小河断了流，让庄稼绝了收，饥饿开始像恶魔一样到处肆虐。好多人在家里待不下去了，纷纷拿起打狗棍，挎着破包裹，端着带有裂纹和豁口的灰瓷碗，背着老的，领着小的，外出逃难。

因年景不好，为了节省开销，除磨坊里的两名短工外，王七爷把家里的其他下人全辞退了。李金阔两口子一时间都丢了活计，加入了要饭的行列。然而，没过几天他们便发现，仅靠要饭根本解决不了一家人的温饱问题。到处在打仗，到处在闹饥荒，饿着肚子一天跑上好几十里山路，连半块窝头都要不来。李金阔两口子为此愁得直掉眼泪。这天，等两个孩子睡熟后，李金阔两口子偷偷地坐在一起商量。李金阔说："这样下去，恐怕一家人都要被饿死，咱们不能待在家里等死，得出去寻寻活路！"李薛氏说："两个孩子还小，玉瓦还不到两岁，就怕他们受不了那罪，吃不了那苦。还有，咱们走了，孩子他奶奶咋办？她是个病秧子，根本走不动路！"李金阔一听，一时间陷入了沉默。

皱着眉头沉思良久，李金阔使劲一咬牙说："把玉潲留下和她奶奶做个伴吧，一个女娃子，早晚是别人家的人！"李薛氏一愣神，下意识地转头看看正熟睡的女儿，眼泪"唰"的一下流了下来，低声抽泣着说："手心手背都是肉，咋舍得啊！再说了，玉潲还是个孩子，咱们两个大人都要不来饭，她能要来吗？这不是把孩子往绝路上逼吗？"李金阔叹了口气，劝媳妇说："俺也没说不要她嘛！俺的意思是说，她至少还能帮家里干点活儿，要是把玉瓦留下，非但不能照顾他奶奶，反倒要他奶奶来照顾他，能行吗？还有，咱们出去只是去碰碰运气，如同把脑袋别在裤腰带上，到悬崖边上摘果子。外边在闹鬼子，乱得很，到底能不能寻到活路俺心里也没底，所以……"李薛氏摆摆手："你啥话也别说了，俺听你的！"

两口子商量好后，开始偷偷做外出的准备。虽然两人极力装出若无其事的样子，李玉祯还是从爹娘的神色上察觉到了异样。李玉祯生怕爹娘撇下自己，像小尾巴一样紧跟在爹娘屁股后面，晚上只有抱着爹娘的大腿才能放心地入睡。李金阔两口子看在眼里，疼在心里。为了打消女儿的疑虑，两人没有急着走，又陪了女儿好几天。终于到了要走的日子，夜深了，外面刮着北风，风吹得窗户"砰砰"作响，看样子是要下雪了。李薛氏坐在昏黄的油灯下，连夜给女儿做了双过冬的棉鞋，用布包了又包，最后搁在女儿的枕头边上。跟棉鞋包在一起的，还有一包保存了很久的葵花籽。李薛氏有很多话想对女儿说，却无法说出口，只能通过眼神来默默地倾诉。

北风刮个不停，给这个不平常的夜晚增添了几分骚动和不安。李金阔收拾好行李，见媳妇仍坐在炕沿上看着熟睡的女儿发呆，轻轻地拽了一下她的衣角。李薛氏打了个激灵，仿佛从幻梦中一下跌落到了冷酷的现实里。李薛氏定定神，抱起熟睡的儿子，蹑手蹑脚地向外走去，走出门去，忍不住回过头来，看了又看，眼泪再也止不住，扑簌簌往下流。李金阔怕媳妇在关键时候心软出岔子，发狠似的跺下脚，拉起她就走。李金阔用扁担挑着行李，李薛氏紧紧抱着儿子，迎着凛冽的北风，跌跌撞撞地向外走去，很快消失于迷茫的夜色当中。为了躲鬼子，他们不敢走大路，只能走偏僻的山路。惨白的山路上，撒下了两人踯躅跋涉的足迹，撒下了他们对未知前途的怅惘，撒下了他们对故乡亲人无尽的挂念，撒下了他们与亲人惜别的泪水，也撒下了李金阔作为男人眼看骨肉分离却无力回天的无奈和沉痛……

也不知过了多长时间，李玉祯冷不丁打个激灵，一骨碌从炕上爬起身，见爹娘和弟弟不在，立时"哇"的一声大哭起来，一边哭一边光着身子和脚丫往外去追。奶奶似乎早有防备，一把将她抱住，骗她说："好孩子，快回去睡觉，你爹娘要饭去了，很快就会回来的！"李玉祯不听，嚷着要去追爹娘和弟弟，奶奶死死抱住她，就是不松手。李玉祯哭得像个泪人儿，用小手发疯似的扑打着奶奶，说："奶奶，你坏！呜呜，爹和娘不要俺了，呜呜……”奶奶强装笑脸说：“好孩子，别瞎说，你爹娘咋会不要你呢？他们要饭去了，过个三五天就回来！”李玉浈哭得更伤心了，噘着嘴说：“呜呜，奶奶你骗人，他们要饭干吗只带弟弟不带俺呀？万一鬼子来了，咱们可咋办呀？”说着，对着奶奶又抓又咬。奶奶无奈，索性把她拽到炕上，用被子裹住她的手脚。

李玉浈渐渐没了气力，哭声越来越小。奶奶一眼瞥见炕头上的那个包裹，急忙打开，逗李玉浈说：“看到了吧，你娘咋会不要你呢？她还给你做了双新棉鞋哩！啧啧，除了新棉鞋，还有包葵花籽哩，一家人都没舍得吃，全留给你了！”李玉浈一愣，随即连人带被扑向包裹。李玉浈撑开被子，两手抱着棉鞋，紧紧地贴在胸前，委屈的眼泪扑簌簌往下掉。期间葵花籽散落一地，她也顾不上理会。奶奶一边捡散落到地上的葵花籽，一边不无惋惜地嘟囔：“这是你爹娘留给你的念想，可不能弄丢哟！你爹娘说了，他们是向着太阳、追着太阳走的，到时你也要向着太阳、追着太阳走下去、活下去。记住，南墙根上的那两棵向日葵就是你爹你娘的影子，你想他们的时候，就去瞅上一眼，看了你爹娘的影子，你心里就会敞亮，就会暖和。要是向日葵蔫了，咱们紧接着再种上两棵……唉，俺干吗要跟你说这些呀，你还是个动不动就哭鼻子的孩子，咋会听得懂哟！”

李玉浈无心听奶奶的唠叨，奶奶越唠叨，她就越烦躁。她搞不明白，她没做错什么，饭量也不大，爹娘为啥单把她撇下。李玉浈越想越觉得憋屈，把怀里的棉鞋使劲儿一扔，跳着脚儿哭喊：“俺不要棉鞋，俺不要向日葵，俺只要爹娘，俺只要弟弟，呜呜……”奶奶赶忙把棉鞋拣起来，用袖子仔细地擦了又擦，然后尴尬地看着哭闹不止的孙女，不停地摇头叹气。李玉浈哭闹了大半夜，直到天微微放亮，才躺在奶奶的怀里沉沉地睡去，即使在睡梦中，她也没忘喊爹娘，每喊一声身子就不自觉地抖动一下。奶奶抱着孙女坐在炕头，两眼无助地望着窗外，眼泪扑簌簌往下掉。看孙女难受，奶奶心里也不好受，她想骂儿子和儿媳几句，却怎么也骂不出口，如今这年月，要不是被逼无奈，谁会忍心撇下亲骨肉不管啊！

第二天李玉浈一觉醒来时已近中午，她要奶奶陪她一起去寻爹娘和弟弟，奶奶竟然答应了。两人跑了大半天的路，结果连爹娘和弟弟的人影也没看到。眼看太阳快要落山，奶奶叹了口气说："你爹娘外出要饭去了，一时半会怕回不来，咱们不能再继续追下去了，要是碰上鬼子，就麻烦了！"李玉祯也感觉又累又饿，实在没有力气继续找下去，只好跟在奶奶屁股后面回了家。以后几天，李玉祯总是饿着肚子、紧紧抱着娘留给她的那双棉鞋，看着几近枯萎的两棵向日葵发呆。奶奶劝她说："孩子，你现在长大了，该懂事了！你爹娘带着你弟弟外出要饭，就是想多省下点粮食给咱们吃，你要是饿坏了身子，他们会伤心难过的！好孩子，听奶奶的话，吃饱了饭，有了力气，才好继续去找他们嘛……"李玉祯终于被说动了，开始按时吃饭，每天跟奶奶去山坡上挖野菜来充饥。李玉祯本想等填饱了肚子，有了力气，备足了干粮，便可继续外出寻找爹娘，后来却发现这纯粹是奶奶哄她的谎话。奶奶说，爹娘和弟弟是向着太阳、追着太阳走的，她也曾偷偷地向着太阳去追，却怎么也追不上。奶奶那样说无非是哄她开心，给她打气儿鼓劲儿，向日葵能跟着太阳"转"，但她不会。

等年龄稍大，李玉祯才辗转打听到，爹娘当年本想带着弟弟出外闯"关东"，因听说关东那边也在闹鬼子，只好随着逃难的人群向别处跑，一去便没了音信。娘留下的那双棉鞋，李玉祯一直没舍得穿，后来想穿时，却发现已不合脚。别人劝她等把脚缠小了再穿，后来李玉祯多次尝试都没成功，只好将鞋珍藏在箱底。以后，李玉祯舍弃过很多东西，唯独没有舍弃那双棉鞋以及栽种向日葵的习惯。

（3）

李金阔两口子外出前，给家里准备了半麻袋地瓜干，那是李薛氏背着王七爷，用从他小儿子王耷拉家里借的两瓢小米换来的。瓢是用圆葫芦对半切去瓤后晒干做成的，两瓢小米也就四五市斤的样子。李薛氏向王耷拉许诺，等他们外出回来，一定连本带利把小米还给他。王耷拉毫不犹豫地拒绝了，说奶娘也是娘，儿有一口粮，就不能饿着娘。李薛氏一听，感动得直掉眼泪。王七爷一家人中，数王耷拉心善，也数他人好。李薛氏为此而感到特别欣慰和庆幸，她这个奶娘没白当！李金阔两口子带着儿子离家外出后，家里只剩下李玉祯和奶奶。一老一小相依为命，如果没有王奋拉接济的那点粮食，还不知道咋熬下去！

奶奶年老体弱，开始还能硬撑着干点活儿，后来就支撑不住了，家里的重担全压在了李玉祯柔弱的肩上。填饱了肚子，才有力气干活。孙女是家里的"顶梁柱"，自然不能饿着。为了多省下口饭给孙女吃，奶奶总说她人老了，身上的"零件"不好使了，没胃口和牙口了，饭也吃不下了。每次开饭的时候，奶奶总是让孙女先吃，等孙女吃完她才肯吃，而且吃得越来越少。开始李玉祯没在意，后来发现奶奶其实也很饿，所谓的"没胃口、吃不下"不过是她特意编的谎话罢了。这天晚上，李玉祯睡得很早，正沉浸于喝小米汤的美梦中的时候，突然被一阵响声惊醒。借着微茫的油灯光一看，只见奶奶正拿着勺子在津津有味地喝着什么。李玉祯迷瞪了好一会才突然醒过神来，以为奶奶在偷吃好东西，一骨碌爬起身来，委屈的眼泪"唰"的一下流了下来，嘬着嘴嘟囔："奶奶，俺，俺也饿，俺也想喝——黄澄澄的小米汤……"奶奶身子猛然抖了一下，一下僵在了那里。

李玉祯爬起身，跑到奶奶跟前，咂咂嘴，做出也想喝汤的样子，等她伸长脖颈向锅中仔细一看，却傻了眼，原来奶奶喝的是刷锅水！锅里的野菜糊糊早被刮得干干净净，刷锅的水略显浑浊，但看不到一点野菜糊糊的痕迹。李玉祯恍然大悟，一下扑在奶奶怀里，眼泪止不住地往下流："奶奶，俺错了，俺知道您也饿，俺不该把您那份也吃掉，呜呜……"奶奶手一松，勺子"啪"的一声掉在了地上。奶奶一把将孙女搂在怀里，眼泪也止不住地往下流，嗫嚅道："傻孩子，俺真的不饿，俺只是看刷锅水倒掉有点可惜，所以……"李玉祯挣脱开奶奶的手，头摇得像"拨浪鼓"一样，连声说："奶奶您别骗俺了，俺知道您也很饿，奶奶，以后您要是再让着俺，俺也不吃了！""好，奶奶答应你，以后再也不让着你了！"说着，把孙女搂得更紧了。

奶奶的身体越来越差，整天吃不饱饭的她也不知道还能撑多久。李玉祯很着急，奶奶现在是她唯一的依靠和主心骨，她不能没有奶奶。李玉祯思来想去，决定上山拾"黑耳子"给她吃。大雨后山坡上会出现一种叫"地衣"的东西，形状像人的耳朵，大家都叫它"黑耳子"。黑耳子黑黑的、软软的、滑滑的、薄薄的，非常好吃，也很有营养。黑耳子是稀缺物，只有大雨后才可能有，太阳出来一晒就找不到了。说也怪，李金阔夫妇因为躲兵祸、旱灾才外出逃难的，他们走后没多久，旱灾便得到了缓解。转过年来的夏天，雨水格外多，老天爷像憋足了劲儿，非要把干渴的土地灌个够不可。李玉浈常在心里默默地念叨：爹娘不是逃荒去了，而是为那些有地种的人家祈雨、祈福去了，神婆、神汉没有办成的事，让他们办成了。这样一想，她心里就舒坦多了。

虽然家里没地种，李玉浈也盼望下大雨，大雨天能拾到黑耳子。这天又下了场大雨，雨刚停，李玉浈便挎上筐子，踩着泥水，急匆匆地往山坡上跑。夏天的天气变幻无常，大雨刚停，太阳便迫不及待地露出脸来，雨后的阳光显得格外明亮，刚才还是清爽无比，这会却有点热浪逼人。估计等自己赶到山坡上时，已很难发现黑耳子的踪影。李玉浈有些失望，但还是不死心，继续闷头向山坡上跑。正跑着，突然听到一声断喝，有人挡住了她的去路。李玉浈吓了一跳，一看，挡她路的人是王大塄。当时的王大塄只有十来岁，正和几个穷人家的男孩子坐在路边玩耍。他们每人头上顶着一枚从路边水沟中随手摘来的野生荷花叶，屁股下面也垫着一枚，样子看起来非常滑稽。几个人显然刚用荷花叶遮过雨，过后就地玩耍了起来。

见李玉浈跑过来，王大塄扯掉头上的荷花叶，站起身拦住她，两手掐腰，摇头晃脑，嬉笑着问："说，干吗去？不说就不让你过去！"李玉浈不答话，想冲过去，被王大塄一把推了回来。李玉浈急得眼泪都快流下来了："求求你，让俺过去吧！""过去可以，先和俺们玩拆炮楼、过家家！"王大塄不依不饶。"就是，就是，和俺们玩完才能走，俺们正缺个坐花轿的小媳妇呢！"旁边的男孩附和。李玉浈见一时无法脱身，灵机一动说："俺可以和你们玩拆炮楼，也可以和你们过家家，但是俺有个条件，等咱们玩完，你们得帮俺去拾黑耳子！还有，俺不想当'小媳妇'，俺想当'娘'！"没想到李玉浈这样说，几个男孩都觉得有些吃亏，围着王大塄，小脑袋挤在一起，像开秘密会议一样，小声嘀咕了好一阵，勉强同意了李玉浈的要求。

王大塄语气缓和了很多，看着李玉浈，用商量和请求的语气问："你先跟俺们玩拆炮楼，然后咱们再过家家，你先当一回小媳妇，当完小媳妇再让你当娘，行吗?"李玉祯咬着嘴唇点点头。王大塄很高兴，像突然嚼了口糖一样，一边嚷着"拆鬼子炮楼了，娶小媳妇了"，一边像司令官下命令一样，潇洒地挥挥手，招呼大家开始玩"拆炮楼"。"拆炮楼"就是抓石子，鬼子来后，才衍生出这种新叫法。石子是女孩子常玩的东西，几个男孩子感觉好奇，也想玩。李玉祯开始手把手地教他们玩。石子有五块，每块有指头肚那么大，四四方方，略带棱角，玩者先抓起一个石子，抛到空中，然后迅速抓起地上剩余的几个石子，再接住抛起来的那个石子。先是抛一个抓一个，接着是抛一个抓两个、三个、四个，再接下来是抛两个抓一个、两个、三个……最后一个动作是"盖炮楼"和"拆炮楼"，在连续抛出一个石子并保持它不落地的同时，用三个石子做底，把另一个石子搭在顶上，称作"盖炮楼"，盖完炮楼，紧接着拆炮楼。几个人轮番上阵，谁先完成整个流程，谁就是赢者。

那时的山里孩子，没有像样的玩具可玩，他们就地取材，通过玩抓石子等土游戏来娱乐身心、打发时间，倒也玩得不亦乐乎。这种土游戏，到底起源于何时，无从查考。从它的玩法上看，很可能是从街头卖艺、玩杂耍的人那里模仿来的。李玉祯从很小的时候起就跟人学会了抓石子，但此时的她根本没闲心玩。对于从小就担负生活重担的穷人家的孩子来说，玩耍是一种很奢侈的事情。虽然李玉祯不经常玩石子，她抓石子的水平仍让几个小男孩佩服不已。几个小男孩手笨，无论李玉祯怎么教，就是学不会。几个人很快泄了气，把石子扔到一边，拽着李玉祯又玩起了"过家家"。李玉祯惦念着拾黑耳子的事，玩了一会就玩不下去了，趁王大塄他们不注意，挎起筐子就跑。

李玉祯没有跑出多远，就被王大塄生生地拽了回来。王大塄装出一脸凶相，没好气地问："咱们还没拜天地入洞房哩，你着啥急?"李玉祯眼中滚动着泪花，嘴一咧说："这个不能当饭吃，俺不想玩了，俺想去拾黑耳子!"王大塄若有所悟似的挺下胸脯，说："只要你答应天天跟俺玩'过家家'，天天当俺的小媳妇，俺保证天天帮你拾黑耳子! 不光拾黑耳子，俺，俺还要帮你掏鸟蛋!""真的吗?""骗你是小狗!"李玉祯心想，现在去拾黑耳子恐怕为时已晚，既然这样，还不如让王大塄帮着去掏几只鸟蛋哩！李玉浈"顺坡下驴"，爽快地答应了王大塄的请求，要王大塄马上帮她掏几只鸟蛋，一刻也不能耽误。王大塄不假思索地连声说"好"，在几个小男孩的簇拥下，大摇大摆地向土崖下的小树林走去。

王大塄似乎早就注意到，小树林的一棵杨树上有个鸟窝，鸟窝里有鸟蛋。没等别人看清鸟窝的位置，他已径直跑到树下，"噌噌噌"爬了上去。只听"扑腾扑腾"两声，两只长着长尾巴叫不上名的鸟儿被惊飞，落在旁边的树上，发疯似的在树枝间跳来跳去，"喳喳喳"叫个不停。王大塄不理会，缩着脑袋，猫着身子，慢慢地向鸟窝靠近。李玉浈和另外几个小男孩蹑手蹑脚地走到树下，仰着小脸，瞪大眼睛，眼巴巴地看着王大塄一点一点向鸟窝靠近。王大塄快要接近鸟窝时，突然刮来一阵风，树枝开始随风摆动，王大塄整个身子也跟着摇晃。几个人吓得屏住呼吸，紧张得心怦怦直跳。王大塄却毫不害怕，身子牢牢贴紧树干，等风刮过，又开始慢慢地向鸟窝爬去。终于，王大塄的手触到了鸟窝，只见他迅速观察了一下周围的情况，麻利地把手伸进去，变魔术一样掏出了几只带有母鸟体温和斑点的灰绿色鸟蛋。

王大塄喜不自禁，一手托着鸟蛋，一手抱着树干，向树下做了个胜利的手势，然后开始往树下爬。可能是因为太得意且只能单手抱树的缘故，快要爬下树时，王大塄抱树的手突然一松……只听"嗤啦""扑通"两声，王大塄一头栽倒在地上，"哇哇"大哭起来。一群人走近一看，傻了眼，王大塄的裤裆被树皮划破，大腿上多了好几道血痕。几个小男孩被王大塄的"惨状"吓得一哄而散。李玉浈没有跑，王大塄是因为帮她掏鸟蛋才受伤的，她不能丢下他不管。李玉浈把王大塄搀扶起来，"护送"他回家。王大塄每挪动一步，便疼得直咧嘴，李玉浈问他到底哪个地方疼，他紧咬嘴唇羞于开口。李玉浈哭笑不得，穷人孩子当中，王大塄算很要强的，没想到他也有怯懦和羞涩的时候。

王大塄掏鸟蛋划破裤裆的事早被他的小伙伴煞有其事地报告给了大塄娘。李玉浈搀扶着王大塄刚"挪"出小树林，大塄娘便急火火地跑了过来。大塄娘脸色很难看，一点血色也没有，像一张结满冰霜的布，两眼像布上的窟窿，放着寒光，像要把人一口吞下似的。大拐娘蹲下身查看了一下儿子的裤裆，猛然摆下手，一把推开李玉浈，背起儿子就跑。见娘过来，王大拐哼唧得更厉害了。大拐娘一边背着大拐拼命跑，一边扯开嗓子骂："疼，疼死你活该，谁让你不长眼，非要帮人家掏鸟蛋，她到底给你啥好处了？她娘的，玉浈这孩子也太不懂事了，竟然把俺儿子害成这样，啧啧，把'小鸡鸡'也磨破皮了，天杀的野闺女，你想让俺们家断种啊！你等着，看俺怎么收拾你……"听大拐娘这样说，李玉浈身子不自觉地抖了一下，感觉一场灾祸即将降临到自己头上。

（4）

预感到大祸临头且无力应对时，也许逃避是最好的选择。怕奶奶责备，李玉浈没敢急着回家，而是跑到山坡上挖了些野菜，又一个人在村头呆呆地坐了很久，直到太阳快要落山的时候，才挎着筐子战战兢兢地走回家中。本想过了这么长时间，奶奶的火气会冷下来、小下来，实际情况却大大出乎李玉浈的意料。奶奶铁青着脸坐在房门前，像一个一碰就响的炸药包。李玉浈放下筐子，把头深深地埋在胸前，怯怯地喊了声"奶奶"。奶奶不理会，默不作声地站起身，走进屋中。李玉浈被奶奶的背影牵引着，忐忑不安地跟进屋中。奶奶抄起笤帚疙瘩，手猛然停在半空，发现孙女仍躲在身后，脸色变得更难看了。奶奶冷峻的目光极具杀伤力，让李玉浈不寒而栗。看来奶奶的气不撒出来是不会算完的，李玉浈索性自觉地趴到炕沿上，褪下裤子，把屁股露出来，用带有几分无奈、几分不服、几分豪壮的语气，慷慨就义似的说："奶奶，俺错了，你打吧，朝俺屁股使劲儿打吧！"

奶奶正在气头上，无心揣摩孙女的心思，也不容许她有抱怨的情绪，举起笤帚疙瘩对着她的屁股使劲儿抽打起来。李玉浈白皙、娇嫩的小屁股上瞬间多了几道紫红色的血印子。奶奶一边抽打一边愤愤地说："你这孩子，咋这么不懂事啊！偏偏去招惹王大拐，你以为他娘是好惹的呀？"李玉浈忍着疼痛，紧咬嘴唇不答话。孙女越沉默，奶奶越来气，厉声问：

"熊孩子，你倒是说句话呀？说，为啥撺弄王大拐去掏鸟蛋？鸟窝里有可能盘着蛇，你知不知道？你这不是狗不咬拿棍捣——没事找事吗？王大拐要是有个三长两短，把你卖了也赔不起！天啊，你这个死闺女竟然给俺闯了这么大的祸，你让俺咋收场？咱家连个鸡蛋毛毛也没有，你让俺咋去跟人家赔不是？大拐娘说了，王大拐这次伤得不轻，非要跟咱们讨个说法，你，你，你说这事咋办？"李玉浈气不过，终于发出了抗议声："他这是'自己挠破腔赖别人'！明明是他自己不小心嘛，又不是俺故意让他划伤的！是他主动提出给俺掏鸟蛋的，咋能一股脑儿地全怪俺呢！"奶奶一听火气更大了，说："好啊，做错了事，还想抵赖，真不知羞！作为一个姑娘家，整天厚着脸皮跟男孩子一块玩，你不怕人家笑话呀？过家家就过家家呗，干吗非要去爬树掏鸟蛋？"被奶奶这一问，李玉浈又不敢吱声了。

见孙女到现在还不肯认错，奶奶气得浑身直打哆嗦，喘息了一会，又说："你，你真像个没砣的秤——一点轻重也分不出来，幸亏大拐只是划破了点皮，要是直接从树上摔下来，摔成了瘫子咋办？"李玉浈冷不丁又冒出一句："哼，那也没啥，大不了俺给他当一辈子小媳妇！"奶奶一愣，手不自觉地抖了一下，笤帚疙瘩差点掉到地上。奶奶一时间陷入了沉默。李玉浈以为奶奶已消了气，偷眼看看她，刚要起身，不想屁股上又重重地挨了一笤帚疙瘩，疼得她直咧嘴。奶奶刚才之所以发呆，是被孙女突然冒出的话给惊着了，一时没有回过神来。等她回过神来，火"噌"的一下又蹿了上来。奶奶气得浑身发抖，有好几次，将笤帚疙瘩打偏了方向，差点闪个趔趄。奶奶的腔调也变得越来越急促："你这个熊孩子越来越缺少管教，竟然说出这么没羞没臊的话，你以为这样就能巴结上人家？别说当小媳妇了，就是当小丫鬟人家也不一定要你！俺，俺不能眼看着你变成野孩子，现在就替你爹娘教训你，这一下是替你爹打的，再一下是替你娘打的……"

奶奶打着打着，突然将笤帚疙瘩用力一扔，一下瘫坐在地上，用手扑打着地面放声大哭："老天爷呀，俺的命咋这么苦啊！竟然养了这么一个不懂事、不知羞的孙女，你让俺以后咋见人啊！金阔你这个挨千刀的，把个四六不懂的死闺女撇给俺，这不是成心让俺作难、要俺的老命吗？还有你金阔媳妇，闺女也是你身上掉下来的肉，咋能说扔就扔呢……"李玉浈慌了神，转身抱住奶奶的胳膊，涕泗横流地说："奶奶，俺错了，俺不该惹您生气，俺不该让大拐去帮俺掏鸟蛋！俺看您身子骨越来越弱，心里着急，想掏个鸟蛋给您补补身子，没想到……俺，俺以后再也不敢了，俺一定好好听您的话！""孩子啊，你，你咋不早说啊！"奶奶先是一惊，随即心头一热，一把抱紧孙女，眼泪扑簌簌往下流。

"呦，你们这是做啥呢？又哭又闹的！"突然听到说话声，两人止住哭声，抬头一看，是李玉茬的娘来了。玉茬娘上来把两人从地上拉起来，看看地上的笤帚和从上面打落的碎屑，马上明白了七八分，嗔怪地白了奶奶一眼问："婶，天上无云下大雨，您这是唱的哪一出？孩子还小，她那小嫩屁股哪经得起您这样打？"玉茬娘转头看看李玉浈，用手试着摸了一下她红肿的屁股。李玉浈本能地抽搐了一下。玉茬娘触电似的缩回手，心疼得直掉眼泪，哽咽着问："闺女，你是不是惹你奶奶生气了？跟大娘说说，这到底是咋回事？"李玉浈低着头，紧咬嘴唇，无论玉茬娘怎么问，就是不吭声。"唉，这孩子也太不懂事了，竟然闯了这么大的祸，俺都不知道该咋办了！"奶奶叹了口气，把事情的经过对玉茬娘简单一说。玉茬娘若有所悟，说："婶，这就是您的不对了，咱不能因为丢了牛就把犁耙给砸了。孩子小，犯点儿错是难免的，您说她几句，让她以后记住就行了，千万不能动手打，万一您一失手，把她打出了毛病咋办？"玉茬娘叹了口气，又说："再说了，这也不全是玉浈的错嘛！大拐娘'护犊子'在咱村是出了名的，她仗着跟王七爷家走得近，根本不把我们放在眼里。谁不晓得大拐是咱们村出了名的刺头？哼，别一出点事就不分青红皂白地全归罪到别人身上！真是'有其母必有其子'，大拐娘是个刁蛮的泼妇，无理也要争三分，结果把大拐也惯坏了！"

奶奶朝玉茬娘无力地摆摆手，苦笑着说："咱们惹不起她啊！要怪就怪玉浈这孩子不争气，非要在老虎腔上拔毛！大拐娘说了，让俺们火速赔她儿子一条新裤子，治伤的药钱也要俺们出。她还说，为了给大拐补养身子，俺还得送她五十个鸡蛋和一只老母鸡！玉茬娘，你说说，就俺们家这光景，就是砸锅卖铁也赔不起啊！"玉茬娘一听直摇头，皱着眉头想了想，眼睛一亮说："看来这事不好了结哩！这样吧，你去求李金多的老娘帮忙说说情，乡里乡亲的，别伤了和气！听说李金多在打鬼子的队伍里干了个很重要的角色，连王七爷也要敬他三分，这个面子大塄娘肯定会给的！"奶奶点点头说："看来也只有把死马当活马医了，俺这就去求金多他娘去！"说完，踮着小脚，急忙出了门。

等奶奶离开，玉茬娘把李玉浈揽在怀里，叮嘱说："孩子，以后要是没人跟你玩，去找你玉茬姐！还有，以后再有人欺负你，马上告诉大娘，大娘替你做主！"玉茬娘自嘲一笑，又说："当然了，咱们可不能主动去惹事，俗话说得好'惹不起但躲得起'，以后少去招惹大塄他们！""大娘，俺听您的！"李玉浈使劲儿点点头。玉茬娘脸上露出了欣慰的笑容，蹲下身，掰着李玉浈的肩膀说："看着俺，俺还有话要对你说！你娘临走时，不光给你留了双新棉鞋，还给你另外留了一样东西，本来俺是想等你稍大一点后再说的，现在看你这样，只好对你直说了！""大娘，是什么东西？俺娘到底给俺留下了什么值钱的东西啊？"李玉浈眼睛一亮，焦急地问。玉茬娘没有急着答话，长吁短叹了一阵，才说："不是什么值钱的东西，只是一句话！你娘说，你现在已经是大孩子，一定要懂事听话，好好照顾你奶奶！"李玉浈有些失望，原以为娘会给她留下什么值钱的东西，比如银簪子、银手环等，没想到只是一句无关痛痒的话。李玉浈撇撇嘴，并没有把玉茬娘叮嘱的话放在心上。

玉茬娘让李玉浈好好琢磨一下娘留给她的那句话，随后又耐心地叮嘱了她几句。玉茬娘离开后，李玉浈闷头想了很久，终于领悟到了娘那句话的含义，感觉娘留给她的话很有分量。娘说得对，奶奶年纪大了，身体越来越差，只能靠她来照顾，她却总是惹奶奶生气，让奶奶操心！想到这里，李玉浈鼻子一酸，眼泪不知不觉又流了下来。李玉浈在心里暗暗发誓，一定把娘留给她的那句话牢记在心里，好好照顾奶奶、孝顺奶奶，让娘放心！想到娘，李玉浈心头一沉，可是，娘，娘又在哪里呢？她能感应到女儿的心声吗？如果感应不到，她怎么能够放心呢？这样一想，李玉浈突然感觉娘的那句嘱托，像风中的云雾一样飘忽不定……

（5）

　　经过李金多老娘的从中说合，大拐娘最终做出了让步，答应不再追究李玉浈的"责任"，但她有两个条件。第一个条件是，李玉浈以后不得靠近王大拐半步，不得和他一起玩耍。在大拐娘眼里，李玉浈是癞蛤蟆，大拐是天鹅，癞蛤蟆和天鹅是不能待在一起的。第二个条件是，李玉浈除了和王大拐保持距离外，还须帮他家打一个月的羊草，打好的羊草直接放到羊圈外指定的地方。这样一来，李玉浈每天又多了个活儿，除了去挖她和奶奶吃的野菜外，还得给大拐家打满满一筐羊草。对大人们来说，这都是捎带脚的活儿，对李玉浈来说，却是累活儿，累就累在每天都要准时干，没喘息的空儿、没偷闲的余地。按说雨水多，野菜、羊草长得快，不难挖，也不难打。实则不然。雨水多，野菜长得快，被人挖得也快，附近挖不到可吃的野菜，李玉浈只好挎着筐子跑到大山里面去挖。挖完野菜，还要给大拐家打羊草，去砍用来烧火做饭的柴草，天刚放亮就得出发，天擦黑才回家，每天都要往山上跑好几个来回。

　　穷人家的孩子早当家。七八岁、十来岁，正是人童年时期最美好、最快乐、最值得回味和留恋的年岁。然而，李玉浈的童年生活却过得并不轻松，别人家的孩子还在爹娘跟前撒娇，她却早早担负起了家庭的重担，整天忙个不停。奶奶看孙女如此辛苦，非常心疼，经常背着她偷偷地掉眼泪。人老了最怕心病，奶奶的心病就是放心不下孙女，恨自己无能，恨自己的身体不争气，拖累了孙女。看孙女吃苦受累，她干着急却使不上劲儿，像年老体衰且折了翅膀的鸟，越想飞越飞不动，身上像散了架似的不听使唤。即便这样，为了尽量减轻孙女的负担，她还是坚持操持家务，按时给孙女做热乎饭吃。这天，奶奶终于支撑不住了，感觉浑身无力，头晕晕的，眼前直冒金星，她躺在炕上，休息了大半天，仍不见好转。眼看孙女忙完一天的活儿，马上就要回家来吃晚饭，奶奶很着急，从炕上艰难地爬起身，扶着板凳慢慢地向灶房挪动。人越急，越容易出乱子。奶奶强撑着身子就要挪进灶房的时候，眼前突然一黑，一头栽倒在地……

奶奶从此一病不起。家里的活儿全压在了李玉祯一个人身上,除了挖野菜、打羊草、砍柴火,回家还得洗衣做饭,照顾奶奶。奶奶看了更心疼了,心里更难受了。李玉祯知道奶奶不想吃闲饭,不想拖累自己,并因此而感到内疚、心焦和难过。为了帮奶奶解闷儿,晚上闲下来的时候,李玉祯央求奶奶给她讲故事。奶奶讲着讲着,不免又掉起眼泪来。看奶奶不痛快,李玉祯也觉得不痛快,看奶奶犯愁,她也跟着犯愁,心里像压了块大石头,透不过气来。累点、苦点不怕,让李玉祯最怕、最犯愁的是没钱给奶奶看病抓药。虽然奶奶总是坚持说自己没病,不用吃药,但李玉祯心里有数,奶奶的病一天比一天严重,她经常在半夜里被奶奶发出的呻吟声惊醒,心里像被火烧火燎了一样难受。先前奶奶为孙女着急,这会轮到孙女为奶奶着急了。为了帮奶奶减轻病痛,在玉茳娘的指点下,李玉祯决定到山上采点草药给奶奶吃。玉茳娘叮嘱的话不时在她耳边回响:有病乱投医,久病成良医,对咱们穷人来说,这是没法子的事;赶上世道不好,咱们请不来郎中,抓不来药,只能靠自己想办法……

李玉祯牢记玉茳娘的叮嘱,坚信自己一定能采到草药,也一定能治好奶奶的病。她觉得只要有奶奶在,这个家就还像个家,没了奶奶,这个家就彻底散架了,所以,为了治好奶奶的病,她即使豁上小命也是值得的。功夫不负有心人,李玉祯这天几乎跑遍了附近的所有山坡,终于采到了几株玉茳娘说的那种草药。看到了草药,就像看到了救星,李玉祯只觉热血上涌,浑身充满了劲儿,别提有多高兴了。李玉祯小心地把草药放进筐子里,马上又小心地把它拿了出来,然后麻利地从路边拔了些青草,垫到筐子底下,再把那几株草药放到中间,顶上盖上一层青草。做完这一切,李玉祯才放心地挎着筐子急急地往家赶。想到奶奶喝完自己熬的草药,马上就会有好转,李玉祯脸上不觉露出了开心的笑容。

李玉祯挎着筐子急火火地往家走,半路上突然被人拦住。是“地主老财”王七爷。王七爷戴个黑色瓜皮帽,穿一身宽松的黑色绸缎衣,两手挂着一根铮明瓦亮的龙头拐棍,像堵墙一样挡住了李玉祯的去路,冷着脸问:“看你毛手毛脚的,干吗去了?最近俺家地里的麦穗少了几棵,快说,是不是你这个贼娃子偷的?”李玉祯被王七爷冷不丁的问话吓了一跳,下意识地把筐子藏到身后，因为胆怯，因为紧张，话也说不顺溜了："俺，俺没偷，俺真的没偷你家的庄稼！""没偷？你整天挎着筐子天不亮就往外跑，天擦黑才回来，谁知道你偷没偷！哼，有人看见你去俺家地头了，老实交代，你到底偷了几回了？"李玉浈身子不自觉地抖了一下，向后倒退了两步，用手紧紧护住筐子说："俺没偷，俺打的是羊草！"王七爷眉头一皱，小眼珠一转，厉声问："打羊草？你打羊草干什么？你家哪来的羊？说！""俺，没，没……"李玉浈一时语塞。王七爷被激怒了，冲上来一把揪住李玉浈的衣领，忽一卜把她推到一边，接着抢过筐子去，胡乱一抖，发现里面除了青草，只剩几株草药，呆住了。

没抓住李玉浈的"现行"，王七爷有些气急败坏，朝那几株草药使劲踩了几脚，骂道："死闺女，贼娃子，竟敢跟七爷俺耍心眼，俺让你说谎，俺让你偷俺家的庄稼，俺让你掏俺家树上的鸟蛋！"这下好，由偷庄稼又扯到了掏鸟蛋上，明显有讹人的意思。那小树林本是野生的，王七爷竟然硬说是他的。王七爷这天遮得真够大的，连天上飞的鸟儿也不放过。见王七爷把自己心爱的草药踩蔫了，李玉浈忍无可忍，发疯似的冲上去，用力推开王七爷，将已蔫了的草药紧紧地抱在怀里，哭着说："呜呜，你，你这是做啥嘛，干吗要踩坏俺采的草药呀？这药可是给俺奶奶救命用的啊！呜呜，你，你赔俺草药，你赔俺草药……"王七爷一愣，很快领悟到了什么，瞅了瞅李玉浈怀里抱的草药，摇了摇头。王七爷有些理亏，但还是强装镇定地说："采——采草药也不行，谁知道你这草药是不是从俺家地里采的？这方圆几十里都是俺王七爷家的地，地上长的草、树全是俺的！不，不仅是俺的，也是'皇军'的！以后你再去采草药，得先向俺报告！"王七爷眼一瞪，发狠似的又说："号，号什么丧！你爹娘还没死呢！赶紧给俺闭嘴！"说完，左右看了看，将拐棍往腋下一夹，佯装没事人的样子快步走开了。

等王七爷走远，李玉浈赶忙止住哭声，忙不迭地将那几株已面目全非的草药小心地摆放到地上，试图将其还原成原来的样子。经过几番尝试，都没成功。也不知道这样的草药还能不能用，想到奶奶的救命药被王七爷无端糟蹋，李玉浈又气又急又恨，忍不住回头朝王七爷离开的方向狠狠地啐了口唾沫。事已至此，着急和生气都没用，接下来还得另想办法。李玉浈在心里默默地劝自己，路还长着呢，不能因为被石头绊了一脚，被狗咬了一口，就停下不走了。她决定再去山上采几株草药，麻利地把先前的几株草药收好，挎起筐子径直向可能有草药的地方跑去。然而，让李玉浈大失所望的是，她寻了大半天，始终没有寻到同样的草药。

李玉浈挎着筐子悻悻地回到家，正愁怎么对奶奶解释的时候，突然听到从卧房里传来一阵说话声，仔细一听，是玉茬娘正和奶奶拉呱儿，也不知道奶奶又碰上了什么伤心事，说话声音中带有明显的哭腔。奶奶说："玉茬娘，你不要再劝俺了，俺的病已经没有指望，俺多活一天就多拖累孩子一天，你还是让俺痛痛快快地去吧……唉，金阔这孩子也太不让人省心了，一去就没个音讯，把个半大闺女撇给俺这样一个半死不活的老婆子，这日子咋过呀！"玉茬娘说："婶，千万不要这样想，和咱们一样的穷人多着哩，还不是一样的熬呀！穷人咋了？不也是人吗？女娲娘娘当初造人的时候，没想把人分成三六九等吧？至于穷富贵贱之分，还不是人们自己折腾出来的啊？所以说，虽然咱们人穷，但命并不贱，没有咱吃不了的苦，也没有咱遭不了的罪，咱们总有熬出头的时候！"玉茬娘顿顿，又说："婶，您且听我说，棒子断了秆，就会倒，屋子断了梁，就会塌。人心里也有根秆，也有根梁，秆和梁撑不住了，人也就完了。所以说，无论到啥时候，人心里的秆和梁都不能断。您现在就是孩子的主心骨，就是孩子的秆和梁，千万不要胡思乱想，更不能心软，您把脖子往绳子上一套，两眼一闭倒是省心了，可孩子咋办？"

玉茬娘的话显然戳到了奶奶心里的痛处，奶奶沉吟了好一会儿，突然发出一声长长的沉重的叹息，说："唉，玉茬她娘，你说的这些话我都懂，但话说起来容易，做起来就难了！如今这世道，哪还有咱们穷人的活路呀！还不如一了百了，省得活着受罪！王七爷刚才托人捎话过来，让俺好好管教一下玉浈这孩子，说她很不'老实'，总往他家田里和山上跑，啧啧，孩子不就是上山采了几株草药嘛，七爷竟然说那草药是他家地里长的并准备孝敬鬼子的……"玉茬娘说："婶，别听他胡咧咧，玉浈这孩子俺了解，绝对不会去偷他家的庄稼的！至于说七爷家地里长草药，鬼才相信呢！七爷这是恶人先告状，故意找茬骑在咱们老实人头上拉屎。婶，您听俺的没错，对王七爷这种蛮不讲理的人，您没必要和他生气，也没必要把这事放在心上，您被疯狗咬了一口，难道还要反过来咬疯狗一口吗？"玉茬娘难抑胸中的怒火，气呼呼地又说："哼，俺看啊，王七爷造的孽已经够多了，早该下十八层地狱了，只是阎王派的小鬼打了个盹儿，还没顾上来抓他罢了。快了，王七爷遭报应的日子快到了，他像秋后的蚂蚱，蹦跶不了几天了！另外，俺听说他家三儿子跑到鬼子那边当了汉奸，当汉奸都没有好下场，自古就是这么个理儿，你等着瞧吧，总有咱们穷人翻身出气的那一天！"

奶奶像突然想起了什么似的，问玉茬娘："啥？玉茬娘您说的可是实情？"紧接着叹了口气，又说："七爷家的三少爷是俺看着长大的，人虽然不咋样，有点儿油头滑脑，但好像骨子里并不坏，咋会去当汉奸呢？不瞒您说，当年他到县城去求学，被俺娘家那地儿的土匪劫走时，俺还偷偷为他掉过眼泪哩！后来，他领着一帮带匣子枪的人马硬是把土匪窝给端了，为了感谢他为民除害，俺还替俺娘家人给他叩过几个响头哩！"玉茬娘说："婶子您有所不知，那伙土匪绑他的票是为了向七爷索要赎金，三少爷带着人马端土匪窝是为了报一箭之仇，根本不是为咱们穷苦百姓着想。要不然，他后来也不会叛变投敌，当了汉奸！婶您听好了，人不可貌相，海水不可斗量，咬人的狗不露齿，就像王七爷，人看起来很面善，其实一肚子坏水，他呀，巴不得把咱们都踩死呢！所以，咱们一定要把眼睛擦得亮亮的，千万不能让他们给灌了迷魂汤！"

听了奶奶和玉茬娘的对话，李玉祯心中陡然生出一股无名之火，火苗不断地撞击着她的心头和胸口。王七爷实在是太可恶了，竟然把奶奶逼得要上吊！李玉祯气呼呼地一把推开卧房的门，跑进去，抱着奶奶的胳膊焦急地问："奶奶，您——怎么了？到底怎么了？您可千万别丢下俺呀？"见李玉祯突然回来，奶奶和玉茬娘惊得面面相觑。奶奶半躺在炕上，嘴角扭动了两下，想说什么却没说出口，背过身去抹起了眼泪。玉茬娘赶紧把李玉祯拉到怀里，亲昵地拍拍她的肩头说："孩子，没事，啥事也没有，你还没吃饭吧？"玉茬娘想转移开话题，尽力保持镇定，却没有控制住自己，扭过头去，也忍不住抹起了眼泪。李玉浈挣脱开玉茬娘的手，看看奶奶，又看看玉茬娘，"哇"的一声大哭起来："你们别骗俺了，刚才你们说的话俺都听到了！呜呜，俺没做错什么，也没得罪他，他凭啥这么欺负俺！俺，俺跟他评理去！"说着，就要起身向门外跑，不想被玉茬娘一把拽住。玉茬娘把李玉浈紧紧地搂在怀里，一时竟找不到合适的话语来劝说她。

（6）

李玉浈依偎在玉茬娘怀里，委屈的眼泪不住地往下流，她感觉一团乌云正笼罩着她、压迫着她，她看不到任何光亮，也找不到任何出路，她想冲破阴霾冲出去，却感到浑身乏力。屋里的气氛显得异常沉闷。煤油灯烧焦的灯芯头紧贴在灯口边上，火舌在上面舔来舔去，"呼"的一下大起来、亮起来，"噗"的一下又小下去、弱下去。油灯也像人的心情一样心神不安。正在这时，李玉茬双手端着一只灰瓷碗急匆匆地走进门来，碗里放了四五个用地瓜面和野菜做成的饭团子。饭团子冒着热气，像是刚刚出锅，一股浓浓的饭香顿时在屋中弥漫开来。没等李玉浈和奶奶回过神来，玉茬娘早有准备似的，已把碗接在手里，端到奶奶面前说："婶，这是俺家刚蒸的饭团子，俺让玉茬拿了几个过来，您和孩子趁热吃点吧！俗话说'天下没有过不去的火焰山'，苦日子总会熬过去的，现在您啥也别想，保重身体要紧！"说着，分别给奶奶和李玉浈拿了个饭团子，一个劲儿地叮嘱她们快吃。

看到热气腾腾的饭团子，李玉浈突然感觉特别饿，肚子也像张开了一只大口，巴不得立马把饭团子吞下去。李玉浈捧起饭团子刚要咬，突然又停下，下意识地偷眼看看奶奶。奶奶朝孙女努努嘴说："既然是你大娘给你的，那就快吃吧，要不一会儿就凉了！"李玉浈点点头，大口地吃起来，每咬一口，都会不经意偷眼看看奶奶。奶奶会意地笑了笑，也试着咬了一小口饭团子，一边嚼一边感激地看着玉茬娘说："玉茬她娘，这段时间多亏您照顾，给您添了这么多麻烦，让俺说啥是好啊！您家日子过得也很紧巴，以后……"玉茬娘摆摆手打断奶奶的话说："一家人不说两家话，穷人家过日子，靠的就是互相帮衬渡难关，对俺您不用客气，再说了，俺也没帮上您啥大忙嘛！"玉茬娘向奶奶使了个眼色，招呼李玉茬陪李玉浈到一边吃饭，然后亲昵地拉着她的手劝道，"婶，您比俺年岁大、见识多，有些话本不该由俺来劝您，但俺还是忍不住想说您几句：人活一口气，无论多难都要把腰杆挺直了！不管怎么说，玉浈她爹娘不在家，您就是家里的顶梁柱，孩子不能没有您，您得挺住，您要是有了难处，尽管对俺说！"奶奶点点头，又摇摇头，开始闷头不语。

玉茬娘下意识地转头看看正在吃饭的李玉浈，感叹说："这孩子要是能早点长大就好了，俺看玉浈这孩子有福气，到时准能寻个好婆家……"奶奶一愣神，也不自觉地看向孙女，看着，看着，突然眼睛一亮，向前探了探身子，凑近玉茬娘耳根小声说："她大娘，您要是有合适的，抓紧给玉浈张罗着说个婆家吧，不求门当户对，只求到时能吃饱穿暖就行！"玉茬娘连连摆手说："婶，孩子还小呢，这事不急！再说您身体不好，玉浈守在您身边，也好有个照应嘛！"奶奶说："不小了，俺当年就是十多岁过的门，她爷爷比俺还小，俺们成家那会，他还在尿炕哩！呵呵，玉浈要是能找个好人家，俺也就没啥大的牵挂了……"玉茬娘一听，点点头，又使劲儿摇了摇头，一时不知说啥好。

李玉浈吃饱饭，开始和李玉茬一起借着微茫的油灯光纳鞋底。两人其实早已偷偷参加了识字班、妇救会，得空就为游击队员赶做布鞋。两人先将做衣服剩下的脚料布或废布条照鞋底样子剪好，接着用自制的糨糊一层一层叠着粘结起来。布一般选白色的，粘结后厚度保持在两公分左右。等它晾干后，再用麻线在上面纳上细细的针脚，最后缝上鞋面，结实耐用的布鞋就做成了。纳鞋底用的麻线是由从苎麻杆上剥下的外皮撕成丝后搓成的，非常结实耐用。妇女们习惯借助小腿来搓麻线，将几根麻丝顺成一绺，搁在小腿上，左手拽住头，右手伸平顺势向前一搓，麻丝就会拧成一股。李玉浈和李玉茬没少做这样的针线活，心中早有数儿，因此下手并不慌乱，没用一会儿工夫，就把一只鞋底的初样做了出来。

李玉浈和李玉茬忙着做鞋底，玉茬娘和奶奶则坐在一边唠家常。两个大人一边说话，一边不时看看正忙着做鞋底的两个闺女，脸上洋溢着开心和满足的笑容。不知不觉天色已晚，两个孩子都有了睡意，打起了哈欠。玉茬娘一看，起身准备离开，但她仍有些不放心，把李玉祯招呼到一边，叮嘱她一定要照看好奶奶。虽然没听清两人嘀咕的话，奶奶还是马上猜到了七八分，笑着大声说："玉茬她娘，您说得对，人活一口气，树活一张皮，您放心吧，俺只要还有一口气，决不会再做傻事的！嘿嘿，俺还要等着吃俺孙女的喜糖哩！"没想到奶奶这样说，李玉祯不觉脸一红。玉茬娘被奶奶的话逗乐了，意味深长地拍了拍李玉祯的肩膀，笑呵呵地拉起李玉茬走出门去。李玉祯忙起身去送。

送两人离开后，李玉祯没有急着睡，装作若无其事的样子，继续完成剩下的活儿，手里忙着活儿，心里却记挂着奶奶，反复琢磨玉茬娘和奶奶刚才说过的那些话，不停地偷眼打量奶奶。经过玉茬娘地耐心劝说，奶奶的脸色明显好看了很多，但李玉祯仍有些不放心，假称找做鞋的布头，趁奶奶不注意，偷偷将家里能用来上吊的绳索全收拢并藏到了奶奶不易发现的地方。随后收好鞋样，躺在床上，大瞪着两眼，紧紧抱着奶奶的胳膊，生怕她偷偷爬起身不辞而别。后来，李玉祯实在支撑不住，迷迷糊糊地睡了过去。

等李玉祯一觉醒来，天已放亮。李玉祯下意识地伸手一摸，身边空空的，禁不住打了个激灵，一骨碌从床上爬起身，却见奶奶正坐在床边，笑呵呵地盯着她看，眼神中充满了慈爱，好像在说：俺已经死过一回了，已经彻底想开了，只要俺还有一口气，就要好好活下去。李玉祯读懂了奶奶的眼神，但她不想打破这种无言的默契。李玉祯麻利地爬起身，准备生火做饭，奶奶摆摆手拦住她，说已把昨晚剩的饭团子热好，让她快吃。李玉祯掀开锅盖，抓起饭团子刚要往嘴里送，猛然发现饭团子只剩下一个半。她没有多想，赶紧把手里的饭团子掰下一半放了回去。李玉祯一手拿着半个饭团子，一手挎起筐子，一边吃一边往外走。奶奶蹒跚着追到门口，吞吞吐吐地问："孩，孩子，今天，你——还要上山去啊？"李玉祯点点头："奶奶，没事儿，您放心吧，今天俺一定会提前赶回来的！"说完，顺手抽下插放在土墙缝中的镰刀，急急地出了门。望着孙女离开的背影，奶奶扶着门框，身子猛然抖了一下。

李玉浈急着出门，是想在不耽搁挖野菜、打羊草、砍柴火的情况下，挤出点时间去山上碰碰运气，看能不能采到跟昨天一样的草药。怕奶奶担心，她没有对她明说这事。奶奶似乎早看出了她的心思，也没有明说。有时候，保持沉默便是对亲人最好的会意和提醒，也是对亲人最好的抚慰和鼓励：有我呢，别怕，无论多难都要咬紧牙关，坚强地活下去。李玉浈读懂了奶奶的眼神，领会了她的意思，但她不想触碰奶奶那根敏感的神经，不希望奶奶因为一时想不开做了傻事而歉疚，这本不该是她的错。上吊不是什么光彩的事，傻子都知道脖子被绳索勒紧的滋味不好受，如果奶奶不是陷入绝望，被逼无奈，是不会轻易这样做的。奶奶之所以犯糊涂，完全是让该死的王七爷逼的。想到王七爷，李玉浈冷不丁打了个寒战。为了躲避王七爷，李玉浈特意抄偏僻的小路上山，但是，越不想见到的人越容易碰到，没想到半路上又遇上了王七爷。李玉浈忙不迭地把筐子和镰刀藏到身后，用惊恐的眼神看着王七爷，生怕他又要对她无理纠缠。出乎李玉浈的意料，王七爷今天并没有为难她，脸上不冷不热的，只是好奇地打量了她几眼，便若无其事地转身走开了。李玉浈长长地吁了口气，撒腿向山上跑去。庆幸的是，自打她一早在半路上碰到王七爷，过后再未见到他的人影。

李玉浈忙完一天的活儿，等天快擦黑的时候，又特意去挖了几株草药，趁着夜色悄悄带回家。踏进家门，刚要喊奶奶，突然听到卧房里传来说话声，李玉浈忙把筐子放到一边藏好，搭眼向卧房里面观望，发现奶奶正和一个叫王香莲的阿姨坐在炕沿上说话。王香莲三十开外，喜欢涂脂抹粉，整天打扮得像个戏子，是村里出了名的风流娘们和媒婆子。王香莲的男人五短身材，小时候得病落下腿瘸的病根，走路一瘸一拐，大家都喊他"李拐子"。有传言说王香莲为帮她不争气的爹还赌债，才不得已下嫁给李拐子。王香莲认为丈夫不该用下三烂手段算计她，心里一直憋着一口气，动不动就对他使气。李拐子自知理亏，看媳妇整天疯来疯去，一声都不敢吭。王香莲为此得意得很，眼皮总是翘得高高的，喜欢巴结那些有钱有势的主儿，没想到她竟然主动找到李玉浈家门上来。李玉浈不禁在心里犯了嘀咕：王香莲破天荒上门来，到底想干什么？李玉浈既好奇，又担心，担心王香莲黄鼠狼给鸡拜年——没安好心。

李玉浈没有急着进门，而是屏住呼吸，侧耳去听，只听王香莲说："老嫂子，俺一看就知道您老是个有福之人，听说您要给孩子说婆家，俺马上动了心，这忙俺一定得帮，说啥也要给俺侄女找个好人家！"王香莲顿顿，有些为难地叹了口气，又说："可是话又说回来，就你们家现在这状况，想给孩子寻个好人家不容易啊！为这事俺没少动脑筋，寻思来寻思去，俺突然想起王七爷三太太生的小儿子王奤拉刚没了老婆，正好让玉浈去当填房。啧啧，俺试着去递了个话儿，没想到王七爷答应得很痛快。这不，俺前脚离开七爷家，后脚就跑到您这儿来了！"奶奶说："让大妹子操心了，只是，王奤拉少说也有二十出头了吧？他那个过门没几天的新媳妇应该是上吊死的吧？好像死了还不到半年吧？现在让玉浈去当填房，合——合适吗？再说俺们两家，唉……"奶奶一时间陷入了沉默。

奶奶之所以犹豫，是因为她听说王奤拉的新媳妇是被王七爷酒后糟蹋、不堪凌辱才上吊死的，让孙女去当填房，不是把她往狼窝里推吗?！李玉浈对王奤拉老婆屈死的事也早有耳闻，听说要她去当填房，心里"咯噔"一下，想转身走开，腿却像灌了铅一样不听使唤，王香莲的话一个劲儿地往她耳朵眼里钻。"大十多岁不算大，男人大点好，大点知道疼人，这样总比给人当童养媳强！老嫂子，您不要有什么顾虑，其实王七爷是个很豁达的人，并没有那么多讲究和理道！"王香莲突然抬高嗓门，尖声细气地说，"对了，俺记得玉浈娘曾给王奤拉当过奶娘，啧啧，看来这两孩子生来就有缘分哩！以后你们要是成了亲家，那还不是亲上加亲、好上加好啊！老嫂子，既然两个孩子有缘分，您就别硬拦着了！人家王七爷家里多有钱、多有势，好多人想巴结都巴结不上哩！他能看上咱们，那是咱们的福分啊！""好是好，就怕门不当户不对，到时……"奶奶还是犹豫不定。"嗨，这是说的啥话，既然人家不嫌弃，您还有啥好犹豫的啊！"王香莲仍然揣着明白装糊涂，光拣好听的话说，只字不提王奤拉新媳妇屈死的事。"不，不是，俺是说，唉……"王香莲不说，奶奶也不好直接把话挑明。

因奶奶心中早有数儿，无论王香莲怎么劝她，她都不敢轻易松口，随后传来一阵窸窸窣窣的响动。李玉浈吃了一惊，以为王香莲要离开，正要转身躲开，忽然又听到王香莲使劲儿拍下大腿说："俺明白了，您是嫌七爷家三少爷在'那边'干吧？嗨，这有啥不好嘛，为了混口饭吃，在哪干不是干？再说了，一母生九子，九子各不同，千人千脾气，万人万模样，老三是老三，老九是老九，两人根本扯不到一块儿嘛！"王香莲笑了笑，又说："您放心吧，耷拉他不是那种人，人老实厚道，心眼也不坏，听说他还经常偷偷借粮食给人吃哩！玉浈若是嫁过去，保证没亏吃！到时孩子日子过好了，您老也会跟着沾光，不像现在，有上顿没下顿的，连个盼头也没有！老嫂子，这是天赐良缘，要是错过了，到时您会后悔的！现在玉浈爹娘不在家，您得赶紧拿主意啊！""大妹子您别说了，俺能分出个孬好来。实话跟您说吧，俺没抱那么大的希望，也没想那么长远，俺觉得，人咋活都是一辈子，穷人家的孩子，不求荣华富贵，只求能嫁个老实本分的男人，能受到男人的待见、吃饱穿暖就行了，只是……这样吧，让俺好好想一想，再给您回话吧！"经不住王香莲再三劝说，奶奶终于有了活动话儿。

王香莲话说得天花乱坠，李玉浈却听得心惊肉跳。李玉浈没想到这么快就有人上门给她提亲，更没想到王香莲说的那个男人，竟然是大她十多岁的王七爷家的小少爷王耷拉！

（7）

王耷拉外号"耷拉虫"，个子不高，相貌丑陋，少言寡语，脾气非常古怪。王耷拉从小人就有点"傻"，经常把屎拉在裤裆里，到了十多岁仍穿开裆裤。他的鼻子也不好使，一年四季流鼻涕，鼻涕随着吸气、呼气一伸一缩，发出拉风箱一样的响声。感觉实在不得劲了，就用袖子擦，他的上衣袖口因擦鼻涕而变得又脏又硬，若在冬天，还会结上一层薄冰，泛着黝黑的亮光。为此，人们送了他个"耷拉虫"的外号。王耷拉行为古怪，邋里邋遢，连他的亲爹娘也不怎么喜欢他，经常听之任之，任由他在街上"疯"，像家里没他这个人似的。王耷拉人看起来有点儿傻，手却非常灵巧。他做的弹弓精巧别致，因有红绸子作装饰，显得特别光彩抢眼。王耷拉经常追着村里的小孩子一起玩耍，但小孩子都怕他，看到他，就会远远地躲开。李玉溅经常见他一个人蹲在角落里玩耍，如今他已是二十多的大人，仍童心未泯，喜欢鼓捣小孩子常玩的玩意儿。王七爷嫌他不务正业，有辱门风，没少训责他，但他不听劝阻，仍我行我素。王七爷一向说一不二，对儿子王耷拉却一点招儿也没有。

王耷拉十六岁那年，爹娘给他娶了一房媳妇。媳妇是个操持家务的好手，但她命不好，头胎就难产，大出血，流的血把大半个炕都染红了，结果大人小孩都没保住。别看王耷拉平时傻头傻脑的，啥都不在乎，看到媳妇和孩子猝死，心疼得立马晕了过去。后来，爹娘又给他娶了房媳妇，新媳妇小他几岁，人长得很漂亮，泼辣大方，也是个持家的好手。王七爷本指望儿子娶上新媳妇后，随着媳妇的调教和时间的推移，儿子心里的阴影会逐渐消退，心情会渐渐地好起来，性格脾气也会有所改观，结果却让他大失所望。王耷拉仍不改旧习，整天像个长不大的野孩子一样在街上疯玩，身上从没有清爽干净的时候。而且，他还不知道好好待见媳妇，结婚大半年了，也没和媳妇同过床。不光不跟媳妇同床，内裤也不让媳妇动、不让她洗，天生跟她有仇似的。有人曾看见王耷拉孤零零地蹲在河边，很用心地洗他的内裤。他拽着浸湿的内裤在水面上不停地摔打，激起的水花不停地溅到脸上和身上，一边摔打一边悲悲凄凄地唱：别人家的孩子满街跑，俺家的孩子顺水流……这事很快传到了王七爷的耳朵里。王七爷气不打一处来，骂儿子：你不下种，哪来的孩子？多好的庄稼地啊，让你白白荒废了！后来便发生了他替儿子行房的龌龊事。

有人说，王耷拉命中克妻，无论谁嫁给他，都要倒霉。风言风语很快又传到了王七爷的耳朵里。王七爷很生气，找茬把说闲话的人痛打了一顿，并特意请和尚来家里做法事，把家里的晦气赶走。此后，村里再没人敢说王耷拉的闲话。即便这样，村里的女孩子见了王耷拉，仍像躲瘟神一样躲着他。大家把王耷拉看成人见人怕的怪人，这种恐惧感更多的源于对王七爷的畏惧。实际上，王耷拉人很好，非但不可怕、不古怪，反而有点儿可爱。李玉溅曾无意中听几个稍大点的女孩子私下议论，说王耷拉生性耿直，心眼很好，因看不惯家里人的所作所为，才故意和家里人对着干。他跟王七爷及那个当汉奸的三哥根本不是"一路货色"。还说王耷拉要不是出生在名声不好的富贵人家，保证也能出落成一个忠诚可靠的好男人！在李玉浈印象中，王耷拉的确像个憨厚的傻大哥，并不像其他人说的那样坏、那样可怕，但她从未动过当他媳妇的念头。李玉浈觉得自己年龄还小，成家生子仍是很遥远的事情。何况，她根本没看好他那个家。只要有王七爷在，他那个家就不会消停。李玉浈无论如何也不会想到，王香莲竟然让她去给王耷拉当"填房"，难怪奶奶犹豫不决！

王香莲并没有注意到李玉浈正躲在门外偷听，仍用她的三寸不烂之舌，软硬兼施地劝说奶奶："老嫂子，有大鱼大肉吃，何苦要吃糠咽菜？是咸是淡、是糙是好，俺都跟您叨叨清楚了，您心里得有个数啊……"李玉浈实在听不下去了，冲进屋去，一把拉住奶奶的手，摇晃着大声说："俺不要嫁人，俺不要嫁人，俺要守着奶奶过一辈子！"见李玉浈突然闯进门来，王香莲吓了一跳，不过她很快镇静下来，看着李玉浈"咯咯"一笑："呦，是玉浈回来了，啧啧，真是女大十八变，越变越好看！瞧这脸蛋，瞧这小嘴，瞧这屁股，啧啧，屁股又大又圆，绝对是个养娃的好女人！玉浈啊，刚才俺和你奶奶说的话你都听到了？也好，听俺的话没错，到时嫁到王家，保准让你吃香的喝辣的！"李玉浈被王香莲的话激怒了，发疯似的冲上去，撕扯着她的衣服喊："你坏，你是个大坏蛋，你站着说话不嫌腰疼，你看王耷拉好，为啥你自己不嫁给他？"王香莲一边躲闪一边冷着脸说："你，你这是说的啥话？你，你咋'狗咬吕洞宾不识好人心'呢！"说着，猛地甩开李玉浈的手，差点把李玉浈闪个趔趄。

王香莲用手迅速整理了一下自己的衣服，朝奶奶一咧嘴说："老嫂子，你这孙女脾气太犟，应该好好管教一下，要是过了门也这样，那就麻烦了！好了，俺还是那句话，你们要是跟王七爷成为亲家，保证没亏吃，要是……哼，王七爷可不是好惹的人，他现在有'皇军'罩着呢，你自己掂量着办吧！"说完，使劲儿一扭脖子，头也不回地向门外走去。奶奶看事态不好，站起身蹒跚着去追，哆哆嗦嗦地说："老，老妹子——不，她，她婶子，您消消气，小毛孩子说话不知道轻重，咱们可不能和她一般见识啊……"刚走出几步，猛然摔倒在地。李玉浈赶忙跑上去，抱着奶奶的胳膊大声哭喊："奶奶，您怎么了？您醒醒，您快醒醒啊……"

过了好一会儿，奶奶才慢慢醒过神来，两眼茫然地看着门外，不停地长吁短叹。看奶奶难受，李玉浈心里也酸酸的不是滋味，说不出是愧疚，还是懊恼，泪眼婆娑地说："奶奶，俺错了，俺不该惹您生气!"可是，她又说不清到底错在哪里，心里颇有几分不甘，抽泣着央求奶奶说："俺不想吃香的喝辣的，俺只想天天和您在一起!"奶奶打了个激灵，一把将孙女搂在怀里，摇摇头说："傻孩子，女孩子早晚要出嫁，咱们穷人家的女孩，天生就是吃苦受累的命，能找个不缺胳膊不缺腿的男人作依靠，就已经很不错了!"奶奶叹了口气，又说："唉，俺已是黄土快埋到脖子根的人了，你咋能守着俺过一辈子呢？俺，俺说啥也不能拖累你!""不嘛，俺还小，俺不想嫁人!"李玉浈摇晃着奶奶的胳膊说，"大娘不是说了吗？女娲娘娘当初造的人，根本就没有穷富贵贱之分……"奶奶摆摆手打断孙女："好了，你别说了，不嫁就不嫁，好孩子听话，快扶奶奶起来!"李玉浈使劲儿擦把眼泪，忙不迭地搀奶奶起来，扶她到炕边坐下，生怕她改口似的，目光躲躲闪闪的。

李玉浈不希望奶奶再提婚嫁之事，她也不愿再听，让奶奶好好歇息，转身去生火做饭。刚踏出卧房门，突然听到奶奶发狠似的拍下炕沿，嘟囔说："俺真是老糊涂了，竟然冒出这种想法! 这王媒婆也是的，耳朵比兔子还精，鼻子比猎狗还灵，俺昨晚刚跟玉茳娘说了这事，她就听到了风儿，闻到了味儿，忙着张罗开了! 张罗就张罗呗，竟然找了这样一个不靠谱的主儿……"听了奶奶的话，李玉浈不免担忧起来：今天让王媒婆碰了一鼻子灰，要是她跑到王七爷跟前说三道四，王七爷肯定不会善罢甘休! 本是一碗清水，经过媒婆添油加醋一搅和，说不定浑得再也看不出原样了。舌头底下能压死人，有钱有势的人的舌头，威力更大，就像王七爷，他随便动下嘴皮子，就能把人掀翻。到那时，自己就是跳进黄河也洗不清了。李玉浈紧咬嘴唇，感到特别茫然和无助，心想，难道真如奶奶所说，穷人家的女孩天生就是吃苦受累的命吗？难道现在只剩下嫁给王奔拉这一条路可走了吗？爹，娘，你们现在在哪，俺该怎么办？世上的路明明有万千条，为啥俺一条都走不通？李玉浈鼻子一酸，眼泪又一次潸然而下，怕奶奶看见，赶紧用手去擦。

　　李玉浈沉吟了一会儿，下意识地回头去看奶奶，见奶奶仍呆呆地坐在炕边，两眼直勾勾地望着窗外。李玉浈心中一沉，耳边又回响起娘叮嘱她的那句话，心想，奶奶年纪大了，自己现在是她唯一的依靠，绝不能轻易倒下！日子是给自己过的，干吗非要看别人的脸色！日子再苦，也得咬紧牙关熬下去；路再难走，也得挺直腰杆走下去。不这样，还能有更好的选择吗？李玉浈吁了口气，直了直身子，大踏步向灶房走去，她想给奶奶做点儿吃的，顺便把草药熬好。她觉得，虽然现在家里一贫如洗，没什么好吃的，更没有什么好穿的，但只要有奶奶在，她就感到特别温暖、特别踏实。她期盼奶奶的病尽快好起来，要是奶奶有个三长两短，到时爹娘回来，她没法交代！经过一番激烈的思想斗争，李玉浈心里终于透进了一丝温暖的光亮，瞬间敞亮了许多，舒畅了许多。李玉浈觉得，琢磨那些窝心事没意思，只会让自己更加窝心，还不如置之不理，权当什么事也没发生。李玉浈开始泰然自若地生火做饭、熬草药，柴草燃烧发出噼噼啪啪的声响，火光一闪一闪，将她的脸蛋映照得愈加红润和俊俏。

　　做好饭、熬好药，李玉浈把饭和药端到奶奶跟前。奶奶眼圈红红的，脸上露出温和的笑，夹杂着几分劫后重生般的洒脱，一个劲儿地劝孙女快吃，自己却不肯动筷子。李玉浈试探着问："奶奶，您还生俺的气吗？"奶奶一愣，随即"扑哧"一笑，拿起筷子，大口地吃起来。奶奶今天饭吃得特别多，药也全喝光了。李玉浈看了心里又一阵温暖。

　　也许是喝了草药的缘故，奶奶夜里睡得特别安稳。李玉浈却辗转反侧，难以入睡。先前的惆怅和迷茫不觉又涌上心头，像汹涌的波浪一样不时拍打着她的神经。李玉浈极力控制自己的情绪，不让自己再次伤心落泪。她只想把眼前的日子过好，把奶奶的病治好，其他任何事都不愿去想。李玉浈暗自发誓：只要能治好奶奶的病，自己就是吃再大苦、受再大累也心甘！然而，让李玉浈意想不到的是，老天爷总是跟她作对，让她的愿望最终泡了汤。她熬的草药根本不对奶奶的病症，非但没有治好奶奶的病，反而让奶奶的病情变得更加严重起来！

第十章
花开时节

(1)

自打被李玉祯撕扯着衣服撵出家门后，王媒婆没有再上门来提亲，王七爷也没有再找李玉祯和奶奶的麻烦。后来李玉祯才得知，王七爷那个当汉奸的儿子刚好在王媒婆来提亲那天被游击队打死了，受到了应有的惩罚。王七爷的嚣张气焰受到打击，变得老实多了，怕老百姓找他算账，整天像受了惊吓的老鼠一样窝在家里不敢出门。李玉祯还是像往常一样忙碌，按时熬草药给奶奶喝，奶奶的病却始终不见好转。就这样不知不觉又熬过两年，终于熬到了日本鬼子投降，看到了太平日子的曙光，虽然仍是吃不饱穿不暖，但李玉祯心里比以往敞亮多了。自打共产党领导的队伍把拒不投降的日伪军打垮后，在新组建的农会号召和带领下，大家把王七爷霸占的田地重新夺了回来。有了田地，就有了希望，就有了盼头，老百姓的日子必将蒸蒸日上。

1946 年的春天似乎来得格外早，春光也显得格外明媚，处处洋溢着生机勃发的气息。李玉祯心里充满了希望，希望日子从此一天天好起来，希望奶奶早日康复，希望在新的一年里庄稼有个好收成。那样的话，她和奶奶就不会再忍饥挨饿，说不定还能积攒下一点儿看病抓药的钱。李玉祯心里刚刚有了盼头儿，很快又多了几分担忧。虽然鬼子被打跑了，但夜里村外的大路上，仍三天两头过队伍，一会是吊儿郎当、见东西就抢的"顽巴军"（当时老百姓对国军的称呼），一会是纪律严明的八路军。两支队伍曾一起打过鬼子，后来"顽巴军"背信弃义，挑起了内战。两支队伍展开了"拉锯战"，枪炮声接连不断。王七爷趁机放出风来说，以前他家的地丢过不止一次，后来还不是很快就被他抢回来了？泥腿子想翻身很难，什么"斗地主分田地""减租减息""反奸反霸"，纯粹是光腚小孩撒尿和稀泥！咱们骑驴看唱本——走着瞧，将来还不定是谁的天下哩！所以大家最好留点余地，别把事做绝了……

李玉浈感觉王七爷的话像是特意针对她说的，因为在批斗王七爷时，她是最卖力的一个。已经不止一次受到王七爷的恐吓了，也不差这一次了。李玉浈感觉王七爷气数已尽，像垂死的野狼，只会瞎哼哼，没啥好怕的。李玉浈怕的是奶奶的病不见好，怕有一天会失去奶奶。她发现奶奶的病似乎越来越重，脸色变得越来越难看。虽然她精心照顾着奶奶，可怕的事最终还是发生了。这天一早，奶奶把李玉浈招呼到炕头前，亲昵地抚摸着她的手，盯着她的脸蛋端详了好一阵，突然问："孩子，以后要是让你跟着你大娘一块过日子，你乐意不？"李玉浈正沉浸在奶奶的爱抚中，突然听奶奶这样说，吃了一惊，脱口问："奶奶，您说啥呢？咋突然冒出这种话来？俺只想和奶奶一块过，奶奶您放心，有俺在，决不会让您饿肚子的！"奶奶点点头，又摇下头说："俺不能老这样拖累你，俺现在连上下炕的力气都没有了，以后可咋办呀？"奶奶试着向上探了探身子，下命令似的又说："你抓紧把玉茬娘喊过来，俺有话对她说！"李玉浈答应着，转身向外走，走到门口，忍不住回过头来看看奶奶说："奶奶，好好歇着，等俺回来！"说完，撒腿向李玉茬家跑去。

听说奶奶精神恍惚，不停地说胡话，玉茬娘预感不妙，让李玉茬和李玉浈赶紧去照看奶奶，她则急急地去请郎中。李玉茬和李玉浈不敢怠慢，火速跑去照看奶奶。推开房门一看，两人立时被眼前的景象惊呆了：只见奶奶面色苍白，瘫倒在地上，手里握着一根长长的草绳，一看就是欲寻短见的样子。李玉浈疯一般跑上去，手忙脚乱地拉起奶奶，抱着奶奶大声哭喊："奶奶，您这是咋了？您答应俺好好活着的呀？呜呜，您咋说话不算数啊！呜呜，您要是走了，撇下俺一个人可咋活啊？"李玉浈一喊，奶奶就醒来了，两眼直勾勾地看着孙女。李玉茬拽了一下李玉浈的衣角，提醒她说："玉浈，奶奶没事，你哭啥嘛，快把奶奶扶到炕上去！"李玉浈身子触电似的抖了一下，抬头看看奶奶，忍不住"扑哧"一笑：奶奶果然没事，正一脸疑惑地盯着她看哩！李玉浈赶忙抹掉眼泪，和李玉荭一起，小心地把奶奶扶到炕上，嗔怪道："奶奶，您这是要去哪？干吗不提前喊俺一声啊？"奶奶眯着眼，突然冒出一句："你们是'牛头'和'马面'吗？咋一点都不像啊？哦，不是啊，俺看着也不像嘛！""奶奶，我是玉浈，她是玉荭！""哦，是玉浈和玉荭啊，你们不用管俺，老头子昨夜托梦给俺，让俺快点过去和他一块享福哩！"没想到奶奶这么说，李玉浈和李玉荭面面相觑。

好在玉荭娘领着郎中及时赶了过来。郎中是个老头，很有经验的样子，给奶奶把了脉，又仔细询问了一番奶奶得病前后的情况，随后看着奶奶喝剩的药渣不住地摇头。玉荭娘马上明白了七八分，红着脸说："都怪俺，俺听说这草药有消炎止痛的功效，就让孩子每天熬点给老人喝，没想到……"说着，发狠似的使劲儿拍了下自己的嘴巴。郎中嗔怪地白了玉荭娘一眼，嘟囔说："你这样要是能看好病，还不得把郎中都羞死呀！这药是好药，只是不对症儿，吃多了反而上火攻心，有百害而无一利，幸亏俺及时赶了过来，否则……这样吧，俺开几副草药，帮老人家慢慢调理一下！"说着，拿出随身携带的毛笔和砚台来，在一张巴掌大小的草纸上"唰唰"写了个药方。玉荭娘小心地将药方叠好，塞到内衣口袋，送郎中出门时，特意小声追问了一句："老人家到底得的啥病啊？还能治好吗？"郎中摇摇头答："三分治七分养，她这病须慢慢调理，但病根是留下了。唉，到底能不能治好，俺也拿不准，得看老人家的造化，看她自己能不能挺下去！"说完，意味深长地吁了口气，头也不回地大踏步离开了。望着郎中离开的背影，玉荭娘怅然若失。

玉荭娘定定神，刚要转身回屋，突然听到"扑通"一声，感觉衣角被人猛地扯了一下。回头一看，只见李玉浈跪倒在她面前，哭着说："大娘，谢谢您，若不是您帮忙，奶奶说不定……大娘您放心，您的大恩大德俺会牢记在心里的，您请郎中和抓药的钱俺也会想办法还您的！"玉荭娘马上领会了李玉浈的意思，把她从地上拉起来，没好气地白了她一眼说："你这孩子，咋这么见外呢！你娘不在家，俺就是你亲娘！你奶奶跟俺提过多次，让你跟俺一块过，俺没答应。好孩子，一定要记住你娘临走时叮嘱你的那句话，好好照顾你奶奶！"玉茬娘把李玉渍紧紧地揽在怀里，不停地亲昵地拍打她的肩膀，一边拍一边劝慰她："好孩子，不要怕，有俺呢……"李玉渍被说动了，感激地看看玉茬娘，使劲儿点了点头。玉茬娘安抚好李玉渍，让她在家好好照顾奶奶，然后急着出门去抓药。刚要踏出门口，女儿李玉茬突然跑上来，凑近她耳边神神秘秘地小声说："娘，刚才听玉渍妹妹说，她，她——想嫁人！"一边说一边努嘴使眼色。玉茬娘下意识地回头朝屋内看看，一把将女儿拽到一边问："你说啥？玉渍想嫁人？她才多大呀？咋会有这种想法呢？"李玉茬答："娘，玉渍说了，她想嫁个好婆家，到时把奶奶也带过去！她还说，只要她找个有钱的人家，奶奶的病就不愁治不好了！""她的想法很好，只是……"玉茬娘突然打住，朝女儿摆摆手，扭头走开了。

听了女儿的话，玉茬娘心里翻腾不止，她感觉李玉渍的想法也不是不可行，一个半大丫头带着一个病秧子老人，啥时候才能熬到头啊！家里缺了男人，就像房屋少了顶梁，很难抵挡风雨的冲击。李玉渍是该找个男人作依靠了，不能因为老人的病把她的前程给耽误了！像李玉渍这样的年龄，若在过去，说不定连孩子都有了！接着想到了李玉渍的模样和人品。玉茬娘欣慰一笑，不由得发出几声赞叹。玉渍这孩子人不错，不仅模样长得好，身子骨也硬朗，尤其是那两根长辫子，特别讨人喜欢。玉渍心眼也很好，知道疼人和孝顺老人，将来肯定能做个贤惠能干的好媳妇，村里跟她一般大的女娃子当中，论个头、论长相、论人品，哪一样她都往头里数，就像豆子地里长了棵红高粱，特别显眼……玉茬娘点点头，又摇摇头，自语道：穷人家的女娃子，模样好有啥用？模样好又不能当饭吃！像玉渍这样的女娃子，想找个有钱的好婆家实在是太难了，除非太阳打西边出来！

玉茬娘一边走一边想，不知不觉到了镇上，按郎中开的药方抓了几副药，提了匆忙往回赶。走到半路，突然被人拦住了去路。是玉茬爹！玉茬爹铁青着脸，用手指着媳妇的鼻子气呼呼地问："你这个死婆娘，胳膊肘咋老往外拐，俺刚打了个盹儿，就让你钻了空子！他娘的，家里竟然养了你这样一个败家娘们，说，是不是又偷拿家里的钱了？你，你跑镇上干吗去了?”玉荭娘吓了一跳，手忙脚乱地把药藏到身后，吞吞吐吐地说：“俺，俺，没偷！俺，俺只是去抓了点药……”玉荭爹气不打一处来，骂骂咧咧地说：“你头不疼脚不痒的，抓药干吗？好啊，你是不是替那个瘫子抓的？她又不是你亲娘，干吗这样帮她？咱们攒那点钱容易吗？你倒好，花起来眼皮都不眨一下！真是家贼难防，看来不让你长点记性是不行了!”说着，手脚并用，对着媳妇又踢又打。玉荭娘咬紧牙关，任凭男人的拳脚雨点般落在她身上。

见男人打个没完，玉荭娘央求说：“求求你别打了，俺这是帮你们老李家的人，你看玉浈和她奶奶多可怜啊，咱们帮她们一把有啥不好嘛！你放心，这钱不会白花的，玉浈说了，到时她有了钱，一定会还咱们的!”玉荭爹一听更来气了：“指望她还钱，还不要等到猴年马月啊？你这是‘肉包子打狗’，懂不懂？俺让你再犟嘴，俺让你不长记性!”说着，踢打得更用劲了。玉荭娘蜷缩着身子，不停地打着哆嗦，冷不丁冒出一句：“人家八路军说了，男女平等，男人不能欺负女人，更不能打女人！哼，你是不是看王七爷在台上挨批斗，眼馋了?”“你，你……”玉荭爹一听，像被雷电击中了似的猛然停下手，慢慢地把高举着的拳头放了下来。玉荭爹被媳妇的话给震住了，使劲儿跺下脚，转身扬长而去。

(2)

乡间有句俗话：“打出来的媳妇，揉出来的面。”玉荭爹对此笃信不疑，他认为，在家里，男人是一家之主，有着至高无上的权威，女人是“附属品”，得无条件地顺从男人，得时刻想着为男人留脸面。无论男人怎么对待女人，女人都不能说半个“不”字。让玉荭爹没有想到的是，一向温顺乖巧的媳妇公然顶撞他，而且把他驳得哑口无言，像撒了气的皮球，一点儿底气也没有了。人没了底气，就像鱼儿缺了水。玉荭爹突然对媳妇产生了几分畏惧感，开始对她刮目相看。如今媳妇有八路军为她撑腰，而八路军最讲究“男女平等”，不由得他不怕，不由得他不另眼相看。何况，他对八路军也非常敬重，那是共产党领导的为穷人打天下的队伍，比亲人还要亲，说啥也不能给"比亲人还要亲的人"添麻烦。玉荭爹心虚了，没敢再计较媳妇帮玉浈奶奶抓药的事。从此，玉荭娘腰杆挺得更直了，对男人说话也不再那么低声下气了，她帮衬祖孙俩的举动也更加大胆了。

吃了玉荭娘抓的药，奶奶的脸色明显好看了很多，但还是不能下炕活动。李玉浈还是像往常一样精心照顾着奶奶，忙完一天的农活，回家还要做饭洗衣，给奶奶端屎端尿，帮奶奶揉捏胳膊腿、擦洗身体等。每天晚上，她都要忙到很晚才睡。原先没地种的时候，倒也没有这么累；现在有地种了，李玉浈自然成了家里唯一的劳力，累得很。李玉浈忙里忙外，没一点闲空儿，人累得像脱了水的黄瓜一样，脸蛋儿也不如以前那么水灵了。玉荭娘看了很是心疼，托人给李玉浈说了几个婆家，但她都没看中，她放心不下奶奶，不愿撇下奶奶不管。李玉浈想带奶奶一块出嫁，但男方一听就直摇头。这时正值新中国成立前夕，穷人真正翻身做主人的日子日渐临近，生活日渐好转。李玉浈不知不觉长成了十五六岁的大姑娘，成了十里八村有名的俊闺女。见她一个人守着奶奶过日子，一些不怀好意的人开始打她的主意，经常在半夜偷偷爬墙进院，摸她住的屋门，骚扰她。李玉浈把这事反映给老村长王狗子，王狗子说没抓住现形，不好处置。

王狗子是个油嘴滑舌、见风使舵的"老油条"，三几年的时候当过村里的闾长、村长。鬼子来后，县里设立了区、乡伪政权，村实行保甲制，十户一甲，十甲一保，十保一联保。王狗子摇身一变，成了联保主任。无论当闾长、村长，还是联保主任，他都没给老百姓办成一件好事。大家都说，王狗子只会糊弄百姓，说话不咸不淡，连屁都不如，屁至少还有点味儿。王狗子一心想跟王七爷搞好关系，王七爷却从不拿正眼瞧他。狗咬狼两头怕，两人各怀鬼胎，却相安无事。随着世事的变迁，两人"出风头"的日子一去不复返了。李玉浈找过王狗子后，又后悔了。王狗子当过国民党的官，也当过"日伪"的官，随着他的主子逃的逃、死的死，他成了彻头彻尾的"丧家之犬"。早在红军带领农民"打土豪分田地"那会，王狗子就挨过批斗。王狗子当时哭得像个泪人，说他当那官是被逼的，当着大家伙的面拍着胸脯表态：一定痛改前非，洗心革面。后来也没见他改多少。

李玉溁后悔不该贸然向王狗子反映情况，晚上被人摸屋门，本不是什么光彩事，她竟然跑去找王狗子帮忙。后来仔细一想，才幡然醒悟，自己这样做，纯粹是"犯贱"。王狗子正是因为犯贱才遭人唾弃的。原本想，这时求他帮忙，是看得起他，是给他洗心革面的机会，他会感激涕零，倾尽全力，岂不知他根本不吃这一套。可怜之人必有可恨之处，王狗子是指望不上了，求他主持公道无异于"缘木求鱼"。求人不如求己，李玉溁决定自己想办法，给那几个"色狼"一点颜色看看。为了应对突发情况，李玉溁晚上不敢脱衣睡觉，即使睡着了，脑中也紧绷着一根弦，只要有一点儿动静，就会把弦拨响。

　　这天晚上，李玉溁实在太累了，沉沉地睡了过去。也不知过了多长时间，突然被一阵异响惊醒。李玉溁打了个激灵，一骨碌爬起身，一眼瞅见奶奶已点亮油灯，正挂着拐杖趴在炕沿上，嘴角不停地扭动，像是有话要说。李玉溁迅速扫了一眼屋门和窗户，没发现异样，问奶奶："您咋了？哪儿不舒服？刚才是您弄出来的动静吧？"奶奶没答话，朝门闩方向努努嘴，头突然一歪，拐杖"啪"的一声掉在了地上。李玉溁心头一沉，扶奶奶在炕上平躺下，端着油灯仔细查看门闩。一看，禁不住倒吸了一口凉气，门闩明显被人拨动过，只差一点，门就被人打开了。原来，奶奶为了防止坏人撬房门，整夜都没敢合眼。约莫凌晨一点多钟的时候，她突然听见有人在拨动门闩，赶忙拼尽全力爬起身，摸索着点亮油灯，试图用身子顶住门板，但她连炕都爬不下来。奶奶焦急万分，越急越说不出话来，喉咙像突然被东西塞住了一样。无奈之际，她只好用拐杖使劲儿敲打地面，总算把孙女"敲"醒了。

　　李玉溁把门闩重新插好，又搬了两把破椅子顶住门，做完这一切，心仍紧张得怦怦直跳，心想，万一坏人闯进来，自己正在熟睡，后果将不堪设想！李玉溁感激地看看奶奶，强打起精神，装作若无其事的样子安慰她说："奶奶，没事了，是野狗找错了门，已经被俺赶跑了，您快睡吧！"奶奶艰难地张了张嘴，还是没有说出话。突然被这样一折腾，李玉溁没了睡意，抱着奶奶的拐杖，趴在炕头边，直到天亮。第二天，李玉溁发现院中多了一块碗口大的石头，墙头上明显有被人爬过的痕迹。为了防止坏人半夜里再次爬进院墙，李玉浈将家里的门窗作了加固，并特意在墙根放了些荆棘、烂木头等障碍物。即使这样，李玉浈仍有些不放心，晚上睡觉仍不忘紧紧抱着一根防身用的长长的木棍。

又一天夜里，李玉浈迷迷糊糊地睡了过去，不想又被一阵奇怪的声音惊醒。李玉浈吓得冷汗直冒，身子不由自主地抖了一下，侧耳去听，原来是个男人的声音："玉浈妹妹，一个人睡觉多没意思啊，快把门打开，让哥陪陪你！好妹妹，你被窝里是不是有点儿凉啊，让哥进去，帮你暖暖身子……"男人说话的声音很怪，像是故意捏着鼻子说的。李玉浈气不打一处来，用棍子使劲儿敲了两下地面，骂道："不要脸的东西，找你老娘睡去，再来找俺麻烦，小心俺打断你的狗腿！""呦，没想到妹妹脾气还挺犟，像带刺的花骨朵一样，既鲜嫩，又扎人！你打吧，俗话说'打是亲骂是爱'嘛！好妹妹，快服软吧！"男人的声音越来越急促，"好妹妹，你就从了俺吧，只要你从了俺，俺保证以后没人再敢欺负你！好妹妹，你知道俺有多想你吗？俺整夜都睡不好觉，满脑子都是你的影子，你就是俺的小乖乖、小公主，你那小模样实在太招人喜欢了，俗话说'肥水不流外人田'，你千万不要嫁到外村去，咱们村里有好多爷们眼巴巴地等着你呢……"

男人后来的话说得更加难听："好妹妹，你就是俺的亲妹妹，你早嫁也是嫁，晚嫁也是嫁，就让俺先尝下鲜吧，闻闻味也行嘛！好妹妹，哥想死你了，你就像那山上的鲜花，嫩得能滴水儿，鲜花既然开了，就得有蜜蜂来采，俺就是你朝思暮想的小亲亲、小蜜蜂，快把门打开，让哥抱抱你，亲亲你……"说着，不知不觉显露出了他的真实声音。李玉浈终于听清了那男人的声音，是王大塄！王大塄早娶了媳妇，孩子都满地跑了，没想到他贼性不改，吃着碗里的不忘盯着锅里的！李玉浈气不打一处来，厉声骂道："呦，原来是王大塄啊！你家祖坟是不是风水不好？你爹是不是撒尿撒错了地方？咋养了你这样一个没脸没皮、不知羞耻的孽种！哼，你要是再敢胡搅蛮缠，俺立马找你老娘去！"经李玉浈这样一骂，门外立时没了动静，随后传来一阵窸窸窣窣的响动，很快恢复了平静。

李玉浈端着油灯走到窗前，透过窗户缝隙向外仔细察看，确信王大塄已经离开，才长长地舒了口气。想起王大�刚才的下流举动，李玉浈感到很恶心，使劲儿干咳了几声，却没有吐上来。正在这时，背后传来一阵异样的声响，循声回头一看，发现奶奶早已醒来，正趴在炕沿上，手不停地哆嗦。李玉浈赶忙跑过去抱住奶奶，安慰她说："好了，没事了，坏人已被俺骂跑，您安心地睡吧！"奶奶仍不停地颤抖，像是还未从惊吓中回过神来一样。想到奶奶卧病在床，每天还要为自己担惊受怕，李玉浈鼻子一酸，眼泪扑簌簌往下掉。李玉浈想起了爹娘，每当犯难的时候，她都会想起爹娘。要是有爹娘在，王大㺞等人绝不敢胡来。没了爹娘的呵护，她成了一只孱弱的小鸟，几乎每天都要面临被觊觎、被侵害的危险。

自打那天夜里王大㺞被李玉浈认出被骂跑后，王大㺞没敢再去摸她卧房的门，不过，他心里从此憋下了一口气，经常在背后说李玉浈的坏话，说她风流成性，每晚都偷野汉子，是五百年才出一个的骚狐狸精……王大㺞坏就坏在不光做坏事，做了坏事还不忘把脏水泼到受害者身上。而有些人偏偏喜欢看热闹和落井下石，明知王大㺞的说法不靠谱，也要跟着瞎起哄。风言风语很快在村里村外传扬开来，有人说李玉浈性格倔强，模样长得也好，不像是那种水性杨花的女孩子，她若不是犯傻，一般不会做出格事；有人说"无风不起浪"，别看李玉浈表面上装得很正派，说不定早在背地里把龌龊事做下了；还有人说李玉浈爹娘不在家，所以她才缺少教养，喜欢招蜂引蝶，她若不发情、不露骚，男人就不会往上凑……在王大㺞等人的蛊惑下，李姓家族里几个自诩"正人君子"的好事者坐不住了，公然跳出来"清理门户"，变着法儿惩治、刁难李玉浈，不仅把她种的向日葵全拔掉，还在她家院门上泼粪、挂破鞋。一些不明就里的小孩子也跟着凑热闹，学大人的样子向她啐唾沫，并编了个谣儿骂她：李玉浈辫子长，有人生没人养；没羞没臊太嚣张，尾巴翘到头顶上……

听了人们的闲话，村里一些平时很老实的人也不免动了心思，打起了坏主意，想混水摸鱼，趁机从李玉浈身上揩点油水。老实与奸诈、好与坏只有一步之遥，人一旦放纵恶念，再老实的人也会变成魔鬼。在清静了一段时日后，又有一些"不老实"的人接二连三地在半夜里偷偷去摸李玉浈的屋门，让她苦不堪言。被人无端骚扰也就罢了，让李玉浈难以忍受的是，王大塄等人竟然昧着良心倒打一耙，反咬一口，什么脏水都往她身上泼。唾沫能淹死人，脏水更能淹死人。李玉浈有口难辩，又气又恼，心里说不出有多委屈、多难受。虽然心里万分憋屈，却只能咬碎牙齿往肚子里咽，硬挺着，因为她除了奶奶，几乎找不到一个知心的人来诉说心里话儿。以前，每逢遇上烦心事，李玉浈都免不了向奶奶唠叨几句。如今，李玉浈心里再苦，也不敢轻易向奶奶诉说，因为奶奶比她还苦。奶奶的嗓子像突然间哑了一样，始终说不出话来，每每看到孙女受委屈，就会急得直打哆嗦。怕奶奶着急伤心，李玉浈从不敢在她面前提被人泼脏水、说闲话的事，仍强打精神，像往常一样精心照顾着她。

玉茬娘了解李玉浈的脾性，虽然没听她就被人骚扰的事道过实情、诉过委屈，也能大体了解事情的真相，相信李玉浈不会那么不讲分寸。然而，玉茬娘干着急却使不上劲儿，因为她势单力薄，无法去堵那些不怀好意的闲人的嘴巴，只能任由脏话闲话四处蔓延。为了帮李玉浈和奶奶尽快摆脱困境，玉茬娘开始四处张罗着给李玉浈说亲，但人家一听李玉浈的名字就直摇头，说她品行不好，娶了她定会败坏门风。玉茬娘一时没了主意。这天，玉茬娘又听说有人半夜去摸李玉浈的屋门，非常着急。玉茬娘一时想不出很妥帖的办法，索性让女儿李玉茬晚上去陪李玉浈睡，好给她壮胆儿。

(3)

晚上，不等天擦黑，李玉茬便早早赶到李玉浈家，先是服侍奶奶喝完药睡下，再和李玉浈挤在炕上唠嗑。两人像有说不完的悄悄话，每天晚上都嘀咕到很晚才睡。起初，她们只是饶有兴趣地拉些小时候在一起玩耍的趣事，后来，话题不知不觉扯到了李玉浈被人骚扰的事件上来。李玉茬问李玉浈看清坏人的模样了没有，李玉浈支吾不清。李玉茬埋怨李玉浈太大意，被人骚扰了这么多次，竟然一点察觉也没有。李玉浈苦笑，其实她早就断定王大塄是"主犯"。王大塄是王二塄的亲哥，偏偏李玉茬和王二塄又订有婚约。这样一来，王大塄就成了李玉茬未来的"大伯哥"，李玉浈不好意思向李玉荏当面挑明这事。李玉荏并不知道"未来的大伯哥"是"罪魁祸首",对所谓的"色狼"深恶痛绝,经常拿着木棍对着屋门比画,发誓说一定让"色狼"尝尝枣木棍的滋味。李玉浈看在眼里,急在心里,虽然表面上装出若无其事的样子,心里却时刻担着份心,担心王大楞半夜里再次摸上门来,让李玉荏逮个正着。

夜里,李玉浈不敢睡,即使睡着了脑中也紧绷着一根弦,听到一点儿轻微的响动,都会被惊醒,醒来后做的第一件事就是忙不迭地去摸放在炕头用来防身的木棍,结果总是虚惊一场。不知不觉过了半月,李玉浈担心的事并没有发生。这时的李玉荏也有点泄气了,决定再陪李玉浈睡最后一夜。巧的是,就在这天夜里,"色狼"终于出现了。深夜,李玉浈突然被一阵响动惊醒,借着窗外透进来的微茫的月光,她发现一个高大的黑影站在窗户前,正试图将窗户撬开。李玉浈打了个寒战,脱口喊了声"谁"。"黑影"愣怔了一会,突然发出一阵怪笑声,故意用一种怪异的低沉的强调说:"妹子,是——是俺,别——别怕,俺只想和你那——那个……"李玉浈心头一颤,既惊诧,又恶心。仔细一听来人的声音和口气,不像是王大楞。也不知道这人是何来头,竟然比王大楞还要下流。李玉浈不免心生胆怯,只觉毛发倒竖,冷汗直冒。让李玉浈更加担心和不安的是,色狼饥不择食,要是连李玉荏也不放过,那麻烦就大了。无论如何也不能让李玉荏受牵连!

李玉浈愣了一会儿,猛然回过神来,手忙脚乱地去摸掖在炕头的木棍,惊奇地发现木棍早已被李玉荏拿在手里。李玉荏朝李玉浈小声"嘘"了声,然后悄悄爬起身,拿着棍子蹑手蹑脚地向窗口走去。李玉浈强打精神,跟在李玉荏后面,也摸索着靠近窗口。快到窗前时,李玉荏迅速闪到一边,向李玉浈做了个手势。李玉浈没看清李玉荏做的手势,却早领会了她的意思,故意干咳两声壮壮胆儿,对着窗外颤抖着声音小声问:"你,你到底是谁,你,你到底想干什么?""黑影"似乎有些迫不及待,没有理会李玉浈的问话,像发情的公猪一样,身子紧贴在窗沿上,来回做着动作,大口地喘着粗气。"黑影"在窗外忙活了一会儿,可能是感觉不过瘾,也可能是泄了气,突然间来回晃了两下,消失了。接着传来一阵"咚咚咚"向外走路的声音。两人屏住呼吸，猫在窗沿上向外仔细察看，确信"色狼"已经离开，才不约而同地长长地吁了口气。

李玉浈哭笑不得地摇摇头，刚要招呼李玉茳回炕去睡，突然被她猛地捂住了嘴巴。李玉浈吓了一跳，下意识地扭头看向窗口，发现那个"黑影"又折了回来，正拿着一根铁铲样的东西再次试图将窗户打开。李玉浈脱口而出："你——你到底想干什么？你，你再这样，俺，俺可要喊人了！""黑影"不理会，只顾忙着撬窗户。李玉浈一看，吓得差点瘫软在地，喉咙里像突然间被塞住了一样，再也喊不出声来。"黑影"一边肆无忌惮地撬窗户，一边拼命撕扯窗户纸，刺耳的响声撕裂了夜幕，像要把整个房子震塌似的。"色狼"很吓人，发疯的"色狼"更吓人。窗外的那人估计就是一只已经发疯的"色狼"！李玉浈慌了手脚，心想，看来这次"色狼"来者不善，大有不达目的绝不罢休之势，即使有李玉茳在场，怕也无济于事了。李玉浈叫苦不迭，她现在最担心的不是自己，而是李玉茳，色狼是冲着她来的，事情原本与李玉茳无关，李玉茳为了帮她才牵涉了进来，万一李玉茳有个三长两短，咋向大娘交代呀！无论如何也不能让李玉茳受到伤害，哪怕只是伤到一根毫毛！这样想着，李玉浈定定神，冲到前面用身子护住李玉茳，不料被李玉茳一把给推开了。

没等李玉浈回过神来，李玉茳已攥紧手里的棍子，将棍子一头从窗户框中横伸出去，像大义凛然的爆破手舍身炸敌人碉堡一样，前腿弓，后腿蹬，拼尽全力，对着"黑影"的脑袋使劲儿捣了出去。李玉茳用劲儿太猛了，顺势将几个窗框碰断不说，还差点把自己闪倒。棍子带着风声，呼啸着戳向"黑影"的脑袋。只听"哎呀"一声惨叫，"黑影"双手抱着头，没命地向外跑去。见"黑影"落荒而逃，李玉茳忍不住哈哈一笑，招呼李玉浈点亮油灯，用手里的棍子比画了一下说："哈哈，这会总算让他尝到枣木棍的滋味了！哼，对待这种不知羞耻的下三滥、狗杂种，就应该用这种法子！"李玉浈不住地点头："姐，你真棒！嘿嘿，没想到你下手这么狠，这会呀，总算让他尝到苦头了，但是……"李玉浈皱起眉头，看着李玉茳，不无担忧地摇摇头说："姐，咱们这样做是不是有点过分呀？这会他吃了大亏，肯定不会善罢甘休。再说了，咱们并没有搞清那人的真实来历，要是把他误伤了咋办?"虽然听来人的声音不像王大楞，李玉浈还是有些不放心。李玉浈不想把事情闹大，闹大了，李玉荭可以闪身而退，她却逃不开，但她一时又找不出充足的埋怨李玉荭的理由。

李玉荭白了李玉浈一眼，连连摆手说:"你傻呀? 即便是三岁小孩，一看也知道这人不是个好东西! 这人明摆着是来占你便宜的，你可不能心慈手软，否则的话，你哭都找不着地儿!"李玉荭不无得意地挥舞了一下手里的棍子，又说:"哼，他要不怕丢人现眼，那就来吧，要是再碰上姑奶奶俺，俺一定让他脑袋开花，变成花蘑菇!"李玉浈知道一时无法说服李玉荭，尴尬地笑笑，刚要吹灭油灯，招呼她继续去睡，冷不丁打了个寒战，下意识地转回身来，三步并作两步跑到奶奶炕前，一看，傻了眼，只见奶奶歪着脑袋趴在炕头，两手无力地垂在炕沿上……李玉浈预感不妙，冲上去抱住奶奶，大声呼喊，却听不到丝毫应声。李玉浈头一晕，一下瘫倒在地上。李玉荭一看也慌了手脚，跑上去把李玉浈搀扶起来，一边大声喊她的名字，一边用手使劲拍打她的后背。李玉荭安抚了一会儿李玉浈，猛然又挂念起奶奶来，试着腾出手来碰下奶奶的胳膊，巴望她尽快苏醒过来。李玉浈很快苏醒了过来，奶奶却一点苏醒的迹象也没有。李玉浈醒来后，木呆呆地看着奶奶，表面上平静，内心却像有股山洪在奔涌、冲撞，终于，山洪冲破闸口，倾泻而出，李玉浈嘴一咧，"哇哇"大哭起来。

李玉浈扑在奶奶身上，眼泪扑簌簌往下流:"奶奶，您这是咋了? 到底是咋了嘛!"见奶奶还是没有反应，哭得更伤心了，一边哭一边发狠似的使劲儿捶打自己的胸口:"呜呜，都是俺不好，要不是俺'招蜂引蝶'，您也不至于气成这样! 呜呜，都怪俺，都怪俺啊! 刚才只顾忙着对付野男人，竟然忘了照看您……"李玉荭鼻子一酸，也跟着哇哇大哭不止。李玉荭一边哭一边劝李玉浈:"好妹妹，你不要太自责，这事不怪你，要怪就怪那个丧尽天良的狗杂种，要不是他三番五次来骚扰你，奶奶也不至于……"李玉荭突然把话打住，凑近奶奶看了看，哽咽着断断续续地提醒李玉浈说:"好——妹妹，咱——咱们不能只顾哭，得赶紧去找郎中来瞧瞧，说——不定奶奶——还有救哩!"李玉浈幡然醒悟似的打了个激灵，随即发疯似的摇晃着奶奶的身子，声嘶力竭地喊道:"奶奶，您快醒醒，您快——醒醒嘛！您别吓唬俺，俺——俺现在身边只有您一个亲人，您可不能撇下俺不——不管啊！"可是，无论李玉浈怎么喊，奶奶仍毫无反应。李玉浈身子一软，"扑通"一声又晕倒在地上。这回李玉茬没有急着去搀扶李玉浈，而是撒腿跑向自己家中，搬救兵去了。

（4）

玉茬爹娘和几个李姓本家人得到信儿，火速赶了过来。李玉浈被嘈杂的脚步声惊醒，用布满血丝的眼睛直勾勾地看着几个长辈，她的目光是那样的焦渴，那样的锋利，像要从几个长辈脸上硬要剥下一丝奇迹似的。几个长辈面色凝重地站在奶奶炕头前，依次上前看了看，都忍不住摇头叹气。李玉浈一看彻底绝望了，目光陡然黯淡了，一下又晕倒过去。玉茬娘和其他几个女眷赶忙围拢上去，争着抢着掐李玉浈的人中穴。李玉浈很快恢复了知觉，慢慢地睁开泪眼，只见一双双模糊的红红的眼圈在她眼前晃来晃去，仿佛在梦中，又不像在梦中。李玉浈挣扎着想爬起身，却感到四肢乏力、头晕目眩，一下又瘫软在地上。见李玉浈精神十分恍惚，玉茬娘不由自主地挥了挥手，边上的几个婆娘马上领会了她的意思，合力把李玉浈抱上炕，给她盖上被子，让她背靠着炕头躺好。

几个女眷忙着照看李玉浈，几个男长辈则开始张罗奶奶的丧事。棺材是李金多的老娘出面从镇上的孙记棺材铺里赊来的，因玉浈奶奶身材瘦小，用的棺材明显小一号。时逢多事之秋，穷人死后能有口棺材入殓，已算不错。棺材正对门口摆放在门房正中。随后赶来的几个婆娘一边抹眼泪，一边帮玉浈奶奶换寿衣，做入殓前的准备。一看奶奶换上寿衣，刚才还两眼呆滞的李玉浈突然瞪大眼，张大嘴，疯一般跳下炕，扑在奶奶身上，抱着奶奶的身子死活不肯松手。几个婆娘劝了她半天，生拉硬拽才把她拉开。玉茬娘趁机帮李玉浈穿上孝服，哽咽着劝她说："你爹娘不在家，现在你是当家人，一定要挺住，否则你奶奶不会安心走的！"李玉浈身子猛然抖了两下，这才意识到奶奶已经走了，真的已经走了，永远也回不来了，现在她只能默默地送奶奶上路。李玉浈万分绝望地看看玉茬娘，紧咬着嘴唇使劲儿点了点头。

玉荙娘把李玉荙喊过来，让李玉荙照看好李玉浈，然后火速跑回家，取来一只大油灯，倒满油，点亮，和早已点燃的香烛一起，放到奶奶的棺材前。玉荙娘说这是给奶奶点的"常明灯"，要是看灯光变暗，须赶紧用针把灯芯往上挑一挑，这样油灯光就会立马变亮。有了明亮的油灯做伴，奶奶才能看清并走好前往西天的路。玉荙娘接着又拿来一只火盆，让姐俩连续不断地在火盆里烧纸，说这是给奶奶送钱，奶奶有了钱，到了那边就不会再受穷。李玉浈呆呆地盯着那盏油灯，木然地往火盆里放着冥纸，任凭升腾而起的烟灰和热气不时扑打在她的脸上，眼泪止不住地往下流。李玉荙想安慰李玉浈几句，一时竟不知说啥好。此时无声胜有声，虽然李玉浈这时没有哭出声，但李玉荙还是听到了从她心底里发出来的哭泣声。

不知不觉天已放亮，一家人草草吃罢早饭，开始接应前来祭拜和奉送"丧礼金"的亲戚朋友。按本地风俗，丧礼上，应该由逝者的儿孙分列灵位两边，每人剃个光头，用白布条在额头上系一沓黄纸，在主丧人吆喝下，不停地向前来祭拜的亲友还以跪拜礼。因李玉浈的爹和弟弟都不在家，关系较近的本家里面实在找不出肯"屈就"的男儿小辈，不得已只好让李玉浈理了短发，换了身男儿孝服，来充当这个角色。关于如何办丧礼，山里人很有讲究。他们认为，"死者为大"，村里人不论与死者有无关系，都须为其"送丧"，也就是送其最后一程；生老病死是人之常情，谁都免不了走这一步，只不过那些老死的人早走了一步，到那边享福去了，所以，年纪大的亡者的丧礼，被称为"喜丧"，晚辈们为老人送"喜丧"，能沾上老人留下的福气和喜气。他们还认为，人活一辈子，最值得交往的有两种人：一种是在你最困难的时候扶你一把、拉你一把的人；一种是在你临死仍不离不弃、坚持送你最后一程的人。于是，来给玉浈奶奶送丧的人都被看作她生前交下的好友或遇到的恩人，作为玉浈奶奶的家人或族人，对这样的人当然要尊重、要感谢，不能有半点儿的犹疑和怠慢。

李玉荙搀扶着李玉浈，站在灵位边上，不停地跪倒磕头向"恩人"还礼。快晌午的时候，村里几个有头有脸的人物也破天荒赶了过来，在奶奶灵位前行完三拜九叩大礼，随后把几个李姓本家招呼到一起，商量起了事儿。一个说："人老如灯灭，丧事办得再风光，她也感受不到了，还不如省下钱来给活人花。"一个说："话不能这么说，老者为大，活着时没捞着好，老了就该风光一回！"为了避讳"死"这个字，他们说到"死"时全用"老"来替代。几个人商量了好久，终于达成一致意见：为了省钱丧事一切从简，"丧礼金"不够花大家伙帮着凑一凑，说啥也不能给孩子"落饥荒"。想到奶奶苦了一辈子，临终还这么寒酸，连吹丧乐的也没请，李玉浈鼻子一酸，一股难以名状的苦楚又涌上心头。李玉浈想到了爹娘和弟弟，要是有他们在，她绝对不会活得这么累，奶奶也绝对不会走得这么早。想着想着，李玉浈忍不住又"哇哇"大哭起来。见李玉浈大哭，几个主事的男人也忍不住掉起了眼泪。

时间在飞速地流逝，从来不会因人的悲伤而停歇。丧事按主事人商量好的程序进行着，祭拜完毕后，接下来是封棺和起灵。几个健壮男子挥舞着锤头，按顺序把七枚长钉钉进棺木，将棺材盖和下面的部分结结实实地连为一体。伴随着铿锵的声音，钉子疯狂地撕裂开棺木，撕裂开空气，也撕裂开在场所有人的心。封棺意味着生与死从此相隔，意味着明与暗从此远离，意味着有个人从此离开了光彩鲜活的人间，去了一个无法回头的未知的冥冥世界。嘭，嘭，嘭……钉子敲在棺木上，也敲在人的心上。在场所有人的心都被敲碎了，碎了一屋、碎了一地，很疼、很痛，空气中也充满了疼痛的味道。嘭，嘭，嘭……一声声的击打，一阵阵的疼痛，泪水随之奔涌而出，撕心裂肺的哭声骤然响起，如山崩地裂，如怒涛咆哮，瞬间汇成一片汪洋，疯狂地吞噬、湮没着周围的一切……

封棺后接着是起灵。几个健壮男子架起棺木，抬着棺材慢慢地向家门外走去。那是一幕难以用言语描述的无比悲壮的场景，瞬间将在场所有人的眼睛刺伤、刺痛，一把把无形的利剑顺着人的目光，一直刺进人的内心。人们的心再一次被刺伤、被撕裂，泪水从撕裂的缝隙中奔泻而出，接着爆发出一阵高过一阵的哭声，直冲云霄……李玉浈又一次哭昏过去，她昏迷中嘤嘤的哭声早被众人的号啕湮没。泪水和哭声最终被阳光湮没。阳光依然那么灿烂，生活依然那么美好，天空依然那么蔚蓝，大地依然那么广袤。奶奶远去了，又像没有远去；她在阳光下留下了影子，又像什么也没有留下；时间像突然间凝滞了，又像没有凝滞；大地上像缺少了点什么，又像什么也没少。阳光如故，天空如故，大地如故，生活如故，一切如故，像什么事也没发生一样。李玉渍就是在这种迷离和恍惚中艰难地熬过每一分、每一秒。

奶奶的丧事终于办完了。按新王庄人祖辈传下来的习俗，办丧事除了要收丧礼，还要吃丧宴。因李玉渍爹娘不在家，几个主事的人觉得李玉渍还小，在没有征求她意见的情况下，对丧事程序做了很大的简化，把丧宴取消了。李玉渍虽然嘴上不好说什么，心里却一直为奶奶的死抱屈，跪在奶奶坟头前痛哭，天完全黑下来了也不肯离开。李玉渍觉得，只有用泪水和哭声才能宣泄她内心的苦楚，只有不停地哭，她心里才会好受一些。她的泪水哭干了，哭声也变得越来越沙哑和低沉，她心里的苦楚却像沙漠一样没有尽头。看李玉渍难受，玉茳娘既心疼又无奈，劝说的话儿说了一大堆，但好像一句也没有说到她心里去。无奈之下，玉茳娘只好招呼女儿一起将李玉渍连抱带拽地送回了家。

李玉渍躺在炕上，大瞪着已然干涩的泪眼，神情木然地盯着屋顶，一言不发。李玉茳回家做了碗鸡蛋羹，端过来喂给李玉渍吃。李玉渍始终紧咬嘴唇不张口。玉茳娘摆摆手让女儿把饭端到一边，亲昵地抚摸着李玉渍的手，不停地长吁短叹。玉茳娘知道，别看李玉渍沉默不语，其实她的内心仍在翻腾，仍在痛苦的旋涡里挣扎。李玉茳看看李玉渍，又看看娘，恍然大悟似的问："今天俺咋没见二瘸过来？这么重要的场合，他为啥不来搭把手啊？"玉茳娘会心一笑，觉得女儿的话问得很及时，屋里的空气太沉闷了，很有必要说点别的事缓和一下气氛，忙说："听他娘说，二瘸昨天不小心摔了一跤，额头上磕了个大包，听说到现在还疼得直哼哼哩！唉，都快成人了，还这么不小心！"李玉茳一愣，脱口问："您说啥？二瘸他额头上磕了个大包，咋磕的？在哪磕的？俺咋不知道啊？""你不知道，俺更不知道了！"玉茳娘故意逗趣道。"娘，您别拿他的伤不当回事好不好，都说'丈母娘看姑爷——越看越喜欢'，您倒好……"李玉茳突然感觉话说得有点儿"肉麻"，脸一红，赶紧把话打住。

李玉茳下意识地转头看看李玉渍，然后向娘使了个眼色，示意她到屋外说话。玉茬娘满脑子正想着她的姑爷，坐着没动，李玉茬急了，使劲儿拽了下她的衣角。玉茬娘回过神来，疑惑地看看女儿，随她走到屋外，埋怨说："熊妮子，你急啥？你这还没过门呢，咋就心疼起你男人来了？放心吧，二塄他没事，一点小伤，养两天就好了，现在有他亲娘在身边照顾着，你有啥不放心的？！"李玉茬撇撇嘴说："娘，以后您说话别大喘气好不好，俺都快被你吓出心脏病来了，俺还以为二塄他磕成傻子了哩！"说完，转身就要回屋。玉茬娘打了个激灵，一把拽住女儿，苦笑着说："是，不是，也不是……他磕得不重，也不轻！""娘，您到底想说啥？""俺，俺……俺是说二塄他磕得不轻，你想想，大包都磕起来了，能轻得了吗？""那他到底咋磕的？咋磕得这么巧？"李玉茬不禁皱起了眉头。

本以为女儿只是为了转移话题，缓和气氛，才没话找话，现在看根本不像那回事，玉茬娘也不由得犯了嘀咕，问女儿："你的意思是说二塄头上的包磕得有点蹊跷？莫非他做了什么见不得人的事不成？"接着使劲儿摆下手，又说："不会吧，这孩子老实巴交的，三脚都踹不出个响屁来，根本不像他哥那样疯嘛！好了，快别胡思乱想了！"说完，向女儿使了个眼色，示意她别冷落了李玉浈，赶紧回屋去。李玉茬站着没动，小声嘟囔了一句，突然使劲儿拍下大腿，像被惊扰的无头苍蝇一样，跌跌撞撞地往院门外跑去，因她走得匆忙，头差点撞到门框上。玉茬娘吓了一跳，不无心疼地训斥道："熊妮子，火烧屁股似的，你这是着的哪门子急？也想磕个大包啊？"李玉茬随口应了声："娘，这事您别管了，俺去看下二塄，过一会儿就回来！"玉茬娘撇撇嘴，望着女儿匆忙离开的背影，直摇头。

（5）

李玉茬急火火地跑到王二塄家，径直走进王二塄的卧房，恰好碰见二塄娘在伺候儿子洗脚。二塄娘明显有些不情愿，一边帮儿子洗脚，一边大声埋怨："让你晚上出去胡窜，这回吃苦头了吧？这么大个人了，连三岁小孩都不如！真是三岁不成驴到老是驴驹！"王二塄半躺在炕头，额头上缠着绷带，像受伤的"俘虏"一样，任凭娘数落。二塄娘见李玉茬过来，赶忙把话打住，慌里慌张地放下手里的擦脚布，照身上使劲儿擦了两把手，满脸堆笑地问："您，您过来了！俺，俺，对了，家里的猪俺还没顾上喂哩，你们聊，你们聊哈！"说着，用手偷偷掐了儿子一把，硬是装出若无其事的样子，笑呵呵地走出门去。王二愣打了个激灵，猛地坐直身子，立马又像烂泥一样瘫软在炕上。

李玉荏等二愣娘走远，轻轻地把屋门带上，回到炕前，看着王二愣，连珠炮似的问："你这是咋了？昨天下午俺还见你好好的，咋一下就摔成这样了？你这是在哪儿摔的？是不是磕到石头上了？咋磕得这么厉害呀？"李玉荏凑上前去，就要扯王二愣额头上的绷带。"别，别，你别动，俺还疼着呢！"王二愣惊恐地向后缩了下身子。李玉荏"扑哧"一下乐了，在炕沿上坐下来，埋怨王二愣说："俺又不是老虎，看把你给吓得！你呀，让人说你啥好啊！这么大个人了，咋还这么不小心啊！""俺，俺……"王二愣一脸的尴尬，像做了亏心事似的，目光躲躲闪闪的，始终不敢直视李玉荏的眼睛。王二愣越躲闪，李玉荏就越盯着他看。

李玉荏的目光如炬，火龙一样在王二愣身上游走，极力探寻着什么。终于，她发现了端倪，两手抓着王二愣的肩头，认真地问："你跟俺说句实话，你是不是和人打架了？难道对俺也要隐瞒吗？""没，没事！嗨，你别跟着瞎掺和了好不好，俺没事，俺只是在昨晚不小心摔了一跤！""摔了一跤，咋摔的？在哪儿摔的？晚上几点摔的？""俺，俺……"王二愣一时语塞。王二愣说话越吞吞吐吐，李玉荏越不依不饶："说，你是不是心里有鬼？"王二愣说："你才心里有鬼呢！求求你别问了好不好，俺正烦着呢！""好了，俺不问了，不过，你也不用这么烦嘛，瞧你那猴急样，哼，俺这还不是关心你啊！你要是有个好歹，俺……"李玉荏嗔怪地白了王二愣一眼，蹲下身，主动帮他洗起脚来。

王二愣有些受宠若惊，脸红红的，劝李玉荏说："你别这样，让人看见了会笑话的！"说着就要抬脚。李玉荏用手拍了下王二愣的脚面说："老实点，俺又不是老虎，难道会吃了你啊！哼，要不是看在你受伤的份上，俺才懒得理你哩！""女人是老虎，老婆不是老虎，所以老婆不是女人，不对，老婆是女人，老婆是媳妇，所以媳妇是女人，也不对……"王二愣美滋滋地咂咂嘴，终于厘清头绪似的说，"好媳妇，真是个好媳妇啊！你要是老虎，俺情愿当羔羊！啧啧，幸亏俺伤的只是额头，要是被人用棍子捣瞎眼睛，还真有点对不住你哩！"李玉苼吃了一惊，脱口问："你说啥？听你的意思，你额头是被人用棍子捣伤的？天啊，没想到你，你……"李玉苼马上明白了七八分，只觉头一晕。

李玉苼定定神，站起身焦急地来回踱了两圈，指着王二塄的鼻子没好气地说："真是人不可貌相，海水不可斗量，没想到你表面上装得挺老实，实际却是一肚子的花花肠肠，这种伤天害理的事你也能做得出来，要不是你——玉渲奶奶也不至于被气死，你，你，唉，让俺说你啥好啊！"李玉苼急得直跺脚。王二塄一时没有明白李玉苼的意思，嘟囔说："你这话是啥意思，玉渲奶奶咋了？老了？天啊，咋会这样呢！一早俺就听到村里有哭声，俺还以为……""啊——呸，真是癞狗改不了吃屎，到现在你还装糊涂，俺问你，昨晚你是不是去撬李玉渲家的窗户了？"李玉苼气不打一处来，弯下腰用手推搡了王二塄一把，气呼呼地问。

王二塄打了个激灵，脸立时扭曲得像个紫茄子，偷眼看看李玉苼，马上把目光移开，试探着问："玉，玉渲妹子是不是对你说啥了？俺，俺没别的意思，更没有伤害她奶奶的意思……""那你是啥意思？想占玉渲的便宜是吧？早知道你是这种人，哼……"李玉苼欲哭无泪，瞪了王二塄一眼，摇摇头说，"俺看你是无药可救了，你自己好自为之吧！"说完转身就要走开。王二塄急了，红着脸央求李玉苼说："别，你别这样，这事也不能全怪俺嘛，俺还不是被你给逼的啊！"没想到王二塄这样说，李玉苼一愣神，回到炕边坐下，瞪了他一眼问："是你自己不争气，咋还怪起俺来了？俺啥时逼你了？好啊，这么没情义的话你也能说得出口！说，俺咋逼的你，俺逼你去偷了，还是逼你去抢了，还是逼你半夜去扒人家的窗户了？今天你不把话说明白，俺跟你没完！"李玉苼再三追问，王二塄却总是闪烁其词，不肯明说。

李玉苼气得浑身直打哆嗦，眼睛狠狠地瞪着王二塄，用手指着他的鼻尖说："看来，你是成心让俺替你背黑锅，故意往俺身上泼脏水！你这样做，到底是为了什么？哼，别忘了，就算俺将来当了你们老王家的儿媳妇，俺也不会平白无故受你的气，今天俺非把这个理摆清楚，到底俺哪一点做得不好，竟然把你逼到那份上！你等着，俺这就去把你娘喊过来，让她来帮着评评理！"说完，就要转身向外走。王二愣一看不好，一把将李玉茳拽住，窘着脸说："玉茳你别急嘛，既然你非要俺说，那俺就来个竹筒倒豆子，掏心掏肺地说给你听！"王二愣警觉地朝屋门口望了望，压低声音说："你有所不知，自打咱们定亲那时起，俺做梦都想和你那个啥，晚上躺在床上难以入睡，浑身像爬满了蚂蚁一样痒痒。""你，你啥意思？'那个啥'是啥意思？"李玉茳一头雾水。王二愣没有急着对"那个啥"做解释，继续说："可你总是不理俺，连让俺亲一口的机会都不给！昨天晚上，俺实在憋得难受，就，就跑到街上晃悠，后来，后来的事想必你都听说了。唉，都怪俺，没有把持住自己！"说完，抬手朝自己脸上使劲儿抽了一巴掌。

李玉茳终于明白了王二愣的意思，立马羞红了脸，霍地站起身，捂着脸就要往外跑。刚要去推屋门，突然听二愣娘在院子里咳嗽了一声，马上又触电似的缩回手。李玉茳犹豫了，心想，二愣娘干吗偏在这时候咳嗽？莫非二愣刚才说的话她都听到了？……不可能，二愣说话声音那么小，她即便听到，也听不真切！……嗨，俺又没做亏心事，干吗要躲开！李玉茳呆呆地站了一会，忍不住自嘲一笑，转身回到炕前坐下，嗔怪地白了王二愣一眼，埋怨说："唉，王二愣呀王二愣，你咋这么没出息啊！那么没羞没臊的话也能说得出口！不管怎么说，你去撬人家李玉涢家的窗户就不对，你要是真把她给'那个啥'了，哼，俺们老李家的人绝不会轻饶你！"王二愣打个寒战，猛地抓住李玉茳的衣角，焦急地问："你，你是说，昨晚玉涢她把俺给认出来了？"李玉茳向后侧了下身子，甩开他的手，噘着嘴没答话。王二愣马上明白了七八分，嬉笑着说："媳妇，好媳妇，俗话说'家丑不可外扬'，看在咱们已定亲的份上，求你一定替俺保守秘密，俺刚才对你说的话你可千万别对别人说漏嘴啊！"

李玉茳不屑地瞥了王二愣一眼，说："你，你别指望俺替你擦屁股，俺才丢不起那张脸哩！"李玉茳叹了口气，又说："纸里包不住火，天下没有不透风的墙，人在做，天在看，别以为'人心隔肚皮，做事两不知'，其实老天爷一直在天上盯着你呢！你做下这种伤天害理的事，就算俺不说，老天爷也不会轻易放过你的！你等着瞧吧，总有你'现原形'的那一天！"王二塄被说怕了，双手捂着脸，低下头小声抽泣起来。李玉茬一看更来气了："这回知道害怕了？早知现在何必当初！哼，做了亏心事，还好意思哭，你哭，你大声哭，有本事到大街上哭去！"王二塄急了，嘟囔说："俺有啥好怕的，又不是俺一个人在打她的主意，俺只摸过一次她家的窗户，不像有些人，一天都不落……再说了，李玉渍她也没吃亏嘛，把俺脑袋瓜捣成这样，还不解气啊？"王二塄偷眼看看李玉茬，嘬着嘴还要往下说，李玉茬摆摆手打断他："解气，你以为这样她就能解气了？你把她奶奶都气死了，这账怎么算？哼，别人还没找你算账呢，你倒先委屈起来了，你有啥好委屈的？"王二塄苦笑："她奶奶死咋能怪俺呢，是阎王爷偏巧来喊她，俺能有啥办法嘛！哼，要说气，也是以前那些人气的，算俺倒霉，喝凉水塞了牙，打喷嚏闪了腰，放屁砸了脚后跟，偏巧赶上她断气！"

李玉茬感觉王二塄好像话中有话，一时又摸不透他的确切意思，像看陌生人一样打量了他几眼，问："你的意思是说，还有人摸过她家的屋门，你咋知道的？"王二塄没答话。李玉茬摇摇头："既然拿不准，就不要顺嘴瞎咧咧！你以为这样说，就可以蒙混过关？想得倒美！"说着，狠狠地瞪了王二塄一眼。王二塄吓得赶紧埋下头，但仍有些不服气，小声嘟囔说："反正有很多人摸过她家的屋门，俺就算知道也不会对你说！"李玉茬一听，火气"噌"的一下又蹿了上来，霍地站起身，指着王二塄的鼻子气呼呼地说："好啊，到现在你还嘴硬，你，你真是药店失火——无药可救了！"说着，扭头往外走去。王二塄撇撇嘴，继续嘟囔说："你爱信不信！反正俺说的都是实情！咱们这有句俗话叫'母狗不撅腚，公狗就不会往上凑'，她李玉渍如果不是脸蛋长得好看，整天向人抛媚眼卖弄风骚，会招惹那么多男人半夜去摸她家的屋门吗？"李玉茬心头一震，下意识地放慢脚步，继续装出愤然离开的样子，其实仍在听王二塄嘟囔："实话跟你说吧，俺经常见王拥财半夜在街上晃荡，看样子他没少去摸李玉渍家的屋门！还有，俺看她李玉渍也不是什么好东西，男女之间不就是那回事吗？说不定她早被人给'那个啥'了，装什么正经嘛！像个贞洁烈女似的！俺看啊，她不像贞洁烈女，倒像个疯婆子，又是扔石头，又是抢大棍的……"

听了王二愣的嘟囔，李玉茬心里酸酸的不是滋味，人不怕犯错，就怕犯了错还耍赖皮！李玉茬本想再跟王二愣理论一番，腿脚却不听使唤，索性猛地推开门，头也不回地大踏步向外走去。二愣娘早有预感似的，提着马灯笑呵呵地追上来，关切地问："玉茬您要走啊，咋不再玩会了？二愣他是不是惹您生气了？哼，他要是敢惹您生气，俺——俺打断他的狗腿！""没事，娘，您回吧！"李玉茬随口应了声。"没事就好！就算有事你也没必要和他一般见识，他呀，天生的驴脾气，缺心少肺的，说话不会拐弯儿，不过他心眼不坏，知道疼人！玉茬，您真的要走啊，有空常来玩啊！对了，这马灯你提着吧，路上好给你照个亮儿，别像二愣一样，差点把头磕，磕……"二愣娘意识到自己说走了嘴，赶紧把话打住。李玉茬停下，回头看看二愣娘，尴尬一笑说："娘，您回吧，真的没事。"说完，快步向李玉渍家走去。

走出老远，李玉茬忍不住回头朝二愣娘的影子使劲儿啐了口唾沫：没事才怪呢，瞧你把儿子都惯成啥样子了！李玉茬心中憋满了气儿，她做梦也没有想到，昨晚去摸李玉渍家窗户的竟然是王二愣！真是"画龙画虎难画骨，知人知面不知心"，没想到王二愣竟然是这种人！李玉茬叫苦不迭：唉，瓜藤绕到豆棚上，这事扯拉不清了！俺实在没脸去见李玉渍了，可是，不见又不行……李玉茬一边想，一边不停地摇头叹气，不知不觉就到了李玉渍家，远远地看到一个黑影从门前闪过。李玉茬吃了一惊，三步并作两步跑过去，一看，啥也没有。联想到白天办丧事的情形，李玉茬突然感到头皮一阵发麻，紧张得心怦怦直跳，慌里慌张地跑进屋去，见娘坐在李玉渍炕前愣神，脱口喊了声："娘，娘——啊！您——您还好吧？"玉茬娘打了个哆嗦，回头见是女儿，嗔怪地白了她一眼说："熊孩子，进屋咋不咳嗽一声？你这一喊，吓俺一大跳！"李玉茬没理会，左右看了看，焦急地问："娘，刚才是不是有人来过？""对呀，你路上碰到王拥财了？他说家里丢了只鸡，来找了一大圈儿，这孩子傻乎乎的，黑灯瞎火的找啥鸡嘛，早干吗去了！""啥？王拥财他——来找过鸡？为啥偏这时来找？"李玉茬预感不妙，猛一下呆住了。

(1)

玉茬娘疑惑地看看女儿，问："咋了，有啥不对头吗？你刚才跑哪去了？是不是撞见什么了？"李玉茬仓皇答："没事，嘿嘿，真的没事。"玉茬娘"哦"了声，没有再问下去，催促女儿说："你先去躺会吧，以后几天还得靠你来照顾玉渍，千万别累垮了身子。"李玉茬点点头，和衣蜷缩在旁边的炕头上，随手扯过夹被来盖上，闭上眼开始假寐。也许是太过疲劳的缘故，李玉茬躺在炕上，对王拥财找鸡的目的胡乱猜测一番，感觉头晕晕的厘不清头绪，便不再去想，很快沉沉地睡了过去。本想迷糊一会就起来替娘"顶班"，没想到一觉醒来，天已大亮。李玉茬一骨碌爬起身，见娘正在李玉渍炕前焦急地忙来忙去。李玉渍疲惫不堪地躺在炕上，脸色有些苍白，额头上多了一条湿毛巾。"娘，玉渍她——怎么了？"李玉茬小声问。李玉茬明显有些心虚气短，想到这一切都是王二拐造下的孽，她心里五味杂陈，除了满怀同情和怜悯外，还夹杂着深深的自责。李玉茬不敢直视李玉渍的眼睛，越不敢看，眼睛越鬼使神差地去瞅，终于和李玉渍呆滞的目光碰到一起。李玉茬鼻子一酸，一脸窘相地看着李玉渍，心疼得眼泪扑簌簌往下掉，像哑巴吃了黄连一样，满肚子苦水却无法倾诉。

玉茬娘没有留意女儿脸上的窘相，冷不丁打了个哈欠，把泡毛巾用的铜盆随手放在地上，一屁股蹲在旁边的木凳上，努努嘴说："她半夜有点儿发烧，俺给她冷敷了一下，这会烧总算退下去了。"玉茬娘叹了口气，又说："唉，屋漏偏逢连夜雨，人倒霉时连喝口凉水都会塞牙！这孩子命苦啊，以后日子可咋过啊！"说着，眼中又滚动起泪花，忙背过身去用袖子去擦，一眼瞅见女儿也在流泪，愣了一下。玉茬娘意识到自己有些失态，抹把眼泪，笑了，笑得很尴尬："好了，以后谁也不要再说丧气话了！天下没有过不去的火焰山，日子再苦再难咱们也要咬紧牙关过下去，只要咱们还有一口气，腰杆说啥也不能打弯儿！玉茬，你抓紧回家给玉浈做点吃的，别忘多煮上个鸡蛋！"李玉茬心领神会，知道娘在故意说话给李玉浈听，连声答应着，转身快步向家中跑去。

李玉茬跑至半路，恰好碰到爹挎着筬子迎面向她走过来，筬子上面盖了张黑乎乎的破包袱，不时发出碗筷相碰才有的那种让人直流涎水的诱人的咣当声，接着便闻到了一股浓浓的饭香味。李玉茬不由得咂咂嘴，问爹："您这是要给谁送饭去？""还能有谁？你们娘俩有功啊！啧啧，前时俺腰疼趴在炕上，半夜三更疼得直哼哼，也没见你娘这么上心！"玉茬爹闷头走出几步，突然转回身来，大声问女儿："看你眼圈红红的，像个打野食的夜猫子一样，不好好在屋里待着，这是要去哪？忙了一天一夜，你肚子不饿啊？"李玉茬咽口唾沫，吞吞吐吐地答："爹，俺，俺不饿，您先把饭拿过去让俺娘和玉浈吃点吧，俺，俺回家先洗把脸，换件衣服，再去吃！"玉茬爹"噢"了声，转身又闷头向前走去，一边走还一边嘟囔："是该好好地洗把脸，是该换件干净点的衣服，这样好除掉身上的晦气！"

李玉茬没心思去洗脸换衣服，她心里一直有个无法释怀的疑问，那就是王二愣到底有没有说谎。他说王拥财也摸过李玉浈家的屋门，昨晚偏偏又碰上王拥财鬼鬼祟祟地去找鸡。莫非王二愣说的情况是真的？平时看拥财哥挺老实的，没想到他也是条发情的野狗！李玉茬哭笑不得地摇摇头，决定去找王拥财当面问个清楚。到了王拥财家门口，李玉茬却犹豫起来，心想，万一王拥财真是那种人，那他肯定对王二愣做的丑事有所察觉，被自己用话一激，说不定他会"狗急跳墙"，把王二愣做的丑事全抖搂出来。这样一来，自己作为王二愣未过门的媳妇，脸面上肯定也不会好看……正拿不定主意，突然听到背后有人喊她，回头一看，只见王拥财的哥哥王拥进扛着锄头，挽着裤脚，正笑呵呵地盯着她看。李玉茬脱口问："拥进哥，拥财他在家吗？"王拥进一脸疑惑地反问："你找他有事吗？""嗯。"李玉茬使劲点点头。王拥进眼睛一亮，笑着招呼李玉茬说："快到家里坐，一早俺和他一块去了地里，这会他应该早就回来了！"说着，跑上前打开院门，请李玉茬进院。

李玉茬还是第一次踏进王拥财的家门。王拥财家里面比外面看起来还要破旧。正房是两间低矮的土坯北屋，紧靠北屋左沿搭有一个用来放杂物和生火做饭的简易窝棚。窝棚前有一台石磨，石磨顶上胡乱搭了几件满是补丁的衣服。院中放满柴草和杂物，这里一堆，那里一堆，使本来就很窄小的院子变得更加壅塞。王拥财他爹——王老栓，这时正坐在正屋前的小木墩子上，聚精会神地用一把破砍刀一点一点地修理着新做的锄头木柄。李玉茬刚要上前去和王老栓打招呼，王拥进抢先一步开了腔："爹，拥财回来了吗？"王老栓随口答："没呢，你还不知道他呀？整天像丢了魂似的！对了，不是你们俩一块下地的吗？"王老栓猛抬头，见李玉茬过来，赶忙放下手中的活儿，站起身胡乱拍打了一下身上的木屑，满脸堆笑地问："呦，是玉茬过来了，快，快到屋里坐！"王拥进向爹使了个眼色，小声说："爹，玉茬有急事找拥财，要不俺赶紧去喊他回来吧！"说完，放下锄头，就要出门。李玉茬急忙拦住他，尴尬地笑了笑，说："没事，真的没事，昨晚见他急匆匆地去李玉涝家找鸡，也不知道他现在找着了没有？"说着，不由自主地来回扫了几眼，连根鸡毛也没看见，心里的疑团更大了。

王老栓愣了一下，看看儿子，又看看李玉茬问："找鸡，找啥鸡？俺家只有一只老母鸡，半月前就病死了呀？""哦，那没事了，您们忙，俺先回了啊！"李玉茬马上明白了七八分，感觉再问下去已经没有多大意思，赶忙识趣地告辞离开。王拥进从李玉茬的脸色上察觉到了什么，忙抢着去送。王老栓眼瞅着两人一前一后走出门去，摇摇头，嘟囔说："年轻人做事，真让人看不懂！"送李玉茬出门时，王拥进警觉地左右看看，小声问："妹子，俺知道你无事不登三宝殿，有话您就直说吧！是不是拥财他做了什么不好的事？让您闹心了？"王拥进叹了口气，又说："唉，家里缺了女人，就像炒菜少了油盐，马儿断了缰绳，风筝断了拉线，苦啊！俺娘死得早，俺爹拉扯俺们哥俩不容易，可他……不过，俺的话拥财还是听的！"李玉茬点点头，又摇摇头说："拥进哥，你别多想，俺只是听了句闲话，到底是真是假，俺也拿不太准。""无风不起浪，有话您就直说吧！""算了，有些话好说不好听，还是不说为好，俺只想给你提个醒儿，现在李玉涁遇上了难处，非常可怜，咱们可不能乘人之危、落井下石！"说完只顾向前走去。

王拥进愣怔了一会，猛然回过神来，追上去拦住李玉荏，尴尬一笑说："玉荏妹子你放心，拥财要是做了不该做的事儿，俺和爹绝不会轻饶他！"王拥进叹了口气，气呼呼地又嘟囔说："俺原想他只是偷偷喜欢玉涁妹子，没想到……唉，强扭的瓜不甜，硬栽的树不长，他，他这是何苦呢！"王拥进握紧拳头焦急地来回转了两圈，眉头一皱说："不对呀，你们是不是误会他了？俺弟弟俺最了解，他老实厚道，心眼很好，绝对不会做那种事的！"李玉荏见话已说到这份上，不好再继续隐瞒下去，不无气恼地问王拥进："他做没做那种事，你当哥的难道心里一点数也没有吗？俺问你，他是不是经常半夜往外窜？你知道他干吗去了吗？""这，这……俺还真不知道他干吗去了！嗨，腿长在他身上，俺就是想拦，也拦不住啊！"王拥进支支吾吾，一时不知说啥好。李玉荏哭笑不得地摇摇头："不管怎么说，你毕竟是他哥，得勤盯着他点。常言说得好'人心隔肚皮，做事两不知'，一个人是否老实厚道，心地是否善良，得看实际行动，光口头说是不行的。好了，话俺不多说了，只要你心里有数就行了。人啊，得积德行善，不能昧着良心做事，否则会遭报应的！"说完，不再理会王拥进，转身快步向李玉涁家走去。走出没几步，她突然感觉自己刚才说的话有点过头，想再跟王拥进解释几句，回头一看，早不见了他的人影。

（2）

李玉荏悻悻地回到李玉涁家，见李玉涁半躺在炕头，气色比先前好了许多，娘正在伺候她吃饭。李玉荏默不作声地在旁边坐下来。见李玉荏过来，李玉涁不再吃，轻轻地把饭碗放到一边，看着李玉荏，眼中又滚动起了泪花。李玉荏赶忙劝李玉涁说："好妹妹，别哭了，以后的日子还长着呢，俺娘不是说了嘛，天下没有过不去的火焰山，日子再苦再难，咱们也要咬紧牙关过下去！"玉茬娘嗔怪地瞅了女儿一眼，会心一笑："这回记住俺说的话了？"接着又感叹说："别看俺没文化，俺活了大半辈子，也弄明白了不少理儿。这人啊，心可以比天高，脚也可以比路长，只要心里开了窍，就没有放不下的包袱。有句话怎么说来着？叫——叫'宰相肚子里能撑船'，咱们当不了宰相，但可以学着当嘛；咱们肚子里撑不了大船，撑只小纸船总可以吧？"一句话，把李玉茬和李玉浈都逗笑了。

李玉茬收住笑，向李玉浈使了个眼色说："听听，俺娘都快成说书先生了，说的比唱的还好听哩！不过，仔细琢磨一下，她说的话也不是没有道理！"李玉浈点点头，又摇摇头，苦笑一下说："姐，大娘，俺听你们的，只是，俺不能老这样拖累你们，俺感觉现在比先前好多了，你们还是回去吧，俺能照顾好自己！""傻孩子，说啥呢，一家人别这么见外！"玉茬娘脸色一沉，像突然领悟到了什么似的说，"好孩子，你大爷是个直肠子，说话不会拐弯儿，话说多了你不要见怪，哼，俺以后再也不让他来送饭了！不过，嘿嘿，他那也是替咱们着急嘛！要不这样吧，你干脆搬到俺们家去住吧，大家在一起好有个照应！""别，别，千万别，这咋行呢！"李玉浈一听急了，使劲儿向前挺了挺身子，连连摇头。

正在这时，王拥财一头闯进门来，没等大家回过神来，"扑通"一声跪倒在李玉浈炕前，涕泗横流地说："玉浈妹子，你要是不嫌弃俺，俺愿意当你的男人，和你一块过下去！"突然听王拥财这样说，一家人惊得面面相觑。玉茬娘急得直撇嘴，一边拉他起来一边埋怨道："你这孩子，是不是糊糊喝多了？瞎说啥呢！让外人看见多不好啊，快起来，有话可以慢慢说嘛！""不，玉浈妹子不答应，俺死也不起来。"王拥财赖在地上不肯动。李玉茬一看，气不打一处来，指着王拥财的鼻子骂道："没脸没皮、不知羞耻的东西，真是癞蛤蟆想吃天鹅肉——不知天高地厚！玉浈妹子就算再苦再难，也轮不到你来发假慈悲，你以为你做的那些事别人都不知道？哼，咱们新王庄人的脸全让你给丢尽了！你，你快给俺滚，再这么不知好歹地羞辱人，小心俺撕烂你的臭嘴！"说着，就要上前去撕扯王拥财的衣领。

玉茬娘拦住女儿，看着王拥财摇摇头说："孩子，你这是演的哪一出？

你到底想干什么？玉浈的奶奶刚刚过世，她身边没一个知冷知热的亲人，但俺们老李家大有人在，俺说什么也不能让你这么欺负她！"王拥财身子猛然抖了一下，一把拉住玉荏娘的手，声泪俱下地说："婶，您别误会，俺真心喜欢玉浈妹子，正是因为喜欢她，俺才不希望她受到伤害，看到她隔三岔五被人耍弄，俺心里像用刀割一样难受，俺，俺恨不得一石头把那人砸死！"王拥财压低声音，神神秘秘地又说："实话跟你们说吧，为了暗中保护玉浈妹子，俺已经有好几个月没睡囫囵觉了！即使这样，也免不了被那些人钻了空子，因为俺一个人实在没那么多精力对付他们！直到看玉荏妹子来陪她睡，俺才松了口气。"李玉荏脱口问："你，你说啥？你在暗中保护玉浈妹子？你红口白牙说得倒轻巧，但谁能证明你说的话是真的？""这，这……"王拥财一时语塞，像有难言之隐。李玉浈摆摆手，向李玉荏使了个眼色，红着脸问王拥财："这些天来俺冥冥之中确实感觉有人在暗中帮俺，难道那人是你？拥财哥，那块石头莫非是你扔的？"王拥财一愣神，下意识地缩回手去，有些不好意思地点点头说："是，可惜扔偏了，并没有把那个坏小子砸死！"随后，王拥财主动叙说起自己暗中保护李玉浈的义举来……

　　起初王拥财对李玉浈并没有多少好感，对她的容貌也没有太留意，直到听了村里人的风言风语，才开始有意识地关注李玉浈。原以为李玉浈是个水性杨花的风流女子，没想到经过他的观察和了解，根本不是那回事。李玉浈不仅长得漂亮，人也很正派。慢慢地，王拥财暗中喜欢上了李玉浈，听说经常有人半夜去摸她的屋门，他非常着急，思来想去，决定暗中帮她一把。这天夜里，王拥财趁爹和哥沉睡，悄悄爬起身，溜出家门，"猫"在李玉浈家附近的角落里，一旦听到狗叫声，或看到有人向李玉浈家方向走，就本能地警觉起来，远远地跟在后面盯着。半夜三更摸别人家墙根的人，不是小偷，就是色狼，这样的人王拥财一眼就能看个八九不离十。果不其然，他眼瞅着一个怪异的黑影爬上了李玉浈家的墙头。王拥财顾不上多想，随手从地上拣了块碗口大的石头，迅速跑到李玉浈家屋檐后，攀上墙头仔细察看院子里的动静。当看到那个黑影正试图撬开李玉浈卧房的屋门时，王拥财毫不犹豫地举起石头，照着黑影的头部使劲儿扔了过去。只听"哎呀"一声，那个黑影被天上突然飞来的石头吓了一大跳，像被惊扰的兔子一样仓皇逃窜，很快消失得无影无踪……

听了王拥财的叙说，李玉荭恍然大悟，牙齿咬得"咯嘣"直响，对王二愣不免又多了几分怨恨。王拥财说得有板有眼，情真意切，不由得她不信。王拥财是好人已毋庸置疑，而王二愣竟然那样恶毒地诬蔑他，要不是王拥财今天说起这事，说不定她仍蒙在鼓里！王二愣啊王二愣，别看到别人背着锅，就认为人家黑，你把牛奶搅和到墨汁里，到底安的是什么心？把别人抹黑了，你就能干净了吗？就能减轻你的罪过了吗？想得倒美！李玉荭气不打一处来，气呼呼地要去质问王二愣，跑到门口，突然又停下，回头看王拥财仍跪在炕前，忙上前把他搀扶起来，红着脸说："拥财哥，对不起，刚才是俺误会你了，你是个好人，是个大大的好人！拥财哥，身正不怕影子斜，你可千万别拿俺刚才的话当回事，权——权当俺刚才放了个屁！俺——俺给你赔不是了！"王拥财好像并没有在听李玉荭说话，傻愣愣地站了一会，"扑通"一下又跪倒在地，两手扒着炕沿，眼巴巴地看着李玉滇，语无伦次地说："玉滇妹子，你就答应俺吧，俺实在不忍心——看你一个人孤苦伶仃地过下去了！你放心，俺保证一辈子都对你好，和你'在天愿作什么鸟，在地愿为什么枝'！""是比翼鸟和连理枝！"李玉滇脱口答，脸羞得更红了。

玉荭娘也感到有些羞臊，下意识地用手捂住脸，但马上又松开手，强作镇定地劝王拥财说："孩子，快别说这样的话了，咱们庄户人脸皮薄，哪经得起你这样说啊！要是让村里其他人知道了会笑掉大牙的！"李玉荭附和："就是嘛！哪有你这么说话的！拥财哥，俺知道你一片诚心，但是……你不知道男儿膝下有黄金啊？"可是，无论娘俩怎么劝，王拥财像吃了秤砣铁了心，跪在地上就是不肯起来。见王拥财一副头碰南墙也不知道转弯的样子，玉荭娘冷了脸，软中带硬地说："孩子，你能有这份心思，婶很高兴，但是，这事并没有你想象得那么简单，得双方愿意才行，剃头挑子一头热乎是不行的！你只顾顺嘴说，可你问过人家玉滇的意思了吗？你只顾自己痛快，可你考虑过玉滇的感受了吗？还有，你来说这事，你爹王老栓知道吗？"玉荭娘叹了口气，又说："孩子，就算玉滇她同意，你也不能操之过急，咱们庄户人说媒提亲，讲究门当户对和明媒正娶。婚姻不是小孩过家家，而是关系到人一辈子的大事，该有的礼节一样也不能少！所以，俺劝你还是回家好好想想，千万别再闹笑话了，今天幸亏只有俺们娘几个在场，要是换了外人，传扬出去，让你爹的老脸往哪搁啊！"

"大娘，您别说了，拥财哥是个好人，他这样做完全是替俺着想，俺想好了，只要他乐意，俺没啥好说的！只是，就怕俺会拖累了他！"李玉涢冷不丁冒出一句，把几个人都吓蒙了。王拥财率先回过神来，一把拉住李玉涢的手，用热辣辣的眼神看着她，颤抖着声音说："有，有你这句话，俺，俺就是上刀山下火海也不怕了！"玉荭娘装作不经意的样子猛地打掉王拥财的手，嗔怪地白了李玉涢一眼说："你这孩子，咋也说起胡话来了？国有国法，家有家规，这话可不能随便说着玩儿，虽然你爹娘不在家，但你也不能不讲礼数！就算你们两个都乐意，也得先征求一下长辈们的意见！你不妨打听一下十里八村已成家的人，婚姻大事有几个是自己做主的？""娘，您这是老封建，咱们这眼看就要解放，新社会讲究婚姻自由，您那套'老皇历'已经不适用了！俺觉得拥财哥和玉涢妹子挺般配的，您就别棒打鸳鸯了！"李玉荭拽了下娘的衣角，劝道。"这，这……"玉荭娘看看女儿，又转头看看王拥财和李玉涢，本想说"家里老人刚过世，不宜谈婚论嫁"，话到嘴边又咽了回去。

（3）

其实玉荭娘早就看好了这门亲事，王拥财心地善良，对李玉涢一片诚心，是个难得的好男人。对于孤苦伶仃的李玉涢来说，能找上他这么好的男人，这辈子也算没白活！但是，她心里又有几分担忧，怕将来发生什么变故，亏待了李玉涢。人心难测，世事难料，别看王拥财现在信誓旦旦，发誓一辈子都对李玉涢好，难保他将来不会变心。李玉涢是个苦命孩子，要是在婚姻上再出了岔子，岂不是苦瓜搬黄连——苦上加苦！俗话说"谨慎能捕千秋蝉，小心驶得万年船"，玉荭娘觉得对待婚姻大事还是谨慎点儿为好。她让王拥财回家先征求一下家里人的意见，过一段时间再说。虽说按本地风俗，孙子孙女无须像儿女一样为老人守孝三年，但也不能过于草率和张扬，那样会让村里人说闲话的。王拥财领会了玉荏娘的意思，麻利地从地上爬起身，顾不上掸身上的土，连蹦带跳地向自己家飞奔而去。

王老栓锁上院门，戴上斗笠，扛着锄头正要下地干活，见儿子急匆匆地回来，随口问："你又疯哪去了？"王拥财气喘吁吁地答："爹，俺刚给您找了个儿媳妇！""你说啥？你，你……"王老栓手忙脚乱地撂下锄头，踮起脚跟，在门框上方的缝隙里摸索了好一阵，终于摸出了一把拴有麻绳的钥匙。王老栓哆嗦着两手将锁打开，拽着儿子"撞"进院中，顺势用后背一顶，把院门合上。进到自家院里，王老栓就不那么慌张了，在家里说话，无须避讳，如同在被窝里放屁，捂得住！王老栓没有急着询问儿子，而是慢慢地走到石磨前，意味深长地拍了拍磨顶，随后倚着石磨蹲下身，把挂在腰间的手工缝制的黑色小布兜摘下来，拿在手里掂了掂，若有所思地抬头望着天空。王拥财也抬头看天，天蓝蓝的，一点儿云彩也没有。王拥财顿生几分惶惑，搞不懂爹为什么突然间变得这么冷静。"爹，您咋了？您是不是不想让俺急着找媳妇啊？您是不是不想急着抱孙子啊？您是不是不想急着续香火呀？您是不是非要等俺哥成了家再让俺找媳妇呀？万一俺哥一辈子都成不了家咋办？"见爹一直沉默不语，王拥财小心地走上前去，生怕爹会恼怒地打断自己，一股脑儿地把平时羞于对爹说的话和想问他的问题全抛了出来。

王老栓白了儿子一眼，没答话。只见他漫不经心地从布兜中摸出一个烟斗，将烟斗口朝下，对着鞋后跟敲了敲，里面的残灰雾一样喷薄而出。随后将烟斗伸进布兜，左手托着底部，右手拿着烟斗在兜中搅了又搅，感觉烟斗已搅满烟叶末，才小心地掏出来，生怕烟叶末被风吹跑似的，赶忙用手指肚按了按。难道抽烟比儿子的婚姻大事还要急迫和重要吗？看爹只顾忙着抽烟，王拥财很是不满，却不敢对他发火，只好由他抽。王老栓将已装满碎烟叶的烟斗衔在嘴里，在点燃之前，先美美地咂了两口。王拥财赶忙找来"洋火"帮爹点烟。王老栓摆摆手拦住他，霍地站起身，咬着烟斗含含糊糊地问："听你哥说，你正在打——李玉溦那疯闺女的主意？"王拥财说："爹，咋说话呢，俺那不是打她的主意，而是真心喜欢她，不瞒您说，她对俺也有那个意思哩！"王老栓压抑着的火气终于发了出来："啧啧啧，还好意思说哩，脱裤子上吊，一点儿也不觉得害臊！"王老栓一手拿着烟斗，一手指着儿子的鼻子大骂："你小子翅膀硬了是吧？你以为你老子老糊涂，管不了你了是吧？哼，别看俺嘴上不说，但俺心里一直像明镜儿一样，一看你小子撅腚，就知道你要拉什么屎！俺问你，那么多好闺女你不要，为啥偏偏喜欢一个风流娘们？你不怕丢人现眼，俺和你哥还怕哩！"

爹正在气头上，王拥财不好顶撞他，只好假装理亏的样子，任凭他数落。王老栓发了一通牢骚，语气终于缓和了下来，苦笑着劝儿子："拥财，听爹一句劝，没有金刚钻，就别去逞能补破锅。咱们家祖祖辈辈都是老实本分的庄户人，你做事千万不能太出格，不能随便抓头驴子就当马骑。要不然，你不光对不起老祖宗，更对不起你死去的娘……"听爹这样说，王拥财心头一震。王老栓不再理会儿子，将烟点燃，蹲在石磨边，闷头"吧嗒吧嗒"地抽了起来。王拥财也蹲下身，不时偷眼看看爹，看他脸色开始好转，试着劝他说："爹，您不要听信别人的闲话，玉渍是个好闺女，那些因占不到便宜就往她身上泼脏水的人才是真正的坏种哩！俺保证，将来她一定能做个孝顺贤惠的好媳妇！"王老栓还是不搭腔，从鼻子里发出"嗤"的一声冷笑，将身子挪向一边，只顾闷头抽旱烟。王拥财很失望，不无怨气地嘟囔说："爹，听说咱们这快要变'天'了，新社会不兴老一套，您也该换换'老脑筋'了！"说完，"霍"的一下站起身，使劲儿一咬牙，一跺脚，头也不回地大踏步向外走去。王老栓气得直翻白眼，心里直骂：臭小子，你懂个屁！井底的蛤蟆，能见多大点的天？哼，嘴上毛还没长全呢，竟然教训起老子来了……他最恨儿子撂下句气话就走，让他干生气却无处发泄。

王拥财赌气离开家，在路边蹲下身，两手抱头，不停地唉声叹气。他没想到爹竟然对李玉渍抱有那么大的偏见。李玉渍被人骚扰，被人泼脏水、说闲话，非但得不到人们的同情，反倒成了天大的过错！正如说书人说的"老龟烹不烂，移祸于枯桑"。这世界到底怎么了，难道真的是非颠倒、黑白不分了吗？人们常说"人在做天在看"，可即使老天爷看到了又能怎样……王拥财正懊恼不已的时候，突然感觉背上被人轻轻地拍了一下，回头一看，竟是李玉荏。王拥财站起身，吞吞吐吐地问："是，是玉荏妹子呀！你，你这是要去哪儿？"李玉荏迅速打量了王拥财几眼，反问："你，不是去问你爹了吗？他咋说的？""他，他说……"王拥财低下了头，心里有苦却倒不出来，像受困的骡子一样，索性把气全撒在了脚后跟上，迅即蹬起一阵飞扬的尘土。李玉荏一看马上明白了七八分，"扑哧"一笑说："心急吃不了热豆腐，这事不能太急，拥财哥，您放心吧，只要你们俩真心相好，就是天皇老子他也管不着。这天马上就要变晴了，老顽固们、老封建们已是明日黄花，不吃香了！"李玉荏朝王拥财神秘一笑，又说："以后，就看你的本事了！"说完，扭头走开了。

王拥财一时没有明白李玉荏的意思，皱着眉头想了半天，终于心领神会，撒腿向李玉渍家跑去，一边跑一边嘟囔："只要把生米做成了熟饭，不怕爹他不同意！啧啧，玉荏妹子真像俺肚子里的蛔虫，太了解俺的心思了……如今，还有比这个办法更好的办法吗？莫非玉渍妹子也是这意思？所以才拐着弯儿让玉荏向俺作暗示？天啊，好事来得也太快了嘛……"人在兴奋过头的时候，很容易犯浑做傻事。王拥财自以为领会了李玉荏的"意思"，殊不知他是裤筒里放屁——分两岔里去了。王拥财兴冲冲地跑进李玉渍家，见李玉渍眼角挂着泪痕，好像仍沉浸在亲人离别的痛苦当中，心里立时凉了半截。王拥财尴尬地看着李玉渍，刚要吐露几句肉麻话儿，话到嘴边又咽了回去。

见王拥财过来，李玉渍有些不好意思，强撑着爬起身，坐在炕沿上，笑笑说："拥财哥，男女授受不亲，玉荏娘和玉荏都有事离开了，现在只有俺一个人在家，你，你还是快走吧，让人看见会说闲话的！"王拥财不答话，目不转睛地盯着李玉渍，先前的欲念像急速燃烧的火苗一样忽一下又升腾了起来。王拥财的呼吸变得非常急促，身子随着不停地抖动。终于，他像饿狼一样扑向了李玉渍。王拥财把李玉渍扑倒在炕上，两手在她身上胡乱摸来摸去，身子像蛇一样抽搐、扭动着，嘴中还喃喃自语："玉——玉渍，好妹子，哥想死你了，做梦都想和你在一起，咱们还是那个吧，那——那样的话，俺爹就没法阻拦咱们了……""玉渍妹子，别怕，别哆嗦，也别喊，俺没别的意思……吃得眼前苦，方得以后甜，只有把生米煮成熟饭，以后咱们才能永远待在一起……"王拥财慌不择言，连他自己也不知道在说什么。

李玉祯被突如其来的一幕吓傻了，直到王拥财试图解她的裤带时，才猛然醒过神来。李玉祯顾不上多想，拼尽全力将王拥财推开，抬手狠狠地扇了他一耳光，随后"哇哇"大哭起来。王拥财被打醒了，从迷乱恍惚中一下跌回到冰冷的现实中。王拥财两腿发软，冷汗直冒，"扑通"一声跪倒在地，抬起两手，左右开弓，使劲儿抽打起自己的脸来，"啪啪"的声响把屋梁上的尘灰都纷纷扬扬地震落了下来。王拥财一边抽打一边痛骂自己："俺该死，俺不该碰你，俺不是人，俺和那些半夜摸你屋门的畜生一个熊样！俺对不起你，你要是觉得还不解气，干脆拿斧头把俺给劈了吧，俺保证眼睛都不会眨一下……唉，王拥财啊王拥财，你咋这么没出息呢，这种伤天害理的事儿也能做得出来……"见李玉祯仍呜呜咽咽地哭个不停，王拥财一时不知如何收场，朝自己脸上使劲儿扇了几下，站起身灰溜溜地向门外跑去。

王拥财刚跑出屋门，突然听到李玉祯喊他，不由得打了个寒战，猛然停下，乖乖地听候她的斥责。出乎王拥财的意料，李玉祯并没有再骂他，而是充满深情地叮嘱他说："拥财哥，俺知道你是个好人，刚才的事俺不怪你，你要是真想要俺，得讲究个礼数，给俺个名分，千万不能再让别人说三道四！拥财哥，你放心吧，俺会等着你的，俺只求你人好，只要你真心对俺好，跟着你就是吃糠咽菜俺也乐意！"听李玉祯这样说，王拥财心头一热，回头感激地看看她，咬着牙使劲儿点了点头。

（4）

王拥财暗下决心，决心想办法做通爹的思想工作，让爹同意这门亲事。于是，他隔三岔五就拐弯抹角地向爹说这事。王老栓始终不松口，一听这事就烦，不光烦，还破口大骂，骂王拥财不孝，故意拿"苍蝇"给他吃。王拥进看在眼里，急在心里，见弟弟像猴屁股上扎了蒺藜一样，愁得整晚上都睡不好觉，思虑再三后，决定帮他一把。趁上午在田间歇息的空儿，王拥进劝王老栓说："爹，您就答应拥财吧，这几天俺见他瘦了好几圈儿，要是他想不开，万一有个三长两短，到时您后悔就晚了！"王老栓白了儿子一眼，没好气地说："你少给俺灌迷魂汤，只要俺还有一口气，就不会让他马嚼子戴牛嘴上——胡来！你怕他有个三长两短，就不怕我有个三长两短吗？不孝的东西，眼里根本没有老子！"王拥进遭了抢白，沉吟一会儿，撇撇嘴说："爹，您这话说得就不对了，拥财他咋胡来了？您是不是听到了什么闲话？嗨，人嘴两扇皮，咋呼扇都行，但说到家理总归还是那个理，不能因为人们胡说就变了味儿。俺觉得玉溁妹子人挺好的，不仅模样好，人也很正派，拥财要是娶了她……"王老栓不耐烦地摆摆手："你别说了，拥财他那是头脑发热，一时糊涂，到时不后悔才怪！你是他哥，应该好好劝劝他，别整天像吃错药一样跟着瞎掺和！"听爹这样说，王拥进一时没了话。

陪爹默默地干了会儿农活，王拥进忍不住又试探着问爹："俺知道您那是替俺们着想，但您也不能顾虑太多，您要是实在觉得玉溁妹子不合适，那就让拥财另外找个老实本分的，如果您不好意思对拥财说，俺可以帮你说！""真的？"王老栓眼睛一亮。王老栓停下手中的活儿，看着王拥进点点头，马上又使劲儿摇摇头说："还是不行，饭得一口一口地吃，活得一点一点地干，凡事须讲究个理道，不能隔着锅台上炕，乱了章法。你这当哥的都没找上媳妇，咋能轮到他呢！拥进啊，你也老大不小了，应该想想成家的事了！唉，你娘要是还活着就好了，那俺就不用这么操心受累了！"说着，王老栓鼻子一酸，掉起了眼泪。王拥进赶忙劝爹："您老放心吧，车到山前必有路，船到桥头自然直，到时俺保准让您抱上大胖孙子，就算俺娶不上媳妇，拥财他也绝不会让您失望的！"王老栓不屑地撇撇嘴："快别提他了，他找的那个媳妇根本不靠谱，还是先忙完你的事再说吧，拥财他毕竟小你几岁，等得起！"王拥进眼睛一亮："爹，您的意思是说，只要俺娶上了媳妇，您就不再阻拦拥财的亲事了是吧？""这，这……"王老栓没有说"行"，也没有说"不行"，闷头又干起活来。

王拥进终于摸准了爹的心思，默默地在心里盘算起来。王拥进思来想去，终于想出了一条妙计。这天早上，一家三口围坐在一起，端着灰瓷碗大口大口地喝着稀粥，王拥进突然把碗往桌上使劲儿一放，长长地叹了口气说："爹，不知您听到了没有，村里有好多人都在说咱们爷仨的闲话，说咱们家里杵着三根光棍，个个都像发情的公狗，晚上憋不住了就对着石磨眼儿使劲，话说得可难听了！"王老栓一愣神，气呼呼地把饭碗往桌上一放，厉声说："别听他们瞎咧咧，三根光棍咋了？他们想要还没有哩！"王拥进向王拥财使了个眼色，嘿嘿一笑说："爹，您别生气，俺觉得他们说得也不是没有道理，咱们不能老这么混下去，是该找个女人来操持家务、支撑一下门面了。不瞒您说，玉茬娘已经帮俺相好了一个闺女，改天让您偷偷瞅上一眼，您要是觉得还行，俺想在年根前把她娶进门来！"王老栓吃惊地看着王拥进，问："你，你说的是真的？""嗯，爹，俺啥时骗过您？"王拥进不假思索地使劲儿点了点头。王老栓一听非常高兴。

王老栓脸上堆满笑，站起身若有所思地来回踱了两圈，突然间又皱起了眉头，搓着两手无奈地撇撇嘴说："这事好是好，年根田里活少，不愁找不到帮忙的人，只是，咱家穷得叮当响，拿啥娶人家啊？就咱家这破院、破房子，人家能瞧得上眼吗？"王拥进凑近爹耳朵根，小声说："爹，她家比咱家还穷呢，一条囵囵裤子姊妹三人轮换着穿，她哪有挑肥拣瘦的资格啊！嘿嘿，玉茬娘说了，这闺女腚大腰圆，绝对是个生娃的好手！""哦，原来是叫花子碰上要饭的——她也是个穷娃子啊！这样好，这样好啊！这叫'龙找龙，凤找凤，乌龟找王八'。不对，俺儿可不是王八，瞧我这张臭嘴，一高兴话都说不顺溜了！"王老栓喜得合不拢嘴，美滋滋地对着王拥进端详来端详去，看着看着，脸色又一沉，嗔怪地白了他一眼说："就咱们家这穷酸样，能有姑娘愿意嫁过来，那是咱们祖上积了八辈子德，只是……拥进俺得说你几句，叫花子拨算盘，穷有穷的打算，过日子就像用铁锤砸石头，实打实儿，以后少说酸不溜丢的话，日子过得再得意，也不能丢了本分！""嗯，您说的俺都记下了。"王拥进心领神会，连连点头。

一直像徐庶进曹营一样一言不发的王拥财突然发了话："爹，一条藤上结两瓜，大也是瓜，小也是瓜；一根枝上结两枣，红也是枣，青也是枣。俺把丑话说到前头，您可不能偏心眼儿，这房子有俺一份，不能全给大哥！"王老栓狠狠地瞪了王拥财一眼，没好气地说："少对俺阴阳怪气、拐弯抹角！你呀，就知道为你自己着想！这房子是俺一手盖起来的，俺说了算，谁先成家，就先让谁当新房住！"王拥进一看不妙，忙打圆场说："爹，您不用为难，这事俺早就想好了，俺把窝棚和石磨拆了，在东边接上一间屋，到时俺们去住新盖的那一间，您和拥财还是住原来的这两间！"王老栓点点头，狠狠地瞪了王拥财一眼说："看你哥多懂事，心里老想着别人，不像你，整天就知道惦记你那仨瓜俩枣！唉，什么时候你能让俺省点心就好了！"说完，无奈地摇摇头，闷头向外走去。"爹，您这是要去哪?"王拥进好奇地问。"俺，俺遛弯去！"王老栓破天荒朝王拥进努努嘴，哼着小曲高高兴兴地上街去了。人逢喜事精神爽，王拥进还是第一次见爹这么高兴，心里也憋不住想乐，但一看弟弟那阴沉的脸，心里立时凉了半截。王拥进想劝弟弟几句，一时却找不到合适的话语。

哥俩默不作声地喝完粥，拾掇好饭碗，分头打磨起各自要用的锄头和镰刀来。看工具已打磨得差不多，王拥进打破沉默，招呼弟弟说："拥财，咱们下地干活去吧！""干，不干拿啥盖房？拿啥娶新媳妇？唉，'世风日下人心不古'，连猪也能爬墙上树了！"王拥财嘴噘得老高，冷若冰霜、含沙射影地嘟囔了一句，扛起锄头、抓起镰刀就走。王拥进知道弟弟心里憋着气儿，尴尬地笑了笑，也拿了工具往外走。兄弟俩一前一后刚要踏出门口，迎头碰上王老栓急匆匆地跑回家来。王老栓一把拽住王拥进的手，焦急地问："拥进，刚才俺在街上碰到你大婶，她说一直惦念着给你说媳妇的事。拥进，你跟爹说句实话，你婶给你说的那个闺女到底是谁家的?"王拥财撇撇嘴，抢着说："蛤蟆腚上插鸡毛，再怎么折腾，也成不了好鸟！"王老栓眼一瞪："拥财你啥意思?""没啥意思，俺只是说了句大实话，您要是觉得不中听，权当俺放了个屁！"王拥财看都不看爹一眼，扭头就走。

王拥进向爹使了个眼色，朝王拥财离开的背影努努嘴，小声埋怨说："爹，您咋比俺还着急啊！她的大号叫啥，俺也拿不准，只知道她姓武，有亲戚在咱们村。这样吧，她再来咱村串门子时，俺偷偷让你瞅上一眼。"

王老栓点点头，望着王拥财的背影言不由衷地感叹说："拥进，长兄如父，长嫂如母，你这个当哥的可一定要有个当哥的样子啊……"王拥进心领神会，连连点头。王老栓摆摆手，示意王拥进快去追王拥财。王拥进不敢怠慢，扛了锄头就走。王老栓不放心，又叮嘱说："把他给俺看紧了，千万别让他这个闷葫芦到外面胡乱撒气！""嗯，爹您就放心吧！"王拥进爽快地答应着，心里却酸酸的不是滋味。哥俩之间本不应该产生隔阂，现在却多了一道剪不断理还乱的迷障。王拥进心里有苦衷却没法明说，眼看着"窗户纸"越变越厚却不能捅破。王老栓也一样，明知道王拥财怨气冲天，却没工夫也没闲心搭理他，他觉得万事开头难，扯绳先拽头儿，只有先把大儿子的婚事办好，才好继续忙活小儿子的婚事。王拥财的担忧他不是没有放在心上，只是他没法考虑那么长远。穷人家娶媳妇，哪有不落饥荒的？既然注定留窟窿，注定窟窿很难堵，还不如索性把窟窿戳得大一点。穷人过日子管头不顾腚，走一步看一步，而不是看一步走一步，也是没法子的事。

王老栓无心再像往常一样下田干活，入冬后，除了抛玉米和谷子根当烧柴，也没多少活儿可干，他得提前预备下盖新房和打家具的木料。娶儿媳妇是穷人家百年不遇的大喜事，同时也是项累活、麻烦活，一件事连着一件事，哪一件都不能疏忽和大意。既然开了弓就没有回头箭，只能硬着头皮往前冲。趁王拥财不在家，王老栓忙去招呼几个懂木匠活的本家兄弟来帮忙，用了小半天工夫，把房前屋后的梧桐、杨树全砍倒。王老栓感觉木料还不是很凑手，眼光不知不觉落在屋后的那棵老槐树上。王老栓对着老槐树端详了半天，想到它的年岁跟自己差不多，曾陪伴自己度过很多艰苦的岁月，眼中不知不觉滚动起了泪花。心里虽有些不落忍，但为了办好儿子的婚姻大事，他还是决定忍痛将它砍掉。几个本家兄弟也有些不舍和惋惜，有的说树也像人一样有灵气儿，树越老灵气越大，不可轻易动它；有的说树也不是不能砍，只要点上三炷香，对着它拜上三拜，祈祷一下，就可以砍了……

王老栓最终决定将老槐树砍掉，他点上三炷香，对着树磕了三个响头，然后招呼大家一起砍树。砰，砰，砰……随着斧头的起落，树开始摇晃颤动，像是在痛苦地呻吟。很快，树根部被砍断了一大半，树下的人赶忙跑开，一起死死拽住控制树倾倒方向的绳索。王老栓一边仔细查看树根粘连处开裂的部位和方向，一边指挥拉绳索的人：靠左一点儿，再靠左一点儿，大家再使把劲儿，树马上就要倒了！随着王老栓呼喊的声音，树开始剧烈地摇晃，能听到树叶"沙沙"的摩擦声，也能听到刺耳的"咔嚓咔嚓"的树枝断裂声。树开始按指定的方向倾倒，一根长长的粗壮的树枝首先触到了地面，只听"喀嚓""轰隆"两声，大树被地面猛地弹了一下，瞬间失去了平衡，快速向另一边倒去。王老栓来不及躲闪，被一根树枝刮到，像飞鸟突然被冰雹击打了翅膀一样，重重地扑倒在地，顿时失去了知觉……

（5）

王老栓醒来，发现自己已平躺在炕上，两个儿子眼巴巴地守在炕前。王老栓问王拥进他这是怎么了。王拥进见爹醒来，脸上立马堆满笑，装作若无其事的样子说："爹，没事，您只是不小心被树枝刮了一下，郎中来看过了，给您开了两包草药，说吃完药八成就好了，您安心歇着吧，家里的事有俺和拥财呢！"王老栓"哦"了声，下意识地向上挺了挺身子，突然感到腰部一阵钻心的疼痛。王拥财叹了口气，哭丧着脸埋怨爹说："爹，您这是何苦呢？为啥不等俺们回家再砍树呀？身子骨重要还是活儿重要啊？老话说'良药苦口利于病，忠言逆耳利于行'，您听俺一句劝咋这么难呢？"王拥财转头瞥了王拥进一眼，又嘟囔说："哥，爹伤成这样，还不都是因为你啊？你干吗非要急着成家？不会是怕俺抢你的房子吧？不会是怕俺跟你争家产吧？哼，你心眼也太小了嘛，小得跟针鼻儿一样！"没想到王拥财这样说，王拥进急得直翻白眼，王老栓则气得连气都喘不上来了。

王拥进偷偷扯下王拥财的衣角，示意他说话别那么"冲"，要不然爹听了会生气的。王拥财不理会，故意又使劲儿叹了两口气。王拥进一看，无奈地摇摇头，窘着脸劝他说："拥财你别把话说过头，是福不是祸，是祸躲不过。其实俺这也是为你着想，咱们这地方有个风俗，老大不成家，老二就不能……"王拥财不耐烦地打断王拥进的话说："你少拿这事当'引子'，那都是老掉牙的说法了，难道离了'老面'，就不能发面蒸干粮了吗？以后你少拿芝麻粒子当板凳坐，俺眼睛又不瞎，还能看不清你尾巴往哪撅？"王老栓缓过神来，憋足力气瞪了王拥财一眼说："没大没小，咋跟你哥说话呢！你要是真想让俺多活两天，就学规矩点，别整天像吃了枪药一样，动不动就朝你哥冒火儿！也别整天想三想四，琢磨那些不靠谱的事儿！"遭到爹的训斥，王拥财没了话，但他心里仍憋着气儿。王拥财没想到平时最疼爱他的大哥竟然也这么自私和霸道，明明知道弟弟已有了心上人，仍变着法儿抢占家产，平时看他挺老实厚道的，没想到也是个势利小人。

王拥财心里很清楚，王拥进所谓的"风俗"只是借口，他的真实目的是抢占家产。他发现，虽然爹被砍倒的树刮伤，躺在床上不能动弹，但王拥进盖新房的念头并没有因此而打消，反而变得更加急迫。王拥进开始没白没黑地忙活，把木料准备好后，又去忙着采石头打地基，找木匠做房梁和门窗，还厚着脸皮到处向人借打苇箔用的高粱秸秆、覆盖房顶用的麦秸和做被子用的新棉花……王拥财恨王拥进，借口照顾爹，从不肯帮他一把。王拥进也不央求弟弟，一个人忙前忙后，无视他的存在似的。王拥财看了更加生气。当王拥进在家里忙活的时候，王拥财总想法躲开，要么下田去干活，要么到村外漫无目的地闲逛。王拥财坚定地认为，等王拥进折腾完，不仅家里所有的积蓄被掏空，说不定还会落下一屁股饥荒，到时自己再想成家，就会像瞎子跑夜路一样难上加难了。想到哥即将陷己于窘境，王拥财难以忍受，越想越气。他以前常听说书的人讲"亲兄弟也要明算账""哥俩分家各人顾各人""人不为己天诛地灭""天下熙熙皆为利来，天下攘攘皆为利往"这样的话，起初他还不以为然，没想到现在真的得到了应验！别看有些人平时装得很老实、很厚道，一旦和人产生利益冲突，就会像孙悟空棒下的"白骨精"一样立马现出原形，自私本性显露无遗。

因对王拥进有意见，王拥财从不给他好脸色看，对他爱答不理。王拥进却装聋作哑，像没事人一样。这天一早，王拥进竟然又摆出一副老大哥的派头吩咐王拥财说："你在家里好好照顾爹，得空把家里好好拾掇一下，俺得抓紧找黄土夯土坯，等到天冷土上了冻就没法夯了。"说完，把夯土坯用的工具放在木推车上，推了车子只顾忙他自己的活儿去了。望着王拥进离开的背影，王拥财朝地上狠狠地啐了口唾沫。王拥财心里憋着气，无心料理家里的活儿，草草伺候爹吃完早饭，便去找王拥进理论。王拥进正在土崖边上的一块空地上做土坯：把表层的黑土铲走，接着把黄土挖出来，用水泡散，拌上麦穰搅匀；取一些和好的泥土放到长方形木制模具里，用石夯锤翻来覆去地夯，直至把土块夯实；打开模具，把夯好的土坯等间隔地整齐地摆放到通风见光的地方，等晒干后就可以用它来砌墙盘炕了。王拥财还是第一次见王拥进做土坯，很是好奇，站在不远处默默地观看起来。王拥进夯土坯用的"石夯锤"是从别人家借来的，由一块近似正方体的石块加上木柄做成，石夯锤上方中间有个凹槽，插上木柄后，边上又塞了些木片加固，木柄末端是横向的木把手，两手拽住它，就能将石夯锤提起或拖动。石夯锤看样子非常重，王拥进每夯一下，都会憋紧腮帮，使尽全力，没一会儿便累得气喘吁吁，热汗直冒。

王拥进顾不上擦汗，闷头做着土坯，下意识地一抬头，发现王拥财正看着他愣神，脱口问："拥财，你咋来了？爹呢？"王拥财回过神来，这才想起来这儿的目的，吞吞吐吐地说："爹——他没事，俺——在家闷得慌，所以就……"王拥进擦了把脸上的汗水，嗔怪地看了王拥财一眼说："你呀，都快'成人'了，咋还像小孩子一样只想着玩呀？快回去吧，万一爹想拉想尿，但下不了炕咋办？"王拥财从鼻子里"嗯"了声，极不情愿地转身回家，走出几步，忍不住又转回头来，没好气地说："爹又不是俺一个人的，凭啥光让俺照顾？"王拥进一顿，很快明白了弟弟的意思，笑笑说："那是那是，这段时间俺忙着盖房，确实没顾上好好照顾爹。这样吧，拉屎扒地瓜捎带扑蚂蚱，其他活俺尽量放到家里做，这样好随时照看爹，你尽管去忙你的，等俺做完土坯，马上赶回家！""哼，说的比唱的还好听，说来说去还不都是为你自己着想啊！"王拥财小声嘟囔了一句，扭头大踏步向家里走去。

考虑到弟弟正闹情绪，王拥进起早贪黑，拼尽全力，忙活了不到两天，提前把盖房用的土坯赶制了出来。做完土坯，王拥进顾不上歇息，又在家里做起了苇箔。他在院中搭好支架，将一根长木棍横在上面，然后等间距地在木棍上搭了数条长长的麻绳，麻绳两头缠在石块上，根据需要可随时松开或拉长。顺木棍方向放上高粱秸秆，来回交错移动石块，凭借石块下垂的拉力便可将高粱秸秆一根紧接一根整齐地拴牢……王拥进一边搭苇箔，一边抽空进屋瞅上一眼，问上一句，生怕爹把屎拉到炕上。王拥财仍在生闷气儿，坐在门槛上，噘着嘴一声不吭。王拥进实在看不过眼去，催促王拥财说："你闲着没事，帮俺去大伯家借点麦穰吧，和泥、垒墙，还有抹墙面，都少不了这玩意！"王拥财不假思索地答："这是你的事，俺不管！这脸俺可丢不起，你脸皮比墙厚，还是你自己去借吧！"说完，使劲把头扭向一边。

　　"拥财，你这个天杀的熊孩子，越来越不像话了，竟然连你亲哥的忙也不帮，你整天甩脸子给谁看？你以为俺和你哥欠你的啊？你，你成心想气死俺！天啊，俺咋养了你这么个不知好歹的孽种啊……"突然从屋里传来一阵叫骂声，原来是王老栓听了王拥财的牢骚，愤愤不平起来，一边叫骂一边用手使劲儿扑打炕头。王拥财像是早就料到爹会发火，撇撇嘴继续嘟囔说："俺，俺又戳到你哪根筋了？俺哪又做错了？哼，是你偏心眼儿嘛，咋又怪起俺来了！"王拥进赶忙放下手里的活儿，向王拥财使个眼色，三步并作两步跑进屋，劝爹说："爹，您老别生气，拥财他没别的意思，他只是随口说说。"王老栓抓起枕头使劲儿往地上一扔，发狠似的说："俺眼没瞎，还看得清！这小子成心跟俺作对！拥进，你大人不计小人过，千万别和吃屎孩子一般见识，该办的事抓紧办！这样吧，俺手里还有点'棺材本'，你抓紧拿去买点礼品，明天就去上门提亲！""这，这也太急了嘛，是不是先把房子盖好再说啊……"王拥进有些犹豫，下意识地一回头，刚好看见王拥财气呼呼地走出院门。

　　王拥进窘着脸看看爹，刚要张口说"这事能不能暂缓一下"，不想被爹摆摆手拦住。王老栓知道儿子想说啥，朝院门口方向努努嘴，叹口气说："就怕夜长梦多啊！拥进，想必你都瞅见了，拥财这个熊孩子俺是指望不上了，你可一定给俺争口气啊！俺感觉身体越来越差，说不定哪天两眼一闭就去了，你可不能让俺死了都闭不上眼啊！"王拥进说："爹，瞎说啥呢，以后可千万别再说这样的丧气话了！您老尽管放心，俺们一定照您的意思去做！"王老栓眼睛一亮，用手拍下炕沿说："那就乖乖听俺的话，明天就去上门提亲！""这，这……"王拥进一时语塞，本想安慰爹，哄他开心，却被他抓住了由头。

（6）

　　在王老栓的一再催促下，王拥进买了些礼品，"硬"着头皮去女方家提亲。王拥财在家里待不住了，像受了天大的委屈一样，使劲儿一咬牙、一跺脚，趁爹不注意，偷偷溜出家门，徒步去了50公里外的县城。王拥财认为，家产已被王拥进挖空，他没钱再迎娶李玉滇，只能另谋出路，到县城找个差事，挣点钱。因走得匆忙，这事他对谁都没顾上说，包括他一直默默牵挂着的心上人李玉滇。王拥财不在家，不影响王拥进去提亲（下财礼）。玉茬娘作为媒人，为这事没少费心，特意在家中安排了两桌喜酒，把村里有头有脸、说话有分量的人物全请了过来。人越穷，往往越爱面子，所以才有"叫花子擦粉穷讲究"一说。王拥进深知这个人情早晚要还，索性让大家乐个够、喝个够儿，从上午一直喝到天擦黑，才散席。大家陆续离开后，王拥进借着酒劲，和玉茬爹娘又闲聊了一会，才醉意朦胧地往家走。

　　王拥进踏进家门，大声喊弟弟，却始终听不到应声。王拥进打了个激灵，酒也醒了三分，三步并作两步走到爹炕前，焦急地问："爹，拥财呢，俺回来咋没瞅见他的人影啊？"王老栓正眯缝着两眼想事儿，听了王拥进的问话，猛然回过神来，左右看看，叹口气说："俺也一整天没见他的人影了，俺还以为他这个闷葫芦跟你一块去凑热闹了哩！好，没去正好，省得他没事找事儿！""没有啊，莫非他还在生闷气儿？"王拥进皱起了眉头。王拥进不放心，把家里角角落落找了个遍，还是没找到王拥财，一种不祥的预感立时涌上心头。王拥进使劲儿拍下大腿，哭丧了脸说："坏了，万一他想不开咋办？啧啧啧，烧香绊倒了菩萨，看把这事整的！都怪俺，没有提前把事跟他说明白！"王拥进焦急地来回转了两圈，随手拽了个马灯就要出门去寻弟弟，不想被爹招招手喊住。

王老栓满不在乎地说："让他出去躲几天也好，他在家只会添乱儿，他不在家，家里反而更清静，你还是抓紧忙你的事去吧！对了，既然亲事已经订了，明天你把媳妇领过来让俺瞅瞅吧。还有，你抽空到邻村那位算命先生家里跑一趟，让他帮咱们选个好日子。唉，你一天不办喜事，俺心里的石头就一天落不了地儿！"听爹这样说，王拥进身子不自觉地抖了一下，手里提的马灯差点掉到地上。王拥进慢慢转回身，放下马灯，"扑通"一声跪倒在地，哭咧咧地说："爹，俺对不起你，俺实在是不孝——不孝啊！"王老栓"扑哧"一乐，招呼儿子快起来，埋怨说："你这孩子，是乐糊涂了吧？都快当新郎官了，咋还像个小娘们啊！你又没做错什么，为啥要说对不起俺的话啊？好了，俺明白你的心思，你这是舍不得和俺分家，嗨，这有啥好为难的嘛，丑媳妇见公婆，分家是早晚的事，早分家你才能早受益嘛！"

王拥进跪在地上不肯起来，说爹不原谅他，他就这样一直跪着。王老栓一看，立时冷了脸，盯着他问："听你的意思，你是不是还有什么事瞒着俺？你不把事讲明白，俺咋原谅你啊？"王拥进点点头，一把抓住爹的手，激动地说："爹，您千万要挺住！俺知道纸里包不住火，这事您早晚会知道，现在俺不妨对您明说，其，其实，今天的亲事是俺替拥财订的，俺忙着盖新房，也全是为了他……今天本该由您去'坐上席''定盘子'的，因为您身体不好，俺就斗胆替您做了回主……""你，你说什么？天啊，难道你……"王老栓不敢相信自己的耳朵，头一晕，一下歪倒在炕上。"爹，爹您怎么了，您快醒醒啊！"王拥进慌了神，手忙脚乱地去按爹的人中穴。王老栓很快苏醒过来，使劲儿将儿子推开，颤抖着声音骂道："你，快给俺滚！俺不想再看到你！"说着，发疯似的胡乱抓起炕上的东西就往儿子身上扔。王拥进一看不好，仓皇跑出门，去找玉茬爹娘来帮忙说情。

玉茬爹和玉茬娘过来，一个劲儿地劝王老栓想开点，千万别跟自己过不去。一个说，瓜无滚圆，金无足赤，世上原本就没有十全十美的事，有得必有失，得到了未必是好事，失去了也未必是坏事。另一个说，过日子就像唱曲的拨弄琴弦，得心平气和，不能太火，也不能太蔫；弦儿不能太紧，也不能太松，太紧了容易绷断，太松了弹不出好听的调儿……见王老栓闷头不语，像气还没撒完一样，玉荏娘向站在一旁的王拥进使了个眼色，继续劝王老栓说："日子是给自己过的，别在乎别人怎么说。你担心的事拥进跟俺提过，咱们这确实有'老大不成家老二不宜谈婚论嫁'的讲究，但讲究也是可以变的嘛，你不拿它当回事，谁也不会把你怎么样。所以，您没必要再为这事揪心，叫花子过年，有肉能过，没肉也能过，一个大活人，还能被尿给憋死吗？""就是就是。"玉荏爹笑着附和。看王老栓气色有了好转，玉荏娘忙把王拥财与李玉渍相爱的经过，以及她了解到的实情，详细地说了说，劝王老栓不要再对李玉渍抱偏见。

经过玉荏爹娘的耐心劝说，王老栓渐渐消了气。事已至此，王老栓也不好再唱对头戏，瞥闷头站在一边的王拥进一眼，叹了口气说："生就的骨头长就的肉，拥进这孩子，跟俺一样，老实本分，没坏心眼，他这样煞费苦心地帮拥财，就怕拥财那浑小子不领情！"玉荏娘说："您老就放一百个心吧，连玉渍都整天念叨大哥的好，他肯定也差不到哪里去，这样吧，等忙完拥财的婚事，俺再帮拥进说个媳妇！"王老栓眼睛一亮，急迫地问："玉荏她娘，您不是说已经给拥进看好了一个闺女吗？您说的那个闺女到底是谁家的？"玉荏娘一愣，一时没有明白王老栓的意思。王拥进脸一红，忙说："嗨，那是俺哄您玩的，根本就没有那回事儿！俺婶那是在给拥财说媳妇，还没轮到俺呢！"王老栓恍然大悟，瞪了王拥进一眼说："臭小子，竟然连你亲爹也敢骗！"说完，忍不住自嘲一笑，看着玉荏爹和玉荏娘直摇头。

一场风波总算平息了下来，当下最要紧的是赶紧把王拥财找回家来。有人曾看见王拥财向村外走去，料想他肯定去了远处。事不宜迟，王拥进让玉荏爹娘抽空过来帮忙照看一下爹，然后简单收拾了一下，背上干粮外出去寻弟弟。刚走出村口，突然见李玉渍和李玉荏穿着同样的青灰色厚棉袄，各自挎了个包袱急急地追了上来，两人早就商量好了似的也要去寻王拥财。王拥进没法，只好让姊妹两个跟着。三个人一边走一边打听，饿了就啃口冷干粮，渴了就跑到有人家的地方讨口水喝，累了困了就窝在路边的避风处歇息一下。找了五天五夜，三个人终于在县城打听到了王拥财的下落。这时的县城已被八路军打下来。1945 年 8 月鬼子投降后，国民党县长进入县城，和日伪残余沆瀣一气，很快被八路军赶出了城。转过年来的7 月，不甘心失败的国民党第八军卷土重来，重新占领了县城，不过他们也没能在县城待上半年，又被八路军驱逐出了城。王拥财到县城的时候，冬至已过，国军刚被打跑没几天，他能顺利地在县城落脚，多亏了已担任八路军县大队副大队长的李金多的帮忙。

早在来县城的路上，王拥财就听到了八路军把县城打下来的消息，这个消息让他兴奋不已，不由得加快了步子，渐渐把先前的不快忘之脑后。等他兴冲冲地赶过去，才得知，由于八路军刚把县城打下来，为保护胜利果实，防止特务和汉奸混入城里搞破坏，外人须持有通行证才能进入城里。王拥财早前见过鬼子发的良民证、日伪发的居住证、国民党发的国民身份证，解放区发放的通行证他还是第一次见到。王拥财离家走得匆忙，连村公所的证明也没开。他原以为只要沿偏僻的山路进城，就能避开沿途不同守军的盘查，竟忘了还要过城门口这一关。正不知如何是好时，他突然发现几个骑马的八路军要出城，其中一个衣着简朴却不失威严的将领模样的人很像本村的李金多大哥，王拥财抱着试试看的念头跑上前去喊了一声。果真是李金多。李金多一眼就认出了王拥财，飞身下马，亲切地拉着王拥财的手，问候一番，得知王拥财想来城里找份糊口的营生，稍做迟疑后，答应帮他试试。李金多了解王拥财的为人和底细，由他担保，很快帮王拥财找到了活儿——给一户开粮店的人家当马车夫。

王拥进、李玉荏、李玉渍也多亏了李金多的帮忙，没费多大劲儿就找到了王拥财干活的地方。三个人来到粮店，把王拥财喊到门外。王拥进苦笑着劝一脸错愕的弟弟说："拥财，别生气了，咱们回家吧！"王拥财愣怔了一会，才大体明白哥的来意，毫不避讳李玉渍的在场，气呼呼地说："你来干吗，是来看俺的笑话吧？俺不需要你来可怜俺，用不着你猫哭耗子假慈悲，总有一天，俺会活出个人样来让你看！""你，你咋说话呢，大哥这样做还不都是为了你好啊！"李玉茬一个劲地向王拥财使眼色。王拥财不理会，阴阳怪气地说："啥，为了俺好？骗谁呢！俺算是看透了，人不为己，天诛地灭，这人啊，没有一个不为自己着想的！就算是亲兄弟也是如此！"王拥财说完转身想走开，又犹豫了。他见李玉浈也在偷偷地向他使眼色，心里不觉掠过一丝别样的暖流。

王拥财不敢直视李玉浈的眼睛，目光躲躲闪闪的，说话的语气也明显弱了不少："好了，啥话也别说了，俺想一个人在县城多待一段时间，你们不用挂念俺！玉浈，你听好了，等俺赚够彩礼钱，一定会回去娶你的！"也许是觉得有点难为情，王拥财窘了脸，转身就要躲开。李玉浈急了，上去一把拽住王拥财的衣角，眼中滚动着泪花，带着哭腔说："拥财，你误会大哥了，那房子是大哥替咱俩盖的，亲事也是他替咱俩订的！""啥，你说啥？有这回事？"王拥财吃了一惊。"你呀，良心难道让狗吃了？为了你和玉浈的婚事，大哥操碎了心，受尽了累，吃尽了屈，就差把心掏给你了，你还不知足啊！"李玉茬没好气地白了王拥财一眼，把事情的来龙去脉简单一说。王拥财呆了好一会，才猛然回过神来，一把抱住王拥进的肩头，眼泪顺着脸颊扑簌簌往下流。

（1）

兄弟俩终于冰释前嫌。王拥财辞掉了在县城的差事，和大哥、李玉
茁、李玉浈一起往家赶。除王拥财外，几个人都是第一次来县城，都感觉
很新奇，先前急着见王拥财，并没有太留意县城大街的景象。这会几个人
终于放松了下来，眼睛再也闲不住，像刘姥姥初次进大观园一样，一边走
一边好奇地东张西望。没走多远，几个人的目光便被路边一家高大的店面
给吸引住了，古色古香的黑漆门楼上四个"清真饭庄"的烫金大字熠熠生
辉，特别抢眼。王拥财一看，抢前几步走进店中，像店里的老熟客一样，
轻车熟路地点了四碗老汤牛肉烩面，说要请大家"尝尝鲜"。几个人不约
而同地向王拥财投去赞许的目光。几天不见，当刮目相看，蔫草换了好
土，一样开花，没想到王拥财这么快就在县城里混出了"人样"。

入座，趁面还未被端上来，王拥财又饶有兴趣地介绍起他所了解的县
城的风土人情来。这回王拥财声音压得很低，像是怕别人听到似的。听了
他的介绍，几个人才得知，县城里居住着很多"回回"，有很多独有的特
色美食，老汤牛肉便是其中之一……虽然感觉非常新奇，馋得直流涎水，
王拥进还是有些犹豫，不想让弟弟太破费，想提醒弟弟几句，又怕薄他的
面子，话到嘴边又咽了回去。没一会儿，面就做好了，满满的四大碗，冒
着热气，顶上盖了一层牛肉块，油花花的汤水特别鲜亮，没等吃到嘴里，
一股浓郁的清香便扑鼻而来。几个人突然感觉特别饿，抓起筷子，狼吞虎
咽地大吃起来，一边吃还一边发出"吧唧吧唧"的咂嘴声，引得旁边的客
人不时向他们投来诧异的目光。

吃完面，从饭庄里出来，几个人仍意犹未尽，不时回头留恋地张望。李玉荙感叹说："这是俺这辈子吃过的最好的面，比俺娘做的地瓜面汤好吃多了！""是啊，肉块那么多、那么大，吃这一顿，顶吃一年的油水！"李玉浈也忍不住发起了感慨。王拥财脸上洋溢着得意的笑容，下意识地转头去看大哥，却发现大哥冷着脸不言语，只顾闷头向前走，忍不住问："哥，面好吃吗？你要是没吃够，俺再给你要上一碗？""好吃是好吃，只是……就你赚的那点工钱，估计也多买不了几碗！"王拥进直摇头。李玉荙说："大哥，难得拥财有这份心意，你可不能扫他的兴啊！"王拥进"嗯"了声，瞥了弟弟一眼，意味深长地说："要是能给爹捎碗这样的面回去该多好啊！"王拥财打了个激灵，这才突然记挂起爹来，扭头往饭庄跑，跑出几步，突然停下，自语道："这么远的路，天又这么冷，咋往回捎呀！"王拥进苦笑着摆摆手："快走吧，俺只是随口一说，你就当真了？你要是真有这份孝心，赶紧回家，亲手给爹做一碗去！"王拥财点点头，把哥的话暗暗记在了心里。

因惦念着卧病在炕的爹，王拥财不敢怠慢，和大哥、李玉荙、李玉浈一起，急匆匆地往家赶。几个人顾不上歇息，摸黑赶回了村里。夜深了，村里异常沉寂，只有土石路泛着微茫的光亮，只有天上的星星仍在不知疲倦地眨着眼睛。几个人的脚步声引来一阵狗吠，像平静湖面突然间落入了几块石头，瞬间打破了小村的宁静。王老栓早就预感到儿子会在这时回来似的，听到狗叫声，赶紧强撑着爬起身点亮油灯，一边侧耳倾听一边不停地向院门口方向张望。除狗叫声外，他分明听到了人走路的声音，虽然那声音忽近忽远，忽大忽小，他还是一下就听出了是儿子在走。随着脚步声的起落，夜幕逐渐裂开了一道缝，透进了一道光，随后，儿子向他飞奔而来……

耐着性子送李玉荙和李玉浈回到住处，王拥财和大哥忙不迭地快步向自家走去。走到自家院门口，王拥财突然犹豫起来，站在那里愣神。王拥进轻轻拽下他的衣角，笑笑说："放心吧，玉荙爹娘已经来帮你'擦过屁股'了，你和玉浈的亲事爹也已经认下了，以后记着别再让爹生气就行了！"王拥财讪笑着点点头，硬着头皮随大哥走进家门。回到家里，王拥进问候了爹几句，随即若无其事地收拾起家务来。王拥财想给哥搭把手，哥却一个劲儿地向他努嘴使眼色。王拥财心领神会，乖乖地坐到爹炕头前。"回来了，吃饭了吗？"王老栓显得很平静，只是随口问了他一句，眼皮抬都没抬，和先前的焦急样简直判若两人。王拥财轻轻地"嗯"了声，像做了亏心事一样，低下头，小声说："爹，俺错了，俺狗咬吕洞宾，枉费了哥的一片好心，俺对不起您，更对不起俺哥，您骂俺两句吧，打俺两下也行！"王老栓摆摆手："天不早了，快睡吧，有事明天再说！"说完，背过身去，不再理会儿子。王拥财无奈，只好帮爹吹灭油灯，蹑手蹑脚地爬到自己炕上躺下，翻来覆去烙起了"饼子"。

第二天早上起来，王拥财抢先跑到爹炕前，小心侍候。王老栓仍显得很平静，像什么事也没发生一样。王拥财自知理亏，不敢多问。吃饭的时候，王拥财不时向哥使眼色，示意哥帮忙探探爹的口气。王拥进装作没看见，只顾闷头啃窝头，或端起碗呼啦呼啦地大口喝糊糊。家里的气氛变得异常沉闷，每个人肚子里都像憋满了话，却都不愿率先张口。直到吃完早饭，王老栓才打破沉默，把兄弟俩招呼到炕前，长长地叹了口气，说："拥财啊，既然现在木已成舟，俺也没啥好说的了，咱们还是尽量往好处办吧！俺只想提醒你一句，成了家，你就是顶天立地的爷们了，得把门面撑起来，别让外人看笑话；再就是，你大哥为了你，恨不得把心都掏出来了，到时你别念完经打和尚，过河拆桥翻脸不认人！""爹，您放心吧，您的话俺会记住的！"王拥财赶忙答。王老栓点点头，又叮嘱王拥进说："你弟弟成家是咱们家的大事，你作为老大哥，多费点心儿、出点儿力是应该的，这段时间家里的大小事儿全指望你来张罗了！唉，偏偏赶上俺腰疼不敢活动，要是……""爹，您别说了，有钱难买健康，您现在养好身子比啥都好，家里的事有俺和拥财呢！等拥财把玉溇妹子娶过门来，咱们家的日子一定像芝麻开花一样——蹭着高儿往上蹿！"一句话，把一家人都逗笑了。

王老栓收住笑，望着远处意味深长地说："只要你们把日子过好就行了，不用惦记俺这把老骨头！唉，都怪俺命不好，竟然被一根烂树枝伤成这样！""爹，快别这样说，就算俺们只剩一口吃的，也绝不会让您饿着，等家里攒下点钱，俺立马带您上县城瞧病去！"王拥财一把拉住爹的手，激动地说。听了王拥财的话，王老栓使劲儿点点头，眼中有些湿润，笑笑说："熊孩子，亏你还有这份孝心！"王老栓揉下眼角，转头看看王拥进，又说："拥进，刚才只顾饶舌头，差点把正事耽误了！这样吧，外头的活儿你先放放，先张罗着把新房盖起来。还有，你抓紧找算命先生帮咱选个好日子，日子定好了，咱们才好早做打算嘛！""好，俺这就去！"王拥进转身往外走，刚要踏出门口，突然听到一阵说话声："啧啧，这么好的风水宝地，竟然被你们轻易糟蹋了，可惜了，太可惜了……"驻足定睛一看，只见一个留山羊胡、穿灰布长衫、手拿鸡毛掸子、肩搭一条布囊的三十开外的男子不知什么时候走进院来，站在院中左顾右盼，嘴中还念念有词。王拥进吃惊不小，好奇地问："你是谁啊？来俺们家做啥？"男子不答话，嘴中仍在念叨："可惜，可惜了……"王拥财闻声冲上去，气呼呼地问："你，干什么的？再胡说八道，小心俺揍扁你！"说着，挥舞着拳头就要打那个人。

"是先生来了吗？您老真是神机妙算啊！俺昨天刚和玉茬娘念叨过您，今早正要打发儿子去请您，您就来了！拥财、拥进，快把贵客请进屋！"王老栓好像已弄清男子的来历，大声招呼说。"莫非您就是俺爹常提起的那位'上知天文下晓地理'的先生？天啊，大水冲了龙王庙，差点把您给认错了！"没想到算命先生不请自来，王拥进赶忙把弟弟挡在身后，赔着笑脸，请他进屋。算命先生也不客气，大踏步走进屋，盘腿坐在蒲团上，眯着眼开始假寐。王老栓狠狠地瞪了王拥财一眼，一个劲儿地向先生赔不是："孩子没见过世面，有眼不识泰山，也不大会说话儿，要是他斗胆冒犯了您，还请您老看在俺的面子上原谅他一回……"算命先生摇摇头，示意王老栓不要打断他，随即慢慢地伸出手，掰着手指"掐算"起来。

屋里的空气像突然间凝结了一样，变得分外静穆，爷仨好奇地看着算命先生，连大气都不敢喘。约莫过了半个时辰，算命先生终于把眼睁开，颇为惊讶地说："哈哈，你们家要娶的媳妇是个不安分、火气太旺的奇女子，将来弄不好会滋生事端，招惹祸患，得先把家里的晦气冲一冲，在家里放个镇邪之物，如此方可万事大吉……"突然听算命先生这样说，爷仨立时吃惊地张大了嘴巴。

（2）

　　王老栓率先回过神来，焦急地问："先生，这话从何说起啊？俺家若有不祥之兆，还望先生指点迷津，传授俺们化解之法！"没想到爹说话也变得文绉绉的，哥俩不禁又吃了一惊。算命先生眯缝着两眼点点头，小声嘟囔了一句，迅速从布囊中摸出一张黄纸，铺在面前，朝上面"噗噗"吹了两口"仙气"，然后用右手指在黄纸上比画一阵，黄纸上陡然显现出几行怪异的字迹来。算命先生迅速扫了一眼纸上的字迹，嘴中嘟囔一阵，对着黄纸"噗噗"又吹了两口气，黄纸突然间化作一团火焰升腾而起，没等一家人回过神来，那团火焰又变成一缕青烟瞬间飘没了影。见此情形，爹连忙伏在炕头上不住地磕头，哥俩也受了感染，不约而同向算命先生连连作揖。

　　终于，算命先生做了个"收功"的动作，如释重负似的长长地吁了口气，说："此院本是风水宝地，屋后的那棵老槐树乃是小龙盘踞之所，如今镇家之宝被毁，难免会遭灾星侵扰！""扑通"一声，也许是过于紧张的缘故，王老栓不经意从炕上摔了下来，哥俩一看，赶紧上去搀扶。王老栓使劲儿推开儿子的手，趴倒在算命先生面前，颤抖着声音央求说："先生说得很对，您老人家行行好，看在俺们是本分人家的份上，帮俺们一把吧！"算命先生不置可否，眯缝着两眼又开始假寐。王老栓一看，赶紧吩咐儿子："还愣着干吗？还不快去张罗钱！"哥俩心领神会，蹦起身撒腿向外跑去。

　　哥俩跑遍了大半个村子，好话说尽，终于从左邻右舍那里借到了一些"压箱底"的钱，有晚清时候的铜钱，也有民国三年的袁大头，还有如同废纸一样的国民党法币，最值钱的当数解放区新发行的北海银行币。两人拿着钱跑回家，惊奇地发现爹正和算命先生坐在一起笑呵呵地闲聊，也不知道算命先生如何对爹进行的开导，爹气色明显好了很多。王拥进凑近爹，偷偷把钱袋塞到他手里。王老栓连看都没看一眼，把钱袋双手大方地直接递给算命先生。算命先生脸上掠过一丝惊喜的神色，随即又装出一副严肃的样子，将钱袋拿在手里捏了捏，变魔术一样迅速将钱抖入布囊中。算命先生起身伏在王老栓耳朵根上小声叮嘱了几句，随后大踏步向屋外走去，一眨眼的工夫，便不见了人影。

傻呆呆地看着算命先生离开，王拥财猛然回过神来，窘着脸小声埋怨爹说："俺和哥磨破了嘴皮，好不容易借来那点钱，您咋眼皮不眨一下就全给了他？"王老栓摆摆手说："破财消灾，这钱省不得！"说着招呼哥俩把他搀扶到炕上，也学着算命先生的样子开始假寐，嘴中还小声嘟囔着什么。哥俩站在一边，搓着两手一时不知如何是好。王老栓沉吟了一会儿，突然睁大眼，大声催促说："你们两个还愣着干吗？还不快去盖房？记住，时辰耽误不得，一定要赶在七天之内把房梁安上，并把镇邪之物敷在房梁正中央！""爹，您说的镇邪物到底是啥稀罕物件？"王拥财脱口问。王老栓不耐烦地摆摆手，没有理会儿子的问话。王拥进心中早有数儿，向弟弟使了个眼色，不由分说，拉起他就走。

来到院中，王拥进闷头坐了一会儿，随后默不作声地开始准备盖房的木料。王拥财无心给哥搭手，怕爹听到话音，也不敢向哥询问或谈论算命先生说的怪事。看爹的神色，听爹的语气，不难看出，爹仍对李玉浈抱有偏见，他心里的那个疙瘩仍没有完全解开，只不过"覆水难收"，他心里再不情愿，也只能憋着。爹自己不诉苦，儿子当然不会主动戳他心里的痛处，触动他那根敏感的神经。王拥财觉得，他和哥只有按爹的要求卖力地干活，按时把新房盖好，顺顺利利地把新媳妇迎娶进门，方能最终打消爹的顾虑，让他真正高兴起来。好在要加盖的房只有一间，且用料大部分已备好，按时盖好应当不成问题。

果如一家人所愿，在大家伙的帮助下，房子提前两天就完了工。上梁前，王老栓特意在房梁中间贴了道镇邪用的"符子"。房子盖好后，王老栓不忘遵照算命先生的叮嘱，在房子指定方位放了些用来祈福、昭示吉祥、保佑家人一切安顺的物件。人逢喜事精神爽，人心情好的时候，浑身就会充满精气神儿，烦恼和不快就会躲得远远的，时间也像长了翅膀一样，跑得格外快。不知不觉就到了成亲的日子，王老栓的腰疼病明显好了很多，不需要别人搀扶，便能一个人拄着拐棍下炕轻微地活动。王老栓脸上洋溢着开心的笑容，笑眯眯地看着别人跑前跑后地忙活，也想上前搭把手儿，却啥忙也帮不上。因李玉涴的父母和弟弟不在身边，玉茳爹娘作为李玉涴最亲近的娘家人，对婚事并没有提出太多的要求。王老栓一直担心婚事繁杂，操持婚礼的人难免会忙中出错，触犯禁忌，没承想婚礼办得很简朴、很顺利，他不禁长舒了一口气。

晚上，热闹了一天的家里终于安静了下来，只有油灯下泛着红光的大红喜字仍在昭示着白天曾经有过的热闹和喧嚣。此时的油灯光犹如人的心情，显得格外明亮，格外柔和。王拥财含情脉脉地看着媳妇，心里像有千言万语，却不知从何说起。李玉涴把头埋在丈夫胸前，轻轻地抚摸着他的肩头，喃喃自语："拥财，从现在开始，您就是俺的男人了，俺想给您生一堆大胖小子！""瞧你那傻样，你以为生孩子像母鸡抱窝啊？"嘴上这么说，心里却暖烘烘的，一股热血直冲脑门，双手不由自主地抱紧媳妇，发疯似的亲吻起来。

小两口如胶似漆的时候，忙碌了一天的王拥进却丝毫感受不到轻松，身子刚挨着炕沿，猛然想起还有件事未做，一骨碌又爬起身，把已熟睡的爹唤醒，说："爹，这几天俺光围着拥财转，没顾上照看您，明天一早，拥财和他媳妇要过来给您行礼，俺想给您擦洗下身子，换套干净点的衣服！""啧啧，你不说，俺差点忘了！"王老栓恍然大悟似的点点头，坐起身，主动脱下上身的衣服。王拥进端来热水，将一块干净的毛巾浸湿，一手端了油灯，一手拿了湿毛巾，刚要帮爹擦背，猛然间呆住了。只见爹背上紫黑一片，已经看不出皮肤原来的颜色。王拥进打了个寒战，说话的腔调都变了："爹，您背上这是咋了？天啊，莫非还是上次留下的伤？没想到您伤得这么厉害，您——咋不早说啊？"王老栓触电似的背过身去，朝儿子"嘘"了声："小点声，踩根绳子就当蛇，你瞎咋呼啥？去去，俺没事，一点儿小伤不碍事！""呜呜，您都伤成这样了，还说不碍事哩！俺们可只有您一个爹啊，您要是有个三长两短，俺，俺……"怕惊扰了弟弟和弟媳，王拥进戛然止住抽泣声，眼泪却怎么也止不住。

王拥进侧耳听听新房里的动静，沉吟了一会儿，还是忍不住使劲儿跺下脚，发狠似的对爹说："无论如何也不能再这样耗下去了，明天俺们就带您上县城瞧病！"见儿子不撞南墙不转弯，非要捅破那层窗户纸，王老栓苦笑着摇摇头，叹了口气说："熊孩子，一看你就没见过大世面，跑了趟县城就不知道自己姓啥了？哼，癞蛤蟆打哈欠，你口气倒不小，新王庄比咱富的人家多的是，俺还从没听说有人得了病就往县城里跑哩！好了，俺又不是纸糊的，没那么娇气，今天是拥财成家的好日子，你别像个没主见的娘们一样动不动就哭鼻子抹泪！"被爹劈头盖脸一顿数落，王拥进低下头，心里仍有些不服气，嘟囔说："没事也得去看看，这样俺们才放心嘛，俺这就去借辆马车，明天送您去县城！"说完，转身就要出门。王老栓一听冷了脸，喊住他，没好气地说："你这个熊孩子咋这么犟啊！俺说过了没事，你咋老不信呢！你以为上县城瞧病那么容易啊？咱们家现在落了一屁股饥荒，哪有闲钱往药房里扔啊！""这，这……"王拥进一时语塞，这才意识到钱这个问题，一股难以名状的酸楚顿时涌上心头。

王老栓很快意识到他的话说得有点过头儿，儿子本是一片好心，咋能没轻没重地责怪他呢？于是忙换了温和的口气小声劝他说："你听好了，千万别把这事对你兄弟和他媳妇说，拥财刚成家，热乎劲还没过，俺想让家里的喜气多留一会儿，所以，只要是不吉利的话，千万别守着你弟媳妇说！还有，这事也不要轻易对外人说，咱们家好不容易娶了房媳妇，新媳妇刚过门，家里就多了个大累赘，会让人看笑话的！"王拥进一脸苦相地看看爹，咬着嘴唇使劲儿点点头，眼泪在眼窝中不停地打转，心里像扳倒了五味瓶，说不出是啥滋味。人常说"死要面子活受罪"，爹这样做，莫非就是"死要面子"？可是不这样做还能有更好的选择吗？他忍着病痛，强装笑脸，刻意隐瞒自己的伤情，为了什么？不就是为了家里多些喜气，不让喜气轻易被冲淡，为了让儿子和儿媳好好地享受这份难得的喜乐吗？为了儿子的幸福，他甚至甘愿把命搭上！正所谓父爱如山，天地可鉴……

"快别胡寻思了，该干啥干啥去！"王拥进正闷头沉思，冷不丁被爹一提醒，不由得打了个哆嗦。王拥进尴尬地看看爹，想到爹伤得如此严重，如果不及时医治的话，后果将不堪设想，一激动，眼泪又扑簌簌流了下来。王老栓一看，"扑哧"一下笑了，劝王拥进说："你呀，'没吃过猪肉，也见过猪跑'吧？这点儿小伤算什么，到了战场上，还不是'家常便饭'啊？"接着用手嗔怪地点下他的额头，又催促说："熊孩子，坎得一步步地跨，愁解决不了问题，你还是先帮俺把背擦一下吧！"说着，掀起衣服，把背露了出来。王拥进答应着，慢慢地拿起毛巾，一边小心地帮爹擦背，一边偷偷地抹眼泪。

王拥进帮爹擦完背，服侍他躺下，转身刚要走开，突然想起爹的脏衣服还没顾上洗，忙回身去取。王老栓用肩头使劲儿压着枕头，连说不用洗。王拥进觉得有点儿不对头，看准机会，迅速向枕头下掏了一把，拽出了一条搂皱的粗布白毛巾，顺手刚要扔进盆中，不想被爹一把抓了回去。王拥进愣了一下，猛然发现毛巾上有暗红色的印迹，一把又将毛巾夺过来，拿到油灯下仔细一看，上面竟然有一大片血斑！王拥进非常吃惊，盯着爹焦急地问："爹，您快说，这上面的血斑到底是咋回事？"王老栓"嘘"了声，若无其事地摆摆手，说："没事，你去寻拥财的那几天，俺有些着急上火，咳了点血，现在好多了，也不咳嗽了，你看着不顺眼，拿去洗了吧，只是千万别让拥财和他媳妇看见！""爹，您——咳血了？天啊，这可不是小事啊，您咋还像牛身上掉了根毛似的满不在乎啊！"王拥进急得直跺脚。

王老栓猛地爬起身来，想发火但马上又忍住了，用手指指王拥进，又指指王拥财的新房，小声嘟囔说："熊孩子，见风就是雨，没事也让你急出事来了，没病也让你气出病来了，你咋老是沉不住气呢？唯恐天下不乱呀？你要是真为你爹好，真为这个家好，就给俺把嘴巴捂严实了，把屁股坐稳当了，权当啥事也没发生过！"王拥进遭了个抢白，一时没了话，双手抱头蹲在地上，想哭却不敢出声。

（3）

王拥进答应爹，不把他受重伤的事对弟弟说，但后来还是忍不住转弯抹角地对弟弟和弟媳说了这事。王拥财得知详情，又急又恼，一屁股蹲在地上，双手抓着自己的头发，呜呜咽咽地抽泣起来，一边抽泣一边骂自己不是人，骂自己不长眼、骂自己以前太任性，非但不关心爹，反而经常惹他生气。想到爹为了自己的婚事遭受那么大的痛苦，王拥财心口像被刀剜了一样疼，发誓等筹到钱，立马带爹去县城看病。本想让弟弟拿个正经主意，他却像扶不起来的阿斗，只顾哭。王拥进心里陡然冒起一股无名之火，巴不得马上挖苦他两句：你啊，"不听老人言，吃亏在眼前"，直到头撞破了才知道疼，直到钻进了死胡同才知道走错了路！哭顶屁用啊？懊悔又顶啥屁用啊？哼，俺比你还苦哩，俺比你还委屈哩，诉苦的话还轮不到你先说……因看弟媳妇在场，王拥进话到嘴边又咽了回去，只是无奈地摇摇头，转身走开了。

看丈夫哭，李玉涓心里也不好受，用手拍打着他的肩膀劝他："哭解决不了问题，成了家你就是当家人，当家得有主心骨，得把腰杆挺直了，无论啥时也不能乱了阵脚！眼下你应该先给爹抓点草药，先把病情稳住，再慢慢想办法……"王拥财连连点头，感觉媳妇说得很有道理，事不宜迟，得抓紧去请郎中。但是，请郎中需要钱，家里哪还有钱啊！王拥财愁眉不展，经常蹲在院子里唉声叹气。李玉涓看在眼里，急在心里，偷偷将娘家屋里的几个旧柜子卖了，正好凑够请郎中抓草药的钱。王拥财发现媳妇的"义举"后，向她连竖大拇指，说等他赚够了钱，一定请镇上最好的木匠，给她打两套上好的柜子，一套她用，一套还给她娘家。李玉涓白了丈夫一眼说："你管好你自己就行了，俺爹娘和弟弟不在家，就算在家，也甭想沾你的光！"王拥财脸一红，没了话。

王拥财突然感觉自己特别窝囊，他现在是"当家的"，家里的事不能全靠女人来张罗。请郎中抓草药的钱本该由他来筹措，他却一筹莫展，逼得媳妇卖娘家屋里的柜子。新王庄指甲盖大的地方，村东头放个屁，村西头都能听到，这事很快就会传得沸沸扬扬。可是，媳妇这样做又有啥不好呢？不这样做，还能有更好的办法和出路吗？以前常听人说"不当家不知柴米贵，不养儿不知父母恩"，还不以为然，现在总算悟出了其中的道理。弄明白了道理，就该尽力照着去做，想尽一切办法把这个家操持好。王拥财转念一想，心里就坦然了，也不拿媳妇卖柜子筹钱当回事了。王拥财很快把郎中请了来，给爹号了脉，看了伤情，开了几副草药。遵照郎中叮嘱，李玉涓每天按时把药熬好，小心地服侍公爹喝下。见儿媳妇这么孝顺，王老栓心里感到特别欣慰，但一想到将来的日子，心里便凉了半截。他担心自己从此变成"药罐子"，成为家里的累赘，给这个一贫如洗的家再添一桩愁事。

虽然在儿子和儿媳妇面前总是装得很自然，王老栓的内心却极不平静，时不时翻腾起一阵惆怅的浪花。无论怎么掩饰，人内心的波动都会在言行举止上留下破绽。拥进和拥财早从爹的脸色上觉察到了什么，得空就一个劲儿地安慰他。哥俩拼命干活儿，期盼能早点儿把债还上，好攒下钱帮爹继续治病，但日子依然过得很艰难，家里经常断粮断炊，揭不开锅，一点儿好转的苗头也看不到。更让人揪心的是那些债务，像一块块无形的巨石，压在他们的胸口上，让他们透不过气来。王老栓吃了很多副草药，病情未见好转的当口，儿媳李玉涓怀孕了。怀孕本是件好事、喜事，王拥财却犯了难，一点当爹的喜乐也感受不到，现在家里穷得叮当响，他担心孩子生下来连口糊糊也喝不上。王老栓与儿子的表现正好相反。听到儿媳妇怀孕的消息，他喜得合不拢嘴，气色明显好了很多，经常一个人坐在炕头美滋滋地遐想，脸上洋溢着开心的笑容。王老栓明显被喜悦冲昏了头脑，把愁苦和担忧全忘到了脑后。在王老栓眼里，传宗接代比啥都重要，比啥都紧迫，是天塌地陷也阻止不了的事。

这天晚上，王老栓把一家人喊到跟前，笑着说："俺想好了，俺这病得抓紧治一下，到时好帮你们照看一下孩子，嘿嘿，俺可不想宝贝孙子一生下来就见到俺这副狼狈相！拥财，你在县城有熟人，改天带俺去瞧瞧吧！"王拥财脱口答："没，没问题，爹，咱啥时走，明天行吗？"虽然心里很惶惑，他仍装得很平静、很自然，爹难得提出这样的要求，他不想让爹失望。"明天就明天！"王老栓说得很干脆，像早就想好了似的。本来王拥财还有些犹豫，听爹这样说，没了余地。王拥进向弟弟使了个眼色，把他拉到一边，小声问："你，有把握吗？"说着，向弟弟做了个"钱"的手势。王拥财尴尬一笑："现刨茅子现拉屎，试试吧，俺去东家那里碰碰运气，大不了俺再帮他干上两年！"王拥进点点头，又摇摇头，皱着眉头嘟嚷说："怪了，以前求爹去，他死活不肯，今天怎么主动提起这事来了？""哥，你说啥？"王拥财一时没有明白哥的意思。王拥进摆摆手："没啥，难得爹同意去县城瞧病，咱们不能拖，明天就去吧！"王拥财连声说"好"。

见媳妇一直没言语，王拥财以为她不乐意，等她收拾完碗筷，回到自个屋里，忙追上去，苦笑着说："玉浈，俺知道爹这次上县城瞧病，肯定要花不少钱，可是，但是，唉……"李玉浈疑惑地看看丈夫问："你今天怎么了，嘴像被车轱辘碾了似的，你到底想说啥？"随即明白了七八分，扑哧一笑说："你现在是当家的，你说了算，看准的事大胆去干。你放心，俺虽是个妇道人家，但眼睛亮着呢，看得清黑白，分得出孬好，男人去干正事，俺绝不会拖他的后腿！"听媳妇这样说，王拥财高兴得一蹦三尺高。

主意拿定，王拥财让媳妇连夜准备了些干粮，第二天一早，便和哥一起拉着借来的排子车，风风火火地带着爹向县城奔去。王老栓身上裹着厚厚的被子，半躺在草垫上，脸上挂着舒心的笑容。想到即将去县城见大世面，王老栓兴奋不已，不知不觉话多了起来。他说，早年他随村里人逃荒，路过一次县城，一晃十多年过去，也不知道县城变模样了没有。王拥财赶紧接过爹的话头说："爹，好像这几年县城变化并不大，兵荒马乱的，这些年从来就没有消停过！"怕扫爹的兴致，王拥财赶紧改口说："嘿嘿，不过，咱们这时去正赶上好时候，八路军前时已把县城打下来，八路军是咱们穷人的队伍，有他们帮咱撑腰，咱们还有啥好怕的？爹，您得养好身子，好日子还在后头呢！"王老栓"哦"了声，笑呵呵地问："拥财，起初俺看玉浈很不顺眼，现在咋像丈母娘看金龟婿一样，越看越顺眼了呢？""这，这……"没想到爹这么问，王拥财脸一红。王拥进向弟弟使了个眼色说："拥财，爹在逗你玩呢！"接着又劝爹说："爹，有句话叫'心诚则灵'，自家人之间，没有解不开的疙瘩，也没有暖不了的心。起初您看玉浈不顺眼，那是因为您对她不了解、有偏见。俺早就跟您说过，真金不怕火炼，是骡子是马牵出来遛遛才知道，玉浈是个打着灯笼都难找的百里挑一的好闺女，咱们可不能轻信那些乱嚼舌根子的人的闲话啊！""知道了，这个不用你来教俺！"王老栓从鼻子里吁口气，开始沉默不语。

默默地走了一段山路，不知不觉来到一段陡峭的山梁上，路变得特别狭窄难走，排子车颠簸得非常厉害。哥俩拼尽全力，终于将排子车拉上山梁顶。哥俩找来几块碗口大的石头，将排子车固定好，停下来歇息。也许是经受了颠簸的缘故，王老栓坐在排子车上，显得很疲惫，用手支撑着身子想换个姿势，试了试不行，放弃了。哥俩一看，赶紧上去扶他。王老栓讪笑着说，好久没有出远门了，想看看山外的风景。说着招呼儿子把他扶下车，在路边坐下来。王老栓坐在路边的崖石上，呆呆地注视着远方，突然问："拥进、拥财，你们说，山那边有什么？"听了爹的问话，哥俩不约而同地看向远方。远处是一片连绵不尽的丘陵，一眼望不到边，山峦间飘浮着一层淡淡的薄雾，悠远缥缈，恍若仙境。王拥财说："山那边一定很美，有成片的果树林，有甜甜的泉水，还有数不清的满山遍野的牛羊……"王拥进撇撇嘴说："拥财，你做梦呢，俺咋没看到呀！俺看啊，山的后面还是山，并没有你说的那样美！""不信，咱们走近去看看就知道了！"王拥财神秘一笑。

　　哥俩正互相逗乐儿，突然听到一阵巨石滚下山崖的声响，转头一看，顿时吃惊地张大了嘴巴，一眨眼的工夫，爹没了人影！一种不祥的预感顿时涌上王拥进的心头，他顾不上多想，扑下身子，发疯似的向山崖下出溜下去。王拥财这时也猛然回过神来，紧跟着大哥向山下滑去。两人很快滑到了山底，并找到了爹。这时的王老栓狼狈不堪地卧在草丛里，原本就很破旧的棉袄被山石刮得七零八落，身上伤痕累累，不停地向外渗着血珠，脸上沾满泥土和草屑，没了血色。哥俩紧紧抱着爹，大声呼喊。"爹，您快醒醒，千万别吓唬俺们！""爹，您快醒醒，县城还没到哩，县城的风景您还没捞着看哩！爹，县城的牛肉面可好吃了，上面全是大块的牛肉，油光光的汤水能照出人影儿，这次去县城，俺本想请您老去尝一尝的，您可不能就这样去啊！爹，您为俺的婚事操碎了心、受尽了累，遭了那么大的罪，俺和玉浈还没来得及好好报答您，您咋能就这样走了呢！"王拥财越说越伤心，眼泪扑簌簌往下流。

　　王拥进使劲儿扯下弟弟的衣角，提醒他说："瞎说啥呢，爹没事儿！"王拥财一愣神，止住哭声，抹把眼泪，低头仔细一看，果真见爹慢慢地睁开了眼，嘴角正艰难地左右扭动，赶忙和哥一起俯下身去听。王老栓拼尽最后的力气，终于从牙缝里把话挤出了出来："俺——俺不想，做——做你们的累赘……"说完，头一歪，没了气息。哥俩一看傻了眼，呆了一会才猛然回过神来，紧紧抱着爹，放声大哭。哭了一会儿，哥俩还是有些不死心，小心地把爹背上山梁，让爹平躺在排子车上，不停地掐他的人中穴，掐了半天，不见有丝毫反应。王拥财急红了眼，说话有些语无伦次："一个大活人，咋这么不经摔呢？爹，你不会是睡着了吧，要么是想跟俺们玩躲猫猫？那好，俺们转过身去，您就醒过来好不好？"王拥进瞪了弟弟一眼，"扑通"一声跪倒在地，绝望地望着天空，声嘶力竭地喊：爹，爹啊……

王拥财也跪倒在地，跟着喊："爹，您咋这么傻呀，干吗想不开啊，到底是因为啥呀？""还能因为啥，他不想吃闲饭拖累咱们，不想当'药罐子'继续给家里落饥荒！你难道不知道，家里多添一口人，就多添一张嘴啊！爹这样做，是为了给他即将出生的宝贝孙子省下口饭吃啊！唉，都怪俺，竟然没有看透爹的心思，竟然让爹在俺眼皮底下寻了短见！""哥，这事应该怪俺，俺不该急着成家，要不然爹也不会被树枝刮伤，更不会寻短见……"哥俩越说越伤心，越说越懊悔，眼泪止不住地往下流。事已至此，埋怨谁都没用了。王拥财心如刀绞，他没想到自己娶了媳妇，竟然给家里带来这么大的灾难，难道真如算命先生所说，李玉涓"八字太旺"，家里容不下她？王拥财用手使劲儿抓自己的头发，想让自己清醒一些，但还是感觉天在旋地在转，仿佛一双无形的巨手正发疯似的撕扯着他，把他一步步拉向深渊……

（4）

两人终于止住哭声，神情木然地拉着爹慢慢地往家走。王拥财认为爹的死是他一手造成的，心里充满了愧疚，那种痛入骨髓的滋味根本无法用言语来形容。哥哥王拥进也悲痛至极，不停地捶胸顿足，再三骂自己眼瞎，竟然没有看透爹的心思。路人不时向哥俩投来好奇和诧异的目光。有人问排子车上的老人咋了，两人一听，眼泪又扑簌簌流了下来。

未等哥俩把爹拉回家，公爹摔落山崖的消息早像一阵风一样传进了李玉浈的耳朵里。李玉浈不相信这事是真的，发疯似的向山崖的方向跑去。跑出没多远，就见丈夫和大伯哥一把鼻涕一把泪地拉着排子车迎面走来，公爹则像根木头一样直挺挺地躺在排子车上……李玉浈头一晕，"扑通"一声栽倒在地。几个热心的婆姨赶忙上去搀扶她，劝她想开点儿，一边劝一边啧啧叹惜。李玉浈瘫坐在地上不肯起来，两眼直勾勾地呆了一会，突然用两手胡乱扑打着地面，"哇哇"大哭起来："爹呀，俺的亲爹呀，您咋走得这么急啊！说好了要去县城瞧病的，咋一转眼的工夫就回来了？爹呀，您这是咋了？一早还好端端的，说等您瞧好病，到时帮俺看娃娃，俺早就盼着那一天了，您咋说话不算数啊……"李玉浈一边哭喊，一边用拳头捶打胸口。围观的人一看，也纷纷掉起了眼泪。

在众人的帮助下，王老栓被送回了家。家族中几个颇有威望的长者闻讯赶过来，凑在一起商量了一下，开始为王老栓筹办丧事。拥进、拥财和李玉浈沉浸在痛苦的漩涡里无法自拔，精神十分恍惚，在"主丧人"的指点和安排下被动地做着为爹守灵的准备。时间像突然间凝结了一样，变得特别漫长，老天爷也像受了感染，阴沉了脸，刮起了北风，呜呜咽咽地向人们诉说着什么……随着丧事的推进，气氛变得越来越沉闷、悲壮，三个人的悲痛也变得越来越浓重，喉咙里像塞了东西，哭声变得非常沙哑低沉，眼泪也像快要流干，变得分外咸涩黏稠，整个人像丢了魂似的，一边哭一边在别人的引领下做着各种僵硬的动作。王拥财见媳妇痛不欲生的样子，不由得又想起算命先生说的那句话，心里陡然涌上一种莫名的反感，平添了几分怨气。王拥财在心里暗暗叫苦，后悔不该鬼迷心窍，贸然将李玉浈娶进家门，要不然爹也不会这么快就离他而去……

王拥财开始沉默不语，直到丧事结束，也没对人说一句话，对媳妇更是懒得理睬，始终不拿正眼瞧她。李玉浈知道丈夫心里难受，即使自己同样疲惫不堪，仍强撑着身子料理家务，默默地照顾他、安慰他。李玉浈发现，公爹突然离开后，大伯哥王拥进话也少了很多，经常一个人窘着脸愣神儿。为了操办丧事，家里又落下了不少饥荒，生计越来越难维持。看着缸里的粮食所剩无几，李玉渍心急如焚，几次想跟丈夫和大伯哥说，每次都是话到嘴边又咽了回去。两人的压力已经够大了，她不想再给他们心里添堵！

家里的窘况，王拥财其实早就看在眼里，了然于心，几天后，他终于打破了沉默，趁李玉渍外出挖草根的空儿，把哥拉到跟前坐下，一本正经地说："俺想好了，俺必须把玉渍休掉！"王拥进吓了一跳，连珠炮似的问："你胡说什么？咱家娶个媳妇多不容易啊，你咋会冒出这种想法？你脑袋被驴踢了，还是进水了？还嫌咱家不够乱吗？玉渍她哪一点不好？"王拥进霍地站起身，焦急地来回踱了两圈，大体明白了弟弟的意思，苦笑着说："嗨，拥财你想多了，大家都没有责怪你的意思，爹的死跟你和玉渍一点儿关系也没有！"接着拍拍弟弟的肩膀，又说："咱爹刚走，你千万别再给大家心里添堵了！玉渍好不好，难道你心里没数吗？日子是给咱们自己过的，别听了外人的闲话就没了主心骨！""可是，但是，唉……"王拥财使劲儿跺下脚说，"哥你说得没错，玉渍是个好女人，这个俺心里早就有数。但是，有些事不由得俺不信，为啥自打她过门后，咱们家就百般不顺，日子过得越来越艰难？这不正应验了算命先生说的那句话吗？玉渍人品很好，也很要强，但人品好不一定有好运，太要强了更会招人嫌，兴许把她休了，咱家日子就好过了！""你，你……"王拥进急得直翻白眼。

王拥进无法理解弟弟的奇谈怪论，沉吟了一会儿，不无气恼地埋怨他说："拥财你听好了，有些事根本就不能怪玉渍，别动不动就把屎盆子往她头上扣！为了这个家，玉渍没少操心受累，她图啥了？她还不是想早点把日子过好啊！你不念她的好，反倒打一耙，一脚把她踢开，就算别人不说你，你自己良心上也会过不去。更何况，玉渍现在已怀上咱们老王家的种，你要是糊里糊涂地把她休了，爹在九泉之下也不会答应你的！"王拥进苦笑着摇摇头，又说："咱们家祖辈都是本分人，你可不能做让人戳脊梁骨的事！好了，别再琢磨那些没头没脑的事了，还是想想怎么填饱肚子吧。玉渍现在是有身孕的人，大冷的天，别让她整天挺着大肚子到处跑，那样会让村里人笑话的。对了，她现在是不是又去挖草根了？你，还愣着干吗？还不快去照看一下！"王拥财被说动了，使劲儿点点头，起身便往外跑，跑出没多远，突然又转回身来，一脸苦相地说："哥，其实俺休玉浈还有另外的意思，你看咱们家现在穷得叮当响，有上顿没下顿的，就怕把孩子生下来也很难养活，还不如让玉浈早点去寻个能吃饱饭的好人家，免得……""别瞎说，吃不饱饭的人家多的是，还不是照样养孩子？"王拥进说完，不再理会弟弟。既然哥已把话说到这份上，王拥财不好再反驳，悻悻地出门去了。

弟弟离开后，王拥进蹲在地上，陷入了沉沉的思索，心里像爬满了蚂蚁一样瘙痒难耐，躁动不安。弟弟刚才的话给他提了醒儿，爹过世后，他成了家里主事的，家里遇到难处，他得拿个主意，可是……本来他想尽快和弟弟分开过，那样弟弟的负担会小一些，可又怕他多心。分家的事他早就跟爹商量过，爹当时有些顾虑，怕拥财一根筋，把持不好家，后来看玉浈是个过日子的好手，也能管住男人，才有了活动话儿。可惜家还没顾上分，爹就匆匆地走了。家里缺了主持公道的长辈，也不知道这家还能不能分。想到不少亲兄弟为了分家吵翻脸、打破头、从此"鸡犬相闻老死不相往来"的事情屡有耳闻，王拥进不由得皱紧了眉头。按说，家里的债务几乎全是因拥财成家而落下的，应该全由他来负担和偿还，哪怕只承担大部分也行，可是……作为大哥，真不好开这个口。何况，分家不能不念及弟媳妇的意思，别看玉浈她通情达理，说话做事让人说不出半个"不"字，可谁知道她心里是咋想的？

王拥进站起身，走出屋门，呆呆地望着远处，土崖和山峦的影子依稀可见，耳边隐约传来"喊山人"宛转悠扬的吆喝声："呦哈呦呵呦嗥……"王拥进脑海中立时浮现出一片飘着淡淡薄雾的连绵不绝的山峦来，耳边不禁又回响起那动人的声音："山的那边有什么，山的那边一定很美，有茂密的果树林，有甘甜的山泉，有满山遍野的牛羊……"王拥进眼前一亮，脑中突然闪现出一个让他欣喜不已的念头来……

（5）

临近年根，大家都在忙着准备年货，王拥进却突然失踪了。正当王拥财和李玉浈焦急万分、不知所措的时候，王拥进托人捎话回来，说他进山学石匠活去了，啥时学成不一定，过年不用等他了。王拥财一听，忽一下就明白了，哥这次外出一定经过了深思熟虑，他去学石匠活一是想给家里省下一份口粮，二是想通过帮人采石头、凿石头、打地基等赚点钱贴补家用。李玉浈早已通过大哥近来的表现，摸透了他的心思，劝丈夫别忘了大哥的好，抽空多去看看他。因家里一下少了两口人，1947 年的农历新年，王拥财一家过得很不寻常。按本地风俗，家里有老人过世，儿女须守孝三年，过年不贴对联、不串门、不拜年。因怕沾染晦气，那些讨债的人也没有在年关时节上门来。虽然家里少了些年味儿，人心里多了些空落、冷寂感，却省了不少繁文缛节、繁杂应酬和无谓开销，连以前过年必不可少的炮仗钱也省下了。正所谓"孬事也有三分好"，有钱没钱，照样过年；有难没难，一样闯关。

穷苦人过年，如同闯难关，原本就没多少快乐感受。今年尤其如此。王拥财和媳妇窝在家里，与世隔绝了似的，此起彼伏的鞭炮声和新年的喜乐似乎都与他们无关。心里无年，眼里也无年，一眨眼的工夫，年就过去了。开春后，李玉浈的肚子渐渐隆起。王拥财精心照顾着媳妇，心里虽挂念着大哥，却抽不出空来去看他，倒是大哥隔上十天半月就回来看上一眼，撂下几个零花钱便匆匆离开。接下来的日子依旧过得十分艰难，缺吃少穿的窘况依旧如故。日子还是一天天地熬，忙完今天的活儿，不知明天忙什么；今天将就着吃了，不知明天吃什么。熬呀熬，终于熬到李玉浈临产的日子，即将当爹的王拥财既激动，又惶恐，看媳妇疼得虚汗直冒，干着急却使不上劲儿。李玉浈躺在炕上歇斯底里地喊疼，接生婆却守在一边不急不躁，泰然自若。人都说人生有三急，其中一急就是等老婆生孩子急。这时的王拥财正是如此，像热锅上的蚂蚁，急得团团转。

从早上一直折腾到天擦黑，李玉浈终于顺利产下一子。王拥财这才长吁了一口气，一看孩子是个带"把"的，立马乐开了花，赶紧托人捎信给大哥。王拥进接到消息，连夜赶了回来，身上的石屑都没来得及掸掉。王拥进盯着小侄子红扑扑的小脸蛋看了又看，不住地赞叹，说孩子的长相真随老王家人；说老王家有后了、有根了，爹在九泉之下也能瞑目了。听哥突然提到爹，王拥财只觉心头一震，是啊，要是爹能等到这一天该多好啊！王拥财侧过脸去，紧咬牙关，极力控制自己不让眼泪流下来，心里不禁又想起那句不知流传了多少年的俗语："不当家不知柴米贵，不养儿不知父母恩。"有多少父母为了孩子呕心沥血、尽心竭力、以命相搏而无怨无悔？但是，他们的孩子却很少能体味到并尽力报答父母的这种养育之恩，以致漠视父母的恩泽，无视他们的存在，直到父母老了去了天国才幡然悔悟，留下悔恨、困扰终生的遗憾和心结！王拥财转而又想到了大哥，人常说"长兄如父"，这种观念或许早已刻在了哥的脑海深处，所以哥才时不时自觉不自觉地表露出来。自打小时候起，哥就默默地担当起了这一角色，用他那柔弱稚嫩的臂膀为弟弟遮风挡雨，重活累活从来不舍得让弟弟干。弟弟受了委屈，挨了小伙伴的欺负，哥总是挺身而出，替弟弟出头、出气。为了帮弟弟成家，哥更是倾尽所有，竭尽所能，即使被误解受委屈也毫无怨言……

父母恩，手足情，都让人没齿难忘。这份恩情深似海，重如山，恐怕这辈子都报答不完。王拥财想趁哥在家的日子，尽可能地对他好点，至少能让他体味到弟弟对他发自肺腑的感激之情。只可惜，王拥进在家里待了不到一天，就急着要离开，他临走时拉着弟弟的手语重心长地说："好兄弟，玉渍是咱们家的大功臣，你要好好待见她，缺钱花了，就赶紧捎信给俺！"说完，意味深长地拍下弟弟的肩膀，转身义无反顾地大踏步向山上走去。望着大哥匆忙离开的背影，王拥财只觉鼻子一酸，两行热泪潸然而下。大哥急匆匆地走了，为了生计，为了延续好家里的香火，他必须去奔波、去操劳；大哥急匆匆地走了，像母鸟飞离巢穴，为窝里嗷嗷待哺的幼鸟外出觅食去了。大哥脸上挂着难得的喜悦，步子迈得分外稳健。他的背影是那样的高大、厚实，让人看了油然而生一种踏实和温暖感。

呆呆地泪眼蒙眬地目送大哥走远，直到他消失于视线之外，王拥财突然想起有件事忘了跟大哥商量，那就是还没来得及给孩子起个好听点的名字。这是老王家的第一个孩子，是长子，在家谱中占有很重要的位置，因此给孩子起名字，马虎不得。如今，"孬名好养活"的说法早就不时兴了，"狗蛋""狗剩"这样的词儿很少有人当名叫了。起个好名字，不仅叫起来顺口，听起来顺耳，说不定还能给人带来好运气。听说当年爹为了给自己起名字就费了不少脑筋，想了一大堆名字都觉得不好听。爹当时想，老子名字起得不好，"老栓老栓"老是拴住，张不开腿，迈不开步，啥好事都没捞着，决不能再让儿子受名字的拖累，老大名字中有个"进"字，最好老小也有个与之对应的字，如"王拥前""王拥冲"等。后来爹请一位私塾老先生把了关，最终定下"王拥财"这个名字。王拥财觉得他虽然没有如爹所愿，托名字的福而积攒、拥有很多钱财，却得了一宝贝儿子，儿子不就是一笔巨大的财富吗？这样一想，王拥财禁不住"扑哧"一下笑出了声。

王拥财现在虽然没钱请算命先生给儿子测字、算命、起名，也没有能力像有钱人家那样大摆宴席庆贺，但他喜添贵子的发自内心的那份快乐一点都不比别人少。快乐是一种心境，如山泉喷涌，跟贫富贵贱没有直接的关系。人心里快乐了，糟糠也会吃得津津有味；人心里没了快乐，再好的山珍海味也品不出滋味。烦恼很多时候是自找的，快乐很多时候也是自找的，穷人自有穷人的快乐，就看你用不用心去找。这样一想，王拥财心里就坦然了，不再为给儿子起名犯愁，决定由他自己来解决这个事儿。儿子呱呱坠地的时候，正赶上秋末地瓜收获时节，王拥财灵机一动，心想，何不给孩子起个跟地瓜有关的名字？对，就叫他王大瓜！但愿儿子能像田里的大地瓜一样茁壮成长。王拥财为自己突然想出的好名字而兴奋不已，像小孩子一样拍着手，眉飞色舞地说给媳妇听："大瓜大瓜，财运大发；大瓜大瓜，飞黄腾达……"李玉浈也觉得这名字起得好，亲切自然，朗朗上口，和着丈夫的调儿每叫一声大瓜，都憋不住想乐儿，幸福和满足溢于言表。

然而，让王拥财意想不到的是，儿子的好名字并没有给家里带来什么好运气，接下来发生的很多事情也并没有他期望的那样好。王大瓜生下来就体弱多病，整天哭个不停。更糟糕的是，李玉浈的奶水越来越少，最后竟然连一滴也挤不出来了。一看没了奶水，当娘的更为着急。看儿子咬着自己干瘪的奶头拼命吮吸，吸着吸着便没了气力，像个受了委屈的小猫一样蜷伏在自己怀里，李玉浈心疼得直掉眼泪，在心里默默地埋怨自己、责骂自己没有养下个好身子，结果让宝贝儿子也跟着受罪。儿子还小，还无法领会大人那焦灼的眼神，还无法体谅大人的难处，更不知道怜惜他那个孱弱的小身体，饿了就哭，哭得气力越来越弱，哭得声音越来越小，只要他轻微抽泣、抖动一下，李玉涓就会感觉到，心里像被针扎了一样难受。儿子变得越来越虚弱，像还没挺直腰杆就要被风吹倒的地瓜嫩芽，像还没来得及烧旺就要被冷水浇灭的火苗。跟李玉涓一样，王拥财看了也心急如焚，索性把家里仅有的一点地瓜干全碾成面子，做成糊糊喂给儿子吃。

有时看儿子哭个没完，王拥财也会忍不住埋怨上几句，埋怨媳妇不争气，还不如大拐家的母羊下奶多。李玉涓心想，你这是站着说话不嫌腰疼，饭都吃不饱，咋会有奶水？俺不止一次听人说，穷苦人家的孩子命薄如纸，贱如草芥，还不如富人家的小狗小猫命好……一听这话俺就来气，想骂娘，同样是两条腿的人，凭啥俺的孩子生下来就要吃苦遭罪？有朝一日，非把这世道翻过来不可！李玉涓心里窝火，却不想发泄，她知道丈夫心疼孩子才朝她发牢骚，因此不想反驳他，也不想跟他置气。

（6）

这天夜里，孩子哭了一会儿，依偎在李玉涓怀里睡着了，两口子却一点睡意也没有，傻呆呆地坐在油灯下，不住地唉声叹气。李玉涓无限怜惜地低头看看孩子，感叹说："大人饿几天没关系，但儿子还小，加上体弱多病，根本经不起折腾！孩子是娘的心头肉，万一他要饿出个三长两短……唉，俺要是能替孩子受罪就好了！"李玉涓说不下去了，眼泪在眼窝里不停地打转。"别扯这些没用的！不行俺去找大哥想想办法？"王拥财看看媳妇问。李玉涓抬手揉揉眼，叹了口气说："自个儿孩子自个儿疼，你是家里的顶梁柱，别啥事都指望大哥，你还嫌大哥不够苦不够累吗？咱们再也不能从他嘴里抠食了，那样跟在拉磨老驴身上割肉有啥区别？"王拥财白了媳妇一眼："那你说该咋办？本来今年的庄稼长得还可以，没承想下了场大雨，把庄稼都淹了，后来又下了场铺天盖地的不亚于鸡蛋大小的冰雹，别说庄稼了，咱家三间屋能保住就算不错了！要怪就怪这孩子命不好，生的不是时候……"听丈夫这样说，李玉浈一时没了话。

李玉浈心里翻腾不止。丈夫说的都是实情，老天爷好像故意跟穷人作对，刚刚让你有了点盼头，迎头又泼来一盆凉水，把你浇个透心凉，一点儿回旋的余地也没有。难道真如老话所说，庄户人天生就是土里刨食的命，刨不到食只能眼睁睁地看着黄土饿死吗？面朝黄土背朝天、挥汗如雨、辛苦劳作的人经常饿肚子，为啥那些不用亲自下地干活的地主老财却衣食无忧，整天吃香的喝辣的？说到家，还不是人在作怪吗？能怪老天爷吗？所以，人祸比天灾更可怕，百姓要想过上好日子，必须把那些欺压在自己头上的坏人打倒！其实，早在自己偷偷参加妇救会那会，就已经从八路军教员那里学到了这些道理。想到八路军，李玉浈只觉眼前一亮，自打上一次八路军的队伍转移后，好久没有见到他们再到村子里来了，听说他们正追着老蒋屁股后面狠打，老蒋不得民心，被八路军打得节节败退，老蒋落败是早晚的事。现在村里成立了新农会，帮助大家开展生产自救，但因为不定啥时就会遭到溃逃、流窜来的国民党正规军残兵，以及还乡团、民团、保安团残余和土匪的滋扰，大家种起庄稼来仍提心吊胆。等八路军大队人马打完老蒋回来，估计大家心里也就彻底的踏实了……

看媳妇闷头想事儿，王拥财不想打断她，也不想再对她发牢骚。牢骚话还是憋在心里为好，说出来只会让别人跟着烦闷、跟着难受。等媳妇收回神儿，看着儿子唏嘘感叹时，王拥财才打破沉默，苦笑着劝她说："睡吧，别点灯熬油了！愁不顶用，天无绝人之路，说不定晚上睡上一觉，明天就有了办法！"李玉浈不屑地瞥了丈夫一眼说："要是能睡出个金元宝来就好了，可惜你不能！"说着，将儿子轻轻地放在炕上，"噗"的一下吹灭了油灯。

两口子刚躺下，突然听到"吱呦"一声，院门被"砰"的一声推开，接着传来一阵很重的脚步声。王拥财吃了一惊，手忙脚乱地点亮油灯，端了油灯起身去看。原来是大哥回来了，手里还提了个很大的麻袋！王拥财惊喜万分，心想，这人真不经念叨，说曹操曹操就到了。因没弄清麻袋里装的是什么，王拥财没有急着去接袋子，而是帮哥掸了掸身上的尘土，笑着问："哥，深更半夜的您咋回来了？俺记得已把门闩插好了，您咋弄开的?"王拥进冲进屋里，将手里提的麻袋搁到桌上，大口地喘着粗气说："拥财，先别管俺是咋回来的，你抓紧给孩子做点儿吃的去！俺估摸今年的庄稼收成不好，家里的粮食也早已吃完，就采了些野果子，逮了些蚂蚱，还抓了两只野兔子……"王拥进从裤兜中掏出十多个鸟蛋放到桌上，得意一笑说："这些东西够你们吃一阵子了！俺小侄子现在正长身子，缺了营养可不行！玉涓你也吃一点，多吃点好的，才有奶水喂孩子！"拥财和玉涓一听，又惊又喜。

王拥财想对哥说几句感谢的话，却没好意思说出口，兄弟之间没必要说客套话，那样反而显得生分。王拥财眼中有些潮润，一边忙活饭菜一边关切地询问大哥在山上生活得怎么样。王拥进似乎不愿提在山上学石匠活的情况，支吾几句，把话题岔开了。王拥财做好饭，没有急着喂孩子，而是先让给大哥吃。王拥进冷了脸，说这样的东西他在山上没少吃，今天是特意拿来给孩子吃的，还说山上活儿多，他得连夜赶回去。说完，不听弟弟和弟媳劝阻和挽留，踏着漆黑的夜色急匆匆地又赶回山上去了。王拥财站在院门口，眼巴巴地看着大哥走远，很快消失在浓浓的夜色中。大哥走远了，又像没走远，他就站在不远处，精心守护着这个家。想到大哥为了这个家如此费心、如此操劳，王拥财心里不觉涌上一股酸涩的滋味。同样是三尺高的男子汉，同样有着两只粗壮的握镢头的手，大哥能做到的，自己为啥做不到？难道是自己太软弱、太自私吗？难道就这样沉湎于老婆孩子热炕头的小日子不思进取了吗？不行，得把当家的腰杆挺起来，决不能再这样"混天熬日头"了。

王拥财使劲儿跺下脚，发誓也要像大哥一样外出闯荡一番。转身回屋，刚想跟媳妇说这事，猛然发现儿子已醒来，媳妇正一口一口地喂他，心里一下又软了，儿子还这么小，咋能忍心撇下他不管呢！家里本来就这么清苦，自己若不在，媳妇一个人，还带着孩子，能撑得住吗？家里缺了男人，就像桌子缺了两条腿，能立得住吗？何况媳妇年轻的时候没少被人骚扰，自己不在她身边守着，她能躲得过那些野男人的觊觎和滋扰吗？王拥财想到揪心处，不由得长叹一口气，正好把"多余"的那盏油灯给吹灭了，顺势挨在媳妇身边坐下来，窘着脸，傻愣愣地看她喂孩子。看着看着，他心里又不免感慨起来：庄户男人图啥？不就是图个"两亩地，一头牛，老婆孩子热炕头"吗？不就是图能有个完整的温暖的家吗？可是，这一切大哥却啥也没得到，他帮弟弟娶了媳妇成了家，自己却孑然一身，弟弟能心安理得地享受他的赐予吗？

看丈夫闷头不语，李玉浈也不言语。两人不时互相瞟一眼，好像都还挂念着大哥，但都不愿主动念叨大哥，好像一说起大哥，心里就会多一份亏欠似的。两人就这样沉默着。喂了一会儿孩子，李玉浈停下，下意识地望望门外，心想，大伯哥把能吃的东西全拿了回来，也不知道他在山上吃的啥？大伯哥这次来，明显又黑了，又瘦了。大伯哥为这个家付出了那么多，他图的又是什么？也许，他根本就没想要什么回报，而是仅仅希望把这个家维持好，把孩子照顾好，让老王家的香火旺一些。自己和丈夫又何尝不是这样想的！哪个当娘的当爹的不希望孩子将来有出息、能光宗耀祖啊！喂完儿子，见儿子眨巴着两眼，没有要睡的意思，李玉浈索性掰着儿子的小手，盯着他的头，故意哼唱给丈夫听："一个旋儿好，两个旋儿坏，三个旋儿是个老古怪……哼，老王家的'种'才不是老古怪哩！一斗穷，二斗富，三斗四斗开当铺……哼，俺儿长大了，才不稀罕在新王庄开当铺哩，要开也要到县城去！"王拥财被逗乐了，"扑哧"一下笑出了声。

两口子都不想辜负大哥的期望，心照不宣地精心呵护着儿子。经过一段时间的调养，儿子王大瓜脸色明显好看了许多。不过，好景不长，虽然两口子精打细算，千方百计算计着吃，大哥拿来的口粮还是很快就吃完了。不知不觉又熬过半月，两口子再也淘换不到吃的，又开始为口粮犯愁。王拥财说："大哥有些日子没回家了，要不俺去山上找找他吧，顺便再弄点儿吃的回来！"李玉浈紧咬嘴唇，默许了，她不想再麻烦大哥，可是如今除了找大哥帮忙，还能有更好的办法吗？

小孩的脸，六月的天。儿子缺了吃的，又开始不停地哭闹。征得媳妇同意后，王拥财一霎也不敢再等了，随手拽了条破麻袋，风风火火地上山找大哥了。他刚走，天突然下起了大雨，李玉浈的眼皮开始跳个不停，一种不祥的预感不觉袭上她的心头……她抱着儿子站在屋门口，不停地向远处张望，希望雨快快停下，这样上山的路才好走些。然而，老天爷偏要跟人作对，雨一直哗哗下个不停，毫无停歇的迹象。直到第二天接近晌午的时候，雨才停。雨刚停，王拥财哭丧着脸，满身泥水，像个落汤鸡一样赶了回来。见丈夫回来，李玉涓心里悬着的石头总算落了地，但看他那狼狈样，又有些惶惑和不解，关切地问："咋了，没见到大哥吗？你咋空着两手回来了？孩子正等你拿东西回来喂他哩！"王拥财不答话，狠狠地瞪了媳妇一眼，一咧嘴"哇哇"大哭起来。李玉涓慌了神："咋了？有事就直说呗，一个大男人哭啥鼻子嘛！"王拥财还是不答话，使劲儿跺下脚，一把将儿子抢过去，举起来就要往地上摔。

李玉涓愣了一下，随即发疯似的抱住丈夫，拼命将儿子夺下来，把儿子紧紧地抱在怀里，侧着身子，用惊恐的眼神看着丈夫问："你，你疯了，你想干什么？这是大瓜，不是'阿斗'！你，你朝他撒气算啥本事？"王拥财一屁股蹲在地上，两手抱头又大哭起来，一边哭一边叫嚷："都怪这臭小子，害得大哥生不见人，死不见尸……""你，你啥意思，大哥他咋了？"李玉涓预感不妙，身子猛然抖了一下。王拥财霍地站起身，像个无头苍蝇一样，瞪着血红的眼睛，急于找人报仇似的，焦急地来回转了两圈，随即又像泄了气的皮球一样没了底气，用手使劲儿拍下大腿，哽咽着说："听教石匠活的师傅说，为了给大瓜弄好吃的，大哥冒雨去逮野兔子，结果不小心摔下山崖，被山洪卷走了。呜呜，都快一天一夜了，连大哥的人影也找不见！呜呜，大哥怕是永远也回不来了……"李玉涓终于听明白了丈夫的意思，头一晕，手一松，一下瘫软在地上，怀里的襁褓骨碌碌滚出老远。王大瓜受到惊吓，"哇哇"哭个不停。王拥财看看媳妇，又看看儿子，鼻子一酸，眼泪又扑簌簌流了下来。

（7）

几天后，大家在山口的积水潭里发现了王拥进的尸体。因年景不好，大家手头都很紧，兄弟俩前时欠下的债还未还清，不好再借新债，且王拥进没有子嗣，于是，在几个家族老人的张罗和主持下，王拥进的丧事办得很简单很潦草。这给王拥财心里又增添了深深的愧疚，像欠了大哥一笔无法偿还的债务一样。王拥财认为大哥遭遇不幸，都是因为自己那不争气的媳妇和孩子造成的，于是他看媳妇和孩子越来越不顺眼。这天，王拥财坐在屋门槛上，倚着门框愣神儿，算命先生的话又在他耳边回响："你们家娶的媳妇是个不安分、火气太旺的奇女子，将来弄不好会滋生事端，招惹祸患……"他越想越觉得窝囊，越想越觉得后怕，后悔不该娶李玉浈为妻，否则绝不会遭遇这么多不幸。王拥财的思绪被儿子的哭声打断，火气忽地一下蹿了上来，狠狠地瞪了媳妇一眼，训斥道："你这娘是咋当的，不会照看孩子呀？哭哭哭，整天就知道让孩子哭，咱们家的运气全让他这个倒霉蛋给哭跑了！"

李玉浈愣怔了好一会儿，才猛然领会丈夫的意思，一脸惊诧、一脸委屈地看看他，"哇"的一声也随着孩子哭了起来，一边哭一边嘟囔说："王拥财，你这个没良心的东西，朝孩子发什么火啊？有本事冲俺来！呜呜，孩子哪儿招惹你了？他哭碍你啥事了？你要是让他吃饱了，他能哭吗？呜呜，又不是俺和孩子让大哥上山去的，你别拉不出屎来就赖茅坑，动不动就把气儿往俺娘俩身上撒……"李玉浈越说越激动，越说越委屈："呜呜，还好意思说俺哩，你一个大男人，整天让老婆孩子吃糠咽菜，大瓜他小，身子弱，哪受得了这种罪啊！呜呜，你说说，俺自打跟了你以来到底享啥福了？是吃山珍海味了，还是穿绫罗绸缎了？王拥财，你别动不动就朝俺横挑鼻子竖挑眼，你以为俺好欺负啊！哼，别以为俺不作声，就啥都服你似的，你拍着你自己的心窝子好好想一想，俺到底哪地方做错了？难道只有你一个人心里憋屈吗？俺还有满肚子的怨气没处撒哩……"经媳妇没头没脑一顿数落，王拥财没了话，站起身使劲儿跺下脚，跌跌撞撞地跑出门去。

没过一会儿，王拥财又折了回来，红着脸看看儿子和媳妇说："玉浈，是俺不好，刚才不该朝你发火，但是……唉，俺这也是愁得没法子啊！玉浈，俺想好了，咱们不能待在家里忍饥挨饿，年景不好，大家日子都不好过，谁也顾不上谁，谁也帮不上谁，到外面也许……""你说得倒轻巧，粮食不是土坷垃，越是年馑越金贵，哪有那么好淘换呀！"丈夫说了软话，李玉浈也不好再和他较真，语气明显缓和了许多。李玉浈的话一下子戳到了丈夫的心坎上。她说得没错，到外面能不能淘换到吃食，其实王拥财心里也拿不准，可是，有些事不试试咋知道好做不好做？有些路不就是人试着闯出来的吗？王拥财转念一想，马上又有了底气，劝媳妇说："玉祯你别灰心，俺打听好了，从咱们这往东，翻过几道山梁，便是一片平原，那地方好多年没旱过也没涝过，肯定能要到吃的！"说着，把早已准备好的筐子和打狗用的棍子拿过来，眼巴巴地看着媳妇，等她下决心。李玉祯觉得丈夫说得也不是没有道理，眼下除了外出要饭，还有更好的办法吗？于是使劲儿一咬牙，答应跟他一块去碰碰运气。

第二天蒙蒙亮，两口子便爬起身，急急地踏上了要饭的征程。王拥财挎着筐子，拿着棍子，在前面引路，李玉祯抱着儿子紧随其后。马上又要过年了，沿路看到的却是一片荒凉萧疏的景象，一点儿年味儿也感受不到。也许这时人们正团聚在家里，围着火炉畅谈过去一年的得失，憧憬着来年的美好光景。王拥财一家人却无法享受阖家团圆的快乐，他们背井离乡，迎着凛冽的寒风踟蹰前行，只为了能讨到一口吃食。他们一路打听着来到了那片梦想中的平原，驻足远望，不禁倒吸了一口凉气，因为他们看到的景象与先前的想象大相径庭。所谓的平原只是片空旷的荒凉的被群山环抱的山野。正是寒冬农闲时节，山野里依稀能看到几片未化完的积雪，放着惨淡的白光，空荡荡的看不到一个人影。放眼望去，山野中心处卧着一个孤零零的村落，一条蜿蜒的土石路一直伸向村里，路面上有马车轧出的明显痕迹。

顺土石路走近一看，发现村落破败不堪，满眼是低矮、摇摇欲坠的土坯房，偶尔能看到几个穿着破棉袄、抄着两手、缩着脖子、腋下夹有农具或空烟袋杆的农夫，一见陌生人进村便仓皇躲开。村里人看起来都不富裕，养狗的人家只有寥寥几户，看那狗的模样就能想到它的主人吃得也不咋样。几条狗瘦得皮包骨头，叫得并无底气，像是早已习惯了讨饭者的突然造访，见了陌生人只是"哼哼"两声便不再理会。王拥财准备的打狗棍没有派上用场，他碰上的那几条狗都已饿得不成样子，有气无力地蜷缩在一角，只有两眼还放着光，眼神中充满了惊恐。狗被惊扰的时候，才不得已艰难地爬起身，一晃一晃地向远处跑去，瘦瘦的两腿时而不经意绊在一起，"扑通"一下便摔倒在地，随后又艰难地爬起身，一晃一晃地继续向远处跑。正因为狗已饿得没有多少气力，才对人多了几分本能的恐惧，只要看到陌生人轻微弯下腰，就会误以为人要捡石头打它，拼命仓皇逃窜。

上门讨饭最难过的是看家狗这道关，搞不好会被狗吓到或咬伤。王拥财起初最担心的也是怕狗惊吓到儿子，看了眼前的情景，多少松了口气，但另一种隐忧又不觉涌上心头：看情形，这地方的人日子过得比新王庄人好不到哪里去，要不然不会把狗饿成那样。人越穷往往戒心越重，有些人远远地瞅见有要饭的从门前经过，立马飞速跑进院，把大门关死，无论你怎么敲，都不开门，无论你隔着门缝怎么可怜巴巴地向他们乞求，得到的回答几乎是同样一句话——俺们还没的吃哩，实在没有多余的饭施舍给你们啊！就这样讨要了半天，两口子只从一位好心的孤寡老婆婆那里讨到半块黑乎乎的掺杂少许地瓜面的野菜根窝头。后来王拥财才得知，就在他们来讨饭的前几天，一伙溃逃的国军残匪经过村里，见东西就抢，老百姓家里的粮食和财物几乎被抢掠一空，所以村里人见陌生人进村，才显得如此的惊慌。

从村头一直讨要到村尾，除了那半块窝头，再无收获。王拥财讪笑着劝媳妇说："讨到一点儿是一点儿，今天能讨到半块窝头，说不定明天就能讨到一整个呢！你先喂儿子吃点吧！"李玉浈答应着，小心地将窝头掰下一小块，放在嘴里嚼了又嚼，直到感觉把里面的菜根都嚼细了，再嘴对嘴地喂给儿子吃。喂完儿子，李玉浈仍舍不得将嘴里的窝头残渣咽下肚，而是用指头一点一点地把残渣抠出来，抿到儿子嘴里。王拥财不忍直视，背过身去，脸上不觉流下两行浑浊的泪水。"他爹，你也吃点儿吧！"李玉浈劝丈夫说。王拥财身子哆嗦了一下，迅速抹把脸，转过头来强作镇定地答："俺现在还不饿，你先吃吧！""俺也不饿！"李玉浈小心地用布将剩下的窝头包起来，揣到贴身的衣兜里。为了缓和气氛，也为了尽快忘掉不便明说的饥饿，李玉浈转移话题说，"他爹，天马上就要黑下来了，咱们还是找个地方将就一夜吧！"王拥财心领神会，连声说"好"。王拥财搀扶着媳妇，四处寻找可遮风避雨的地方，最后终于在村外找到了一处可以容身的已荒废的曾用来烧砖的破窑。

王拥财选了一处较为隐蔽的背风的角落，找来少许柴草和树叶铺在地上，然后和媳妇儿子依偎在一起休息。天黑了，四周陷入死一般的沉寂，只有不甘寂寞的北风在不知疲倦地呼啸怒吼。今年的北风似乎刮得格外猛烈、格外刺骨。寒风无孔不入、无坚不摧，让人无法躲藏。与寒冷同样可怕的是饥饿，饥饿不仅能摧垮人的身体，还能一点点消磨人的意志。在寒冷和饥饿的双重折磨下，王拥财和李玉祯感觉身子正一点点地麻木，一点点地失去知觉，如同跌入了万劫不复的冰窟窿。好在儿子吃了一小块窝头后，身子比先前稍稍暖和了一些，沉沉地睡着了。怕儿子被冻醒，也怕惊扰了儿子的睡梦，继而打破这份难得的安宁，夫妇俩用身子紧紧护着他。两口子像两只孱弱的大鸟，尽力伸展开翅膀，为儿子撑起一片躲避风雨的天空。儿子睡着了，他们却无法入睡，虽然心里都憋满了话，却都不愿开口。想到外出要饭如此艰难，自己竟然让媳妇和儿子一同跟着遭罪，王拥财心里充满了愧疚，极力想象接下来该怎么办，却什么办法也想不出。

也不知过了多长时间，绞尽脑汁也没想出对策的王拥财迷迷糊糊地睡了过去。他梦见自己又讨到了一个很大的窝头，不顾一切地冲上去，照着窝头使劲儿啃呀啃，却怎么也啃不动，仔细一看，原来是一块很像窝头的石头……王拥财正沉湎梦中，突然被一阵凄厉的尖叫声惊醒。他打了个激灵，一骨碌爬起身，发现天已大亮，媳妇正抱着孩子使劲儿摇晃。王拥财吓了一跳，下意识地推了媳妇一把，没好气地问："你疯了，有你这样抱孩子的吗？"李玉祯一愣，看看丈夫，嘴一咧，"哇"的一下哭出了声："大瓜他……呜呜，从家里出来时俺就摸着他的头有点儿烫，脸上还起了些小红疙瘩，没想到……"王拥财吃了一惊，一把抱住儿子，急迫地喊："大瓜，你咋了，爹娘在叫你呢！你醒醒，快醒醒啊……"王大瓜安静地躺在爹娘怀里，无论爹娘怎么喊他，一点反应也没有。王拥财心里立时凉了半截，一脸茫然地看着媳妇和儿子，感觉一股深入骨髓的痛楚瞬间控制了他，正一点一点地将他吞噬和湮没。

儿子一眨眼的工夫没了气息，李玉祯悲痛欲绝，一时无法接受这一残酷的现实，抱着儿子跪倒在地，发出阵阵撕心裂肺般的哭喊声。王拥财也禁不住随着媳妇呜呜咽咽地哭起来。哭着哭着，李玉祯渐渐没了气力，哭声越来越小，眼神变得分外呆滞。王拥财一看妻子的怪模样，触电似的心头一震，这才意识到他是当家的，眼前的混乱局面必须由他来收拾。孩子没了，但大人还得活下去，事已至此，无论心里多么痛苦、多么不忍，也必须马上做出决断。王拥财双手抱头蹲在地上，思来想去，最终决定临时找块地，忍痛把孩子偷偷埋掉。按本地的风俗，夭折的"婴儿"是不能随便埋入祖坟的，否则会坏了祖坟的风水。但愿孩子在天有灵，能够体谅爹的难处！然而，让王拥财有些为难的是，眼下要想让孩子及早入土为安，并不容易。儿子的身体已经冰凉，但媳妇仍紧紧地把他抱在怀里，一会给他喂奶，一会又给他喂窝头，嘴中还喃喃自语："乖，听话，把嘴张开，把小嘴张开嘛！啧啧，小乖乖，娘这就喂你好吃的……"有时还盯着儿子，发出怪异的笑声，或不耐烦地使劲儿拍打儿子。再这样下去，媳妇的精神真的要崩溃了。王拥财非常着急，恨不得马上把儿子抢过来，但那样媳妇会更加伤心，更加不能自控。

王拥财默默地守在媳妇身边，陪她一起掉眼泪，心里既痛苦又迷茫，不知道这种昏天黑地的痛苦到何时才是个尽头。正当王拥财一筹莫展的时候，从天放亮一直哭到太阳西下，已精疲力竭、极度悲伤的媳妇猛一下昏倒了过去。见媳妇晕倒，王拥财脑海中倏然闪过一个让他欲罢不能的念头——得趁媳妇昏迷赶快送儿子上路！他顾不上多想，强忍着泪水，将媳妇怀里的襁褓偷偷抱离开来，然后忙不迭地把儿子埋在了一处小土岗下，并用草棍在儿子坟头上做了个简单的标记。刚把儿子的遗体埋好，猛然惊醒过来的李玉涓发疯似的跑了过来，一把抓住他的衣服，胡乱撕扯着大声问："俺儿呢，你把俺儿弄哪了？"王拥财哭咧咧地说："玉涓，你冷静点，儿子睡了，享福去了，别打扰他了！咱们得好好活着，否则他到了那边也不会安心的……""你胡说，你撒谎，俺儿命硬着呢，咋能说没就没了呢！"李玉涓使劲儿推了丈夫一把，随即扑倒在儿子坟头上，一边哭喊一边拼命刨土，手上很快划出了血。王拥财冲上去抱住媳妇，用力攥紧她的双手，嗫嚅道："玉涓，你冷静点，大瓜真的没了，人死不能复生，你得想开点……"说着，也忍不住放声痛哭。

两人声嘶力竭的哭声在山野间久久回荡，如怨如慕、如泣如诉，给这个寒风萧瑟的严冬又增添了几分浓重的寒意和悲凉……

第十三章
意外事件

（1）

李玉苤说到伤心处，一边抹眼泪一边长吁短叹，叙说完往事，却陷入了长久的沉默。时间过去这么久了，不堪回首的往事仍不时揪着她的心，让她感到阵阵的疼痛。生老病死乃人之常情，有些人的离去却让人终生难以忘怀，他们走了，同时带走了无尽的遗憾，带走了对天地无常无言的诉说，留下的是后人难以磨灭的记忆，以及对故亲无尽的怀念……沉默许久后，李玉苤由衷地感叹说："李玉浈的命真是太苦了，从小就没捞着一点儿好，好不容易找了个靠得住的男人，没想到又遭遇这么多的不幸，如果说爹和大哥的死给王拥财心里添了一辈子的堵，那么儿子王大瓜的死则是李玉浈一辈子都摆脱不了的痛。自打王大瓜撇下爹娘走了后，李玉浈的神志就开始变得恍惚，经常抱着枕头愣神儿，嘴中不停地念叨着什么，直到后来有了大女儿王大辫，她的心情才渐渐有了好转！"说完这句话，李玉苤抹了把眼泪，神情木然地看着地面，又长长地吁了口气。

王思苈一直在静静地听李玉苤叙说往事，听到动情处，两行热泪潸然而下。王思苈心里曾产生很多疑问，但怕打断李玉苤的思绪，并没有急着提出，这时见她不再往下说，忙问："姨姥姥，有件事我始终没有搞明白，那时的人们为啥总是那么饿？俗话说'靠山吃山，靠水吃水'，咱们这山野那么大，真的一点儿吃的也找不到吗？没有粮食吃，可以上山采野果子啊！年景就是再不好，也不至于活活被饿死啊?!"李玉苤冷了脸，嗔怪地白了王思苈一眼，摇摇头说："傻孩子，你懂什么，野果子再多，能够几个人吃的？你没经历过苦日子，哪知道饿肚子的苦啊！人饿急了心就慌，就没劲儿，浑身像被叮满了吸血的蚊虫一样痛痒，那种难受劲儿根本没法用言语来形容，真要饿死了倒也解脱了！饥饿不是最可怕的，最可怕的是饥饿带来的痛，有身上的，也有心上的，心里的痛远比身上的痛更厉害，就像你姥姥李玉涓和姥爷王拥财一样！"王思艻点点头，感觉李玉荏说得比较中肯。

王思艻紧缩锁眉头，又仔细回味了一下李玉荏说的话，随口问："他，他们为什么那么痛苦啊？"话一出口，马上意识到这话问得有点唐突，这不是明知故问吗？李玉荏没有理会王思艻的尴尬神情，叹了口气说："你大舅王大瓜一眨眼工夫就没了，你姥姥李玉涓和姥爷王拥财当时心都快碎了。由于急火攻心，李玉涓支撑不住，后来又晕倒了，长时间昏迷不醒。王拥财急了眼，背起她拼命往家跑，跑出没多远，也累晕过去，要不是赶巧被路过的解放军救起，两人的小命怕是也要丢在那片荒野里了！唉，母子连心，儿子没了，哪个当娘的不心疼啊！""解放军？应该是八路军吧？那时咱们这里还没解放吧？"王思艻问。李玉荏似乎又沉浸于对往事的回忆里，不置可否、若有所思地点点头说："说来话长，1946年年底国民党第八军被打跑后，转过年来的8月，国民党第九军又占领了县城，到1948年3月，咱们这里才彻底解放。如果我没记错的话，王拥财带着老婆孩子去要饭那会儿，正赶上农历1947年年底，公历算应该是2月初，也就是解放军大反攻，把国军打得落花流水、狼狈逃窜的时候……"王思艻恍然大悟似的点点头，感叹说："是啊，听了您的话，我才真正领悟到了'我把党来比母亲'这句话的深刻含义，要不是解放军及时把我姥姥和姥爷救起，说不定……唉，只是可惜了我大舅王大瓜，他要是能熬到解放该多好啊，那样的话，说不定他现在也会像姨姥姥您一样享福哩！"

王思艻唏嘘感叹一番，禁不住又问："姨姥姥，听了您的介绍，我感觉新中国成立前咱们新王庄人的日子过得都很艰难，按说咱们村依山傍水，土地也不是很贫瘠，咋还三年两头闹饥荒啊？"李玉荏一愣神，看看王思艻，自嘲一笑说："也不能说所有人都过得不好，那时财主王七爷一家人的日子就过得很滋润，庄里的田地几乎全由他家把持着，其他人家只能给他家当佃农或当长工混口饭吃。不过，遇上不好的年景，即便是王七爷家，也难免有断粮断炊的时候。新王庄依山傍水不假，但能种庄稼的只有那几片山坡地。山坡地存不住水……你可能要问，庄西边不是还有条小河吗？啧啧，有条小河又能咋的？那么远、那么陡的山坡路，指望到河里担水浇庄稼，渴不死也会累死！若是遇上干旱天，小河不用几天就会干得底朝天，人吃水都困难，哪里还顾得上浇庄稼啊！"李玉茬叹了口气，又说："要是遇上大涝，情况会更糟，大水不仅能把庄稼冲个七零八落，连田地也会被它冲出一道道的沟！你没种过庄稼，可能不晓得土的重要性，能长好庄稼的土都是长年喂过肥的疏松过的'熟土'，偏偏这样的土很娇贵，很容易流失！所以说，新王庄人祖祖辈辈几乎全靠看老天爷的脸色吃饭，旱了不行，涝了也不行！当然，话又说回来，只要家里有几分田，即使收成再不好，也能勉强糊口过日子，只是，唉……"李玉茬说不下去了，看着王思芗欲言又止，不停地抹眼泪。王思芗赶忙掏出纸巾，递给李玉茬。李玉茬摆摆手，没有接。

李玉茬揉揉泪眼，稍稍稳定了一下情绪，又说："新王庄位置较为偏僻，紧靠大山，环境清静幽雅，只是地势有些低洼，不容易防守，即便村里经常过队伍，也很少有队伍在村里常待。那年好不容易盼来了八路军大队，在村里住了个把月，给老百姓分了田地，帮大家恢复了生产，眼看庄稼长势喜人，丰收在望，不料八路军奉命连夜紧急转移后，王七爷带着还乡团硬是把土地又抢了回去。直到1948年咱们这里才彻底解放，土地才真正回到咱们老百姓手中，穷苦人才真正翻身做了主人！啧啧，对于咱们庄户人来说，田地和庄稼好比命根子，没有田地，总觉得没着没落的，有了田地，心里才觉得踏实！"王思芗说："您说过，我大姥爷王拥进曾进山采过野果子，拣过鸟蛋，逮过野兔，看来大山里面能找到不少这样的吃食，为啥那时很少有人像他一样上山去谋生路？"李玉茬撇撇嘴说："哪有你说的那么好啊，那时咱们这地方全是光秃秃的丘陵，连松树也少见，往深山里走倒是能看见成片的松树，也能寻得见野果子啥的，有时运气好还能逮上只野兔子，只是太费时间和气力，要是碰巧遇上在山里游荡的土匪，说不定连小命也要搭上！"王思芗说："不对呀？您先前不是说土匪头子吴老黑人很仗义，从没为难过咱们村里的人，据说后来还当了八路军？"李玉荭“扑哧”一笑，说：“傻孩子，那时候土匪很多，你以为只有吴老黑他们一伙呀？土匪多了，啥人也有，有仗义的，也有不仗义的；有义匪，也有恶匪。所以说，把‘宝’压在大山里，那才是真的要饿死人哩！”听李玉荭这样说，王思芗一时没了话。

李玉荭慢慢地站起身，随即又慢慢地坐下来，看着王思芗叹了口气说：“咱们新王庄是个风水宝地，但它的灵气儿在过去很长一段时间内并没有显露出来，就像你姥姥李玉浈一样，她人品虽然很好，命也很‘硬’，但还是憋屈了大半辈子！啧啧，要怪就怪她没赶上好时候！云彩总有散去的时候，太阳总有出来的时候，苦日子总有熬到头的时候，她要是能再坚持一下就好了！好了，不说了，人死不能复生，好也罢，孬也罢，过去的就过去了，现在说啥也没用了！”“是啊，在党的好政策的指引下，老百姓的日子越过越好了，姨姥姥，现在您住上了小洋楼，坐上了小轿车，吃喝更是不用愁，要是换在过去，恐怕连想都不敢想啊！”王思芗在心里不免为姥姥李玉浈暗暗惋惜、叫屈，心想，她要是能熬到现在该有多好啊！心里虽酸酸的不是滋味，甚至还夹杂着某种嫉妒，却不好直接对李玉荭表露出来，接着李玉荭的话头感叹说：“唉，我姥姥永远享不到今天的福了！都怪老天爷瞎了眼，让好人没好报！”李玉荭一愣神，一脸诧异地看看王思芗，感觉她好像话里有话。

沉吟了一会儿，李玉荭终于领会了王思芗话语中流露出来的酸不溜丢的意思，尴尬一笑说：“世事难料啊！李玉浈年轻的时候性子犟得很，从不对人喊苦叫累，可再强也强不过命啊，更何况她还是个妇道人家。那时候乡下女人特别讲究三从四德，李玉浈也不例外，年轻时在家贤惠着哩，一点锋芒也看不出来，是儿子王大瓜的死给了她当头一棒，使她的性格脾气发生了很大变化。从那以后，她不再逆来顺受，碰上看不顺眼的事，不再像以前一样忍气吞声，而是总要说道说道，拼了命地去争一下。结果怎么样，常常碰得头破血流……”李玉荭不知是有意还是无意，话锋一转，又对王拥财进行了一番评价：“别看王拥财没成家的时候很任性，遇事爱钻牛角尖，好耍小性子，等他成家后，却像变了一个人一样，变得沉稳老练多了。这说明什么？说明男人肩上需要有担子，需要担责任，只有重担才能磨圆男人身上的棱角，只有担当起了责任，男人才真正像个男人！我感觉孔老夫子的那番话就是专门针对他们这些男人说的：三十而立，四十而不惑，五十而知天命……"

李玉荭不由自主地把目光移向窗外，又沉浸于对往事的回忆里，脑海中又浮现出了那些已奔向天国的故人的音容笑貌，心里不免又多了几分对人生坎坷旅程及光阴荏苒、岁月流逝催人老的感怀、惋惜和无奈。见李玉荭愁容紧蹙，王思芗若有所思地安慰她说："姨姥姥，事情已成过往，不必老记挂在心上，我们应该多想想将来！对了，想必您老现在已是四世同堂了吧？您老有几个儿孙啊，我来咋没见到他们啊？"王思芗想换个轻松点的话题，以缓和一下沉闷的气氛，放松一下沉重的心情，但出乎她的意料，李玉荭听了她的话，脸色反而变得更加难看。只见李玉荭神色凝重，两眼呆滞，嘴角猛地抽搐了两下，像是有话要说，最终没有说出口。没等王思芗回过神来，李玉荭"扑通"一下栽倒在了沙发上。王思芗吓了一跳，忙不迭地抱着李玉荭的胳膊来回摇晃，焦急地喊："姨姥姥，您——这是咋了？您——您快醒醒啊……"王思芗试着去按李玉荭的人中穴，按了几下不见有反应，脑中不觉闪过一个不祥的念头，慌忙拨通了求救电话……

（2）

李玉荭被紧急送往附近的镇医院，经过医生全力抢救，很快脱离了危险。医生说，李玉荭心脏不好，很容易因情绪激动而引起心动过速，导致昏迷，这次若不是抢救及时，后果将不堪设想。王思芗有些不放心，问医生接下来该怎么办，李玉荭的病会不会反复，医生略做迟疑，尴尬一笑答："这个很难说，病人年龄已大，啥情况都有可能发生，不过你也不用太担心，只要她好好调养，一定会慢慢好起来的！对了，姑娘，你是她的孙女吧？啧啧，看你挺孝顺的嘛！"医生说完，点点头走开了，走出没多远，又急匆匆地折了回来，问王思芗："老人犯病之前，是不是受过什么刺激？比如说听了什么让她窝心的话？""这，那，您是说……"王思芗一时没有明白医生的意思。医生若有所悟，笑笑说："没事！你心里有数就行了！这种病最怕情绪激动，所以你们要尽量少跟她说话，即使说也要注意方式和用词！"王思芗"哦"了声，心里不由得犯起了嘀咕：医生为什么要这么说？难道他断定李玉茬是受了言语的刺激才犯病的吗？可是，我也没对她说不中听的话……

王思芗开始忐忑不安。她没想到只是跟李玉茬说了会话，竟然引发了这么大的意外……要是李玉茬有个三长两短，咋向她家里人交代呀！王思芗坐在监护室门外的走廊座椅上，心急如焚。她还是第一次遭遇这样的棘手情况，不知道该如何应对。她回乡探访姥姥李玉渎死因的事，早已在村里传扬开来，不少人对她抱有戒心，如今偏偏又出了这档子事，要是李玉茬家里人追着不放，该如何是好？王思芗思虑再三，决定打电话把情况对村支书李堂学说一说，让他帮忙拿个主意。拿起手机刚要拨打，突然见一帮人风风火火地跑了过来，其中就有姨姥爷王二愣。王思芗马上明白了七八分，赶紧起身笑着相迎："你，你们来了，我姨姥姥她没事，医生说她需要好好调养一下……"王思芗把情况简单一说，心有余悸地看看大家。一家人冷着脸不答话，王思芗刚要再解释几句，不想被走在前面的高个小伙子一把给推开了。李玉茬家里人无视王思芗的存在似的，像无头苍蝇一样焦急地走来走去，一见医生和护士就追着询问。王思芗呆呆地站在那里，一时不知所措。

家里人了解李玉茬的大致病情后，围拢在一起，嘀嘀咕咕商量了一阵，随后把王思芗招呼到门诊楼前，怨气十足、七嘴八舌地责问起来。一位年纪稍长点的男子说："你就是李玉渎的外孙女吧？唉，闺女，论起来咱们还沾点亲哩，可你这哪是自家人做的事嘛，太不地道了！我娘她年纪大了，身体又不好，就连我们这当儿孙的也不敢轻易惹她生气，你倒好……我，我真不知道说你啥好！""少跟她客气，我看这死闺女是吃饱撑的没事干，专门来我们家找茬的！喂，说你呢，你叫王思芗是吧？你娘叫王小辫是吧？你娘王小辫子咋教的你？不好好在城里上学，跑到我们新王庄来干什么？听说你喜欢翻旧账，到处打听那些陈芝麻烂谷子的破事，你放着好好的日子不过，到底想做啥？"一个 50 岁开外的胖女人冷冷地看了王思苈一眼，没好气地问。"说，到底想做啥？"旁边的几个女人异口同声地附和。"我，我……对，对不起……"王思苈知道一时无法解释清楚，低下了头。"你以为说句'对不起'就行了？你把我娘害成这样，总得给个说法吧？"胖女人不依不饶。"我，我不是故意的，这事也不能全怪我，是姨姥姥她……"王思苈气不过，小声嘟囔了一句。"好啊，竟然还敢狡辩，你以为有李福丰和李堂学为你撑腰，就可以为所欲为、无法无天吗？你以为随便翻翻旧账就能抹掉你姥姥的坏名声啊？哼，我看你那大学白上了！"王思苈低着头，隐约感觉是一个中年女人在说话，比胖女人说得还要尖酸刻薄。

被众人劈头盖脸一阵责问，王思苈脸上挂不住了，心里有委屈却无力争辩，眼中不知不觉滚动起泪花。听大家还在你一句我一句地责问个没完，忍不住抬头向人群里迅速扫了一眼，大声说："姨姥爷，我跟姨姥姥说事，您是知道的啊！我也没想到会发生意外，您无论如何得帮我说句话啊！"王二塄这时却不见了人影。王思苈没瞅见王二塄，很失望，想转身躲开，不料刚才推搡她的那个高个小伙子突然间冲过来，使劲儿拽了一下她的衣角，差点把她闪个趔趄。"你，你想干什么？想打人呀？"王思苈忍无可忍。"打你又咋了？"小伙子使劲儿挥舞了一下拳头。"你，你们怎么能随便打人呢？还，还有没有王法？"王思苈气不过，手忙脚乱地摸出手机，就要拨打报警电话。没等她按下号码，胖女人一把将手机抢了过去，"嗖"一下扔出老远，紧接着抓住她的衣领，像拎小鸡一样把她拖到跟前，朝她脸上使劲儿啐了口唾沫，骂道："臭婊子，在新王庄这一亩三分地上，老娘从来就没怕过谁，我吐口唾沫，也能在地上砸个坑，你再嘴硬，小心我扇死你！"

边上很快围拢了很多看热闹的人，指指点点地议论着，说什么的都有。几个医生和护士听到声音跑过来，想把胖女人拉开，却被那个高个小伙子拦住了。小伙子挥舞着拳头恐吓旁边的人，说谁要拉架就揍谁。一看这架势，不少看热闹的人虽愤愤不平，却没有一个敢上前拉架的。正所谓"秀才遇上兵，有理说不清"，王思苈这时就是再有理也无法说清了，想到自己在光天化日、众目睽睽下遭人欺辱，一点儿反抗能力也没有，心头不觉一酸，委屈得"哇哇"大哭起来。女人的眼泪是最好的武器。围观的人本来就对李玉莛家里人仗势欺人的做法看不惯，现在看王思苈痛哭流涕，知道她是受了委屈才这样哭，对她又多了几分同情。有些人看不下去了，纷纷向李玉莛家里人投去鄙夷的目光。有的凑在一起嘀咕，极力表达自己的不满和愤怒。有的忍不住喊出了声："别闹了，退一步海阔天空，大家都做一下让步，事情很容易就过去了，没必要斤斤计较，闹得大家都不痛快！"在众人的声讨下，胖女人终于显露出了怯意，但碍于面子，仍抓着王思苈的衣领不肯松开。

"干什么，你们想干什么？这么多人欺负一个小女孩，不嫌害臊呀！"双方僵持不下之际，村支书李堂学带着几个青壮男子急匆匆地赶了过来。李堂学把胖女人推开，招呼几个青壮男子将王思苈搀扶到一边休息，然后没好气地埋怨胖女人说："大嫂，你这是干吗呢？思苈她到底哪地方得罪你了？值得你动这么大肝火？"随即转头看看旁边那位年长男子，无奈地摇摇头说："大伯，您做事一向很有分寸，今天这是咋了？为啥眼睁睁看着小辈们胡闹却不管？他们都撕扯成一团了，您就是上前劝几句、拉一把也行啊？""呦，是书记来了，听说你是个大忙人，也管这档子破事啊？你来了正好，我姥姥被王什么苈气得住了院，你说，这账该咋算？"高个小伙子拨开人群，抢前一步说。李堂学一看小伙子，"扑哧"一笑："哇，原来是李大胜兄弟啊，你不是去县城发财了吗？咋突然回来了？好啊，抽空咱们哥俩好好喝两杯！"李大胜从鼻子里发出"嗤"的一声冷笑，撇撇嘴说："我哪有闲心喝酒呵，我姥姥无缘无故被人气成这样，你，你得给我们个说法！""就是，你得给我们个说法，这事不能轻易算完！"胖女人附和，口气明显比刚才缓和了许多。

李堂学早对事情的大致经过和是非曲直有所了解，笑着劝大家说："好了，我知道了，这事我一定妥善处理！老人的医药费你们不用担心，你们的钱要是不凑手，我先帮你们垫上！我觉得还是治病要紧，其他事都好商量！大伯，你说是不是这样？"被李堂学喊作大伯的年长男子点点头，终于开了腔："有书记这句话，我们就放心了！"说着，招呼家里人走开。见李大胜仍站着不动，年长男子使劲儿跺下脚说："咋了？你还嫌丑丢得不够大呀？还不快去照顾你姥姥和姥爷去！"李大胜噘着嘴，极不情愿地转身向门诊楼里走去，走出几步，猛然又转回身来，一脸不屑地对李堂学说："奉劝您一句，得把一碗水端平了，千万别耍什么花招，否则的话，哼，小心你屁股下面的位子！"说着，头也不回地大踏步向门诊楼里走去。李大胜一边走还一边嘟囔，像是故意说话给李堂学听："我今天把话先撂这儿，我李大胜眼里揉不进沙子，谁要是敢糟践、糊弄我，哼，咱们骑驴看唱本——走着瞧！"望着李大胜离开的背影，李堂学嘴角扭动了两下，想反驳他几句，最终还是忍下了。

（3）

李大胜等人离开后，看热闹的人也很快散去。李堂学转身刚要去劝慰王思芗几句，忽见一辆警车闪着警灯开了过来，"嘎"的一声在不远处停下，一老一少两个民警匆忙走下车来。一看来人，李堂学颇为惊讶："呦，是老梁过来了，您这是……"民警老梁左右看看，疑惑地盯着李堂学问："李书记，你也在呢！听说这地方有人在闹事，我和小陈接到消息，立马赶过来了！对了，闹事的人呢？"李堂学若有所悟，向老梁使了个眼色，把他拉到一边，把情况简单一说。老梁呵呵一笑，摆摆手招呼小陈离开，走出几步，又忍不住回过头来，叮嘱李堂学说："小李，这事你可一定要处理好啊，千万别惹出什么乱子！我在这镇派出所干了快40个年头了，临近退休，我可不想出什么岔子！""老梁您放心，我保证决不再给您添麻烦！"李堂学赶紧答。老梁点点头，有村支书出面调解，还有啥不放心的！

老梁走后，见王思芗仍闷头站在一边，噘着嘴不言语，李堂学忙上前劝她："好了，事情既然已经发生，你无须想太多，这事我们自己会处理好的，根本不用劳烦警察！乡里乡亲的在一起生活，难免会发生摩擦，互相谦让一下就过去了，芝麻大点事没必要搞得鸡飞狗跳的！放心吧，李大胜他们不会再来为难你了！你要是实在觉得不放心，那就直接随我去村支部办公室！"说着，轻轻地拽了一下王思芗的衣角。王思芗猛然回过神来，咬着嘴唇使劲儿点了点头，用手理了理散乱的头发，突然想起手机还没有拣回来，忙转身去找，却发现姨姥爷王二塄不知从什么地方"冒"了出来，正站在她身后，双手捧着外壳已摔坏的手机笑呵呵地看着她。王思苈愣在那里，一时没有明白王二塄的真实用意，看来刚才的一幕都被他看到了，看他笑得不冷不热、不阴不阳的，他到底是何居心？到底是想表达歉意呢，还是故意取笑人？不等王思苈回过神来，李堂学抢前一步把手机拿过来，塞到她手里，嗔怪地看了王二塄一眼说："老爷子，您老伴年纪大了，平时有点儿头疼脑热很正常，有种子才会发芽，有根才会长出枝叶？这次发生的事说是意外，也算不上意外，还望您老多担待一点啊！""我，我知道了，我也没想到事情会闹到这种地步，刚才我尿急，去了趟厕所，回来才听说……"王二塄吞吞吐吐，欲言又止，明显有为自己开脱的意思。王思苈瞥了李堂学一眼，直撇嘴。

李堂学对王二塄在关键时候的表现也有些不满，但碍于情面，并没有过多地埋怨他，只是委婉地劝了他几句，随后招呼王思苈一起回了村支部办公室。来到办公室，王思苈心里仍无法平静，眼圈红红的，不时抬头望望窗外，生怕李大胜等人追过来。李堂学给王思苈倒了杯热茶，两手端着轻轻地放到她跟前，然后在旁边坐下来，一时也不知说啥是好。李堂学嘴上不说，心里却在一个劲儿地翻腾：女人在情绪低落的时候，往往戒心也重，别人劝说多了，难免会夹杂一些让其多心的话语，以致勾起其心里的痛楚。言多易失，有些时候，话还是少说为好……李福丰夫妇得到消息急匆匆地赶了过来，见孙子李堂学和王思苈闷头坐在一起，李福丰眉头一皱，不解地问："堂学，你也在呢，你不是去乡上开会了吗？"李堂学触电似的站起身，尴尬一笑答："不是什么重要的会议，我让秘书替我去开了！爷爷奶奶，你们咋过来了？"李福丰说："听说王二塄那老小子欺负俺外甥女，所以我们就急着赶过来了！""爷爷，话可不能乱说啊，咱们可不能没事找事！"李堂学一个劲儿地向爷爷使眼色。李福丰没有理会孙子的眼色，摆摆手说："你快忙你的去吧，我和你奶奶想和思苈说会话！"李堂学努努嘴，起身恋恋不舍地往外走。刘桂花嗔怪地剜了孙子一眼，不无怨气地朝他小声嘟囔了一句："你呀，啥都好，就是心太软，心太善，人家都骑到你脖子上拉屎了，你竟然还不觉得热乎！"李堂学知道奶奶心里窝着火，想给王思芎撑腰出气儿，同时也是为了安慰王思芎，所以才这样说。他对奶奶的埋怨虽有些不服气，但不好顶撞她，只是翻了翻白眼，没言语。

把孙子支开后，李福丰夫妇坐下来，开始劝说王思芎。见到大舅爷和大舅奶，王思芎突然感觉特别委屈，忍不住又掉起了眼泪。刘桂花拿纸巾帮王思芎擦了下泪水，心疼地抚摸着她的手，叹了口气说："孩子，心里有啥委屈尽管说出来，说出来就好受了，说出来我们才好替你做主嘛！俗话说'在家千日好，出门半日难'，现在你爹娘不在身边，我们就是你最亲的人！"王思芎鼻子抽搐两下，没答话。李福丰站起身来回踱了两圈，埋怨老伴说："唉，你——糊涂啊，明明知道王二愣一家人都不是省油的灯，偏偏让孩子去招惹他们，这下好，把马蜂窝捅了个底朝天，想躲都没处躲！"刘桂花一听不乐意了，眼一瞪说："这事咋能怪我呢？让她去找李玉莛，你是知道的！再说了，王二愣比他哥老实厚道多了，哪有你说的那么坏啊！"怕王思芎多心，刘桂花关切地看看她，坦然一笑，又说："更何况，李玉莛还是你们老李家的人，让孩子找她姨姥姥说说话，根本就没啥不妥嘛！"李福丰一咧嘴，怨气还是十分的足："我眼又不瞎，这个我当然看得明白，只是……十个手指头不一样齐，同样是一块地里长的庄稼，有饱满圆润的，也有干瘪带疤瘌的，王二愣老两口倒是没啥好说的，但不代表他们的儿孙当中没有歪瓜裂枣！"

看老两口争执个没完，王思芎不好再保持沉默，哽咽着打圆场说："大舅爷，大舅奶，你们别说了，这事都怪我，姨姥姥身体不好，我不该和她拉那么长时间！"刘挂花听了这话更觉愧疚，狠狠地白了老伴一眼，讪笑着安慰王思芎说："嗨，不就是唠唠嗑、说说话嘛，这还能累着呀？我和你大舅爷说起过去的事，整晚上不睡都不觉得累，我看啊，这次你姨姥姥犯病，肯定是意外，跟拉呱扯不上关系！"被老伴的话一点拨，李福丰恍然大悟似的猛地蹲下身，盯着王思芎问："你舅妈说得对，拉呱应该不会把人给累着，估计是什么话勾起了你姨姥姥心里的痛处，所以才……对了，你跟她都说了些啥？她为啥突然变得那么激动？""这，这，我……"王思芎皱起眉头想了想，嘟囔说，"也没说啥啊，姨姥姥自始至终都在谈我亲姥姥的事，我只是静静地听她说，只到她回忆完往事，我才试探着问了她几句！"李福丰摇摇头，又问："我是说，你姨姥姥有没有流露出什么异常的表情和动作，比如捶胸顿足啥的？"王思芗不假思索地答："没有啊，姨姥姥一直说得很平静，直到说到最后，我才见她有些感伤，但并不像您说的那样激动，既没有捶胸，也没有顿足。"王思芗极力回想当时的情景，原本很清晰的记忆，这时却变得像雾一样模糊、像被风吹乱的棉絮一样飘忽不定。看来她还非常缺乏处变不惊的能力，一着急，心就慌乱，找不着北了。

"你姨姥姥在晕倒前，你们有没有说起什么事？好好想想，你是不是说了什么不妥当的话？"见王思芗还是摸不着头脑，刘桂花忍不住提醒她说。王思芗蹙着眉头想了想，总算想起了一点，随口答："我好像没说什么不妥当的话啊！对了，我只是随口问了她一句，问她有几个儿孙，现在是不是已四世同堂……"没等王思芗把话说完，刘桂花用手使劲儿拍下大腿说："这就对了，李玉荭啥都好，就是心事太重，一心想抱孙子，唉，现在都啥年代了，思想还这么保守！"李福丰听老伴的话不顺耳，朝她撇下嘴，窘着脸说："你说得倒轻巧！你比她也强不到哪里去！我看啊，这重男轻女的老观念一时半会是改不掉的，也难怪李玉荭伤心，她好不容易养了个宝贝孙子，眼看就要成人，却出了车祸，这事搁谁身上都受不了！"王思芗一听，恍然大悟，怪不得李玉荭会晕倒，怪不得她家里人会发火，原来是自己说话不小心戳到了她心里最大的痛处……王思芗低下头，一种深深的愧疚感陡然袭上心头。

一看王思芗难过，老两口慌了神，互相递了个眼色，忙又安慰她。李福丰说："孩子，你别多心，我们只是随口问问，并没有埋怨你的意思！""就是，就是，这事不怪你，你不知情才那样说，说了也没啥大不了的！要怪就怪你姨姥姥的病犯的不是时候！"刘桂花叹了口气，感叹说，"人活到这把年纪，还有啥想不开、舍不掉的？我觉得她晕倒不像是被话激的，兴许她本来就窝着火儿，只不过刚好被你不小心点着了罢了！"刘桂花话音刚落，李堂学急匆匆地推门走了进来，冷着脸焦急地说："看来这事没那么简单，李大胜这小子成心给我出难题，说还要请律师打官司哩！啧啧，乡里乡亲的，这种事他也能做得出来！"突然听李堂学这样说，王思芗吃了一惊，身子不自觉地抖了一下，哭丧着脸问："那，那咋办？"李堂学撇撇嘴，没有急着表态，用探询的眼光看看爷爷和奶奶，看样子是想先征求一下二老的意见。

(4)

听了孙子的话，李福丰和老伴也吃惊不小。李福丰问："那小子真是这样说的？这不是明摆着跟我们过不去吗？"刘桂花也非常着急："啧啧，李玉荏的这个外孙实在是太不像话了，他不会还为上次的事耿耿于怀吧？啧啧，他村主任当了没几天就被人告了下来，那是因为他私心重，眼里没有老百姓，咋能怪别人呢！唉，都怪李玉荏，一直拿这个宝贝外孙当亲孙子养，凡事总由着他的性子来，把他给惯坏了！堂学，你跟奶奶说说，他到底是咋说的，他到底想干啥？"李堂学不以为然地摆摆手说："没事，你们不用担心，这事我会处理好的！刚才我去帮老人家垫交医药费，没想到李大胜多了心，张口就跟我谈赔偿的事，说这不是拿点医药费就能了结的事，他要我们除了包老人所有看病的花销，另外还须给他家最少20万的精神损失费，不给就对簿公堂！呵呵，我想他不会玩真的，只是说说气话罢了！"李福丰连连摇头："你不能轻视了这小子，俗话说'嘴上无毛，办事不牢'，他要是一时冲动，真跟我们打官司咋办？"李堂学一愣，皱起了眉头。

李堂学沉吟了一会儿，讪笑着劝爷爷说："爷爷，您放心吧，就算他闹到法院，也没啥大不了的！咱们又没做亏心事，干吗要怕他？这事本来就跟思芗妹子没多大关系，要不是思芗及时把老人送到医院，说不定情况会更糟哩！还有，思芗给老人预交了5000元的住院费，还把手机搭上了，也算仁至义尽了！再说老人有农村合作医疗保险，可报销大部分医药费，他们要是还觉得亏，村里可以适当再给她补贴一部分！"王思芗一听脸上挂不住了："堂学哥，这是我闯下的祸，责任自然应该由我来承担，决不能让村里也跟着受牵连！姨姥姥家里人还有什么要求，一块提出来吧，我能做到的尽力做！"刘挂花急得直向她使眼色，不无埋怨地说："傻孩子，李大胜不懂事，发发牢骚、说说气话也就算了，你是有学问的人，咋也说这种没着没落的话啊！记住，以后说话掂量着点，不要轻易使气撂狠话，要是让人抓住了把柄，不定又要闹出啥乱子呢！"王思芗遭了个抢白，没了话。

李堂学看看奶奶，又转头看看王思芗，打圆场说："思芗妹子，我奶奶说得没错，咱们不能和李大胜一般见识！让他折腾去吧，小河沟里的虾米，谅他也翻不起啥大浪儿！我看啊，他并不是真心为老人好，只是想借这事讹俩钱罢了，如今拿老人说事讹钱的人不少见，你不理他，他也就没辙了！""堂学哥，谢谢你！我明白你的意思，只是'冤有头，债有主'，这事毕竟是由我引起的，不论他出于什么动机，依常理来说，提出这种要求也不算过分，既然他是冲着我来的，我决不能装聋作哑，当缩头乌龟！"王思芗脖子一梗，犟劲又上来了。李堂学急了，使劲儿跺下脚说："不，李大胜是冲着我来的！当年他为了竞选村委会主任，没少跑腿拉关系，但村里的老少爷们心里都有杆秤，根本不买他的账，结果他当了没几天，就被人给告下来了。他不从自身找原因，反认为是我故意挤对他，所以才一直对我有意见，总想找借口刁难我，这次也不例外！"王思芗被李堂学的气势给震住了，怯声问："真的吗?"李堂学不置可否，嗓门又高了八度："假也罢真也罢，咱惹不起但躲得起！小丑总有谢幕的时候，我断定他闹腾不了多长时间，李玉苻要是知道了这事，也决不容许他这样做！"

李福丰实在听不下去了，没好气地白了孙子一眼，说："你朝我们咋呼啥？有本事找他当面说去！咋了？你是村里的头头，难道还怕他不成？你这样处处躲着他，不怕外人笑话呀？哼，你不怕被人笑话，我还嫌丢人现眼哩！这都啥年代了，咋还由着愣头青胡闹？我这就去找王二愣，问他到底管不管这事！"说着，霍地站起身，就要向门外走去。李堂学赶忙拦住爷爷，苦笑一下说："您别激动嘛，我也没说不管呀，我只是想避避他的锋芒，家里老人突然犯病住院，哪个做儿女的不急呀？人家现在正在气头上，发发牢骚也无可厚非，咱们没必要针尖对麦芒地和他们硬碰死磕！""你，你……说得倒也有几分道理！"李福丰点点头，一屁股坐下来，蹙起了眉头。

见一家人都在为自己操心着急，王思芗有些过意不去，苦笑着说："你们不用太为难，等会儿我去跟他们好好谈谈，给他们赔个不是，相信只要我诚心道歉，他们会原谅我的！"刘桂花叹了口气说："孩子，你想得太简单了，别忘了这是在乡下，虽然我们这地方吃的住的穿的都跟大城市没啥区别，但有些人头脑中的那根老弦还在，说话做事还是照老路子走，跟这些人讲道理，如同对牛弹琴，根本说不清，也道不明！"李堂学向奶奶使了个眼色，说："要不这样吧，让思芗妹子先躲一躲，我到镇上给她找个临时的住处？""也好也好！"李福丰随口附和，并试探着看看老伴。刘桂花也毫不犹豫地点了点头，表示赞同孙子的提议。王思芗却犹豫起来，面露难色地说："我又没做见不得人的事，干吗要躲，我不去！"刘桂花嗔怪地白了她一眼说："嗨，你这孩子脾气咋这么犟，让你躲一躲，是为你好，是为了避免李大胜再来找茬儿，你要是实在不愿躲，那就直接回自己家算了！"

　　刘桂花马上意识到自己的话说得有点儿重，不管怎么说，王思芗也算是自己家里的人，她好不容易回来一趟，咋能随便往外撵她呢！刘桂花脸一红，刚要对她刚才说的过头话解释一番，没想到孙子接着她的话头一个劲儿地说"好"。李堂学说："好，这办法好！俗话说'三十六计走为上计'，你离他远远的，即便他胳膊再长，巴掌再大，也不可能一手遮天！思芗，我觉得这主意不错，你觉得呢？"说着，试探着看看王思芗。王思芗尴尬一笑，把目光移开了。王思芗本不想在这时离开，自己拔腿一走，倒是清静了，可剩下的烂摊子谁来收拾？李大胜找不到人，还不又要朝堂学哥使气啊！但她听了堂学哥和大舅奶的话，心里不免又翻腾起来，再这样待下去，恐怕会给堂学哥招惹更多的麻烦，与其这样，还不如一拍屁股溜之大吉！想到这里，王思芗使劲儿一咬牙，眼里滚动着泪花说："既然你们都这样说，那我就先回去吧，我来的目的基本已经达到了，再待下去只会给大家添乱，说实在的，来老家待了这么多天，多亏大家照顾，大舅爷，大舅奶，你们放心吧，我会常回来看你们的！"

　　王思芗起身去收拾东西，突然又犹豫起来，尴尬一笑说："只是，我怕李大胜寻不见我，会继续找你们的麻烦……"刘桂花"扑哧"一乐，摆摆手说："嗨，他不会拿我们怎么样的，论辈分，他比你堂学哥还小两辈哩！实在不行，我们找他爹娘评理去！再说了，还有李玉苈哩，只要她身体稍有好转，就不会眼瞅着不管的！"听刘桂花这样说，王思苈不好再说什么，决定回住处收拾一下东西，立马起程回大西北。主意拿定，事不宜迟，李堂学赶紧开车送王思苈回招待所收拾行李。望着两个年轻人离开的背影，刘桂花意味深长地点点头，嘟囔了一句："好马配好鞍，好花配好盆，咋看咋顺眼！""你说啥？"李福丰下意识地左右看看。"连这意思都听不明白，你真是个老棒槌！"刘桂花嗔怪地剜了老伴一眼，头也不回地向家里走去。李福丰迟疑了一下，也跟着老伴往家走，一边走还一边嘟囔："什么马鞍子，什么花盆子，根本就是'风马牛不相及'嘛……"

　　来到招待所，李堂学主动帮王思苈收拾行李，王思苈执意不肯让他帮忙。李堂学无奈，两手交叉搭在脑后，仰靠在沙发上，从鼻子里长长地吁了口气，一边看王思苈收拾一边感叹，像是自言自语，又像是故意说话给王思苈听："唉，世上有很多美好的东西，不要等到失去了才知道珍惜……这人啊，越是最亲最近的人，越容易产生矛盾，因而变成最恨的人。所以才说：不怕君子遇君子，就怕疯子碰上精神病……"王思苈只顾收拾行李，似乎并没有在听李堂学说话。李堂学摇摇头，故意抬高嗓门嘟囔说："有一种争取叫放弃，有一种收获叫舍得；有一种寒冷叫现实，有一种爆发叫沉默；有一种奔忙叫休憩，有一种休憩叫奔忙；有一种情怀叫无奈，有一种心态叫平常……希望如此美好，又让人如此心焦！既然我们心里装着明天，想着明天，何必在乎今天的沟沟坎坎……"

　　"你作诗呢？不愧是研究生毕业的，说话酸不溜丢、一套一套的！"一直沉默不语的王思苈终于发了话。李堂学打了个激灵，猛地坐直身子，看着王思苈有些不好意思地问："别说，你要走了，我还真有点儿舍不得哩，你——以后还回来吗？"王思苈一愣，下意识地抬头去看李堂学，见他正含情脉脉地盯着自己，顿觉脸上一阵燥热，羞涩地低下头，嘴角轻轻地扭动了一下，像是说了句什么，却听不见声儿。李堂学若有所悟，装作若无其事的样子笑笑说："呵呵，我只是随便问问，没别的意思！是啊，虽然我们这地方发展很快，但是……年轻人不愿来浪费青春是可以理解的！"

王思芗心头一震，也不知从哪来的勇气，抬头盯着李堂学的眼睛坚定地说："谁说我不愿回来发展？我可没说这句话！""真的？太好了！我们村正缺你这样的人才，你要是肯回来，我——立马封你个旅游公司副总经理的头衔！"李堂学站起身，高兴地来回转起圈来。王思芗忍不住"扑哧"一笑，一股暖流不觉涌上心头。

正在这时，一个驼背弓腰的老头突然闯进门来，把李堂学和王思芗吓了一跳。李堂学吃惊地看看老头问："夼拉爷，您老咋来了？有事吗？"王思芗感觉来人名字特别耳熟，用狐疑的目光试探着看看李堂学。李堂学向她使了个眼色，笑笑说："这是王夼拉爷，嘿嘿，别看他已年近 90 岁高龄，但耳不聋眼不花，精神头足着呢！细论起来，你得叫他姥爷哩！"李堂学搀扶王夼拉坐下，好奇地问："您老不在养老院里待着，跑这来做啥？平时我可是很少见您老出来兜风啊！""嗯，哈，呵呵。"王夼拉心不在焉地答应着，不时用目光来回打量王思芗。王思芗也忍不住好奇地打量王夼拉，只见他弓着腰，头稍往前倾，头顶上只剩少许白发，能清晰地看到头皮上有几块明显的疤痕。王夼拉脸上布满深深的皱纹，鼻子不时抽动两下，嘴巴上的胡须像是刚刮过，虽然穿的衣服还算整洁，但仍无法掩饰他那邋遢模样……

王思芗正愣神儿，王夼拉冷不丁发了话："闺女，你是李玉涓的外孙女吧？你娘就是王小辫吧？啧啧，真像，不愧是一棵秧上结的瓜，像是从一个模子里刻出来的！""我，我，您……"王思芗没有搞清王夼拉的来路，一时不知说啥好。李堂学忙说："夼拉爷，您老说的没错，她就是李玉涓的外孙女，是从大西北来的，这不，她正要往回赶哩，您老要是没事，改天咱们再聊行吗？"王夼拉点点头，但没有要走的意思，又好奇地打量了王思芗几眼，突然抱着头呜呜咽咽地大哭起来，一边哭一边嘟囔："孩子，我对不起你姥姥，对不起你姥姥啊！这话我憋在心里很久了，不说出来，我会死不瞑目的！其实，我早就注意到你来村里打听你姥姥的事了，但我一直没有勇气来找你，听说你要走，我便急着赶过来了……"一句话，把李堂学和王思芗惊得目瞪口呆。

真
相
大
白

（1）

"我姥姥到底是咋死的？你说，你快说！"王思芗愣怔了一会，猛然回过神来，冷着脸焦急地催促王耷拉说。"我，我，嗨……"王耷拉身子不由自主地抖了一下，抬头迅速瞥了王思芗一眼，赶忙又低下头去，继续呜呜咽咽地抽泣。李堂学看看王思芗，又看看王耷拉，不解地问："耷拉爷，这到底是咋回事？有话您就直说呗！听您的意思，思芗的姥姥莫非是您……天啊，这是人命关天的大事，您咋才说啊？"李堂学预感不妙，禁不住打了个寒战。被李堂学一提醒，王思芗脑中立时闪过一个可怕的念头：莫非姥姥李玉浈是被人陷害死的？莫非眼前的这个人就是自己苦苦寻找的那个"凶手"和"仇人"？太可怕了，太不可思议了，印象中王耷拉心地挺善良的，咋会……真是"画龙画虎难画骨，知人知面不知心"，没想到他竟然是个人面兽心的家伙！想到姥姥正是因为眼前的这个人才沉冤九泉，满腹委屈顿时一股脑儿地涌上心头，王思芗上去一把抓住王耷拉的衣服，撕扯着问："你说，你快说，我姥姥是不是你害死的？"王耷拉不答话，只顾呜呜咽咽地哭。

王耷拉越不答话，越说明他心虚。见王耷拉到现在还不想吐露实情，王思芗气不打一处来，狠狠地瞪了他一眼，厉声说："好啊，没想到你这个老家伙这么阴险恶毒，竟然隐瞒了这么多年，莫非你想把它带进棺材里去呀?! 我姥姥命多苦啊，你咋忍心……这么多年过去了，难道你良心上就安宁吗？你，你应该遭天谴，被雷劈！"怕王耷拉跑脱，王思芗一边用力拽住他的衣服，一边焦急地催促李堂学："堂学哥，不，李书记，这事你得替我们做主，既然他不想对我们明说，那就让他对警察说去！"李堂学劝王奤拉不要着急，先问清缘由再说，说着硬掰开她的手，把她按到沙发上坐下，认真地说："思芗你别冲动，事情已过去这么多年，即使奤拉爷有过错，现在也不好再追究了。再说警察曾查验过你姥姥的遗骨，当时并没有发现异常呀？"李堂学转头看看王奤拉，一咧嘴又说："奤拉爷，好多人都说您脾气古怪、不合群，但我不这样认为，我觉得您老心地善良，是咱们村难得的好人，您不爱说话，不愿和人交流，那是因为您心里埋藏着很多苦……不过，话又说回来，这么多年过去了，您老心里还有啥解不开的疙瘩？现在日子过得多好啊，您老啥也不用操心，说句您老不太愿听的话，您都到这把年纪了，还有啥话不能说！"

王奤拉终于被说动了，抹把眼泪，看看李堂学，又看看王思芗，哆嗦着枯树皮一样的两手，颤抖着声音磕磕巴巴地说："都怪我太——太自私，为了保全自己的脸面，竟——竟然把这事隐瞒了这么多年！唉，其实我心里也不——不好受啊，经常在半夜里被噩梦惊——惊醒，我无时不在痛——痛恨我自己，质——质问我自己：咋能这样呢？咋会这样呢？好好的一个人咋说没就没了呢？王奤拉啊王奤拉，你这辈子算是白——白活了，咋就那么糊涂呢？你那时要是能伸手再拉上一把，该——该有多好啊……"说着，把目光移向窗外，当年那惊心动魄的一幕又清晰地浮现在他的眼前……

夏末秋初，是北方的雨季，那年新王庄的雨水格外多。因雨水充足，地里的玉米苗长得格外旺盛，绿油油的甚是可人。正是农闲时节，作为护坡员的王奤拉多了些闲暇，不用整天在田里转悠。田里没有多少可偷的庄稼，去转悠也没多大用。田里的玉米只长到人的膝盖高，还没结穗儿，地瓜秧苗刚铺展开身子，娇嫩得很，倒是可以直接拔了加上点儿油盐当菜炒了吃，但这样等于糟蹋祸害庄稼，按老人的说法，是要遭"天打五雷轰"的，因此即便护坡的人睁只眼闭只眼不上心管，也没人忍心这样干。这天又下起了瓢泼大雨，整个山村的上空被雾蒙蒙的雨云笼罩，显得异常沉闷。王奤拉闲待在家里，无聊得很。隔壁隐约传来大人的吵架声和小孩子哇哇的哭声，吵架声和哭声飘进耳朵里，呼一下又飘远，被风雨声湮没了。下雨天打孩子，闲着也是闲着，王耷拉无心去管邻居家里的闲事，看着大雨一直下个不停，他突然感到一阵惶恐和不安，担心雨水会把队上的田埂冲毁。王耷拉不时扶着低矮的门框，探出半个脑袋向外张望，看看天，再看看远处。终于，他使劲儿跺下脚，戴上斗笠，披上蓑衣，挽起裤腿，冲进雨中。

雨水拍打在斗笠和蓑衣上，发出“噼噼啪啪”的响声。大风与大雨像俩兄弟，总是结伴而行，有了风的助威，大雨便多了几分摧枯拉朽般的杀气。风携裹着雨水直往王耷拉脖颈里面钻，他穿的那件短袖开襟小褂很快被雨水浸透，像膏药一样湿漉漉地贴在身上。王耷拉用手拽着斗笠，生怕它被风刮飞刮跑。路面上满是积水，每踩一脚，都会带起一片泥浆。深一脚浅一脚地走出没多远，耳边便传来连续的轰轰隆隆的声响，那是沟底积聚的洪水在咆哮、在怒吼。沟底的一些树木被冲倒，淹没在洪水中，只露出少许枝叶，在风雨中一沉一浮，绝望地飘摇……想到一些田埂可能已被雨水冲毁，娇嫩可人的玉米苗也被拍打得和冲得七零八落、一塌糊涂，王耷拉心里非常着急，虽然道路非常泥泞，人随时都有可能跌入洪流被卷走，他还是咬紧牙关，蹒跚着艰难地向村外的田里一步一步地走去。刚要顶着风雨、趟着泥水去爬土崖，耳旁突然传来一阵“咿咿呀呀”的叫喊声。循声望去，只见土崖边通往村外的土石路上，一个披头散发的女子正坐在雨水中，两手在空中胡乱挥舞，嘴中“嘟嘟囔囔”不知在说些什么。王耷拉好奇地走近一看，原来是疯婆娘李玉浈！

李玉浈身上早已湿透，蓬乱、脏兮兮的长发经过雨水的冲洗，变得分外舒展油黑，像朦胧暮色中奔泻而下的流瀑；脸上的灰渍不见了，透着雨水浸润过的可人光泽；几缕卷曲的头发调皮地伏在额角，使她又多了几分出水芙蓉般的秀色和生气。李玉浈穿了件宽大破旧的男式黑色上衣，却依然掩饰不住她那漂亮女人才有的别样的娇媚。因上衣已被雨水浸透，已看不清上面是否还留有污垢，湿透的上衣紧紧贴在她的身上，两座突起的乳峰若隐若现，像呼之欲出、即将绽放的娇嫩花蕾，让人不免蠢蠢欲动，想伸手去触摸……王耷拉鬼使神差般地一步步向李玉浈靠近，快要靠近李玉浈时，又触电似的缩回身子，迅速将目光移开了。好久没有近距离看女人了，今天看到李玉浈，他心里突然萌生了几分冲动，但莫名的冲动很快便消失了，被一种负罪感和歉疚感所代替。王夯拉下意识地望望四周，见附近别无他人，更加局促不安起来，不知道该不该帮李玉浈。好在李玉浈并没有注意到王夯拉的到来，两手对着天空胡乱挥舞，一边挥舞还一边傻笑。看样子，李玉浈特别喜欢这瓢泼的雨水，喜欢雨水不停倾泻在身上的那种畅快淋漓的感觉。

王夯拉愣怔了好一会，才猛然醒过神来，试探着小声提醒李玉浈说："二瓜他娘，你耍够了吧？该回家去了！"见李玉浈没有反应，又抬高嗓门喊了声："二瓜他娘，快回家去吧，要不然你男人会着急的！"李玉浈这会终于听到了王夯拉的喊叫声，猛地侧过头来，瞪着惊恐的眼睛看看王夯拉，像猴子被烧了屁股似的，突然发了疯，龇着牙咧着嘴，朝着王夯拉咿咿呀呀又吼又叫，两手还拼命向前扑打乱抓。王夯拉被唬了一大跳，不由自主地倒退两步，差点栽倒。王夯拉撇撇嘴，埋怨李玉浈说："你个疯婆娘，刚才还好好的，咋一下就变脸了呢！我好心劝你几句，你咋还不领情呢！你看，沟底的洪水有多大？万一你不小心出溜下去，那就麻烦了！"王夯拉用手指指路边沟底咆哮的洪水，故意吓唬她说："看到了吧，你要是出溜下去，真的就没命了！啧啧，被水呛的滋味是很难受的，你不害怕啊？"李玉浈好像被说动了，一下子安静下来，开始望着沟底的洪水愣神儿。想到李玉浈喜怒无常，说不定过一会又要发疯，王夯拉无奈地摇摇头，叹了口气说："还是让你男人来领你回家吧！"说完不再理会李玉浈，转身又向土崖上面爬去。

如果王夯拉一走了之，他就不会看到接下来发生的事情了，偏偏王夯拉有些不放心，担心李玉浈一个人待在那里有危险，走出没多远，又忍不住转回来查看，一看，便惊呆了，傻眼了……

(2)

一眨眼的工夫，李玉浈不见了。能隐约听到"咿咿呀呀"的喊叫声，却看不见她的人影，王夯拉心中一沉，一种不祥的预感立时袭上心头。他顾不上多想，踩着泥水，朝声音传来的方向跑过去一看，惊讶地发现李玉祯不知什么时候已滑落到路沿下面，被长在陡坡上的一棵小树横空托住。树干有成人胳膊那么粗，正好卡在李玉祯瘫痪的双腿中间，使她动弹不得。也许是气力不支的缘故，这时的她显得很老实，两手无力地抱着树干，惊恐地注视着沟底奔涌咆哮的洪水……王夆拉一看慌了神，脱口大喊："来人啊，快来人啊，不好了，疯婆娘掉沟里了！"他的呼喊声立马被呼啸的风雨声和洪水奔涌的轰隆声湮没了，附近除了他和李玉祯外，见不到其他人影。一阵风刮来，王夆拉头上戴的斗笠被刮飞，瓢泼般的雨水径直倾泻在他的头上和脸上，瞬间模糊了他的视线。李玉祯比王夆拉还要狼狈，像个已失去搏击之力、任人宰割、奄奄一息的"落汤鸡"，任凭从上面流下来的雨水不时携裹着土块、泥浆和杂草拍打在她的头上和身上。

救人如救火，情势如此危急，找其他人来帮忙已来不及。王夆拉顾不上去拣斗笠，使劲儿抹了下脸上的雨水，顺势向边上一甩，然后定定神，小心地伏下身子，试探着向李玉祯慢慢靠近，每挪动一步，整个身子都会不由自主地跟着颤抖。怕李玉祯因害怕慌乱而发疯抓狂，再次做出危险举动，王夆拉一边小心地往下挪动身子，一边用颤抖着的声音劝她："二瓜他娘，不要急，俺来救你了，你可千万别乱动……"李玉祯像是听懂了王夆拉的意思，"啊啊"应了两声。王夆拉屏住呼吸，紧咬牙关，两手用力抓着陡坡上的灌木丛，将腿试探着向下伸去，试图踩住相对牢固一点的地方。试了几下，都没成功，索性将鞋子甩掉，将脚趾戳进坡上的湿土中，顺势夹紧杂草及灌木的根系。王夆拉不敢直视沟底，紧张得心怦怦直跳，手脚并用交替着一点点地往下挪动。这时的他已没有退路，必须勇往直前，万分小心，容不得半点儿的马虎和大意，稍有不慎，便会滑入沟底的洪流中，那样不仅不能搭救李玉祯，说不定连他的小命也要搭上。

王夆拉身上的蓑衣被灌木丛划破，脱落了，"呼"的一下掉落沟底，瞬间被洪水卷走，消失得无影无踪。王夆拉倒吸一口凉气，心想，洪水如此凶猛，自己若掉落下去，后果将不堪设想，但这些都顾不上考虑了，救人要紧。王夆拉迟疑了一下，硬着头皮继续试探着向李玉祯被卡住的地方一点点地靠近。终于，他的脚首先触到了李玉祯的身子。王夆拉用脚轻轻地蹬了一下李玉祯的后腰，催促她说："二瓜他娘，你还好吧？快，快把手伸过来，俺好拉你上去！"李玉祯受到惊扰，身子向前一靠，两手本能地使劲儿抱紧了树干。树干突然间急速地晃动起来，随着树干的晃动，李玉祯的身子也跟着不停地摇晃。王耷拉吃了一惊，脱口喊了声："别，别乱动啊……"话刚出口，便觉脚下一滑，整个人瞬间失去了控制，轻飘飘的，软绵绵的，像一片秋后的落叶，被风吹着，被雨拍着，急速地向坡下滑去……王耷拉不由得发出"啊"的一声尖叫，心想这下完了，彻底完了。王耷拉本能地用两手胡乱抓来抓去，想用力抓住些什么，哪怕是抓住一根细微的杂草或枝条，最终却啥也没有抓住。王耷拉绝望地闭上了双眼……只听"砰"的一声，也就是一刹那的工夫，王耷拉触到了一个软绵绵的东西，身子突然被卡住，不再下滑。王耷拉大口地吸气，感觉呼吸并没有想象的那样艰难，睁开眼一看，忍不住自嘲一笑，原来自己刚好被李玉祯挡住！

王耷拉紧紧靠在李玉祯身上，即使有风雨和泥水呼啸着发疯似的拍打在脸上和身上，他仍清晰地听到了李玉祯的心跳声和喘息声，并感受到了她身上散发出来的撩人的温热。夜里独居难眠的时候，曾无数次想象和体味拥抱漂亮女人入怀的滋味，现在他终于接触到了女人的身体，一种难以抗拒的冲动和暖流立时在他全身涌动。王耷拉的呼吸开始变得越来越急促，两手像被人施了魔法一样，不由自主地抱住了李玉祯的前胸，胡乱揉搓起来……李玉祯好像被突然发生的一幕给吓傻了，即使王耷拉用手去揉搓她的双乳，也没有反应过来。也许她做梦也不会想到，这时候竟然会有一个男人靠在她的身后，从后面紧紧地拥住了她。见李玉祯没有拒绝和反抗，王耷拉更加大胆地抚摸起她的前胸来。李玉祯的双乳并没有他想象的那样丰满和圆润，反而有些粗糙和干瘪，王耷拉摸了没一会儿，便触电似的松开了手，一种深深的负罪感随即涌上他的心头……

小树不堪两人的重负，开始剧烈地摇晃。王耷拉猛然回过神来，用力向上挪了下身子，但随即又紧紧地靠在了李玉祯身上。这时的李玉祯终于有了反应，想必她已觉察到了王耷拉的企图，又一次意识到了危险，开始用手胡乱拍打树干，"咿咿呀呀"地乱叫。王耷拉叫苦不迭，心想万一让人看到他和李玉祯抱在一起，那他就是跳进黄河也洗不清了！必须尽快摆脱困境，即使死也不能和李玉祯死在一起！王奄拉拼尽全力，终于抓住了一处较为牢固的灌木丛，爬了上来。刚爬上坡来，突然听到李玉祯又在"咿咿呀呀"乱叫。回头一看，禁不住冷汗直冒：李玉祯抱着的小树开始下倾，接连发出瘆人的树根断裂声，看样子，那棵小树随时都有可能被连根拔出，李玉祯和小树随时都有可能掉落沟底，被咆哮的洪水卷走！王奄拉犹豫了，如果这时自己不去搭救李玉祯，那她必死无疑！生死关头，无须顾忌太多，还是先把人救上来再说吧！这样一想，王奄拉浑身又充满了劲儿，抓着灌木丛，又开始一点一点地向李玉祯靠近。

终于，王奄拉从背后抓住了李玉祯的衣领，拼尽全力将她拖离了那棵摇摇欲坠的小树。也许是她已感觉到死亡的巨大威胁，出于对生命本能的留恋和不舍，李玉祯突然变得特别乖巧、特别配合，无论王奄拉怎么拽她，她都不再吱声。就这样，王奄拉一手死死抓住灌木丛，一手拼命拽住李玉祯，一点一点向坡上艰难地爬行。两个鲜活的生命挣扎在死亡的边缘，而雨还在不知疲倦地下，风还在肆无忌惮地刮，无视两人的存在似的……王奄拉紧紧抓着李玉祯的衣领，任凭风雨吹打和泥水冲击，始终没有松开。人在危急时刻，往往会爆发和释放出巨大的潜能。连王奄拉自己也没有想到，他竟然那么大胆、那么勇敢，竟然冒着那么大的危险，硬生生地把李玉祯拽上了陡坡，想想都有些后怕！王奄拉把李玉祯拉上坡来，已精疲力竭，像烂泥一样一屁股瘫坐在地上，大口地喘着粗气。这时的李玉祯也显得非常疲累，傻呆呆地坐在泥水里，身子不停地抖动，一不留神就要栽倒的样子。

救人救到底，好不容易把李玉祯从沟下拉上来，决不能再让她有闪失，否则就是白费力气，前功尽弃！王奄拉稍做歇息，艰难地爬起身，两手从背后交叉抱住李玉祯的腰，想把她拖到地势更高、更安全且能避风避雨的地方。王奄拉焦急地四处张望，一眼便瞅见了一处安全的所在：土崖下废弃的地瓜井口。地瓜井位于土崖下，比路面略高，入口处有一处宽阔的平台，不仅能遮风，还能挡雨。王奄拉决定先把李玉祯安置在地瓜井口避雨，等雨停了再作打算。王奄拉吃力地拖着李玉祯，艰难地向地瓜井口挪动。挪出没几步，李玉涢突然发了疯，用力挣脱开王耷拉的胳膊，也不知她从哪来的那么大气力，竟然用两手拨动着地面上的流水和泥浆，像顺水而下的破船一样晃晃悠悠地径直向沟边冲去。王耷拉脱口喊："二瓜她娘，你想干吗？不要命了？快——快回来！"说着，三步并作两步冲过去，两手掐腰，像根巍然挺立的树桩一样，挡住了李玉涢的去路。

见有人挡住自己的去路，李玉涢有些气急败坏，对着王耷拉又吼又叫，又抓又咬，王耷拉身上立时被她抓咬出了好几处血印子。王耷拉哭笑不得，想训斥李玉涢一顿，又有些不忍，对于不知好歹、喜怒无常的疯子来说，有时哄劝、安抚和训斥根本不起作用，软的不行，那就来硬的，一个五尺高的男子汉，还能制服不了一个柔弱的女人！王耷拉忍着疼痛，索性抱起李玉涢，"噌噌噌"蹿上了地瓜井口。"扑通"一声，王耷拉没好气地将李玉涢扔放在地上，哭丧着脸说："二瓜他娘，你可把俺给害苦了，衣服被你撕得稀巴烂，身上被你抓咬的没一处好地方，不知情的人还以为俺硬要占你的便宜哩！哼，你也不想想，你能有啥便宜让俺占嘛，俺要不是看你可怜，才懒得搭理你哩！你给俺听好了，你要是再往沟边跑，俺再也不管你了！唉，二瓜他娘，沟底到底有啥好耍的，你干吗非要去那里耍？啧啧，算了，跟你这个疯婆娘说这些没用，今天算俺倒霉，算俺倒霉啊……"王耷拉顾不上擦拭脸上的泥水，两手抱头蹲在地上，一边嘟囔一边不停地长吁短叹。

疯婆娘李玉涢精神反复无常，刚才还闹腾得那么厉害，这会却变得特别温顺，用关爱的目光呆呆地注视着欲哭无泪的王耷拉，用手撑着地面焦急地来回挪动，湿漉漉的衣服沾裹上干泥土，变得越来越沉重。看李玉涢可怜兮兮的样子，同情和怜悯之心顿时又占了上风，王耷拉强装笑脸，劝她说："二瓜他娘，这会你感觉好点了吧？千万别再乱跑了！啧啧，看你把自己折腾的，像个泥猴子似的，你男人看了一定会心疼的！听话，在这好好待着，等会我把你男人王拥财喊过来，让他赶紧把你领回家，好不好？"李玉涢一愣，似乎对"王拥财"这个名字特别敏感，朝王耷拉咧嘴一笑，"啊啊"了两声，出人意料地使劲儿点了点头。王耷拉长长地吁了口气，顶着风冒着雨深一脚浅一脚地向村里跑去。快要到王拥财家时，王莽拉又犹豫起来，心想，自己现在这番模样，万一引起王拥财的误会咋办？虽然自己没把李玉祯怎么着，但毕竟动过那种念头，何况衣服已被李玉祯撕破，脸上和身上也被她抓咬出了很多血印子，万一王拥财较起真来，这咋说得清啊……

王莽拉思虑再三，最终打消了去喊王拥财的念头，但他还是放心不下李玉祯，鬼使神差般地转身又向土崖下的地瓜井口跑去。快到崖下时，耳边突然传来一阵巨大的轰隆轰隆的声响，把他吓了一大跳。循声望去，只见土崖有一处地方已经塌陷，坍塌的泥土把土石路都给堵塞了。跑近去仔细一看，王莽拉顿时吃惊地张大了嘴巴：天啊，土崖坍塌的地方，不偏不斜，恰巧是地瓜井口所在的位置！

（3）

"二——二瓜他娘，你——你还在吗？" 王莽拉猛然回过神来，怯怯地喊了声，听不到应声，又焦急地大声喊："二瓜他娘，你——你在还是不在呀？" 王莽拉一边带着哭腔大声呼喊，一边急切地搜寻李玉祯的人影。李玉祯如果还在周围，即便别人不去喊叫、招惹她，她也会 "咿咿呀呀" 乱叫的。王莽拉侧耳去听，没听到她的乱叫声或嘟囔声，却听到 "扑通扑通" 两声巨响，循声跑过去一看，原来是两个大土块塌落沟底洪流中发出的声音。王莽拉松了口气，转身走出几步，下意识地又猛地转回头去查看，望着仍在咆哮奔涌的洪水，心里陡然产生了一个不祥的念头：李玉祯会不会已跌落到了洪水当中？急切地扫了几眼，没发现任何人滚落水中的迹象。雨还在下，风还在刮，但明显比刚才小了许多，减弱了许多，刚才还乌蒙蒙的天空这时开始泛白。随着风雨减弱，沟底的洪流渐渐失去了先前的气势，咆哮声变得越来越低沉，随后变成了哗哗的水流声。水位开始急速地下降，随波漂流的杂草、树枝、生活垃圾等开始淤积岸边，一片狼藉。

王莽拉沿着河岸搜寻了很长一段路，还是没有瞅见李玉祯的人影。李玉祯到底去哪了？是跌落到沟底被洪水卷走了，还是被坍塌的土石活埋了？想到"活埋"两个字，王夯拉心头触电似的一震，三步并作两步跑到坍塌的地瓜井前，不顾一切地朝井口方向徒手刨挖起来。手上很快被磨出了血，而他刚刨挖开一些土，上面的土立即坍塌下来。王夯拉叫苦不迭，这样刨挖下去，说不定会引起更大的塌方，那样的话，非但救不了被埋的人，自己的小命恐怕也要搭上！王夯拉不得不忍痛放弃徒手刨挖，抬头望着高耸的土崖，不住地唉声叹气。灰暗的陈土塌落，露出里层的白土，高高的土崖被削出一片新鲜的惨白的印迹，特别扎眼。李玉淑若真的被掩埋在里面，怕是凶多吉少。王夯拉在心里暗暗叫苦，后悔不该贸然离开，他若一直守在李玉淑身边的话，兴许早带她跑开了。王夯拉心里翻腾不止：现在就去向王拥财说明情况吗？万一李玉淑跑去了别的地方，啥事也没有，那不是给他添乱添堵吗？可要是李玉淑真的被埋在了地瓜井中，我能逃脱干系吗？王拥财能轻易放过我吗？

王夯拉焦急地来回转了两圈，觉得事关重大，不能再这样拖延下去了，不能再顾虑自己那点小九九了，人多力量大，必须尽快找人来帮忙，一起查个明白，于是撒腿向村里跑去。怕王拥财经受不住打击，王夯拉没有急着去找他，而是径直跑向生产队长李福丰家。队长的话比王拥财的话好使，只要他发了话，短时间内召集十个、二十个的壮劳力不成问题。然而，人越急，越容易撞见"鬼"，没等王夯拉跑到队长家，半路上却被撑着花布伞、领着小儿子在路边玩水的王大塄给拦下了。见王夯拉气喘吁吁，衣衫不整，一身泥水，像个"泥猴子"，王大塄好奇地打量了他一眼，"扑哧"一乐问："你干吗去了？掉沟里了？"王夯拉吞吞吐吐地答："我，我，嘿嘿，刚才雨下得大，我怕坡里的田埂和庄稼被冲毁，所以就，就……"王大塄"哦"了声，又问："你身上这是咋了，是被树枝划的？""嗯，是被树枝划的！"王夯拉尴尬一笑，用手迅速整理了一下衣衫，刚要转身走开，不想被王大塄一把拽住。

王大塄盯着王夯拉，像看陌生人一样打量他一番，突然冷了脸问："说，你小子到底干吗去了？看你身上的伤，像是女人用指甲挖的！好啊，王夯拉，平时看你挺老实的，没想到也是个老色鬼！你都这把年纪了，咋还好这一口啊！说，你这头老牛又盯上哪根嫩草了？""我，我……嗨，王连长，根本不是那回事，我路过土崖，见土崖坍塌，塌下的土刚好把地瓜井口盖住，所以就急了眼，刚才着急喊人，不小心被树枝划了一下……不好意思，我得赶快去喊人，先走了哈！"说完转身便走。王大拐愣了一下，回头朝土崖方向望望，脸上顿时又挂满了笑容，追上去又把王耷拉拦下，使劲儿拍下他的肩膀说："你小子火急火燎的，要奔丧啊？嘿嘿，亏你还记得我曾是你的头儿，虽说我现在已不是民兵连长，但看不过眼的事总想管一管，看在你曾在我手底下干过的情份上，我奉劝你一句：天塌下来有地接着，你瞎操心没用，那地瓜井早已废弃，塌了就塌了呗，关你屁事啊！走，去我家陪我喝两盅去！"

王耷拉见一时躲不开，哭丧了脸央求王大拐说："王连长，王大哥，我的意思是，是……唉，这样跟您说吧，那地瓜井口是遮风挡雨的好地方，万一有人或牛羊偏巧躲在那里避雨，那就麻烦了。所以，我还是想请队长找人把它挖开来看看，'不怕一万，就怕万一'嘛！"王大拐一顿，习惯性地一把抓住王耷拉的衣领问："莫非你瞅见有人或牛羊躲在那里避雨了？""没，没有，我，我没瞅见！我，我只是在昨天夜里做了个可怕的噩梦！"怕王大拐继续盘问和纠缠下去，王耷拉随口编了句谎话。王大拐若有所悟，不由得又朝土崖方向看了看，没好气地瞪了王耷拉一眼说："既然没瞅见，那你瞎咋呼啥？唯恐天下不乱呀？你脑袋是进水了还是被驴踢了？你以为你是大队书记啊，你放个屁，队长都得乖乖听你的？你以为大家伙也会跟着你瞎胡闹？哼，队长才没闲工夫管你这破事哩，他呀，这会早忙成一团乱麻了。听说队上有好几户人家的房子被雨淋塌，他正招呼人帮着整修哩！""这，这……"王耷拉心头一沉，心想，王大拐你这个下三滥，还好意思数落我哩，没见你这么看热闹的，人家房子塌了，你竟然还有闲心喝酒！王耷拉对王大拐心怀怨气和不满，却不敢对他直说。

王大拐执意要王耷拉陪他喝酒，王耷拉哪有心思喝酒，再三推脱，终于挣脱开王大拐的阻拦，急急地跑回家，随手拽了把铁锨，向土崖下的地瓜井奔去。虽然王耷拉没有亲眼看见李玉滇被土埋住，但他还是有些不放心，执意要将地瓜井口挖开，好一探究竟。王耷拉一边拼命刨土，一边哭咧咧地大骂王大拐："哼，你算哪根葱呀，竟然还想教训我？你以为自己还是当年的民兵连长呢？少跟我吆五喝六的，我才不吃你那一套哩！依我看啊，你是坏事做尽，把人都得罪下了，所以才没人愿意陪你这个鳖孙子喝酒说话，想让老子陪你，没门！老子还有更重要的事要干哩……"突然想起李玉祯正是被王大塄等人给"逼"疯的，王耷拉愈加气恼，眼前的土堆俨然成了王大塄的化身，正露出狰狞和挑衅的面孔看着王耷拉。王耷拉狠狠地朝土堆上啐了几口唾沫，每铲一锨泥土，都忍不住嘟囔上一句："铲死你个王八蛋，铲死你个鳖养的！"

雨终于停了，西边天空的云幕终于被阳光撕开一道缝隙，快要落山的太阳终于露出了羞红的脸。随着云幕渐渐拉开，一道绚丽的彩虹露了出来。王耷拉无心去看天空的变化，一边嘟嘟囔囔地骂人、骂天，一边没头没脑地刨啊刨……正刨着，突然听到背后有人喊他："耷拉叔，你在刨啥宝贝呢？"王耷拉一愣，回头见是队会计王得井家十多岁的小儿子赶着羊群路过，随口答："哦，原来是小山子啊，没事，地瓜井被土埋住了，我想把它重新挖开！""耷拉叔，那地瓜井不是没用了吗？干吗还要把它挖开呀？"小山子不解地问。王耷拉没有急于回答小山子的问话，把铁锨随手往旁边一放，装作若无其事的样子看看小山子，转移话题问："小山子，你爹呢？"小山子答："他被队长叫去干活了，不对，好像是帮大伯寻他那疯婆娘去了！"王耷拉一顿，又问："你说的你大伯应该是王拥财吧？他，他们现在找见疯婆娘李玉祯了吗？""应该找见了吧，听说他们已经在沟边找见了疯婆娘，不，应该是俺大婶丢落的衣物，俺大婶八成被水淹死了，没得救了！"小山子无奈地撇撇嘴，赶着羊群走开了。王耷拉一下子呆住了，木然地望着小山子一点一点走远，好久没有回过神来。

(4)

小山子的话使王耷拉颇为震惊，他没想到，在他跑去喊王拥财的时候，李玉祯竟然从地瓜井口又爬向了沟边，而且极有可能已遭遇不测。他搞不懂，为啥李玉祯执意要冒险去接近洪水，到底是什么在强烈地吸引着她？王耷拉心里充满了疑惑，想去找王拥财当面了解情况，问个究竟，却又顾虑重重，直到听说王拥财找见了疯婆娘的遗体，并为她出殡送葬，才打消了这一念头。李玉浈已被洪流淹死，很多秘密也随她而去了，对于她生前冒险的真实意图，不可能知道也没必要深究了。王夯拉一直心怀愧疚，后悔当时没有把李玉浈救下来，假使他当时生拉硬拽地直接把她送回家，当面把她交到王拥财手里，或许她就不会被淹死了。都怪自己死要面子，因一念之差，白白葬送了她的性命！以后每每回想起那年搭救李玉浈的情景，王夯拉心里便感到一阵阵的疼痛。然而，大大出乎他意料的是，几十年后村里平整土崖，竟然在坍塌废弃的地瓜井里又挖出了李玉浈的尸骨！老实厚道的王拥财竟然跟村里人撒了一个弥天大谎，李玉浈根本不是被洪水淹死的！

是非曲直，早已随着岁月的流逝、当事人的亡故和时世的变迁而被人淡忘，很少有人再愿提及。"地瓜井事件"喧闹一阵后很快就平息了，新王庄又恢复了往日的平静，像什么事也没发生一样。王夯拉心里却一直无法平静，怕引起别人的怀疑和误会，也不敢将心里的慌乱显露出来。这样煎熬了一段时日，他终于鼓起勇气，偷偷跑到王拥财夫妇坟头上，烧了些冥币，虔诚地祷告一番，心里这才轻松了一些、敞亮了一些。然而，不把心里的话全吐出来，他还是时而感到憋闷和压抑，他想把憋在心里的话对人倾诉出来，又怕别人懒得理他，不理解他的苦衷。人们各自忙碌着，年轻的后生们甚至都不知道李玉浈是谁，更没人记得她的名号，只有工地上不时传来的挖掘机的轰鸣声，偶尔敲响那些喜欢怀旧的老人的心窗，勾起他们对往昔短暂的回忆，恍然回想起这个地方曾经发生过很多不平凡的往事，曾经有一个疯女人从这里走向了天国……

王夯拉讲述完这段往事，又一次双手抱头呜呜咽咽地抽泣起来。听了王夯拉的叙说，李堂学和王思苈面面相觑，两人显然都大感意外，没想到事情如此曲折。愣怔了好一会儿，李堂学才猛然回过神来，一脸惋惜地看看王思苈，感叹说："看来这事不能怪夯拉爷，将心比心，我若遇上这么棘手的事，说不定也会慌乱无措！夯拉爷本意是好的，他能做出那么勇敢的举动实属不易，我们没啥好责怪他的，思苈，你说是不是这样？"王思苈尴尬一笑，紧咬嘴唇没有答话。李堂学叹了口气，又安慰王夯拉说：

"耷拉爷,您老不用太伤心,也不用太自责,我觉得你已经尽了力,没啥好后悔的。虽然您没有把人救下来,但你见义勇为的行为是值得肯定的。呵呵,您这种行为要是放到现在,说不定还能得个'见义勇为'奖哩!"王耷拉根本听不进李堂学的劝说,一边小声抽泣一边捶胸顿足地嘟囔说:"都怪我,都怪我啊!我不该轻易走开,不该撇下她不管……""哭,哭有啥用?哭能把人救活吗?你这么大年纪了,就知道像个小孩子一样哭鼻子,不怕别人笑话呀?哼,早知现在,何必当初!我看啊,你是胆小怕事,烂泥扶不上墙,救人就救到底呗,干吗还要扭扭捏捏、拖泥带水、婆婆妈妈的,要是你当时坚持把我姥姥送回家,我姥姥能发生意外吗?"王思芗忍不住埋怨道。一句话,把王耷拉和李堂学两人都吓了一跳。

突然受到王思芗的训斥,王耷拉身子猛然抖了一下,抽泣声戛然而止。呆了一会儿,王耷拉慢慢地抬起头来,红着脸对王思芗说:"闺女你批评得对,都怪我不好,要是我当时能像你说的那样去做就好了,那样的话,你姥姥她就不会出事了……""可是你现在后悔已经晚了,那可是活生生的一条人命呀,你知道我姥姥的死给我们一家人造成的伤害和痛苦有多大吗?"王思芗仍不依不饶。"闺女,你先消消气,刚才你们说的话我都听到了,我觉得你耷拉爷没啥大过错!"门口突然传来说话声,一看,原来是李福丰。"爷爷,您咋过来了?"李堂学眼睛一亮,忙不迭地起身笑着相迎,爷爷来得真是时候,正好可以缓和一下紧张的气氛。李福丰疑惑地看看孙子,反问道:"行李收拾好了?车票也订好了吗?""没,没呢,耷拉爷过来跟我们说事,耽搁了一会,我这就去打电话预定车票!"李堂学向爷爷使了个眼色,转身急匆匆走出门去。望着孙子离开的背影,李福丰点点头,又摇了摇头。

等孙子离开,李福丰笑呵呵地在王耷拉身边坐下来,关切地问:"老伙计,我说要陪你一起来,你偏不听,这会遭埋怨了吧?"不等王耷拉答话,接着又说:"你呀,总改不了那臭脾气,就知道一个人像闷葫芦一样瞎鼓捣!一个篱笆三个桩,一个好汉三个帮,你活了大半辈子,难道连这个道理都不懂?也难怪别人埋怨你,你那嘴也太金贵了嘛,我们都是黄土埋到脖子根的人了,得按天数算着过,还有啥舍不下的?还有啥不能说的？有必要憋在心里、烂在肚里吗？""我，我，可是……"王奓拉偷眼看看王思芗，吞吞吐吐欲言又止。李福丰若有所悟，意味深长地拍了下王奓拉的肩膀，接着嗔怪地瞥了王思芗一眼，劝她说："闺女，事情都过去这么多年了，你就不要再斤斤计较了！你奓拉爷这些年一个人过得很不容易，他家庭出身不好，过去没少遭村里人的白眼……说句良心话，你奓拉爷人很好，跟他那个当汉奸的三哥根本不是一路人，黑就是黑，白就是白，不能因为人家背着锅，就硬说人家黑！不分青红皂白地把对他家族的怨气全撒在他身上，是不对的！"

见王思芗紧咬嘴唇，一脸的凝重，李福丰沉吟了一会儿，忍不住又劝道："其实在你奓拉爷来找你说事之前，我们已经简单聊了几句，听了他的表白，我才得知你奓拉爷一直都在默默地关心和帮助你姥爷一家人，他不仅搭救过你姥姥，还曾偷偷向你姥爷家里送过一大袋玉米呢！别小看那一袋玉米，要知道，在那个粮食比金子还贵重的年代，那可是好几口人的活命粮啊！他作为队上的护坡员，偷玉米接济你姥爷，是要冒很大风险的，要是被人抓住，下场说不定比你姥姥还惨哩！"李福丰停下，朝王奓拉竖了下大拇指，扭头继续劝王思芗说："他偷拿队上的玉米不对，但他帮助人的动机是好的，闺女，你奓拉爷人品到底咋样，现在你应该心中有数了吧？还不快宽慰一下你奓拉爷，难道还想让他继续受憋屈啊？"李福丰一边说，一边向王思芗使眼色。王思芗心里有些乱，没敢去接李福丰的眼神，慌忙把视线移开了。

听了李福丰的劝说，王思芗不再怨恨王奓拉，反倒对他多了几分好感。李福丰说得对，王奓拉是个好人，不该让他受委屈，既流血又流泪，想到这里，她终于从牙缝里挤出一句软话："奓拉爷，对不起，是我错怪你了！"王奓拉一听，脸上立时洋溢起宽慰的笑容，连连摆手说："闺女，有你这句话，我就放心了，只是……"王奓拉突然又犹豫起来。李福丰忙问："咋了，老伙计，闺女都跟你赔不是了，你还有啥不放心的啊？"王奓拉尴尬一笑："也不知道她妈是咋想的！"李福丰一下子愣住了，迟疑了一会，才突然领会了王奓拉的意思，哈哈一笑说："嗨，你个大老爷们，顾虑咋那么多呀！你又没做亏心事，怕啥嘛！王小辫咋了，她又不是母老虎，还能一口把你给吃了啊？你跟她这么多年没见面了，你咋知道她对你有偏见？""我，我……""你，你什么你，我看你是越老人越蔫，一到关键时候，就说不顺溜话！当年你偷玉米的那股劲头儿哪去了？"也许是感觉到话说过了头，李福丰赶紧打住，讪笑着向王思芗解释说："闺女，我和你耷拉爷都是'直肠子'，说话不会绕弯子，心里有啥就说啥，想到啥就说啥，不管是好话还是孬话，你要是觉得不顺耳，那就拿它当耳旁风，权当没听见！"王思芗赶忙答："大舅爷，您放心吧，我知道您和耷拉爷都是好人，你们帮了我这么多忙，我感激你们还来不及哩！""那就好，那就好！"李福丰不住地点头。

正在这时，刘桂花急匆匆地跑了过来，进门就焦急地催促说："嗨，你们咋还在这里磨叽呀？听说李大胜纠集了一帮人，正气势汹汹地到处找思芗算账哩！"李福丰一听，气不打一处来，朝地上使劲儿啐了口唾沫，说："真是反了天了，这小子到底想干吗？"刘桂花不屑地撇撇嘴："你快别逞能了，他又不是你孙子，你以为你能震住他？他想闹腾就让他闹腾吧，咱们惹不起，但躲得起嘛！"说着，没好气地把老伴拨拉到一边，一个劲儿地催促王思芗赶快收拾行李。李福丰苦笑着摇摇头，心里的火气噌噌噌地往上蹿，自己活了这么大把年纪，啥事没经过？啥人没见过？现在竟然让一个乳臭未干的浑小子拿住了！心里虽憋着气儿、窝着火儿，却一时找不到发泄的出口，只好硬着头皮，耐着性子，和老伴、王耷拉一起，手忙脚乱地帮王思芗收拾起行李来。

（1）

　　李堂学预订完车票，风风火火地赶回招待所，麻利地将行李装上车，开车拉着王思芗火速向县城赶去。李福丰夫妇和王耷拉目送两人走远，如释重负般地长长地吁了口气。李福丰拍拍王耷拉的肩膀，说："老伙计，走吧，回去好好睡个安稳觉！"刘桂花白了老伴一眼说："就怕李大胜那小子不让你睡安稳！""哪壶不开提哪壶！"一听"李大胜"这个名字，李福丰立马阴沉了脸，扭头拂袖而去。此时的王思芗满脑子里想的也是李大胜。自打听说李大胜要找她"算账"那时起，她的心就一直悬着。王思芗不时透过车窗向后张望，生怕李大胜带人追上来拦住她的去路。李堂学看出了王思芗的心思，一边开车一边笑着安慰她说："思芗，不用害怕，李大胜不会拿你怎么样的，他现在是矮子坐高凳——上下够不着！再说了，这里还有我呢！对了，手机我已经帮你修好了，待会你试试好不好使！"王思芗感激地看看李堂学，使劲儿点了点头。

　　"思芗，这次回去，还回来吗？"沉默了一会，李堂学突然问。王思芗随口答："没想过，再说吧！"本以为王思芗会犹豫一下才回答的，却没有，李堂学有些失望，转念一想，又坦然了，感叹说："思芗，我觉得你妈给你起'王思芗'这个名字是有特殊用意的，思芗——思乡，明摆着是怀念故乡的意思嘛！俗话说'故土难离''叶落归根'，对故乡的深情依恋，也许只有那些少小离家、奔波他乡的老人才能体会到吧！所以才有诗曰'少小离家老大回，乡音无改鬓毛衰……'"王思芗狡黠一笑，说："那倒不一定，我看你年纪轻轻的，对故乡依恋得就非常'深'嘛！就像《西游记》中说的'宁恋本乡一捻土，莫爱他乡万两金……'"没想到王思苈这样说，李堂学忍不住哈哈一笑："是啊，你说的没错，我是在这里土生土长的，新王庄承载着我童年的梦想，儿时的欢乐时光和父老乡亲的影子，总在我脑中拂之不去，越是远离故乡的时候，这种思念故土的情感便愈加强烈，我不知道你有没有这种感觉？"说着，试探着看看王思苈。王思苈没有答话，像是有意回避李堂学似的，把目光移向车窗外。

李堂学沉吟了一会儿，猛然回过神来，自嘲一笑说："我忘了，萝卜和土豆本来就不是从一块地里长出来的，你跟我不一样，你生在城市，长在城市，所以……不过，咱们的根都在新王庄，作为有知识、有能力的年轻后辈，应该多为家乡的发展尽份力量！好了，不多说了，你若不同意我的建议，刚才的话算我没说！"王思苈仍呆呆地望着窗外的风景，没有答话。李堂学一看，不再言语。两人很快赶到了县城火车站，候车间隙，李堂学话又多起来，一个劲地叮嘱王思苈，要她路上照顾好自己，回家后代他向家里人问好。王思苈笑笑算是回答，临上火车的那一刻，才突然感到有些不舍，眼中噙着泪花，朝李堂学连连挥手说："堂学哥，谢谢您了，我会念着你的好，等着我，到时我一定会回来——看你的！"王思苈故意将"看你"两字咬得很重。李堂学心头一热，愣在那里竟忘了向王思苈挥手道别，等他回过神来时，火车已箭一般向远处驶去……

王思苈坐在飞驰的火车上，思绪万千，一种异样的感觉老在心头涌动，她不得不承认，她已经对堂学哥萌生了一种别样的感情，这种感情隐隐约约，若即若离……回乡的这段时间，村支书李堂学一直像大哥哥一样关心她、照顾她，如果没有他的帮助，也许她的这次探访之旅，说什么也不会进行得如此顺利！王思苈呆呆地望着窗外，回乡以来所经历的一幕幕情形又清晰地浮现在脑海中。王思苈把最近经历的事情和了解到的情况前前后后、仔仔细细地梳理了一遍，姥姥李玉浈的人生历程和受害经过逐渐变得明朗和清晰起来：她出身于贫苦家庭，经历过旧社会的艰苦磨难，从小便背负了很多生活和家庭的重担；她的青春时光也度过得极不平顺、极不平凡，曾遭受过坏男人的骚扰和恶意诽谤；后来，倔强的她为了孩子不被饿死，偷拿了队上的麦穗，结果被人抓了"现行"，从此她的人生轨迹发生了巨大转折，谣言和痛苦一直伴随、折磨着她和她家里的人……

想着想着，王思芗脑中突然闪过几个问号，关于姥姥李玉浈的死因，似乎仍有很多疑点，为什么土崖偏巧在她躲雨和王奔拉离开的时候坍塌？王奔拉的话是否真实可信？如果王奔拉说的话是真的，对于姥姥的死，他是否应该承担一定的责任？面对当年的严峻情势，若王奔拉排除杂念，及时把情况告知王拥财或队长李福丰，或招呼大家一起去施救，姥姥是否还有生还的希望？姥姥死在地瓜井中已是不争的事实，但她到底是被土块砸死的，还是被堵后困死的呢？还有，土崖坍塌前肯定发生过让人心悸的预兆，姥姥当时或许已经意识到危险的降临，为什么不拼命向外跑？想到这里，王思芗只觉心头一震，她发现自己竟然忽略了一个很重要的细节，那就是姥姥双腿瘫痪，即使她当时神志清醒，面对突然降临的危险，也没有能力自行施救。可以说，正是瘫痪的双腿给姥姥本来就非常悲苦的人生又蒙上了一层浓重的阴影，最终让她身陷绝境而死于非命。老天爷真是太残酷了，竟然让一个伤痕累累、折断了双翼、迷失了方向的"病鸟"又背负了如此多的沉重和不幸！

眼泪不知不觉模糊了王思芗的视线。王思芗只觉心头像有无数蚂蚁在拼着命儿叮咬，让她感到一阵阵的钻心似的疼痛。是谁让姥姥背负了如此多的磨难和苦痛，难道不正是那位用拖拉机撞断姥姥双腿的人吗？跟莫须有的老天爷又有啥关系？那么，当时开拖拉机的人到底是谁呢？他（她）现在是否还活着？事故现场到底是怎样的？即使姥姥对事故负有全部责任，出于人道主义考虑，肇事司机也应该给予姥姥适当的赔偿，咋从没听李玉苣、李福丰他们提起过这事呢？王思芗开始坐立不安，后悔自己太粗心，竟然把这么重要的问题给遗忘了。考虑到再转回去寻访已不太可能，王思芗索性拿出笔记本电脑来，打开，把刚才的疑问逐条记录下来，并试着画了张脉络图，以便日后有机会的时候，好按图索骥，继续查访。她觉得，事情早已成为过往，当年事情发展的最后结果如何已显得无足轻重，重要的是通过厘清它的脉络，可以给人以某种心灵上的安慰、启示或警觉。

不知不觉天色已晚，深邃幽暗的夜空中，无数星星像调皮多情的精灵不知疲倦地眨着眼睛，闪着亮光，黑乎乎的田野和山峦随着列车的飞速行进，快速向身后闪去。故乡的傍晚是如此的恬适和美好，处处涌动着蓬勃向上的朝气。无数辛酸的往事早已被淡忘、被尘封，人们在忙碌着、奔波着。年轻人早已习惯了快节奏的生活，心里充满了对美好明天的憧憬和向往，只有那些喜欢怀旧的老人偶尔触景生情，不经意从岁月的长河里掬起一把沉甸甸的记忆来……往事值得回味，回味往事能让人发现一些值得珍惜的发光的东西，得到些许心灵上的光亮、温暖、慰藉和快乐。然而，时间是宝贵的，一寸光阴一寸金，人不能老活在过去的影子里，得不停地向前看，向前奔。整日被往事困扰，患得患失，只会徒费精力和光阴，使人的意志变得消沉。李堂学叮嘱的话仿佛又在她耳边回响："翻腾那些陈芝麻烂谷子的事没啥意思，有这闲工夫还不如干点儿正事哩……"

思来想去，王思苈觉得还是李堂学说得对，她有时的确太较真了，根本无须为那些陈芝麻烂谷子的事劳心费神，过去的事就让它过去吧。失去的或许早已无法挽回，过好今天和明天才是最为重要的。王思苈忍不住嘟囔了一句："堂学哥，你说得对，不管我们漂泊到何方，故乡都是我们无法割舍的'根'，我听你的，到时我一定回来和你一起共创大业……"话刚说出口，马上意识到有些失态，忙朝旁边坐着的大姐尴尬一笑，装作要打电话的样子随手拿起手机。恰在这时，手机铃声突然发疯似的响了起来，一看来电号码，正是李堂学打来的！

（2）

想到自己刚才还念叨李堂学，偏巧他就来了电话，王思苈有些不好意思，犹豫了一会才接起电话，故作镇定地问："堂学哥，是你呀，有事吗？""怎么样，路上还顺利吧？呵呵，是这样的，听说你急急地跑回了家，大家都很挂念你，这不，我刚回到办公室，李大胜就跑了过来，他想跟你说几句话，不知道你现在方不方便？""这，这……"没想到李大胜脾气这么犟，竟然像疯狗一样"咬"着她不放！王思苈拿手机的手不自觉地抖了一下，不经意挂断了电话，怕李堂学多心，赶忙又小心地拨了回去，吞吞吐吐地解释说：　"对，对不起，火，火车上信号不好，断，断线了……"王思芗不想跟李大胜正面交锋，哪怕只是在电话中说话。也不知道李堂学是咋想的，明知道她跟李大胜水火不容，竟然让她跟他通话。她想借口信号不好再次挂断电话，又怕驳了李堂学的面子。

听王思芗的口气有些紧张，李堂学禁不住哈哈一笑："嗨，都怪我奶奶耳背，听风就是雨，错怪了你大胜哥的一番好意，你大胜哥急匆匆地来找你，没别的意思，是想向你赔不是，再就是想把你交的那 5000 元医药费还给你！"王思芗一听又是吃惊又是着急，说："别，别，那咋好意思啊！"李堂学说："没事，你大胜哥不是外人，既然不是外人，为了点小事动钱就显得有点生分了！好了，这事我替你做主了，过一会儿就把钱给你汇过去！"不等王思芗答话，李堂学又说："思芗妹妹，俗话说，'一家人不说两家话，'天天在一个锅里摸勺子，有点小磕碰是难免的，咱们没必要因为一点芝麻粒大的小事就伤了和气，伤了感情，如果你大胜哥有做得不妥当的地方，也请你多担待一点！他呀，这会肠子都悔青了，嘿嘿，别看他平时像个'黑旋风'一样疯来疯去的，关键时候比我还扭捏哩，我在这里替他向你赔不是了！""别，别这样说，我，我……"王思芗吞吞吐吐，一时不知说什么好。

李大胜的态度突然来了个 180 度的大转弯，这让王思芗有些始料未及。听声音李大胜就在李堂学身边，唯唯诺诺地打着"哈哈"，估计是真的有了悔过之意，这反而让王思芗有些不好意思起来。王思芗迟疑了好一会，终于鼓足勇气，讪笑着说："堂学哥，我回老家这段时间，给大家添了不少麻烦，尤其是……这样吧，你替我谢谢大胜哥，有时间我一定回去看望他和姨姥姥，我还有点别的事，先挂了啊！"因为这时不便多说话，王思芗借口有事慌忙挂断了电话。本来她打算在老家多住些时日的，没想到被李大胜一闹腾，不得不仓皇离开，现在看，她根本没必要急着走，完全可以静下心来继续做她计划好的事。那样的话，或许很多疑云都会被揭开，她和妈妈也就不会徒留遗憾了。离开家已有好多天，也不知道妈妈的病情有没有好转。带着妈妈的嘱托，怀揣妈妈的梦想，回老家探访，收获多多，也终于摸清了姥姥的真正死因，结果却不尽如人意。回去后，该怎样对妈妈说起这事呢？

想到妈妈这时或许正躺在病床上，眼巴巴地盼着自己回去向她报告喜讯，王思芗只觉鼻子一酸，眼中滚动起了泪花。亲人相继离去，对妈妈打击很大，妈妈的病，也许正是在这种痛彻骨髓的苦楚折磨下得下的，无论如何不能再伤她的心了！现在，“姥姥还活着”成了妈妈最大的安慰和希望，成了妈妈最大的精神支撑，决不能断了她的这个念想！但是，不向她说明实情，又该如何圆谎呢？一路上，王思芗都在冥思苦想，琢磨该向妈妈说的话，担心妈妈追问起来，自己无法应答，也担心自己不小心说走嘴，伤妈妈的心。琢磨再三，王思芗始终想不出一个两全之策。因无法当面向望眼欲穿的妈妈吐露实情，虽然非常挂念妈妈，王思芗还是强忍着，回到泞水县城，没有急着去医院看望妈妈，而是径直回了家。

袁明铄得知女儿回来的消息，急匆匆赶回家来。王思芗忙不迭地迎上去，焦急地问：“爸，我妈咋样了？”袁明铄显得有些疲累，随手将一大摞药费单子放在茶几上，一屁股蹲在沙发上，长长地叹了口气。王思芗预感不妙，眼泪“唰”的一下流了下来，带着哭腔问：“爸，你别吓唬我，我妈她到底咋样了？”“你慌什么，你妈比先前好多了！”袁明铄摆摆手，反问，“你，在老家这段时间还习惯吧？”王思芗吁了口气，用手摸摸胸口，嗔怪地看了爸爸一眼说：“吓我一跳，老爸，你说话别大喘气好不好！嘿嘿，我呀，这次回老家收获可多了，不仅了解到了姥姥偷拿队上麦穗的来龙去脉，还查清了姥姥的真正死因！爸爸，这事说出来说不定会吓你一跳，姥姥困死在地瓜井中，竟然与村里的一个老光棍王耷拉有关……”说着，王思芗滔滔不绝地介绍起她回老家后的所见所闻来。

袁明铄似乎对女儿说的事不感兴趣，听着，听着，不耐烦地打断她，叹了口气说：“思芗，我知道你是为你妈好，可是，你这样做又能帮上她啥忙？说实在话，我并不赞成你回老家调查你姥姥的事，事情都过去这么多年了，再揭别人的老底只会让人反感，只会让自己更加伤心，就算真如你妈希望的那样，你姥姥还活着，生活在一个有小桥流水、长满竹子的地方，那她的生活质量也好不到哪里去，你想啊，一个疯癫老人，拖着两条瘫痪的腿，能好到哪里去？”“爸爸，您的意思是说……”王思芗吃惊地看着爸爸，一时没有明白他的意思。袁明铄意味深长地吁了口气，说："孩子，我感觉自己越来越累，俗话说'病来如山倒，病去如抽丝''床上的病人，床下的罪人'，再这样拖下去，恐怕我的身子骨也要累垮了！"王思苈终于明白了爸爸的意思，一脸愧疚地说："爸爸，对不起，这些天让您受累了，又要做饭，又要去医院陪护我妈，按说这活儿应该由我来干，而我……唉！"王思苈低下头，心头陡然涌上一股酸涩的滋味。

袁明铄拍下女儿的肩头，想安慰她，嘴却不听使唤，又兀自诉起苦来。"苦点累点倒没什么好怕的，就怕……"袁明铄指着茶几上的那摞交费单子，一咧嘴说，"看到了吧，几天的工夫就攒下这么一大堆，虽然大部分费用能报销，但我还是有点吃不消，打针吃药要花钱，请护工也要花钱……治疗了这么长时间，你妈的病情总算稳定了下来，但我怎么也高兴不起来，因为你妈这病最怕反复发作，说不定一眨眼的工夫，就，就过去了……"听爸爸这样说，王思苈再也忍不住，眼泪扑簌簌流了下来。袁明铄一看不乐意了，瞪了女儿一眼说："你这孩子，瞎哭啥呢？你妈还没咋的呢，你这样哭显得多晦气啊！"王思苈打了个激灵，赶紧止住哭声，抹把眼泪，霍地站起身，鼻子抽搐两下说："我，我想多陪陪我妈！"说着就要出门去医院。袁明铄一把拉住她，说："孩子，你先别急着去看你妈，万一你妈问起你姥姥的事，你咋说？""这，这……"王思苈被问住了，一时愣在那里。

袁明铄拉女儿在沙发上坐下，劝她说："好了，你再着急也没用！你先歇一会儿，冷静一下，等情绪稳定下来了再说！"王思苈点点头。沉默了一会儿，袁明铄又说："思苈，有件事我得和你商量一下，这几天，你妈没少跟我唠叨，说什么'叶落归根'，她得尽早回老家看看，看看故乡的山，看看故乡的人……我，没敢答应她！""那就回呗，我妈的这个心愿我们应该满足她！"王思苈抬头看着爸爸，不假思索地答。袁明铄皱起眉头，站起身来回踱了两步，苦笑着说："可是，你妈现在身体这样，哪经得起长途颠簸呦！我想过了，她非要回老家去的话，只能用救护车拉她回去，这样遇上紧急情况，好及时处理，但是，能跑这么远路的救护车不好找，来回这么一折腾，要花去一大笔费用哩！"王思苈说："爸，我妈的脾气你是知道的，她只要动了回老家的念头，是不会轻易打消的，你若不答应她，就怕她心里犯堵，病情会……"袁明铄一听没了话，一屁股蹲在沙发上，双手抱头，开始闷头不语。王思苈尴尬地坐在一边，一时也不知说啥好。

沉默了许久，袁明铄突然用手使劲儿拍下大腿，盯着女儿问："对了，有件事我忘了提醒你，听说咱们新王庄早就进行了旧村改造，我记得你姥爷家和你姥姥娘家各有一处宅院，也不知道这两处宅院被村里征用了没有？要是被征用的话，你妈作为继承人，理应得到一大笔补偿，有了这笔补偿款，或许我们家的日子就不会过得这么紧巴了！"突然听爸爸这样说，王思苈惊讶不已，这么重要的事，她竟然给忽视了！

（3）

王思苈不止一次动过追讨赔偿款的念头，她觉得姥姥被人用拖拉机撞断双腿及困死在地瓜井中，肇事司机和王夯拉都负有不可推卸的责任，按说二人都应该向姥姥支付一定的赔偿款。还有，大姨王大辫屈死于张中医的针头下，更是不可小觑的重大医疗事故，张中医不但要赔款，还应该承担相应的法律责任。乡下人憨厚朴实，法律意识淡薄，这样的事竟然不了了之，过后也没人愿意提及。时过境迁，过去的事很难再予以深究，只能望洋兴叹，引以为憾。现在突然听爸爸说起老家房子的事，更让王思苈深感憋屈，焦虑不安。爸爸的想法没错，有些陈年旧事说不清理还乱，不值得再提，与其徒费精力，还不如从现实出发，从实际出发，做点更有意义、更有把握的事，而爸爸说的恰是这样的事。细算起来，妈妈王洛姝应该是那两处房产的最直接的继承人。新王庄早已进行过旧村改造，想必那两处宅院早已不复存在，因为王思苈回老家这段时间，并没有发现老人们所描述的那些老房子的踪影。

王思苈心中暗暗叫苦，后悔没有提前想到这事，否则她完全可以替妈妈向村里提出追要补偿款的申请，如果她刚回到老家就向村支书李堂学谈及此事，说不定补偿款的事现在已经有了眉目，爸爸也就不用为高额的医药费犯愁了。王思芗发现，爸爸比前时消瘦了不少，额头上又多了几缕白发，脸上满是愁容和倦意。爸爸妈妈一向都很坚强，但无情的病魔还是把妈妈给击垮了，也将爸爸折磨得疲惫不堪。想着，想着，王思芗鼻子一酸，眼中又滚动起了晶莹的泪花。她觉得自己对爸妈关心太少，亏欠他们的太多，本想尽一下孝心，圆妈妈的心愿，让妈妈宽心，替爸爸解忧，不辞劳苦，奔波千里，期望能有个好的结果，现实情况却不尽如人意。自己撇下病重的妈妈和劳累的爸爸不管，只身回老家折腾了这么多天，只摸清了一些让人揪心的往事的起因和脉络，并没有探听到让人振奋的消息。看得出，起初爸爸对这事也抱有一定的期望，现在他却像变了一个人似的，对姥姥的死并不怎么关心，他现在似乎更关心妈妈的病情和如何筹集高额的医疗费用。看来病魔能消磨人的意志，也能使人变得更加理智、成熟和柔韧！王思芗双手交叉放在胸前，在心里默默地祈祷：但愿爸妈能挺过这个"坎"，三口人，无论缺少了哪一个，都不能算是一个完整的家！

　　"思芗，在想啥呢，咋不回答我的问话呀？"见女儿傻呆呆的样子，袁明铄疑惑地看看她，不解地问。爸爸提醒的话打断了王思芗的思绪，她打了个激灵，脱口反问："我，我……对了，爸爸，是不是我妈妈也问过老家房子的事？"袁明铄苦笑着答："她呀，哪有心思管这事啊，是我无意中想起来的！唉，我若不是被逼急了，决不会惦记这点钱，我这也是没有办法的办法，想必我不说你也能猜到，你妈这病……再这样下去，恐怕咱们整个家都要被拖垮了！"王思芗被爸爸无奈凄苦的神色和灰心丧气的话语吓了一跳。人最怕的不是来自身体病痛的折磨，而是意志的消沉和信心的丧失。本应该给予病重的妈妈以鼓励和信念支撑的爸爸却首先被病魔给吓倒了，这不能不让王思芗感到震惊和担忧。王思芗眼巴巴地看着爸爸，几乎是哭着央求说："爸，人没有吃不了的苦，也没有克服不了的困难，现在您和我是妈的精神支柱，再苦再难咱们也得挺住，无论到什么时候都不能打退堂鼓，更不能对我妈提医药费的事！"袁明铄点点头，又摇摇头说："唉，就怕这事瞒不住啊！就算我不说，她也能感觉出来，我发现自打你回老家后，你妈就开始变得寡言少语，经常偷偷地唉声叹气，有时还自言自语，嘟囔些莫名其妙的丧气话，我怎么安慰她，她都听不进心里去！"

王思苈说："不管怎么说，咱们谁也不能灰心，得多给她笑脸看，多给她打气！我妈受了这么多的苦，遭了这么大的罪，咱们多替她担当一点儿，她就能好受一点！"听女儿这样说，袁明铄一时没了话。

　　袁明铄起初也有过女儿那样的想法，也曾一次次尝试着勉励自己，一次次为自己打气，面对未知的前途和残酷的现实，却怎么也乐观不起来。现实很残酷，理想很遥远，他感觉自己就像在黑夜中没完没了地摸索，不知道走到哪里才是终点。沉吟了一会儿，袁明铄看着女儿无奈地摇摇头，苦笑着说："不吃黄连不知道黄连的苦，话说起来容易，做起来就难了，咱们家的愁事可不只这一件！现在找份好工作不容易，得托关系找门路，你现在马上就要大学毕业，我正为你的工作犯愁呢！"王思苈心头一震，可怜天下父母心，原来爸爸不光为妈妈的病揪心，也在为自己的工作犯愁哩！自己长这么大了，咋能老让父母操心呢！王思苈毫不犹豫地对爸爸说："你是教育局的副局长，难道一点儿门路也没有吗？难道非要花钱才能办成事吗？如果真是那样，我宁愿到外面去打零工！"王思苈一梗脖子，又说："我工作的事您不用太操心，我自己会想办法的，实在找不到称心的工作，我回山东老家发展去！不瞒您说，咱们老家的变化可大了！"一听女儿要回老家"发展"，袁明铄有点不耐烦，摆摆手说："快别说了，这事哪有你说的那样简单呀！有句老话叫'父母在，不远行'，你一个人回了老家，撇下我和你妈咋办？""这，这……"王思苈遭了抢白，无言以对。

　　沉默了一会儿，袁明铄又想起刚才的事来，盯着女儿问："你怎么老是跟我绕弯子，总是不愿回答我的问话？""啥事？"王思苈脱口反问。"还能有啥事，就是补偿款的事呗！"袁明铄答。王思苈愣住了，看来这事爸爸已记挂在心，不能再回避了，但是，现在追要补偿款恐怕为时已晚，有些事一旦错失良机便很难挽回，所以才有"过了这村没这店"一说，可这话咋向爸爸说啊！王思苈想了想，觉得不该让爸爸失望，灵机一动说："爸，不瞒您说，这事我真的忘了问，咱们家的老房子估计早就被拆迁了，至于有没有补偿款，我也说不准！要不这样吧，我打电话问下村支书，也许他能给我们一个明确的答复！"说着，拿起手机，做出仔细翻找号码的样子。王思芗只是随口说说，并没打算真给李堂学打电话，见爸爸正用期待的眼神眼巴巴地盯着她，只好硬着头皮拨通了李堂学的电话。

王思芗吞吞吐吐地转弯抹角地将"补偿款"的事一说，开始时李堂学还笑声连连，客气话成堆，等听明白了王思芗的意思，立时陷入了沉默。既然李堂学有难言之隐，王思芗不便强求，只好说："堂学哥，不，李书记，我只是随口问问，你要是觉得为难，就算了，毕竟已过去了这么多年，有些旧账怕是没法查、也没法算了！"李堂学这回没有犹豫，忙不迭地答："不，不，不是那样的，我想了一下，咱们村的旧村改造工程是由前几任村委会主任具体操作的，关于你老家的那两处宅院，我一点印象也没有，这样好不好，等我了解一下情况，再给你答复吧！"李堂学话锋一转，关切地问："思芗，你旅途还算顺利吧，现在已经到家了吧？你妈身体好点了吗？""好多了，谢谢你！你先忙，不打扰你了！"爸爸在身边，不便和李堂学多聊，更不能说些"敏感"的话语，王思芗不失时机地挂掉了电话。

王思芗放下电话，朝爸爸撇撇嘴说："看来这事有点儿难办哩！"袁明铄好像早有预感似的，只是"哦"了声，并没有显露出很失望的样子。王思芗吁了口气，刚想安慰爸爸几句，碰巧他来了电话。袁明铄接起电话支吾一阵，很快又挂掉了电话，招呼女儿说："咱们抓紧去医院！"王思芗一惊，焦急地问："爸，谁打来的电话？妈是不是又……"王思芗一急，眼泪又在眼眶中打转儿。袁明铄"扑哧"一乐："你慌什么，没事，是我刚请的护工打来的，说你妈想你了，让你赶紧过去！"听说妈妈喊自己抓紧过去，王思芗慌了神，一个劲儿地催促爸爸快走，并问："爸，我回来的消息你告诉我妈了吗？""没有啊！也许是你妈瞎猜的吧，啧啧，这回还真让她给猜对了！"袁明铄随口答。王思芗又一惊，既然爸爸没有把自己回家的消息告诉妈妈，自己回家屁股还没坐稳，她咋就知道了？难道世上真有"心灵感应"不成？想到见了妈妈不知该怎样对她说姥姥的事，王思芗心里又忐忑不安起来。

（4）

来到医院，见到妈妈，刚才的焦虑和不安瞬间跑没了影。王思芗跑上去扑在床头，激动地拉着妈的手问来问去："妈，您现在感觉怎么样？饿吗？渴吗？想不想吃个水果？我爸做的饭还合你的胃口吧？嘿嘿，我离开家这段时间，您有没有想我啊？""嗯，好，好啊！"见女儿突然回来，王洛姝又惊又喜，眼角滚动着喜悦的泪花，用力坐起身子，凑近女儿，一边打量一边抚摸。亲昵地抚摸了一会女儿的脸蛋和头发，王洛姝突然停下，疑惑地盯着她问："思芗，你啥时回来的？为啥不提前跟我说一声啊？哦，对了，肯定是你爸忘了跟我说，哼，你爸最近像丢了魂似的，也不知道他整天忙些啥？"王思芗一愣神，下意识转头看看爸爸，吞吞吐吐地答："妈，您，您不是已经知道我回来了吗?！"袁明铄尴尬一笑，插话说："洛姝，我还没顾上跟你说呢！思芗她刚回来，回家板凳还没坐热乎，这不，你让陈阿姨打电话一喊，我们就急着赶过来了！"王洛姝若有所悟，嗔怪地白了丈夫一眼。

王洛姝看看笑呵呵地站在一边的护工陈阿姨，说："咦，陈阿姨她刚来，不知道思芗已回了老家，今天我眼皮跳得厉害，就想让她打电话问下孩子的情况，没想到这孩子已经回了家！"接着指指陈阿姨，对女儿介绍说："思芗，这就是刚才给你打电话的陈阿姨，今天多亏了她照顾我！"王思芗打量了陈阿姨几眼，笑着向她点点头说："阿姨您好，谢谢您照顾我妈！""不，不用客气，啧啧，多好的一家人啊！"陈阿姨说话很轻柔，脸上始终挂着谦和的笑，看模样只有三十出头，但大家都习惯喊她"陈阿姨"。陈阿姨似乎不愿多说话，局促地站了一会儿，默默地拿起暖瓶打开水去了。等陈阿姨离开，王思芗小声埋怨爸爸说："这人虽然看起来很面善，但她毕竟是外人，这种伺候人的活，她能用心嘛，以后还是让我来陪护妈妈吧！"王洛姝下意识地握了下女儿的手，嘴角扭动了两下，心里像有万分的委屈和歉疚，想说却没有说出口。袁明铄瞥了女儿一眼，轻轻地叹了口气说："这也是没有办法的办法，我也希望全由自家人来陪护，可是……好歹她也能搭把手！思芗，你没受过这样的累，伺候人的活你干不来，何况你还在上学，我和你妈本来就没指望你，你还是专心忙你的事吧！"听爸爸这样说，王思芗一时没了话。一家人似乎都不愿深入讨论这事，一时间都陷入了沉默。

沉默了一会儿，王洛姝招呼丈夫到跟前坐下，吁了口气说："明铄，这些天让你受累了，我真怕把你也拖垮了！我现在感觉好多了，要不这样吧，你去和医生说说，看能不能早点出院！"袁明铄连连摇头说："这，这咋行呢！洛姝你别多心，我没别的意思，我的意思是说，咱们好不容易熬到现在，绝不能半途而废，你病情虽然有了好转，但还须巩固和调养一段时间，好了，你啥也别想了，养好身子比啥都重要！"说着，从床头柜上随手拿起一个苹果，一点一点削给妻子吃。王洛姝吃了两口苹果，就不吃了，摆摆手让丈夫把苹果拿开，像突然想起了什么似的，盯着女儿，眼睛一亮问："忘了问你了，思芗，这次你和同学一块回咱们老家生活还习惯吧？老家的住宿和吃食合不合你们的胃口呀？你不服水土也就罢了，就怕让你那位同学也跟着受罪，那样就不好了！""妈，这次我是一个人回去的，我同学没去！您不用担心，现在老家的条件比以前好多了！"王思芗随口答。王洛姝一愣神，狠狠地瞪了丈夫一眼说："明铄，你咋也糊弄起我来了？思芗还是个小女孩，从没跑过那么远的路，你让她一个人回去，不担心啊？"袁明铄不以为然地答："没啥好担心的！她马上就要大学毕业，应该多出去锻炼一下！孩子为了表达孝心，帮你圆梦，执意要回去，我能有啥办法！再说了，她回去你不是也同意了嘛！""妈，我大了，能照顾好自己，您不用担心！"王思芗附和。

王洛姝沉吟了一会儿，很快领会了丈夫话中的意思，哭笑不得地摇摇头，说："嗨，我那是随口说说，没想到你们还真当了真！当时我的确做了个很蹊跷的梦，梦见思芗她姥姥还活着，但过后一想，就感觉这事太荒唐，梦毕竟是虚幻的，不能当真！""既然你心里早就明白，那你干吗还让孩子回老家去瞎忙活呀！"袁明铄小声嘟囔了一句。王洛姝愣了一下，这么多天来她还是第一次听到丈夫埋怨自己，也难怪，女儿一个人跑去那么远的地方，哪个做父母的不担心呀！这样一想，王洛姝就笑了，说："可是等我回过神来，孩子已经走了呀，我总不能半路上拉她回来吧？呵呵，你说得对，应该让她多锻炼一下，思芗长这么大，还从未去过她姥姥家，应该让她去认认家门！""啧啧，老家变化那么大，早已物是人非，哪还有家门可认啊！算了，不说了，你这会饿了吧？我去给你弄点吃的！"袁明铄说完，不等妻子答话，起身快步走出了病房。

王洛姝一时没有明白丈夫话中的意思，见女儿也在愣神，便轻轻地推了她一把问："思芗，你爸啥意思？难道……你快跟我说说，老家到底发生了啥变化！你姥姥她到底是死是活，你难道一点有价值的消息也没探听到吗？""这，这……"王思芗打了个寒战，支支吾吾答不上来话。王洛姝若有所悟，叹了口气说："孩子，你就跟我实说吧，我能挺得住，我只是很挂念老家和你姥姥，但并没指望你能给我带来啥好消息，我知道现实情况可能并没有我们想象的那样好！"见妈妈用期待的眼神眼巴巴地盯着自己，王思芗不忍心再瞒她，一五一十地把回老家了解到的情况对她和盘托出，最后还即兴加了一句："妈，告诉您个小秘密，您知道我姥姥和我大姨为啥那么喜欢向日葵吗？那是因为……"见妈妈自嘲一笑，王思芗赶紧打住，问妈妈："妈，您知道这事？"王洛姝点点头："当然知道了，但因为我当时年少不懂事，并没有体谅到你姥姥和你大姨的一番苦心！"说着，不无惋惜地长长地叹了口气。

女儿不经意提起的事，一下子又触到了王洛姝心底的痛处。王洛姝陷入了沉沉的思索，虽然她早已做好了充分的心理准备，但结果还是大大出乎她的意料，一种难以名状的滋味夹杂着深深的愧疚在她心头搅来搅去。"妈，妈，您没事吧？事情都已经过去了，咱们得往前看，得往好处想，咱们得好好活着，否则姥姥在九泉之下也不会瞑目的！"见妈妈冷着脸发呆，王思芗非常着急，说话有些语无伦次。王洛姝没有理会女儿，目光呆滞、木然地坐在那里，只顾想自己的心事。王思芗一看，赶紧起身去喊爸爸。

袁明铄没有走远，就坐在病房外的连椅上，也在愣神儿。王思芗快步走过去，焦急地说："爸，你咋也在这发呆呀，我妈她，她……""她咋了？"袁明铄吓了一跳，猛地站起身来。"她在发呆，不理我，人像傻了一样！"王思芗撇撇嘴答。"咋说话呢，一点儿礼貌也没有！"袁明铄嗔怪地白了女儿一眼，快步走到妻子病房门口，透过门玻璃向里张望。袁明铄很快转回身来，摆摆手让女儿坐下，吁了口气说："以后别总是大惊小怪的，你妈她没事，她经常这样一个人愣神儿！"袁明铄挨在女儿旁边坐下来，问："思芗，你是不是把实情全对你妈说了？""嗯，是的，对不起，爸爸，我本来不想直说的，但经不住她再三追问，我就忍不住全说了！"王思芗说完，低下头。袁明铄"哦"了声，开始沉默不语。也不知道爸爸心里是咋想的，王思芗偷眼看看他，想问爸爸接下来该怎么办，但话到嘴边又咽了回去。

沉默了许久，袁明铄终于发了话，安慰女儿说："好了，这也没啥好隐瞒的，说了就说了吧，说了就不用整天挂念了，你抽空多劝劝你妈，让她想开点儿，别总对过去的事念念不忘！""好的，您放心吧！"王思芗抬头看着爸爸，不假思索地使劲儿点了点头。别看王思芗嘴上这么说，心里却没底儿，因为她很清楚，想让妈妈忘掉一件高兴的事容易，但想让她忘掉一件刻骨铭心、痛彻心扉的事，几乎是不可能的。正在这时，陈阿姨突然推开病房门急匆匆地走了过来，招呼两人说："洛姝大妹子让你们爷俩抓紧过去呢！"两人一惊，顾不上多问，快步走进病房，王思芗抢前一步问："妈，有事吗？"王洛姝心情明显比刚才好了很多，若无其事地摆摆手，招呼爷俩在床前坐下，认真地说："我想回老家看看，给爹娘坟头上填把土！不知道你们爷俩乐不乐意跟我一块回去？"爷俩一听，面面相觑。

（5）

爷俩很快回过神来，互相递个眼色，争相劝说起王洛姝来，要她慎重考虑一下再做决定。王洛姝却像王八吃秤砣铁了心一样，坚决要回老家看看，说"叶落要归根"，她必须趁现在还能爬动，赶快到爹娘坟头上上炷香、烧点纸。王洛姝似乎对自己的病情早有预感，知道自己在世的时日已经不多，她必须好好珍惜并利用好活着的这段时光。她不止一次动过回老家的念头，也多次征求过丈夫的意见，今天听了女儿叙说的情况，更坚定了回老家的念头。王洛姝觉得，她亏欠娘太多，太多，要不是她当年离家出走，娘也不至于用棍子拼命将院门砸开，三番五次跑出家门，拖着瘫痪的双腿到处寻找她的下落。孩子是娘身上掉下来的肉，虽然娘有些疯癫，从她心灵深处迸发出来的母爱的光芒却从来就不曾黯淡过，即使到了生命的最后关头，她对孩子的爱依然是那样的无私和醇厚。为了表达这种爱，娘不惜做出任何牺牲，为了挣脱桎梏她的院门，她用棍子拼命敲呀敲，即使棍子被砸断、手上磨出了血也决不放弃。一幕幕往事又清晰地浮现在王洛姝的脑海中，娘到临死都没捞着看上女儿一眼，娘苦了一辈子，即使患了疯癫病，双腿瘫痪，也要竭尽全力地奉献自己对孩子的爱，作为女儿，却没有尽上应有的孝心！想着，想着，一种深深的愧疚感悄然袭上心头，两行热泪潸然而下。

袁明铄看妻子又伤心地掉起了眼泪，知道自己一时很难说服她，忙去找医生过来帮着劝说。医生和护士长听到消息马上赶了过来，开始苦口婆心地劝说王洛姝。为避免刺激王洛姝的情绪，袁明铄招呼女儿和陈阿姨到病房门外守候。护工陈阿姨做事很谨慎，从不轻易表露自己的看法，见袁明铄和王思芗有话要说，识趣地躲到了更远的地方。袁明铄坐在走廊连椅上，不住地长吁短叹。看爸爸犯愁，王思芗心里也不好受，但她还是装作若无其事、不以为然的样子，笑着劝爸爸说："爸，咱们就满足我妈的这个心愿吧，我觉得她这样做并没有什么不妥嘛！姥姥的事还有很多疑点没有搞清楚，正好回去再打探一下！"袁明铄似乎没有在专心听女儿说话，过了一会，才猛然回过神来，没好气地白了女儿一眼说："你懂什么？你不要再火上浇油了好不好！你姥姥毕竟已经离开人世，过去的那些事搞清楚了又能怎样，搞不清楚又能怎样？你妈现在身体那么虚弱，哪经得起长途奔波呦！唉，孩子，只要你妈还有一口气，咱们家就还是一个完整的家啊！"一句话，又戳到了王思芗心里的痛处，王思芗鼻子一酸，捂着嘴小声抽泣起来。

袁明铄觉得刚才的话说得有点儿重，讪笑着劝女儿说："都怪我不好，哪壶不开提哪壶，好了，别动不动就哭鼻子，别忘了这是在医院……好孩子，咱爷俩现在是你妈的精神支柱，再苦再难也得挺住！"王思芗打了个激灵，倏地止住抽泣声，强装笑脸问："爸，那，那现在咱们该咋办？妈铁了心要回老家看看，你要是硬拦着不让她回去，她会不高兴的，她心情不好，会影响治疗的吧?！"袁明铄"嗯"了声，正因如此，他才左右为难，举棋不定啊！正在这时，医生和护士长推门走出了病房，王思芗眼睛一亮，忙不迭地迎上去，焦急地问："你，你们好，请问你们劝服我妈了吗？她，是不是还坚持回老家去呀？""这，这……"护士长刚要答话，医生摆摆手拦住她，叮嘱王思芗先去照看一下王洛姝，然后招呼袁明铄去了医生办公室。看医生不苟言笑的样子，王思芗心中一沉，莫非医生还有什么重要的事需要私下跟爸爸说不成？

王思芗忐忑不安地走进病房，一眼瞅见妈妈正望着窗外愣神儿，一看就知道她还在盘算回老家的事。一个人心里有了某个方面的想法或期求，就会不自觉朝着那方面去做。虽然有些让人心动的念头一闪就没了，像可遇不可求的精灵，但积淀在心里的那份拂之不去的美好的念想，却时刻给人以力量和温暖，有它与人相伴，人生将变得不再冷寂。王思芗心想，也许妈妈正是被这种念想和精神力量所激励、所支撑，才一次又一次挺过了难关。相信这一次，妈妈也一定能挺过难关！王思芗没有打搅妈妈，默默地在床边坐下来，目光也不自觉地移向窗外。窗外的阳光很好，正逢玉米拔节抽穗的时节，随着目光的伸展和游走，老家那绿意盎然的田野便扑面而来。再仔细看，却遍寻不见玉米的影子，真切映入眼帘的满是绿树掩映的令人压抑甚或窒息的钢筋水泥筑起的楼房。她恍然大悟：身居闹市，故乡那令人心旷神怡的旷野是很难看到的，只能凭想象来加以揣摩和感受……

娘俩发呆愣神、想象回老家的情形的时候，袁明铄已随医生来到办公室。医生招呼袁明铄坐下，开门见山地问："袁副局长，对于你妻子要回老家的事，你怎么看？""我，我当然不希望她回去，那么远的路程，我怕她的身体撑不住！"袁明铄试探着看看医生，尴尬一笑问，"柳医生，您现在说话比我们有分量，刚才您去劝她，她咋说的？还有，您对这事怎么看？或者，有没有什么好的建议？"柳医生没有急着答话，一边把笔拿在手里掂着轻重，一边皱着眉头沉思，沉思了一会儿才说："虽然你妻子的病情已得到控制，暂时也没有发现复发的苗头，但作为她的主治医生，我不希望她中断治疗。只是，她心里的那个结不好解啊！这样吧，你们非要回去也行，但必须做好应急准备，最好请个医护人员全程跟着。当然，主意最后还得由你们自己来拿，我们尊重病人和家属的意见！"柳医生已把话说得很明白，袁明铄不好再待下去，识趣地离开了医生办公室。

从医生办公室里出来，袁明铄坐在走廊连椅上闷头想了很久，最后还是决定陪妻子回老家看看。怕妻子着急上火，袁明铄没有急着把要回老家的事告诉她。直到几天后，他又瞧见妻子在发呆愣神，饭也不肯吃，终于忍不住对她说了。王洛姝听了很是高兴，一个劲儿地催促丈夫赶紧做回老家的准备。袁明铄嘴上答应得很爽快，心里却犯了难，一个棘手的问题又摆在了他面前，那么远的路，他不知道该搭乘什么样的交通工具！后来，征求了柳医生的意见，为节省时间，减少旅途颠簸，一家人决定带足应急的药物，坐飞机回去。

一家人开始忙着做回老家的准备。马上就要回到阔别已久的老家，王洛姝激动万分，精神头十足，受好心情的影响，她的身体状况奇迹般地好转了很多。想到又要见到那些熟悉的亲切的面孔，王思苈也非常高兴，嚷着要给村支书李堂学打电话，让他提前做好迎接的准备。王思苈拿起手机刚要拨打，不想被妈妈摆摆手拦下。王洛姝偷眼看看丈夫，话中有话地说："咱们又不是什么重要人物，还是不要惊动他们了，再说我还是个病秧子……"虽然妻子没有明说，袁明铄还是很快领会了她的意思，向女儿使了个眼色说："你妈说得对，咱们应该悄悄地去，悄悄地回，尽量别给村里人添麻烦！""这咋能说是添麻烦呢？我妈本来就是在那里土生土长的，算得上新王庄一分子，她都这么多年没回去了，村里接待一下也是应该的！"王思苈做个鬼脸说，"咱们又不是小偷，干吗像见不得人似的偷偷摸摸地回去？""不，不是，我是说，你妈那病……"袁明铄吞吞吐吐欲言又止。

王思苈不乐意了，嘴噘得老高，憋闷了一会儿，脖子一梗说："嗨，这有啥好担心的嘛，现在的新王庄早已不像从前，人们的思想观念开放多了，才不忌讳这些事哩！我妈有病咋了？她的病又不传染，有啥好怕的嘛!"接着恍然大悟似的又说:"对了,你们不会是嫌我姥姥名声不好听吧?据说我姥姥当年被人称作村里的'四大邪'之一,当年村里人都设法躲着她,可现在你再去问问,好多人连我姥姥的大名都叫不上来了,哪有闲心计较当年的事情啊!"袁明铄狠狠地瞪了女儿一眼说:"你这孩子,越说越离谱了,咋又提起这事来了?快去收拾你自己的东西去!"王思芗猛然回过神来,抬手拍了一下自己的嘴巴,红着脸解释说:"算我没说,算我没说!"原以为女儿的话又戳到了王洛姝心里的痛处,没想到她毫不在意,嗔怪地看了丈夫一眼,"扑哧"一乐说:"孩子只是随口说说,你着什么急嘛!呵呵,没想到这孩子回去查访了这么长时间,竟然还蒙在鼓里,是该好好给她解释一下了!"袁明铄一愣神,脱口问:"你,你是说,你了解'四大邪'的真相?"王洛姝点点头。

没想到妻子竟然还藏着秘密没有对自己透露,袁明铄吃惊不小,尴尬地看着妻子,直摇头。"妈,刚才我那样说,您没生气吧?嘿嘿,不知者不怪嘛!"王思芗亲昵地拉着妈的手,催促说,"妈,既然你早就了解真相,就赶紧跟我们说说呗!这样回去跟他们说话时心里好有数嘛!"袁明铄向女儿使个眼色说:"快别烦你妈了,你妈累了,应该休息了!""谁说我累了?不把心里想说的话吐出来,那才叫累哩!"王洛姝没有理会丈夫,拉着女儿的手,只顾念叨起来。

(6)

王洛姝说,王思芗回老家后没几天,王大柱来医院看望过她,跟她透露了一些最近村里发生的事情。当时袁明铄恰好不在医院,怕他担心,王洛姝没有把王大柱来医院看她的事对他说。王洛姝和王大柱聊了很久,其间就提到李玉涢坏名声的由来,说起"四大邪"的事,王大柱把从村里老人们那里了解到的情况原原本本地对王洛姝说了一遍。听了王大柱的话,王洛姝才终于搞清了"四大邪事"的真相。原来当年的"四大邪事"并没有人们想象的那样复杂,也不像有些人说的那样玄乎,本来都是很简单的事,经过人们添油加醋,胡诌乱侃,完全变成了另外一副模样。

依王大柱了解到的情况看，"第一邪"王大胆暴死在獾洞边，并不是被"獾精"害死的，而很有可能是因受到惊吓突发心脏病致死。王大胆的老娘曾无意中跟人说起过，王大胆打小心脏就不好，经常感到胸闷头晕，长大后，他自恃年轻力壮，根本不拿这病当回事，虽然他胆子很大，但面对突发情况，难免会受到惊吓而导致心脏病突发。据有经验的老人说，獾这种动物怕人，除非受到严重威胁，一般不会主动攻击人。于是有人便做出这样的断言：虽然王大胆死后身上看不到一点儿伤，但他想把獾赶尽杀绝，肯定在死前遭受过獾的突然攻击！夜深人静，身处伸手不见五指的荒野，若突然遭到獾的攻击，胆子再大的人也不免害怕。俗话说"神仙也有打盹的时候"，王大胆捉獾屡屡得手，那是侥幸使然，时间长了难免有失手的时候，可惜他这次失手，把自己的小命也搭上了。

至于"第二邪"扁担叔莫名其妙光着身子睡在山沟里的事，就更好解释了，因为这事纯粹是外村几个年轻后生搞的恶作剧。扁担叔所谓的蹊跷事发生几年后，大队护林人员抓住了几个偷伐山林的年轻后生，从他们嘴里偶然了解到了事情的真相。原来，那几个后生是邻村出了名的痞子，整日游手好闲，经常结伙上山偷伐树木卖钱花，为了赶走护林的扁担叔，他们绞尽脑汁，变着法儿吓唬他。那天，他们见扁担叔喝醉了酒，沉睡不醒，索性剥走他的衣服，把他扔到了沟底的草丛里！

关于"第三邪"李大脚冤魂不散的传闻，则纯粹是人们的猜测和杜撰。李大脚在深水潭边神秘消失，并不是跌入深潭溺水而亡，而是和相好急匆匆地私奔去了。原来早在李大脚出嫁前，她就和邻村的一个后生相好。那时，人们的思想观念还比较保守，"自由恋爱"很难被大家接受，怕父母阻挠，两人没有把他们偷偷相恋的事公开，为了追求自由和幸福，他们选择了私奔。李大脚在深水潭边逗留，其实是在等候情人的到来！

所谓的"第四邪"就更为荒诞可笑了，王洛姝不知道这顶帽子是如何扣到娘李玉祯头上的，她感觉那些乱嚼舌根子的人很无聊、很可怜，也很可恨，他们为了一己之快竟然无中生有地捏造事实、颠倒是非。他们信口雌黄，诬陷李玉祯是村里的"灾星"，说二狗子家的新媳妇自打见了她一面，就没了怀娃的迹象；说大棒子家的孩子学习一向很好，自打被她吓了一次，就变傻了，成绩一个劲儿地往下滑；还说斗子家的老母羊被她摸了一把，生下的羔羊没几天就死了仁……其实人们说的这些事跟李玉浈根本扯不上关系，二狗子家的新媳妇怀不上娃，那是因为她有生育障碍。李玉浈经常追撵村里的小孩子，那是因为她喜欢孩子，想逗孩子玩，所谓大棒子家的孩子被她吓傻根本不足为信。至于斗子家三只羔羊的死，则纯粹是巧合。村里很多人之所以动不动就往李玉浈头上乱扣帽子，是因为他们对她有偏见，看她不顺眼，对她偷粮食的事总是念念不忘，认为她一日为贼，便一辈子贼性不改，他们这样做显然是不对的。

王洛姝说完"四大邪"的由来和真相，看看丈夫和女儿，由衷地感叹说："已经过去这么多年，是非曲直谁还能说得清啊！算了，不说了，越说心里越犯堵！"袁明铄亲昵地拉了下妻子的手，想安慰她几句，却言不由衷地问："这样说来，村里兴建旅游新区平整土崖的事想必你早就知道了？怪不得你最近总有些精神恍惚，原来……唉，这王大柱也是，竟然背着我和你见面，这不是成心给人心里添堵嘛！"王洛姝嗔怪地白了丈夫一眼，摆摆手说："这事不能怪王大柱，他也是怕我惦念才及时告诉我的！我知道你们是为我好，担心我身体不好，受不了这种精神刺激，但是，你们也不能总瞒着我啊，早晚都得让我知道，与其晚说，还不如早说的好！""就是嘛，对于家里的事每个人都有知情权，说出来好，说出来心里就没包袱了，也爽快多了！"王思芗朝爸爸嘻嘻一笑问，"对了，老爸，你是不是还有事瞒着我们，快说出来吧，等发了霉长了毛，再说出来就没味儿了！"一句话，把一家人都逗乐了。

一家人难得坐在一起互诉衷肠，把憋着的话儿吐露出来，心里就敞亮了很多，尤其是王洛姝，虽还是经常发呆愣神儿，但从她脸上已看不出任何悲伤的神情。对她来说，痛苦或许早已成为记忆，磨难也早已化作淡淡的浮云，活着的人好好活着，才是对亡者最好的怀念！很多失去的东西已无法挽回，珍惜现在的生活，把握并走好明天的路，才是最明智的选择。这时的袁明铄和王思芗也像卸了包袱一样，脸上洋溢着舒心的笑容。

第十六章

尾声

（1）

　　归心似箭，一家人都想早点回到老家，看看家乡的亲人，看看家乡的山水，呼吸一下家乡山野新鲜的空气，闻一闻家乡泥土和花草的芳香，听一听家乡旷野的天籁声响和庄稼拔节抽穗的声音。一家人就是这样怀着激动和喜悦的心情，带好行李，高高兴兴地踏上了回老家的征程。坐飞机回老家，比先前预想的还要舒适和快捷，只用了小半天工夫，便飞回到了老家所在的市里。终于回到久别的故乡，王洛姝感慨万千，刚走出飞机舱门，她便眯了眼，用力呼吸故乡新鲜的空气，感受家乡泥土所发出的特有的馨香。在丈夫和女儿一左一右的搀扶下，王洛姝一边感受着家乡的气息，一边小心地走下飞机舷梯。

　　一家人刚走出机场出口，从接站人群中突然闪出一个高大的熟悉的身影，径直向着王思芗跑过来。这人不是别人，正是李堂学，李堂学是特意开车从新王庄村赶到市飞机场来接王思芗一家人回家的。王思芗像是早就预感到李堂学会来似的，亲昵地拉着他的手，眉飞色舞地向爸妈介绍："嘿嘿，老爸，老妈，这就是我常跟你们提起的——新王庄最高行政长官李堂学同志，他呀，待人可热情了，前些天我回家多亏他帮忙照应！"一阵寒暄过后，袁明铄和王洛姝又禁不住好奇地打量了李堂学几眼，不住地点头。李堂学麻利地把行李放到车后备厢中，随后默不作声地发动了汽车。车很快驶出市区，风驰电掣般向新王庄方向驶去。

　　李堂学突然变得有些腼腆，不愿多说话，只顾闷头开车，王思芗则像个天真的小孩子一样，指着窗外的风景滔滔不绝地向爸妈介绍："爸，妈，我说得没错吧，咱们老家这地方是块风水宝地，经济发展得非常迅速，啧啧，等你到了新王庄，定会大开眼界的，如今的小村建设得比市区还要漂亮哩！这与堂学哥的正确领导是分不开的……"李堂学有些不好意思，朝王思芗努努嘴，转移话题说："对了，给婶儿治病的专家我已经找好了，现在就在县医院候着，我们可随时去找他！还有，你们的食宿我也已经安排好了，就在咱们村自己开的招待所里，放心吧，咱们村的旅游景区马上就要升级为'四个星'了，招待所的条件全是照四星级酒店标准配置的，婶和叔要是住得惯，想住多久就住多久！"袁明铄和王洛姝一听，不约而同地连声向李堂学表示感谢。

听李堂学提到医生，王洛姝突然感觉浑身没劲儿，这才意识到这次旅程并没有预想的那样轻松，多亏李堂学想得周全，早已做好了周密的安排。在向李堂学表示万分感激的同时，王洛姝心里不免又犯起了嘀咕，她搞不明白，为什么村支书李堂学突然亲自来接站，而且还这么卖力，难道……王洛姝下意识地看看女儿，马上明白了七八分，强打精神，小声埋怨她说："你这孩子，说好了咱们悄悄回来，尽量别给大家添麻烦，你偏不听！"王思芗不以为然地说："没事，这事我只告诉了堂学哥一个人，放心吧，堂学哥不是外人，再说咱们打老远过来，他这个当村支书的就应该尽一下地主之谊嘛！""就是，就是，思芗说得很对！"李堂学附和。王洛姝一听，没了话，忍不住又好奇地打量了李堂学几眼，她感觉李堂学对女儿言听计从，其中肯定有着不同寻常的原因，难道他对思芗有那层意思？可是，思芗毕竟还像个孩子呀！王洛姝不敢相信这是真的，一个劲儿地向丈夫递眼色，丈夫不理会，把目光移向车窗外，只顾盯着外面的风景看。

快到县城时，袁明铄突然发现妻子脸色苍白，有气无力地靠在后座靠背上，看来妻子还是经受不住长途奔波！袁明铄心中一沉，顾不上多想，将妻子紧紧揽在怀里，招呼李堂学火速开车向县医院赶去。王思芗这时也慌了神，眼中噙着泪花，紧紧抓着妈妈的手，不停地喊着"妈妈"。王洛姝强打精神，笑着安慰女儿说："好，好孩子，我，我没事，我只是感觉有点儿累，兴许歇一会儿就好了！"袁明铄向女儿使了个眼色，叮嘱她说："尽量让你妈少说话，你妈说得没错，兴许歇一会儿就好了！"王思芗点点头，焦急地通过车窗望向前方，盼着快点赶到医院。好在县医院就在经过县城的主干路边上，没用多会，一家人就赶到了那里。来到县医院，李堂学忙前忙后，请专家火速给王洛姝会诊、治疗，所幸的是王洛姝只是有点劳累，病情并没有出现异常，经过短暂的治疗和调养，王洛姝的精神状态很快有了好转。在王洛姝的坚持下，大家在县城只耽搁了两个多小时，简单吃了点饭，又匆忙向新王庄村赶去。因担心妻子支撑不住，袁明铄用手揽着她，不停地变换着姿势，尽量让她坐得舒服些。袁明铄在心中默默念叨：等给岳母上完坟，无论如何也要抓紧往回赶！李堂学偷眼看看袁明铄，非常理解他的急迫心情，不由自主地加快了车速。

　　终于赶回了新王庄村，在王洛姝的坚持下，大家顾不上歇息，也顾不上观赏家乡的新貌，简单准备了些祭品，在村东山坡前下了车，径直向坡上的那片坟地走去。王洛姝被丈夫和女儿一边一个搀扶着，一步一步走近那片坟地，每挪动一步，都是那样的漫长和沉重。虽然王洛姝早就做好了充分的心理准备，尽量避免伤心过度，以免让家人担心，但看到爹娘的那座新坟，她还是忍不住，泪水夺眶而出，"哇"的一下哭出了声，发疯似的挣脱开丈夫和女儿的手，跌跌撞撞地紧跑几步，扑倒在坟头上，泣不成声。"娘，闺女来看您了，娘，您在那边还好吧，一定不愁吃不愁穿吧！娘，您听到俺喊你了吗，听到了您就应一声！娘，大家都说您的命硬，就是上刀山下火海也毫发无伤，可是，您咋不等俺回来就轻易走了呢，您不知道俺做梦都想您呀！呜呜，娘，您苦了一辈子，饿了一辈子，总是千方百计省下饭来给孩子们吃，为了孩子，再苦再难您都挺着，得病了瘫痪了您也不怕，孩子离开家门，您就砸开院门，爬着去找，手上、腿上都磨出了血，您也不觉得疼！娘，俺对不住您啊，您要不是为了寻俺，也不至于……"王洛姝一边哭喊，一边用手使劲儿拍打地面。凄厉的哭喊声在山野间回荡，鸟儿为之驻足，山野为之呜咽，天上的流云也阴沉了脸，沉浸在不堪回首的往事当中，倾听着回味着这片山野曾经发生的故事。袁明铄、王思芗和李堂学也受了感染，眼泪止不住地往下流，几个人眼含热泪，一边仔细地摆放供品，一边虔诚地叩首祭拜。

　　见妈哭得死去活来，王思芗很是心疼，想去搀扶她，安慰她，却被爸爸拦住。袁明铄抹把眼泪，鼻子抽搐两下，朝女儿摆摆手说："思芗，让你妈哭吧，哭出来兴许会好受些，你妈这辈子过得不容易，她心里藏着很多苦，有很多话想对你姥姥说，就让她尽情地说吧！"袁明铄转而轻轻地揽住妻子的腰，嗫嚅道："洛姝，不，小辫，娘在天上看着呢，听着呢，你心里有什么苦，有什么委屈，都可以对娘说，说出来心里就舒坦了！你不用担心，娘这是享福去了，天堂好着呢，不愁吃，不愁穿，也不用挨饿！你跟娘说，我们现在也好着呢，苦日子、饿肚子的日子已经一去不复返了，还有，咱们祖辈生活的地方已发生了翻天覆地的变化，乡亲们的日子过得一天比一天红火，这在过去真是连想都不敢想啊！"本想劝慰妻子几句，没想到一句话又勾起了她的伤心处。王洛姝哭得更加伤心，终于眼前一黑，晕厥过去。袁明铄一惊，手忙脚乱地抱起妻子，喊了几声，不见应声，顿时慌了神。"叔，婶儿可能是累着了，赶紧送她去村卫生院吧！"李堂学说着，不由分说，麻利地背上王洛姝就走。等李堂学跑出几步，袁明铄和王思芗才回过神来，忙不迭地跑上去搀扶。

　　一家人拼尽全力，互相搀扶着，跌跌撞撞地向村卫生院跑去。

（2）

　　县医院的专家早就预料到王洛姝会因情绪激动而晕厥，在她离开县医院前，特意对陪护的李堂学等人做了详细的叮嘱。来到村卫生院，李堂学赶紧对主治医生讲明情况，要她无论如何也要控制住王洛姝的病情。村医有些为难，说村卫生院医疗条件虽然比镇医院差不了多少，但从没医治过像王洛姝这样的"大病"患者，所以大家心里都没底。李堂学征求袁明铄的意见，袁明铄认为妻子只是因体虚乏力和悲伤过度而晕厥，建议先对她进行必要的抢救治疗，过会看看情况再说。李堂学点点头，招呼医生抓紧时间施救和用药，村医不好驳村支书的面子，只好硬着头皮照县医院专家叮嘱的应急方案对王洛姝进行治疗。王洛姝躺在急救室的病床上，昏迷不醒。一家人焦急地守在急救室外，紧张得心怦怦直跳。

　　时间像突然凝滞了一样，过得异常缓慢，每一分每一秒都是那样的漫长。也不知过了多长时间，医生终于推开急救室门走了出来，大家不约而同地围拢上去，争相询问起来。医生笑着摆摆手说："大家不要紧张，没事了！"说完，若无其事地快步走开了。听医生这样说，几个人心里悬着的石头总算落了地，不约而同地长长地舒了口气。正如袁明铄预料的那样，王洛姝并无大碍，经过应急治疗，没过多长时间便苏醒了过来，打了不到两瓶点滴，精神状态便明显有了好转。王洛姝躺在病床上，心里仍挂念着给母亲上坟的事，不停地问"吊瓶"还有几瓶，啥时才能滴完，弄得大家哭笑不得。怕说话不慎又戳到妻子心里的痛处，袁明铄尴尬地守在一边，不敢多劝。王思苈亲昵地握着妈妈的手，用充满疼爱的眼神看着她，想埋怨她几句，但话到嘴边又咽了回去。

正在这时，病房外突然传来一阵急促的女人的说话声。"啧啧，小辫这是着啥急上啥火嘛，打那么远的地方来，咋不先歇一会呀？""唉，都怪堂学这孩子，也不知道他葫芦里到底卖的啥药，这么大的事，他竟然对谁都没说！"听到声音，几个人愣了一下，刚要起身出门去察看，就见两个上了年纪的女人急匆匆地走进病房来。王思苈一看，原来是李玉荏和李堂学的奶奶刘桂花！没想到姨姥姥李玉荏会来，王思苈很是吃惊，慌忙站起身，红着脸和她打招呼："姨，姨姥姥，您来了，您身体好些了吧？""好多了，好多了！孩子，那天你咋不吱一声就走了呢？大胜被我狠狠地骂了一顿，我让他去给你道歉，也不知道他见上你的面儿没有？""这，这，我……"王思苈刚要答话，李堂学跑过来抢着介绍说："呵呵，你们还不认识吧？这是思苈的爸爸袁副局长，这位呢，就是思苈的妈妈……"

寒暄过后，李玉荏坐在病床前，亲昵地拉着王洛姝的手，关切地问："孩子，你这是咋了？感冒了？发烧了？要好好爱惜自己的身子嘛！现在虽说刚入秋，但突然遇上个刮风下雨的天，有时也让人受不了！"李玉荏叹了口气，话锋一转说："孩子，你该有好多年没回家了吧？回来好，回来好啊！唉，你要是早回来几年该多好啊，那样的话，说不定你娘她……"李玉荏眼圈有些红润，没说上几句话便哽咽起来。李堂学轻轻拽了下王思苈的衣角，示意她去外面说话。两人刚要走出病房门，就见李福丰和王奋拉一块急匆匆走了进来。看到李堂学，李福丰愣了一下，小声问："你，你要干吗去？""我找思艿说点事！"李堂学尴尬一笑答。李福丰若有所悟，意味深长地"哦"了声，见王夲拉在愣神，下意识地推了他一把，差点把他闪个趔趄。

走到院前空旷处，王思艿停下，盯着李堂学问："你不是说要找我说事吗？咋不说呀？""其，其实，也，也没啥大事！"李堂学吞吞吐吐欲言又止。"不想说算了，我没闲工夫陪你！"王思艿装出生气要走的样子。李堂学急了，忙解释说："你别急嘛，我真有事想对你说，但是又怕……思艿，你能先回答我一个问题吗？你妈她身体这么虚弱，干吗还要硬挺着回来呀？"突然听李堂学这样问，王思艿只觉心头一沉。王思艿下意识地向病房方向望望，苦笑一下答："堂学哥，关于我妈的病情，我不说想必你也能猜到，叶落归根，这是很多游子的心愿，我妈也不例外……最重要的是，她想趁现在还能活动，赶回来亲自给我姥姥上回坟，所以，虽然我和爸爸都非常担心，但最终还是陪她回来了！"李堂学"哦"了声，感叹说："是啊，这么多年没回来，是该回来看看，以免留下什么遗憾！"

李堂学突然意识到自己的话说得不太合适，偷眼看看王思艿，转移话题说："对了，思艿，你让我帮你查问的事，已经有眉目了！本来一见到你们就想说的，怕你爸妈听了不高兴，就没急着说！"王思艿一惊，问："听你的意思，结果都不太好？"李堂学笑笑，努努嘴答："是不太好，但也没什么好遗憾的，主要看你怎么去想，你姥爷和你姥姥娘家留下来的那两处宅院，早在旧村改造前就被陈健港以低价变卖掉了！"王思艿又一惊，疑惑地看看李堂学，不解地问："陈健港，莫非就是我舅王二瓜的孩子？他，他有什么资格卖我们家的房子呀？""这事是前任村支书应承的，虽说陈健港随了外姓，但毕竟还是你们老王家唯一的孙子，可能老支书就是顾及这一点，再加上一时联系不上你们，所以才不得已答应由陈健港来处理那两处宅院！思艿，说句你可能不太愿听的话，这事已经过去好多年，不好再追究，我看就算了吧！"李堂学说完，试探着看看王思艿。

王思艿紧咬嘴唇，没有急着答话，沉默许久，突然问："那，那另一件事呢？""你说的是你姥姥被撞断腿的事吧？这事并不复杂，我问过多位知情的老人，他们都说你姥姥是被大队上的拖拉机给撞断腿的，据说当时

338

大队已经作了赔偿，垫付了一部分医药费，但数额估计不会太高，因为当时大队上的干部都认为你姥姥负主要责任！听他们说，你姥姥有条腿伤得并不重，如果能得到及时、有效的治疗，完全可以保住，但是……"怕王思芗失望，李堂学安慰她说："思芗，我很想帮你，但毕竟事情已过去这么多年，不好办啊！要不这样吧，我和其他几个村领导商量一下，争取找个由头给你们家发些抚恤金，咋样?""你，你……"王思芗白了李堂学一眼，没好气地说，"哼，你这是可怜我们吗? 我，我们才不稀罕你那点钱哩!"说完，转身就走。"思芗，你别误会，我，我不是那意思! 对了，还有件事我一直想问你，关于请你回老家来发展的事，你啥时能给我一个明确的答复呀?"李堂学紧追几步问。王思芗没有理会李堂学，闷头快步向病房走去。

快到病房时，王思芗一眼瞅见王耷拉弓着腰，垂头丧气地从里面出来，路过她身边时，突然听到他小声嘟囔了一句："啧啧，我这会总算弄明白了，她原来是在找寻自己的孩子哩! 可是，孩子咋会掉到沟里去呢……"王思芗一愣神，呆呆地目送王耷拉走远，好久没有回过神来。

(3)

从王耷拉嘟囔的话语中不难看出，几位老人并不了解王洛姝的病情，以为王洛姝只是旅途劳累，偶感风寒，因此没少对她念叨李玉浈的事！王思芗心里突然涌上一种莫名的反感，先前她曾执着于探究姥姥的人生奇遇和隐秘，现在却没了丝毫的兴趣。她感觉有关姥姥的那些陈年旧事不值得再提，往事已随岁月的长河悄然流逝，是非曲直已无足轻重，只能作为饭后茶余的谈资，偶然触动人们心底那根念旧的琴弦。回味往事，有时能让人感到温暖和心灵安慰，有时也不免让人遗憾、失落和伤感，王思芗不希望妈妈一直被这种情感困扰，也不希望别人老在她面前念叨往事而勾起她深藏心底的痛楚，她的身体已非常虚弱，很难再经受得住那样的刺激。王思芗在病房门前走来走去，能隐约听到从里面不时传来唏嘘声和感叹声，她想进去劝说大家几句，腿却不听使唤。

王思芗不由自主地走出村卫生院，在绿树掩映的小路上漫无目的地闲逛，眼光不时扫来扫去，始终看不到李堂学的人影。王思芗后悔不该对李堂学使性子，他本是一番好意，而自己却不肯领情！王思芗下意识地摸出手机，刚按下几个号码，又触电似的缩回了手。王思芗收好手机，在路边的石凳上坐下来，呆呆地望着远处，心里翻腾不止。前时在李堂学的劝说下，王思芗曾动过回家乡发展的念头，也不知道是咋回事，这次陪妈妈回来，她心中的这个念头变得越来越强烈。想到李堂学，王思芗有时感到很温暖，有时也感到很恐慌，心里像窝了个小兔子，让她脸红耳热，忐忑不安，无法平静。王思芗想依偎在李堂学那宽阔的肩头，听他的心跳声和喘息声，闻他身上那种男人特有的味道。但是，她又害怕接近他，不敢去体验那种让人迷醉的感觉。王思芗不知道该不该听从李堂学的建议，留在老家发展。这事不能再拖了，必须赶紧给李堂学一个回话，但是……王思芗思虑再三，始终下不了决心。闻讯前来探望妈妈的亲友乡邻很多，好不容易等姨姥姥等人离开，没想到紧接着又来了几个，一直到第二天中午，始终没有间断过。王思芗连和爸妈单独说话的机会都没有。王思芗不愿见这些陌生的面孔，趁机躲在卫生院外，要么漫无目的地闲逛，要么闷头坐在路边的石凳上沉思。

　　眼看就要到午饭时分，王思芗仍坐在石凳上愣神。袁明铄突然走了过来，张口就说："思芗，我找了你半天，原来你在这呢！快去劝劝你妈吧，说好了给你姥姥上完坟，咱们立马往回赶，她现在却变了卦，死活不肯回去，看样子你妈这是要打算长住新王庄了！唉，这可咋办呀，真是急死人了！"王思芗吃了一惊，站起身疑惑地看看爸爸问："他们都走了？""嗨，别提了，要不是他们一个劲地劝你妈在老家多待些日子，也许你妈……"王思芗若有所悟，笑着劝爸爸说："妈难得回老家一趟，就让她在家多待一段时间吧！再说了，她已经退休了，让她回去也没多少事嘛！""你说得倒轻巧，她的病呢，不治了？"袁明铄狠狠地瞪了女儿一眼。王思芗满不在乎地说："爸，这您不用担心，咱们老家的医疗条件并不比浐水县城差，更重要的是，这里有山有水，风景宜人，是个调养休闲的好地方！老爸，反正您也快要退休了，不如提前办个内退手续，留下来陪我妈吧！您要是

340

实在觉得为难，我可以留下来陪她！"袁明铄一听，急得直翻白眼。

袁明铄焦急地来回踱了两圈，语气突然缓和了下来，叹了口气说："思苓，我也不是不想留下来陪你妈，可是，这毕竟不是长久之计呀！你想想，你妈虽是在这土生土长的，但离开家这么多年，祖辈留下来的房子都没了，即使强留下来，也只能看别人的脸色过日子！"王思苓一愣神，脱口问："爸，房子的事你都知道了？""啥？你说啥？""我，我是说房子的事您不用愁，堂学哥会帮我们安排的，村里招聘的大学生都能分到房子，何况是我们！"王思苓刚要再劝爸爸几句，突然来了电话，是李堂学打来的。王思苓没有接，直接挂掉了，没想到手机铃声接连响了起来。王思苓有些生气，索性关掉了手机，心想：李堂学你想道歉，就来当面跟我说！

袁明铄像是猜到了什么，皱起眉头问："是不是李堂学那小子打来的？他是不是一直在打你的主意？你是不是动心了？哼，怪不得你一心想留下来！思苓，听爸一句劝，你还小，千万别让他给耍了！""爸，咋说话呢！人家只是打个电话，您至于这样嘛！"王思苓脸一红。"快别瞒我了，他奶奶昨天对你妈提这事了，我觉得这事不太靠谱！"袁明铄直撇嘴。"爸，别听他奶奶瞎说，根本就不是那回事，他要我留下来发展，只是想发挥我的专业特长，为家乡做点贡献！"王思苓嘴上矢口否认，心里却酸酸的不是滋味。袁明铄愣了一下，像看陌生人似的打量了女儿几眼，感觉她不像在说假话，长长地吁了口气说："既然这样，我也就放心了！思苓，我不反对你谈恋爱，但一定要慎重！好了，不说这事了，你抓紧回去陪陪你妈，我想一个人单独待一会！"王思苓连声说"好"，转身快步向病房走去，一边走，心里仍挂念着和爸爸未聊完的话题，想回头去看爸爸，又怕面对爸爸那严肃而冷峻的目光。

让王思苓更为担心的是，既然妈妈也知道了她和李堂学的事，会不会也像爸爸一样极力反对呢？如果妈妈因此而大为生气，自己又该如何来劝说、安慰她呢？王思苓忐忑不安地走进妈妈的病房，发现妈妈已经入睡。妈妈太累了，是该好好歇息一下了！王思苓用充满疼爱的目光注视着妈妈那慈祥的面容，静静地听她发出的轻微的鼾声，只觉心中有股暖流在悄悄地涌动。这时，李堂学急匆匆地走了进来，一个劲儿地向王思芗招手使眼色。怕别人看见会误会，王思芗不愿搭理他，李堂学却不肯罢休，径直走过来，试着拽王思芗的衣角。怕惊醒妈妈，王思芗只好随李堂学来到病房外面。王思芗嗔怪地白了李堂学一眼，刚要数落他几句，李堂学抢先发了话："思芗，咋不接我的电话呀？告诉你一个好消息，刚才县上打来电话，说你舅姥爷李玉瓦的孙子，也就是你的表哥，要来老家寻亲！""什么？你说什么？李玉瓦，我姥姥的弟弟，他还活着？天啊，真是太好了！"王思芗简直不敢相信自己的耳朵。

李堂学向王思芗简要介绍了一下他从县里了解到的李玉瓦的情况：当年李玉瓦随爹娘像老辈人一样去闯关东，因那时关东正闹鬼子，他们没去成，随着逃难的人群一路向西南跑。半路上，他爹李金阔被国民党抓了壮丁，没过几天就被鬼子的飞机给炸死了。他娘带着他继续向西南逃难，路上又遇上鬼子的飞机轰炸，慌乱中李玉瓦和娘跑散了。与娘失散后，孤苦伶仃的李玉瓦被一个倒卖皮货的光棍汉收养，去了大西北，后来又流落到了国外。李玉瓦七八岁的时候，干爹曾带他回来找寻娘的下落，这才得知，与儿子失散后，娘一夜之间哭瞎了眼，没过多久就抑郁得病死了。懂事的李玉瓦哭着要干爹把他和娘的遗骨一块送回老家。干爹死活不答应。李玉瓦如今已年近80岁，到现在他也没搞明白，当时干爹为啥没有答应他的请求……

李堂学介绍完李玉瓦的情况，不无惋惜地叹了口气说："听说你舅姥爷李玉瓦身体不好，所以没有亲自来……具体原因我也不是很清楚，等你见了你表哥，一切就都清楚了！"李堂学沉吟了一会儿，又说："思芗，别愣神了，快走吧，咱们抓紧去迎迎你表哥吧！""好，好吧。"王思芗回过神来，拉起李堂学的手就走，嘴中还小声嘟囔："天啊，真是太突然了！啧啧，这样说来，我也有海外亲戚了，我，我不是在做梦吧……"李堂学走出几步，突然又犹豫了，面露难色地问："思芗，你爸已在车上候着了，这事需不需要也告诉你妈一声啊？"王思芗一愣，下意识地回头向妈妈病房内望望，说："还是先别说了，我妈正睡觉呢，要是让她知道，说不定又要激动得晕倒哩！"李堂学点点头，喊来护士，叮嘱她好好照看王洛姝，然后和袁明铄、王思芗一起，开车风风火火地向县城方向奔去。

三个人脸上洋溢着激动和开心的笑容，兴致勃勃地讨论了一下远方亲人的个头和模样，随后便陷入了沉默，各自想起了心事，暗自揣摩可能出现的奇迹和惊喜，恨不得插上翅膀，马上飞到县城去……